延禧攻略

延禧攻略

延禧攻略

延禧攻略

延禧攻略

德協坤元
延禧攻略

·上册·

九州出版社
JIUZHOUPRESS

图书在版编目（CIP）数据

延禧攻略：全 2 册 / 周末著；笑脸猫改编． -- 北京 ：九州出版社，2018.7（2021.4 重印）

ISBN 978-7-5108-7400-0

Ⅰ．①延… Ⅱ．①周… ②笑… Ⅲ．①长篇小说－中国－当代 Ⅳ．① I247.5

中国版本图书馆 CIP 数据核字（2018）第 163070 号

延禧攻略（全 2 册）

作　　者	周末著　笑脸猫改编
出版发行	九州出版社
地　　址	北京市西城区阜外大街甲 35 号（100037）
发行电话	(010)68992190/3/5/6
网　　址	www.jiuzhoupress.com
电子信箱	jiuzhou@jiuzhoupress.com
印　　刷	三河市嵩川印装有限公司
开　　本	710 毫米 ×1000 毫米　16 开
插　　页	8
印　　张	43.75
字　　数	400 千字
版　　次	2018 年 8 月第 1 版
印　　次	2021 年 4 月第 2 次印刷
书　　号	ISBN 978-7-5108-7400-0
定　　价	88.00 元

★版权所有　侵权必究★

目录

第一章　劈棺

义庄的大门开了，一只纸糊灯笼从外头伸进来。

灯笼带进来一双脚。

细看那双弓鞋，弯弯似三寸，白底绣并蒂莲，在一口口棺材前走走停停，最后停在一方薄棺前。

“瞧瞧这里都是些什么人。”一声哽咽，“客死异乡的异乡客，没钱下葬的穷苦人，横死的妓女……姐，你我怎会在这种地方再会？”

命薄如纸，故而死了都没一口厚实些的棺材。

年久失修的义庄内，搁着的是一口口透风的薄棺，但有好过没有，总比一张草席强得多，不至于还没下葬，就先供虫鼠饱餐一顿。

“他们都说你没资格葬入祖坟，只配跟这群人躺一个地方。”一只惨白的手落在棺材上，轻轻地摸索片刻，最后喃喃道，“我不信他们的话，姐，我要你亲口告诉我真相……”

“哐哐！”

纷乱的脚步声由远至近，紧接着义庄大门猛然被人推开。

撞入他们眼帘的，是一柄高举的斧头。

“璎珞！住手！”一名中年男子惊叫一声。

“咔嚓！”

斧头义无反顾地落下来，劈开了眼前的棺材。

“你，你在干什么啊？”中年男子愣了好一会儿，才颤着嘴唇道，“这可是你姐姐的棺材啊……”

一名白衣女子背对着他，背对着众人。

手里的斧头被她随意丢下，她弯下腰去，小心翼翼将棺材里的人扶起来。

“你们一会儿跟我说，姐姐是病死的，一会儿又跟我说，她是在宫里做了丑事，没脸见人才自尽身亡的……看。”她慢慢转过头来，对众人幽幽一笑。

棺材中的女子靠在她的肩膀上，脖子上隐约现出一双黑色蝴蝶。

仔细一看，才发现是两只大手留下来的瘀痕，张开的大手，似两只黑色翅膀，诉说着一种名为谋杀的死亡。

“你们都看见了吗？”白衣女子——也就是魏璎珞——搂着棺中女子，对众人笑道，像是终于找到了真相，恨不能立刻说给全天下听，恨不能立刻沉冤昭雪给天下听，“看看她脖子上的手印，告诉我，一个人，该怎么把自己给掐死？”

没人能回答她的问题。

甚至没人敢直视她们两个的面孔。

近乎一模一样的面孔。

魏璎珞、魏璎宁，因其颜色姝丽，气清如莲，故被称作魏氏一族的并蒂莲。

如今这并蒂的莲花，一死一活，棺材中的那个，也不知道生前服过什么灵丹妙药，死后居然还留有七分颜色，穿着出宫时的衣裳，柔柔弱弱地依靠在妹妹肩头，那似笑非笑的模样俨然一个活人。

而活着的那个，眼神反而似个死人，黑白分明一双瞳孔，直盯得众人浑身发冷。

“难不成是冤魂索命，附在她妹子身上了？”不止一个人如此想着。

“爹。”魏璎珞目光扫过众人，最后定格在中年男子脸上，收拢起笑容，“杀姐的凶手是谁？”

“是……”中年男子似乎想说什么，但略一犹豫，最终咬牙道，“哪有什么凶手，她就是自杀的！”

其余人这时也回过神来，七嘴八舌，议论纷纷。

“对，她就是自杀的。”

“一个被驱逐出宫、不贞不洁的女人，要是还不自杀，岂不是要我们全族人陪她一块蒙羞？”

“死得好，死得好！”

“姐姐品行不端，妹妹也好不到哪里去，居然干出劈棺这样的事，魏清泰，你管教得好！”

中年男子——魏清泰——闻言一僵，急忙向前几步，来到魏璎珞面前，甩手就是一巴掌。

“都是我的错，是我管教无方！”抽完，他一边卑微地讨好着众人，一边将手往魏璎珞后脑勺上一拍，“还不快跪下？给各位叔叔伯伯们磕头谢罪。”

见没反应，他又重重一拍：“跪下啊！”

可魏璎珞跟一根竹子似的，不肯弯曲更不肯跪，就这么直愣愣地杵在原地。

“跪下！”众目睽睽之下，魏清泰只觉自己颜面不保，怒急之下，直接抬脚往她膝盖窝里一踢，“听不见吗？”

魏璎珞被他踢得跪下了，但很快又爬了起来。

“爹，你只会让我下跪。”她一手撑着地，一手扶着自己的姐姐，慢慢从地上爬起来，乌黑的鬓发自两边脸侧垂下，遮掩了她此刻的表情，只有声音冰冷如冬天的泉，“但你知道吗？我给魏如花下跪了，她还是抢走了妈妈死前留给我的簪子；我给魏学东下跪了，他还是不顾我们是表亲关系，对我动手动脚……是姐姐帮我把簪子抢回来的，是姐姐打跑了魏学东……”

“……不就是根簪子吗？”魏清泰皱眉道，“镀金的，不值几个钱，没必要为了它伤了你们表姐妹的感情，还有学东……他只是跟你开个玩笑，是你姐太当真了，还打破了人家的头。”

“……原来你都知道。”魏璎珞将脸转了过来，只见一张清水出芙蓉似的脸上，湿漉漉一双泪眼，泪珠将滴欲滴，似花尖垂露，美不胜收，“你什么都知道，还要我和姐姐给人下跪。”

被抢的人是她，最后给人磕头道歉的是她。

被人非礼的是她，最后给人磕头道歉的还是她。

“我这全都是为你好。”魏清泰硬邦邦地道，“难道非得为了一点小事……”

小事？

“不，对我好的只有姐姐！”魏璎珞冷笑一声打断他，“告诉你，我一直在等姐姐回来，她进宫之前跟我说，她一定会回来的，会带我离开这个魏家，离开你，去一个新地方，开始新生活，再也不让我无缘无故对人下跪……”

“宫里就是个随时随地给人下跪的地方！”这次换魏清泰打断她的话。

皇宫。

一入宫门深似海，正如山有高低，水有深浅，宫里的女人们也分为站着的跟跪着的。

魏家也不是什么豪门大族，不过一包衣而已，姐姐纵有倾城之色，进宫之后也只能先从伺候人开始，换句话说，先从给人磕头开始。

“给谁磕头不是磕头，不如选个人，只给他一个人磕头。”

这个他，是他，还是她？

宫里宫外两个世界，魏璎珞不知道姐姐在宫中的境遇如何，也不知道她找了谁磕头，只知她在春暖花开的时候进去，然后冰冷冷地回来。

一起带回来的，还有她脖子上的黑色手印。

这手印的主人……到底是谁？

“……我要进宫。”魏璎珞闭了闭眼，再次睁眼时，眼中一往无前，“你不告诉我凶手是谁，那好，我进宫，我自己去查个水落石出！”

“胡闹！”魏清泰气得胡子都在抖，“你一定要步你姐姐的后尘吗？”

魏璎珞条件反射地看了眼肩头靠着的姐姐。

从小到大，姐姐都比她更聪明，更机变，更有勇气。

相比之下，她只是一个时时刻刻缩在姐姐身后，需要姐姐保护的小跟班。

连姐姐都没法在宫里活下来，她呢？她就一定能活到最后，并且查清真相，继而给姐姐报仇吗？

“……够了，这事就到此为止吧。”魏清泰放缓了一些语气，将手伸向魏璎珞肩上靠着的魏璎宁，“让你姐安息吧。”

安息？

眼看着魏清泰的手就要触碰到魏璎宁，义庄内却骤然响起一声尖叫，凄厉刻骨，仿佛被人一刀插进胸口，生生剜出来的一声尖叫。

“啊——”

几个魏氏族人头皮发麻，忍不住抬手捂住双耳，只觉得若不如此做，便有血水顺着这惨叫声灌进他们耳朵里。

魏清泰离得最近，被吓得后退几步，然后盯着眼前发出长长尖叫声的魏璎珞，略带口吃地问：“你……你又怎么了？”

“安息？安息不了的……”魏璎珞抱着姐姐冰冷的，甚至已经开始散发出淡淡尸臭的身体，尖叫过后的嗓子带着沙哑，哭着说，“姐姐安息不了的，我也安息不了的……”

众目睽睽之下，她又哭又叫，只不断重复一句话。

“我要进宫。”魏璎珞哭着喊，“我一定要复仇，让你安息……让我安息。”

既然是并蒂的莲花，自然并蒂而生，并蒂而死。

你既然逝去，我纵使还活着，也不过是一具日渐腐朽的行尸走肉。

唯有让你安息，我也才能一同安息。

“疯话，全是疯话！与其让你这么疯疯癫癫地入宫，给族里招来大祸，不如……”一个魏氏老人走到魏清泰身旁，以手掩唇，对他耳语几句。

魏清泰眼神复杂，听到最后，终是轻轻一叹，点了点头。

紧接着几条人影来到魏璎珞身旁。

她抬起头，有些茫茫然看着他们：“你们想干什么？”

几只大手一起朝她伸来。

数日之后，一面酒旗迎风招展，白酒入新杯，旁边佐几碟下酒小菜，一人喝着小酒，忽道：“下面是谁家在嫁女儿？”

几名酒客半倚栏杆，自上而下俯瞰街面，只见长街上一支大红色的迎亲队，在爆竹的噼里啪啦声中缓慢前行。

高头大马上，一名新郎官儿春风得意。

身后，跟着一顶小小的花轿。

风起帘动，一名酒客“咦”了一声，抬手擦了擦眼。

“咋了，风迷了眼？”旁边的客人问他。

“许是喝多了，眼花了。”那酒客放下手，有些迷茫道，“刚刚帘子吹开了点，我看见新娘子了……被五花大绑的。”

第二章　百鸟裙

三个时辰前。

“一梳梳到头，富贵不用愁。”

“二梳梳到头，无病又无忧。”

“三梳梳到头，多子又多寿。”

“再梳梳到尾，举案又齐……”

“够了。”魏璎珞打断道，“阿金姑姑，你瞅我现在这副样子，像是能与人举案又齐眉吗？”

桌子上搁着一面镏金铜花镜，明晃晃的镜面照出屋内两人。

魏璎珞一身大红色的喜服，雪为轻粉凭风拂，霞作胭脂使日匀，尤其唇上一点朱色丹，明艳不可方物，任谁家儿郎得了这样一位新娘，都得欣喜若狂。

只是，谁家新娘会如她这样，喜服外头里三层外三层，捆着一圈麻绳呢？

与其说是嫁人，倒更像是要将她沉塘，献祭给水中的龙王，换得一族一村的安宁丰收。

“阿金姑姑。”魏璎珞淡淡道，“再与我说些宫里面的事吧。”

“都这个时候了，你还问这些做什么？”站在她身后的中年女子叹了口气，一边给她梳着头，一边劝，“安心嫁人不好吗？我替你打听过了，新郎家境虽然一般，却是个实诚人，若我当年有的选，我宁可嫁个这样的人，好过进宫当了宫女之后，蹉跎岁月，老了容颜，直至出宫，也只见过皇上一面。”

魏璎珞沉默片刻，轻轻问道：“皇上是个什么样的人？”

“不知道。”阿金无奈一笑，“从头到尾我都跪着，只见着了皇上的龙靴，没敢抬头看一看他的龙颜。”

“眼睛没见着，耳朵总听过吧？”魏璎珞道，“阿金姑姑，宫里面的人是怎样形容他的？你还记得吗？”

阿金想了想，笑道：“管不住自己嘴的人，连见皇上龙靴的机会都没有，好了好了，别皱眉头，小心长出皱纹来，我给你说一件我亲眼看见的事吧。”

“你说。”魏璎珞立刻一副洗耳恭听状，“我在听。”

“大约是四年前的事了，一位贵人死了。”阿金缓缓道，“因为一条裙子……”

随着她的话语，紫禁城的红墙黄瓦渐渐浮现在魏璎珞面前，里三层外三层，如同她身上这条绳子，将她牢牢固定在了一个名叫后宫的牢笼里。

来来往往的女子，或沉鱼落雁，或闭月羞花，各有各的特色，各有各的妙处，搁在哪儿都是名花一朵，如今聚在一处，便个个争奇斗艳，谁叫满园春色，赏花人却只有一个——当今圣上？

然而花有开时，也有败时。

“啊！！”

惊叫声引来了一群围观人，其中就有阿金。

挤进人群一看，阿金也忍不住双手掩口，发出小声的惊叫。

前方是一口水井，宫女们时常要来这里，为各自的主子打水洗脸。

而今将头往井口中一探，映入眼帘的，竟是一个女人的浮尸。

“……她的脸被井水泡得发涨发白，已认不出她原来的样子。”阿金沉声道，“但我认得她身上的衣服，那是一条百鸟朝凤裙，死掉的是兰花苑的云贵人。”

明明是个喜庆的日子，门外时不时传来鞭炮声与贺喜声，但魏璎珞却感觉身上有点冷。

一股寒气托着阿金的声音，透过井水中的女人，侵入她的四肢骨髓里。

魏璎珞咽了咽口水：“她为什么要投井？”

“就是因为她身上的裙子。”阿金喃喃道，“那裙子真美啊，我到现在还记得她穿着裙子走在御花园里的样子，流光溢彩，分不清是阳光都聚在了她身上，还是从她身上散落下来了光……”

顿了顿，阿金失笑一声：“可是皇上见了，却大发雷霆，当着众人的面，将她骂得抬不起头来。”

这个答案有些出乎魏璎珞的意料，她愣了愣，问：“皇上不喜欢漂亮的女子？”

“天底下，哪有不喜欢漂亮女子的男人。”阿金摇摇头，“皇上是喜欢她的，否则也不会临幸两次，就将这个平民出生的汉家女子提拔成了贵人，只是她太贪心，想要的太多，又做得太过。”

“可那只是一条裙子……”魏璎珞有些不大明白。

“皇上不喜欢的，正是这条裙子。”阿金沉声道，“那是仿唐时安乐公主的百鸟朝凤裙，做价昂贵，造时许久。宫中崇尚节俭，连皇后娘娘都不会让人做这样的衣裳穿，故而皇上骂她以奇装艳服，行媚上之举，当场削了她的位分，贬为宫女。”

“原来如此……”魏璎珞喃喃一声，对那位素未谋面、高高在上的圣上，有了一份最初的了解。

那位至高天子，喜欢漂亮女子，又戒备漂亮女子。

他似乎并不特别在乎女人的家世出身，所以汉家出生的平民宫女也能被他提拔成贵人，又或者说他其实更偏爱这种没有后台的女子，干干净净，心里只有他，而不是背后的家族利益。

他不是讨厌那条百鸟朝凤裙，而是讨厌它背后潜藏的东西，比如……野心。

“宫里面行差一步，万劫不复，直至今日，我也不知道云贵人是因为被皇上训斥了，一时想不开而投了井，还是有人拿这个做借口送了她一程。”阿金再次相劝，“所以啊，璎珞，好好嫁人吧，别再想着宫里面的事，还有你姐姐……”

“阿金姑姑。”魏璎珞忽然开口打断她的话，然后缓缓回过头来，瞳色幽幽，仿佛两口深井，只是一望，就叫阿金打了个哆嗦，恍惚之间，似乎又回到了六年前，她站在井旁，井口向外飘出冰冷的寒气与尸气，雪一样白茫茫一片。

魏璎珞此刻的目光，真像那口井。

“我之前求你做的那件事，你做了吗？”魏璎珞盯着她问。

被她目光所慑，阿金情不自禁地点点头。

“那就好。”魏璎珞微微一笑，收敛起了身上那股可怕的气息，转眼之间又变回了一个娇滴滴的新娘子。

阿金背后却出了一层汗，她似乎有些明白了，为何魏家人那么反对魏璎珞进宫，以至于有些后悔替魏璎珞做那件事了，若是让这样一个女子进了宫……

“阿金姑姑。”魏璎珞忽道，“你没有后悔替我做了那件事吧？”

“没，没。”阿金忙否认道，又支吾片刻，终还是忍不住最后劝了句，“可你这么做了，怕是从此以后都回不了家了……”

不等她将话说完，房门忽然吱呀一声被人推开，魏清泰道：“吉时快到了，都准备好了吗？”

“老爷。”阿金回头望向他，欲言又止。

“准备好了。”魏璎珞忽地开口，断了她接下来想说的话。

铜镜内，被五花大绑的新娘子艰难起身，转身之际，嘴唇贴近阿金的耳朵，轻声耳语：“我娘留给我跟姐姐的那些东西，我已经全部放在喜饼盒里，让巧姐儿带回去吃了。”

巧姐儿是阿金的干女儿，也是她的命根子。

“小姐……”阿金闻言一愣。

“只可惜我这一走，也不知何时能归，怕是看不见巧姐儿出嫁那天了。”魏璎珞轻笑道，“便提前在这里，祝她嫁个好人家，无病又无忧，多子又多寿吧。”

过世的母亲留给魏璎珞姐妹俩的，除却被人夺走的那些，还有一双碧玉手镯，一只麒麟项圈，一对玛瑙牡丹耳坠，以及两根纯金打造的簪子。

“小姐……”阿金面露感动。

她并非贪图富贵，只是忧心干女儿的将来。

宫中岁月蹉跎了阿金的年华，曾经追随的主子又是个不得宠的，没能力打赏手下，故而阿金在宫里面没能攒下多少钱。等到出宫回了娘家，又发现小时候定下的亲事已经作废，男方等不到她出宫，已经娶了别人，如今孩子都已经有她膝盖那样高了……

与其嫁过去做小，不如一个人清净自在，几年后，认了个孤女承欢膝下，所有的心血便都扑在这个女儿身上，想让她吃好，想让她穿好，想让她嫁得好，这些都需要钱……

“说实话，我很羡慕巧姐儿。”魏璎珞垂下脑袋，声音越来越轻，“若我母亲还在，若我姐姐还在，定会像你护着巧姐儿那样护着我，不会将我五花大绑，让我哭着上花轿……”

话音刚落，一串泪珠垂落下来，滴答一声碎在地上。

阿金深深叹了口气，她知道自己被打动了，却不知打动自己的是那一滴泪，还是魏璎珞的一番话。

于是，她也就不后悔替魏璎珞做那件事了。

“小姐。”侍女端着一只木盘过来，阿金拿起木盘中放着的红盖头，轻轻盖在魏璎珞的凤冠上，似有深意地说，“别哭了，你……定会得偿所愿。”

有了她这句话，红盖头下，朱丹色的唇角向上翘起，似胜券在握。

“吉时已到，起轿！”

一个时辰后，送嫁的队伍路过长平街，四周茶楼林立，茶楼上的人丢下瓜子茶水，齐齐趴在栏杆上头往下看，目送那长长一串大红色的迎亲队，在爆竹的噼里啪啦声中缓慢前行。

咚。

咚。

咚。

离着花轿比较近的行人忍不住疑惑道：“什么声音？咚咚咚的……”

这并非他的错觉，因为身旁的人经他一提醒，也开口道：“怎么，你也听见了？我也听见了啊，咚咚咚的怪声音，似乎……是从花轿那儿传过来的？”

似乎越是离奇的事儿，越能吸引人的目光，于是越来越多的行人拥挤过来，有几个胆大包天的混混，竟越过人群，伸手去推开轿门。

“干什么呢？”魏清泰气得脸色发青，带着家仆过来驱赶，“走走，走走，哪里来的二流子，连新娘子的花轿都敢乱闯，信不信我拿你去见官？”

咚。

咚。

咚。

怪声不断在他身后响起，魏清泰忍不住回过头去，压低声音对轿子里的人说："你在搞什么鬼？"

咚咚怪响停顿片刻，接着是一声远超先前的巨声——咚！

轿门忽地从里面被撞开，一个五花大绑的新娘子从里面跌了出来。

"啊！"

"血，好多血！"

"妈妈，她头上出了好多血啊。"

血，理所当然。

魏璎珞缓缓抬头，鲜血顺着她的额头不断向下流，污了那张粉面桃腮的脸，那咚咚声原来是她的撞门声。拿什么撞？身体被五花大绑，双手被反剪身后，自然只能拿额头去撞。

哪怕头破血流，不人不鬼，也不后悔。

时间已经差不多了。

魏璎珞自打上了轿子，就开始默默计算时间，轿子走了半个时辰，外面是红颜街，轿子走了一个时辰，外面是长平街……

这个时辰，这个地方，阿金应该已经把人给带到了。

目光在人群中一搜，最后定格在一个方向。

而就在她目光四下扫视的时候，旁人对她的议论一直没有停止过。

"哎呀，看看，她身上怎么还捆着绳子啊？"

"真是造孽啊，哪有这样对待闺女的？"

"这哪是嫁女儿，该不会是在卖女儿吧？"

"什么卖女儿，少在那儿胡说八道，只不过是轿子太颠，磕到新娘子的头了。"魏清泰面色铁青，一边拼命平息事态，一边朝新郎官摆手，"你还在那儿看什么？还不快点把人扶上去？"

胸前挂着一个红绣球的新郎官儿忙翻身下马，正要拉魏璎珞起来，便见她回过头来，朝他厉喝一声："你知不知道我魏家是内务府包衣，我在宫女备选名册上！你强娶待选宫女，不光自己要杀头，全家都要跟着掉脑袋！"

新郎官被吓坏了，几乎是立刻松开手，让魏璎珞又重新跌回了地上。他也没有再扶她，而是如避蛇蝎般退了两步，慌慌张张地看向魏清泰："这怎么回事，你不是说她被除名了吗？"

魏清泰狠狠瞪了魏璎珞一眼，然后绞尽脑汁地解释道："你看她疯疯癫癫的样子，当然被除名了……"

身后传来一声轻笑，接着是魏璎珞柔柔的声音："佐领大人，您觉得我的样子，像是个疯子吗？"

佐领？

魏清泰大吃一惊，只见前方人群朝两边分开，总管宫女选秀一事的正黄旗佐领大步走来。

"魏清泰！"他面色如霜，指着魏璎珞道，"这是怎么一回事？"

第三章　进宫

进宫，有人喜，有人避。

并不是每个家庭都愿意将自己的女儿送进宫，去博那虚无缥缈的前程。

上有政策，下有对策，便有人谎称自家女儿得了病，怕将此病过给贵人，故而自愿削去进宫的资格。这事儿虽然不合法，但只需要上下打点好了，最重要的是无人告发，那上头的人就会睁一只眼闭一只眼。

而像魏璎珞这样，将事情闹到大街上去了，正黄旗佐领便不得不管。

“说啊！”正黄旗佐领厉声喝道，“这是怎么一回事？”

“这，这……”一时半会儿，魏清泰哪里找得出合理的解释。

“还是由我来说明吧。”一个柔柔的女声在魏清泰身后响起。

魏璎珞身上捆着绳子，行走不便，索性膝行至正黄旗佐领面前，昂起脸，血污一片的面孔，反衬得一双眸子更加清亮。

“佐领大人，我是魏璎珞，今年的宫女备选。”她面色冷静，字正腔圆道，“我爹过于溺爱我，不愿送我入宫，故而对外宣称我得了失心疯，然后迫我远嫁……”

“够了！”正黄旗佐领听到这里已经不愿再听，只觉得在百姓的指指点点中，连自己也成了一场笑话，这都怪谁？他瞪向心中的罪魁祸首魏清泰，声色肃杀，“内务府上三旗包衣出身的女孩儿，都要备选宫女，一旦私相嫁聘，别说是你我，就连都统、参领，全都要论罪，你是不是吃了熊心豹子胆！”

“我……我……”魏清泰“我”了半天，最后只能缓缓弯了膝盖，朝他跪了下来，头往地上一磕，“千错万错，都是我一个人的错……”

事情已经闹到这个地步，他只能将所有责任都往自己身上揽，免得拖累了全族。况且他现在不揽，回头族人也会将一切罪责都栽在他身上，而且手段只会更狠更绝，免得他还有翻身指控其他人的机会……

“可怜天下父母心。”却听见魏璎珞喟叹一声，往魏清泰身旁一跪，额头同样往地上一叩，额上的血染红了地上的青砖，祈求道，“父亲不愿我入宫做白头宫女，我也不愿父亲因我获罪，还请看在我们父女情深的分上，饶过他这次，我定会按时入宫。”

孝顺二字，自古以来最能打动人心。

立时有人叹道：“好个孝顺的女儿，官爷，您就饶过他们这次吧。”

“是啊，可怜天下父母心啊。”

“我也有个女儿，都舍不得她嫁远了，更何况是进宫，那真是一进宫门深似海，这辈子想再见都难了。”

正黄旗佐领神色复杂地瞥了魏璎珞一眼。

她这一番话，给了所有人台阶下。魏清泰不是犯法，而是父女情深，而他也不是失察，反而能借此机会顺应民意，做一回青天老爷。

“好吧。”正黄旗佐领缓缓点头，“看在这么多百姓为你们求情的分上，本官就饶过你这次，你不可再犯糊涂，明白了吗？”

“小人明白。”魏清泰叩首道。他只能明白，不得不明白，甚至为了表示忏悔，必须亲自送魏璎珞进宫。

“爹，对不起。”

魏清泰转过头，见魏璎珞眼神坚定地看着他，重复了先前她在义庄时说的那句话：“女儿一定要进宫。”

事已至此，魏清泰还有什么办法，只得又气又怒道：“去，你去就是了！是死是活，由得你去，我不管了，我再也不管了！”

心中只能怪这贼老天，好死不死的，偏偏在这个时候，让正黄旗佐领路过这条街。

只是，正黄旗佐领真的是碰巧路过吗？

拥挤的人群中，同时也是正黄旗佐领出现的方向，一个中年女子抬手压了压头顶上的斗笠，斗笠上垂下黑色轻纱，遮掩了她的面庞，否则的话，叫魏清泰看见她的面貌，定会质问：“阿金，你怎么会在这里？”

这世上并没有多少凑巧之事，许多凑巧，事后清算，皆是人为。

“小姐，我照你吩咐的，将正黄旗佐领请来了。”阿金透过轻纱看向魏璎珞的方向，心中轻叹，“希望我这么做不是害你，希望你真的能得偿所愿，而不是步了你姐姐的后尘……”

褪下身上大红嫁衣，换上宫女朴素青衣，乾隆六年二月初二，魏璎珞与一众新宫女一起，走在繁花似锦的御花园中。

宫女大多十五六岁，正是人生中最天真好奇的年纪，一个个左顾右盼，被一朵牡丹花、被一只粉红蝶吸引，唯魏璎珞目不斜视，看什么都冷冷淡淡的。

她甚至在想，花开得这样美，是不是因为吸了姐姐的血？

“一个个叽叽喳喳什么呢？”领头的大宫女受不了这群人麻雀似的叽喳，冷哼一声道，“这儿是紫禁城，天底下头一份儿尊贵的地方，容得你们乱看乱说话？快些走！”

魏璎珞正要跟上去，身旁一名宫女扯了扯她的袖子，虽说压低了些声音，却足以让身边的小宫女们都听见：“你们快看，那边儿！”

魏璎珞忍不住皱皱眉，觉得对方实在有些不大安分，大宫女前脚才嘱咐她们不要乱看乱说话，她后脚就闹出这样大的动静，并且还不是她一个人的动静，是拉着所有人一块下水……

对了，她记得这姑娘似乎叫锦绣。

倒也人如其名，尖尖一张瓜子脸，堪堪一握的水蛇腰，风流从头淌到脚，配得上锦绣这样艳丽的名字。

一众小宫女循声望去，只见几名秀女分花拂柳而来，一个个姿容秀丽，人比花娇，手中轻罗小扇轻轻摔着，一股香风似远似近地飘来，有茉莉也有玫瑰，令人心旷神怡。

一个娃娃脸的小宫女眨巴眨巴眼睛：“锦绣姐姐，她们是谁？仙女吗？”

这话说得分外孩子气，这姑娘长得也像个孩子，魏璎珞记得她是她们当中年岁最小的那个，只有十四岁，名字叫吉祥。

同样人如其名，年画娃娃似的，看着就叫人觉得喜庆。

"那些都是过了复选，预备殿选的秀女。"玲珑一脸艳羡，眼睛里仿佛要伸出两只手来，扒下对方身上的衣服首饰，簪子耳珰，然后统统穿戴在自己身上。

"好漂亮的衣裳。"吉祥同样也一脸艳羡，只是这种艳羡跟玲珑完全不同，浑似邻家的小妹妹一脸憧憬地看着你手里的糖葫芦，"如果我也能穿上这么好看的衣服就好了。"

锦绣闻言，嗤笑一声："那都是名门贵女，进宫就是主子，咱们这种出身，就算考核合格，也只是伺候她们的宫女罢了，你呀——"她胳膊肘往吉祥身上一撞，"少做白日梦了！"

"当心！"魏璎珞喊得迟了。吉祥本就幼小体弱，所以要两只手才能提得动用来打扫的木桶，还提得尤为吃力，光站着都有些摇摇晃晃，如今锦绣往她酸软无力的胳膊肘上一撞，那木桶立时脱手而出，随着哗啦一声，木桶落地，里头的污水如泼墨般飞出，溅到了一名秀女的裙摆上。

吉祥吓坏了，急忙扑到对方脚下："对不起，对不起，我现在就帮你擦干净……"

啪！

吉祥被一巴掌抽翻在地，还滚了一圈，浑身都被污水染黑，像只可怜兮兮的流浪狗。

"混账奴才！"那名秀女一脸厉色，"我这身香云纱是特意从江南采买，为了今日殿选准备的，你现在弄脏了，要我穿什么去见皇上！"

"对不起，对不起，奴才真的不是有意的。"吉祥哭着爬过来，手忙脚乱地摸出一片干净手帕，"奴才给您擦，奴才马上就给您擦干净……"

"滚开！"秀女一脸嫌恶地踹出一脚，这一脚又狠又快，而且丝毫不将吉祥当人看，如踹脏兮兮的流浪狗般，直接踹向对方的脸面，吉祥"啊呜"一声滚出去，又手脚并用地爬回来，鼻血横流，磕头如捣蒜："对不起，对不起……"

"哼！"秀女看向大宫女，"你说我该饶了她吗？"

虽说相处的时间不长，但人心肉长，见吉祥这副惨样，不少宫女面露不忍，却又噤若寒蝉，不敢替吉祥说话，怕被她连累；此刻听了秀女的话，都一脸期望地看着大宫女，指望大宫女能替吉祥说说话。

然而魏璎珞知道，这是不可能的。

她们自个儿都不敢替吉祥说话，大宫女这种老于世故的人精，又怎会为一个普普通通的小宫女，得罪未来有可能为妃的秀女？

果不其然，大宫女赔笑道："乌雅小主，这些丫头都是刚入宫的宫女，蠢笨如猪，您要打要骂都可以，千万别气坏了身子！"

众宫女闻言，或面露失望，或怒目而视，然后嘴巴闭得更紧。人人都是聪明人，大宫女都不敢做的事情，她们更加不敢做。

此时此刻，能够替吉祥说话的，或许只有地位相同的秀女了。

"乌雅姐姐。"一个怯生生的声音响起，"她也不是成心的，你就饶过她吧。"

……竟真有秀女肯替吉祥说话？

第四章　莲花

魏璎珞偷眼看去，只觉眼前一亮，仿佛转角之时暗香浮动，池中白莲轻轻绽开。

那是一名白衣秀女，容色清丽，远胜身旁诸佳丽，最为难得的是那顾盼之间的柔弱之态，仿佛西子捧心，我见犹怜。

但这儿是后宫，能够心平气和欣赏另外一个女人美貌的女人，凤毛麟角，当中绝不包括眼前这位名唤乌雅青黛的秀女。

"陆晚晚，闭嘴！"她转头瞪去，"我没问你！"

白衣秀女缩了缩肩，似乎被她吓住了，此刻她身旁一名端丽秀女扯了扯她的袖子，附耳低语："你真是，为个不懂事的奴才，不值当和乌雅姐姐生气。"

陆晚晚张了张嘴，最后将话吞回肚里。

"救人就救到底啊，她这算什么？"锦绣压低声音抱怨。

魏璎珞看了她一眼，陆晚晚好歹为吉祥说了一句话，你这种话都不敢站出来说一句的人，又能苛求她什么？

见陆晚晚被自己一句话喝退，乌雅青黛更是得意，重又将目光落在吉祥身上，眼中闪过一丝凶光，面上却带着甜美微笑，道："啧啧，刚入宫的宫女啊，难怪这么没规矩！既然弄脏了我的衣裳，就用你这只手来赔吧！"

言罢，一只脚便重重碾在吉祥的手背上。

剧痛袭来，吉祥冷汗如雨，眼前发黑，又不能躲，只能趴在地上哭喊着："好疼，好疼啊！主子饶命，主子饶了我！"

主子完全没有饶了她的意思，反将她的哭喊当作一件有趣的事儿，竟扑哧一下笑出声来。

这笑声让吉祥心里发冷，她平生第一次发现，有些人，是将自己的快乐建立在其他人的痛苦之上的。

“爹……娘……”终究是个孩子，难过的时候忍不住求助于自己亲近的人，“救救我，帮帮我，方姑姑，喜儿，锦绣……璎珞！”

忽然之间，手背上的痛楚消失了。

与此同时，耳边一片吸气声。

发生了什么……

吉祥茫然抬头，泪水朦胧了她的眼睛，花了好几秒，她才看清楚眼前的状况，忍不住发出跟旁人一样的吸气声。

只见魏璎珞不知何时跪在了她身旁，手中握着一只脚——乌雅青黛的脚。

“乌雅小主。”魏璎珞垂着头，恭声道，“请高抬贵脚。”

乌雅青黛居高临下地望着魏璎珞，脸上浮现出一个令人胆寒的笑：“你一个小小宫女，也妄想请我容情？”说完上下打量了魏璎珞一番。先前也说了，她从来不是一个能够欣赏其他美人的女人，妒色在她脸上一闪而过，她笑道：“倒也不是不行，你来换她，怎样？”

“小主想要奴才的手，奴才自然心甘情愿地奉上。”就在众人觉得魏璎珞要倒霉的时候，却听她话锋一转，“只不过，今日是小主殿选的日子，乃是大喜之事，不宜添上血腥，污了小主的好心情、好运道。”

乌雅青黛皱了皱眉，眼角余光扫向其他秀女。

她自己是个喜欢暗地里下绊子的人，就觉得其他人也如她一样。

踩断两个小宫女的手是小事，就怕有人背后告状，说她身上带了血腥气，此乃血光之灾，不宜面圣……

只是就这样放过这两人，又有些心有不甘，于是她冷着脸道：“你倒是挺会说话的，可现在这鞋子弄脏了，我不高兴！”

魏璎珞看了眼吉祥的手。

白胖胖的手背上，乌青一片，烙印着一朵黑色的莲花，花瓣花蕊皆向外渗着血。

魏璎珞心中一片冰冷，面上却更加恭敬温顺，垂首对乌雅青黛道：“小主匠心独运，特意将鞋底雕刻成莲花形状，可惜还少了一样东西，奴才斗胆，愿为小主分忧。”

“哦？”乌雅青黛挑了挑眉，“如何分忧？”

魏璎珞解下腰间香囊，头也不回地喊道：“玲珑，你身上的香囊呢？”

被她喊到名字的宫女吃了一惊。

“给我。”魏璎珞一边说，一边解开香囊，将里面的玫瑰香粉倒在地上。

虽说一点也不想在这个时候出头，但众目睽睽之下，玲珑只得不情不愿地走了出来，解下香囊递过去：“拿去。”

同色的香粉倒在一起，聚集成了玫瑰色的小小一团，魏璎珞跪在地上，双手向上一捧：“请乌雅小主抬足。”

头顶上传来一声轻笑，然后一只鞋底带血的旗鞋落在她干净的手掌心里。

魏璎珞双手捧着乌雅青黛的旗鞋，然后以香囊沾粉，均匀地将香粉涂抹在乌雅青黛的鞋底，神情专注，似乎在做一件极为重要的事。

“咦。”看着她的侧脸，陆晚晚“咦”了一声，“纳兰姐姐，这个小宫女长得挺好看的。”

被她唤作纳兰姐姐的，正是先前阻止她帮助吉祥的端丽秀女，名唤纳兰淳雪。她摇了摇手里的宫扇，淡淡道：“生得漂亮又如何，还不是包衣出身，天生的奴才，给乌雅姐姐提鞋的命。”

“好了。”魏璎珞放下乌雅青黛的脚，毕恭毕敬，“请小主走两步试试。”

“你究竟在搞什么名堂……”乌雅青黛走了几步，面色阴沉，“若说不出个所以然来，今日我不办了你们，回头……”

“哎呀。”陆晚晚不顾身旁纳兰淳雪的阻止，以扇掩唇，帮腔了一声，“步步生莲，好生别致，你回头看呀。”

乌雅青黛闻言一愣，她回头望去，只见自己刚刚走过的青石板上，竟留下一串迤逦莲花印。

耳边同时响起魏璎珞的声音，她道：“奴才读书少，却听说书先生说，东昏侯为最宠爱的潘妃做金莲贴地，潘妃行走其间，宛如步步生莲，美丽不可方物，因此备受宠爱。今日璎珞雕虫小技，用玫瑰花粉嵌入鞋底，祝愿小主心愿得偿、步步高升！”

乌雅青黛瞥了她一眼，又摇着扇子，来来回回走了几步。

青石板上一朵又一朵莲花，像青色的湖水里慢慢盛开白色的花。

乌雅青黛顿时不急着要惩罚这两个小宫女了，只想快点让皇上看见这一幕，晚了，谁知道那些个狐媚子会不会效仿她，弄出一地玫瑰花、牡丹花来？

“行了行了。”于是她无所谓地挥挥手，对仍跪在地上的魏璎珞道，“就冲你这哈巴狗的样，我饶她一命！”

说完，她不再久留，踩着一地莲花匆匆离去。

她这一走，此地也没别的好戏可看，众秀女便也一个个跟着离开，陆晚晚走到一半，回头冲魏璎珞和善地一笑。

只可惜她是站着的，而魏璎珞是跪着的，所以这一笑，魏璎珞没有看见。

待脚步声远离，魏璎珞才缓缓起身，来到仍跪在地上不敢动的吉祥身旁，深叹一口气，伸手将瑟瑟发抖的她扶起：“吉祥，没事了。”

“哦，哦……”吉祥似乎还没从刚刚的事里回过神来，魂不守舍地应着魏璎珞的话。

“我先给你简单包扎一下。”魏璎珞取出条干净帕子，小心翼翼地为她包扎，“待会儿带你去找大夫……”

被她如此温柔对待，吉祥的心慢慢定了下来，如同湖中漂萍渐渐靠了岸，含着泪应道：“嗯……”

“吉祥，你可真是笨手笨脚的！”一个不合时宜的声音响起，却是锦绣叉腰走来，薄唇向外吐着风凉话，“差点把咱们都害惨了！”

“你还好意思说！”吉祥鼓起两边面颊，“刚才要不是你推我，我根本不会犯错！”

“好了好了，都别吵了！”大宫女喝止她俩，教训道，“宫女留用，都要经过持帚、刺绣两关，别光会耍嘴皮子，得手上有真功夫，快走！”

包括魏璎珞在内，众宫女都低头应道：“是！”

长长的队伍跟在大宫女身后，犹如一池青鱼，顺水而游，朝它们该去的地方而去。行至一半，魏璎珞的袖子被人扯了扯，她转过头，见吉祥四下张望了下，警惕得像只小老鼠，显见刚刚的事儿实在吓坏了她，现在说话，声音都压低了好几拍，生怕被人听见。

“璎珞！”她带着一丝小孩子的天真依赖，可爱地埋怨着，“乌雅氏那么坏，你怎能帮她中选？”

“中选，她吗？”魏璎珞顿住脚步。

吉祥疑惑地看了她一眼，然后顺着她的目光看去。

不知何时，她们已经走到了兰花苑。

兰花遍地，清香葳蕤，然而魏璎珞的目光却不在任何一朵兰花上。

她看着的，是一口井。

吉祥打了个哆嗦，也不知道是不是她的错觉，明明离得那样远，却能够感觉到顺着井口飘出来的那股子寒气，冰冷刺骨，宛如刮过乱坟岗的晚风。

……或许冰冷的不是井，而是魏璎珞此刻的目光。

“……到底是中选还是落选，只有老天才会知道了。”魏璎珞微微一笑，这一笑散去了她眼底的阴寒，她牵起吉祥的手继续往前走，“对了，吉祥，你刚刚哭着喊我的时候，很像从前的我。”

“嗯？”吉祥一愣。

“我从前也跟你一样，总是闯祸，自己处理不来，就哭着喊我姐姐。”魏璎珞背对着吉祥道，“她每次都会来救我。”

“你姐姐真好。”吉祥天真地回应着，“好羡慕你有这样的姐姐。”

“不，是我羡慕你。”魏璎珞的声音越来越低，“你喊我的时候，我会回应你，但我姐姐……再也不会回应我了。”

眼前的背影又萧索又寂寞，像冬天凋零的叶子，万般不舍，却又无可奈何地离开了自己生长的大树。

仅仅是看着这样的背影，吉祥就觉得心里难过起来，忍不住紧紧握住她冰冷的手，想要温暖这只手，温暖这颗心。

“没事了，我会陪着你的。”吉祥轻轻说，“我会陪着你的……璎珞姐姐。”

第五章　选秀

御花园里发生的事，就像一颗小石子丢进了海里，溅起来一朵小小水花，然后很快归于平静，大人物们视而不见，看见了也不会在意。

有更重要的事情，等着他们去看去做。

“娘娘，皇后娘娘！”长春宫的院子里，宫女明玉匆匆赶来，努力顺着气道，“马上就要殿选了，您该早些准备才是！”

偌大一个院子，却只开着茉莉花。

层层叠叠的浅白色花瓣，点缀在深绿的叶子中，当中有一名素衣女子，手持金剪，专注地修剪着花枝。

风吹过，只有叶子摇动的声音，以及咔嚓咔嚓的声响。

她是没有听见，还是听见了当没听见？明玉有些拿不定主意，只得朝旁边的一名秀丽宫女挤眉弄眼。

这位宫女同样一身素衣，手捧铜制水壶，乍一眼看去毫不起眼，浑似个刚进宫的洒扫宫女，实际上却是服侍皇后娘娘的大宫女尔晴，地位之高，分量之重，在众宫女之中屈指可数。

故而明玉不敢说的话，她能说，明玉不敢做的事，她能做。

朝前走了一步，尔晴低声问道：“娘娘？”

咔嚓，一枝茉莉离开了枝头，素衣女子手持茉莉回头，满园春色顿时在她面前黯然失色。这无边无际的茉莉花，仿佛就是为了衬托她而存在。

真真如枝上茉莉，清丽脱俗。

她正是当今皇后——富察氏。

“今日秀女们争奇斗艳，我又有什么好准备的？”富察皇后闭上眼睛，低头轻嗅手中的茉莉花，温柔一笑，“还不如留下来侍弄花儿。”

真是皇帝不急太监急，明玉抓耳挠腮，仿佛一只吃不到香蕉的猴儿：“那怎么行？娘娘不去，岂不是给储秀宫那位机会！”

“明玉，慎言！”尔晴倒似个驯猴的唐僧，只是一个不悦的目光，就让明玉安分了下来。过后她和颜悦色地对富察皇后道：“不过，娘娘，殿选是大事，您总该去看看。否则太后知道，又该怪您不理宫务了！”

都说一入宫门深似海，当真如此。海里面大鱼吃小鱼，宫里面一头压一头，能够让富察皇后放下花枝的，也只有太后娘娘了。

“唉。”富察皇后无奈起身，拍了拍裙上的土，“小小年纪，这么啰唆，那就去看看吧！”

明玉喜形于色，简直一蹦三尺高：“娘娘，奴才立刻就为您梳妆打扮！”

说完转身就跑，一眨眼就跑了个没影，只余尘土在她身后飞扬。

“真是只猴儿。”富察皇后无奈地摇摇头。

“她就是只猴儿，还有，这个——”尔晴上前，小心翼翼地摘下皇后鬓间小巧的茉莉花球，皇后先是微微一愣，然后哑然失笑。

选秀的地点，定在御花园延晖阁。

说是梳妆打扮，其实不过是换了一身稍微干净些的衣服，然后用清水洗去手上的土。然而纵是素面朝天，富察皇后依然压过在场众女数筹，一是因为她的貌，二是因为她的地位。

只不过，有些人却并不将她的地位放在眼里。

“慧贵妃驾到！”

随着太监一声唱喝，一名浓妆艳抹的宫妃在侍女搀扶之下，仪态万千地走进延晖阁楼。

有些女人不能上妆，妆一浓就显得庸俗，譬如富察皇后。

但有的女人必须浓妆艳抹，环佩叮当，譬如眼前这位慧贵妃。耳上两颗宝光四溢的东珠坠子，手腕上缠绕着一串由十八颗翠珠与两颗碧玺穿成的翡翠手串，尤其是头上一顶大拉翅，珠光宝气，嵌着银制翠蝶，红宝石牡丹，两者皆栩栩如生，随着她的步伐，蝴蝶飞舞牡丹颤动。

这么多的首饰，若放在另外一个人身上，只怕这人就成了一个首饰架子，旁人只能瞧见首饰，瞧不见她人。然而慧贵妃不同，她以牡丹之姿，艳压群芳，硬生生压住了这一身珠光宝气。

她婷婷袅袅地走到皇后面前行蹲安礼，无论是动作还是声音，都透出一股不加掩饰的敷衍："臣妾恭请皇后圣安。"

尔晴面无表情，明玉却已经面带怒色，只消富察皇后一句话，这猴儿就能跳上去甩她一套大耳刮子，然而富察皇后只是笑笑："免礼。"

"礼"字还没说完，慧贵妃就已经站起身，走至皇后下首坐下。她抬手接过侍女递过来的茶，轻轻喝了一口，然后放下茶盏，对外头的秀女评头论足道："这届秀女品质不俗，倒也有几个清秀可人的。"

皇后神色平和："我大清选秀，自与前朝不同，要选择出身名门、德行兼备之女侍奉在皇上身边，与容貌是不相干的。"

慧贵妃掩唇一笑，这一笑仿佛牡丹盛放，国色天香，莫说男人，连女人也要为她的风流多姿心折："那也不能选出一堆歪瓜裂枣，皇上看了该多堵心啊，也影响皇嗣的相貌不是？"

看似寻常对话，实乃暗藏杀机，四周的人噤若寒蝉，秀女们更是低头看地，连呼吸都不敢呼吸。

虽说兰花牡丹各有姿色，但两花相争，必有一败。出乎众人意料，富察皇后似乎退了一步，只见她声色平和地道："秀女们再漂亮，也及不上贵妃艳冠群芳。"

见她退让，慧贵妃更是得意，银铃似的轻笑从嘴里漫出来，边笑边道："娘娘谬赞，臣妾愧不敢当，不过牡丹国色天香，是花中之王，的确不是人人当得！"

"你……"明玉怒火中烧，正要大骂一声"放肆"，却见皇后朝她摆摆手，心中虽然一万个不愿意，却也只能握紧拳头退下。

"皇上驾到！"

一声唱喝打断了两人的交锋，少顷，一名高挑俊美的男子背着手走了进来。相比之下，他的打扮更近似富察皇后，两个人身上都没有太多的首饰点缀，乌青色的常服显得极为干练素静，袖摆处尤带一股墨香，似乎来此之前，还在案前处理一堆公文。

此人正是当今圣上——弘历。

“臣妾恭请皇上圣安。”

“免礼。”弘历快步走到富察皇后面前，伸手将她搀起，俊美的脸上浮现出一丝温柔之色，“皇后不必多礼。”

先前一句话是对所有人说的，现在这句话便只是对她说的。

慧贵妃面无表情地盯着两人交握的手，眼底流露出一丝妒色。

弘历未曾看见这一抹妒色，这场选秀于他而言，更像是例行公事，他扶富察皇后坐下，然后自己也随意地往主位上一坐，单手支着脸颊，吩咐了一句：“开始吧。”

“喳！”大太监唱名道，“大理寺卿索绰罗·道晋之女索绰罗·玉梨，年十五。”

一名高挑瘦弱的秀女忙走上前来。

弘历眯着眼看了她一眼，道：“今天风这么大，站着挺费劲儿吧。”

“不，不费劲儿。”秀女忙回道，却不料得到慧贵妃的一阵轻笑：“是啊，皇上，这位是太瘦了点，一阵风就能把人吹跑似的。”

弘历虽不再多言，却也抿起嘴笑了一下。

大太监最会看人脸色，见了这笑，立刻道：“赐花。”

一名小太监立时捧着盛花银盘上来，瘦高秀女无奈，只得拿花离开。

“上驷院卿甘棠临之女甘如玉，年十六。”

一名圆润过头，已经发育成球的秀女走上前来。

弘历只一眼便笑了出来：“一天吃几顿？”

既然是皇帝问话，不好不答，圆润秀女红着脸说：“三顿。”

“不止。”弘历道，“起码得五顿吧，否则怎么吃出这样的体型来？都快赶得上宫中豢养的相扑力士了。”

宫中已不需要更多的相扑力士了，后宫更不需要。

“赐花！”大太监立时道，“顺天府尹章佳思贤之女章佳茹红，年十五。”

一名肤黑如炭的秀女碎步上前。

前后已有两名秀女落选，众秀女有些战战兢兢，生怕弘历开口问话。

“每天顶着酱油晒太阳吗？”然而他又问话了。

只是这个问题太过古怪，脸黑秀女“啊”了一声，然后茫然摇头：“没啊，臣女久居深闺，很少出门晒太阳……”

“哈哈！”慧贵妃笑出声来，“皇上是说你脸黑，哟，仔细一瞧，上面还有斑呢！”

脸黑秀女被她笑得满脸通红，眼中含泪，拿了赐花之后，转身就跑，身后是大太监的唱名：“下一位，太常寺卿乌雅雄山之女乌雅青黛，年十七。”

少顷，一名美貌女子走了出来。

与先前在御花园中的飞扬跋扈不同，此刻的她收敛起全身锋芒，展现给外人看的，就只有她最美丽的一面——她走路的姿势。

每个美人都有她的独到之处，富察皇后空谷幽兰，慧贵妃牡丹国色。比容貌，乌雅青黛自是比不过这两位的，然而她走路的姿势十分轻灵秀美，十个人一起走路，旁人第一眼肯定会注意到她。

即便注意不到她的走姿，也会注意到——

“嗯？”慧贵妃忽然挑了挑眉，“地上是什么？”

众人循声望去，只见乌雅青黛经过之处，长长两串莲花印记，开于秀女之中，止于乌雅青黛脚下。

头顶上，传来弘历的声音：“你脚上是怎么回事？”

他果然注意到了……

乌雅青黛心中狂喜，即便拼命按捺，依然流露在脸上，连声音都带着一丝喜悦的颤抖：“皇上——这叫步步生莲。”

“是吗？”弘历笑了一声，也不知是不是她心里的错觉，乌雅青黛觉得这笑声有些冷，有些可怕，下一刻，她听见弘历冷冷道，“把她的鞋子脱了，朕看看！”

第六章　命在掌中

……发生了什么事?

事情来得太过突然，乌雅青黛抬起脸，先前的喜色还凝固在脸上，迎面就过来两个小太监，四只胳膊重重将她压在地上，然后大太监亲自扒下她右脚的绣鞋，亮出鞋底，举至御前。

弘历只看了一眼，便冷笑起来:“原来是把鞋底雕作了莲花之形。”

慧贵妃招招手，大太监忙将鞋底举至她面前，她看了一眼，便笑道:“鞋底还填充了细粉，难怪留下印记，倒是颇有心思呢！”

她还在笑，弘历脸上却没了一丝笑意，他厉声道:“来人，叉出去！”

乌雅青黛这才回过神来，双膝一软跪在地上，连滚带爬地扑至御前，脸上梨花带泪:“皇上，皇上，臣女只是仿照步步生莲，想要博个头彩，皇上宽恕，皇上宽恕！贵妃娘娘，救救臣女！皇后！皇后救救臣女！”

弘历与慧贵妃皆面无表情，唯有富察皇后叹了口气，侧首对弘历道:“皇上，秀女想要拔个头筹，也没有什么不对，您若是不喜欢，赐花就是了，这样驱逐出宫，她以后有何颜面见人？”

“是啊，皇上！”乌雅青黛挣开两名太监的手，狼狈地扑倒在弘历面前，“臣女入宫待选，若被驱逐出去，会给家族蒙羞，今后如何自处！求您，求您饶了臣女吧！”

言罢，她跪伏在地，额头咚咚咚磕得响亮，姿态几乎与先前的吉祥重合，只是那时她不肯放过吉祥，如今弘历也不肯放过她。

“朕早已明令，禁止汉军旗秀女缠足，可这次阅选，缠足者绝非一二人！”弘历声色冷淡，“非但汉军旗如此，连乌雅氏也学此等奢靡颓废风气，潘玉奴是妖妃，萧宝卷是昏君，你如今学她，是要祸乱朝纲吗！这样的女子进了宫，一定会惹出是非，朕不但要将她驱逐出宫，还要将她的父亲按违例治罪，以儆效尤！”

“不，不！”乌雅青黛还想争辩些什么，但两条雄壮的胳膊已经从她身后伸出，铁钳一样钳住她的胳膊，将她往门外拖去。

“不要，皇上！不要啊！臣女知错了！臣女真的知错了！”乌雅青黛如同即将送入屠宰场的牛马，拼命挣扎着，撕心裂肺地哭喊着，“对了，是那贱婢，是那贱婢害了臣女！不是我，往鞋底涂抹香粉的主意不是我……呜！”

恐她大吵大闹，惊扰圣驾，身旁一名太监伸出蒲扇似的手，一把捂住了她的嘴，五根手指堵住了她的声音，也堵住了她最后的机会。

“呜，呜呜……”

呜咽声渐渐远去，地上空余两串莲花印，证明那个名叫乌雅青黛的女子曾经来过。

“来人，把地板清理干净。”弘历冷冷道，“看着就让人不舒服。”

“是！”几名宫女急忙持扫帚而来。

于是乌雅青黛最后一点痕迹，也就这样从宫里面消失了。

“哎呀，那个……像不像乌雅姐姐？”

御花园待选处，一众秀女正等候着唱名，先前几个前脚刚进门，后脚就被赐花出来了，而乌雅青黛进去之后，却迟迟没有出来，众人心中艳羡，暗地里讨论，只怕乌雅青黛已经被皇上给看中了。

岂料大门一开，一个披头散发的女人被两名太监拖了出来。

“这样一个疯婆子，怎么会是乌雅姐姐呢……”有人反驳。

“可她身上明明穿着乌雅姐姐的衣服……”有人一针见血。

那披头散发的女子身上果然穿着乌雅青黛的衣裳，不仅如此，耳垂手腕上也都戴着乌雅青黛的首饰，若说有什么地方与先前不一样，或许就是她的脚了，一双裹成三寸的小脚拖曳在地上，漂亮的莲花鞋已经不知所终。

“好疼，好疼啊……”那披头散发的女子哭道，发出的分明就是乌雅青黛的声音，“我的脚，我的脚……”

没了鞋子，皮肉就遭了罪，那双没了鞋的雪白小脚拖曳在地上，没能留下迤逦的莲花印，反倒是被石头磨出了两行血迹，蜿蜿蜒蜒地随她而行，如同两条血红色的、扭曲的蛇。

“贱婢，是你害了我！”乌雅青黛忽然发出一声凄厉叫声，“我做鬼也不会放过你的！”

众秀女被这一幕吓得噤若寒蝉，好半天都无人说话。

尤其是生性胆小的陆晚晚，整个人都已经靠在了纳兰淳雪身上，双手紧攥着对方的袖子，声音发着抖：“好可怕，她到底做错了什么，皇上要这样惩罚她？”

纳兰淳雪盯着地上的血痕，若有所思片刻，忽然低声道：“会不会是因为皇上不喜欢她的鞋子？”

“怎么会？”陆晚晚手掩樱唇，有些惊讶地问，“步步生莲，何等别致，皇上怎会不喜欢呢？”

“皇上的爱好，你我这种刚进宫的人，又怎么会知道呢？”纳兰淳雪沉声道，“但那个小宫女呢，她知道吗？”

“你是说先前那个漂亮小宫女？”陆晚晚似乎对对方颇有好感，不由自主地为对方说了句话，“人家也是刚进宫的小宫女，我们不知道的事，她又怎么会知道呢？”

“说得也是。”纳兰淳雪也觉得不可能，她们这些秀女都不知道的事情，一个新进宫的宫女更不可能知道，只可能是乌雅青黛运气不好，偏生穿了一双让皇上生厌的鞋子。

但如果那个小宫女知道呢？

“如果她知道的话……”纳兰淳雪心想，“那与其说是乌雅青黛将鞋子放在了她的手心里，倒不如说是将自己的命放在了她的手心里，由她摆布！”

这个可能性让纳兰淳雪心中发冷，忍不住喃喃一声：“说起来，那个小宫女……叫什么名字来着？”

“璎珞。”

“怎么了？”魏璎珞停下手里的针线，转头望向吉祥。

吉祥欲言又止，这时造办处绣坊的门吱呀一声打开，一名青衣太监跨过门槛走了进来，吉祥忙低头继续手里的针线活。

“吴总管。”负责指导新进宫女针线活的张嬷嬷迎了上去。

吴书来摆摆手，免了她的礼：“我来瞧瞧今年新进的宫女。”

张嬷嬷乖顺地退到他身后，两人一前一后，在一个个宫女身后走过。

“喀！”吴书来忽然轻喀一声。

声音虽轻，却有不少宫女歪了手里的针，之后虽然立刻继续手里的活计，但动作都比先前快了一拍，无非是想给吴书来留一个飞针走线的好印象。

始终不紧不慢的，似乎只有一个魏璎珞。

“总还算有个老成持重的。”吴书来负手站在魏璎珞身后，满意地点点头，然后抬脚走到吉祥身后。

“……还有些，是需要好生调教的。”

吉祥的小脸臊得通红，天气不算热，她的鬓角却沁出汗来，一咬牙，加快了手上的速度，结果一针扎在自己手指上，疼得低叫一声，忙将指头含在自己嘴里。

身后的吴书来摇了摇头，从她身后离开。

他走后，吉祥不再绣了，只是低着头发呆。

“……怎么了？”魏璎珞停下手里的动作，歪头看过去，然后眉头一蹙，暗道糟糕。

只见吉祥手中的绣绷上，一幅刺绣绣了一半，绣工有些差强人意，但这也不能全怪吉祥。她的右手先前才被乌雅青黛给踩过，虽然事后经过了处理，但还是黑肿了一大圈，又请不到假，只能咬紧牙关，带伤做工。

只是现在，雪白的绣布处染上了一团殷红血迹，也不知是吉祥刚刚不小心扎破了手指头，把血滴在了上头，还是旧伤发作，血从纱布中渗了出来。

但无论如何，这幅绣品算是毁了。

“怎，怎么办……”吉祥带着哭腔，伸手去擦。

“吉祥，别……”魏璎珞阻止得晚了。

原先只有不起眼的一滴血迹，结果被她这样一擦，擦成了显眼的一小团，连掩饰都难掩饰过去。

同在一处刺绣的还有两人，一个是锦绣，还有一个是吉祥的同乡玲珑。锦绣瞥见这一幕，本性使然，薄唇里立刻吐出风凉话来：“宫女也要伶俐聪明，你这么笨，迟早也要被赶出宫，别白费力气了！”

玲珑倒还讲些同乡情谊，面露同情道：“真可惜。”

“玲珑！”吉祥红了眼圈，一团孩子气地哽咽道，“咱们从小一块儿长大的，你帮我想想法子，好不好？”

同乡归同乡，但在这样的麻烦事面前，玲珑宁可没这个同乡，立时拒绝道：“我能有什么法子，自己还没绣好呢！”

吉祥忍不住回头一望，绣坊里立着一张檀木桌，桌上一台兽纹铜制香炉，香炉里插着一根香，如今已经烧了一半，等到剩下半截也烧成灰，就是交绣品的时间了。

“我该怎么办啊……”吉祥喃喃一声，眼泪再也忍不住落了下来，泪落之时，却觉手中一轻，她回过头来，恰见魏璎珞将她的绣绷拿了过去，然后将自己的绣绷递了过来。

吉祥一脸震惊：“你……”

“把眼泪擦干净。”魏璎珞交换完两人的绣绷，头也不抬地说，“别叫嬷嬷看见了。”

她动作很快，看见这一幕的人并不多。吉祥、锦绣、玲珑面面相觑片刻，最后是玲珑先开口说话，她压低声音道：“你疯了？这绣帕原本要绣金色鲤鱼，有这血污，无论如何救不回来了！还有半炷香时间，也来不及重新绣啊！”

魏璎珞眯起眼睛，细细打量了手中绣品片刻，然后重新拈针拿线，对忐忑不安的吉祥微微一笑道：“牡丹还差两针，你帮我绣完吧。”

“璎珞，你可想清楚了？”玲珑忍不住问。

不等魏璎珞开口，锦绣便已嗤笑一声：“你管她做什么，逞能！”

吉祥呆呆看着手中的绣绷，忽然一把将它塞回璎珞手中，不断摇头道：“拿走拿走，我不能连累你，快把我的绣绷还给我吧！”

魏璎珞轻轻将右手一抬，挡住了递来的绣绷，然后妙目一斜，望向一侧。

吉祥随她目光看去，见嬷嬷正朝这个方向走来，顿时不敢再说话，匆忙拿起手里的针线跟绣绷。

然后她微微一呆。

手中的绣绷绣的是牡丹，国色天香，栩栩如生，只差最后几针。

第七章　高下之分

“时辰到！”

无论绣完还是没绣完，宫女们都停下了手，宛如科举学子于放榜日等着成绩般，满怀期待又忧心忡忡地望向张嬷嬷。

原本该由张嬷嬷来检验绣品的水平，但现在有吴书来在，她果断将这权利让了出来，恭恭敬敬地对他道：“请吴总管品评。”

“我怎好越俎代庖？还是你来吧。”吴书来笑笑。

“能得吴总管评点一二，是这群宫女的福气。”张嬷嬷恭维道。

“好吧。”吴总管摸了摸光洁的下巴，笑道，“左右现在没什么要紧事，就看看吧。”

张嬷嬷立马对众宫女道：“还不快谢过吴总管？”

“谢吴总管！”

吴书来抬手一按，将众女的声音压了下来，然后负手走来，一样一样地评点众女手中的绣品。

说是评点，但大多数时候只有摇头与点头，直到轮到锦绣时，他才难得地说了一句话：“嗯，绣工精巧，不错。”

虽只是短短七个字，却足以让锦绣压过先前那一群点头与摇头。她忍不住喜形于色，正要借此机会与吴书来攀谈几句，却听“咦”一声，抬头一看，吴书来已从她面前走过，停在了玲珑面前。

“这是……”吴书来面带惊讶道。

锦绣瞥去一眼，有些酸溜溜地心想：不过是一只野猫，有何稀奇的？

玲珑绣的是一只丛中猫。花叶稀疏，红白相间，一只纹路斑斓的狸花猫从丛中探出头来，神态娇憨，尤其是猫身上的毛，明暗交织，深浅各异。乍一眼望去，活灵活现，仿佛将一只真猫缝在了绣绷里。

只论针法，与锦绣手中的海棠春睡图差不了多少，然而玲珑将帕子一反，笑道：“回禀吴总管，是双面绣。”

只见帕子反面，竟也有一只猫儿。

同样的从中探头，同样的神态娇憨，就连身上的毛皮，也与正面那只猫儿一模一样。

“好，好。”吴书来将绣绷递与张嬷嬷看，“你瞧如何？”

张嬷嬷眯眼看去，她久在绣坊做事，眼光自与吴书来不同，只觉针脚不够细密，有几处色彩也出了错，显有赶工之嫌，但这些她一样没指出来，只是笑道：“既然吴总管说好，那定然是好的。”

锦绣闻言面露不悦，她只得了一个好字，玲珑却得了两个，一个来自吴总管，还有一个来自张嬷嬷。不过是只村中野猫，到底哪儿比她强？

吴书来并未在玲珑面前停留太久。他位高权重，什么样的好东西没见过？之所以连说两个好字，实是矮子里选将军，在这一批新进宫女中，这幅双面绣应该是最好的……

不对。

吴书来停在吉祥面前，盯着她手中的绣品，久久不言语。

他的沉默带给吉祥无尽的压力。随着时间一分一秒地过去，吉祥的鼻息渐渐变得沉重起来，甚至连膝盖都有些发软，随时随地都能给他跪下去。

“这牡丹生动逼真，形神俱备，好，好，好！”吴总管再次开口，竟是连说三个好，然后一锤定音道，“老夫在宫中多年，也很少见到这样非凡的绣工，当得第一，当得第一！”

两个好字已让锦绣变色，三个好字一出，她直接冷笑道：“总管不如先看看魏璎珞的刺绣，我瞧她绣得最慢，一定最好啦！”

吴书来皱皱眉，张嬷嬷将他的神色变化看在眼里，立刻开口训斥：“谁让你说话的！”

锦绣面色一白，垂下头去。

"无妨。"吴书来淡淡道，"谁是魏璎珞？"

众人齐齐朝魏璎珞看去。

吴书来缓步走到魏璎珞面前，神色淡淡："绣的是什么？我看看。"

"是。"魏璎珞揭开反扣的绣绷，一幅色彩明亮的锦鸡图映入众人眼帘。

原先吉祥绣了一半的金色鲤鱼，竟在短短半支香时间里，被她改成了一只金羽锦鸡，锦鸡望日，长翎舒展于身后，根根翎羽皆泛着金光。整幅绣品富贵堂皇，尤其是鸡冠一抹红，鲜艳似血，为点睛之笔。

——而这处点睛之笔，恰恰是先前的败笔。

在场只有寥寥几人知道，那鸡冠之所以如此鲜艳如血，是因为里面渗着真正的血。吉祥先前擦在绣布上的血，被魏璎珞巧妙一变，变成了鸡冠上的一抹红。

旁人不晓得当中内幕，只欣赏其针法以及寓意，连一贯挑剔的张嬷嬷见了这幅绣品之后，都难得地赞道："心思巧，针法也好，这届的宫女，可真是人才辈出！"

锦绣满心不服，她刻意将吴书来引去魏璎珞那儿，可不是为了让她得贵人另眼相看的，薄唇一张，正要站出来告状，却被身旁的玲珑一把扯住。

"你干什……"锦绣话未说完，身旁不远处的一个小宫女忽然开口道："总管，魏璎珞代人作弊！"

此言一出，整个绣坊鸦雀无声。

山有高低，水有深浅，人与人之间总在争个高下，宫女们如此，秀女们也如此。

"侍郎纳兰永寿之女纳兰淳雪，年十六！"

御花园延晖阁中，选秀还在继续。

"说起来，那个小宫女……叫什么名字来着？"纳兰淳雪停下思考，心道，"现在不是想这些的时候，纳兰淳雪，轮到你上场了。"

她收敛起有些纷乱的心思，低眉顺眼地走到弘历面前，行礼道："臣女纳兰淳雪见过皇上。"

似是被先前的事坏了兴致，弘历此刻的表情十分冷漠，隐隐透着一丝不耐烦。他盯着纳兰淳雪不说话，这份沉默犹如乌云压顶，使得殿内所有人都大气不敢出。

“你耳朵上是怎么回事？”弘历忽然道。

众人胆战心惊，先前他也问过类似的话——你脚上是怎么回事？

之后乌雅青黛就倒了大霉，门外的石阶上现在还残留着她的血迹，长长两条。宫人们正急急忙忙用清水冲洗，免得待会儿日头一大，引来虫蝇。

纳兰淳雪自然也感觉到了气氛不对，说不怕是假的，但是她这人与别人不同，越是这种时候，她就越发冷静。

“回皇上的话。”她姿态端娴地立在原地，回道，“臣女阿玛常说，女子一耳带三钳，穿花盆鞋，乃是老祖宗留下的规矩，若是一朝抛弃，效法汉女一耳一坠，就是忘了祖宗。”

秀女五人一批，与她一同进门候选的还有四人，她这话一出，其中三个不自觉垂下头来。还有一个忍不住抬手摸了摸自己的耳垂，上头只垂着一只耳坠。

五人里，唯有纳兰淳雪一只耳朵上戴着三只名贵耳环，红蓝白交相辉映，一眼望去，与别人不同。

先前有人问她为何要如此装扮，她笑而不答，原来不是不答，而是要在一个特定的场合、特定的人面前回答。

“说得不错！”弘历果然龙心大悦，将手往桌上一拍，“大清入关多年，满洲旧俗渐渐没落，朕让他们学汉文，识礼教，可没叫他们连自己是谁都忘了！”

言罢，他朝大太监点点头。

大太监会意，高声道：“留牌子！”

纳兰淳雪福了福，姿态一如既往地端娴，颇有一种不骄不躁、不喜不忧的从容之态。

“光禄寺少卿陆士隆之女陆晚晚，年十六！”

有纳兰淳雪珠玉在前，便衬得陆晚晚颇有些小家子气。

她太胆小，也太紧张了，以至于一时之间连路都忘了怎么走，一路蹑手蹑脚地行至御前，不等她抬头露出自己足以惊艳时光的容貌，便已得了弘历一声轻笑。

“朕还有奏章要批。”弘历起身道，“先走了。”

“皇上！”富察皇后忙道，“这儿怎么办？”

弘历伸了个懒腰，心不在焉地自陆晚晚身旁走过，丢下一声：“皇后，你看着处置吧，朕信任你的眼光！”

说完，他头也不回地大步离去，丢下众人面面相觑。

慧贵妃懒洋洋将手往身旁一抬，搭在侍女手中，任她将自己搀扶而起：“既然皇上都走了，可见没什么看头，臣妾先行告退。”

说完，她不等皇后开口，便施施然离去了。

富察皇后叹了口气，和颜悦色地看向陆晚晚。

她身上自有一种母仪天下的气质，尤其是她的目光，温柔得仿佛母亲看着自己的儿女。在这样的目光注视之下，陆晚晚长出一口气，渐渐镇定下来。

她的表情变化落在纳兰淳雪眼中，心里不由得浮出一句：“她不是我的对手……”

陆晚晚的美貌乃众秀女之首，她却全然不懂发挥自己的优势，反而让机会从自己身边擦肩而过。而且她生性胆小，犹如菟丝花般，总在寻找一棵能够为她遮风避雨的大树攀附。

也不想想这里是什么地方，这里是后宫。

过于依赖一个人，就等同于将自己的命运交到了对方手里。

“她不是我的对手……我的对手会是谁呢？”纳兰淳雪想到这里，眼前竟不由得浮现出一个青色的身影。

青色是她身上的衣服——新进宫女的服色。

“我怎会想到她？”纳兰淳雪忍不住失笑一声，在心里对自己说，“我是留了牌子的秀女，她是地位卑微的宫女，她连与我平起平坐的资格都没有，又哪有机会与我争个高下？”

第八章　作弊

选秀一事接近尾声，绣坊之中，追究作弊一事却还刚刚开始。

“我亲眼瞧见的。”一名宫女指着魏璎珞说，“吉祥的帕子落了血污，是魏璎珞交换了绣绷，替她绣完了！宫里早有规矩，一旦有人作弊，两个人要一块儿赶出去！”

“哦？”吴书来一眼瞥来，“是这样吗？”

魏璎珞望了那志得意满的宫女一眼，只觉可笑。

她原先以为告密的会是锦绣，哪知道最后跳出来的，竟是个不相干的人。

真是可笑，锦绣这么做还情有可原，少一个竞争对手，她在绣坊里就是个数一数二的人物，但这个宫女是什么东西？容貌绣工皆为次品，即使将魏璎珞驱走，她也上不得台面，且没人会喜欢一个背后告密的人，所有宫女都会因此防备着她，她这样做有什么好处？还是说嫉妒就有这么大的力量，足以让她损人不利己？

扑通一声，吉祥跪在了地上，带着哭腔：“我……我……”

“什么你啊我啊，支支吾吾的，一点规矩不懂。”张嬷嬷冷着脸训斥道，“总管问你话，怎么不回答！”

“是我！”吉祥一咬牙，便要将所有的责任往自己身上揽，“都是因为我……”

“扑哧。”

一声轻笑打断了她的话，众人齐齐望去，都想看看是谁这样大胆，居然敢在这个时候笑出声来。

……竟是魏璎珞。

吴书来原以为她是个老成持重的人，对她还颇有几分好感，如今见她这样不知轻重，面色便淡了下来，问：“你笑什么？”

“笑可笑之人。”魏璎珞走到吉祥的绣绷前，“谁说我们作弊了？看。”

她将手中的锦鸡图靠在吉祥的牡丹图旁，然后柳暗花明，又见一村。

“这是……”吴书来惊得睁大眼睛。

吉祥的牡丹图富丽堂皇，若硬要说有什么缺点，那就是少了些生气，与之相反，魏璎珞的锦鸡图栩栩如生，若硬要说有什么缺点的话，那就是除却鸡冠一抹红，其余地方皆为一色，一眼望去还好，看久了，便觉得颜色有些太过单调。

如今两样配在一起，居然天衣无缝。

牡丹以其国色丰富了两幅绣品的颜色，锦鸡则以其傲态提升了两幅绣品的气度，不，哪里是两幅绣品……

“这本就是一幅绣品，名为——牡丹锦鸡图。”魏璎珞笑道，“因为耗时太长，故由我与吉祥合作完成。”

“才不是这样呢！”告发她的宫女急忙道，“你们，你们……”

“敢问一句，”魏璎珞笑着对她说，“我将绣绷交给吉祥的时候，牡丹是否并未全部绣完？”

宫女张了张嘴，却又说不出什么狡辩的话。

虽说大伙在同一个绣坊里做工，但彼此坐得有些距离，知道事情前因后果的，只有魏璎珞身旁的三个人，也就是吉祥、锦绣以及玲珑。这宫女估摸着是偷听了她们讲话，但未必清楚整件事，也就不可能知道吉祥最开始绣的并非金鸡，而是金鲤。

故魏璎珞一试探，就试探出了她的深浅。见她一副无话可说的样子，魏璎珞立刻心里有数，当即爹着胆子往下说：“同理，吉祥把锦鸡图递给我的时候，同样也只有寥寥几针，不是吗？既然都是未完成的绣图，何来作弊一说？”

众人哑然，然后一同看向张嬷嬷。

“这……”张嬷嬷有些为难道，“宫里面可没有这样的先例，吴总管……您看？”

吴总管瞥了她一眼，心道难怪这老货一辈子只能待在绣坊里，竟连这么一件小事都看不透。

与张嬷嬷不同，吴总管在宫中摸爬滚打数十年，什么样的龌龊事没见过？

他只听了几句，便已猜中整件事的前因后果，晓得这件事的确是魏璎珞在作弊。

可这有什么关系？

“好！”吴书来忽然哈哈一笑，别有深意地对魏璎珞道，“果然好心思！”

魏璎珞眼神一动，垂下头去：“谢吴总管夸奖。”

她心里知道，自己的所作所为只怕瞒不过眼前这位大太监，却不知道对方会如何处置她。

吴书来看她的眼神颇为欣赏，作弊算什么？他看重的是这孩子头脑清晰，作弊的同时，已经先准备好了后手，若有人告密，她立刻就能反将一军。

这样聪明的孩子前途不可限量，至少不会如张嬷嬷一样，一辈子消磨在小小一间绣坊之中，与绣绷针线为伴。

“宫里得用之人，就得少说话，多办事。”吴书来决定在对方发迹之前，给她一点小小的面子，顺便处理一下某些蠢物，“还有……主子最讨厌搬弄是非的蠢东西……”

他目光往告密宫女身上一瞥，嗓音淡淡：“拉下去，除名。”

告密宫女怎么也想不到事情会发展成这样，她呆呆在原地站了片刻，直到两名小太监扣住她的双臂，她才回过神来，双膝一软跪在地上，哭道：“吴总管，我知错了！我再也不乱说话了，吴总管！”

吴书来笑着摇摇头。

蠢货就是蠢货，连自己为什么受罚都搞不清楚。

她是因为乱说话而受罚吗？不是的，她受罚的原因，更多的是她没将事做好——若想陷害一个人，就要做好万全之策，即便害不死人，也不能将自己搭进去。这都不懂，还想待在宫里头？

让她早些出宫反而是为她好，这样的脑子，继续留在宫里，不是蹉跎成白头宫女，就是被人一口吞了。

告密宫女的哭声很快就听不见了，她被两个小太监拉了出去。这一别只怕是永别，从此宫里宫外，两不相见。

“时候也不早了，我该走了。”吴书来临走之时，又看了魏璎珞一眼，笑道，

"今儿有四个丫头绣活都很出众，以后就留在绣坊吧。"

"是。"张嬷嬷恭恭敬敬地跟在他身后，"吴总管，我送您。"

待到他俩的背影消失，吉祥再也没了力气，整个人往魏璎珞身上一瘫："总算结束了……"

眼角余光扫过四周各异的目光，魏璎珞漫不经心地说："是啊，暂时结束了。"

送完吴书来，时间已接近傍晚，日头西落，余晖遍洒，残阳染红了乾清门。守门太监立在门前，大喊一声："下钱粮（锁钥）啦！"

缓慢沉重的关门声响起，渐渐闭合的大门，将最后一丝余晖关在了门外。

同时关上的还有绣坊的大门，魏璎珞是最后一个出来的。一天之中发生了那么多事，再加上她几乎是以一己之力绣了两幅绣品，故身心俱疲，脸色微微有些发白。

"你还好吧。"吉祥靠在她身旁，有些担忧地问，"要是觉得累，就靠着我走。"

魏璎珞抿嘴笑笑，没有拒绝她的好意，轻轻地将自己的肩膀靠在对方肩上，如同两人先前绣的锦鸡牡丹图，彼此相依相偎，相互依靠。

她俩走在最后，长长一串青衣，仿佛归巢的倦鸟，跟在领头的方姑姑身后。这位方姑姑是入宫多年的大宫女，负责调教她们这群新进宫的小宫女。她领着众人走在渐显昏暗的甬道中，甬道两侧树影婆娑，落下的丛丛树影，将光洁的石板染成淡淡墨色。

方姑姑忽然脚步一停，声音有些急促："快，都背过身去！"

说完，自己第一个面向墙壁。

众宫女不明就里，但也一个一个学她的样儿，背过身去，面向墙壁站着。

但总有一两个不听话的宫女，心中骚动，眼睛也跟着乱动，譬如锦绣。她悄悄转头看去，只见甬道尽头，飘出两盏红色灯笼，接着是四盏，六盏……

两行宫女鱼贯而出，手中提着精致的大红灯笼，红色烛光透过灯笼纸落在地上，宛如铺开一条华美的大红地毯，一架华丽的步辇自红地毯上过来，上头抬着一名美艳动人的女子。她似乎有些累了，正闭着双眼，半倚在仪仗上假寐，手腕上缠绕的碧玉珠串随着仪仗的移动，轻轻晃动着，交击一处时，发出悦耳声响，宛如大珠小珠落玉盘。

锦绣的眼睛追着那珠串，痴痴不肯离开，直至方姑姑一巴掌抽在她脸上，她才惊觉仪仗已经离开。

“瞅什么呢？”方姑姑冷着脸道，“不想要命了？”

锦绣抬手摸着自己有些发烫的脸，分不清这烫是因为疼，还是因为心头的热。她痴痴望着仪仗消失的方向：“那就是妃嫔仪驾啊……”

方姑姑啐了一口：“没见识的东西，只有皇后才能用仪驾，刚才过去的是慧贵妃，那称仪仗。”

玲珑凑过来，有些好奇地问：“那其他妃嫔呢？”

方姑姑斜了她一眼：“那叫采仗！不过，就算是采仗也只有一宫主位才能用，其他人，甭想！”

新进宫人总是充满好奇，一时间叽叽喳喳，不断有各种问题问起，方姑姑虽然一脸不耐烦，但偶尔也会回答几句，以显示自己这个大宫女的见多识广。

魏璎珞不动声色地听着，将宫女们的每个问题，方姑姑给出的每个答案，都牢牢地记在心里。她相信这些都是线索，而只要她收集到足够多的线索，她就能……找出谋害姐姐的凶手！

“姑姑。”身旁的吉祥却没她那样重的心思，她跟其余小宫女没两样，问出的问题也一样没什么水准，“那慧贵妃这是要去哪里啊？”

方姑姑嗤笑一声：“主子去哪儿，不用你惦记！别看了，眼珠从眼眶里掉出来，你们也没那个命，走吧！”

第九章　争执

方姑姑将一群小宫女领进宫女所。

“执帚、刺绣考核后，你们便是正式的宫女。”方姑姑严厉的目光往众人身上一扫，“从此住在这儿，归我管束。”

众人四下打量自己日后的住处，只见窗明几净，桌椅俱全，墙上还挂着一幅观音图。观音慈眉善目，手持净瓶，当中插着几根碧绿柳枝，哪里像是下人的住处，比得上民间一些小富人家的小姐闺房了。

尤其是桌子上还放着两个盘子，一个盛着豌豆黄，一个盛着芸豆糕。御厨的手艺自不是民间小店能比，那点心一个个小巧可爱，剔透玲珑，走近一看，上头还雕着小鸟图，翎羽分明，堪比艺术品。

吉祥立刻咽起口水。她家中并不富裕，家人将她送进宫，就是为了家里能少张嘴，因挨饿的时候多了，故而这两盘子点心对她的吸引力，比慧贵妃手腕上的翡翠珠串的吸引力还大。她两眼直直盯着两盘点心，问：“姑姑，这是给我们准备的夜宵吗？”

“是给你们准备的。”方姑姑道，吉祥脸上刚露出一丝喜色，便听见她补了一句，“但只许看，不许吃。”

吉祥闻言一愣：“为什么？”

“你们进宫是来伺候人的，不是来当小姐的。”方姑姑冷冷教训道，“手脚要利落，形容更要干净整洁，尤其身上不能有脏味儿。否则给贵人闻见了，那叫大不敬，你们要遭殃，我也落不得好，故而这鱼肉是断断沾不得的，一顿饭只许吃个八分饱，免得你们老出恭。”

言下之意，连饭都不许吃饱，夜宵更是想也别想。

“时候不早了，你们睡吧。”方姑姑环顾众人，目光尤其在吉祥脸上停了一会儿，眯眼道，“明儿早上我过来，如果盘子里的东西少了……”

吉祥心虚地低下头。

其余人也跟她一样低眉顺眼，木头人一样立在原地，直到方姑姑离开后，这群木头才立时活了过来，一个个争抢起屋内床铺来。

“我睡这儿！”

“不，这铺子是我先看中的！”

“你看中就是你的？”

吉祥是个行动派，在别人还在为一个靠窗的位置争执不下时，她已抢先跳上炕头，抢下这屋内最好的位置，然后回头一笑：“来啊！”

“哎！”玲珑以为她在喊自己，心想这同乡还挺够意思，正要抬脚走过去，却见她不停地摇着手喊：“璎珞，璎珞快过来，我给你占了个好位置！”

玲珑迈出去的脚停在空中，内心尴尬无比，只觉得屋里每个人都在看她，羞得脸也红了。

魏璎珞将这一幕看在眼里，心中有些无奈。吉祥心地虽好，但却有些心直口快，不懂得自己一句无心的话可能会得罪人，日后她可得好好说说她。但现在嘛，忙碌一天下来，魏璎珞也累了，她提着包袱爬上了炕头。吉祥接过她手里的包袱，亲昵地对她笑：“璎珞，今天多谢你了。”

“多大点事，你已经谢了我一天了。”魏璎珞环顾四周，“对了，这屋子里，住的都是新来的宫女吗？”

“是啊，怎么了？”吉祥疑惑地看着她。

“没什么。”魏璎珞微微一笑，“我只是在想，若是有一两个比我们早进宫的宫女姐姐在就好了，我们可以跟她多讨教讨教宫里的规矩，免得日后行事，不小心犯了忌讳。”

“你说得是。”吉祥对她的话全然信任，她轻轻叹了口气，眼睛又再次望向桌子上两盘点心，“要不是怕犯了忌讳，我一个人就能吃光……”

一声嗤笑响起，这样刻薄的笑声也算独树一帜，两人循声望去，果见锦绣不知何时站在了她们身旁，对魏璎珞笑道：“你也真是，她说什么你都信啊？我看，哪里是问什么规矩，分明是某人想要巴结姑姑才对！”

魏璎珞若是反唇相讥还好，然而锦绣一顿讥讽，甚至换不来一个稍带敌意的眼神。

“时候不早了。”魏璎珞甚至连一个眼神都吝于给她，转头对吉祥道，“咱们整整床铺，早些歇下吧。”

“嗯！”吉祥如同一个听话的小妹妹，立时同她一起整起床铺来，还特地将两人的枕头拉近到一处，这样两个人就能挨在一块儿睡，若是睡不着，夜里还能咬咬耳朵，说些悄悄话。

锦绣只觉自己变成了一个自说自话的小丑。她不敢回头，怕一回头就看见一张张嘲笑她的面孔。情急之下，她一把拉住魏璎珞的胳膊，怒道：“你倒是说句话啊！”

“你干什么啊？”吉祥不满地推了她一把，将她推离魏璎珞身边，“你很烦哎，璎珞姐姐今天已经很累了，你能不能让她早点休息啊？”

“你不必这么替她说话。”锦绣冷笑道，“你以为她真心帮你？我告诉你，她是为了在吴总管面前彰显自个儿，你不过是她的一块踏脚石，咱们全部都是她的踏脚石！”

“你胡说！”吉祥性子急，立时从炕上跳了下来，袖子往上一卷，看似要跟锦绣动手了。

“我说错了吗？”锦绣可不愿意跟这个莽货动手，这种傻人，下手没个轻重，她身娇肉贵可吃不消，急忙将话题指向魏璎珞，“不信你问问她，今天大出风头，是不是为了她自己？”

魏璎珞淡漠地瞥了她一眼，这人的小心思，她哪里看不出来？

回答不是，锦绣会说她狡辩，回答是，又立刻中她下怀，索性继续无视她，将折好的被褥铺开，人往被褥中一钻，有些疲惫的声音从被子里传来：“吉祥，过来。”

“来了。”吉祥像个受主人召唤的小宠物一样，很快就将锦绣落在脑后，脱了鞋袜往被褥里钻。

“好啊，你不敢说话是不是？”锦绣见自己再次被无视，终于失去理智。她快步冲到桌前，桌上除却两盘点心，还放着一只墨竹纹胖茶壶，她提起茶壶返回到璎珞床前，将满壶的茶水朝魏璎珞的被褥上浇去。

“啊！”吉祥从被褥里跳了出来，朝锦绣大叫道，“锦绣，你干什么啊！”

“叫她踩着我们上位，这就是下场。”锦绣得意地笑道，末了还不忘回头问众人，“你们说，我该不该这么做？”

笑声此起彼伏，宫女们你一言我一语道：“该，就该这么做！”

“叫她出风头！”

“可不是，把咱们都比成烂泥了！”

“以后可得长长记性，别为了出头，这么急功近利！”

魏璎珞慢慢从被褥里爬出来，用手摸了摸身上这床被褥，只觉又沉又重，已经从外头湿到里头。夜寒露重，盖这样一床湿被子，只怕会盖出病来。

城门失火，殃及池鱼。吉祥是挨着魏璎珞睡的，她的被子也被泼了水，好在只湿了一个小角落，其余地方还能睡人。狠狠瞪了那群落井下石的宫女一眼，她拉了拉魏璎珞的胳膊，低声说：“璎珞姐，你睡过来，咱们两个盖一床被子。”

魏璎珞捏着自己的被褥看了片刻，忽然抬头对她一笑：“稍等片刻。”

说完，她扔下手中的湿被褥，踩着绣花鞋下了床，伸手推门，出屋去了。这举动让屋子里的笑声一止，众人面面相觑，都从对方脸上看到了紧张跟心虚。

先前没有为魏璎珞说话的玲珑，此刻终于忍不住抱怨起来。她愁眉苦脸地对锦绣道：“哎，你何苦去惹她，我看啊，她这会儿定是去姑姑那告状了。”

锦绣心中也有些不安，但她还是有些小聪明。眼珠子一转，她高声对屋子里的宫女说：“今天她出的风头还不够多吗？敢去告状，咱们这儿这么多张嘴，怕她不成！”

众宫女眼中一亮，心道是这个理。

众口铄金，三人成虎，只要屋子里的人一口咬定，是魏璎珞自己弄湿了被褥，然后故意栽赃陷害给锦绣不就成了？

她们这么多人，魏璎珞只有一个，又非亲非故的，方姑姑凭什么信她不信她们？

“锦绣，你太坏了！”吉祥气得跳脚，“我讨厌你！”

“是我坏，还是你那位璎珞姐姐天生遭人厌啊？”锦绣掩唇一笑，问身旁的人，“你们说呢！”

“当然是魏璎珞咯！”

“早看她不顺眼了。”

“一个野心勃勃的坏东西，就知道踩我们……”

笑声骂声嘈杂一片，吉祥虽然拼命替魏璎珞反驳，但是双拳尚且难敌四手，更何况是这么多张嘴。加之吉祥嘴笨，比冷嘲热讽的功夫，压根儿不是这群人的对手，驳到最后，反将自己气得半死，一张小脸涨得通红，胸膛起伏道：“你们，你们这群……”

“我们怎么了，你倒是说啊！”锦绣伸手往她胸口一推，将她推到床上的湿被褥上。吉祥气急，眼看着就要与她大打出手，忽然哗啦一声，一桶清水从锦绣身后泼来。

“啊！”锦绣尖叫一声，瞬间就成了一只落汤鸡。

她回过头，瞪着身后提着水桶的魏璎珞，怒道：“你干什么？”

魏璎珞微微一笑，提着剩下的半桶水，一路走一路浇，将所有人的被褥都浸在了水里。但闻屋内尖叫声四起，宫女们一个个从床上跳了下来，七嘴八舌地骂道：“璎珞，你疯了！”

“太过分了！”

“是啊，我们不过说你两句，你居然这么对我们？”

“走！一起去找姑姑！”锦绣抬手擦了把脸上的水，她浑身上下都湿透了，水珠一个劲顺着她的鬓发以及衣角往下落。她眼神阴狠地盯了魏璎珞一眼，然后抬脚往门外走：“我倒要看看，做出这样的事，姑姑还能不能容你！”

眼见事态发展到如此地步，吉祥有些急了：“别，别，大家不要去，璎珞只是一时冲动，她不是故意的！璎珞，你快说话呀！”

魏璎珞手一松，已经空无一物的木桶从她手中落下，骨碌碌滚至锦绣脚下。

“让她们去。”魏璎珞似笑非笑道，“反正倒霉的只会是她们，不是我。”

第十章　压制

“去啊。”魏璎珞抬手指着房门，“我在这里等你们，你们快去啊。”

房门敞开着，夜风从外头呜呜吹进来，一群刚刚还叫嚣着要去告状的宫女，脚下却像涂了鱼胶一样，死死粘在地板上。

“你真当我们不敢？”锦绣对左右宫女道，“走！”

可这次却没人应和她。

众人虽然嫉妒魏璎珞，但比嫉妒更多的，是忌惮。

毕竟就在几个时辰之前，就有一个宫女因她被驱逐，未等太阳落山就抱着一团蓝布包袱，哭哭啼啼地出了宫，余生再也别想踏足宫门半步。

谁愿步她后尘？

魏璎珞的目光从这群人脸上一一扫过，心中冷笑，不过一群墙头草，哪边风劲哪边倒，锦绣强势她们就倒锦绣那边，觉得她难搞又倒向她这边。

目光重又回到锦绣脸上，魏璎珞淡淡道：“你觉得我是在出风头？我只是在帮吉祥而已，你也可以帮她，你们人人都能帮她，只是你们没一个选择这么做，所以最后得到夸奖的是我，你们只记得吴总管夸了我，怎么不反省自己什么都没有去做？”

“帮人作弊，你还有理了？”锦绣反唇相讥，“也是我心善，没有当场揭发你们，你们哪儿绣的是什么锦鸡牡丹图，吉祥先前绣的分明是条金鱼……”

“够了！”魏璎珞打断她的话，冷冷道，“我懒得再跟你讨论这事，你记住，我魏璎珞这个人，你敬我一尺，我还你一丈，你今天怎么对我，我事后必当百倍还你！好了，去啊，你们都去啊，去姑姑那儿！”

“你！”锦绣心中已经有些怕了，但嘴上还是不饶人，声色俱厉道，“你真当我不敢？”

却见魏璎珞笑了起来，一边笑，一边朝锦绣走了过来。

“你，你想做什么？”锦绣被她吓得后退几步，手臂被她一挽，忍不住挣扎起来，“你干什么？你要带我去哪儿？”

“带你去见姑姑啊。”魏璎珞笑靥如花，拉着她往门外走，“再晚一些，恐怕姑姑就要睡了。”

锦绣闻言目瞪口呆，她原以为魏璎珞是在逞强，哪知道她居然真敢这么做，忍不住问：“你……你真不怕被姑姑惩罚吗？”

“怕？该怕的人不是你吗？”魏璎珞笑吟吟道，“还记得之前那个宫女是怎么被赶出去的吗？‘主子最讨厌搬弄是非的蠢东西’——这话吴总管才说完，你就给忘了？”

锦绣闻言哆嗦了一下，那个抱着蓝布包袱，于落日斜晖下垂泪离宫的萧索背影，又再次浮现在她的眼前。

“我可没有搬弄什么是非，今晚上的事全是你给闹出来的，大伙都看见了……”锦绣急忙道。

“然后呢？”魏璎珞怜悯地看着她，“你以为掌事姑姑那么有空，替你慢慢断出是非黑白啊！今天我们几个人，就住在同一间屋子，但凡闹出一点事，大伙就会一并被罚，搞不好还会一起被赶出去，你信不信？”

“我，我不信……”锦绣语气更弱。

“不信，那我们现在就去试试。”魏璎珞却笑得更加镇定自若，扯着她的胳膊就要往外走。

锦绣吓坏了，下意识地用另外一只手抱住柱子不肯走，其余宫女面面相觑一阵，也一个个冲了过来，抱手的抱手，抱腰的抱腰，还有一个匆忙将门给关上了，然后七嘴八舌地劝道：“璎珞，别这样，都这么晚了，打扰姑姑休息，你真不要命了吗？”

“就是，不就是一床被子的事吗，何苦闹到上面去？”

“哎，说起来这事都是锦绣起的头，锦绣，你给璎珞道个歉，这事不就完了？”

墙头草迎风倒，生怕事情跟魏璎珞说的那样，闹大以后，连累大伙一起受苦，众宫女纷纷将矛头掉转，指向了锦绣。千夫所指，被她们你一言我一语地挤对责难，锦绣脸上红一阵白一阵，最后只得忍着一口怨气，对魏璎珞低头道歉：“我知道错了，璎珞，你放手，我再也不说这事儿了。”

“道个歉，这事就没发生？”魏璎珞笑道，“你真当我这么好打发？”

锦绣觉得自己一肚子委屈，眼睛里忍不住饱含泪水，尖叫道：“那你还想怎样，让你抽几巴掌吗？行，你来啊……”

咚咚咚！

几声重重捶门声打断了她的话。

“大半夜的，都在闹什么？”方姑姑的声音隔门而来，“开门！”

众宫女立刻吓傻，目光齐齐看向魏璎珞，竟是不知不觉将她当成了主心骨，指望她给众人拿主意。

“马上来！”魏璎珞应了一声，然后压低声音对众宫女道，“还等什么，把水桶跟地上的水渍清理一下，其他的我来解决。”

她一声令下，众人立刻付诸行动。宫女们匆匆忙忙将水桶藏到床底下，一时之间找不到洒扫工具，两个宫女索性跪在地上，掏出帕子将水渍擦拭干净。等她们做完这一切，魏璎珞才抬手松了松发髻，一副刚刚从被窝里爬出来的慵懒模样，拉开房门道：“姑姑，这么晚了，您怎么来了？”

“吵成这个样子，隔着十里远我都能听见，你让我怎么睡？”方姑姑走进门来，目光在众宫女脸上一扫，“说说，这么晚了，一个个不睡觉，都在吵些什么？”

“没什么。”魏璎珞神情平静地道，“是我刚刚不小心，把茶壶打翻了，湿了床上的被褥，大伙正在帮我合计该怎么办呢。”

“你怎么这么不小心？”方姑姑脸色一沉，教训道，“明儿自己拿出去晒干，今儿晚上你就把被褥翻过来盖吧，记住，不许再出声，否则一并挨罚，听见没！”

众宫女急忙应道：“是！”

哐当一声，房门再次关上。

门内的宫女们齐齐松了一口气，这一口气吐完，人人都有些意兴阑珊，困意跟着上来，不少人直接往自己床上爬。

锦绣同样如此，偷鸡不成蚀把米，本想给魏璎珞找些不痛快，最后险些将自己的脸送上去给人抽。她不反省自己的所作所为，反而因为今夜的事情，彻底嫉恨起了魏璎珞……

“迟早要给你好看。”锦绣心里想着，忽见一只手从旁边伸来，将她的被褥从床上拖走。她吃了一惊，回头望着对方道：“魏璎珞，你拿我被子干吗？”

魏璎珞随手一丢，将一床湿漉漉的被褥丢给她，然后将方姑姑先前说过的话又重复了一遍：“明儿自己拿出去晒干，今儿晚上你就把被褥翻过来盖吧。”

“你想得美！”锦绣伸手去扯自己的被褥，“把我被子还来！等等……你去哪儿？”

魏璎珞压根儿不反抗，锦绣要，她就松手将被子还给了她，然后径自往门外走：“我去找姑姑咯。”

其余宫女立刻不同意了，纷纷对锦绣怒目而视：“你够了没？”

“还想连累我们？”

“给她给她！”

锦绣无可奈何，贝齿咬唇，唇上几乎要渗出血来，万般不情愿地将手里的被褥递过去：“拿去！”

“给我放床上，铺好。”魏璎珞负手而立，懒洋洋地吩咐道。

你当我是你的佣人？锦绣被她气得头晕眼花，胸膛起伏了好久，才不情不愿地下了床，将被褥丢到魏璎珞床上，然后飞快回了自己炕上，用湿漉漉的被子将头一蒙，被子微微颤抖，也不知是不是在里面偷偷哭了。

魏璎珞也慢吞吞地回了炕上，眼角余光向周围一扫，不少人急忙避开了她的目光。

有锦绣这个好榜样在，相信这些人会消停一段时间，不会也不敢再找她麻烦。

“璎珞。”熄烛之后，吉祥靠在她身旁，小声与她咬着耳朵，“你好厉害啊。”

“人善被人欺，马善被人骑，想要不被人欺负，有时候只能心狠一些。”魏璎珞懒洋洋地回道。

吉祥似懂非懂地点点头，也不知将这话听进去没有。

过了不久，耳边传来轻轻的鼾声，魏璎珞转眼一看，这小姑娘已经睡着了，无奈笑笑，替她拢了拢身上的被子。真是个孩子，睡觉都不安分，被子都滑到腰上了，也不怕夜凉感冒。

“真羡慕你。”她摸摸对方略带一丝娃娃肥的脸，像摸着过去那个无忧无虑的自己。夜已深，她却辗转反侧，难以入眠，最后实在是睡不着，只能睁着眼睛看着乌黑乌黑的天花板，心想，“我终于进绣坊了，可姐姐的事，我该从何下手呢……”

绣坊离天子实在太远了，她见不到他，只有手里的绣品有可能见到他。但这有什么用，她不是来奉献自己手艺的，她是来为姐姐讨回公道的。

“别急，慢慢来。”魏璎珞对自己说，“首先，我得先搜集情报……两种人，一种是在宫里待得时间长的，还有一种是地位高的。这两种人知道的事情都多，我要想办法结识这两种人……”

待得时间长的，方姑姑。

而地位高的……

魏璎珞眼前浮现出一只缠绕翡翠念珠的手腕。

第十一章　后妃的画

哐当！

一只缠绕翡翠念珠的手腕向右一扫，一个名贵的白釉八仙图花瓶从桌上被扫落。三年时间才出一个的贡品，顷刻之间碎成一地废渣。

嘉嫔进门就撞见这一幕，几片碎碴还蹦跶到了她脚边，吓得她后退几步，略带惊恐道："贵妃娘娘，好端端的，怎么发这么大脾气？"

储秀宫内金碧辉煌，尤其一只博古架，上头置满各种金银玉器，古董奇珍，有西施用过的玉石枕，王昭君抱过的琵琶，貂蝉戴过的明月珰，以及杨贵妃用来盛荔枝的彩绘盘，如今全被慧贵妃毫不留情地扫到地上。她气冲冲道："用不着你管，滚！有多远，给本宫滚多远！"

嘉嫔无奈退出门，拉着门外的宫女问："到底怎么回事？"

宫女小声道："您有所不知，贵妃刚回来的时候还好好儿的，谁料皇上赐了一幅《班姬辞辇图》，娘娘看了顿时大发雷霆！"

嘉嫔琢磨片刻，重又推门而入，笑道："娘娘，听说皇上赐了您一幅《班姬辞辇图》？恭喜恭喜！"

"喜什么？"慧贵妃气得脸色发青，"汉成帝邀请班婕妤同车，班婕妤却以不合礼数为由拒绝了，因此成为一代贤妃，他这是要警告我，什么才是知礼的妃子！"

嘉嫔："娘娘，您想差了……"

"全是为了她！"慧贵妃又摔了一只玉盘，然后来来回回在屋子里走着，一脸的焦躁愤恨，"一入了宫，她就是高高在上的大清皇后，她一年宫例一千两，我少她四百两；长春宫用金器，储秀宫只配用银器；她用仪驾，我用仪仗，哪怕过节的赏赐，我都要少得多！好，这些本宫可以忍，那皇上呢！刚刚我就站在那儿，一个大活人，皇上愣是瞧不见，满心满眼都是她，是可忍孰不可忍！他赏赐这破图，就是说我僭越，欺负了他心爱的皇后！”

“娘娘，”嘉嫔忙走过来，放软声音安抚道，“您误会皇上了。”

“哦？”慧贵妃眉头一挑，斜眼看她，“你倒是说道说道，我误会皇上什么？”

“皇上赐下来的，可不止这一幅《班姬辞辇图》。”嘉嫔道，“钟粹宫那边是《许后奉案图》，启祥宫那边是《姜后脱簪图》，便连皇后那边都送了，是一幅《太姒诲子图》。”

慧贵妃闻言一愣：“她也收到了？《太姒诲子图》，什么意思？”

“依嫔妾的看法，此番不过是皇上一时兴起，赐下些古代贤良后妃的画像来，要后宫众妃嫔好好效法一番罢了。”嘉嫔笑道，“你何必为这事生气呢？”

听闻皇后那边也收到了类似的画像，慧贵妃的气立刻消了大半。她倚着椅子坐下，身旁宫女急忙给她端来一盏茶。她接来喝了一口，然后翘起艳丽的唇角，对嘉嫔风情万种地笑道：“你倒是天生一张巧嘴，说的都是本宫爱听的话。”

嘉嫔低眉顺眼道：“嫔妾不才，愿为娘娘分忧。”

“继续说。”慧贵妃吩咐道，“本宫不信皇上会无的放矢，依你看，皇上此举，究竟有何深意？”

在宫里生活，就是要多看，多听，还要多想。上面的主子咳嗽一声，下面的人就要从这咳嗽声中分辨出一二，主子是渴了还是病了，是给他端茶还是上药。皇帝不过赐下几幅画来，但足够收到画的人琢磨到天明了。

嘉嫔思索片刻，回道：“皇上一共赐下十二幅画，嫔妾猜测，这十二幅画合起来，就代表他心目中完美后妃的理想。比如说《徐妃直谏》是希望妃嫔效法徐慧妃，在唐太宗犯错之时，勇敢地直言相谏，以及《曹后重农》……”

“《曹后重农》？”慧贵妃一听这名字，哈哈大笑起来，头上的珠钗随之摇曳起来，熠熠生辉，“谁这么倒霉，收到这破玩意儿，皇上这是要她去务农吗？”

“是希望那位能如当年宋仁宗的曹皇后一样，朴素节约，重视农桑。”嘉嫔笑道，“这也不算什么，嫔妾听闻，还有人收到了《婕妤当熊》呢。”

“哎哟，本宫的肚子！”慧贵妃捂着肚子，前仰后合，险些笑得从椅子上跌下来，“这又是谁？皇上是劝她别当人，上山当头熊瞎子吗？”

“估摸着是希望她能像从前的冯婕妤一样，在汉元帝遇险的时候，以命相护，保他安全。”嘉嫔解释道。

十二幅画一一解释下来，慧贵妃揉着自己的肚子，若有所思道：“这么说，皇上是要我们这些做妃子的，既美貌出众，又要孝顺贤良，简朴持家，必要的时候还能手撕猛虎，徒手抓熊咯？”

“是。”嘉嫔笑道，“娘娘真是聪慧，一点就透。”

慧贵妃嗤笑了一声，然后有些意兴阑珊地往椅子上一靠，抬头望着头顶天花板，喃喃道：“这到底是个女人，还是个神人啊？”

今夜注定是个不眠夜。

有人辗转反侧，有人忧思难眠。而养心殿内，天底下最尊贵的那个人，同样还未就寝，仍在烛火下批着他的奏折。

被烛光照亮的侧脸镀上了一层温暖金色，如同庙宇中的金色神像，庄严肃穆，高高在上，多少宫人心甘情愿付出一切，只求他垂眸一顾。

“皇上，”伺候他多年的大太监李玉走近前来，手里端一只托盘，“皇后娘娘夜宵过来了，您也该歇一歇了。”

托盘里放着一碗冰糖雪梨汤，弘历接过抿了几口，甘甜沁入心扉。他靠在椅背上，闭目假寐道：“近日宫里发生了什么稀罕事没？”

“皇上想听什么？”李玉笑道。

“什么都行。”弘历懒洋洋道，“后宫最近有什么有趣的事，说来让朕清醒清醒。”

后宫虽大，其实也小，主子就那几个，真正为数众多的是宫女跟太监。而作为众太监之首，李玉掌管着无数双眼睛跟耳朵，许多秘密在他这里根本不是秘密，偌大一个后宫对他而言，仿佛一堵时刻透风的墙。

这也是弘历重用他的原因之一，有他在，弘历时刻都能知道后宫的状况。

“若说后宫，各位小主们最近正为同一件事头疼呢。”李玉笑道。

“哦？”弘历眼也不睁，双手交扣在胸前，“什么事？”

“事情的源头，是皇上您赐下的那些画……”李玉将慧贵妃那边的情况简单描述了一番。若是慧贵妃在此，定会心胆俱寒，因为才发生在自己宫里的事情，一个时辰不到就由李玉复述了一遍，内容详尽无比，甚至连她说话时的神态都描述得一般无二。“……储秀宫那边的状况便是如此，慧贵妃因那幅《班姬辞辇图》，发了好大一通脾气呢。”

“她什么时候不发脾气呢？”弘历不置可否，“其他人呢？”

“娴妃娘娘那边，她额娘过来了，要她多跟您吹些枕边风，好让她阿玛能向上挪个窝儿，只是被娴妃娘娘以后宫不得干政的理由辞了。”李玉叹道，“她额娘愤然离去，娴妃娘娘没拦，只是将您赐的画供了起来，拈香祷告，念叨着：一愿郎君千岁，二愿妾身常健，三愿如同梁上燕，岁岁长相见。”

弘历睁了一下眼睛，重又合上：“……皇后那边呢？”

“皇后娘娘似乎心情不大好。”李玉回道，“她虽然什么都没说，但手底下的两个贴身宫女暗地里讨论，说是……”

他欲言又止，话说半句留半句，弘历不耐烦地催促道：“说什么了？”

“说……您是在借这幅图提醒皇后娘娘，莫再因为三年前的事一直颓着，对万事都不上心。”李玉说到这儿，小心翼翼打量了一下弘历的脸色。

三年前，皇后娘娘所出的二皇子忽然去了。

母子情深，皇后娘娘因此几乎一蹶不振，今年才稍微缓过来些。在外人眼里，她与弘历虽依然情深义重，举案齐眉，但李玉却知，两人终究是因为这件事，而起了一些嫌隙。

果见弘历眉头微蹙，显是不愿再讨论这事。

李玉便果断为这件事结了个尾，装作一脸诧异道：“皇上，奴才斗胆问一句，那十二幅宫训图联起来，是否是您对后妃的希望？”

弘历轻轻摇摇头，将剩下的半盏冰糖雪梨汤一气喝完，然后重新拿起奏折，只是有些心不在焉的样子，不复先前的专注模样。

李玉见他心不在奏折上，便爹着胆子继续跟他说话。只见他觍着脸道：“皇上，奴才好歹也算半个男人，在紫禁城里见过的女人多了！这女人嘛，生得千娇百媚，身段窈窕迷人，再会点诗词歌赋，吹拉弹唱，便算难得了，还要求集万千美德于一身，这要何处去寻？”

“朕是看她们太闲了。”弘历头也不抬，盯着手里的奏折道。

李玉闻言一愣：“啊？”

“闲，则生事。”弘历微微一笑，这笑容略显狡猾，冲淡了他脸上的庄严肃穆，使得庙宇中的神像落到了凡间，“朕给后宫赐下宫训图，够她们琢磨一阵子了。”

后宫众妃只怕想破头，也想不出十二幅古贤妃图背后，竟是这个答案。连李玉也呆愣了片刻，才喃喃道：“琢磨一阵子，那能管什么用？”

弘历哈哈一笑，将手中奏折一卷，亲昵地在他额头上敲了敲：“因为她们大多都和你一样笨，只会觉得朕是在提醒她们，要懂得贤良淑德。那为了符合朕的畅想，做一个贤良的妃嫔来讨好朕，她们势必要安生几日，朕就清静几日！”

“啊？”李玉愣道，“皇上，您要她们啊！”

哈哈大笑声在养心殿内响起，守在门外的两名御前侍卫面面相觑，也不知皇上是因为什么事笑得这样开心。

第十二章 寝

一名小太监跨入燕喜堂内，行至慧贵妃身旁，附耳与她低语一句。

“皇上笑了。”

慧贵妃点点头，对身旁的贴身宫女点点头，那宫女便领着小太监下去领赏了。

也不只李玉有耳目，慧贵妃在皇帝身旁也有耳目，若能替她带回有价值的情报，她便不吝赏赐。

譬如这次，虽然对方带来的仅有四个字，但字字千金。

“皇上既然笑了，想必今夜心情不错。”慧贵妃心想，“说不定……”

“娘娘，可是有什么喜事？”嘉嫔笑问。

慧贵妃不动声色地瞥她一眼，笑道：“没什么。”

燕喜堂内除却她，还有娴妃、怡妃、婉贵人等等。众嫔妃按位分端坐在各自的椅子上，倒不是夜里要叙什么家常，而是在等着皇帝的传唤。

今夜如此，夜夜如此，写着众妃名字的绿头牌送至养心殿内，每个人都翘首以盼，盼着皇上拿起自己的牌子。

“皇上已经好些日子没有传人侍寝了。”嘉嫔见她不愿意回答，便知情识趣地转了个话题，叹道，“今夜该不会也要一个人歇下吧？”

这话说得众人都忧心忡忡，便是慧贵妃也有些心情沉重。

别看她位高权重，在后宫之中说一是一，说二是二，连皇后有时候都得看她脸色行事，实际上她有一桩心病——膝下无子。

美人如花岁岁老，她总有一天会容颜老去，而宫中最不缺的就是如花美眷、正值妙龄的秀女，那时候皇上还会拿起她的绿头牌吗？不会了。

“真想有个孩子……”慧贵妃忍不住心想。

养儿防老，民间如此，宫中更是如此。待到容颜老去，还有什么可以依靠？

自然只有膝下麟儿了。即便这孩子愚笨了些，但也是一位亲王，足以成为年迈母亲的后盾。若是运气好，孩子生得聪明伶俐，才德兼备，兼之讨皇上喜欢，那么日后……连太后的位置都是可以搏一搏的。

慧贵妃抚了抚自己不争气的肚子，更加不愿将先前得来的消息与众人分享。若能够凡事她说了算，她恨不得让李玉只往皇上面前递自己的绿头牌。等待令人心焦，她抚着自己嵌着玳瑁的假指甲，漫不经心地问：“对了，怎不见纯妃？”

“娘娘，纯妃受了风寒，身体还没好，今晚上不能来了。”嘉嫔回道，她似乎总是知道很多事。

慧贵妃多看她一眼，懒懒道：“一年三百六十五日，倒有一大半儿都在病着，这真是个病西施啊。”

“娘娘说得是。”颖贵人忙找个由头跟她拉近关系，“纯妃姐姐的身子骨是弱了些，三天两头病着，昨天我们几个还商量着要去探病。”

“去什么？”慧贵妃似笑非笑道，“纯妃病了，自有皇后关怀，你我瞎操什么心？”

颖贵人被她这话一堵，登时不知道该如何回答，半天才弱弱应了一声：“是。”

其余宫妃见她碰壁，更加噤若寒蝉。人人都想要个靠山，人人都想攀上慧贵妃这根高枝，然而她喜怒无常，常人实在难以揣测她的喜好，若是一不留神惹恼了她，往后在后宫里的日子可就难过了。

慧贵妃玩了一会儿自己的手指甲，忽又道：“愉贵人呢？”

屋子里静悄悄一片，半天无人应答。

慧贵妃将目光一抬，落在一名绿衣美人身上：“怡嫔，问你呢，你的好姐妹愉贵人呢？”

后宫之中也并不是人人都互相针对，偶尔也有如愉贵人与怡嫔这样的，虽不是亲生姐妹，却胜似姐妹，总是相互扶持着，相互安慰着。

怡嫔定了定神，起身回她的话道：“回贵妃娘娘的话，愉贵人身体不适，告了假……”

“哦？”慧贵妃单手支着太阳穴，“又一个身体不适……”

她本是随口一问，打发打发时间，岂料怡嫔脸上竟流露出一丝紧张。

未等慧贵妃品出其中深意来，嘉嫔便笑道："最近紫禁城不知刮了什么邪风，一个个都病倒了，看来是要请太医开些药给大伙，防患于未然了。"

"愉贵人那儿呢，"慧贵妃盯着怡嫔的脸，"请太医看过了吗？"

许是知道自己先前的紧张引起了她的注意，怡嫔强自镇定道："嫔妾本想请太医来看看的，但是阿容从小就怕吃药，又只是轻微咳嗽，想来没有大碍，想必躺上几日就能好了……"

她回话的时候，慧贵妃一直盯着她的脸，目光似一把锯子，寒光厉厉，仿佛下一秒就要切开她的脑子，看看里面藏着什么念头。

就在此时，房门一开，大太监李玉从外头走了进来。

慧贵妃的注意力一下子就被他吸引了过去，与在座众妃一起，将渴望的目光投向李玉。

李玉青衣若素，手肘上搭着一柄拂尘，对众妃行了礼，然后在众妃渴望的目光中，说出了她们最不想听见的两个字："叫散！"

这两个字将后妃眼中的渴望击得粉碎。有道是希望越大，失望越大，故慧贵妃是其中失望最大的一个。她忍不住问："皇上怎么又一个人歇下了？"

李玉赔笑道："贵妃娘娘，奏章堆积如山，皇上要连夜批改，今日就不叫娘娘们空等了。"

慧贵妃冷冷一笑，当即起身朝门外走去。如此无礼行为放在她身上，倒是一件稀松平常之事。望着她离开的背影，怡嫔下意识地松了口气，与其余众嫔妃一起恭敬地对她的背影喊道："嫔妾恭送贵妃娘娘！"

夜幕低垂，随着宫妃们一个接一个回宫就寝，宫女所内，一把沉重的戒尺忽然落下。

"啊！"

"好疼啊！"

"是谁啊？"

惨叫声此起彼伏，小宫女一个个从睡梦中惊醒，正要朝对方发难，睁眼却见方姑姑冰冷如霜的面孔，登时满胸怒意如雪消融，一个个鹌鹑似的爬下床来，恭敬喊道：“姑姑。”

方姑姑右手持戒尺，那柄戒尺又粗又长，浑似一根椅子腿。她缓缓用戒尺敲着自己的左手心，目光从宫女脸上一一扫过，最后落在吉祥脸上，冷冷道：“你是怎么睡觉的？”

吉祥蒙了，抬手擦了一下嘴边残留的口水，赔笑道：“睡觉还能怎么睡？就是躺着睡啊。”

“谁许你躺着睡的？”方姑姑冷斥一声，“仰天大睡，那是骂天咒神，要遭天谴的，宫里可没这么不守规矩的奴才！统统给我上床，重新睡过！”

众人面面相觑，直到方姑姑的戒尺往吉祥身上一抽：“还不快点！”

一片鸡飞狗跳，众宫女急急忙忙地爬回炕上。有方姑姑的前言在此，一个个都不敢再躺着睡，或侧或趴，结果还是遭了方姑姑一阵好打。

“腿，你要伸到神武门去啊！”

“还有你，左手侧放在腰间！”

“连睡觉都不会，该打！”

沉重的戒尺雨点似的落下，这个敲手，那个敲腿，有些个年纪小的，被敲得两眼含泪，却不敢喊疼，只能死死咬着下唇，然后照着她的话去做。

直至所有人都侧身卧在炕上，乍一眼望去，仿佛同一批模子里烧出来的人俑，方姑姑这才收回手里的戒尺，冷冷道：“都记住这个姿势，睡着了也别忘！走！”

说完，方姑姑便领着身旁两个大宫女离开。

待她走后，屋子里才响起低低的哭泣声，遮遮掩掩，怕被方姑姑听见，一个个似从指缝间漏出来。

“璎珞，”吉祥将袖子挽起，眼泪汪汪地对魏璎珞道，“姑姑抽得我好疼，你帮我看看，我手背是不是紫了？”

屋里又没有点灯，借着透窗而入的那点稀薄月光，魏璎珞也看不清她手背上是青是紫，就算紫了又能怎样？宫中等级森严，大宫女抽打她们这种小宫女，实属天经地义之事，没处可以申冤。

“璎珞，”吉祥悄悄将自己的被褥朝魏璎珞挪了挪，像在外面挨了人打的孩子，向家人寻求安慰与温暖，“你能抱着我睡吗？”

魏璎珞抚了抚她的面颊，对她温柔一笑：“不行。”

看见她的笑容时，吉祥满以为她一定会答应自己，哪里知道会得到完全相反的答案，于是愣了愣，问道：“为什么？”

魏璎珞的目光清冷而又明亮，她笃定地对吉祥说：“因为姑姑还会来。”

第十三章　绣工

啪！

“哎哟！”一名小宫女疼得从炕上滚了下来。

两名大宫女手持烛台，烛光明灭不定，照得方姑姑的面孔半明半暗，如魔如鬼。她不断挥舞手里的戒尺，抽打地上的小宫女，口中怒骂：“叫你出声儿，叫你出声儿！”

“别打了，姑姑，别打了，好痛！别打了！”那宫女双手抱头，哭喊道，“我也不想啊，可打鼾的事儿，我也控制不了啊！哎哟，哎哟！”

她打人的时候，其余宫女都在炕上侧卧着，一个个动也不敢动。两个手持戒尺的大宫女在炕前徘徊，目光仿佛挑选待宰羔羊。

“宫中的规矩，睡觉不许出声，哪天你给主子上夜，要是出了声音，不但你要被打死，连我都得跟着吃挂落！”方姑姑手里的戒尺毫不留情地落在小宫女身上，“改不了，就打到你能改为止！”

方姑姑又抽了她许久，许是抽累了，才停下手里的动作，待喘匀了气，便单手叉腰，冷冷对众宫女道：“起来，干活了！”

众人不敢相信地看了眼窗外天色，乌黑得仿佛一摊墨，将手伸出去，保准淹没在墨里，连有几根手指头也看不清。

“姑……姑姑，现在才三更啊。”一个小宫女忍不住道，“绣坊的门都没开……”

但被方姑姑目光一扫，她登时不敢再说，急急忙忙从炕上翻身下来，因动作太大，一不留神还跌了个踉跄。

一时间宫女所里尽是窸窸窣窣的穿衣声，众人生怕自己动作稍慢一些，就会换来一阵好打，纷纷用最快的速度爬起。

“姑姑，我好了。”锦绣凡事都爱争个第一，这次也一样，她头一个穿戴齐整，然后小跑至方姑姑面前，乖顺地道，“咱们现在是去绣坊吗？”

“绣坊的门还没开呢，你去做什么？”方姑姑冷冷道。

锦绣闻言一愣：“那我们……”

“绣坊的活是活，替我做活儿也是活儿。”方姑姑环顾四周，“谁是魏璎珞？”

众人齐齐望向魏璎珞。

“是我。”魏璎珞面不改色，越众而出。

方姑姑对她带来的两个大宫女使了个眼色，其中一个大宫女立时上前，将一沓衣裳塞她怀中。

“听张嬷嬷说，你的绣活儿最好，所有的领口、袖子、裙摆，全都绣上应景的花样，天亮交给我！”方姑姑吩咐完，又抬手指着其余小宫女，一个个吩咐道，“你们七个，分成两班，你，你，你，你们三个去烧热水、准备胰子、手巾，我早起要沐浴。剩下的去打扫院子，保证每一块地砖都发亮。快去！”

众人忙行动起来。吉祥分配到的是伺候方姑姑的活儿。按说这是个好差事，比打扫院子轻松，而且还能跟管她们的姑姑说上话，故而同样分配到这活儿的锦绣就笑得合不拢嘴。

但吉祥可笑不出来，在她眼中，方姑姑与猛兽并无差别，伺候她沐浴，不亚于给老虎拔牙。

“别拉着脸。”魏璎珞的声音忽然在她耳边轻轻响起，柔声道，“学一下锦绣，多笑笑，你笑起来很可爱。”

“我可学不来她。”吉祥撇撇嘴，然后一脸崇拜地望着魏璎珞，“璎珞姐，你好厉害，你怎么知道姑姑还会回来的？”

如果不是魏璎珞提醒，估摸着刚刚挨板子的就是她了。

吉祥同样也有打鼾的毛病，之所以没被方姑姑逮住，是因为听了魏璎珞的话之后，吓得睡不着，直到方姑姑再次回来，她都是醒的。

魏璎珞笑了起来：“新官上任三把火，就算没人打鼾，她也会寻个别的由头打人，好让我们怕她，从此以后不敢不听她的话……好了，你快去吧，别让姑姑等急了。”

目送吉祥急急忙忙地离开，魏璎珞笑着摇摇头，然后低头看着手里头的衣服。

精于绣工的人，仅凭目光就能量体裁衣。这衣裳细细打量下来，长短正合方姑姑穿，一看就知是她假公济私，要手底下的小宫女替她修改自己的私服。

许是为了不抢主子们的风头吧，宫女们的衣服都显素净，在这点上，大宫女小宫女之间都没什么太大差别。手中几套衣裳也一样，颜色淡素，翻来覆去也找不到几处花纹。

“女子爱俏，进了宫的女人也一样。”魏璎珞心想，“不，在这种都是女人的地方，女人跟女人之间就更要攀比了。”

拈针拿线，魏璎珞在衣裳的领口袖摆处绣上了一串紫藤花。紫藤折蔓连枝，透着一种年长女性的从容优雅，一瞬间就将手里这件普普通通的宫女服提升了一个档次，又很贴合方姑姑的身份，不会如牡丹芍药般过于妖冶雍容，一不小心就抢了主子们的风头。

她绣得如此贴心，以至于连方姑姑这样吹毛求疵的人都挑不出错来。

但见方姑姑将手里的衣裳翻来覆去看了好一阵子，最后目光落在袖口的紫藤花上，喜爱之情溢于言表，用手抚摸了半天，嘴上却还是淡淡道：“绣得还算不错，其余几件你也给我绣上，要不一样的花样。”

“是，姑姑。”魏璎珞乖顺地应道，“是现在绣吗？”

方姑姑看了眼天色，她倒是想要魏璎珞现在就给她绣，但是假公济私也得有个限度，只得遗憾摇摇头：“去吃饭吧，吃完去绣坊干活。”

魏璎珞抿嘴一笑：“是。”

方姑姑拿着绣紫藤花纹的衣裳离开，瞅她那副急不可耐的样子，显是要立刻换上这身衣裳，去姐妹那儿显摆。

“看看人家，又抱上了一条金大腿。”暗地里，锦绣又在跟其他小宫女们嚼舌根，“真是个天生的好奴才，咱们要想过得好，都得学她。”

吉祥听不得这样的话，正要找她理论，却被魏璎珞拉住了。

“璎珞姐，她这样说你，你都不生气吗？”吉祥气冲冲地道。

魏璎珞笑笑，她的时间很宝贵，哪能浪费在区区一个锦绣身上？

“吉祥，能帮我个忙吗？”魏璎珞问。

“你说。”吉祥问都不问是什么忙，就一口应承下来。

“早饭我就不去吃了，你帮我带个馒头。”魏璎珞道，“我有点事，先去绣坊了。”

这个点，绣坊就像个熟睡的人，睡得极其安分，一点声音也没有。

魏璎珞也没闲着，她摇着手里的扫帚，慢慢将门前落花归到一处。绣坊门前开的是紫藤花，那一地深深浅浅的紫色花瓣，将扫帚都染上了一丝花香。

“怎么来这么早？”一个声音在她身后响起。

停下手中的扫帚，魏璎珞回头一笑：“张嬷嬷早。”

这是早有预谋的相见。

张嬷嬷在绣坊工作，她每天第一个来，最后一个离开，故只要省下早饭的时间来绣坊门口等，她就一定能等到张嬷嬷。

但嘴上她可不会这样说，魏璎珞笑道：“今儿是我第一天来绣坊做工，我怕迟到，索性早些来了。”

老人都喜欢守规矩的孩子，张嬷嬷也不例外，严肃得近乎不近人情的脸上，难得地浮现一丝笑意：“你是个懂规矩的孩子。”

魏璎珞自是懂规矩的。

接下来的半个月，她每日早起就为方姑姑绣衣服，紫藤秋兰，鲤鱼青鸟，花样从不重复，待到日头将起，连饭都不吃，就提着洒扫工具往绣坊跑。

也有人想学她，可坚持了个四五天就坚持不下去了。

“真是天生当奴才的命。”这人就是锦绣，她对旁人道，“我可学不来她。”

她学不来，也不愿意学，是因为没有肉眼可见的好处。

魏璎珞虽然每日都为方姑姑干私活，却也挨过方姑姑的板子。虽每日天不亮就去绣坊门前洒扫，但张嬷嬷也没因此对她有所偏袒，分配到她手里的活跟别人一样多，有时候还会比别人多一些。

许多人都在暗地里笑话魏璎珞：吃力不讨好，何苦来哉？

魏璎珞却我行我素，不管旁人怎样议论她，她一直坚持这样的日子，虽然没有得到什么实质性的好处，但是方姑姑跟张嬷嬷看她的眼神愈发柔和，尤其是张嬷嬷，闲暇之余还会找她聊聊家常。

魏璎珞总是静静听着，偶尔发一两句言，问一两个无关痛痒的问题，看在她如此乖巧懂事的分上，张嬷嬷都会顺口答她。

“嬷嬷，这个地方用红色还是绿色好些？”

“用红色吧，红色喜庆。”

“嬷嬷，给愉贵人的帕子绣锦鲤好些，还是兰花好些？”

“锦鲤吧，兆头好。”

“嬷嬷，我的绣工跟魏璎宁比，哪个更好些？”

“璎宁更好些。”张嬷嬷习惯性地回道，答完才微微一愣，盯着眼前的魏璎珞。

魏璎珞笑着回望她。

一个月的时间，每一次见面，每一次看似无关痛痒的问答，都是为了同一个目的——让张嬷嬷下意识地回答她下一个问题。

张嬷嬷盯了魏璎珞半晌，缓缓道：“我听错了，我不知道魏璎宁这个人。”

第十四章　喂药

魏璎珞笑了起来。

“若是嬷嬷不认得她，又怎能一口咬定她的绣工胜过我？”魏璎珞叹了口气，举起手中的绣绷道，“我的绣工是她教的，她教得用心，我学得也用心……”

从小，魏璎珞就崇拜着自己的姐姐。别家的双生姐妹都希望彼此有些不同，她却恨不得自己什么都跟姐姐一样。

所以她学姐姐的梳妆打扮，学姐姐的一颦一笑，学姐姐走路的姿势，也学姐姐的绣活儿。

“我资质有限，虽然得她十分真传，但至多只学到了个七八成。”魏璎珞对张嬷嬷道，“所以您说得对，比绣工，璎宁更好些。”

张嬷嬷久久不语。

“……给我说说她的事吧。”魏璎珞轻轻道，“她从前也服役于绣坊，说不定，就在您手底下干过活？”

“绣坊里那么多人，除了宫女，还有从宫外请来的绣娘。”张嬷嬷面无表情地道，“活那么多，谁有空一个个去记她们叫什么？你今天的活做完了吗？”

张嬷嬷矢口否认，甚至僵硬地转移话题，魏璎珞却不能让这个机会从自己手里溜走。她乖顺地低头，带些哀求地对张嬷嬷道：“嬷嬷，我人小不懂事，又不擅长交际，进宫这么久，也没交到几个朋友，只有您可以依靠，求您指点个一二……我怎么样才能不重蹈魏璎宁的覆辙？”

张嬷嬷再次沉默。

这一次魏璎珞没有催，主子才有权利催奴才办事，她不是主子，相反，她在张嬷嬷手底下办事，勉强算是张嬷嬷的下属跟奴才。

张嬷嬷肯不肯回答她的问题，端看她这一个月来曲意奉承积累的好感，以及……姐姐在张嬷嬷心中的分量。

时间一分一秒过去，魏璎珞垂着头，火热的心渐渐开始发凉。张嬷嬷不肯回答她，是因为一个月的时间太短了吗？果然，她太操之过急了，应该沉下心来，与之多相处几个月……

"……宫中多忌讳，譬如你刚刚说的那个人。"张嬷嬷的声音忽然在她头顶响起，"她名字里的第三个字，是慧贵妃的闺名。"

魏璎珞惊讶地抬起头。

张嬷嬷的神色十分复杂，她看起来并不开心——任谁被属下如此算计，都会不开心的。

但饶是如此，她仍然给了魏璎珞一个答案。

"贵人的名讳，下人不配叫，所以你说的那个人，在这儿一定改了名。"张嬷嬷缓缓道，"这次就算了，你可别在别处提这个名字，否则传到慧贵妃耳里，没你的好果子吃！好了，今天的活就做到这里，你走吧！"

"嬷嬷……"

"走！"

绣坊的大门在魏璎珞身后关闭，她几乎是被张嬷嬷给赶出了绣坊。

魂不守舍地回到宫女所，方姑姑见她回来得早，立时又丢了几双鞋袜过来，要她绣上好看花纹。

魏璎珞心不在焉地绣着，好几次针都扎在了自己手指上。将伤痕累累的手指含在嘴里，带着铁锈味的血在舌头上晕开。

"这翡翠念珠绣得真好看。"路过她身旁的吉祥夸道。

魏璎珞低着头，原来她不知不觉在帕子上绣了一串翡翠念珠。看着那念珠，她心中浮现的却是一只缠绕着翠绿念珠的手。

"慧贵妃……"魏璎珞心中喃喃念道。

原想着什么时候能见她一面，却没想到机会来得这样快。

数日后，绣坊中，张嬷嬷点了魏璎珞与锦绣到面前，对她们俩道："你们两个同我来。”

魏璎珞与锦绣立时放下手里的活，跟在对方身后。宫苑深深深几许，九曲回廊引人深。三人一前两后，张嬷嬷边行边问：“记住路了吗？”

“回嬷嬷，记住了。”锦绣抢先道。她总是想尽办法在上面人心里留下好印象。

然而张嬷嬷笑道：“待会儿能自己回去吗？”

锦绣立时哑了火，嘴上说说容易，真做起来可就难了，身前身后的路都长得一样——这很好地防住了刺客，让他们不得不将大把的时间花在找路上，但也防住了她这种新进宫的小宫女，一不留神就会迷路。

如果张嬷嬷真要她自己回去，她估摸着是要一路问路问回去的。

“宫里的规矩，不许到处乱窜，所以宫女们一般不出效命的宫，除非奉主子的命令去别处送东西。”将她的窘迫看在眼里，张嬷嬷也不骂她，只淡淡道，“但你们是绣坊的，经常要为各宫主子量体裁衣，一定要熟悉路，否则七拐八绕回不来，小心误了差事。”

“是！”锦绣急忙应道。

魏璎珞却从她们两个的对话中听出些别的东西来。她问：“嬷嬷，咱们现在是去给哪位主子做衣裳？”

张嬷嬷意味深长地看了她一眼，然后目光远眺，投向不远处的红墙黄瓦，淡淡道：“慧贵妃。”

之后一路，锦绣都显得又紧张，又兴奋。

魏璎珞知道她又想在贵人面前表现表现，但慧贵妃是那样好讨好的？

虽说她们入宫的时间不长，但有关各宫主子的事情，却听了不少，在那些年长的宫女的嘴里，皇后娘娘常年礼佛不管事，后宫几乎由慧贵妃 手把持。这位慧贵妃艳若牡丹，喜好奢华，而且喜怒无常，高兴的时候，抓起一把珍珠撒给下人，不高兴的时候，同样抓起一把珍珠，却不是撒给下人，而是叫下人一粒一粒吃给她看……

美丽而凶残，一朵淬了毒的牡丹。

“贵妃娘娘，饶命啊！！”

结果三人还未跨入慧贵妃寝宫的大门，耳边便响起一声刺耳惨叫声。

“快跪下！”张嬷嬷急忙喊了一声，然后自己先跪在了地上。

虽然不知道发生了什么事，但是这个时候最好还是学一学宫里的老人。魏璎珞急忙跟着跪下，然后偷偷用眼角余光看着前方。

一个主子打扮的女子，似乎刚从宫殿方向逃出来，因跑得急了，脚上鞋子都掉了一只，一脚鞋一脚泥地朝她们跑来，但很快被身后两个健壮宫女逮住。她忍不住哭喊起来：“贵妃娘娘，求您饶了嫔妾吧！”

然后一位浑身珠光宝气的丽人在花丛后出现，只见她右手缠绕一串翡翠念珠，戴着假指甲的手轻轻搭在身旁侍女的手中，每走一步，身上的念珠、明月珰、金步摇就跟着摇动，折射出一片金玉之光。

远远看去，仿佛端坐云端的一位仙人。

待走得近了，才发现她的丽色不亚于身上的珠光。

“这就是慧贵妃？”魏璎珞心道。

听了那么多传闻，每个传闻都在说她的美，那么多张嘴，那么多赞美，都及不上她真人半分。

牡丹一开，艳压群芳。

“什么饶命不饶命的，叫别人听见了，还以为本宫要害你呢。”慧贵妃缓缓走至那名主子打扮的女子面前，居高临下俯视着她，唇角往上一勾，“愉贵人，病了就要吃药。”

“不，不！”被她称作愉贵人的女子急忙摇头，“嫔妾没有病，嫔妾……”

“刘太医！”慧贵妃忽然喊了一声，“还不快给愉贵人喂药。”

一名端着药碗的医官急忙从她身后走出来。

眼见那只热气氤氲的药碗离自己越来越近，愉贵人鬓角汗湿，一面挣扎，一面撕心裂肺地喊道：“我没有病！我是怀了龙种！”

一时间众人噤若寒蝉。在场十数人，每个人都恨不得自己眼睛瞎了，耳朵聋了，免得日后被杀人灭口。

然而慧贵妃神色如常，听见了也似没听见，只再次重复自己之前说过的话：

“刘太医，还不快给她喂药？”

“是，是……”刘太医忙道。

魏璎珞偷偷看他，见他端着药碗的手有些发抖，走着走着，里面的褐色药汁洒了一路。

她忍不住心下一沉。

从前只在戏文里听说过后宫争宠，逼人堕胎的事，哪里会想到有朝一日，这一幕竟活生生出现在她面前？

听戏的时候，看官们可以骂骂咧咧，甚至个把有钱人，还能用手里的银子为戏中人主持公道，那些个说书人得了足够赏钱，就会嘴皮子一翻，让戏文里的人善有善报，恶有恶报。

可现实中，却常常恶人得道。

譬如眼前这位慧贵妃。

听了那么多传闻，每个传闻都在说她的恶，那么多张嘴，那么多诋毁，都及不上她真人半分。

纵是牡丹，却也是淬了毒的牡丹。

“你又不是孩子了，怎么吃个药还这么折腾？”慧贵妃仍是那副居高临下的傲慢姿态，以这个姿态看人，人与蚂蚁无异，“来人，帮帮她。”

愉贵人一直拒绝吃药，为了避开眼前的药碗，她将头摇得像只拨浪鼓，以至于头上的钗钿都被摇落下来，满头秀发披在身上，状若疯狂。

“是，娘娘。”几名宫女得了令，两个按着她的肩，一个捏住她的下巴，迫使她张开嘴，然后以目光示意太医喂药。

眼见这一幕，跪俯在地的魏璎珞捏紧了拳。

左右四顾，四周除却慧贵妃与她的手下，一个刚巧在此修剪花枝的小宫女，就只有自己三人，谁来为愉贵人求情，谁敢为愉贵人求情？

魏璎珞深吸一口气……

“住手！”

第十五章　掌掴

魏璎珞循声望去。

喊出声的不是她，而是匆匆赶来的那名女子。

与慧贵妃的珠光宝气相反，那名女子周身上下一片素净，只鬓角处簪着一朵小小的玉兰花。乍一眼望去，还以为是地位低微的秀女，但随之而来的仪驾却告诉众人，此人身份之高，乃是后宫唯一的女主人——皇后。

富察皇后来得匆忙，以至于连正式点的衣裳都来不及换，身上穿着她平时侍弄花草时穿的衣裳，裙摆上还沾着些落花与泥土。她快步走至愉贵人面前，抬手挥退几个宫女，然后亲手扶起愉贵人，目光冷冷看向慧贵妃："慧贵妃，你想对愉贵人做什么？"

慧贵妃微微一笑："愉贵人身体不适，臣妾特意替她请来太医诊治。"

"哦？"富察皇后目光一垂，落在太医手中端着的药碗上，质问道，"这真是治病的药？"

"要不然呢？"慧贵妃将目光投向太医，"刘太医，告诉皇后这是什么药。"

"回禀娘娘，愉贵人脉细左关沉弦，右关滑而有力，加之肝阳有热，肺蓄痰饮，乃是患了咯疾。为了替她清肺热，臣特意开了一剂清热利肺的方子。"刘太医恭敬地回道，"乃枇杷膏……"

"胡说！"愉贵人大叫一声，"本宫明明是有孕在身，哪里是什么咳嗽！这分明就是一碗毒药，皇后娘娘，皇后娘娘，求您救救嫔妾啊，呜呜……"

富察皇后面色一沉，怀疑的目光投向慧贵妃："这真的是枇杷膏？"

"芝兰。"慧贵妃微微一笑。

"奴才在。"搀扶着她的宫女低头应道。

慧贵妃从刘太医手中接过药碗，然后转手一递，递到芝兰面前，命令道："喝了它！”

“是！”芝兰接过药碗，一饮而尽。

时间一分一秒过去，愉贵人的面色渐渐发白。富察皇后的眉头渐渐蹙起，而对面，芝兰仍旧好端端地站在原地。

“愉贵人。”慧贵妃望向愉贵人，笑容愈发艳丽，似一朵吞噬恶意为生的牡丹，“现在本宫再问你一次，这是毒药吗？”

“这，这……”愉贵人咬牙道，“堕胎药只对孕妇有用，用在常人身上，自然是没什么效果的。”

“那就让太医院的人来看看吧。”慧贵妃好整以暇道，“芝兰，把药碗给他们，让他们带到太医院好好查一查，看看碗里究竟是什么。”

她这样有恃无恐，反而让富察皇后有些犹豫，难不成这碗里面真是枇杷膏？然而事已至此，这么多双眼睛看着，这么多双耳朵听着，已经无法再轻轻揭过。富察皇后只得道：“来人，宣太医院张院判过来。”

张院判很快赶来，众目睽睽之下，他将碗里残留的药汁仔细检查了两三遍，最后得出结论：“回娘娘，这药……的确是枇杷膏。”

富察皇后与愉贵人闻言皆是一愣。

“愉贵人，看在你怀着龙种的分上，本宫暂时不跟你计较。”慧贵妃似笑非笑，“但是有一个人，你们必须交给本宫……皇后娘娘，是谁跟你通风报信，说本宫正在毒杀愉贵人的？”

富察皇后脸色难看，眼角余光向身后一扫——怡嫔。

“怡嫔这下要倒大霉了。”

从储秀宫回来之后，锦绣逢人就说自己今天的遭遇，小宫女们日子过得无聊，如今有新鲜事可听，个个聚在她身旁，听得津津有味。

“愉贵人怀了龙种，这本是一件好事，结果她疑神疑鬼，隐匿不报，慧贵妃好心请太医替她诊治，她竟反咬一口！”事情讲完，她还摇头晃脑地品评了一番，“还有那个怡嫔，她就更离谱了，口口声声说慧贵妃要毒杀皇嗣！一个小小的嫔，竟敢诬蔑高位嫔妃，这是大不敬！现在她被慧贵妃带走了，死我估摸着是不会死，但估摸着要脱一身皮！”

事情真如锦绣所说吗？

只怕没那么简单。

现在人人都说慧贵妃受了委屈，可她真的受了委屈吗？只怕未必。愉贵人身怀龙种，这本是好事，现在却成了污点，人人都怀疑她利用肚子里的孩子诬告慧贵妃。不仅如此，连怡嫔都被当作告密者带走了，这无形之中削弱了皇后的威信，以后谁还敢跟皇后告密，谁还敢找皇后做主？

“至于愉贵人……”魏璎珞心想，“不是不炮制她，只怕是要迟一些再炮制她，毕竟让人堕胎的方法可不止用药一种……”

数日后，绣坊内，张嬷嬷再次找到魏璎珞与锦绣。

“吴总管刚吩咐下来，”张嬷嬷与她二人说，“愉贵人有孕在身，绣坊要为她缝制新衣，你们两个随我一起去永和宫。”

这日天是阴的，乌云绵延万里，一丝光也透不进来，永和宫如同一具巨大的棺材，大门似一张敞开的棺盖，等着新鲜尸体的进入。

“啪！”

魏璎珞尚未进门，就听见门内传来微微一声。

“啪！”

等进了门，入了院，“啪！”“啪！”“啪！”那声音就越来越近，越来越响。

“啪！”

人来人往的院落中，怡嫔跪在地上，两边脸颊高高肿起，嘴角蜿蜒一线血丝，模样凄惨无比。下一刻，一只木片狠狠抽在她脸上。

“怡嫔！”木片持在芝兰手里，她冷笑道，“奴才替贵妃娘娘问，为何要掌你的嘴？”

怡嫔咬牙道：“嫔妾诬蔑贵妃，以下犯上。”

“啪！”

木片再一次抽在怡嫔脸上，芝兰冷冷道：“贵妃娘娘问你，心中可怨？”

“不怨。”怡嫔将嘴里的血吞下肚，“嫔妾咎由自取，与人无尤。”

木片难得地歇了一会儿，芝兰手握木片，笑着问她："贵妃娘娘再问你，记住今后慎言了吗？"

怡嫔似松了口气："记住了……"

"啪！"

一颗牙齿从怡嫔的方向蹦跶过来，滚至魏璎珞脚下，雪白的牙齿上尤带鲜血。

"大声点儿！"芝兰高举木片道。

怡嫔发抖的手捂住自己的嘴，鲜血沿着指缝渗出，哆嗦了半晌之后，才放下手，口齿流血道："嫔妾铭记于心！"

"不！"怡嫔还能忍，但有人已经忍不住了。只见愉贵人飞快地从屋内冲出来，扑在怡嫔身上，朝芝兰哭道："不要打了，不要再打了！怡嫔姐姐是因为我才会犯错，贵妃娘娘要罚就罚我吧，打我！打我吧！"

"瞧您说的。"芝兰冷笑道，"愉贵人您身怀龙胎，身份贵重，看在您肚子里孩子的分上，贵妃娘娘对您先前的污蔑行为既往不咎，可怡嫔就不同了……"

她缓缓将视线移至怡嫔脸上，该说物类其主吗？身为贵妃娘娘的贴身宫女，芝兰的目光同样阴冷恶毒，犹如一条吐着芯子的青蛇。

"还有十五下呢。"芝兰笑道。

"不！"愉贵人死死抱住怡嫔，仿佛要立时化作一座箱子，将她锁在里面，将所有意图伤害她的人锁在外面。

"愉贵人，你这样闹腾，万一伤了龙胎，奴才们可吃罪不起！"芝兰对左右宫女道，"你们都是木头啊，还不把贵人搀回去！"

一众宫人慑于她的淫威，只得飞快上前，七手八脚地将愉贵人拉走。

"不，放开我！放开我，怡嫔姐姐！"

"啪！"

魏璎珞三人也趁机跟着宫人们一起离开了。

等候愉贵人召见期间，锦绣抚着胸口，心惊胆战地问："嬷嬷，刚刚那是……那是……"

张嬷嬷："怡嫔以下犯上，诬蔑贵妃，贵妃娘娘罚她当众掌嘴。"

“怡嫔是一宫主位啊！”锦绣不敢相信地望着张嬷嬷，“一介宫女怎么能……”

“住口！什么一介宫女？”张嬷嬷凉凉地扫了她一眼，“你这样的才叫一介宫女！人家是谁？人家那是慧贵妃的帖身宫女芝兰！宰相门前七品官，人家的地位比一般嫔妃还要高！”

锦绣知道自己又说错了话，急中生智，目光往魏璎珞身上一转，问：“璎珞，你在看什么？”

魏璎珞一路一言不发，只是时时回头，望着远处跪着的怡嫔。

“打人不打脸，宫外尚且如此，更何况是宫内。”她喃喃道，“如今贵妃娘娘这么做，分明是羞辱怡嫔，叫她颜面扫地，说起来身居嫔位，连最下等的宫女都不如，她……她还能支撑得下去吗？”

倒映在她瞳孔中的背影忽然摇了摇，然后朝右边一歪，软弱无力地栽在地上。

“把她浇醒！”芝兰的声音远远传来，又冷酷，又无情，“还有十三板！”

第十六章　新叶有毒

三人等了许久，才等到愉贵人的召见。

都说怀孕的女人最是幸福美丽，她却一脸木然，张嬷嬷喊她抬手才抬手，喊她转身才转身，仿佛一具没了线就自己不会动的牵线木偶。

“好了。”张嬷嬷为愉贵人量完尺寸，轻声细语地问道，“贵人喜欢什么样的花式？石榴多子？祥云仙鹤？”

愉贵人神色恍惚，嘴唇上下开合，极低极低地嘟囔着什么。

“贵人，您说什么？”张嬷嬷不得不将耳朵凑过去，才勉强听清她的话。

“枇杷膏，枇杷膏，枇杷膏……”愉贵人不断重复这三个字。

张嬷嬷愣了愣：“枇杷膏？”

这三个字仿佛刺激到了愉贵人，她忽然大吼一声：“那枇杷膏一定有问题！”

张嬷嬷被她吓了一跳，条件反射地回头看了看门外。对怡嫔的惩罚还在继续，慧贵妃的狗奴才们都还在外面没走，谁知道里面有没有耳朵特别好使的？

“贵人，”张嬷嬷忙回过头来，小心翼翼地规劝道，“张院判医术高明，怎么会误断呢……”

“不不不！一定有问题，一定有问题！”愉贵人打断她的话，然后眼睛盯着她看了半天，忽然眼中一亮，双手死死抓住她的肩道，“我认得你，你那天也在，还有你，跟你……”

她的目光一路滑过锦绣，最后落在魏璎珞脸上，目光有些空洞幽暗地笑道：“你们都在，你们都看见了，慧贵妃想害我，枇杷膏里一定有毒，可……可是为什么验不出来？为什么？为什么！”

愉贵人的声音越来越大，最后几乎变成歇斯底里的质问。

张嬷嬷鼻尖上都冒出汗来，恨不得伸手捂住她的嘴，但碍于身份，只能一边回头看门外，一边哀求："贵人，奴才求您，别说了……"

"新叶有毒。"

张嬷嬷与愉贵人齐齐一愣，然后循声望去。

魏璎珞垂着头，低声道："枇杷老叶没有毒，新叶是有毒的……"

张嬷嬷只觉自己背上一凉，急道："住口！"

"住口！"愉贵人朝她大声尖叫一声，然后快步走到魏璎珞面前，声音略带颤抖，"说下去。"

魏璎珞仍低着头，看着眼前的浅金色桂花纹裙摆，低声道："我幼年很爱吃枇杷，结果有一次误食果核，呼吸困难，呕吐不止，后来游医说，大夫们按照药典制药，药典上都用陈年枇杷叶制作枇杷膏，可大多数人却不知为什么。他也是偶然才发现，这是因为枇杷老叶无毒，而新叶与果核都有毒，多服则有性命之忧……"

"原来如此，原来如此，新叶有毒，新叶有毒。"愉贵人喃喃重复这四个字，"慧贵妃送来的枇杷膏，一定是用新叶制成，毒性极微，难怪张院判未曾察觉，就算真被发现，也可以推说是御药房出了岔子……"

愉贵人忽然一把抓住魏璎珞的胳膊，神色狂热："走！跟我去见皇后！"

"万万不可！"张嬷嬷忙拦下她们，"贵人，一个小小宫女的话，又怎能当真，难道她比张院判还要准吗？璎珞，在宫里乱说话是什么下场，你给我跪下！"

魏璎珞从善如流地跪下。

"贵人，"她叩首道，"奴婢地位卑微，您仁慈才给奴婢说话的机会，但在皇后娘娘那儿，奴婢或许连开口的机会都没有。"

简而言之，皇后不一定会相信她这种小人物的一番说辞。

"……我明白了。"愉贵人回过神来，神色复杂地看着眼前的魏璎珞，缓缓松开了扯着她胳膊的手，"我自己去找皇后陈情，你……"

顿了顿，她才语气舒缓地问道："你叫什么名字？"

"奴婢璎珞。"魏璎珞恭敬回道。

愉贵人朝她点点头，然后飞快地离门而去。

她一走，张嬷嬷就狠狠瞪向魏璎珞：“你为什么要跟愉贵人说那样的话？”

为什么？

魏璎珞望着愉贵人的背影。

“明哲保身，大部分事情我都可以不管，但唯独她们，唯独这种姐妹之情……”魏璎珞默默心道，“我没法放着不管，看见她们，我就好像看见了姐姐跟我……”

所以，为了这种难能可贵的姐妹之情，她甘愿冒一次险。

“更何况也并非毫无收获。”她心想，“后宫之中派系林立，最大的两个派系就是皇后与慧贵妃，我若是真因此得罪了慧贵妃，就会自然而然地进入到皇后的派系……效果估摸着比直接投靠皇后还要好，毕竟敌人的敌人，就是朋友。”

魏璎珞原以为自己已经面面俱到。

但很快，她发现自己还是小看了这后宫，小看了他人。

“璎珞！”回到绣坊之后，张嬷嬷屏退众人，唯将魏璎珞留下，然后手提戒尺，厉声喝道，“跪下！”

她与方姑姑不同，一贯刀子嘴豆腐心，手里那根戒尺犹如摆设，从未真正落在哪个小宫女身上过，如今显是动了真怒。魏璎珞忙给她跪下，然后昂头望着她，眼中没有恐惧与怨恨，只有担忧。

“嬷嬷，”她轻唤道，如小孙女唤最疼自己的外婆，“您别生气，我知道错了。”

张嬷嬷心中一软，表情却更加严厉：“你知道你错哪儿了？”

“我不该当面告诉愉贵人新叶有毒。”魏璎珞想了想，道，“我应该把事情写在纸上，然后偷偷塞进裁给她的新衣里。更保险一点，送衣服的时候，失手将纸条落在地上，若贵人捡起问我，我就谎称不知道是谁塞在我身上的”

“行了！”张嬷嬷开口打断她，语气一沉，“结果，无论换了几种方法，你还是把新叶有毒的事情要告诉愉贵人？”

魏璎珞沉默半晌，终是没有骗她，低声回道：“是。”

她原以为自己会被张嬷嬷责罚，或打或骂，她甘愿承受，却没想到，等来等去，却只等来张嬷嬷一声嗤笑。

“呵。”这笑似嘲似怜，“那就用你的眼睛看看吧，璎珞，亲眼看看，你这么做的结果。”

后几日，风平浪静。

因张嬷嬷那番话，璎珞一直心事重重。

但心事再多，却也不能误了手头的事，该裁的衣服裁，该绣的花儿绣，终是在规定的日子做好了两身新衣裳，一件绣石榴多子，一件绣祥云仙鹤，然后一同送至愉贵人处。

“这件我留下。”愉贵人点了点那件石榴多子，又点了点另一件祥云仙鹤，“这件你帮我送去怡嫔那儿。”

璎珞小心翼翼地打量她的神色，与初相见时的惶惶不安不同，今天的她淡扫胭脂，小腹微凸，脸上难得流露出一丝幸福的光泽。

“顺便替我给怡嫔带句话。”愉贵人顺手打赏了璎珞一根簪子，“让她再忍耐几日，过几日，皇后娘娘定会为她做主。”

璎珞推脱再三，实在是推脱不掉，只得无可奈何地收下那根簪子。那簪头一对并蒂莲，红白二色相互缠绕，犹如一对世上最亲昵的姐妹。

“我是绣坊宫女魏璎珞，愉贵人派我过来给怡嫔送一件新裁的衣裳。”受人之托，忠人之事，璎珞捧着衣裳来到怡嫔寝殿，对守在寝殿内的宫女自报家门。

一荣俱荣，一损俱损，似因怡嫔受罚之故，她殿内的宫女们也跟着人心惶惶，眼神浮动，如同大树将倒时，即将离散的鸟雀。

听了璎珞的来意，其中一个宫女勉强笑道：“难为愉贵人还念着我们小主，东西给我吧。”

“愉贵人还有一句话要我带给怡嫔。”璎珞为难地抿抿嘴，“……还特别吩咐过我，要亲口对她说。”

宫女疑惑又警惕地打量她一会儿。

“或者您先问问怡嫔？”璎珞善解人意道，“若是她愿意见我，我就过去，不愿意见，我就去回禀愉贵人，这样既不耽搁事，也不叫您为难。”

“……行吧。”宫女这才勉为其难地点点头，“你在这儿等着。”

她转身离去，没过多久，便传出一声凄厉尖叫。

屋子里的人你望望我，我望望你，忽然一同迈出脚，大脚小脚，太监宫女，纷纷乱乱，一同冲进了门内。

魏璎珞的脚也混杂在其中，然后忽然定在寝殿门前。

透过眼前的门，映入眼帘的，是两只悬在空中的脚。

那定是一个很喜欢仙鹤的孤高女子，故而就连左右摇晃的绣鞋上，都绣着展翅而飞的仙鹤。

慢慢顺着那双鞋往上看……

“怡嫔……”魏璎珞喃喃唤道。

一道白绫绕过怡嫔的脖子，将她笔直吊在屋梁下。

第十七章　初见

“我不懂。”回来之后，魏璎珞百思不得其解，于是找到唯一能给她答案的人，“张嬷嬷，怡嫔为什么会死？”

“堂堂一个嫔，被人当众掌嘴，以后还能在宫中立足吗？”张嬷嬷一边绣着朵牡丹花，一边淡淡回道，“若是旁人还能忍，但她那性子，是出了名的孤傲……”

换句话说，慧贵妃明知道她性情如此，所以才用这种折辱人的方法对她，迫她受辱自尽。

“……真傻。”魏璎珞面色阴郁，也不知是对她还是对自己说，“人只有活着，才有翻身的机会。若换了我，别说被人掌嘴，就算是被人往脸上吐口水，我也能忍，忍到报仇雪恨的那天！”

一股冰凉刺骨的恨意透骨而出，刺得张嬷嬷皮肤发麻。她忍不住放下手中绣绷，震惊地看她：“你……”

“没什么。”那股恨意来得快，去得也快，只看魏璎珞此刻巧笑嫣然的脸，刚刚那股寒意那股恨意，仿佛都是张嬷嬷的错觉，“嬷嬷，我绣好了，您看可以吗？”

张嬷嬷接过她递来的绣绷，上面一朵白牡丹，与她搁在手边没绣完的大红牡丹一起，都是为慧贵妃准备的。

这位娘娘从来不甘人后，愉贵人要做两件新衣裳，她就要做二十件。除此之外还要相配的绣帕与新鞋，全部都要牡丹图案，一色不可重复，一花不可重复，可累杀了绣坊的宫女们。

最后连张嬷嬷都亲自上阵，才勉强在规定时间内绣完这些花样。

“嗯，不错。”张嬷嬷点点头，又看了眼外头的天色，“都这个时候了，你还没吃午饭吧，快去吃。”

“是。”魏璎珞乖巧道，“我吃快点，争取早点回来，今夜之前把活干完。”

她总是这样善解人意，讨人喜欢，张嬷嬷点点头，心想之前果然是自己的错觉吧……

但璎珞出了绣坊，却没有去吃饭。

她一口也吃不下。

一闭上眼，就是一双悬在空中的脚。

猛然将双眼一睁，璎珞一脚踢在对面的树上。

这后宫之中有太多浑蛋，偏偏还位高权重，她一个也惹不起，只能将眼前的树当作是他们，一脚一脚踢上去，发泄内心的郁气。

“大胆奴才！”

魏璎珞心中一惊，猛然回头。

她实在是太专心于发泄内心的郁气了，连身后来了人都没察觉。

观其服色，以及其横在肘上的精美拂尘，魏璎珞猜到那是一名地位极高的太监。只听他厉声喝道：“圣驾在此，还不跪下！”

……圣驾？

魏璎珞愣了愣，然后飞快跪在地上，将脸紧紧贴在手背上：“奴婢恭请皇上圣安。”

脚步声缓缓朝她而来。

一双明黄色的靴子停在她面前，一个漫不经心的男声在她头顶响起：“谁准你伤害灵柏的？”

灵柏？

璎珞心道不好，一样东西被冠之以灵，通常就有了身价，不再是寻常之物了，她怕是闯了大祸。但她此刻也只能装作疑惑道：“奴才斗胆，不知何为灵柏？”

“混账东西！这棵树就是灵柏！”拂尘指着先前被她踢过的树，大太监训斥道，“御笔亲题灵柏二字，你看，背后还挂着一块铜牌！往日多少人跪拜都来不及，你竟敢如此伤害！”

他还有耐心与璎珞解释，另外一个人却没那个耐心，或者说没兴趣将时间浪费在一个愚蠢的小宫女身上。

“拉下去。”明黄色靴子缓慢离她而去，“杖三十。”

杖三十？

璎珞不禁脸色发白。

三十杖下来，不死也去半条命，之后还要耗费大量的时间养病疗伤，她哪有那么多的时间可浪费？

更何况，受罚是个污点。

一个被皇帝亲自下令责罚过的人，日后要如何在后宫立足？

只怕到时候连愉贵人与张嬷嬷，都得在表面上跟她划清界限，免得一不留神惹得圣上不快。

自此之后，她将在后宫寸步难行。

她绝不容许自己留有这种污点！

“入宫不久，不识灵柏，不过奴才所为，是有原因的！”璎珞鬓角沁汗，拚命绞尽脑汁道。

明黄色靴子一停：“哦？”

既然冠之以灵，那就是玄之又玄之物，在这种事上，不必讲人间道理。魏璎珞眼珠子一转，索性咬咬牙道：“奴婢的确不知这是灵柏，不过昨夜一棵老树向奴婢托梦，说它日久于此，身上痒痒，让奴婢来花园寻它，替它挠背——奴婢刚才，就是在给它挠痒痒！”

大太监冷笑：“越说越混账，一棵树怎么给你托梦！”

魏璎珞等的就是他这句话，当下重重将头一磕，掷地有声：“既然柏树有灵，能为皇上遮阳，自然能给奴才托梦！奴才所言句句属实，不敢有半字谎言！”

大太监被她说得哑口无言，最后只得将目光投向此地唯一一个能做主的人。

“罢了。”却听那人漫不经心道，“走吧。”

眼角余光处，一双明黄色的靴子从身旁迈过，随之而去的是一双双黑色靴子，一双双白色绣鞋，一把把扣在腰间的佩刀，浩浩荡荡。直至走远，魏璎珞这才松了一口气，浑身酸软地坐倒在地上。

逃过一劫。

“啪！”

一个爆栗子打在她后脑勺上。

“哎哟！”魏璎珞回过头，“嬷嬷，你怎么来了？”

“你这小浑蛋！”张嬷嬷脸上也挂着汗，“我一刻不看着你，你就差点闯出弥天大祸来！”

被她这样责骂，魏璎珞反而心中一软。

“这可是皇上亲笔御封的灵木啊。”一边将魏璎珞从地上扶起，张嬷嬷一边解释道，“当年皇上微服私访，时值酷暑，大臣们都汗流浃背，唯独皇上滴汗未有，众人以为怪事。皇上谈及此事，冥冥中仿佛有一棵巨柏从紫禁城一路随行，为他遮阳。大家都说，这是灵柏知道皇上出行，才特意跟来，保驾护航！”

她絮絮叨叨这么多，原是想让魏璎珞行事更加谨慎些。

在宫里，人不好惹，有时候连树都不好惹。

“我明白了。”魏璎珞叹了口气，定定看着身旁那棵身娇体贵的树，喃喃道，“在紫禁城里，哪怕是一棵受皇上青睐的树，也比一个不受宠的人强。”

另一边，明黄色靴子忽然停了下来。

身后的所有靴子都一并停了下来。

“皇上？”大太监疑惑地看着他。

“朕刚刚想着朝廷里的事儿……”弘历缓缓道。

大太监做出洗耳恭听状。

“所以一时半会儿没反应过来。”弘历缓缓转过头，树影摇曳，一滴滴光点透过树叶的缝隙落下，如同金色的雨水洒在他身上脸上，他忽然笑道，“现在仔细想想——区区一个小宫女，灵柏凭什么给她托梦啊！”

万岁爷您才反应过来啊！

大太监心里这样想，面上却同仇敌忾，做出一副同样刚刚反应过来的模样，咬牙切齿道：“对，奴才也才反应过来，那小丫头张口就是一个谎，还一套一套儿的，该抓，抓了就杀！”

“你还记得她长什么样吗？”弘历双手背在身后，淡淡问道。

大太监愣了愣，然后绞尽脑汁地回忆起来……

“想不起来吧？”弘历淡淡道，“宫女都穿得一模一样，她又立刻跪在地上，整张脸都贴在手背上，抬都没抬一下。”

大太监目瞪口呆：“这，这，她是故意的……”

后宫女子都在追求一个“露脸”。

谁会想到，居然还会有人拼命将自己的脸给藏起来。

“如今水入大海，叶入丛林，想再找她，只能靠声音去分辨了。”弘历望着御花园里摇曳的树林，慢悠悠道，“李玉，趁着现在你还记得她的声音，去把人给朕找出来吧。”

“对了，”想了想，他又补了一句，似笑非笑道，“找到之后先别弄死，给朕送来。”

第十八章　侍卫

魏璎珞心惊胆战地熬了几天，无论做事的时候还是闲着的时候，目光总是有意无意地瞟向大门口，生怕有人推门而入，大喊一声："魏璎珞，你事发了，跟我们走一趟！"

肩膀忽然被人一拍，魏璎珞惊得差点跳起来："怎么了怎么了？"

"什么怎么了？"吉祥奇怪地看了她一眼，"璎珞姐姐，你看那边。"

魏璎珞顺着她的目光看去，只见甬道上行过几名侍卫，前后共计六人，个个身形挺拔，面容俊朗，兼之武服佩刀，将男儿的威武之气凸显到了极致。

"你看那个，走最后的那个。"吉祥用怀念的语气道，"他长得好像我哥哥。"

"得了吧。"锦绣扑哧一笑，"少往你哥脸上贴金了。"

吉祥瞪向她："你怎么说话呢！"

"我没说错啊。"锦绣摆了摆自己偷偷用凤仙花汁染红的手指甲，"你以为紫禁城里的侍卫都是平常人呀！紫禁城这道红墙，就是侍卫的分界线！"

吉祥没听懂她话里的意思，又不愿意向她求教，于是转头去问魏璎珞："璎珞姐，你给我说说吧，什么是侍卫的分界线啊？"

魏璎珞叹了口气，尽量言简意赅地对她解释道："红墙之外的护军，是下五旗里的，而这红墙里的侍卫，都是上三旗的皇亲贵胄。"

吉祥似懂非懂地点点头，又摇摇头："我不明白，贵人也要当侍卫吗？"

"那是自然！"锦绣抢着道，她这人爱出风头，也爱表现出自己比旁人懂得多，"别说最高级的御前侍卫，就算是乾清门侍卫，将来都极可能出将入相，成就非凡！你可别忘了，时时刻刻贴着皇上，自然会步步高升！"

其余宫女也开始七嘴八舌，对那六个侍卫指指点点。

"听说每年为了争这紫禁城内的侍卫名额，上三旗的贵族子弟都要参加比武。"

“出身高贵还不行，武功也得极为出众。”

“据说侍卫里最出众的，是皇后的弟弟富察大人，真正的文武全才，皇亲贵胄！”

“是哪一位啊？在不在里面？”

“领头的那个，最高的那个！”

锦绣神色一动，忽将手中的托盘塞到吉祥怀里，然后按着肚子说：“我内急，得找个地方出恭，吉祥你帮个忙，替我把东西送去绣坊吧。哎哟，哎哟，我先走了！”

“什么人啊，事情真多。”吉祥不满地嘟囔一句，却也没多想。

身旁，魏璎珞望着对方消失的方向，若有所思。

进宫也有一段时日了，别的不说，认路的本事必须有所长进，否则进了不该进的地方，少不了一顿板子。

侍卫们前进的方向是御花园，那也是去长春宫的路，若六个侍卫在这里分道扬镳，那么十有八九，富察傅恒是要去长春宫探望他的姐姐的。

锦绣藏身于一座假山后，面色潮红，心潮澎湃，不断朝外探头探脑。功夫不负有心人，她总算是瞅见了一个独自行来的身影。心一狠，她抓起一块石头狠狠砸在自己脚上。

疼！

还好事先往嘴里塞了条帕子，她才没有疼得叫出声。

单手扶着假山，锦绣摇摇晃晃地站起来。琢磨着人已经在假山另一头，她用另一只手拨弄了下鬓角发丝，调整了一下自己脸上的表情，让自己显得更加楚楚可怜，弱柳扶风。

万事俱备，锦绣往外一冲！

但一条手臂忽然从旁边伸出来，将她拉回到假山之后。

假山外，富察傅恒行过。

假山后，锦绣猛力挣开捂着自己嘴的手，愤怒地低吼：“魏璎珞！你干什么！”

“这话我还给你。”璎珞盯着她，“锦绣，你想干什么？”

“女人都想为自己谋求一个好出路，我有什么不对？”锦绣忽然上下打量了魏璎珞一番，怀疑道，“难不成，是你也看中了这根高枝？”

“我不敢。”魏璎珞嗤笑一声，然后收起笑，冷冷道，“你我都是上三旗包衣，你在家中的时候，可有都统、参领家的子弟来求婚？别说都统、参领，只怕佐领的儿子，都没有正眼看过你吧！那些人家尚且如此，何况这些真正的权贵？”

她的一番告诫，换来的却是锦绣的不以为然：“只要长得漂亮，你怎知我高攀不上？”

魏璎珞愣了愣，然后皱起眉头看她：“你的意思是……做妾？”

锦绣斩钉截铁地点点头：“能给权贵做妾，好过给穷人做妻！”

人各有志，不可强求。

魏璎珞摇摇头，觉得此女空长一副好皮囊，里面却塞满了虚荣、不切实际的欲望，以及极端的自私自利。

“你怎么想是你的事，但你记住一点，这里是紫禁城，侍卫和宫女有奸情，一旦传扬出去，他是皇亲国戚，可以轻轻揭过，而你呢？死路一条。”魏璎珞面色一冷，沉声道，“你我是一块出来的，又是住一块儿的，你如果闹出这样的丑事，我们也要跟着你一块儿挨人非议。”

锦绣嘲讽一笑：“原来是为了你自己。”

“对，你也是为了你自己。”魏璎珞回之一笑，“若是不想我把今天的事情告诉方姑姑，现在你就跟我回去。”

见她又用方姑姑压自己，锦绣气极反笑，正要反唇相讥，忽闻假山外传来一个甘醇的男声：“我觉得这位姑娘说得对。”

紧接着，一个身穿侍卫服的男子抱着胳膊，转进假山内侧，对她们笑道：“你们是该回去了。”

“富察大人……”二女齐齐转头看他。

有些人穿上龙袍也不像天子，有些人穿上侍卫服也不像侍卫。

富察傅恒便是这种人。

他的气度太过雍容华贵，即便是往那儿随意一站，也如凤凰落于梧桐，翎羽轻轻舒展。区区侍卫服，穿在其他人身上是身份的象征，穿在他身上却是屈尊。

狭长凤眼往魏璎珞脸上一扫，右眼角下一颗泪痣，为这雍容添上了只可意会的暧昧与性感。

“魏璎珞。”他唤道，甘醇的声音仿佛酝酿多年的美酒，泥封一开，不饮已可醉人。

魏璎珞故伎重施，为免对方记挂自己的长相，故意深深低头：“……富察大人还有什么吩咐？”

“抬头看着我。”富察傅恒道。

魏璎珞没有办法，只好慢慢抬头看着他。

也难怪锦绣喊着要给他当妾。

眼前的这双凤眼无情又似有情，他不必开口说话，只消用这双眼睛望着你，万般柔情便在你心中升起。

“你很有自知之明，这很好，但你还是疏忽了一点。”富察傅恒随手拍了拍腰间佩刀，“宫中侍卫都是一等一的巴图鲁，包括我在内，任何一个……都会发觉假山后藏了人。”

也就是说，锦绣的计谋打一开始就行不通。

即便行得通，那也是侍卫故意中计，好把玩这个自己投入掌中的美人。

锦绣羞得垂下头去，身旁的魏璎珞同样垂下头：“是，璎珞受教。”

“好了，你该走了。”富察傅恒用目光点了点她身旁的锦绣，“把她扶回去吧，该教训的时候多教训，免得日后闯出大祸来。”

魏璎珞急忙扶着锦绣离开。一路上，锦绣的面色都很难看，也不知道是因为脚疼，还是因为富察傅恒的那番话。

“都听见了吗？宫里面没有傻子，你可别再犯傻了。”魏璎珞最后一次劝道。

不出所料，换来的仍是一声充满妒恨的冷笑。锦绣一把推开她，自己一瘸一拐地往宫女所走，声音带着一丝激动：“你又把我当垫脚石踩了，富察大人记住了你的名字，没记住我的！”

魏璎珞摇了摇头。

这是最后一次了，从此以后她不会再劝锦绣一句，她再闹出任何事都与她无关，自己负责好了。

“扑通！”

一颗小石子滚至魏璎珞脚下。她顺着石子丢掷来的方向一看，皱皱眉，忽然开口道：“你确定要自己走回去，不要我扶？”

“废话！”前面的锦绣闻言，立时加快脚步，“谁要你假献殷勤啊！我自己会走！”

忍着脚疼，锦绣一路走回了宫女所，一看见床就扑了过去，整个人瘫在床上，身上的汗水在被褥上留下一个人形的印子。

“哎哟，你这是怎么了？搞得这样狼狈。”路过的吉祥停下脚步，嘴里还塞着一块糕点。

“吃吃吃，你就知道吃，吃完自己那份还要吃魏璎珞那份，你以为她是为你好啊，她是要把你吃胖了，走在身边衬托得她比较苗条……等等！”条件反射地挑拨离间了一番，锦绣忽然左右四顾了一番，“魏璎珞呢？”

“她不是追你去了吗？”吉祥将另外一块糕点往嘴里塞，“怎么，没追上？”

锦绣愣了愣，垂下头，仔细回忆起刚刚的情形。

那石子丢来的方向有什么？

是一丛郁郁葱葱的紫藤花架。

密叶隐歌鸟，香风留美人。

的确是美人。

一个光看侧影，就觉得身形修长、姿容俊逸的侍卫。

锦绣猛然从床上坐了起来，双目灼灼，如同烧着两把烈火。

第十九章　孤男寡女

哐当一声，杂物间的房门关上了。

“太黑了。”魏璎珞喃喃道。

身后刺啦一声，是火折子划开的声音。

桌子上的烛台被点亮，一团火焰在灯芯上摇曳，暖黄色的烛光照亮了一张俊逸的脸。

细长的眉，细长的眼，以及同样细长的手指，他就像是一幅细笔白描的古代雅士图，清贵优雅，只是眉宇间藏着一股忧郁。

这忧郁没有损去他的姿色，反而让他于人群中显得更加独特。

“之前魏伯父说你在宫里，我还不敢相信。”他用右手护着烛火，直到摇曳的烛火渐渐稳定下来，“没想到今天真见到了你。”

今日在甬道上遇到的六名侍卫，走在最前面的是富察傅恒，而走在第二位的，就是眼前这名男子。

“然后呢？”魏璎珞头也不回地问。

“璎宁的死，我也很伤心。”男子抬头看着她的背影，目光温柔，“但这里是紫禁城，你不可胡来，还是听你爹的话，早早出宫，回去找个好人家嫁了吧……”

“够了！”魏璎珞终是转过头来，目光如雪冰冷，“你是什么人，凭什么管我？”

对方叹了口气：“凭我和璎宁相好一场……”

“不许你再提她的名字！”魏璎珞尖声打断他，她恨很多人，最恨眼前这个人，“你和我姐姐相好一场，为何在她最需要你的时候，你却毫不犹豫抛弃了她？”

男子眉宇间的郁气更重：“她是内务府包衣，迟早要入宫，难道你要我一直等到她二十五岁？”

“不，庆锡少爷，”魏璎珞语带嘲讽地笑道，“你并非等不到她出宫，而是因为我们是下等人出身，纵然姐姐长得再美，再贤惠聪明，你这个高高在上的少爷，也不会正式迎娶一个下等女人！”

见对方沉默不语，魏璎珞走近几步，逼问道：“怎么？我说破你的心事了吗？你姓齐佳，是高贵的满洲清贵，姐姐虽然出身不高，却也是有骨气的，既然一刀两断，你们就再无关系！”

庆锡深叹了口气：“可我一直念着你姐姐……”

“念着她？”魏璎珞嗤笑一声，“然后她在宫里出事的时候，你就眼睁睁看着……明明只有你在她身边，明明只有你能帮她，你却眼睁睁看着！”

庆锡痛苦地闭上眼睛，痛苦的往事，让他这位力可搏虎的勇士瑟瑟发抖：“我……我毕竟是侍卫，不能与宫女往来。”

“我也是宫女。”魏璎珞将他的反应看在眼里，却丝毫不为所动，冷冷道，“我们也不该往来，麻烦让开。”

还来往什么？

在姐姐最需要他的时候，他抽身而去了。

若他只是对姐姐玩玩而已，她恨他。

若他真的爱着姐姐，那她更恨他，恨这个懦夫！

擦肩而过之际，魏璎珞身后传来一声叹息。

“五日一次。”庆锡的声音在她身后响起，“我每五日值守一次，若有困难，可来侍卫处找我！”

魏璎珞的脚步停顿了一下，便继续向前走，双手刚搭在门闩上，还未开门，外头就传来咚咚咚几声乱捶，紧接着是方姑姑的声音：“开门！给我把门打开！”

魏璎珞吃了一惊，回头与庆锡对视了一眼。

孤男寡女，共处一室，若是真被人撞见了，一百张嘴也说不清。

庆锡嘴唇一动，正要说些什么，对面却伸来一只手，止住了他接下去要说的话。魏璎珞用无声的唇语对他说：“照我说的去做。”

咚咚咚，咚咚咚，方姑姑还在捶门，岂料下一秒房门忽然打开，猝不及防之间，一只竹筐劈头盖脸地罩了过来，紧接着是一阵拳打脚踢，伴着魏璎珞略带惊恐与愤怒的话语：“叫你跟踪我，叫你跟踪我，臭不要脸，流氓！”

“住手！住手！”从来只有她打别人，哪有别人打她？方姑姑拼命逃窜，杀猪似的喊道，“魏璎珞你疯了！住手，快住手！来人，快来人，救命啊！”

一众小宫女急忙冲上前，你拉胳膊我抱腿，总算将两人给拉开。

将头上的竹筐摘下，方姑姑脸色发黑地看着魏璎珞：“璎珞，你疯了，竟敢对我下手！”

魏璎珞“啊”了一声，脸色比她还黑：“姑姑，怎……怎么会是你？”

不等方姑姑发难，她就已经先行跪在了地上，哭哭啼啼道：“姑姑，求您给我做主！我本是出来寻一张丢失的帕子的，哪知道路上被人跟踪，也不知道是哪个六根不净的小太监，还是哪个心怀不轨的侍卫，情急之下，只得将自己锁进杂物间，还好您来了，呜呜……”

“六根不净的小太监，还是哪个心怀不轨的侍卫？”方姑姑气极反笑，“听你胡扯，我的声音，你难道听不出来？还是说我的声音那么像个男人？”

“我实在是太害怕了。”魏璎珞双肩微颤，似受了极大的惊吓，抬袖抹泪道，“一时间没分辨出来，还望姑姑原谅……”

“看看我胳膊上的伤。”方姑姑撸起袖子，露出先前被她掐出来的青痕，冷冷道，“你叫我怎么原谅你？”

魏璎珞干脆了断地给她磕了个头：“愿受姑姑责罚。”

于是这件事就此揭过。虽然魏璎珞还是受了罚，却是在不知情的情况下，殴打方姑姑而受的罚，且因为方姑姑贪财，所以在钱财上罚得比较重，给足了钱物之后，身上也就是象征性地挨两下板子。

这总好过被人发现，与年轻侍卫共处一室。

那可不是几下板子跟一点钱财能够解决的事情了。

“所幸庆锡是个巴图鲁，身手灵活，能趁着我闹出乱子时，神不知鬼不觉地逃走。”魏璎珞趴在床上，背上的伤刚上完药，还在火辣辣地疼，疼得她睡也睡不着，只能闭着眼睛胡思乱想，“不过，是谁告的密呢……”

月光从窗外照进来，笔直一束落在魏璎珞床头。她慢慢伸手入怀，从怀里摸索出一条络子来，摊在月光下静静看。

“也不是毫无收获。”魏璎珞目光柔和地对络子说，“姐姐，进宫这么久，我总算找到线索了。”

往日种种，历历在目。

昨夜星辰昨夜风，那也是一个月光如练的夜晚，她伏在魏璎宁膝头，看她十指翻飞，一条精致的梅花络子渐渐在她指尖成型。

那梅花络子随着姐姐一起进了宫，却没陪她一块儿出宫。

反而在今日的打斗之际，从方姑姑身上落了下来。

“方姑姑啊，”魏璎珞五指一扣，将掌心中的梅花络子猛然握紧，“姐姐的梅花络子，怎会在你手里？”

第二十章　告密

“芝兰姐姐。”

芝兰回头一看，见一名举止风流的女子朝自己走来。这样的长相身板，在青楼或者富商后宅中容易得宠，但在宫里，在一个奴婢身上，就显得不那么庄重，一不留神就要讨人嫌。

“你是？”芝兰淡淡扫她一眼。

“我是绣坊的宫女，锦绣。”锦绣急忙自报家门，双手托起一只托盘，盘中放着一件折叠整齐的绿衣，“张嬷嬷让我来送刚制好的春装。”

“哦。”芝兰点点头，“放下吧。”

锦绣却不愿意就这么走。她以极慢的速度放下手中托盘，嘴里说着讨好的话：“都是一样的宫装，穿在姐姐的身上就是与众不同，瞧袖口的花儿绣得多美，一看就知姐姐是手巧的人。”

芝兰笑了笑。虽说大伙穿的宫装都一样，但仔细一看，又各有不同，那些有些本事地位的大宫女，袖口领口都会额外绣上些花样。其中也有高下之分，她身上这件就绣有桃花吐蕊，却不是她自个儿绣的，而是吩咐绣坊的小宫女替她绣的。

名字叫什么来着，似乎是叫……璎珞？

“……比我们那绣工最好的璎珞都要手巧。”却听锦绣笑着说，“说起这璎珞，不但一手绣活巧夺天工，人也十分聪明。上回要不是她，我们都不知道枇杷膏还有那么多讲究！”

芝兰原已经腻歪了她，正要挥手让她退下，却猛然一转头：“你说什么？枇杷膏？”

“是呀。”锦绣一脸天真，“璎珞上回在永和宫提起幼年曾经误食琵琶新叶，我们才知道新叶有毒，不能入药啊。怎么了？”

右手在桌子上重重一拍，芝兰咬牙切齿道：“好啊，原来是她！”

“芝兰姐姐，我……我是不是说错话了？”锦绣装模作样地垂下头，声音怯怯，心中却冷笑连连。

魏璎珞那个小贱人，表面上一副清高模样，不许她勾引富察傅恒，转身却自己跟侍卫勾搭在一起。

可惜她通知方姑姑通知得晚了，没能抓到那个奸夫，但没关系，她手里还握着别的把柄，借着慧贵妃的手，总能将这碍眼的鬼东西从她身边拿走。

“前面带路。”芝兰起身道，“带我去找那个叫魏璎珞的。”

“是，芝兰姐姐。”锦绣忙回道。

两人一前一后来到绣坊，赶到时，一群人正围绕在魏璎珞身旁，或目露惊叹，或神色陶醉。

“这彩霞绣得真好看，回头我也绣一个。”

“呵，可别画虎不成反类犬。”

“我从前也绣过彩霞，可绣出来却像一片片浮云。璎珞，你是怎么绣的？”

“这是满绣技法，绣出来的东西色彩渐变，层次分明，看着虽美，却是台下十年功，你们要绣出一样的东西，没十年的功夫是不行的。”

一双绣鞋踱到魏璎珞身后，笑声响起：“果然绣得不错。”

魏璎珞停下手中的针，回头望向来人，然后急忙起身朝她行礼：“芝兰姐姐。”

众宫女也急急忙忙向这位慧贵妃身旁的红人行礼。连在场年纪最大的张嬷嬷都站起了身，不敢在芝兰面前坐着，声音极客气地问：“芝兰姑娘，您怎么来了！是不是送去的春装，您不喜欢？这哪儿用得着您亲自来一趟，遣个宫女过来说一声，我立刻去储秀宫。”

“原先还是满意的，但见了这幅云霞图，就不满意了。”芝兰笑着说，目光转向魏璎珞，“这小宫女绣工十分不错，让她跟我走一趟吧。”

不少宫女朝魏璎珞投去艳羡的目光，唯魏璎珞与张嬷嬷心中咯噔一声。

主子真要吩咐下来什么事，只需一句话即可，有什么事必须过去一趟才能说清楚的？只怕此去是祸非福。

张嬷嬷有心保魏璎珞一把，赔笑道：“芝兰姑娘，这不好吧，这丫头正跟着我打下手，还没出师呢，要不，还是让我来替你绣吧！”

好歹是管着一间绣坊的嬷嬷，能够主动提出为一个宫女绣衣裳，已经算是屈尊降贵，极力讨好了。然而芝兰却压根儿不吃这一套，冷笑一声道：“张嬷嬷，你别在这儿跟我打机锋，我点了谁，就是谁，由得你挑三拣四，换来换去！魏璎珞，随我来！”

她这话一出口，人人都听出了当中的恶意，当下所有人收起目中艳羡，或同情或幸灾乐祸地望着魏璎珞。

“……是。”事已至此，魏璎珞只得硬着头皮应承下来。

等到她与芝兰离开，绣坊内立刻炸开了锅，纵使张嬷嬷不停呵斥，也止不住小宫女们暗地里的交头接耳。

“怎么回事，魏璎珞是不是得罪芝兰姐姐了？”

“见都没见过几次面，何来得罪之说？”

“可……可芝兰姐姐一副兴师问罪的模样。”

当然是兴师问罪。

储秀宫偏殿内，魏璎珞跪在冰冷的地板上。

她已经跪了很长一段时间，凉意透过她的膝盖，一路钻进她的骨髓里。屋子里静悄悄的，只偶尔响起几声调羹搅过汤汁的声音。

慧贵妃坐在椅子上，旁边的紫檀木茶几上放着一碗藕粉丸子。

汤色雪白，丸子一个个黑如泥捏，黑白相映，黑的愈显得黑，白的愈显得白，如同一幅山水画卷，只是时间长了，已经凉得没了一丝热气。

觉得下马威已经够了，慧贵妃这才停下手里的调羹，慢条斯理地问道：“你就是魏璎珞？”

“是！娘娘！”一声大吼，惊得她手中的调羹差点落在地上。

做贵妃这么多年，慧贵妃就没见过敢在她面前这样大呼小叫的人，抬手抚了抚胸口……其实她更想抚抚还在耳鸣的耳朵：“你这么大声干什么？”

魏璎珞抬头一笑，之前她一进门就跪下了，慧贵妃没能见到她的模样，如今一见，涎水都还挂在她嘴角，似乎是跪地上的时候，趁机睡了一觉。

“对不起，贵妃娘娘。”抬手擦了擦嘴角涎水，魏璎珞傻笑道，“奴才向来大嗓门，嬷嬷打了好多回，就是改不了！”

宫中或站或立，都要讲究一个规矩，特别是侍奉贵人们的宫女，那便是连睡觉的姿势都要讲个规矩，如她这种跪着都能睡过去的傻丫头，定是要比旁人多吃十倍的板子的。

慧贵妃狐疑地看看她：“是你说枇杷新叶有毒？”

“对，有毒，不能吃！”魏璎珞忙不迭地点头，“娘娘您问这个干什么？啊，难不成您也要吃枇杷膏？那您可千万别吃果核，也别误碰新叶，都有毒！我小时候太贪吃，不小心吃多了，上吐下泻，差点没命！上回，永和宫那位娘娘也要吃，被我劝阻了！好险哦！对了，还有还有……”

她噼里啪啦说了一大堆，而且看样子还要继续说下去，偏偏嗓门又大，一个人活像几十只鸭子似的，吵得慧贵妃太阳穴不停地跳。

“停停停！”慧贵妃不得不喊停，“都什么乱七八糟的，颠三倒四，不知所云！进宫这么久，连怎么回主子的话都不懂吗？”

魏璎珞点点头，又急忙摇摇头，之后目光游移不定，最后总算是定住了，却又定在了不该定的地方——慧贵妃身旁那只盛藕粉丸子的碗上。

“娘娘，”见她一副不断吞口水的模样，这次连芝兰都有些看不下去了，凑到慧贵妃耳旁轻轻道，“这丫头，看起来似乎有点傻……”

你都能看出来的事，本宫看不出来吗？慧贵妃招招手：“过来。”

魏璎珞“哦”了一声，居然不懂得这是让她起身的意思，双膝依然在地，一路膝行至慧贵妃面前。这副狗奴才的模样差点把慧贵妃给逗笑了。

“知道这是什么吗？”慧贵妃如同逗狗一样，端着青花瓷碗，在魏璎珞面前左右晃动了两下。

魏璎珞的脑袋也跟着青花瓷碗左右移动起来，傻傻道：“是元宵吗？可为什么是黑色的？奴才还从未见过黑色的元宵呢！”

“可怜的孩子，连藕粉丸子都没吃过吗？”慧贵妃笑，“赏你了，拿去吃吧。”

她将碗给了魏璎珞，却没有给她调羹。

“谢娘娘赏赐！”魏璎珞一副欢天喜地的模样接过她递来的碗，竟不用调羹，直接端着喝了起来，剩下几个粘在碗底倒不下来的丸子，竟被她直接用手抠出来吃了。

“好吃吗？”慧贵妃和蔼可亲地问。

但认识她的人，都知道这和蔼之下，藏着多么深的恶意。

“好吃。”魏璎珞回之以憨厚的笑。

从未见过眼前的人，也猜不透对方的性子，但这不妨碍慧贵妃用自己的办法整治她，以及试探她。

“好吃就多吃些。”慧贵妃一摆手，“芝兰——”

接下来，一只又一只碗送进储秀宫。

青花瓷碗，彩绘漆碗，细白瓷碗……碗虽不同，里头盛着的东西却都一样，全部都是个大饱满的藕粉丸子。

“吃吧。”慧贵妃歪在椅子上，笑着对魏璎珞道，“全都吃了再走。”

地上的碗已经空了一半，但更多的碗从外面送进来。魏璎珞的肚子已经肉眼可见地凸了出来，却还在一刻不停地狼吞虎咽。

像一条永远不懂得什么叫吃饱，只要有人投食，就能活活把自己吃死的金鱼。

“嗝，贵妃娘娘，您人真好，都不嫌弃奴才贪吃！”魏璎珞再次端起一只青花瓷碗，“嗝，真好吃啊，奴婢，奴婢……呕……”

有些吃进去的东西已经沿着她的唇角漏下来，她却一副恍然不知的模样，又开始呼哧呼哧地吞咽起碗里的汤汁。

宫中贵人哪里能看见这样恶心的场面，慧贵妃皱了皱眉，有些厌恶又有些轻视地嗤笑了一声：“还真是个傻子！本宫累了，让她赶紧滚，看着就碍眼！”

芝兰也觉得恶心，甚至都不愿意用手去拉扯地上的魏璎珞，伸出脚踢了踢她：“好了，别再吃了，娘娘让你走！”

魏璎珞猛然吸了口汤，直到芝兰再次踢了她一下，她才可怜兮兮地回过头，嘴里含着东西，口齿不清地道："可奴才还没吃完呢！"

目光落在她手里的那只碗上，芝兰觉得这碗都跟着她变脏了，皱起眉头道："把碗带走！"

"真的？"魏璎珞眼中一亮。

"快滚！"

魏璎珞急忙将剩余的藕粉丸子都倒进同一只碗里，然后抱着碗就跑。

"这……这到底什么人啊！"望着她那副频频回头，一副生怕自己反悔，叫她把丸子还回来的模样，芝兰忍不住哭笑不得，回头将这事与慧贵妃一说，慧贵妃也忍不住露出哭笑不得的表情。

"下回问问内务府，都招进来什么人啊！"慧贵妃晃了晃脑袋，似乎想要将某个恶心的画面从自己脑袋里挥出去，"这根本是个傻子！"

芝兰本想应和她，可是忽然之间忆起自己踏进绣坊时，看见的那幅彩霞图。

彩霞万里，遍染天空，一万个人里也不一定有一个，能有这样高超的手艺，那真是一个傻子能绣出来的东西？

将她的犹豫看在眼里，慧贵妃问："怎么了？"

犹豫再三，芝兰终是将自己的心里话说出口："娘娘，您觉得……她会不会是在装傻？"

第二十一章　藕粉丸子

是不是装傻，人前看不出来，人后才能看出来。

芝兰提着一盏六角宫灯出了储秀宫。

故意将灯芯掐得很暗，只能照见自己前方寸许之地，这样才能不打草惊蛇。

轻车熟路地走了一条捷径，芝兰抢在魏璎珞之前就出了储秀宫，然后埋伏在她回绣坊的必经之路上。

一听脚步声响起，她便吹灭了手中的宫灯。

身周立刻一片昏暗，芝兰将自己藏在一棵大树后，树荫落下，如同乌云迷雾萦绕在她身周，将她紧紧包裹在一片黑暗中，肉眼再难分辨。

不久，脚步声近了，伴随而来的还有一声声打嗝声。

“糟了！”脚步声忽然一停。

芝兰忙屏住呼吸，听她想要说什么。

“就这么把丸子带回去，大伙要我分给她们吃怎么办？”却听魏璎珞苦恼道，“这么好吃的东西，我可不想分给别人，不如……不如现在就吃掉吧！”

在芝兰目瞪口呆的注视下，她端起碗，大口吞咽起来，结果吞到一半，忽然哇的一声，连同先前在储秀宫吃的那些一块儿吐了出来。

吐着吐着，她忽然蹲在地上哭了起来。芝兰本以为她觉得自己受了委屈，结果却听见她唉声叹气道：“怎么都吐出来了？唉，浪费了，浪费了……”

这人，这人真的是个傻子！！

芝兰扭头，生怕继续看下去既脏了自己的眼，又脏了自己的耳，低啐了一口，便回去复命了。

身后，呕吐声仍在时断时续。

魏璎珞用力抠着喉咙，她知道，自己的呕吐声越厉害，芝兰离开的步伐就会越快。

"咯，咯咯……"好不容易将肚子清空，魏璎珞缓缓抬起头来，剧烈的呕吐让她眼角沁出晶莹泪水，眼睛里却烧着两团火。

装傻充愣。

慧贵妃的发难来得太过突然，情急之下，她只能想出这个法子应对。

装傻谁都会，但正因为是谁都会的东西，反而更加艰难，最难的一点，是如何迅速消弭慧贵妃的杀意。

要知道这位主子心如蛇蝎，连后宫嫔妃都能随意下手，更遑论她这地位卑微的小宫女了。

所以这七碗藕粉丸子，她吃得恰到好处。

想必那位自认为是聪明人的慧贵妃，在接下来的很长一段时间内，都不会将时间浪费在她这个"蠢货"身上了。

"慧贵妃不会无端找上我。"魏璎珞擦了擦嘴角残渍，冷笑道，"是谁跟她告的密？"

那个人，想必就藏在她身边不远。

她头一个怀疑的是锦绣，毕竟她是知情人，又是她领着芝兰来绣坊找人的，但是一时之间拿不出证据，而除锦绣之外，还另有三个与她合不来的人，背地里没少说她坏话，譬如此刻。

从慧贵妃处回来后第二天，绣坊与金玉作的宫女们忽然被叫到了一处，说是大太监待会儿有事吩咐她们做。

人一多，嘴便杂。

只见那三人凑成一团，用不高不低、恰好能让身旁的人听见的声音窃窃私语着，其中一个道："魏璎珞昨天晚上很晚才回来哦——"

"不是被芝兰姐姐叫去储秀宫了吗？"

"芝兰姐姐把事吩咐完，难不成还要留她吃饭？你傻了吧，人家从储秀宫出来以后，就去幽会啦！她的相好啊，是紫禁城的一位侍卫！"

她们说得有鼻子有眼，仿佛亲眼见过了似的，一半人信以为真，还有一半人虽不信，却也听得津津有味，毕竟八卦之心，人皆有之，纵使不信，也能听个高兴。

人人侧目，魏璎珞忍不住握紧了拳头。

“李公公到！”

小太监的唱喝声暂时止住了众人的话头。

魏璎珞只抬头看了一眼，就迅速垂下头去。

真是好事不出门，坏事接踵来。她认出了对面走来的那位李公公，可不就是上回随在皇帝身旁的那位大太监？

李公公却没认出她。今天天气有些热，都不必说话，只消在太阳底下多站一会儿，便满头大汗。几个殷勤的小太监忙将一张椅子搬到树荫下，奉上茶盏果盘。李公公喝了两口水，然后吩咐道：“来的是？”

“是绣坊与金玉作新来的宫女。”一旁的小太监边给他打扇，边回道。

李公公点点头：“还跟前几天一样，开始吧。”

他双手往腹前一叉，闭目躺进椅子内假寐，却没有真的睡着，而是将两耳高高竖起。

“来，一个个排队说话。”小太监吩咐道，“就说，奴婢给神树挠痒痒！”

这是什么话？

宫女们你瞅瞅我，我瞅瞅你，都搞不明白这话的意思。

“快一点，别浪费李公公的时间！”小太监不满地催促道。

这才有一个宫女硬着头皮走出来：“奴婢给神树……”

她话还没说完，躺在椅内的李公公便缓缓摇摇头，小太监一直用眼角余光注意他的一举一动，见此立马道：“下一个。”

“奴婢给神树挠痒痒。”

“下一个。”

“奴婢给神树挠痒痒。”

“下一个。”

“奴婢给神树挠痒痒。”

“下一个。”

前面的人越来越少，魏璎珞脸上的汗越来越多。

“璎珞姐姐，你很热吗？”吉祥递来一块帕子，担忧道，“帕子借你，你擦擦汗吧。”

魏璎珞一言不发地接过帕子，抬手擦拭了一下汗水，忽然身体一摇，朝地上倒了下去。

吉祥吓了一跳，忙扑到她身上道：“璎珞姐姐，璎珞姐姐你怎么了？”

动静太大，李公公缓缓睁开眼睛：“出什么事了？”

小太监过去检查了一番，回来对他说：“公公，是一个小宫女热晕了。”

李公公抬头看了眼天，纵使头顶上是层叠如盖的树荫，但仍有几缕阳光透过叶与叶的缝隙落下来，打在人身上，如开水般滚烫。

“这天气是挺难熬的。”李公公抬手擦拭了一下额头上的汗，吩咐下去，“热晕的那个先送回去，其余人站到树荫底下，继续。”

“奴婢给神树挠痒痒。”

“下一个。”

“奴婢给神树挠痒痒。”

“下一个。”

“奴婢给神树挠痒痒。”

“下一个。”

对话声越来越远，被吉祥半背半扶往回走的魏璎珞睁开眼，又迅速闭上眼，心中松了口气。

虽不知李公公为什么要找她，但好在她那天没有露脸，身上穿的又是寻常宫女的衣裳，领口袖口都没有绣上特殊的花样——这都是大宫女还有姑姑嬷嬷们才有的权利。

李公公只能在小宫女里找她，且只能凭声音来找她。

皮坊、绣坊、金玉作、如意馆……他还有几千个声音要听，只怕听着听着，就忘了她的声音是怎样了。

“这事暂时不急。”魏璎珞心想，“当务之急，是处理我身旁的流言蜚语。呵，虽说流言止于智者，但这个世上本就是蠢人居多，智者没有几个……”

便是张嬷嬷，也同样是这样想的。

绣坊的工作完成之后，她单独将魏璎珞留下，关上门窗，隔绝好奇的耳朵，然后一脸严肃地问：“人人都说你与一位侍卫相好，确有其事吗？”

魏璎珞笑道：“嬷嬷，流言已经传到您这儿来了吗？”

“绣坊之中，遍地都是这样的传闻。”张嬷嬷语重心长道，“我虽不信，但三人成虎，谣言杀伤力很大，你自己要格外留神。”

两人相顾沉默，过了一会儿，魏璎珞才轻轻问道：“最坏的情况是？”

“最坏的情况，就是谣言传到吴总管的耳朵里。”张嬷嬷道。

虽然之前两人见过面，她也得了对方的赏识，但是知人知面不知心。魏璎珞自问自己对吴总管的了解，比不上眼前这位在后宫之中摸爬滚打了十几年的嬷嬷，于是虚心求教道：“嬷嬷，那您看，若是按照最坏的情况，谣言传到了吴总管耳朵里，他会不分青红皂白地处置我吗？”

“那倒不会。”张嬷嬷想了想，摇摇头道，“那位吴总管是个干实事的人，落到他手里的事情，多半还是会仔细查一查，不像其他几位公公，为了快点平息事端，就随随便便处置人。”

“我明白了……”魏璎珞若有所思。

有仇不隔夜，有敌人就早些处置，切忌让对方一直处在暗处，这样对方随时随地都可能给她来一刀。从绣坊里出来，一个计划已经渐渐在魏璎珞心中成形，只是缺了一样道具……

忽然脚步一停，她将目光投向对面甬道。

几名工匠正推着推车走过。

一名年岁小的工匠若有所觉，一转头，便撞见魏璎珞对他微微一笑。他整张脸顿时涨得通红，原地不动，讷讷不语，仿佛被仙女一指点成了雕像。直到被同来的伙伴一巴掌拍在后脑勺上，训斥道：“看什么呢，眼睛不要了？那可是宫里的女人，长那样好看，谁知道是不是位娘娘……”

几个人急忙低下头，慌慌张张地推着推车离开。

因为动作太大，车轮子碾过的地方，撒下不少白色的碎土。

一双白色绣鞋慢悠悠地踱过来，然后一只美人手垂落下来，拾起一把碎土。

低头看着掌心中的碎土，魏璎珞脸上缓缓绽放一个绝美的笑容。

第二十二章　谣言

谣言不只在宫女之间流传，也在侍卫之间流传。

甚至传到了富察傅恒耳朵里。

“庆锡跟宫女？”富察傅恒皱起眉头，觉得此事必有猫腻。

庆锡那个人他是知道的，谨小慎微，从来不做任何出格的事情。侍卫们不当值的时候，花天酒地也是常有之事，有时候富察傅恒都推脱不掉，不得不陪同下属们喝喝花酒，但当中，他从未见过庆锡的身影。

说这样一个人，居然勾搭上了宫女，富察傅恒忍不住摇头道：“庆锡惹到了谁，居然传出这样的流言害他？”

前来告密的侍卫急忙道：“可没人害他，是我亲眼看见的。”

富察傅恒皱了皱眉，问：“你看见了什么？”

“前些日子我们在御花园巡逻，一个模样极周正的小宫女路过，悄悄塞了一样东西给庆锡。”侍卫嘿嘿笑道，“不止我看见，另外还有几个人看见了。”

既然有目击者，只怕就不是随便捏造的事情了。

但偏听则暗，富察傅恒不打算只听一家之言。他仔细询问了一下对方，尤其是那个小宫女的打扮长相，最后起身道：“行了，我去问问庆锡。”

行至侍卫所时，正值庆锡休息，几个同僚正在身旁调侃他，说的正是关于那宫女的事。富察傅恒心中一动，迈出去的脚又收了回来，藏身于门后，静静听他们说。

“哎，庆锡，可以呀你，不声不响勾搭了个漂亮小宫女！”一名侍卫勾着庆锡的肩膀，挤眉弄眼道。

“一直低着头，你怎么知道漂不漂亮！”另一个却不敢苟同，“也许一抬头，胡楂儿比你还茂密呢。”

“去去，少在那儿吃不到葡萄说葡萄酸。”侍卫忙道，“能选进宫里的女孩子，有几个不好看的？歪瓜裂枣连紫禁城的大门都进不来！再说了，二八少女，拾掇拾掇，哪儿有不好看的！你说对不对，庆锡？”

庆锡被他们挤在中间，面色尴尬，只能硬邦邦道：“老祖宗的规矩，可不准咱们和宫女勾连，我与她……”

“哎，我当你要说什么呢！”侍卫哈哈大笑，拍着他的肩膀道，“这种事儿，民不举，官不究，宫女迟早要放出去的，你若喜欢，将来收用嘛！这是纳福七黑（满语：妾），又不是娶萨里甘（满语：妻），怕什么！”

富察傅恒再也听不下去，自门后走了出来，声色冷厉：“庆锡！”

屋子里的调笑声顿时一止，包括庆锡在内，所有人都急忙站起身来：“富察大人……”

富察傅恒行至庆锡面前，有些痛心疾首地望着眼前这个一贯洁身自好的男子，缓缓道：“宫女与侍卫不可私相授受，这是宫规，在你入宫第一日，便应当知道！”

庆锡被他说得垂下头去。

富察傅恒深吸一口气，伸手道：“把东西交出来。”

见庆锡半晌不动，他再次加重语气：“把那宫女送你的东西，交出来！”

庆锡神色复杂地望了他片刻，终是微微一叹，从怀里摸出一样东西，放在他递出的掌心里。

众人本以为那是一块绣着闺名的香帕，抑或是一条染着唇印的剑穗，甚至是一段从鬓角剪下来的珍贵发束，代表“与君结发为夫妻，此生白首不相离”。

然而目光投来，众人看见的，却是一块石头。

一块御花园中随处可见的，灰白色的，毫无任何特殊之处的石头。

与庆锡相熟的侍卫有心帮他一把，见此笑道：“送一块石头，代表妾心如石啊，哎呀呀，你这是被拒绝了？哈哈哈！”

不得不说庆锡人缘不错，他一笑，其他人也跟着笑，侍卫所中笑声一片，众人似想将这件事当作一个玩笑揭过去。

“闭嘴！”富察傅恒冷冷道。

笑声立刻一止，众人小心翼翼打量富察傅恒的神色。这让富察傅恒心里觉得好笑，难不成他们以为他是那种不分青红皂白，上来就打人板子的人吗？

……对，他是！

“所有人背诵侍卫条例一百遍！”富察傅恒负手而立，吩咐道，“背不出，不要用晚膳了！”

“啊？富察大人！”

“不要吧……”

“饶命！”

侍卫所内哀鸣一片，但富察傅恒却不为所动。

这都是为了他们好，若是真将此事轻轻揭过，难免让他们存侥幸之心，日后搞不好真会做出些丑事来。

背诵一百遍，不轻不重的责罚，顺便给所有人都提个醒。

“然后，那个宫女究竟是谁呢？”自侍卫所出来的路上，富察傅恒忍不住再次敞开掌心，看着掌心之中的那块小石头，喃喃道，“还有这东西，究竟是什么意思呢？难不成真是妾心如石？”

侍卫所里的动静，说大不大，说小不小，在没有刻意隐瞒的情况下，自是逃不脱有心人的眼睛。

“姑姑，姑姑！”锦绣敲开了方姑姑的房门，一脸喜色，“我查到那侍卫是谁了！”

“哦？”方姑姑自床上坐起，“是谁？”

“名字叫齐佳庆锡，听说两个人不但私相授受，还互相交换了定情信物……”锦绣添油加醋地将侍卫所里的事情描述一番，然后道，“我还查到了，他每五日轮班一回，守乾清门，这日定是他们两个偷偷约会的日子！”

“连侍卫所里的人都知道了，这两个人的事情，算是板上钉钉了。”方姑姑冷笑道，“你给我好好盯着她，我估摸着要不了几天，这两人就会闹出大事来！”

不用方姑姑吩咐，锦绣自会盯紧魏璎珞。

只是盯得这样紧，她却一次也没抓到魏璎珞与男人私通的现场。方姑姑几次三番催促她汇报，她却只能汇报些蛛丝马迹。

但这些蛛丝马迹还不够说明问题吗？

“呜！”宫女所饭堂内，饭菜才刚刚端上来，魏璎珞便捂着嘴冲到了门口，干呕了起来。

吉祥忙将盛菜的盘子捧至鼻前，如小动物般嗅了半天，然后疑惑道：“没坏啊，璎珞姐姐，你是不喜欢吃鱼吗？”

今天的菜色很好，有鱼有肉，尤其是每人一碗的鱼汤，汤熬得雪白，鱼肉几乎融化在汤内，连刺都被泡软了，可以一口喝下去，鲜美无比，唇齿留香。

宫女们偶尔能吃到肉，但吃到鱼的机会真的不多，不是因为鱼肉比其他肉贵，而是怕吃多了鱼嘴里有腥味，惹得主子们不快。

每个人都很珍惜这个难得的机会，唯魏璎珞除外。

“……嗯，我不大爱吃鱼。”魏璎珞回过头，勉强对吉祥一笑，“你替我吃了吧。”

吉祥自是大喜：“好啊好啊，那我的豆角分给你。”

就在她交换两人菜盘的时候，旁边冷不丁传来一个声音：“是不是胃不好？我家嫂嫂怀孕的时候就这样，吃什么都想吐。”

魏璎珞面色一僵，然后望向对方道：“上回蒙慧贵妃赏赐了不少藕粉丸子，一不小心吃多了，之后一直肠胃不调，倒也不是什么大事。”

锦绣笑笑不说话，心中却呸了一声——

藕粉丸子？那都是三个月之前的老皇历了，再难克化，也不至于克化到现在！

难不成，真是……

锦绣的目光有意无意地扫过魏璎珞的肚子。

第二十三章　东窗事发

“璎珞，你是不是……胖了？”

不但娘娘们要量体裁衣，宫女们也要量体裁衣，尤其是新进宫的小宫女们，正值发育的年纪，有一些几个月过去了，袖子就短了一截。

靠山吃山，靠水吃水，绣坊总不会亏待了自家人，于是到了给宫女们量体裁衣的时候，首先紧着魏璎珞这批人。

只是软尺往魏璎珞腰上一卷，张嬷嬷就皱起了眉头：“你这腰粗了得有一寸，最近胡吃海塞了些什么呀。”

魏璎珞沉默不语，身旁的吉祥却为她抱不平。

“哪有啊？”吉祥道，“璎珞姐姐最近吃什么吐什么，已经有好几天没正正经经吃过一顿好饭了！”

张嬷嬷狠狠瞪她一眼，嫌她乱说话，然后回头对魏璎珞叹了口气：“你现在这身衣服已经穿小了，新衣服做出来之前，你先去库房里选件合身的旧衣服，对付一阵子再说吧。”

“谢嬷嬷。”魏璎珞有些羞愧地说。在其他人继续量尺寸的时候，她独个儿进了库房。

库房里堆积着新布新衣，也有旧布旧衣。世事难料，旦夕祸福，有时候新衣服刚做好，人却没了，有时候不过短短数月，原先最流行的花色便不流行了，于是这些衣裳、这新布料就被束之高阁，长久以来无人问津，花色暗淡，霉斑渐生，越来越破，越来越旧……直至最后，再也不会被人穿起。

就如同这后宫之中老去的女人。

魏璎珞从一个个放衣裳的架子前路过，最后挑出来一件颜色沉稳的石青色衣裳，左右四顾了片刻，见四周无人，便除下自己身上的衣裳，以便试穿手中的石青色旧衣。

除去外衣，里面便是贴身的里衣。

再难遮掩她微微隆起的小腹。

而这一切，没有逃过尾随而来的锦绣的眼睛。

消息传到方姑姑耳里，她拍案而起，笑道："好！这才叫真正的人赃并获呢，我现在就去请吴总管！"

锦绣在一旁添油加醋道："顺便把张嬷嬷也叫来，让她亲眼看看自己的这位得意高徒，到底是个什么货色！"

"说得对，还要把那个老货一起喊来，看看她以后还敢不敢在我面前得意！"

方姑姑冷笑一声，然后迫不及待地跑去寻吴总管。

此事非同小可，吴书来当即丢下手头的事，赶至宫女所。

"魏璎珞！"他盯着眼前少女，"有人告发你干了丑事儿，你认罪吗？"

魏璎珞身上穿着才换上的石青色衣裳，愈发显得气质沉稳。她先恭恭敬敬地朝吴书来福了福，然后镇定自若道："敢问公公，什么样的丑事？告发者何人？"

"是我！"方姑姑越众而出，目光如刀，一刀一刀剐在她身上，"告你与侍卫勾搭成奸，珠胎暗结！"

魏璎珞叹了口气："姑姑，我从未得罪过你，你为何要用这种无端捏造的事来害我？"

"是不是无端捏造，一查便知！"方姑姑对吴书来道，"吴总管，还请寻个有经验的嬷嬷来给她检查检查，一切就真相大白了！"

见她一副信誓旦旦、有恃无恐的样子，吴书来忍不住蹙起眉头。

以他对方姑姑的了解，若是此人没有一点把握，定是不敢如这般当众发难的，难不成真如她所言，魏璎珞她……

吴书来不想将此事闹大，魏璎珞脸上无光，他这个总领宫女事宜的大太监也要跟着名声受损。于是他略带规劝道："魏璎珞，你若真的做了，就老实供出，免得检查出来，更加难堪。"

"秽乱宫廷，乱杖打死，璎珞惜命，哪儿有胆子做出这样的事来？"魏璎珞淡淡扫了方姑姑一眼，“便如方姑姑所言，请个有经验的嬷嬷来，让这件事水落石出吧！”

吴书来被她们两个给弄糊涂了，方姑姑一副把柄在手、意图置人于死地的模样，却不料魏璎珞也一副身正不怕影子斜的模样，这……

“好吧。”吴书来只得道，“来人，去请严嬷嬷来！”

严嬷嬷是个稳婆。

据她自己说，她历经两代帝王，手里接生过三位公主、四个皇子，没人知道她说的是真的，还是在吹牛。

请她出马，吴书来不但用了面子，还使了些银子。

否则还请不动这位大佬。

但对吴书来而言，这些花费是值得的，因为这件事已经闹得挺大的了，必须找一个地位跟技术都得人认可的嬷嬷来处理，才能让人信服。

当然，若是她能看在银子的分上，让这件事大事化小，小事化无，那是最好不过的了……

方姑姑看出他心中想法，冷笑道：“严嬷嬷，这里这么多双眼睛，这么多张嘴，您可得检查得仔细些了，否则过些日子，让这小贱人生出个十月怀胎的孩子，您的金字招牌可就要砸掉了。”

“吴总管，”魏璎珞斜了她一眼，然后回眸对吴书来道，“我虽然是宫女，却也是好人家的姑娘，清清白白的名声被人玷污，换了别人得一头碰死！这告状的人，分明是要逼死我。敢问一句，若最后证明我没罪，那告状的人，要如何处置？”

“宫里有宫里的规矩，秽乱宫廷者，乱杖打死。空口白牙，诬陷他人，一通乱棍，逐出紫禁城！好了，一切就看这次检查的结果吧！”吴书来一挥手，“严嬷嬷，开始吧！”

“姑娘，随我来。”严嬷嬷领着魏璎珞去了事先备好的小房间。

门窗封得严实，又没半点声音传出，外头的人压根儿不知道里面发生了什么事，只觉得度日如年。吉祥在原地来回走动，张嬷嬷的目光再一次投向门内，方姑姑的右脚尖不耐烦地拍打着地面。

直至吱呀一声，房门再次被打开。

严嬷嬷用打湿的帕子擦拭着双手，跨过门槛走出来。

“怎么样？”方姑姑一个箭步迎上去，“结果如何，她的肚子是不是大了？”

严嬷嬷愣了愣：“是大了……”

“听见了吗！你们都听见了吗！”方姑姑大喜过望，转过身来对吴书来、对张嬷嬷、对内院中站着的所有人喊，“魏璎珞大肚子了！”

这话仿佛将一只活鸡丢进了沸腾的锅里。

登时锅水四溅，鸡毛漫天。

“天啊，真是干出丑事了！”

“我就说她经常鬼鬼祟祟，原来是和人幽会！”

“啧，绣活好又怎么样？人品不端正，把咱们的脸都丢尽了！”

“不会，璎珞姐姐不会是这样的人！”

张嬷嬷身体晃了晃，若不是身旁的吉祥扶住她，怕是要一下子坐在地上。离她不远处的吴书来脸色也很不好看，望向魏璎珞的眼神也充满失望。

曾经他多看好这个孩子啊，唉……

正要挥手为这件事做个了断，却听见严嬷嬷大吼一声：“够了，你们能不能听我把话说完！”

嘈嘈杂杂的声音忽然一止，方姑姑愣了愣，紧接着道：“你不是说她肚子大……”

“我是说她肚子大了……些！”严嬷嬷总算逮着机会，将没说完的那个字说完，然后冷哼一声道，“估摸着是吃了什么不好克化的东西，硬生生把肚子给撑大了，但最重要的是——她还是个黄花闺女，清白之身！”

“什么！”方姑姑简直不敢相信自己的耳朵，拉着严嬷嬷道，“你说什么，你……你是不是搞错了？”

“呸！”旁人肯给她面子，严嬷嬷可不会给她留面子，当即朝她面上啐了一口，倚老卖老道，“闭嘴吧你！一个小丫头片子，还敢在我面前装经验！你见过多少女人，就敢断定人家身怀有孕！我在宫里四十年，看了多少秀女宫女，难道连妇人和少女都分不清吗！”

方姑姑被她喷了一脸口水，却连擦拭一下的心情都没有。

周遭的目光让她遍体发寒，她几近哀求地拉着严嬷嬷道：“从前没出过错，许是，许是就今天出了一次错呢？麻烦你了，不，求您了，严嬷嬷，您再给她验一次，就一次！”

“不必了！”吴书来走了过来，沉声道，“严嬷嬷可是宫里四十年的老嬷嬷了，说起女人那点事儿，就连太医院院判也比不上她有经验！几十双眼睛都看得真真的，魏璎珞的确是被冤枉了，你这个掌事姑姑，干的可真不是人事儿！”

方姑姑再也支撑不住，双膝一软跪了下来，痛哭流涕道：“吴总管，吴总管，我……我也是误听了锦绣那丫头的胡话，是她想栽赃陷害魏璎珞，不是我啊！”

冷不丁被她拉出来背黑锅，锦绣吓了一跳。见众人都将目光投向她，她连连后退，却又不知道该退到哪里去，只能不停地摆着手道：“不，不是我！方姑姑，你怎么能怪到我头上？明明是你让我去盯着璎珞，我都是据实汇报，一句都没有夸大啊！”

“哼，明明是你跟魏璎珞有仇，为了除掉她，故意拿些假消息来糊弄我，把我当枪使，我……我……”方姑姑越说越火，忽然朝对方扑了过来，撕扯住对方的头发跟面皮，吼道，“我跟你拼了！”

两个人扭打在一块儿，仿佛宿世的仇人般，三四人上去也没能扯开，一时间尘土飞扬，钗环满地。

“够了！”吴书来怒吼，“成何体统！真是成何体统！来人，把她们两个拉开！”

最后还是他带来的太监们出面，才硬生生将这两人拉开。不过两人却还不肯安生，不断朝对方踢着腿，又不断地朝吴书来哭喊求饶。

吴书来被她们两个吵得头疼，目光投向魏璎珞，缓缓道：“魏璎珞，你是苦主，你怎么说？”

听吴书来此话的意思，是要将决定权转移给魏璎珞了？

方姑姑与锦绣对视一眼，纷纷换了个讨饶的对象，你一言我一语地朝魏璎珞哭喊。

方姑姑："璎珞！璎珞！我错了，我真的错了！是我不地道，是我太苛刻，千错万错，都是我的错，你原谅我！从今往后，我再也不挑剔你了，这都是锦绣的错啊，是她挑拨离间，你是个好姑娘，都是她不好！"

锦绣："璎珞，你别信她的话，她这是想求你原谅！咱俩是一起入宫的，你知道我胆小，这么大的事儿，我敢一个人策划吗？是她，她才是幕后主使，我只是迫于无奈，没办法才听她的话呀！"

魏璎珞对她二人视而不见，又重新对吴书来福了福，语气沉稳："人言可畏，若非吴总管您主持公道，想必璎珞只能一死自证清白，如今事情已经水落石出，还请吴总管秉公处理。"

"哦？"吴书来笑了起来，"即便我将她们两个放了，你心里也不怨？"

方姑姑与锦绣眼中登时迸发出热烈光芒，望向魏璎珞的目光充满忐忑与哀求，却见魏璎珞轻轻摇摇头，回道："不怨。"

吴书来满意地笑了起来："你虽不怨……我却不能真的就这么放过了她们！方妮子！"

"在，在，奴婢在。"被他点到名字的方姑姑忙不迭地跪了下来。

"你诬陷他人，犯了口业，杖四十，逐出宫去！"吴总管冷冷道，然后目光从她猛然瘫痪在地的身上，转移到瑟瑟发抖的锦绣身上，"宫女锦绣，嫉妒同僚，挑拨离间，杖二十，罚入辛者库。"

两人立时大哭大叫起来。

方姑姑："不要！吴总管，我知道错了！我真的知道错了！吴总管！吴总管！"

锦绣："不是我的错呀，都是方姑姑害的，这真的不关我的事！"

吴书来实在是不愿意再听见这二人的声音，摆了摆手。几名太监便一起用力，将她们两个拖了下去。

"宫里是什么地方，竟然也敢胡言乱语？谁要是再搅风搅雨、无事生非，她们俩就是下场！"吴书来环顾四周，目光所及之处，所有人都垂下头去，直至看向魏璎珞时，目光才变得温和了些，"若要学，就多学学魏璎珞，这才是你们值得学的好榜样。"

他或许只是随口一说，但那会怎样呢？

待他一走，众人重新抬起头来，望着魏璎珞的眼神已经不一样了。

宫女所里已经没了方姑姑。

如今再加上吴总管那番话。

……从今往后，宫女所里，还有谁敢跟魏璎珞作对？

第二十四章　阿满

“咳，咳咳……”夜里，方姑姑辗转片刻，声音嘶哑地唤道，“冰清，给我倒碗水！”

半天无人回应。

“玉洁！”方姑姑又换了个人喊，“给我倒碗水！”

仍旧无人回应。

往日里总是侍奉在她身旁，甚至不需要她喊，只要她轻轻咳嗽一声，就会争先恐后地为她端来茶水的两名宫女，如今却一同消失无踪。

“你们这两个忘恩负义的东西，枉费我平日那么信任你们！”方姑姑骂了半天，眼角不禁流下泪来，“如今，如今连一口水都不给我……”

话音未落，一只茶碗端至她唇边。

水是凉的，里面也没有放任何茶叶，但方姑姑渴了一晚上，已顾不得那么多了，她一把抓住那只茶碗，咕噜咕噜喝了个干净。

“喝够了吗？”

“再来一……不对！”这不是冰清跟玉洁的声音！方姑姑猛然抬头，映入眼帘的，是一张清丽如莲的面孔，纵不施粉黛，却也占尽人间七分丽色。

“喝够了，就回答我几个问题吧。”她面带浅笑道。

“魏！璎！珞！”方姑姑一字一句道，“你竟然还敢出现在我面前！”

“我不来，只怕你连一口水都喝不上。”魏璎珞幽幽一叹，“可怜啊，本来再过半年，你就能按律出宫，如今被赶出去，非但抚恤银子没了，只怕连你的家人都不敢收留你。”

想到自己的悲惨晚景，方姑姑忍不住两眼发黑，嘴唇哆嗦道：“你为什么要这么害我？还有你那肚子，你那肚子究竟是怎么回事……”

此事她辗转反侧，却始终得不出一个答案，若非认定魏璎珞大了肚子，她也不敢拉吴书来过来。

“哦，你说这个啊。”魏璎珞轻笑一声，手指轻轻抚过自己仍显得有些肿胀的肚子，语气轻巧得仿佛在说别人身上的事，“前些日子从工匠处弄来了一些制作陶瓷的高岭土，少量服用，没有性命之危，却会很快腹胀。我装得不过两分像，你们就上钩了，迫不及待要处置我……”

方姑姑听得身上发冷。

说是少量服用，没有性命之忧，但那到底是土啊，观音土吃死人的事情又不是没发生过，谁知道这玩意儿吃下去会怎样？

一个对自己都这么狠的人，对敌人只会更狠。

“至于你说为什么……”魏璎珞手指一翻，一根精致的梅花络子便顺着她的手指头垂落下来，“你还认得这根络子吗？”

方姑姑定睛一看：“这……这不是我前些时候丢失的络子吗？你这个小偷……”

“你才是小偷！”魏璎珞猛然扯住她的头发，迫使她昂头看着自己，往日的伪装此刻已经全然撕去，暴露在方姑姑面前的，是一张真实到可怕的……复仇者的脸，“看着我的脸，仔细看看清楚，我是谁！”

“你是魏璎珞，不，不，你是……”方姑姑惊恐地看着眼前这张脸，“你是……魏璎宁！”

魏璎珞一直觉得有些奇怪。

若说锦绣对付她，是出于嫉妒，方姑姑为什么要掺和进来？

直到拾到她遗落下的梅花络子……姐姐进宫之前，魏璎珞一整晚没睡觉，亲手打给她的梅花络子。见了这根梅花络子，一个答案才渐渐浮出水面。

“说！”魏璎珞恶狠狠地揪着方姑姑的头发，模样狰狞得似心有不甘、自地狱中爬出来的恶鬼，“把有关魏璎宁的事情全部说给我听！否则我现在就去吴总管那儿，揭发你平日苛刻宫女的恶行，到时候你可就不是净身出宫的待遇了！”

“别，别，我说，我什么都说……”方姑姑含泪服软，“我之前听你的名字，就觉得有点耳熟，后来仔细一想，魏璎宁一入宫就改了名，大家习惯叫她阿满……”

许是天意，魏璎宁入宫之时，恰巧也分在方姑姑手里。

两姐妹连做的事情都一样，都是天不亮就起床，在方姑姑的衣服帕子上绣上式样不同的花样。

“后来她闹出丑事，被我抓住了把柄，我……我就拿这件事威胁她，让她把身边的财物以及体己银子都交给我保管。”方姑姑指了指墙角，“喏，就在那块板子下头。”

魏璎宁丢开她，飞快地撬开木板，自木板下提出一个颜色发旧的蓝布包袱，解开一看，里头半个铜板也无，只有一两件旧衣服，还有一块裂了缝、已不值钱的玉佩。

“这么久了，钱……我已经花掉了。”方姑姑将自己缩进床角内，双手抱着膝盖，瑟瑟发抖道，“你别告发我，等我出宫了，会想办法还钱给你的。”

魏璎珞对钱不感兴趣，她痴痴看着手中的旧衣裳，上头似乎还留着姐姐的体温。她珍而重之地将之抱进怀中，如同抱着姐姐……

“你口口声声说我姐姐闹出了丑事，”她背对着方姑姑，声音低沉，“究竟是什么丑事？”

“不就是偷男人……”方姑姑道。

“胡说！”魏璎珞猛然回头，厉声道，“我姐姐不是那种人！”

方姑姑的肩膀缩了一下：“不……不信你去问张嬷嬷。”

魏璎珞皱皱眉：“张嬷嬷也知道这事？”

方姑姑反倒奇怪地看她一眼：“你以为她为什么这么照顾你？还不是因为你姐姐是她最看重的绣女，你要问阿满的事情，不该问我，应该去找她……”

她话还没说完，屋子里就已经人去无踪，空留两扇被人猛力拉开的房门，还在发出吱吱呀呀的声音。

宫女所，张嬷嬷的住处。

桌子上摆着两只茶碗，因放了有些时候，茶水不再滚烫，刚好是能入口的温度。张嬷嬷端坐在一只茶碗侧，闭目养神，似在等待一位客人。

咚咚咚。

“门没锁，进来吧。”张嬷嬷缓缓睁开眼，“坐，先把茶喝了。”

魏璎珞气喘吁吁地站在门口。她是一路跑过来的，以至于喉咙似着了火一样，一杯茶水灌进喉，才终于又有了说话的力气。

“嬷嬷，”她放下茶盏，盯着眼前给她续杯的张嬷嬷，“魏璎宁是我姐姐。”

茶水再次灌满杯子，翠绿色的茶叶在杯中云卷云舒，散发出清新的茶香。张嬷嬷慢条斯理道：“跟你说过了，不要提起这个名字，犯忌讳。”

魏璎珞盯着她递过来的茶盏，半晌之后，才轻轻问道：“你早就知道了，你什么都知道了，但为何……什么都不跟我说？”

“你要我对你说什么呢？”张嬷嬷道，“说阿满做错了事，我对她很失望？”

“每个人都说我姐姐做错了事，可她究竟犯了什么错，以至于要拿命去填？”魏璎珞推开眼前的茶盏，扑到张嬷嬷膝上，仰起巴掌大的小脸，泪眼婆娑地望着她，如同受了委屈的小孙女，不断摇着祖母的手，“嬷嬷，嬷嬷，求您告诉我，求求您了！”

张嬷嬷实在是拗不过她，重重叹了口气：“有人告到吴总管那儿了，说她彻夜未归，定是与人在外私通。她的运气没你好，吴总管在御花园的假山里，搜出了她遗留下的脏污内裙……”

“姐姐一向洁身自好，绝不会做出这种事！”魏璎珞听了，却一个字都不信，“她定是被人冤枉的！”

“我也希望她是被人冤枉的。”张嬷嬷怜悯地看着伏在她膝上的小丫头，“但她亲口对我说，没有人逼迫，是她自愿的。”

魏璎珞眼前一阵发黑，只觉天地都旋转了过来。张嬷嬷每说一个字，她脚底下就多裂一道口子，无数双手从地里面伸出来，要将她拉进缝隙里去。

“没有办法，只能按宫规处置，乱棍打死。”张嬷嬷抚着她的头发，安慰道，“也是她命不该绝，太后娘娘那阵子生了病，不愿宫里见血，便杖责五十，赶出了紫禁城。她如今……过得如何？”

“……她死了。”魏璎珞忍不住哭了出来，“所有人都说她是羞于见人，才会上吊自尽，但我去查过伤口，她的脖子上有青色指痕，她是被人活生生掐死的！”

张嬷嬷大吃一惊，猛然抓住魏璎珞的肩膀："掐死的？"

魏璎珞哭着点头，泪水顺着她的动作不断坠下脸颊。

"这不对，这不对……"张嬷嬷走过的路，比一般人过的桥还多，一下子就寻出了其中猫腻，"若她当真自愿与人苟且，又怎会落到被灭口的地步？这件事，只怕另有隐情……"

"是，所以我才进的宫。"魏璎珞擦拭一下脸上泪水，"我不能让姐姐死得这么不明不白，我一定要找出真相，还她一个公道！嬷嬷，求您帮帮我，也帮帮她！"

"你要我如何帮你？"张嬷嬷一副有心无力状，"事情已经过去这么久了，而且一点线索都没有……"

线索？

魏璎珞想了想，忽然从怀里掏出一枚玉佩："嬷嬷，你看看这枚玉佩。"

那是魏璎宁所剩不多的遗物之一，因方姑姑贪财，故而一直藏在木板下头，没有被别人搜去，尘封多时，直至今日才重见天日。

张嬷嬷将玉佩接过来一看，眉头立刻蹙起。

魏璎珞一直紧盯着她的脸，自然没有放过她此刻的表情变化，立时心中一动，三分激动七分期待地问道："嬷嬷，您认识这玉佩？"

张嬷嬷摇摇头，道："FucaHala。"

这是一句满文，魏璎珞自是听不懂，只能等待张嬷嬷为她解惑。

"我不认识这玉佩，却认得这上头的名字。"张嬷嬷缓缓抬头，眼神复杂地看着魏璎珞，"FucaHala，这块玉佩的主人是——皇上的发小、妻弟、御前侍卫，富察傅恒。"

第二十五章　主绣者

世事难料。

先前她还三番两次劝告，让锦绣不要想方设法接近宫中侍卫，尤其是富察傅恒。

岂料命运给她开了一个极大的玩笑。

“璎珞姐姐，你在看谁啊？”吉祥在身旁轻轻问。

对面的甬道上，是一行巡逻的宫中侍卫，前后共计六人，富察傅恒、庆锡都在里面。

存了飞上高枝当凤凰念头的宫女，可不止锦绣一个，只是没人敢像她那样付诸行动，多半只敢停下手中的活，远远地望着、议论着，一个说这个长得高，另一个称那个生得俊美，讨论到最后，面红耳赤，芳心颤动。

“没看谁，走吧。”魏璎珞收回目光，对吉祥笑笑，“走吧，我们回绣坊，听说绣女都忙着赶制太后、皇上的常服，偏巧再过一个月，就是皇后的千秋，各宫各坊，都要为皇后娘娘准备寿礼。我们绣坊遵循旧例，得为皇后献上一件凤袍，却不知主绣者是谁……”

一个时辰后，绣坊内人人到齐。

张嬷嬷环顾众人，慢条斯理道：“主绣者是——”

人人皆露出期盼的目光，尤其是玲珑，甚至忍不住踮起脚尖，仿佛这样就能让她从人群中脱颖而出，吸引到张嬷嬷的目光驻足。

张嬷嬷的目光果被她吸引，玲珑面露狂喜之色，但笑容很快止住，因为那目光慢慢从她身上移开，最后定格在魏璎珞身上。

“——魏璎珞！”

张嬷嬷宣布道。

踮起的脚尖一下子回到原处。

四周一片叹气声，玲珑忍了忍，终是忍无可忍地问：“嬷嬷，您什么好事儿都想着璎珞，那我们呢？”

张嬷嬷将目光投向她，反问：“你是觉得我偏心？”

玲珑吓了一跳，忙低头道：“我不敢……”

“是不敢，而非不是。”张嬷嬷摇摇头，然后对众人道，“这样吧，你也好，其他人也好，若是有人觉得不公，觉得自个儿绣得比璎珞好，那你站出来，我把活交给你！”

众人你瞅瞅我，我瞅瞅你。

若是只有绣活好的话，众人当中不乏野心勃勃之辈，敢出来与之争一争，但方姑姑前天才被逐出宫，连绣工堪属绣坊第二的锦绣也被罚入了辛者库，兼之又得了吴总管赏识，此时此刻正值魏璎珞风头正劲之时，谁人敢与之一争？

于是直至最后，也没有人敢站出来。

就连魏璎珞自己都觉得自己风头太盛。绣坊工作完成之后，她琢磨着众人都已经回去了，便独个儿寻到张嬷嬷，叹了气：“绣工需要日积月累，璎珞才多大年纪，绣活再好也有限，绣坊宫女，加上外头请来的大师傅，绣活比我强的不知凡几……嬷嬷，您太照顾我了。”

“宫女里有惯例，凡是皇后、贵妃的千秋之礼，都由新入宫的宫女筹备。那一日主子们心情好，大多会有重赏，便是做得不好，也不会过分苛责。这是给你们一点盼头，一个出头的机会。”张嬷嬷打完官腔，忽对她眨眨眼，“况且你那傻姐姐是我最得意的徒弟，就算看在她的面上，我多照拂你两分。”

魏璎珞心下感动，想说些什么，但搜肠刮肚半天，却搜不出一句合适的话来。

“得了，宫女不兴哭丧着脸，不管什么时候，都得有个笑模样。来，”张嬷嬷笑道，“笑个给我看看。”

魏璎珞愣愣看她半晌，像个刚开始学笑的婴儿，试探性地勾起唇角，露出青涩的，甚至有些僵硬的笑容。

这样的笑容，自然称不上美。

但唯独此刻的笑容，不是为了讨好贵人，不是为了麻痹敌人，而是发自内心、真心实意的笑容。

也是听闻姐姐的死讯之后，她第一次真正地笑。

过了几日，缝制凤袍要用的材料运至绣坊。

绫罗绸缎比比皆是，其中最为引人侧目的，乃是张嬷嬷手中的那盒孔雀羽线。

在这宫里头，什么都讲究一个精致，尤其是要献给贵人们的东西，那更是不吝人工，不吝材料。

“孔雀羽线是用孔雀羽毛和金丝银线编织成的，一个非常熟练的织女，每天也只能织出一米。”张嬷嬷珍而重之地将盒子交给魏璎珞，嘱咐道，“你可得好好使用，小心别出差错，可没有多余的能给你了。”

魏璎珞忙接过盒子。

正好一缕阳光折射入盒中，盒子里盛的仿佛不是织品，而是贵重珠宝，竟折射出五彩斑斓的辉光，如梦如幻，似浮动着的海市蜃楼。

众人皆沉醉于其美丽，但突然被一个不合时宜的声音惊醒。

“若是出了差错，会怎样？”

说话的人藏在人群里，而且是掐着嗓子说的，魏璎珞虽立刻循声望去，却没抓住这个人。

张嬷嬷的脸色极难看，宫中最忌讳说这种丧气话，当即厉声道：“是谁？站出来！”

她连唤三次，仍旧没人肯站出来。

眼见于此，张嬷嬷当即冷笑道：“这可是献给皇后娘娘的献礼，若是中间出了任何差错，自然是我们一块掉脑袋！”

这话有人信，也有人不信。

但旁人心里如何想，魏璎珞不在乎。

她在乎的，只有眼前这个机会。

“我不能主动接近富察傅恒，有很多人看着他，也有很多人看着我，太过主动，只会落人把柄。”绣绷前，魏璎珞自盒中捡起一根孔雀羽线把玩，心想，“为今之计，只能先从他身边的人下手……想必嬷嬷也是这样想的，才把这个任务交给我。若我做得好了，自然能够在富察傅恒的姐姐——皇后娘娘那儿留一个印象。”

有多少人的步步高升，就是从留有一个印象开始的。

魏璎珞聚精会神地开始做起绣活，因为太过用心，以至于忘记了时间，直到肩膀被人摇了摇，她才转过头来。窗外已经黑了，吉祥手持一盏油灯站在她身旁，有些埋怨道：“璎珞姐，我都喊你三次了，你一直不理我。”

“不好意思，绣得入迷了。”魏璎珞笑道，然后抬手揉了揉酸涩的眼睛。

“天都这么黑了，也不掌灯，眼睛不要了啊？”吉祥将油灯放在她面前，灯火一照，盒中的孔雀羽线熠熠生光，竟硬生生驱逐了四周的黑暗，使得魏璎珞身周宛如白昼。连吉祥这种眼睛里只有食物的憨货，都忍不住被其吸引，好半天才回过神来，对魏璎珞道，“你肚子饿不饿我们一块去吃饭吧。”

魏璎珞早就腹中作响，却笑道：“不，我还不饿，要不你随便替我带点吃的回去吧，我晚些再吃。”

害人之心不可有，防人之心不可无。今天那个不合时宜的声音，让她发现自己正被人所妒。

妒忌就像一把刀，谁也不知道它会在什么时候，从背后刺来。

魏璎珞怀疑会有人对凤凰羽线下黑手，比如偷偷拿走几根，而这样珍贵的材料，一旦少了，可没有其他可以替代的东西。

所以最好的应对方法，就是在对方下手之前，先行将羽线用掉，将凤袍做完，然后交到张嬷嬷手里。

“你……你不会还想继续干活吧？”吉祥皱皱眉，视线往孔雀羽线上一转，没了先前的喜爱，反而生出些厌恶，“绣完这凤袍，少说得月余，天天这么赶，你不要命了啊！这样好了，你先去吃饭，我帮你绣一会儿！”

她虽然一片好心，但魏璎珞可不敢将东西交到她手里，毕竟这可是一位能将凤凰绣成草鸡的主……

“反正就两个选择，要么让我帮你绣，要么跟我去吃饭！”吉祥摇着魏璎珞的肩膀，半是蛮横半是撒娇道，“左右不过半炷香的时间，来嘛，来嘛！”

“哎，哎，好吧！”魏璎珞实在被她缠得没办法，只得起身同她离开。

今夜的伙食十分丰盛，南瓜粥熬得鲜甜可口，凉拌黄瓜清爽入味，米粉肉肥而不腻，只可惜魏璎珞心中记挂着绣坊的事情，拣了些菜，三两口扒完碗里的饭，便放下筷子道：“我吃饱了，先回去了。”

“这么快？”吉祥嘴里还塞着一嘴的米粉肉，看着桌上几乎没动几口的菜，口齿不清地喃喃，“好浪费……等等我！我马上吃完！”

魏璎珞匆匆往绣坊赶。

仔细一回想，那句话绝非无的放矢。

“若是出了差错，会怎样？”

若是故意让魏璎珞出了差错，会怎样？

“厨房难得做一次米粉肉，我还剩了半盘子没吃呢。哎，你说你这么赶干什么呢？东西又不会飞……”抱怨话忽然噎在喉头，吉祥目瞪口呆地立在绣坊门口，透过魏璎珞的肩，望着里头的光景。

只见绣坊中一片大乱，绣绷、绣布，乃至于凤袍都被随意丢在地上。魏璎珞几步走上前去，只见刚刚才起了个头的凤袍上，竟被人剪出了几个大洞，黑乎乎的犹如一张张嘲笑的嘴，意图将她、将她的未来吞噬。

“糟了！”魏璎珞忽然面色一变，冲向放凤凰羽线的盒子。

烛台仍在原处，盒子也仍在原处，盒盖开着——里面黑洞洞的，什么都没有。

孔雀羽线……不见了。

第二十六章　替代品

绣坊里很快就聚满了人。

“天啊，孔雀羽线不见了！活该，好事儿都让她摊上了，这回倒霉了吧！”

“就是，看她怎么交差！要是嬷嬷把活儿交给我，我才不像她！”

“嘻嘻，她这回要被赶出宫了吧？”

“何止，要丢脑袋哪！”

璎珞猛然转过身，冷冷扫视众人：“黄泉路上，有你们大家陪着呢，我一点儿都不寂寞！”

众人正欢快地落井下石，冷不丁听她来了这么一句，登时不快。玲珑越众而出，替众人说了一句心里话：“你胡说什么呢！自己丢了东西，凭什么要我们陪葬！”

“她说得没错。”一个冷厉的声音忽然在她身后响起，玲珑一回头，惊恐地发现张嬷嬷站在她身后，目光如刀地盯着她，“凤袍是绣坊的献礼，所有人上下一体，皇后要是问起来，难道只追究她一个人的过错？有空幸灾乐祸，不如摸摸自己的脖子，看看硬不硬，能不能扛住午门一刀！”

此话若是从魏璎珞嘴里说出来，众人多半不信。

但从张嬷嬷嘴里说出来，尤其是第二次说出来，众人不得不信。

此事，只怕真是一荣俱荣，一损俱损，一个不好，整个绣坊的人都要遭殃。

一个宫女怕得哭起来：“那怎么办？我不想死啊！”

旁边一个宫女忙捂着她的嘴：“呸，宫里不许说那个字！”宫女甲：“都什么时候了，你还顾得上忌讳！”

还有一个咬牙道：“到底是哪个杀千刀的偷了东西，赶紧还回来，不然留着当陪葬品啊？”

此话一出，众人左右四顾，都用猜忌的目光看着彼此，恨不能立刻从中揪出那个害惨所有人的小偷。

“嬷嬷，是我的错！”吉祥忽然扑通一声跪在张嬷嬷脚下，与其他人不同，她总在为魏璎珞着想，为了让她少受些委屈，甘愿以身代之，“是我硬要拉着璎珞姐离开，才让小偷得逞的，你要罚就罚我吧！”

魏璎珞看了她一眼，在她身旁跪下，对张嬷嬷道：“嬷嬷，一人做事一人当，孔雀羽线是在我手里失窃的，我愿意承担责任。”

张嬷嬷叹了口气：“你打算怎么做？”

“当务之急，是集全坊之力，先将凤袍做出来。”魏璎珞沉思片刻，咬牙道，“至于孔雀羽线……希望嬷嬷能答应我一件事。”

“什么事？”张嬷嬷问。

“请开库房大门！”

上一次魏璎珞进库房，是因为吃高岭土吃大了肚子，身上的衣服不合身，张嬷嬷特令她去库房拿件合身的旧衣服穿的。

在那里，她不但看到了许多旧衣服新衣服，还有许多旧线新线，全天下流行过，或者正流行的绣线几乎全部云集于此，当中总能找到一样替代品。

库房的门开了，魏璎珞自架子前走过，一样一样地翻拣盒中绣线。

金线——不，不行。孔雀羽线在阳光下有七彩之光，金线只有一色之光，阳光一照，便会被人发现端倪。

同理，银线、红线、其余颜色的绣线都不行。

彩线虽能在色彩上比拟一二，却又少了那种浑然天成的富贵之气，甚至还比不上金银二线。

吉祥在一旁为她掌灯，带着哭腔道：“这也不行，那也不行，要不，你还是把错推在我身上吧，我皮糙肉厚，经打……”

“我不会让你挨打的。”魏璎珞继续翻找着绣线，目光坚定无比，“也不会让张嬷嬷挨打的。”

她心知肚明，若是最后她做不出凤袍，有两个人必定会将所有责任往自己身上揽。

一个是吉祥，还有一个是张嬷嬷。

“哎！你怎么这么倔啊！”吉祥急得团团转，一不留神就碰到身旁一面木架上，一只袋子被她碰落下来，系袋子的绳子有些松，竟一下子就打开了，袋内的东西泻了出来。

魏璎珞愣了愣：“这是……”

在一片金丝银线中，地上之物显得异常朴素。

“哦，是冬日用来做端罩的皮毛，还是些下等货色，没用！”吉祥弯腰拾捡地上的白色毛皮，“别的东西好歹有个盒子装，也就这，盒子都轮不上，随便用个袋子装了。”

捡完之后，随手用绳子把袋子一扎，吉祥正踮起脚，要将袋子放回架子上，旁边却忽然伸出一只手，阻止了她的动作。

吉祥愣了愣，转头问道：“璎珞姐？”

魏璎珞从她手里取过袋子，重又将系袋的绳子打开，从中取出一片毛皮，递至眼前审视。

的确是下等货色，还带着一股动物身上的味，若是不经处理，只怕连给宫女做衣裳，宫女都会嫌弃。

见她一副若有所思状，吉祥有些不敢相信地问：“璎珞姐，你……你该不会是……别啊，这可是最没用的东西！”

“这世上没有毫无用处的人，也没有毫无用处的东西。”魏璎珞却笑了起来，一根手指轻轻抚过柔软人毛皮，眼中流过智慧光芒，“单看怎么用，跟用在什么地方了！”

一个月后——

“金玉作献玉器 4 件 2 盒，莱石如意 2 柄。”

“陶瓷坊献翡翠丹凤花瓶一对，水晶双鱼花瓶一对。”

“玻璃厂献象牙雕花梳妆匣一盒，带表珐琅把镜一只。”

“屏风处献紫檀木座孔雀翎宫扇一对，紫檀雕花宝座一座，掐丝珐琅仙鹤蜡台一对。”

长春宫外，各作各坊派来献礼的太监宫女们排成长列，魏璎珞立在其中，手中一方托盘，托盘上蒙一面黄绸，将盘中之物遮盖得严严实实。

“放轻松点。”魏璎珞心里对自己说，“谋事在人，成事在天。”

这时两名太监从大殿内躬身而出，许是年纪小，低声议论时，竟没有避开身旁耳目，却听其中一个道：“瞧见皇后娘娘的脸色没？真叫一个难看，从头到尾连个笑模样都没有！”

“贵妃娘娘也是狠。”另一个道，“送什么不好，竟送了皇后娘娘一尊金子做的送子观音。”

宫中谁人不知谁人不晓？自长子夭折之后，富察皇后便再无所出，慧贵妃所为，简直是当众撕扯开富察皇后心头的伤疤，还往上面撒了把盐。

魏璎珞原本站在众人中间，闻言心下一动，悄悄落后几步。

虽说谋事在人成事在天，但若想成功，最好还是尽量避开人祸。

收了慧贵妃如此大礼，只怕皇后娘娘表面上不说什么，心里却忍着一股怒气，现在进去献礼的人，无论献的是什么，都讨不得好。

搞不好还会被迁怒……

“除非……”魏璎珞回头张望了一眼，“在那个人之后献礼。”

步子越落越后，不知不觉，魏璎珞就退到了队伍最后。

前头的宫女们一个个捧着托盘进去，殿内不断有唱礼声传来。

不知不觉，就只剩下她了……

“绣坊献礼——”

太监的传唤声从殿内传来。

明明身后已经没有别人，但魏璎珞还是不断地回头张望，目露焦急。

“绣坊献礼——”

太监的传唤声再次响起。

事不过三，若是让第三声传唤声响起，有礼也变没礼。

魏璎珞只得深吸一口气，对自己说：“谋事在人，成事在天！”

她手捧托盘，脚步沉重而又缓慢地走进长春宫内。

纵然素日节俭，但在这寿宴之日，长春宫同样张灯结彩，金碧辉煌。一个个魏璎珞认得与不认得的贵人们高坐宴上，一人高的珊瑚树，比平静湖面还要齐整光滑的西洋镜，平民百姓只能在梦中见到的奇珍异宝，满当当堆砌在殿上，都是献予皇后的礼物。

传唤太监喊道："绣坊献凤穿牡丹女袍一件，石青缎绣凤头高底女鞋一双！"

璎珞跪下来，将托盘高高举起："恭贺皇后娘娘芳龄永驻，福寿绵长。"

托盘高高举着，半天不见接下来的动作。

许是第一次见到贵人，激动得忘了接下来怎样做？富察皇后好心提醒："到了殿内，怎么还不掀开黄绸？"

魏璎珞抿抿嘴，躲到队伍最后，放慢脚步，最后迟迟不揭黄绸，她已经尽力了，却还是来不及。心中叹了口气，魏璎珞正要掀开黄绸，却在此时，她身后传来一声长长唱喝："皇上有赏！"

仿佛一道电流流窜魏璎珞全身。

她不得不拼尽全身力气，才能压制住心中狂喜。

那个人……总算来了。

第二十七章　献礼

大太监李玉肘间横着一柄雪白拂尘快步走入，身后随着一串抬着紫檀木箱子的太监。

“皇后娘娘千岁！”李玉笑得如同一尊弥勒佛，“皇上嘱托奴才，将今年千秋日的寿礼送来。”

皇后起身相迎：“皇上厚爱，臣妾谢恩。”

“娘娘别急，除去金银绸缎这些常例，皇上还特意为您准备了一件礼物。”说罢，李玉拍拍手，两名面容清秀的小太监便抬着一只式样精致的妆奁进来。

时间刚刚好，子时，富察皇后出生的时刻。

妆奁顶部的小黑匣子忽然敞开，弹出一只翠绿色布谷鸟，乍一眼望去，栩栩如生，待走近一看，才发现是由一整块祖母绿雕刻而成，唯双眼处点缀着两颗黑色玛瑙，灵光溢动，精致可爱，一望见富察皇后，便舒展开绿色翎羽，发出“布谷，布谷”的叫声。

皇后立时露出喜爱之色：“这是钟表吗？”

“皇上为了给您一个惊喜，早早吩咐做钟处制造。他们折腾了很久，做出来一只祝寿钟，但皇上说，咱们中国人不兴寿辰送那玩意儿，特意命他们进行了改造，您瞧。”李玉将妆奁盒打开，里面盛放着各式各样的珠宝，大多是祖母绿与玛瑙首饰，正好与“布谷布谷”叫唤的鸟儿交相辉映，李玉笑道，“这是一只妆奁，但上头的小匣子，能准点报时！”

珍贵倒是其次，最难能可贵的是，皇帝在这上头花费的心思。

在座嫔妃个个艳羡不已，尤其是慧贵妃，假指甲生生抠进身旁侍女的皮肉里，虽疼，对方却咬牙不敢发出任何声音。

“难为皇上为本宫花费了这么多心思。”皇后娘娘终于露出此次寿宴上第一次微笑。

又说了些恭维话，李玉正要告辞，皇后娘娘道："李公公，麻烦你去与皇上说，本宫稍后会亲自过去谢恩。"

"是，娘娘。"李玉恭敬应道。转身之际，脚步忽然停了停。

魏璎珞立在道路一侧，若无其事地高捧手中的托盘，有意无意，托盘正好遮住了她的脸。

虽觉得此女看起来有些面熟，但这里到底是皇后的寿宴，李玉不好在这个时候命她抬头一看，免得引起旁人的无端猜测，又有皇后的嘱咐在身，便收回目光，抬脚离去。

他走后，众人的目光与议论一直聚在布谷鸟身上。良久之后，富察皇后才记起还有一个前来献礼的宫女在，遂转过头来，和颜悦色地问她："绣坊送了什么来？"

魏璎珞慢慢展开托盘上罩着的黄绸，露出下头折叠好的凤袍来。

四周响起一片惊叹声，却不是惊叹于凤袍的美丽。

而是……惊叹于它的粗劣。

"大胆！！"不必富察皇后开口，她身旁的大宫女明玉便已厉声喝道，"你竟敢将这样的东西送给皇后！！"

凤袍绣工非凡，上头的凤凰展翅欲飞，比之先前巧夺天工的布谷鸟儿，竟也不遑多让。

区别在于，布谷鸟儿是由珍贵的祖母绿雕成的，而托盘中的凤袍，却是由不知名的动物毛皮织成的。

"我记得给绣坊送去的乃是孔雀线，如今做出来的是什么？"明玉快步走来，抓起凤袍一看，面上怒色更重，"不是金丝，甚至不是银线，好啊，绣坊竟然敢这样明目张胆地贪污了孔雀线，最后拿出这种粗制滥造的东西来凑数吗？"

魏璎珞迅速跪倒："奴婢不敢。"

"你不敢？做都做了，还有什么不敢？"明玉正要将手中的凤袍掷到对方脸上，身后却响起富察皇后的一声："慢。"

富察皇后招招手，命明玉将衣裳递了上来，低头打量片刻，她的眉头也不禁皱了起来，抬头望向魏璎珞："若本宫没看错的话，这是鹿尾茸毛搓成的丝线。"

"皇后娘娘圣明。"魏璎珞半点掩饰也无，大大方方地承认道。

众人哗然。

竟真是绣线中最下等的鹿尾毛，连地位稍微高一些的宫女都不会用这样的材料做衣裳。绣坊的人真是吃了熊心豹子胆了，还是受了什么人指使，用这样的东西来羞辱皇后娘娘？

一时之间，众人的目光有意无意地瞥向慧贵妃。

连富察皇后心中都存了类似的怀疑，面色渐渐冷淡下来，问："绣坊为何要选用这样的丝线？"

皇后只配用这样的绣线，还是上头送来的材料出了错？在众人看来，无论是什么样的答案，对皇后来说都是一种羞辱。前者不必多说，若是后者，则说明皇后根本无力统御后宫，随便什么人都能调换材料，然后在寿宴这种重要时候，用鹿尾毛凤袍来羞辱她。

且不论寿宴之后，皇后会如何处理这事，但眼前这个小宫女……是死定了！

在众人看死人的目光里，魏璎珞深吸一口气，仍旧维持着手捧托盘的动作，吐字清晰道："听闻皇后娘娘素来节俭，曾言金丝银线奢靡浪费，又思及大清先祖入关之前，所有衣物装饰，一律采用鹿尾绒线，此次奴才斗胆，舍弃金丝银线，重返旧俗，既遵从皇后娘娘厉行节约之旨，又可提示众人铭记先祖创建帝业之艰辛。"

"这……"明玉本已做好唤人处置魏璎珞的准备，冷不丁听她说出这样一番说辞，登时哑口无言，挑了半天，竟挑不出她话里的刺来，只得将求助的目光投向富察皇后。

富察皇后会如何处置魏璎珞？

魏璎珞已经猜得八九不离十。

先前她不肯进来送礼，是因为皇后那时候正因为慧贵妃送的送子观音而心情大坏。

即便是一个常年吃斋的善人，心情不好的时候，保不准也会伸脚踹一踹脚边的家犬。

所以她左等右等，左拖右拖，最后总算拖到了皇帝的礼物来。

那只翠绿色的布谷鸟儿，将皇后阴霾的心给唱得明亮了起来。

即便是一个脾气暴躁的人，在心情好的时候，说话的声音也会变得温柔些，甚至会好心赏赐路边乞儿一两只包子。

“谋事在人成事在天。”魏璎珞心想，“苍天……请不要辜负有心人。”

苍天，自然不会辜负有心人。

“……你这丫头，心思倒也巧妙。”她跪伏在地，只能听见富察皇后的声音从她头顶传来，带着轻松与愉悦，“如今宫中奢靡之风渐起，若人人都能铭记祖先创业之艰辛，就当舍弃奢华、简朴度日才对。来人，赏！”

第二十八章　请罪

夜已经深了。

绣坊之中亮起了一盏盏灯。

灯火将窗户纸晕染成橘黄色，透过一张张窗户纸朝里望去，明明已经是吃饭的时间了，宫女们却全部聚在此处，纵使饿得肚子咕噜噜叫，却一个离开的都没有。

再次将针扎在指头上，吉祥"哎哟"一声，将流着血的手指头含在嘴里，回头看了眼大门，口齿不清地问："璎珞姐姐还没回来吗？"

身旁的玲珑一边做着绣活，一边头也不抬道："该不会是回不来了吧……"

"你说什么呢！"吉祥怒道，"呸呸呸，快给我呸三声！"

玲珑撇撇嘴，才懒得做这粗俗动作。吉祥见此，心中更怒，正要与她好生说道说道，离门最近的一个宫女忽然喊道："来了来了，外面来人了！"

吉祥一愣，立刻丢下玲珑往外跑。

身旁刮过一阵风，有一个人跑得比她更快。

"张……张嬷嬷？"吉祥目瞪口呆地望着对方的背影。

犹如一个家中独子远赴科举的老人，张嬷嬷几乎是连滚带爬地冲出大门，然后眼巴巴地望着外头的太监，指望从他嘴里能听见点好消息，至少不要是坏消息！

"恭喜你了，张嬷嬷。"来的是三名宫女，领头的那个位阶比张嬷嬷还高些，此刻却对她客客气气的，面带笑容道，"你们绣坊的魏璎珞在寿宴上大出风头，这些是皇后娘娘赏给她的东西。"

她一招手，身后两名宫女便捧着托盘过来。

一只托盘里放着两匹绸缎，另一只托盘里放着一对簪子。

宫造之物，自是人间上等，更何况是皇后赏赐下来的东西，那更是一等一的做工，一等一的材质。

那两根玉簪，众人品评不出好坏，只知道颜色特别周正，上头隐隐萦绕一层淡淡的烟云之气，若有若无，似雾非雾，许是传说中的蓝田玉所做，因有蓝田日暖玉生烟之说。

而两匹绸缎就不同了，大伙在绣坊里干了有大半年了，自是认得料子的好坏，一个啧啧称奇：“这料子真好，穿在人身上，就像穿了一件泉水，常穿不但养皮肤，也养人。”

“你懂什么？这可是江南织造送来的贡品啊。”另一个更识货的宫女艳羡道，“都是给主子们做衣服用的，璎珞命真好……”

张嬷嬷拉着领头宫女去一旁说了会儿话，又从袖子里摸出些银子硬塞给对方。对方推脱半天，最后只得勉为其难地收下。待亲自将人送走，张嬷嬷满脸喜色地归来，对眼巴巴望着自己的众宫女宣布：“没事了，你们可以回去吃饭了。”

这个时候，众人哪有心思吃饭！

吉祥第一个扑过来：“嬷嬷，好嬷嬷，您快跟我说说，璎珞姐在寿宴上做了什么？”

“是呀，嬷嬷，您就告诉我们吧。”玲珑也走了过来，不动声色道，“璎珞到底做了什么，皇后娘娘非但没有惩罚她，竟然还给了赏赐？”

张嬷嬷心情极好，对她二人笑道：“这事我也说不清楚，不如等她回来，亲口跟你们说吧。”

玲珑沉默片刻，问：“她现在在哪儿？”

“领了赏，”张嬷嬷道，“当然要去给皇后娘娘叩头谢恩啦！”

长春宫外。

明玉手里提着一杆六角宫灯，橘黄色灯火，照在眼前跪伏在地的单薄身影上，将她的影子拉得极长极长。

“娘娘，”魏璎珞将额头贴在手背上，“奴婢是来请罪的。”

“哦？”富察皇后已除去身上繁重的礼服，换上她平日里常穿的朴素白衣，于月下款款而来，宛如月中归来的嫦娥，仙姿翩然，巧笑倩兮，“不是来谢恩，而是来请罪？”

“是。”魏璎珞毫无掩饰地全盘托出，“绣坊前些日子遭了贼，被贼人窃走孔雀羽线，迫不得已，奴婢选用鹿尾绒线代替，为了在大殿上蒙混过关，编造了一套说辞。”

“既已蒙混过关，为何还要跟本宫坦白呢？”富察皇后笑着问。

魏璎珞心道：因为我不相信。

事情进展得太过顺利了，顺利得就像是富察皇后有意配合她一样。

想清楚这点之后，魏璎珞背上出了一片冷汗，再也不敢存侥幸之心，二话不说就来富察皇后处请罪。

“皇后仁慈，体恤下人，不但不当众揭穿我，还赏下礼物，我心惶恐，像我这样犯了大错的人，怎有脸收下您的礼物。”魏璎珞叩首道，“还望娘娘收回赏赐，给我惩罚。”

“赏下去的东西，怎能再收回来？你将本宫当成什么人？”富察皇后轻笑一声，“再说了，事情过去就过去了，今日是本宫的千秋，不愿有任何不愉快的事情发生，你懂吗？”

魏璎珞再叩首：“娘娘仁慈，奴婢铭记于心。”

“不过……”富察皇后拖长了一下语调，“有一件事，本宫觉得非常奇怪……”

“娘娘请说。”魏璎珞忙道，“奴婢知无不言言无不尽。”

“明玉说你先前在殿外等候的时候，一直在拖延时间，拖到最后才进来。”富察皇后问，“你当时到底在等什么？”

魏璎珞眼珠子骨碌碌转，正琢磨着要给出个什么答案的时候，富察皇后已经先一步给出了答案。

“你在等皇上。”富察皇后问，“对吗？”

魏璎珞大吃一惊，条件反射地抬起头来，正对上一双睿智的眼睛。

有这样一双眼睛的人，怎可能是省油的灯，怎可能是轻易就能蒙骗过去的主！

电光石火之间，魏璎珞已做出了决定。

“是！”魏璎珞一咬牙，将整件事全盘托出，“皇后娘娘深受隆恩，奴婢想借皇上这阵东风，让娘娘高兴。如此一来，奴才再进殿禀报，娘娘也不会大发雷霆了。”

富察皇后忽然面色一沉：“你好大的胆子！连皇上都敢利用！”

“请皇后娘娘恕罪！”魏璎珞连连叩首，一副完全将自己的性命交付到对方手里的认命模样，“若要降罪，也请降罪奴婢一人，不要牵连绣坊无辜！”

“罚是当然要罚的，让本宫想想……”富察皇后沉默下来。

直至魏璎珞的呼吸声渐渐沉重起来，她才扑哧一笑，道：“就罚你重新制作本宫的常服，全部改用鹿尾短绒，记住了吗？”

魏璎珞猛然抬头，犹如一个被赦免的死刑犯，呆愣了许久，才面露狂喜，咚的一声将额头磕在地上：“是！谢娘娘！”

“好了，时候不早了，你回去吧。”富察皇后温柔地看着她，“日后绣完常服，你便亲自送来长春宫吧，还有……”

她转脸对自己身旁的明玉道：“宫中无缘无故出现盗窃，吴书来责无旁贷，叫他彻查此事！”

明玉连忙应是。

“好了，本宫乏了。”富察皇后点点头，“你送送她吧。”

六角宫灯在前头引路，照亮着出长春宫的路。

“明玉姐姐，就送到这里吧。”魏璎珞可不敢真的让明玉陪自己走这么一趟，从长春宫至绣坊，一个来回，即便脚步快，也要走小半个时辰，“剩下的路我自己走。”

明玉也不愿意将时间浪费在这个小宫女身上，当即道：“行，那我先回去了。”

说完立即掉转身，朝长春宫内走去。

魏璎珞一直在背后目送她，与其说是目送她，不如说是凝视远处的长春宫。

夜色已深，长春宫却亮如白昼，照亮长春宫的，是宫女们挑挂在墙壁上的盏盏宫灯，还是上供的夜明珠，抑或是今日寿宴上的那株一人高的珊瑚树？

那是富察皇后的寝宫，那是后宫最尊贵女人的住处。

从前她只能远远看着，但从今日开始，它不再那么遥不可及。

“富察傅恒……”魏璎珞用只有自己才能听见的声音喃喃，“等着我，我来找你了……”

远处的长春宫亮如白昼，魏璎珞身周却一片漆黑。

黑夜吞没了她的身体，吞没了她的表情，将她变成了一张黑色剪影，与远处灯火辉煌的长春宫，是那样的格格不入……

第二十九章　好姐妹

“听说了吗？”一个宫女悄悄凑到玲珑耳旁，“皇后娘娘很喜欢璎珞，吴总管那日特意吩咐张嬷嬷，要将璎珞调去长春宫哪！”

手指一颤，针头扎出了一滴血珠，玲珑不留痕迹地将血擦了。

“能去伺候皇后娘娘，她可真有福气。”宫女叹了口气，“玲珑，真为你可惜。”

玲珑笑得云淡风轻：“我有什么好可惜的？”

“若论相貌，论绣工，你都不比她差，偏偏张嬷嬷那么偏心！如果这次上去献礼的人是你，现在去长春宫的人，可就轮不上魏璎珞了！”见玲珑脸色越来越难看，宫女急忙换了句话安慰道，“不过她走了也好，没了她，你可就要出头了！”

谁稀罕在这破绣坊出头！

玲珑面上还能维持风度，手下的针却越来越乱，那日不小心偷窥到的画面，不断地出现在她眼前。

“嬷嬷，您太照顾我了。”

“你那傻姐姐是我最得意的徒弟，就算看在她的面上，我多照拂你两分。”

这何止是两分！

最好的资源，最好的机会，全紧着魏璎珞一个人了！其余人一点出头的机会都没有！

“若是张嬷嬷肯这般照顾我，我也能得到皇后的赏识，那两匹绸缎跟簪了，也有我一份！哎哟！”玲珑将再次扎破的手指头含进嘴里，看着眼前的绣绷，看着上头绣得乱七八糟的图案，她心下一怒，拿起手边的剪子，“咔嚓”一声——

“玲珑！”

玲珑手一抖，剪子在绣绷上拉出一条长长口子。绣绷上绣的是她最擅长的锦猫图，口子一划，从左到右，正好割在锦猫的脖子上，将它生生断头，一幅图登时变得血腥不吉，那猫儿的两只眼，更像是在瞪着她。

玲珑忙将绣绷反扣在桌上，起身相迎：“嬷嬷，我在，找我什么事？”

“不是我找你。”张嬷嬷道，“是吴总管找你。”

玲珑眼中迸出两道光来，心道莫非时来运转，总算轮到她得贵人赏识了？

“……皇后娘娘有令，命吴总管找出盗窃孔雀羽线的窃贼。”岂料张嬷嬷下一句却是，“从你开始，你们一个个过去回话，吴总管问什么，你就回什么，明白了吗？”

她每多说一个字，玲珑的面色就更白一分。

甚至连腿都有些酸软。

仿佛有一只断头的猫儿抱着她的腿，一双不祥的猫眼盯着她。

也不是所有人都要受盘问，至少魏璎珞就不用。

实际上吴总管过来，第一个见的就是她。

“我这双眼睛，从来没有看错过人。”他和蔼道，“打从第一次见你，我就知道你绝非池中之物，迟早是要飞出这个小小的绣坊的。”

“这都是托了您的福。”魏璎珞仍旧是最初见他时的恭敬模样，弯腰垂首道，“当日若不是有您主持公道，哪还有今日的我？只怕早就因为那无端污蔑，被方姑姑逐出宫去了。此恩我永记心中，日后有什么用得着我的地方，还请吴总管随意吩咐。”

“哈哈，客气了，客气了，大家互相帮忙嘛！”吴总管哈哈大笑。

宫中哪有无缘无故的好，今日对你好，图的是来日回报。

吴总管非常看好魏璎珞，也并不打算在这个时候用掉宝贵的人情，温言嘱咐她几声，甚至拐弯抹角地透露给她一些有关皇后的喜好，最后拍了拍魏璎珞的肩，道：“到了皇后娘娘那儿，须得好生伺候，可别看她面善心慈就偷懒怠工，皇后娘娘心慈，可不代表她身旁的人就心慈。”

魏璎珞心中一动，点头道：“璎珞知道了，谢吴总管提醒。”

越是位高权重者，越是谨言慎行，说出的每个字，都是经过肚子里的九曲回肠之后，弯弯绕绕个无数次，最后才斟酌出来的。

每一个字，都有其深意。

“算了，回头再想。”看了看天色，魏璎珞笑道，“今天还有更重要的事情要做。”

宫女所饭厅里，一碗长寿面轻轻搁在吉祥面前。

雪白的面条卷在汤中，上头浇着味浓可口的大红色肉沫，以及翠绿色的青菜。

“当知素日惹神馋，此物蟠桃不及鲜，屡屡丝丝缘可系，年年岁岁意相牵，龙须苒袅三千尺，鹤算恒昌八百年，寿面芳辰堪祝嘏，天伦与月共团圆。一碗长寿面，不成敬意。”魏璎珞朝桌子对面的吉祥眨眨眼，“祝你长命百岁，岁岁平安。”

“璎珞姐……”这可是个大惊喜，吉祥半天才回过神来，激动得说话都带点口吃了，“你……你怎么知道我……我今天过生日？”

“入宫那一天，管事太监核对大家名单的时候，不是特意报过？”魏璎珞笑道。

“他只说了一次，你就记住了？”吉祥崇拜地看着她，“你记性真好。”

“是啊，我记性好。”魏璎珞笑道。

她哪有那么好的记性，是她见吉祥最近郁郁寡欢，特地找管事太监问来的。

就连碗里这点面，也来得不易。

主子们自然是想吃什么就吃什么，宫女们若想额外点些东西吃，就要往御膳房的厨子手里塞银子，魏璎珞几乎是两手空空地进宫，手头哪里有什么银子？只能是以工代酬，几夜不睡，替厨子做了几幅绣品，这才换来了这碗面。

“快吃吧，再放就凉了。”魏璎珞将筷子递给对方，“要一整根吃下去哦，这样才能长命百岁。”

“嗯！”吉祥接过筷子，夹起面条放进嘴里，吸溜吸溜着，忽然落下泪来。

“怎么了？”魏璎珞愣了愣，“不好吃吗？”

她用另外一根筷子沾了沾汤汁，放进嘴里一尝……味道很不错啊，对得起她付出的几幅绣品，怎么就把人吃哭了呢？

“璎珞姐，你对我真好。”吉祥哽咽道，“宫里只有你真的关心我，呜呜，等你去了长春宫，就没人关心我了。”

“我又不是一去不回。”魏璎珞心中一软，抱着她道，“就算我不回来，难道你就不能过来看我吗？”

“我……真能去看你？”吉祥又期待又担忧地看着她，“会不会让你很为难？我虽然笨，但也知道，长春宫不是什么人都能进的……”

“有什么为难的？”魏璎珞将早已准备好的一方帕子塞到她手里，“拿着，这是给你准备的生日礼物，日后你要是想我，就到长春宫来。如果进不来，就托人把这帕子送进来，我见了帕子，就知道你想我了，立时请假出来看你，好不好？”

吉祥听得心中发烫，眼泪又落了下来，微咸的泪水落进汤里，可她吃在嘴里，却只吃出了蜜糖的味道。

“魏璎珞，魏璎珞！”一个宫女的声音在门外响起，“在不在？”

“在，怎么了？”魏璎珞回头应道。

“长春宫来人了，你快随我过去。”那宫女道。

“璎珞姐，你快去吧。”吉祥一听，登时比魏璎珞还急，推着她的胳膊道，“我留在这里吃面，这碗面料子足，够我吃很久了。”

“嗯，我去去就回。”魏璎珞抱歉地看了她一眼，然后随宫女离开。

她走后，吉祥却没急着吃面，而是珍惜地看着手中的帕子。

帕上绣了一只黄狗，是吉祥在老家养的那只，她在宫里活得艰难，在老家也活得艰难，父母重男轻女，弟弟吃饭，她只能喝汤，有时候连汤都喝不到，饿得哇哇哭，还是奶奶看不过去了，将她带在身边，从牙缝里挤出点吃的给她。

赡养奶奶的也不是父母，而是家里的老黄狗，虽然其貌不扬，却有一手狩猎的好本事，时常从外头叼些麻雀田鼠回来，否则她跟奶奶早就饿死了。

这些絮絮叨叨的往事，她很少跟别人说，因为没人喜欢听。

只有魏璎珞不但听了，还记在了心里。

“谢谢。”吉祥将帕子按在滚烫的心口，不断默念着，“谢谢你，璎珞姐，能够进宫，能够认识你，真是太好了……吉祥只要活个五十岁就好了，剩下的寿命全都给你，望你长命百岁，岁岁平安。”

“唉。”

一声轻叹打断了吉祥的思绪，她转头一看，立时拉下脸来。

不知何时，玲珑竟坐到了她身旁，也不知道先前经历过什么，面色苍白如纸，眉目间更是透着一股惶恐不安。

吉祥端起长寿面就要走，却被玲珑伸手拉了回来。

“吉祥，你怎么变成这样子的人了？”玲珑黯然神伤道，“小时候你可不是这样的。”

两人乃是同乡，彼此还是邻居，只不过玲珑的家境要比吉祥好得多，有时候会把自己吃不下的点心丢给她，因贪她手里一口吃食，小时候吉祥什么都听她的，叫她上树就上树，叫她学狗叫就学狗叫。

“从前咱们那么要好，可一进宫，你就跟我疏远了。”玲珑又叹了口气，“是因为魏璎珞吗？”

“哼，你还知道啊！”吉祥心直口快，立时回道，“她又没惹你，你却总在背地里说她闲话！”

玲珑面色一冷，为掩饰脸上的冷意，她抬起一只袖子，做出抹泪的模样：“你怪我针对她，可你怎么不想想，我那么努力，绣活也不比她差多少，可嬷嬷总是偏向她，我心里能没有疙瘩吗？”

“差很多啊，你只有猫绣得特别好，其他的都不行，哪里像璎珞姐，什么图案都能绣，什么针法都会？”吉祥奇怪地看她一眼，理所当然道，“你要想嬷嬷看重你，你就多努力嘛，别总绣猫，多绣点别的……哎呀，你该不会是因为其他都比不过璎珞姐，所以才一直绣猫吧？”

玲珑抹泪的动作一止，一股森冷寒意从她身上冒了出来。

“……好。”过了许久，她才缓缓放下袖子，楚楚可怜地对吉祥道，“我以后多绣点别的。”

吉祥不是个记仇的人，又见发小这样一副可怜模样，心下一软，嘴上也就跟着一松：“算了算了，只要你以后不针对璎珞姐，咱们就还是好姐妹。”

“好，我在这里对天发誓。”玲珑三指一并，指向天空，“若我对你、对魏璎珞有半点坏心思，就叫老天罚我撞壁而亡，不得好死！”

吉祥忙将她指天的手指按下来，低声埋怨道：“不要说了，犯忌讳！”

“那咱们和好了？”玲珑期待地看着她。

她都已经做到这个份上了，吉祥还能怎样？哼哼唧唧个半天，最后只得点点头。

“好吉祥！”玲珑伸手抱住她，下颚搁在她肩膀上，眼睛里透着凶光，嘴里却甜蜜地笑道，“说起来，今天是你的生日呢，我给你准备了一份礼物……”

第三十章　小偷

“也不知道娘娘看中你什么，一个小小的绣女，竟然也一步登天，进了长春宫的大门！”明玉上下打量着魏璎珞，眼神实在算不上友好。

长春宫派来的竟是这一位……

明玉在椅子里坐着，手边还放着一盘点心，糯米团、绿豆糕、玫瑰酥、芝麻糖，四色拼凑而成的甜点，光看颜色已经秀色可餐。

明玉专心致志地品尝着点心，不像是来替皇后办事的，倒像是借着这个机会，过来偷得浮生半日闲的。

她坐了多久，魏璎珞就站了多久，想起吴总管先前的告诫，心中不禁叹了口气：“阎王好过，小鬼难缠。”

长春宫的台阶，只怕不好上。

“行了，话已经给你带到了。”明玉终于待腻了，将最后一块点心放进嘴里，拍拍手道，“早些把绣坊的事情结了，月底到长春宫来。”

“是，我送送您，明玉姐姐。”魏璎珞一路将明玉送至长春宫门口，来回将近半个时辰，只是走走路，说说话，竟比她在绣坊工作五六个时辰还累。

天底下最苦最累的工作，莫过于伺候人。

拖着疲惫不堪的身躯回到宫女所，魏璎珞眉头一皱。

哪里不对劲……

先前还嘈嘈杂杂的讨论声，在她进门的那一刹那，瞬间止住。

同住一处的宫女们或站或立，或远或近，都用同样奇怪的目光看着她，那目光让魏璎珞很不舒服，似嘲似讽，似怜似悯。

为什么要用这样的目光看着她？

魏璎珞满心疑惑地走回自己的床榻边，两副被褥挨在一起，两只枕头紧挨在一起。

“吉祥呢？”魏璎珞问，“还没回来吗？”

一碗面也不至于要吃这么久，算算时间，她早该吃完回来了吧。

一名跟吉祥关系还算不错的小宫女低声给出答案：“她被抓走了。”

魏璎珞闻言一愣：“你说什么？”

“她被抓了。”小宫女只得重复一遍，犹豫一下，又补了一句，“东西就藏在她身上……”

“什么东西藏在她身上？”魏璎珞心中生出一股不祥的预感。

“……一只香囊。”小宫女叹了口气，“里头藏着先前失窃的孔雀羽线……”

“这不可能！”魏璎珞几步走到她面前，目光灼灼盯着她，“你说谎！”

“我没说谎！是吴总管亲自从她身上搜出来的！”魏璎珞的目光实在太过可怖，小宫女吓得惊慌失措，目光左右四顾，忽然停在一个人身上，抬手指着她喊，“据说还是玲珑告的密！”

魏璎珞缓缓转过头来：“玲珑！”

玲珑伏在自己榻上，半只枕头都被她哭湿了，一双红肿的眼睛回望魏璎珞，像是对她解释，又像是对其他人解释道：“我跟吉祥是一起长大的，她家里穷，经常有了上顿没下顿，所以手脚有些不干净……我没想到进了宫，有的吃有的穿了，她这坏毛病还是没改掉……”

话音未落，一只手就捏住她的领口，将她从床榻上提了起来。

“胡说八道！”魏璎珞愤怒的面孔近在咫尺。

“我没胡说！我也不愿意相信她是这种人……只是，只是跟吴总管提起这事。”玲珑吸了一下鼻子，委屈道，“后来我才知道，皇后娘娘只给了吴总管两天的时限，恐怕是他心急抓贼，才选择搜身，哪里知道会真的搜出来……”

“哈！”魏璎珞冷笑道，“你以为我会信？”

玲珑惊愕地看她。

“孔雀羽线失窃了那么久，如今吴总管一来一问，就找出来了。”魏璎珞将玲珑提溜到自己面前，两个人面对着面，眼对着眼，如同两把战刀交错在一起，碰出不是你死就是我亡的火花，“玲珑，你觉得我会信？你觉得吴总管会信？吴总管……他只是为了尽早结案罢了。”

一把将玲珑摔在地上，魏璎珞头也不回地冲出宫女所。

树木在她身侧倒退，道路在她身侧倒退。

一个人忽然冲出来，拦在她面前，挡住她狂奔的脚步。

“……嬷嬷。”魏璎珞看清楚来人，边喘边道，“我要去找吴总管，再晚就来不及了……”

再晚，吉祥的性命就保不住了。

哪怕用掉先前好不容易积累下的情面，哪怕会因此欠下吴总管一个天大的人情，她也在所不惜。

只要能保住那孩子的命……

“别去。”张嬷嬷双手如钳，将魏璎珞死死扣在原地。

“嬷嬷，你让开！”魏璎珞奋力挣扎起来。

挣到一半，忽然浑身一僵。

“别看！”张嬷嬷忙抬起一只手遮住她的眼睛，却被她用力扒拉了下来。

前方是通往宫正司的路。

犯了错的宫女太监，少不得要进去吃一顿苦头。

宫正司的大门敞开着，里面飘出一股令人不舒服的气味，像陈年的泪，像新鲜的血。

门后走出两名太监，一前一后，抬着一只担架。

担架上头一张白布，从头到脚盖着一个人，布面凹凸，隐约是一张女人的脸，自魏璎珞身旁经过时，担架不小心颠簸了一下，一只青白的手臂便从担架旁无力垂落下来。

一张绣帕，从她指尖滑落。

魏璎珞弯腰拾起那张绣帕，两眼立即模糊起来。

绣帕上是一条憨态可掬的黄狗，吉祥老家养的那只，据说极通人性，还知道在外头打些麻雀田鼠，带回家喂养一老一小。

这是她给吉祥的生日礼物。

“祝你长命百岁，岁岁平安。”魏璎珞手捧绣帕，喃喃念道，“祝你长命百岁，岁岁……平安。”

念到最后，已成哽咽，魏璎珞忽然转身朝宫正司冲去，却被张嬷嬷强硬地拉了回来。

“放开我！”魏璎珞怒道，“我要去找吴总管，我要问问他为什么要这么做！他明知道这事情有猫腻，为什么不能像之前处理我的事情那样，秉公处理！”

“傻孩子，每个人都有他的难处啊。”张嬷嬷叹道，“如果皇后娘娘不限定时间，他自会秉公处理，慢慢找出真凶，但皇后娘娘只给了他两天的时间，他只能先紧着自己，再紧着别人。”

道理魏璎珞都懂，她只是心有不甘：“可就算是查不出来，他顶多受点惩罚，而吉祥却要丢了命……”

“没人会为一个不相干的人受罚。”张嬷嬷说着说着，布满鱼尾纹的眼角流下泪来，泪水在她脸上的皱纹间纵横，她声音色沙哑道，“没人……会为一个不相干的人哭。”

顷刻之间，魏璎珞泪水滂沱。

第三十一章　最后的绣品

没人会因为一个不相干的人哭。

起初还有人讨论吉祥的死，一周之后，讨论晚上吃什么的有，讨论某个侍卫年轻英俊的有，就是没人再讨论吉祥。

即便有人提起，也只是短短六字："哦，那个小偷啊……"

这六个字，竟成了无辜少女的墓志铭，成了她遗留在世人心中的最后记忆。

匆匆人生一过客，万般辛苦与谁说？

"璎珞！"张嬷嬷劈头丢来一件衣裳，不偏不倚地打在魏璎珞脸上，"这衣裳是怎么回事！针法、配色全都错了，你到底怎么干活儿的！"

众人停下手中的针线活，惊讶地看着这一幕。

张嬷嬷可很少发这样大的脾气，尤其是对着她最喜爱的魏璎珞，她究竟把衣服做成什么样了？

"对不起，嬷嬷。"魏璎珞脸都被打红了，慌忙抱着怀中的衣裳，一副生怕被人瞅见的模样，垂头丧气道，"我马上改……"

"这是什么缎子，由得你拆了重改？璎珞，你真是太让我失望了！"张嬷嬷劈头盖脸地将她骂了一顿，然后叹了口气道，"我们都知道，你月底就要去长春宫报到了，这是你在绣坊最后的活……"

也是最好的活。

原本负责皇上常服的绣女病了，活儿赶不出来，需要有人帮把手，把接下来的活儿干完。

衣服已经做好了大半，只剩下胸口一条龙纹。

这活儿又轻松又涨资历，回头就能跟其他人炫耀，我是个给皇帝做过龙袍的人了，即便日后年岁大了出了宫，也能拿这份资历寻个好去处，无论是进江南织造局当绣娘，还是教有钱人家的闺秀刺绣，身价都能高一些。

“嬷嬷，”玲珑不动声色道，“许是因为吉祥的事，璎珞最近有些提不起精神来，一时出了岔子，请您大人大量，不要和她计较。要不……这个活儿，还是交给我来做吧。”

“你？”张嬷嬷上下打量了她一眼，“你行吗？绣龙可不比绣猫儿……”

四面八方响起一片窃笑声，玲珑笼在袖子下的手指猛然收紧，尖尖指甲，直扎肉里。

“常服不比龙袍和朝袍费工夫，何况我的绣工已大有进步，一定可以胜任。”眼角余光扫过身旁神思不属的魏璎珞，玲珑心中一动，忽道，“要不，让我跟璎珞比一比？”

“哦？”魏璎珞缓缓转过脸来，短短七日，她竟直接瘦了一圈，原先还带些娃娃肥的脸颊，如今已经瘦成了瓜子脸，眼下两道青痕，看起来十分憔悴。她望着玲珑，幽幽一笑：“你想怎么比？”

换了往日，玲珑是不敢提出这个建议的。

但是今日不比往日，看看魏璎珞绣的是什么东西！

许是吉祥的死对她打击太大，以至于她将龙绣成了蛇，说是蛇，还抬举了她，照玲珑看，分明就是一条扭曲的蚯蚓，刚学刺绣的小孩子都比她绣得好，这样的东西哪里能够送上去给皇上穿，真是滑天下之大稽。

这样一个踩人上位的好机会，玲珑怎会放过？立时自信满满道：“绣活好坏，各凭本事，咱们两个同时绣一套常服，然后让嬷嬷来选，谁做得好，就选谁的献给皇上，你敢不敢？”

魏璎珞盯了她好一会儿，才呵了一声，似笑非笑道：“行啊，这可是你自找的。”

两道视线在空中一碰，宛若刀刃间的交锋，火花飞溅，杀心四起。

玲珑收回目光，低头看着自己手中的绣绷，心道：“等着吧，我要证明给你看，证明给你们所有人看，我不是一辈子只能绣猫，我也能绣龙！”

为这比赛，玲珑耗尽了全部精力。

每日天不亮就起床，在旁人还在床上熟睡的时候，她已经披衣而起，朝绣坊走去。每日三餐，在其他人细嚼慢咽的时候，她三两口就把盘中餐囫囵吞下肚，甚至一天都不怎么喝水，免得出恭浪费时间。

“玲珑真够拼命的。”

“可问题是，璎珞比她还要拼。”

忙碌一天，玲珑拖着疲惫不堪的身躯回到宫女所，听见的却是这样一番话，她微微一愣，然后环顾四周，眉头蹙起道：“璎珞……她又没回来吗？”

却见宫女所内，一只只铜盆热气氤氲，宫女们或捞水洗脸，或将雪白的双足放在盆中洗，还有一些动作快的，早早洗完了脸跟脚，现下已经美滋滋地躺在床上唠嗑了。

“你说璎珞啊？我先前路过绣坊，见她还在里面干活呢。”一个正在洗脚的宫女回她。

“呀，这么晚了，她还在干活啊。”另一宫女惊叹。

“毕竟是养心殿的活嘛。”之前的宫女一边擦脚，一边撇撇嘴，“咱们往常做的都是各宫下人的春装，顶天了妃嫔们的衣裳，何曾碰过养心殿的活儿？那可都是最有资历的绣娘才能接手的，她是铁了心要赢玲珑！”

门扉哐当一声打开，两人齐齐望去：“啊，璎珞，你回来了。”

魏璎珞抱着一件衣裳站在门口，衣裳折叠得极为整齐，没人能看见上头绣的是什么，玲珑心中一动，走上前道：“璎珞，你绣得怎么样了，拿来给大家看看吧。”

一边说，一边毫不客气地伸出手去。

魏璎珞侧身一避，避开了她的手。

玲珑动作一僵，满脸委屈道：“我又不抢你的，我就只是看看，你……你就这么怕我吗？”

“怕你？”魏璎珞咯咯笑了起来，似乎听见了什么天大的笑话，直将玲珑笑得面红耳赤，她才摇摇头，似怜似鄙地扫她一眼，“你也太看得起你自己了，绣坊里的人谁不知道……你啊，只会绣猫。”

“嘻嘻。”

也不知是谁扑哧一笑。

玲珑飞快转过头去，却见一群宫女或低头洗脚，或铺着床铺，明明每个人都没在看她，她却觉得每双眼睛都在暗地里笑话她。

我不是！玲珑心中呐喊道，我也能绣龙！我不是一辈子只能绣猫！

“若不然，把你的绣品拿出来，给大伙……给我瞧瞧。”一只柔美的手舒展到她面前，魏璎珞朝她笑道，“看看你绣的是一对龙眼，还是一对猫眼。”

“魏璎珞！”玲珑再也忍受不了，一字一句道，“我警告你，别再羞辱我！”

“我说错了吗！”魏璎珞的态度却比她还要强硬，冷笑道，“画龙点睛，龙的眼睛最重要，龙目讲究神形兼备，你——绣得出来吗？”

话不投机半句多，两人最终不欢而散，熄烛之后，背向对方而睡。

只是，玲珑根本睡不着。

辗转反侧片刻，她终是按捺不住，解开床榻里侧放着的一只蓝布包袱，将快要完工的常服从里头取了出来。

借着月光，抖开一看，也不知道是不是因为魏璎珞之前那番话，居然越看越不对劲。

“怎么会这样……”玲珑低头看着常服胸口绣着的那条龙，抓着衣服的手指越收越紧，“你怎么……那么像只猫？”

一条金龙，却生着一双猫眼。

活灵活现的一双猫眼，里头尽是卖力的讨好，希望旁人能够喜爱它，崇拜它，承认它的才华。

这不是龙，而是她心中的猫。

玲珑一动不动地看着眼前这双眼，忽将衣裳一揉，力道之大，似要将什么自己难以忍受之物揉成碎片。

胸膛略略起伏了片刻，她有些气息不稳地唤道：“璎珞。”

屋子里寂静一片，只有悠长的呼吸声。

玲珑又低低唤了几声，见依然没人回应，便蹑手蹑脚地下了床，走至魏璎珞床榻旁。

伸手不见五指的黑夜中，一双猫一样的眼睛，死死盯着床榻上的魏璎珞。

之后，一只手轻轻伸向她压在枕头下的常服。

不问而取，小偷行径。

这不是玲珑第一次当小偷，第一次是偷孔雀羽线，第二次是偷常服，一回生二回熟，比起第一次时的忐忑不安，现下玲珑心中却只有一片宁静，甚至是理所当然。

就像是在拿回本该属于自己的东西，拿回本该属于自己的人生。

常服入手，玲珑退回自己榻上，然后迫不及待地展开一看，忍不住哈了一声，极尽嘲讽。

"吉祥，瞧，她也没多关心你。"玲珑又妒又嘲地笑道，"前几天她还为了你的事，难过得出了一大堆错，现在有了在贵人面前出头的机会，转眼就把你忘得一干二净，一心一意扑在这上头了。"

如若不是一心一意，如何绣得出这样威风赫赫的金龙？

翩若惊鸿，宛若游龙，尤其是一双龙目，仿佛于云端睥睨而下，俯瞰众生，凡夫俗子，皆要在这目光下俯首称臣。

"这才是龙目。"玲珑捧着手里的衣裳，喃喃自语道，"这才是我的龙目……"

一夜无眠。

第二天，宫女所里的宫女们陆续起床。

"咦。"一个宫女忽道，"玲珑呢？"

玲珑的床上空无一人，旁边的人伸手一摸，被窝凉透，床上一丝热气都没有。

"咦？"同一时刻，绣坊外，张嬷嬷有些惊讶地看着台阶上坐着的人，"你今天怎么来得这么早？"

宛如一夜没睡，整宿坐至天明，玲珑的衣上发上沾满了清晨露水。

身上是凉的，心却是滚烫的。

"嬷嬷，"玲珑昂起因为激动而略略泛红的脸，笑道，"我的衣服绣好了。"

她将紧紧抱在怀中的衣裳递了过去，那赫然是——从魏璎珞枕下窃来的常服。

第三十二章　针

“富察大人，您可来了，快，这边请，这边请，皇上等您很久了！”

富察傅恒一脸疑惑地踏进养心殿书斋。

“李玉这是怎么了？”他看了眼身后大门，有些好奇地问，“平日可不见他这样热情……”

太监如同这紫禁城的一砖一瓦，皆属于皇帝。

尤其是李玉这样的大太监，深知自己一身荣宠皆来自皇帝，故他只讨好皇帝，不需要也特别忌讳讨好外臣。

突然之间一反常态，对他如此热情，着实让富察傅恒觉得浑身都不自在。

“你来了，他就不用被朕打板子了。”弘历仍埋首于奏折中，头也不抬道，“让他找个人，找了几个月也没找到，真是个没用的奴才。”

富察傅恒更觉好奇。

“皇上，您要找什么人？”富察傅恒问，眼前的这位陛下居然会对奏折之外的东西感兴趣，还是个人。男人还是女人，宫里人还是宫外人？

“算了，不提她了。”弘历忽将手里的奏折丢过来，“看看这个。”

富察傅恒抬手接过奏折，低头一看，眉头立时皱起：“这是……仲永檀弹劾步军统领鄂善受贿一万两白银的奏章……”

“不只是鄂善，”弘历将双手往唇前一叉，“他还告了张廷玉一状！你就没察觉出什么来？”

“仲永檀是鄂尔泰大人的门生。”富察傅恒何其聪慧，当即察觉出奏折中的深意，笑道，“所以这道弹劾的奏折，就是鄂尔泰向张廷玉宣战，他们还想借您的刀！”

弘历冷笑连连。

“这两人是先帝重臣，故而朕才对他们多番容忍，可他们都做了什么？”弘历沉声道，“去年刘统勋曾弹劾张廷玉，称桐城张、姚二姓，占却半部缙绅，朕还当他言过其实，如今看来，此言极为中肯！至于鄂尔泰，他的次子鄂实原配去世不久，就迅速继娶大学士高斌之女，与高贵妃攀上了亲戚，你说他到底想干什么！”

他的声音越来越大，如同雷霆乍响，绵延千里，显是动了真怒。

帝王一怒，血溅千里。

“皇上心急，奴才知道。”富察傅恒急忙安抚他，“但如今汉人多依附张廷玉，满人则靠向鄂尔泰，不说朝中大员，甚至地方督抚也纷纷站队！要动鄂尔泰和张廷玉，必须静待时机。”

“朕已经等得够久了！”弘历忽然站起身，动作之大，不小心掀翻了桌上的茶碗，一碗碧螺春登时浇了他一身，他却恍然不觉，只冷冷对富察傅恒道，“擒贼先擒王，朕要召集怡亲王、和亲王，大学士鄂尔泰、张廷玉、徐本，尚书讷亲一块儿公审，先摘了鄂善的脑袋！傅恒，这事你去办！”

一个是君，一个是臣。

虽然有心劝诫，但是君既然已经下了决定，作为臣子的富察傅恒便只有拱手道：“是！”

发泄了一番闷气之后，弘历胸膛起伏片刻，心口的那簇热火熄灭之后，渐渐感觉到一阵凉意，低头看了看自己被茶水打湿的常服，皱皱眉，喊道：“李玉！”

“奴才在。”李玉推门而入，见弘历衣服湿漉了一片，大吃一惊之余，立刻向外头一招手，几个小太监小跑着过来，又小跑着离开，不一会儿，便手捧托盘回来，托盘中盛着一件明黄色的常服。

李玉亲自提着衣裳给弘历换上。

弘历敞开双手，理所应当地享受着他的伺候，却忽然眉头一皱，抬手捂住了脖子。

待捂脖子的那只手缓缓放下，却见掌心之中，一滴血珠。

李玉的脸肉眼可见地白了起来，双腿一软险些跪在了地上："皇……皇上……"

富察傅恒也吓了一跳，几步上前拦在弘历身前，眼神警惕地打量四周，似乎想要从桌椅板凳、墙壁缝隙，以及其他一切可以藏人的地方，寻出那个胆敢刺杀皇帝的刺客。

"没有刺客。"弘历的声音从他身后传来，"是这个……"

富察傅恒转过身，见弘历已将先前刚换上的那件常服扯了下来，总是散发笔墨香气的指间，拈着一根细长的银针。他凝视着眼前尤带血珠的针尖，声音渐冷："造办处真是好大胆子。"

他言语间的杀气，是个人就能听出来。

富察傅恒心有不忍，劝道："这是造办处一时大意，并非故意谋害……"

不等他说完，李玉已经爬到弘历脚边，磕头如捣蒜："皇上恕罪，皇上恕罪！这帮造办处的奴才，竟出这种匪夷所思的岔子，可见办事何等散漫，最可恨的是居然还伤了龙体，真是罪无可赦，请陛下下旨，让奴才彻查此事，凡涉事人等，必严惩不贷！"

轰！

绣坊大门忽然被人推开。

门外涌入一大群人，以吴书来为首，个个面带杀气。

"是谁？"吴书来环顾四周，目光之冷酷，犹如屠夫在挑选待宰羔羊。

来者不善，绣坊中的宫女们皆停下了手中的活，惴惴不安地望着吴书来。每当吴书来的目光在一个人的脸上停留得稍微久一些，那个人就仿佛被掐住了脖子，面色发青，几乎无法呼吸。

"……是她。"张嬷嬷无可奈何地伸出一根手指头。

众人顺着那根手指头看去——

是玲珑白中泛青的脸。

"拿下！"吴书来抬手一挥，身后的两名太监立刻扑了上来。

"不，不，放开我！"知道自己若是被他们抓了去，恐怕九死无生，玲珑立时挣扎起来，身体扭曲得如同一条蛇，沿途碰翻了不知道多少张桌子绣绷，哭号着，“我犯了什么错，为什么要抓我！吴总管，您不能这样，您总得给个理由啊！”

“理由？”吴书来气笑了，“让你给皇上做常服，你竟疏忽大意，领口漏了一根银针！知道这叫什么吗？一个闹不好，就变成谋逆大罪，咱们全都得跟着掉脑袋！”

“银针？什么银针，我不知道啊！等等……”玲珑眼神迷茫，却又忽然之间想通了什么，猛然回头盯向身后人群。

惴惴不安的人群中，唯有一人镇定自若。

仿佛早已料定会发生这样的状况，正面带微笑、津津有味地看着事态的发展。

“是你！”玲珑又恐又怒，“是你，魏璎珞！”

那一瞬间，她觉得自己仿佛一只可怜的虫子，落进了一张精心制作的蛛网中，越是挣扎，越是难以挣脱。

“吴总管，那件衣服不是我做的，是魏璎珞做的！”事情已经发展到这个地步，玲珑哪里还敢再继续隐瞒，当即朝吴书来喊道，“是她疏忽大意，不，是她故意在衣服上留了一根针，就是为了陷害我！”

吴书来皱皱眉，朝魏璎珞看去。

与旁边颤抖如鹌鹑似的小宫女们相比，她的确显得太过镇定自若了一些。

“休要胡说！”立在他身侧的张嬷嬷忽然呵斥一声，“常服是你亲自送来给我的，亲口说是你做的，怎又变成璎珞做的了？你可不要为了脱罪，随便攀扯人！”

“张嬷嬷，你……”玲珑双目欲裂。

她终于反应过来，她陷入了一场阴谋之中。

旁人也就罢了，但张嬷嬷是什么人？

绣工在她眼里，如同每个人的字迹一样，充满辨识度。

她不会看不出来，常服上的龙其实是魏璎珞绣的，但她一句话都没说，就把衣服收下，然后当成玲珑绣的献了上去。

“你们是一伙的！”玲珑朝魏璎珞歇斯底里地尖叫起来，甚至差一点挣脱了太监的手，扑到魏璎珞身上去。

太监哪能让她在吴书来眼前做出这样的事？立刻加重了手上的力气，将她死死摁在地上，半边脸贴在地上，半边脸侧向人群。玲珑用一只充满血丝的眼睛盯着魏璎珞。

“瞧，她又开始了。”魏璎珞居高临下俯视着她，声音非常平静，平静得似早已准备好这番说辞，“先前是为了脱罪，攀扯于我，现在又攀扯张嬷嬷，等到了御前，她指不定还得攀扯吴总管您，说您连御用常服都不好好检查，应当同罪论处！”

玲珑一听，两眼一黑，险些背过气去。

她即便原先还有一条活路，如今魏璎珞将此话一说，她也没了活路了。

吴书来果然用怀疑猜忌的眼神盯着她，冷冷道：“这么个阴险毒辣的东西，真是留她不得，带走！”

玲珑沿途不断伸手，抓住一切能抓住的东西，柱子、椅子腿，甚至人腿，与她最要好的宫女忙一脚踹开她，朝后躲去，其余人也一样，如同海水退潮，离她而去。

“救命啊！救救我！”玲珑涕泪横流，声如杜鹃啼血，“我是冤枉的！”

身后，魏璎珞笑着目送她离开，然后慢慢捏紧了手中的帕子。

那是一条边角处残留了一道污渍的帕子。

污渍的颜色红褐相间，犹如风干后的血。

那是……吉祥的生日礼物。

第三十三章　血恨

慎刑司囚室。

两只脏兮兮的手抓住木栏杆，可怜兮兮地朝外头的看守道："看守大哥，能否……能否给我一盆水，让我擦一擦身子，我已经……已经七天没擦过身子了。"

几天没洗澡，最可怕的是这个地方还有虱子，痒得不行，一巴掌打上去，手掌心黏稠无比，一看，黑的红的，是虱子的尸体跟自己的血。

玲珑觉得自己不用等到处决下来，就要先疯了。

"水，给我一些水……"玲珑略带哭腔地垂下头。

由远至近，窸窸窣窣的声音从栏杆外传来。

最后停在栏杆外的是一双鞋子，雪白的鞋面纤尘不染，竟比她的双手还要干净。玲珑沿着这双鞋子慢慢朝上看："魏璎珞！"

魏璎珞立在栏杆外，似笑非笑地俯瞰着她。

"你居然还敢来见我！你这个贱人！"玲珑双手穿过栏杆之间的缝隙，似讨债的恶鬼，拼命去抓外头的魏璎珞。

魏璎珞轻巧地后退一步，避开了她污黑的指头。

"为了能进来看你，我足足花费了二两银子呢。"魏璎珞缓缓蹲下身，用一种令玲珑毛骨悚然的眼神，双目发亮地盯着她，"我当然要看，好好地看，仔细地看……"

玲珑背上发凉，抖着嘴唇问："我跟你无冤无仇，你为什么要这么陷害我？"

"无冤无仇？"魏璎珞被她这话逗笑了，"你将吉祥置于何地？玲珑，一切都是你咎由自取，我本来还在想要如何引你上钩，没想到我还没提，你就自己先提出来要比试，很好，非常好……玲珑，我太了解你了，你嫉妒心强，却并无才能，这场比赛你一定会输，却又一定不会服输，最后你一定会盗取我做好的常服——”

之后的事情不需要她说，玲珑也能猜测得出来。

魏璎珞偷偷将一根银针缝进了领口，平时很难察觉，但只要皇帝穿上身，行动的时候便会走针。

或早或晚，被针扎伤的皇帝，一定会震怒之下派来人。

“……我知道你跟吉祥情同姐妹，但你也不能因为她，故意陷害我这个无辜的人！”玲珑只得委屈哭道，试图以自己的泪水骗得对方的同情，“她是因为偷东西，被吴总管责令打死的啊，与我有什么关系？”

“你把我当成傻子吗？”魏璎珞笑道，“吉祥为什么要偷我的东西，又为什么要在吴总管过来彻查此事的时候，将东西放在身上？你又为什么知道东西在她身上？那天……是她的生日，我想，你一定是以庆生为理由，将放着赃物的香囊，当作生日礼物送给她了，对不对？”

玲珑惊恐地望着对方。

她说对了，每一个字、每一个步骤都说对了。

就仿佛亲眼看见整件事的过程。

玲珑一直知道魏璎珞很聪明，却没想过她竟聪明到这个地步。她也知道魏璎珞一定会报复，却没料到她的报复会来得这样快，这样狠。

“璎珞……”玲珑匍匐在地，一只手穿过栏杆伸出去，摸到魏璎珞的腿上，摇尾乞怜的姿态，犹如一只乞食的猫儿。

“省省吧，我不吃这套。”魏璎珞仍笑着，眼睛里却一丝笑意都没有，“你再怎么求我，我都不会放过你的！你哭，只会让我高兴，你流血，才能祭奠吉祥的冤灵。”

玲珑仔细打量她片刻，脸色渐渐变了，从楚楚可怜变得疯狂扭曲，忽然张狂大笑起来，笑得坐在地上，一副有恃无恐的模样：“不错，是我干的！东西是我偷的，吉祥也是我害死的！但那又怎么样？衣服上多了一根针而已，多大点事，顶多判个一时失误，打我几十板子罢了。”

“几十板子，流放宁古塔，永不归京。”魏璎珞悠悠道。

玲珑闻言一愣：“你说什么？”

“你的判决已经下来了。”魏璎珞笑着重复一句，“杖八十，流放宁古塔，永不归京。”

玲珑的脸一点一点泛白，最后一丝血色全无，苍白得如同一只鬼。

“杖八十，你或许能强撑过去。可宁古塔是大清流放罪犯之地，气候极为异常，一到四月狂风如刀，五至七月阴雨刺骨，八月大雪纷飞，九月千里冰封，积雪遍地，不似人间，你熬得过杖责，却要在炼狱做一辈子苦役。”魏璎珞缓缓起身，背过身去，悠长语调拖在身后，“求生不得，求死不能——这是你应得的。”

“回来！魏璎珞你回来！你不许走！来人，快拦住她！她才是真凶，我是被冤枉的！”玲珑恨不能将自己从栏杆的缝隙中挤出去，一只手伸得笔直，最终无力地落下，披散的长发下，漏出呜呜哭泣声。

狂风如刀，阴雨刺骨，大雪纷飞，千里冰封，这些都要她用身体去熬吗？

即便能熬过去又如何？除却天灾，还有人祸。

遍地都是穷凶极恶的罪犯，她一个无依无靠的弱女子，去了，还不成了人家眼中的肥美羔羊，谁嘴馋了都能来吃一口？

“我不去宁古塔。”玲珑从喉咙里发出梦呓般的声音，“我死也不去宁古塔……”

刹那之间，一个画面忽然冲入她的眼前。

画面里有一碗热气腾腾的长寿面，还有一个满眼天真的小吉祥。

“好，我在这里对天发誓。”玲珑三指一并，指向天空，“若我对你、对魏璎珞有半点坏心思，就叫老天罚我撞壁而亡，不得好死！”

哈！玲珑险些笑出眼泪，这贼老天竟是有眼的！

状若疯狂地笑了一阵，玲珑忽然转脸望向身旁灰白色的墙壁，脸上拧出一个极为怪异的笑容：“魏璎珞，别以为事事都能如你所愿，我不能选择怎么生，难不成我还不能选择怎么死吗？”

玲珑碰壁而亡了。

消息传到绣坊的时候，魏璎珞正在做一件衣裳。

宝蓝色的缎子，缎面上绣满蝙蝠，取一个“福”字，年轻人穿着略显老气，老人穿着却显福气。

“都出去。”

纷纷乱乱的脚步声响起，待到最后一个宫女的脚步声消失在门口，绣坊中便只剩下魏璎珞与张嬷嬷两个人。

“……她原本可以不必死的。”张嬷嬷的声音在她头顶响起，“皇上震怒之后，也知道不过一时失误，罪不至死。他明明下旨，杖责五十，充入辛者库，可玲珑已自尽身亡！听人说，她死之前一直在嚷嚷，绝不去宁古塔。”

“嬷嬷，你看，”魏璎珞有些答非所问，张嬷嬷质问她玲珑自尽的缘由，她却将手中的衣裳摊给她看，眼神温柔地笑道，“吉祥的奶奶年过七旬，全靠吉祥微薄的月俸生活，她还一直苦苦熬着、盼着，等孙女年满出宫。吉祥常常跟我说，回家的时候，要给她带一件自己做的衣裳，用宝蓝色的缎子，上面绣满蝙蝠，象征福气……”

“璎珞！”

“如今吉祥没了，而那位老人……我不知道她知道这件事之后，还能不能活下去，一条人命，或者是两条人命啊。”魏璎珞慢慢抬头望向对方，“嬷嬷，你觉得造成这一切的罪魁祸首，轻轻五十板子就能放过吗？”

她眼中只有无怨无悔。

无悔于自己所做出的一切！

张嬷嬷与她对视片刻，终是轻叹一声：“璎珞，你这种爱憎分明、睚眦必报的性格，实在不适合待在宫里……你毕竟只是个宫女……”

如若是位主子，睚眦必报倒也算不上是什么坏事，态度强硬一些，反而能压制得住底下的人。

但魏璎珞与她一样，都只是一个伺候人的奴才……

“你很快就要去长春宫了。”张嬷嬷将自己心中的担忧说出口，“去了那里，若你还是这样的性格，迟早会闯出祸来。”

“嬷嬷您在怕什么？”魏璎珞将她的话咀嚼一番，知道她在怕什么了，伸手拉着她在自己身旁坐下，宛如小孙女依偎着自己的奶奶一样，娇娇地将脑袋轻靠在她肩上，温柔的声音里充满安慰，“我暂时还不打算对富察傅恒做什么，即便真要做什么，在那之前，我也要先问清楚他真相……”

这话没能消弭张嬷嬷心中的不安，反而让她心中的担忧更重了一些。她直直盯了魏璎珞半晌，忽然试探性地问：“如果你姐姐的事，真是他干的呢？”

魏璎珞笑了起来。

那笑容是如此美丽，让人恍然之间，仿佛见到了古代的那几位佳人。

鹿台一起商朝灭的妲己，烽火一笑周国灭的褒姒，红尘一骑埋唐朝的杨玉环。

美人如刀，倾城倾国。

是夜，魏璎珞做完了她在绣坊中最后一件绣品。

一件宝蓝色的百福衣。

将这衣裳托付给张嬷嬷，由她明早遣人连同吉祥的遗物一同送回故乡。之后，魏璎珞思索片刻，将姐姐遗留下的那块玉佩佩戴在腰上，手指抚摸着玉佩上镌着的那个名字，低低一声：“长春宫，富察傅恒，我来了。”

第三十四章　少爷

魏瓔珞来到长春宫的第一个活儿，是打扫。

某个人似乎很怕她越过自己，得皇后喜欢，故而分配给她的活儿，总是最苦最累，且离皇后最远。

“反正皇后娘娘也就图个一时新鲜，等过上十天半个月，估摸着也就忘记有这个人了。”

无意之中偷听到明玉说的这番话，魏瓔珞眉头皱了皱，并没说什么。

明玉让她扫地，她就扫，不但扫自己的份，有时候还替别人扫，今天也一样，在旁人的笑话中，独自一个人在长春宫大门附近扫地。

时常在这种地方洒扫的好处，就是可以在不引起任何人怀疑的情况下，撞见某个人，并且被某个人注意到。

“富察大人，您来了。”明玉笑着迎出来，“奴才这就去禀报主子！”

富察傅恒跨门而入。他今日身上仍旧是一身武服，但眼角下那一滴泪痣，却为他平添一股富贵雍容之气，似携诗提酒、马蹄踏碎洛阳花的公子哥，又似西子湖畔对月舞剑的江湖客。

作为皇帝的宠臣，皇后的弟弟，他拥有出入长春宫的特权，忽见门前多了个陌生面孔，便多看了几眼。

目光一垂，凝在她腰间悬着的一方旧玉佩上。

“……富察大人，”明玉的目光在他与魏瓔珞之间游移了一番，“您怎么了？主子在里面等您呢。”

富察傅恒回过神来，对她一笑道：“我就来。”

他先行一步走进门内，明玉恶狠狠地瞪了魏瓔珞一眼，然后急忙跟了上去。

目送他们两人离去，魏瓔珞手持扫帚，继续不紧不慢地扫着地上的落花。

时候到了，该落的花一定会落，该来的人一定会来。

她没有等很久。

堆砌成一小座花冢的落花前，忽然多了一双男子的靴子。

魏璎珞唇角一勾，缓缓抬起头来，风刹那吹过，一缕轻飘飘的鬓发，一朵极淡的白花吹过她的脸颊。她对面前站着的男子笑：“富察侍卫，您怎么来了？”

富察傅恒立在她面前，目光始终落在她腰间那只玉佩上。

魏璎珞卸下玉佩，握在手中，略略朝他递近了一些：“这块玉佩怎么了？”

富察傅恒条件反射地伸手去接，但魏璎珞却飞快地收回了手。

“这块玉佩，是我丢失的。”富察傅恒无奈回道。

“哦？”魏璎珞怀疑地看着他，“是什么时候，在什么地方丢的？”

“时间……记不清了，约莫是在……御花园里丢的。”富察傅恒模棱两可地回道，“把它还给我吧。”

“时间地点都说不清楚，我可不能随随便便把它给你。”魏璎珞笑着摇摇头。

富察傅恒抿了抿唇，一副极为苦恼的模样。

如他这般俊美的男子，一旦露出这样的神情，天底下的女子，十个里有九个，无法拒绝他的任何请求。

只可惜魏璎珞是铁石心肠的那个。

见眼前女子不为所动，富察傅恒只得叹了口气，道：“玉佩上有我的名字，除此之外，右下角还有一块小小的裂痕，是我不小心掉在地上摔坏的，你可以看清楚。”

魏璎珞低头看着手中的玉佩。

其实不需要验看，她知道对方说得都对。

无数个夜晚，无数个白天，无数个噩梦中，她都低头看着玉佩上的名字，手指摩挲着上头的裂缝。

恨不能这玉佩能够开口，回答她一个问题：

“你是不是真凶留下来的东西！”

魏璎珞重又抬起头来，心中恨疑交加，脸上却不显露半点，反而笑得更加甜美动人，仿佛散发蜜香的花："伸手。"

富察傅恒愣了愣，伸出右手去。

魏璎珞将玉佩放在他掌心，有意无意，柔软的指尖蜻蜓点水般落在他掌心中，猫爪般挠了一下。

富察傅恒右手一颤，玉佩险些脱手而落，一急之下，他忙收拢了手指，却一不小心将魏璎珞的小手也收拢在五指之中。

男人的大手，包裹着女子的小手。常年握剑留下的老茧，触碰到她常年刺绣的茧子。

"对不起！"富察傅恒飞快地松开了她的手，飞快地后退几步，耳根肉眼可见地泛上浅红。

魏璎珞起初也吃了一惊，后退几步，摇摇头道："没关系，少爷。"

这个称呼让富察傅恒挑了挑眉："少爷？"

"皇后娘娘是我的主子，你是她的兄弟，自然是我的少爷呀！"魏璎珞咬字清晰，尤其是"少爷"二字。

如她这样娇丽的美人，任何话从她嘴里说出来，都动听了三分，更何况是这样婉转动人的"少爷"二字。

富察傅恒触到她的笑容，飞快地避开视线，只留一侧通红的耳朵对着她，沉声道："不要对男子这样笑，很失礼。"

魏璎珞闻言一愣。

她原先以为他是吃这套的。

却没想到，这人的性子与他的外貌相反，看起来是个花丛老手，浪荡公子，实际相处起来，却发现他在这方面似乎生涩得很。

心底冷笑一声，魏璎珞在心里头对自己说："谁知道是不是装出来的，就像他面前的我？"

"侍卫所还有事，我先走了，谢谢你帮我找回了玉佩。"富察傅恒转身离去，与其说是有事离开，倒不如说是落荒而逃。

魏璎珞望着他的背影，神色变幻不定，直至背后响起一个冷冷的女声："璎珞，你好大的胆子！”

一回头，见明玉一脸愠色站在不远处：“光天化日，你竟敢勾引富察侍卫！”

魏璎珞不知道她在那儿站了多久，看了多久。她充满试探性地笑道：“不但光天化日，还众目睽睽呢，有您盯着，我话都不敢跟富察侍卫多说一句，哪里还有胆子勾引他？”

“你还敢顶嘴！”明玉的手扬了起来，“我亲耳听见你喊他少爷，你是什么身份，他是什么身份，你怎么敢用这样不堪的言语挑逗他？”

原来她只瞧见了这么点，听见了这么点……

魏璎珞的心立刻定了下来，既然没有把柄在对方手里，自然不肯白白受她一巴掌，立时攥住对方的手，笑道：“明玉姐姐，若我真的做错事，你可以告到皇后娘娘那儿去，但无缘无故，恕我不能受教！”

明玉显然不愿意将事情闹大。

又或者说，她更加不愿意让魏璎珞近皇后娘娘的身了。

“好，很好，一个小小宫女，竟然处处顶撞，真把长春宫当你家，把自己当成主子了？”明玉甩开她的手，冷笑吩咐道，“看来还是手里的活不够多，让你有空胡思乱想，忘了自己的身份——去！把整个大殿都打扫一遍！我待会儿会来检查，若有丁点不干净，扒了你的皮！”

若说先前还有些遮遮掩掩，从今日开始，明玉就开始明目张胆地针对魏璎珞。

最苦的活归她做，最累的活也交给她做，做完以后，还挑挑拣拣，但凡在窗户缝隙里摸到一点灰，便要魏璎珞将整个长春宫重新擦过。

就连另一位大宫女尔晴都有些看不下去了，寻了个时间对明玉说：“你也不要太过分了，她若是扛不住，闹到皇后娘娘那儿，你脸上也不好看。”

“你觉得我会给她这个机会？”明玉笑道。

若之前还只是晾着魏璎珞，不许她与皇后见面说话，现在则不同，现在明玉一找着机会，就要在皇后面前编排魏璎珞的不是。

“主子，洗脸水打好了。”

屋中一面明镜，镜面平如湖泊，镜中的皇后皱皱眉头：“明玉，怎么是你来送水，璎珞呢？”

明玉将盛着热水的铜盆搁在桌上，热水微荡，她叹了口气道：“谁知道跑去哪儿偷懒了？要不是我提前去问，主子连梳洗的水都没有！”

皇后的眉头蹙得更紧：“她真的如此惫懒？”

“可不是，事情不会做，光一张嘴皮子厉害。”明玉将帕子放进盆中打湿，嘴皮子不停地翻，“上回我不过说她两句，都敢给我脸色瞧呢！主子，这样的人，怎能留在长春宫呢！”

人言可畏。

一次两次，皇后还能当成耳边风，次数多了，心底便不禁有了成见。

“尔晴，你说呢？”偏听则暗，皇后倒也不至于对方说什么，就信什么，于是望着镜子问，“璎珞竟如此不堪吗？”

为她梳头的手指停顿了一下。

镜子照不到的地方，明玉频频朝尔晴使着眼色。

尔晴瞥了她一眼，不想得罪她，但也不想落井下石，于是斟酌了一下言辞，道：“许是不大适应长春宫的生活吧，跟老人之间颇有些磨合。”

“若真是这样，明日一早，让她还回绣坊去吧。”皇后颇有些恨铁不成钢道，“等等，外面是不是打雷了？”

一声惊雷划过天际，照得天地一片雪白。

皇后从椅子上惊起，连头发都顾不上梳了，直朝门外冲去：“我的花，我的茉莉！”

“主子，主子慢点！”尔晴与明玉急忙追上去。

这场雨突如其来，而且越下越大，皇后等人一路走来，沿途叶子落了无数，在地上铺了一条长长绿河。

“快，拿油布来！把花罩上！”皇后心焦如火，冲进花圃时，却忽然愣住。

倾盆大雨下，璎珞穿着蓑衣，用力拉扯油布，已经将茉莉花遮挡了大半儿。

“……皇后娘娘。”听见人声，她转过脸，被雨水洗得雪白的清丽脸颊，犹如花圃中盈盈盛开的茉莉，笑道，“您怎么来了？”

第三十五章　探病

“把这碗姜汤喝了吧。”

“谢主子赏赐。”

魏璎珞接过对方亲手递来的姜汤，微微抿一口，热意让她冰冷的身体打了个战。

“多亏有了你，花圃里的花才保住了。”皇后好奇地望着她，“不过你怎么会在那儿？”

“昨晚有月晕，清晨东方又有黑云，恐怕今天会有风雨，我怕院子里的花要遭殃，所以早上扫完内外院，就赶过去了。”魏璎珞恭敬回道。

皇后闻言，却斜了明玉一眼。

清扫内外院，这可不是一个人能做完的活，少说也得七八个宫女一块儿做，而且若像她所说，早上扫完整个内外院，说不定天不亮就得起床了——明玉，这可与你之前说的不同。

“既知道今日要下雨，怎不提前跟其他人说？”毕竟同在长春宫那么久，尔晴有意替明玉说句话，遂问魏璎珞，“若提前跟大伙打好招呼，做好准备，花圃里就不至于掉那么多花了。”

一人之力，终有穷时，魏璎珞虽然拼尽全力，但到底没保住所有的茉莉花，雨打花落，花圃中落了一地残红。

“我说过的……”岂料魏璎珞回道，然后有意无意地望了明玉一眼。

她虽然没具体说告诉过谁，但宫中的人，都比旁人多长了一只眼睛。

皇后登时就明白她话里说的是谁，又看了垂头不语的明玉一眼，她轻轻摇摇头，柔声对魏璎珞道：“好了，今天你不必再干活了，喝完这碗姜汤，回去洗个热水澡，然后就早些歇息吧，可别感染了风寒。”

“谢娘娘。”魏璎珞喝完姜汤，便倒退着离开，从头至尾，没说过明玉半个字的不好。

但皇后眼中的失望，却藏也藏不住。

“主子，我……”明玉绞尽脑汁，试图为自己的行为找一个合理的借口。

皇后手一抬，阻止了她的辩解，又或者说是阻止她继续将自己当成傻子糊弄。

“我有眼睛，我自己会看。”皇后半是警告半是劝诫，对她道，“记住一句话，言多必失！”

明玉状似羞愧地垂下头，却在皇后转过身去的那一刹，抬起一双充满怨愤的眼睛。

第二天，魏璎珞没有感染风寒，皇后却头疼脑热起来。

垂落的纱帐内伸出一只手，张院判将手指搭在对方的脉上，半晌之后，做出判断：“娘娘头疼身痛，乃是肺经郁热，外受风寒，不碍事的，待会儿臣开一剂清解宁嗽饮，以生姜、梨为药引，好好调理半月，凤体便会痊愈。”

皇后歪在帐内，声音略带一丝鼻音：“张院判是杏林圣手，本宫自然放心，否则也不会将愉贵人交给你。说起愉贵人，她近来身体可好？”

“这个……”张院判犹豫片刻，道，“皇后娘娘，愉贵人常有眩晕之症，臣费心替她调理，可惜收效甚微。究其根本，愉贵人心事太重，情志失调。长此以往，恐……恐……”

“会影响到她腹中龙胎，是吗？”皇后将他不敢说的话补完。

张院判松了口气，回道：“是。”

让人送走张院判之后，皇后挣扎着要从床上下来：“尔晴，替本宫更衣，咯咯，本宫要去探望一下愉贵人，咯咯咯……”

“主子万万不可，您刚刚受了风寒，应该好好养病，怎么能在这时候出去吹风？”尔晴忙替她拍背顺气。

皇后眼中也闪过一丝犹豫。她倒不怎么在乎自己身上这点小病，就怕将这病过给了愉贵人，影响到她腹中胎儿。目光一转，落到角落里杵着的明玉身上，皇后忽然道：“明玉，你替我走一趟。”

“我？”明玉闻言一愣。

皇后点点头：“带上库房里刚送来的那盒贡参，你送去永和宫，告诉愉贵人，让她好好安胎，本宫很快会去看望。”

“……是。”明玉回答得极为勉强。

从库房里出来，明玉满腹委屈，这种跑腿的小事儿，从前都是随便喊个小宫女做的……

忽然脚步一顿，明玉朝前方喊道：“你过来！”

魏璎珞正在清扫大殿，闻言停下手中的扫帚，朝她走了过来。

明玉抬手一掷，参盒在空中划了一道弧线，险险被魏璎珞接住。

“去永和宫跑一趟，和愉贵人说，皇后娘娘一直惦记着她，让她安心养胎，记住了吗？”明玉吩咐完，立时转身离去，不给对方半点拒绝的机会。

魏璎珞也没想过要拒绝。

许久未见，也不知道那位可怜的愉贵人怎么样了。

抱着参盒出了长春宫，魏璎珞一路穿林过道，行至永和宫。红门紧闭，她抬手敲了敲：“皇后娘娘命我过来探望愉贵人，还请开开门。”

等了半天，竟无人应门。

“愉贵人，愉贵人？”魏璎珞又敲了敲门，“有人吗？”

依旧无人应声。

魏璎珞心中升起一丝怪异感，宫中不比外头，就算主子出去串门了，宫里至少也会留下一两个太监宫女值守。

又在门前徘徊片刻，正拿不定主意是等是走时，忽然听见门内哐当一声巨响。

一股不妙感袭上心头，魏璎珞忽然一咬牙，低吼一声：“愉贵人，得罪了！”

魏璎珞后退一步，然后俯低身子，用尽浑身力气往那门上一撞，轰的一声，门扉朝两边敞开，她踉跄几步，然后目瞪口呆地望着眼前画面。

只见永和宫内，布置得犹如一间灵堂。

香烛、贡品、白布，一应俱全，地上还搁着一面铜制火盆，盆中余焰未消，一点一点烧着纸钱元宝。

地上还滚着一面牌位，也不知道是被人碰落的，还是自己从桌子上跌落的，但正因它落地的声响，魏璎珞才冲了进来，然后见到——

愉贵人趴在地上，脖子高高昂起，上头缠绕着一段白巾。

一名太监骑在她身后，双手缠着白巾的末端，用力之大，手背上已经暴起狰狞的青筋。

“你干什么！”魏璎珞厉声喝道。

太监这才发现殿内竟多了一个人，眼中闪过一丝凶色，他丢下愉贵人，朝魏璎珞飞扑而来，双手死死掐住魏璎珞的脖子，竟想杀人灭口！

“啊！！！”

一声惨叫——从太监的嘴里发出来。

他倒退着回去，右手死死捂着自己的脖侧——那里扎着一根发簪。

魏璎珞从来就不是一个肯吃亏的主，一见对方朝自己冲来，她二话不说就拔下簪子插了过去，若非对方避得及时，这一簪子保准刺到他眼里去。

太监拔下簪子，握在手里。

魏璎珞缓缓后退——她头上已没有第二根簪子。

忽然转身就跑，魏璎珞一边跑，一边大喊：“来人啊，快来人啊！有刺客！”

她一路冲进内院，前方传来纷纷乱乱的脚步声，喜色刚刚浮上魏璎珞的脸颊，就生生凝住。

只见一行宫女太监，拥簇着一名艳如牡丹的宫妃，气势汹汹地朝这边行来。

“慧贵妃。”魏璎珞心中狂跳，“她怎么来了？”

不对劲，非常不对劲。

永和宫虽然冷清，但愉贵人毕竟是个主子，还是个怀孕的主子，身边不至于连一个伺候的人都没有。

那些人去哪里了，被什么人调开了，拖住了，抑或是灭口了？

还有眼前这群不速之客……

来者近了，慧贵妃一行也瞧见了魏璎珞，见慧贵妃皱起眉头，芝兰立刻抬手一指魏璎珞：“抓住她！”

跑！

魏璎珞转身就冲回了大殿，飞快地关门上闩，然后移来桌椅挡在门后。

“来人！把门撞开！”

“喳！”

一阵砸门撞门声此起彼伏，犹如越来越急的海浪拍打着海岸。

屋内的情况也很不妙，见魏璎珞去而复返，太监狞笑着朝她扑了过来，两人扭打在一块，所幸他脖子受了伤，不停流着血，魏璎珞看准这点，手指头不断往他伤口处掐。

最后终于还是太监先撑不住，两眼一黑，栽倒在地。

“呼，呼……”魏璎珞也好不到哪里去，衣衫头发皆乱糟糟一片，身上还被对方用簪子插了几个窟窿，每走一步，衣服就被血染红一些。她忍着疼，踉跄着走到愉贵人身旁，扶起她道，“贵人，醒醒，醒一醒。”

愉贵人一直醒不过来。

带着一个昏迷不醒的人，再加上自己这副已经酸软无力的身体，魏璎珞实在无法应付外头那群人。

“怎么办？”魏璎珞喃喃道，目光在屋子里扫视一圈，最后落在那只仍烧着纸钱的火盆上，略微犹豫了一下，一咬牙道，“没办法，只能借助外力了……”

半盏茶时间过后，整个紫禁城一片大乱。

“快，这边，这边！”

“这点水怎么够，换个大点的桶子。”

“来了来了！”

正要去探望生病姐姐的富察傅恒停下脚步，拉住一个行色匆匆的小太监问：“出什么事了？”

小太监手中提着一个盛满水的木桶，气喘吁吁地望向他身后：“那边……永和宫走水了。”

富察傅恒闻言一愣，他回过头，只见永和宫方向，一道滚滚烟柱直上云霄。

第三十六章　幕后主使

“娘娘，娘娘，不好了！”芝兰去而复返，向慧贵妃通报道，“外头来了很多人！全朝永和宫来了！”

正在撞门的太监们停了下来，一个个朝慧贵妃看来。

“看什么？”慧贵妃怎肯半途而废？咬牙道，“人不是还没来吗？快点把门撞开！不然有你们的好果子吃！”

“喳！”

大门顶了许久，终于还是顶不住了。

轰的一声，连同背后的桌椅一同被掀开来。

慧贵妃大喜过望，领着众人冲进殿内，目光一转，落在窗边搁着的那只火盆上，只见里头不但烧着元宝蜡烛，还有撕扯下来的床帐纱帐，黑烟滚滚，从盆内直飘出窗，熏黑了半个天空。

目光缓缓移动，落在盆旁的始作俑者身上，慧贵妃心中先是意外，紧接着生出一股被人戏耍的怒意：“居然是你！”

那个当着她的面吃下七碗藕粉丸子的傻子！

能从行刺太监手底下救下愉贵人，能用烟火找来整个皇宫的人当救兵，这样的人，哪可能是真的傻子！

这一刻，慧贵妃竟连愉贵人都不顾了，抬手一指魏瓔珞：“杀了她！”

一个个太监朝魏瓔珞走来，如同一张网上爬来的蜘蛛，四面八方，无处可逃。随着他们的走近，漆黑的影子从他们的身上覆盖到魏瓔珞的脸上，忽然一线光明照入魏瓔珞眼中，她眼中一亮，用尽全身力气喊道：“富察大人，救救我！”

那道光明冲到了她的身前。

将魏瓔珞拦在身后，手里的剑指着前方几个太监，富察傅恒一脸凝重地质问道：“贵妃娘娘，这是怎么回事？”

慧贵妃红唇轻启，毁人清白的话张口就来：“本宫今日路过永和宫，想着顺路瞧瞧愉贵人，撞上这丫头要杀人，自然要将她拿下！”

魏璎珞早已预料到她会这么做，当下道：“真相如何，等愉贵人醒了，一问就知。”

众人这才注意到昏迷不醒的愉贵人，立刻上前查看的查看，出门找太医的找太医，待到太医前来诊断愉贵人的病情时，富察傅恒将魏璎珞拉到一旁，低声问她：“究竟是怎么回事，你且与我说个清楚。”

“我奉皇后之命，到这儿来看望愉贵人，发现这个太监要勒死贵人。”魏璎珞指着地上刚刚醒转的凶手道，“我打他不过，只能跑出殿外求救，结果遇上慧贵妃，她一见面，立刻就要杀我！迫于无奈，我只能藏入大殿，用烟引来众人自救！”

富察傅恒的目光落在对方身上，冷厉道：“说，你是什么人，是谁派你来的？”

比起魏璎珞，这太监来得更为蹊跷。

他一身是血，且一问之下，他压根儿就不是永和宫里的人。

此时被众人围在中间，他缓缓抬起头来，充满血污的脸上，忽露出一个诡异的笑容，道：“是皇后娘娘派我来的。”

“本宫何时主使你杀人？”

众人循声望去，见皇后不知何时已经站在了门前，显是听见了太监刚刚那番话，一张总是恬淡无争的脸上显出难得的怒意来。

太监微不可察地扫了一眼慧贵妃，慧贵妃眯了一下眼睛，他重又垂下头去，朝皇后娘娘磕头如捣蒜：“皇后娘娘，奴才也不想说，可现在事情败露，头在不得不说！您失了嫡子，嫉恨愉贵人怀上龙胎，便以内务府安排人手为由，将奴才安插在永和宫，嘱奴才借机除掉愉贵人！今日怡嫔七七之日，宫中不准祭奠，愉贵人只好支开众人，奴才方才寻到机会——”

“一派胡言！”皇后气得浑身发抖，原就身体不适，如今更加两眼发黑，若非尔晴在身旁扶着，只怕已经倒到地上。

“皇后娘娘，小心身体！”富察傅恒急忙安抚道，转脸看向太监时，眼中雪冷如刀光，几步行至对方面前，一把将对方提起，“谁让你诬陷皇后！你可知道，这是灭九族的大罪！”

“奴才不敢！若无娘娘吩咐，奴才怎敢来杀人？如今娘娘翻脸不认，奴才无话可说！但求一死，也算成全了对娘娘的一片忠心！”说完，太监竟唇角上扬，朝他微微一笑，笑着笑着，一行黑红相间的血水顺着唇角流了下来。

富察傅恒大吃一惊，忙喊道：“太医！”

正在为愉贵人诊断的太医忙从里头跑出来，将手指搭在太监的脖子上，又撑开他的眼皮与嘴唇看了看，摇摇头，对富察傅恒道：“齿间藏毒，毒性剧烈，已经救不回来了。”

死无对证——这四个字猛地在富察傅恒心中闪过。

“他说谎。”就在富察傅恒心焦似火的时候，一个清冷的声音在他耳边响起。他望过去，见魏璎珞长身而立，虽钗钿凌乱，却傲骨凌然，如苍松爬于峭壁，对众人冷然道：“若皇后娘娘要杀愉贵人，为何还要嘱我来看望？太医，请你告诉大家，这个太监身上有几处伤痕？”

太医虽不明白她的意思，但得富察傅恒眼神示意，便老老实实回道：“这太监身上大小三处伤口，颈项一道簪尖留下的血痕，后脑勺处还有被重物砸伤的肿包。”

“都是我做的。”魏璎珞飞快承认道，顺便卷起自己一边袖子，露出青紫交加的瘀痕，“类似的伤口，我身上也有不少，都是与他搏斗来的，试问若是皇后娘娘真要取愉贵人的性命，为何还要派我来阻止他，这不是自相矛盾吗？”

见众人陷入沉思，慧贵妃眯了眯眼，轻飘飘地来了一句：“许是……皇后让你来杀人灭口呢？”

“瞧瞧我这狼狈样。”魏璎珞在众人面前走了几步，将自己的伤口、自己乱糟糟的头发、自己最狼狈不堪的一面展露在众人面前，然后笑问，“我若来杀人灭口，为何两手空空，别说是匕首，连棍棒都没有！”

可不是？

男女之间本就力量悬殊，若连把趁手的武器都没有，别说是杀人灭口，搞不好还会被对方给灭口。

“倒是您，”魏璎珞忽将目光定在对方背后那群宫人身上，轻轻问，“您今日为何来永和宫？若说探望，可却两手空空，只带了一群凶神恶煞的太监……”

众人看着慧贵妃的目光立有不同。

“大胆！”慧贵妃怒道，“你竟敢怀疑本宫！”

身后一众宫人皆看着她，只要她一声令下，他们就会扑上去将魏璎珞拿下。

“本宫倒是觉得，她一句也没有说错！”

但是这个地方，还有另外一个地位尊崇的人，只她一句话，任何人都不敢对魏璎珞下手。

休息片刻，皇后已缓过来了些，她在尔晴的搀扶下，行至慧贵妃面前，两人四目相对，她淡淡道：“璎珞已经做出了解释，你呢？慧贵妃，你要对你的行为做何解释？”

魏璎珞的一番话，很好地给她解了围。

死无对证——不只对皇后如此，对慧贵妃也如此。

只凭言语，只论动机，两个人半斤八两，谁也逃不脱嫌疑，且慧贵妃的嫌疑还要更重些。

如若闹到皇帝面前，你说他会帮谁？会信谁？

这么多双眼睛看着，这么多双耳朵听着，慧贵妃只得深吸一口气，打落牙齿往肚子里吞：“……是臣妾错了，一个凶手的话，怎么能信？想来是他为了隐瞒背后主谋，故意诬陷娘娘你了。”

“是啊，一个凶手的话，怎么能信？”皇后半是劝诫，半是警告道，“你身为贵妃，一言一语皆为众人表率，更应该谨言慎行。好了，回储秀宫去，好好静思己过吧！”

皇后娘娘心中一片雪亮，整件事的前因后果，她已经猜得七七八八。

回长春宫的路上，她抬手将魏璎珞唤至身旁，由她搭着自己的手，边行边道："慧贵妃吃了这个暗亏，定会恨你入骨，你怕不怕？"

"我怕。"魏璎珞低眉道，"但为了皇后娘娘，为了愉贵人，这些话我不得不说。"

皇后满意地笑了起来，看着她的目光充满怜爱："若不是有你的那几句话，今天这一盆污水，本宫是洗不清了。好孩子，你放心，本宫定不会让慧贵妃动你分毫。"

她话里话外的意思，显是要将魏璎珞当作心腹来培养了。

既是心腹，自然不比其他小宫女小太监，可以随意交出去任人处置，自是要如长在自己身上的羽翼一样，精心呵护的。

"谢主子。"魏璎珞谢过之后，忽然试探性问她，"可我们……就这么算了？"

"最重要的证人已死，空口白牙，就算告到皇上那儿，皇上又能怎样呢？"深谙宫中行事之道，又起了培养之心，故皇后细细与魏璎珞分析道，"最重要的是，愉贵人也做了不该做的事……"

"您是说……"魏璎珞蹙起眉头。

"本宫知道她与怡嫔情同手足，怡嫔又是因她而亡故，故她才会在怡嫔七七之日，遣走身边众人，独自一人私设灵堂，以祭故人。"皇后眯起眼道，"可你要知道，在紫禁城里，只有主子才配享受祭奠之礼，愉贵人此举，说轻了，那是违背宫中规矩，说重了，就是公然诅咒皇上和太后，所以，哪怕是为了保住愉贵人，保住她腹中孩子，也不能将此事闹大，尤其不能闹到皇上面前去！"

"奴婢明白了……"魏璎珞嘴上如此说，心中却起了一丝兔死狐悲之感。

可怜的怡嫔。

也与姐姐一样，蒙受不白之冤，死后连个正经牌位都没有，全天下只有一个人记得她，偷偷祭奠她。

心情一沉重，身上的伤也跟着疼了起来，又不好在皇后面前龇牙咧嘴。魏璎珞一路将皇后扶回长春宫，待其吃了药睡下，才无声地退出门去，一瘸一拐地往自己房间走。

路上无人，魏璎珞卷起一边袖子，看着自己雪白胳膊上的瘀痕，皱眉心道：

或许，我应该去太医那儿求瓶药。

“拿去。”

一个男人的声音忽然从她对面传来。

魏璎珞脚步一顿，缓缓抬头。

眼前是一只雪白的药瓶。

目光顺着这药瓶，滑向持药瓶的那只手，骨节分明，修长有力，最后望见他的脸，魏璎珞有些讶异地问：“少爷？”

第三十七章　赠药

富察傅恒别过脸去，只以一侧通红的耳朵朝向魏璎珞，他距离魏璎珞三步之远，一个随时都能逃走的距离："拿去。"

魏璎珞迟疑了一下，抬手接过他手中的药瓶。

富察傅恒似松了口气，转过身去道："这药对外伤非常有用，早晚各擦一次。"

比起身上的伤，魏璎珞更在乎他现在的态度，小心翼翼打量他："少爷，你为何躲着我？"

"……"这问题似让富察傅恒有些窘迫，半晌才咳嗽一声，"男子不可直视女子身体，你……你把袖子放下来。"

魏璎珞这才想起，先前为了验看自己的伤势，她将一边袖子卷至肩处，一整条胳膊便露在他眼前，白生生如一条新鲜的藕，长在碧波清水中。

慢慢放下袖子，魏璎珞轻轻道："好了，你可以转过身来了。"

富察傅恒这才回过身来。他着实有些脸薄，只是看见了女人的手臂而已，竟闹红了脸，看起来既狼狈又纯情，偏自己还恍然不觉，以一副平日里严肃不可侵犯的模样，问她："今日你为何要点燃幔帐，可知一个不小心，可能会烧死愉贵人跟你自己？"

"我知道非常危险，但在那种情况下，这是唯一能引来众人的办法。"魏璎珞低声道，"试想，我若大声呼救，说慧贵妃要杀人，谁还敢进入永和宫？他们都怕撞上这种事，只会当听不见。但宫中走水，可就大不一样，所有人都会来救火，如此一来，我和愉贵人，就有可能得救。"

想起她当时绝望无助，朝自己大声求救时的模样，富察傅恒心中一软，于是语气也软了下来："若大家没赶到，贵妃提前破门而入呢？"

魏璎珞忽然抬头望着他："你不是来了吗？"

富察傅恒闻言一愣。

明明她衣衫齐整，没有露出不该露的地方，也没有对他笑，没做任何出格的事情，他却又想避开她的目光。

免得被她发现自己有些脸红了。

“少爷……”魏璎珞凑近一步，“你生病了吗，你的脸有些红……”

她伸出一只手，似要探一探他额头的温度。

富察傅恒急忙倒退一步。

“抱歉。”似注意到自己现下的行为有些不妥，魏璎珞收回了手，对他歉意一笑。

分不清自己心里是失望还是松了口气，富察傅恒低低道：“下次注意些，别……别再对男人这样笑了，难道你额娘没有教过你，什么才是大家闺秀的礼仪？”

魏璎珞不笑了，淡淡道：“我不是大家闺秀，也没有娘。”

富察傅恒闻言一愣，正斟酌着补救的话语，便听见魏璎珞重又开口。

“我只有一个姐姐，名字叫魏璎宁。”顿了顿，魏璎珞笑道，“不过在宫里，她还有另外一个名字，叫作阿满。”

富察傅恒的面色唰地一变。

“怎么？”魏璎珞盯着对方，不肯放过一丝一毫变化，“少爷，你认识我姐姐？”

“不认识。”富察傅恒顿了顿，“药已送到，侍卫所还有事，我先走了。”

与其说是借故离开，倒不如说是落荒而逃。

他走得如此匆忙，以至于没有注意到，直至他离开，魏璎珞一直站在原地没动，手指死死握着药瓶，面无表情地望着他。

“这可是上好的疗伤药，一般人拿不到，只有品级高的武官才有。”

夜里，张嬷嬷前来探望她，顺便给她带来瓶疗伤药，虽也是从太医那儿求来的，但比起桌上搁着的那瓶武官专用的疗伤药，却是一个天上一个地下。

魏璎珞趴在床上，身上衣裳已经尽数除去，光洁的背部露在外头。她伤得最重的地方不是胳膊，而是背上——一个自己够不着的尴尬地方。

歪头瞥了眼桌子上玉光莹莹的药瓶，魏璎珞淡淡道：“富察傅恒送的，我暂时不想用。”

听出她话中的冷意，张嬷嬷摇摇头，一边替她上药，一边劝道：“你还在怀疑他？”

“我今天见到富察傅恒了，他说不认识我姐姐。”魏璎珞笑道，“可看他的脸色，却完全不是这么一回事……哎哟！”

张嬷嬷忙放轻了些力道：“现在怎么样，不疼了吧？哎，凡事都要讲究一个证据，无凭无据的，你怎能将他当成凶手？”

“证据？”魏璎珞眼中闪过一丝戾气，“嬷嬷，你也认识我姐姐，当知道以她的个性，捡到贵重玉佩，必定交还失主，可她却留下了玉佩。只有两种可能，一是情人，二是仇人。姐姐自有心爱之人，纵被无情放弃，也不会轻易变心。那就只剩下一个可能，傅恒欺辱了姐姐！”

“又是你的猜测！”张嬷嬷晓得她已经有些魔怔了，忙与她分析，“也许玉佩真的是你姐姐偶然捡到，不知失主是谁无法归还，又或者……傅恒的确认识你姐姐，却与她的死无关……”

魏璎珞的脸色阴晴不定，半晌之后，才缓缓吐出一口气：“嬷嬷，你说姐姐失了清白，又执意不肯说对方是谁，宫里的男人除了皇上，就是御前侍卫。若是皇上，就成了圣宠，没什么不好说的。除此之外，那就只剩下宫内侍卫。姐姐外表柔弱，骨子里却刚烈，平白无故受了侮辱，一定会讨回公道，她不说，不是不想说，而是不敢说！她怕连累家人，连累阿玛和我，谁会让她如此恐惧，只有位高权重的富察傅恒！”

她猛然回头盯着张嬷嬷，似找到目标的刺刀，又似寻到了引线的火，咬牙切齿道：“他是富察氏金尊玉贵的少爷，是皇后的亲弟弟，更是皇上的亲信，将来的御前大臣，怎能出现这样的丑闻？这就是姐姐被杀人灭口的原因！”

“你够了……”张嬷嬷头疼无比。

“嬷嬷，你敢说绝无可能吗？”魏璎珞反问。

张嬷嬷一时哑口无言。

如果魏璎珞只是一味地胡搅蛮缠，她倒还能严厉训斥，问题是，真有这个可能，且有玉佩这个线索在，可能性还很大。

“好，就算是富察傅恒所为，你想怎么样？”张嬷嬷无奈道，“你又能怎样？”

“我能怎样？”魏璎珞冷笑一声，“自然是杀人偿命，欠债还钱！”

知道她性子刚烈，却没想到竟刚烈到这种地步，张嬷嬷吓了一跳，忙抓住她的手道：“你可不要冲动！不为自己，也为你姐姐，想想你姐姐辛苦养你长大，就是让你去送死的吗？”

魏璎珞愣了一下，不是因为怕死，而是因为对方眼中流动的泪光。

不由得想起她先前叹过的那句话——“没人……会为一个不相干的人哭。”

“……你说得对。”魏璎珞有些感动又有些羞愧地低下头，“我还不能死。”

既然这世上还有人牵挂着她，那她便不能死，她怕自己死了，对方会变成第二个她，陷入痛苦与仇恨之中，为复仇不惜一切。

“好孩子，好孩子……”张嬷嬷怜爱地抚了抚她的秀发，“来，翻个身，嬷嬷继续给你上药。”

魏璎珞乖巧地嗯了一声。

布满老茧的粗糙手指，一涂上就火辣辣疼的伤药，一起落在魏璎珞肩上。

她咬牙忍着，纵使伤痕累累，纵使有更好的选择，但……富察傅恒送的药，她一点一滴也没用过。

第三十八章　回礼

“少爷。”

会用这个称呼叫他的唯有一人。

富察傅恒回过身来：“找我什么事……魏璎珞。”

天气已经渐渐有些凉了，宫女们纷纷换上了冬衣，却见一抹浅红自风雪中款款而来，那般鲜妍，那般娇丽，如一根沾了口红的妖娆尾指，划过之处，冬雪也染上了胭脂色。

“少爷，”红衣少女行至富察傅恒面前，将一只样式古怪之物递过去，语笑嫣然道，“这是给你的。”

富察傅恒没有接，只低头看着：“这是什么？”

“皇后娘娘总念叨，担心你老站在风口上会觉得冷，可男人不比女人，用不了手炉，我去小厨房讨了一只猪脬，灌了热水，麻绳封口，揣在怀里可暖和了。”她说着，忽将手中之物往他怀中一塞，“你瞧，是不是呀？”

富察傅恒心口一烫，也不知是因为她的关心，还是因为怀中之物。

可他身为宫中侍卫，怎可收下宫女的礼物？若是被人发现，他不会有什么事，但魏璎珞恐怕要倒霉，于是伸手将那物推了回去：“不用了，我不冷。”

却见眼前少女笑了笑，不但礼物妥帖，连理由也为他找好了：“若有人问起，你就说是皇后遣身旁宫女送你的，怎么，还不许皇后关心自家弟弟了？”

富察傅恒还有些犹豫，却见她慢慢垂下头，叹了口气。

“你送了我药，我也想回赠你些什么，只是实在拿不出什么像样的东西来……”魏璎珞轻轻道，“你……可是嫌弃……”

“……不嫌弃。”富察傅恒沉默片刻，抬手接过那热乎乎的猪脬，“谢谢你。”

魏璎珞忽然抬头对他一笑。

这之后的几个时辰，富察傅恒一直有些魂不守舍，眼前总是浮现出魏璎珞的笑容，忽如一夜春风来，千树万树梨花开。

“阿嚏！”身旁好友海兰察忽然打了个喷嚏，然后双手搓了搓胳膊，“这都什么时节了，紫禁城的风还这么冷，直接往我脖子里灌，啧！”

其他侍卫也好不到哪里去，寒风料峭，可苦了他们这群值守的侍卫，一个个冷得牙齿打战，却又不能擅离岗位，只能原地踏步，或者搓弄身体以取暖。

在一群冻得脸色发白的侍卫当中，面色如常，甚至还有些红润的富察傅恒便显得极为显眼。

“……你怀里藏着什么？”海兰察眼睛好使，手脚更快，话还没说完，手已经伸过去，一把将猪脬从富察傅恒怀里抢了出来。被热气一烫，他忍不住打了个畅快的哆嗦，然后惊喜道，“呀，这是什么玩意儿？嗬，这么暖和！”

一边说，一边忙不迭地将之塞进自己怀里。

“还给我！”富察傅恒急忙伸手去夺。

两人自小习武，富察傅恒虽强，海兰察却也不差，各种短兵相接的小巧功夫使出来，富察傅恒一时之间竟夺不回猪脬。

“这么紧张干什么？”海兰察还有空调戏他，“莫非是别人送的？这东西看着不起眼，心思却很巧，瞧你这副紧张模样，估计也不是男人送的，莫非……是哪个小宫女给你献的殷勤？”

富察傅恒急忙否认：“不是！”

“不是？”海兰察立刻嬉皮笑脸道，“如果是女人送你的东西，我可不敢要，但既然不是，那咱们兄弟两个还分什么彼此，你的就是我的，我不客气笑纳了哈——啊！”

乐极生悲，只见海兰察惨叫一声，铁塔似的汉子竟一下子滚落到地上，刚刚还喊着冷，如今却将胸膛紧紧贴在冰冷的雪上，如此还尤觉不够，双手不断掏积雪往自己怀里塞。

“海兰察，海兰察！你怎么了？”富察傅恒急忙蹲下来探看，待看清情况，先是一惊，继而一怒，“……怎么会……”

“魏璎珞！”

正在扫雪的魏璎珞停下手中扫帚，回头问：“怎么了？”

一名宫女对她道：“富察侍卫在宫后水井边上等你，说有话要问。”

这么快？魏璎珞愣了愣，然后点点头：“多谢你了，我这就去！”

早上分别的水井旁，两人又再次见面。

一样的风雪，一样的红衣，不同的只有他的态度。

富察傅恒一把扣住魏璎珞的手腕，俯视她的眼中难掩怒意：“我和你有什么深仇大恨，你要这样害我！”

魏璎珞昂头望着他，故作惊讶：“少爷，你在说什么啊？”

“那只猪脬！”富察傅恒沉声道，眼中除却怒意，更多的是失望，“炸开了。”

却不料下一秒，一样温热之物探进他怀里。

软玉温香，竟是一只女儿家的手。

泼天的怒意，都被她这一摸一抚消弭了大半，富察傅恒如同被剑刺中似的，连连倒退了好几步，直至靠在了井旁，被冰冷的井沿一冰，这才定了定神，但仍有些面红耳赤道：“你干什么？”

“猪脬怎么会炸了呢？”魏璎珞的身体却依偎过来，双手重又朝他胸前伸去，“我瞧瞧，伤着你了没有？”

她走得这样急，扑得这样义无反顾，简直是要与他一同堕进井里去。

富察傅恒忙接住她，下盘一用力，人就如青松咬石般定在了原地，叹了口气道：“不是我，是我的好友海兰察，他被猪脬烫伤了。”

魏璎珞愣了愣，然后慢慢低下头，将自己此刻的表情藏于阴影中，只轻轻道：“不是少爷受伤就好，定是我太心急了，只想着要早点将礼物送您，结果猪脬的口没有封严实，你的好友……他没事吧？”

“没什么大碍，不过烫伤不轻。”富察傅恒顿了顿，有些怀疑地眯起眼，“你当真不是故意的？”

魏璎珞缓缓抬起头，片片雪花融化在她的肌肤上，她呼出的热气几乎要氤氲到他脸上，这热意让富察傅恒也不由得脸颊滚烫起来，甚至觉得她不用解释，自己也会信她。

“少爷，你真的没事吗？”魏璎珞慢悠悠抬起一只手，轻轻抚向他的面颊，“你的脸这么红，是不是烫伤了？”

富察傅恒飞快抓住她那只不守规矩的手：“不，我没有……”

“可你的脸很红。”魏璎珞的视线移到他的手上，“手也很烫。”

富察傅恒真如烫伤般松开了手，颇显狼狈地转身就走。

背后，是少女清脆如鹂的笑声：“少爷，其实猪脬夏天装了冰块，贴着皮肤凉爽极了，改日我重新做一个，给你夏天用！”

富察傅恒却连回头应一声的勇气都没有，一路落荒而逃，回到侍卫值房中时，恰逢太医刚刚为海兰察换好药，正在收拾药箱。

“唉，我的命怎么这么苦啊！”海兰察躺在床上，唉声叹气，“没死在战场上，却差点被个暖壶给炸死。”

“祸害遗千年，放心，你死不了。”富察傅恒送走太医，寻了条凳子在他身旁坐下，关心道，“太医怎么说的，要不要紧，需不需要给你批个假？”

“那就给我批十天假，我也好避开这鬼天气。”海兰察毫不客气地讨了个假，见富察傅恒一口允了下来，轻松之余，又开始口花花，“我这可是代你受过，怎么样，跟我说说你那相好的事？”

这样的玩笑，海兰察平时开得不少，但唯独这一次，富察傅恒愣了愣，面上竟有些臊，迟疑了一瞬才回道：“哪有什么相好？”

海兰察一看，有门，登时连身上的伤都忘了，一下子从床上爬了起来，饶有兴致地对他说：“傅恒，虽然这玩意儿炸了，但我还是得说句公道话！处理猪脬多麻烦，又要用麻绳串起封口，还不得熬上两个通宵啊，人家这么为你，除了芳心暗许，还能为什么！”

“这么麻烦？”富察傅恒忽然回过神来，对方这是在套他话呢！

“可不是吗？”海兰察拍着他的肩，乐呵呵道，“我敢用性命打赌，这送你暖壶的姑娘，一定看上你了！你呢？你喜不喜欢她？喜欢她哪一点？”

哪一点？

一瞬间无数画面涌入富察傅恒眼帘。

她宛若胭脂般染红冬雪的衣。

她忽如一夜春风来，千树万树梨花开的笑。

她被他扣在手中的滑腻肌肤。

“喂喂，问你话呢？”海兰察摇了摇他的肩，“哪一点？”

每一点。

“……闭嘴吧你！”富察傅恒忽然恼了，却不知道是恼对方还是恼自己。

“喂，别走啊，回来回来，开个玩笑而已，怎么生气了！”海兰察在背后扯着嗓子喊，却没留住富察傅恒的脚步，却也因此确定了什么，嬉皮笑脸地朝对方的背影喊，“天气冷了，下次你那相好若送你新的猪脬，记得借兄弟用用啊！”

第三十九章　心腹

“你又去扫雪了。”刚回长春宫内，魏璎珞便被皇后叫到身前，慈爱道，“本宫已同你说过了，以后不必再干这些活了，让珍珠她们去做吧。你有空，就多读些书，或者来本宫这里，帮本宫研墨，替本宫处理一些事情。”

皇后显是真心要将她当作心腹来培养，否则的话，会宁可她做一只睁眼瞎，而不是让她读书写字，明白事理，甚至拿变卖内务库库存之事与她讨论。

魏璎珞听得心惊胆战，又是忧虑自己是否爬得太高太快，又是感动于对方的看重，于是知无不言，言无不尽。

“一不留神，就到这个时候了。”两个时辰过去，皇后搁下手中的毛笔，脸上显出一丝疲态。

魏璎珞立刻走到她身后，双手轻柔地为她按着太阳穴，口中道：“娘娘，歇一歇吧，奴婢陪您说说话。”

“嗯。”皇后闭上眼睛，暂时抛开繁忙事务，与她闲聊了些家常，“说起来，前些时候太医来报，说愉贵人最近经常半夜惊醒，整个人形销骨立，瘦得都不敢认了，太医说……这是心病。”

“心病还需心药医。”魏璎珞斟酌道。

“怡嫔不在，皇上就是她唯一的心药。”皇后叹了口气，“可皇上日理万机，哪儿顾得上她！易求无价宝，难得有情郎，愉贵人不是董鄂妃，又去哪儿再寻一位世祖爷……”

天下皆知，顺治帝独宠董鄂妃，当年董鄂妃病故，世祖爷为她大病一场，不惜落发出家，寻常百姓家的男子都难为妻子做到这一点，更何况是一位坐拥天下的帝王。

顿了顿，皇后自觉失言，有些怅然地笑道：“瞧本宫都糊涂了，说的这是什么呀！”

魏璎珞知她心里在想什么，哪个女人不希望自己成为董鄂妃？但是期望太高，最后难免失望。

有心宽慰她，魏璎珞想了想，道：“世祖爷待董鄂妃一片痴情，的确值得艳羡，但换个角度看，感觉就完全不同了！”

“哦？”皇后有些好奇道，“你说。”

“皇后娘娘，董鄂妃病故，世祖爷伤心欲绝，辍朝五日，燃两座宫殿与无数珠宝，甚至下令太监宫女各三十名赐死！对董鄂妃而言，遇到痴情君王自是幸运，可那六十名无辜的宫人，他们也有至亲家人，也是活生生的性命啊！更何况，世祖爷为了董鄂妃，置千万臣民于不顾。”魏璎珞叹了口气，“只怕文武百官、寻常百姓，以及后宫的其他妃子们，只愿皇帝无情。”

“放肆！”

一个男人的声音忽然响起，惊得魏璎珞与皇后齐齐起身，然后朝对方跪了下去。

一双明黄色的靴子行至魏璎珞眼前。

这是她第二次看见这双靴子。

“谁准你妄议世祖爷，真是罪该万死！”弘历的声音自她头顶响起，带着无穷无尽的怒意，“来人——”

怎么办！

魏璎珞心中叫苦，她也没料到堂堂一个帝王，居然有墙角偷听的喜好，如今一撞撞在枪口上，为今之计，唯有……

魏璎珞一咬牙，在侍卫进门拿下她之前，大声喊道：“皇上，这话不是我说的。”

“哦？”弘历冷冷道，“那是谁说的？”

魏璎珞：“是世祖爷。”

弘历闻言一愣。

“皇上，世祖爷曾留下一则罪己诏，提及自己待董鄂妃过于优厚，未能以礼止情，深感后悔。”魏璎珞趁他一愣，忙不迭将剩下的话说完，“奴才刚刚只不过是在复述世祖爷的话。”

若要因此惩罚她，岂不是欺师灭祖？

弘历沉默片刻，缓缓道：“那你指责世祖让宫人殉葬一事呢，难不成又是世祖爷说的？”

“那倒不是。”魏璎珞道。

弘历立即冷笑：“来人——”

魏璎珞：“是康熙爷说的！”

弘历：“……”

魏璎珞：“康熙爷早已下令，禁止殉死之行，从此之后，就再也没有活人生殉之礼了！”

弘历又是久久不语，或者说一阵憋屈。

这位似乎有些小心眼的皇上，似乎并不打算就这么放过她，思来想去许久，终又想起一事，咬牙切齿道：“好，那朕问你，刚才你还说百姓宁愿天子无情，又是什么意思？”

听了这个问题，魏璎珞反而松了口气。

因为她一共也只说了这么多话，他既然拿这个来问，显是最后一个问题了。

“回皇上，”魏璎珞叩首在地，缓缓道，“奴才听闻皇上每天卯刻起身，夏季天色尚明，冬月不过五更刚尽。当西陲用兵，有军报至，便是夜半时分，皇上也会急召军机大臣商议，军机大臣五六日轮值一次，尚觉十分劳苦，何况皇上天天如此、年年如此，勤政之心，令人钦佩！然而，皇上忙于政务，无暇顾及后宫，妃嫔们不免落寞，可见要做一个明君，对百姓和天下有情，便只能对妃嫔无情了！”

弘历听完，张口欲言，半天没说出话来。

“不错，大爱无情，皇上就是这样一位勤政的明君！”皇后忽然走过来，挥挥手道，“好了，你下去吧，本宫要与皇上说说话。”

魏璎珞的心立刻放了下来，知道皇后这是在顺势替她解围，过了皇帝的三问，再出了这道门，她就彻底安全了……

“等等！”男人的声音却忽然在她头顶响起，“抬起头来！”

不仅魏璎珞大吃一惊，连皇后也大吃一惊：“皇上？”

“你这语气，你这声音，朕越听越熟悉……”弘历的声音里带着一丝疑惑，以及一丝审视。

魏璎珞一听这话，哪里还敢再抬起头来？只匍匐在地上，如同经年累月的石雕般一动不动。

“朕想起来了……”弘历的声音骤然变冷，“你就是——”

“出去吧！”皇后的声音忽然插了进来，“别惹皇上心烦，到外面跪着去！”

“是，娘娘！”魏璎珞连滚带爬地冲了出去。

身后，是皇帝与皇后的争吵声。

“朕从前见她，还是个下等宫女，不出一月，就到了长春宫，还深受皇后的信赖，可见她心怀叵测、图谋不轨！皇后，这样的人，你怎能留在身边？”

“皇上，璎珞品行如何，臣妾这个主子最清楚。”

“皇后，过分宽容，小心养虎为患啊！”

“皇上，用人不疑，疑人不用，臣妾相信自己的眼睛，璎珞绝不是您说的那种人！”

魏璎珞忽然定住脚步，愣愣回望。

她不是那种人吗？

不，皇帝说的是对的，她就是一个心怀叵测、图谋不轨的人。

“可我不会辜负你的信任。”魏璎珞在心底对皇后说，“我绝不会让人伤害你。”

第四十章　恶犬

皇帝与皇后的争执，暂时告一段落。

魏璎珞原以为皇后会来盘问她一番，但等了几日，也没有等来。

那句“用人不疑，疑人不用”原来真的不是一句托词。

士为知己者死，得她如此看重，魏璎珞在此之后，伺候得愈加用心。

皇后喜她心思灵巧，更是时时带她在身边，这日邀愉贵人一同游园，身边没带着尔晴明玉，而是带着她。

园中景色秀美，只是略略有些冷，两位娘娘肩上都披着厚实的披风，袖中笼着香炉，慢慢踱过蜿蜒的木桥，桥下锦鲤数尾，游过之处，如彩绸游荡。

“平时不要闷在永和宫，没事多来长春宫走一走，园子里也可以看看。只是，你得让底下人多当心，身边时刻都得留人。”皇后柔声道。

愉贵人苍白消瘦，强颜欢笑：“嫔妾受娘娘的恩惠，一辈子都还不清。”

皇后笑了：“本宫是皇后，理应照拂六宫，不值得你报答。”

愉贵人先是一笑，又是一叹：“如果宫内人人都像皇后这般宽容大度，也就不会有那么多是非了。”

皇后知道她话里说的是谁，却又不知该如何安慰，又担心她思虑过多，有碍于生产，遂朝魏璎珞使了个眼色，让她寻些开心的事来逗逗她，别让她郁结于心。

魏璎珞一时之间也寻不到什么有趣的话题，倒是愉贵人自己，左顾右盼片刻，忽然停下脚步，哎呀一声：“好可爱的小狗。”

只见前方不远处，滚来一只雪团子。

再仔细一看，原来是一只毛色雪白、全无一丝杂色的小狗，几个小太监追在它身后，一个怀中抱着彩绘食盆，盆中尽是精致热食，另一个边跑边喊：“哎哟我的小主子，等等奴才，等等奴才。”

魏璎珞听得好笑，一只狗儿，竟也成了主子。

“什么主子奴才的，真是不像话。”皇后却是个最讲规矩的人，面露不喜道，“也不知道是哪个宫的嫔妃养的……”

那小狗在空中耸了耸鼻子，然后不偏不倚，朝魏璎珞等人的方向跑来。

愉贵人喜它幼小可爱，脸上浮出一丝笑意，微微弯了腰，似乎想要逗逗它，随着那狗儿越跑越近，她脸上的笑容越来越少。

最后，只余惊恐。

“汪汪！”小狗龇牙咧嘴，疯了似的冲向愉贵人，在一片宫人的惊叫声中，朝她狂吠乱咬起来。

“啊，别过来！”本该守在愉贵人身旁的大宫女芳草，此时仿佛被它吓脱了魂，不但没有护着愉贵人离开，反而在背后推了她一把，使她离那狗儿更近了。

愉贵人一张脸已经如雪一样白，因为惊恐过度，连呼救都忘记了，整个人木头似的定在原地。

“汪！”

一声惨叫。

空中飞起一道抛物线，掉在地上，滚了好几圈，皮毛与雪几乎融成一色，小狗呜咽几声，也不爬起来，只远远地，用畏惧的眼神盯着魏璎珞。

“大胆！”

一只涂抹着大红色蔻丹的手从它背后伸出，将它拎进怀中。

“你是什么东西，竟然敢伤害本宫的爱犬！”慧贵妃冷冷道，“拿下她！”

魏璎珞吃了一惊。

没想到，不，她早该想到，宫中谁这样嚣张跋扈，敢将自己的狗都提拔成主子，唯有眼前这位慧贵妃了。

“贵妃娘娘！”眼见几名太监受其指使，朝自己走来，魏璎珞先声夺人，大声喊道，“可是您纵犬伤人，意图谋害愉贵人肚中的龙胎？”

栽赃陷害，张口就来，慧贵妃纵有这个心，此刻也绝不能承认，更不能立刻处置了魏璎珞，否则有杀人灭口之嫌。

“好个奴才，不但打伤本宫的爱犬，现在还敢污蔑本宫。”慧贵妃冷笑道，“皇后娘娘，你说这种人应该如何处置？”

“处置人之前，先处置你的狗。”皇后怎肯让她骑到自己头上，当众欺压自己的心腹？淡淡道：“狗是不会无缘无故闹腾的，看看它的食盆里有什么！”

众人立即扑向那怀抱食盆的小太监，却发现原先盛在里头的食物居然不翼而飞，问那小太监，那小太监却支支吾吾，只说已经被名唤雪球的狗儿给吃光了。

一派胡言，却一时之间拿他没办法。

一名宫人向皇后献计：“娘娘，食盆里什么都没有，如今想要知道这狗儿究竟吃了什么，就只有剖开它的肚……”

“放肆！”不等他说完，慧贵妃就尖厉地喊道，“谁敢动它一根毫毛，本宫就撕了她！”

那宫人怎敢得罪慧贵妃？立刻噤若寒蝉，甚至有些后悔自己的多嘴。

没有证物，事情就成了僵局，犯事的又是一条不懂人言的狗，总不能叫人提审这条狗吧？

最后只得作罢。

双方人马不欢而散，擦肩而过之时，皇后忽回头道：“贵妃，璎珞此举算是帮了你，若刚才你的狗真伤了愉贵人，必定闹得满城风雨，依本宫看来，你要好好约束身边的人了！如果他们再这么无能，连条狗都看不住，任由它闯祸，下一回，本宫也不会姑息！”

慧贵妃抚弄小狗的手忽然一紧，惹得那小狗昂起头，发出可怜的呜呜咽咽声。

不但她在琢磨皇后的话，回去的路上，魏璎珞也在琢磨皇后这番话。

“怎么样？”皇后笑着问，“看出蹊跷地方来了吗？”

“……慧贵妃是不是被人当枪使了？”魏璎珞小心翼翼地问。

皇后缓缓点点头，面色有些凝重道：“如果这次真出岔子，最后总不能拿狗出气，肯定要找狗的主人，慧贵妃虽然嚣张跋扈，但不会做出这种损人不利己的事情，背后，定还有别人……”

一时之间，无法确定这个人是谁。

但有一件事是可以肯定的。

那就是……有人要对愉贵人下手了。

魏璎珞仔细回想起今日的状况，心里渐渐浮出个人影来，冷然一笑，对皇后道：“娘娘，奴婢想跟您讨个差事……”

她向皇后讨来了往永和宫探病的差事。

不但探病，还要送珍珠粉。

盖因愉贵人受惊之后，日日噩梦，需按时服用压惊丸才能入睡，但这东西对龙胎不好，不宜多服，若要服用，必须佐以上等珍珠粉，此物虽不是什么稀罕东西，却也不是一个不受宠的嫔妃能够日日享用的，故而皇后听说之后，特地从自己的内库中拨了一些出来，让人送去给她。

此事烦琐，愉贵人又不是什么大人物，没人爱接这样的活，魏璎珞肯接下，其他人反而松了口气。

今日她一如既往，携珍珠粉前来探望。因走动的时间多了，永和宫上下都认识她，她轻而易举就进了寝宫内。愉贵人仍蜷缩在床上，明明是有孕在身的人，却形销骨立，身上一点肉都看不见。她强笑道：“璎珞，你来了。”

魏璎珞环顾四周，笑着问：“芳草呢？”

“她去为我调配珍珠丸了。”愉贵人叹道，“上回的还没吃完，你不必这么急着送。咳咳，坐吧，本宫让她给你倒茶，芳草，芳草！”

“奴婢在，奴婢在。”愉贵人身旁的大宫女推门而入，为魏璎珞送上一杯好茶，结果茶盏刚刚放下，她递茶的手便被魏璎珞扣住。

“芳草，”魏璎珞对她笑，“你的手怎么了？”

显是因为来得匆忙的缘故，芳草只匆匆洗了把手，手还没有完全洗干净，指甲缝里还残留着一些珍珠粉，微微泛着一些亮，一些黄。

“我……之前在做珍珠丸，手没洗干净，我现在就去洗。”芳草想要抽回手，却发现魏璎珞的手指如同铁钳一样，紧紧扣着她不放，不由得脸色一变。

愉贵人看看她，又看看魏璎珞，疑惑道：“璎珞，怎么了？”

“贵人，”魏璎珞慢慢转头看向她，“您身边，出叛徒了。”

第四十一章　叛徒

“叛徒，怎么会呢？”愉贵人吃了一惊，“芳草一直照顾我，日子最苦的时候也没离我而去……”

“对，对啊！”芳草又抽了抽手，“奴婢对贵人忠心耿耿，怎么可能是叛徒呢？”

“是吗？”魏璎珞手上一用力，将她强行拖到愉贵人面前，迫她展开手掌，道，“贵人你看，珍珠粉是纯正的白色，芳草指甲内的粉末明显发黄，这根本不是珍珠粉的颜色！”

“珍珠粉就是这个颜色！”芳草咬牙道。

魏璎珞立刻将自己今日带来的珍珠粉拿了出来，无须多说，两相对比，真假立辨，一者雪白无垢，如冬日最初的细雪，一者暗淡发黄，如细雪上的黄泥脚印。

愉贵人的眼睛又不是瞎的，一看之下，立时脸色铁青。

“贵人，芳草先前为你做的珍珠丸呢，你这儿还有没有？”魏璎珞又问。

“有的。”愉贵人在枕边一阵翻找，最后翻出一只瓷瓶来，递与魏璎珞，“在这儿，我吃了大半，还剩下几枚。”

魏璎珞拔开瓶盖，将里头仅剩下的三枚药丸子倒在掌心，映入眼帘的是一片雪光，三枚药丸，竟是一样的雪白滚圆。

“都说你误会我了……”芳草趁机在一旁争辩。

魏璎珞瞥了她一眼，将其中两枚倒回瓶里，剩下一枚拈在指间，用力一捏，药丸破碎，粉末纷纷扬扬落下，在桌子上铺了一堆小雪。

那雪，如同星子，微微发着亮。

“这绝不是珍珠粉。”魏璎珞用手指蘸了蘸粉末，递至愉贵人眼前，“具体是什么，奴婢也瞧不出来，但御医们肯定是瞧得出来的。”

宫中没有真正凡庸之辈，即便是眼前饱受欺辱的愉贵人，也是有些见识的，但见她用手接了些许粉末，鼻子一嗅，眼睛一瞧，心里立刻有了数。

“……这当然不是珍珠粉，而是贝壳粉！”愉贵人泛着血丝的眼睛盯向芳草，“芳草，你为何要鱼目混珠，调换皇后送来的珍珠粉！”

见事情瞒不住，芳草立刻跪了下去，频频叩首，语带哭腔：“奴才有罪！奴才额娘患病，无钱医治，实在没了法子，知道贝壳粉廉价，珍珠粉贵重，才偷换了皇后的珍珠粉，想拿来换取钱财！求贵人看在奴才一直精心伺候的分上，饶了奴才吧！”

见她模样可怜，又念往日情分，愉贵人颇有些痛心疾首道：“你啊你，你额娘生病，只要告诉我一声，难道我会不管？你竟干出这种事情来，实在太令人失望！”

听出她有放过自己的意思，芳草大喜：“奴才一时糊涂……”

“一时糊涂？”魏璎珞笑了起来，“不，你精明得很呢。”

愉贵人与芳草齐齐一愣。

“贵人你看。”魏璎珞将瓶中剩下那两枚药丸倒在桌上，“用廉价的贝壳粉调换珍珠粉，表面看是盗窃，可您仔细看看，贝壳粉泛黄，贝壳丸必定泛出杂色，可芳草给您的贝壳丸外表却是雪白的，唯独内里有些微闪粉，若不捏开，压根儿区分不出……”

她缓缓抬头，盯着眼前面色发白的女子道：“她的目的根本不是为了钱，而是——让你不起疑心地将这些假丸子吃下去。”

愉贵人忍不住抬手握住自己的喉咙。

仿佛前些日子吃下去的那些珍珠丸子，重又回到了她的喉咙里，剥落了表面的雪衣，冒出绿水毒液。

她想吐。

“说！”魏璎珞朝芳草冷厉道，“如今你已经将事办砸了，你背后那位主子是不可能出面保你的，你唯一的生路，就是把一切都说出来，看贵人肯不肯原谅你，为你在皇后娘娘面前说说情！”

事情若真闹到皇后面前，她还有活路吗？

芳草这下真的怕了，再也不敢有所隐瞒，张口喊道：“嘉嫔，是嘉嫔娘娘吩咐奴才这么干的！”

本以为从她嘴里冒出来的会是慧贵妃的名字，岂料忽然蹦出这么一位来，愉贵人震惊道：“嘉嫔？”

“是。”为留住小命，芳草竹筒倒豆子似的说，“嘉嫔娘娘前些日子寻到奴才，对奴才说，怡嫔已经去了，永和宫就只剩下您这一位主子，可您又一直蜗居不出，整日战战兢兢，就算生出一个阿哥，也定不会受宠。咱们永和宫，注定一辈子做冰窖！”

愉贵人气得浑身发抖：“所以你就背叛了我？”

“怪不得，怪不得。”魏璎珞则想通了一件事，“上回在御花园，愉贵人被狗袭击，你不但没有护着愉贵人离开，反而在背后推了她一把，使她离那狗儿更近了。想必那时候你就已经是嘉嫔的人了吧？”

芳草抽噎着不敢回话，只希望自己的眼泪能够打动愉贵人一二。

“芳草，我且问你，你究竟在贝壳粉里加了什么？”愉贵人冷声道。

芳草欲言又止半晌，最后低低道：“要改贝壳粉的颜色，得用染料去洗……”

“混账！”愉贵人再也按捺不住，厉叫一声，“你竟如此恶毒！”

她怀着身孕，染料成分含毒，长期使用还能生下健康的孩子吗？

再多的旧情，也被芳草种种恶毒的手段消磨得没有了，愉贵人狠狠一偏头，连看她一眼也嫌恶心：“璎珞，带她去见皇后！”

“不，不！”芳草扑过来哭道，“奴才已经什么都说了，别带奴才去见皇后！”

愉贵人闭上眼睛，狠心不看她，身旁的魏璎珞琢磨片刻，却忽然开口道：“芳草，嘉嫔把东西交给你的时候，可有其他人瞧见？”

芳草摇摇头。

果然如此，魏璎珞对愉贵人道：“对方使得好手段，没人证，物证也不充足，贸贸然告上去，恐怕还会被对方倒打一耙，说永和宫有意栽赃陷害。”

愉贵人愣住：“这……”

“与其现在就处置了这叛徒，让对方换个我们不知道的人继续害您，不如暂时留着她。”魏璎珞冷冷看了芳草一眼，“这样，她会以为您还在继续吃有毒的贝壳粉……”

愉贵人琢磨片刻，发现这的确是个最好的办法，至少不必敌明我暗，时时警惕来自身后的冷刀子。

“就依你说的去做吧。”愉贵人沉沉点头，“芳草，若是嘉嫔那边遣人来问，你就说她送来的贝壳粉，我全都吃完了……”

“得定个限期。”魏璎珞想了想，“就半个月后吧，你自己去通知嘉嫔，说贝壳粉都用完了，让她送新的来！听懂了吗！”

芳草哪里还有第二个选择，只能当了这个双面间谍，跪俯道：“是！”

如此便好。

魏璎珞俯视她，心中一片冷意。

她此番行动，不但是为了拯救愉贵人，更是为了拯救待自己一片赤诚的皇后。

毕竟若是愉贵人出了什么事，下面的人一查，很快就会查到珍珠粉的源头来自长春宫。且不论送来的是珍珠粉也罢，还是人参或其他补物，只要有芳草这个叛徒在，总能在上头下手。

这一点，魏璎珞早已预料到。

“背后主谋喜欢栽赃陷害，我们宫里送的是珍珠粉，她八成要在上面下手。”魏璎珞心想，“将计就计，果然抓住了你，只是不知道慧贵妃什么时候才会发现，她身边有一个看似忠心耿耿的叛徒……”

浩浩荡荡，一条长队自甬道内行过。

每两名太监抬着一只木桶，木桶用红绸遮住，蒙得严严实实，乍一眼望去，仿佛蒙着红盖头的新嫁娘，脚不沾地地让人抬着。

“那是什么东西，神神秘秘的？”慧贵妃坐在亭中，遥指前头的队伍。

“福建巡抚岁贡的荔枝树。”嘉嫔一直消息灵通，一问就答，“一共一百桶，除赏赐王公大臣外，剩下的全送去了长春宫。”

慧贵妃眼中闪过一丝妒色：“我这儿一颗都没见着，却连树都送去给她了。”

隔着千山万水，一路从福建运过来，成批的树因为水土不服，果子落下大半儿，剩下的分给宫中太后、皇后和妃嫔们，还有受宠的宗亲、大臣，每个人能得一颗品尝，就算是天大的福分，由此可见皇后在皇帝心中之分量。

“左右不过是几棵树。”嘉嫔安抚道。

“是啊，左右不过是几棵树。”慧贵妃抚了抚怀中雪球，“皇上待皇后真是不错，本宫待你……也算不错吧？”

嘉嫔一愣，觉得她意有所指，忙小心翼翼地回道：“这是当然，嫔妾能有如今，多亏贵妃的照顾。”

慧贵妃微微一笑，美丽而又恶毒的眼睛盯着她：“那你为何要背叛我？”

第四十二章　荔枝宴

嘉嫔大吃一惊。

她当然可以矢口否认，但仔细一想，慧贵妃既然能问出这番话，显见已经查到了什么，慧贵妃没有理由都能要人命，更何况是有理由？

嘉嫔立刻扑倒在她脚边："娘娘，嫔妾这么做，可都是为了您啊！"

"为了本宫？"慧贵妃冷笑道，"用本宫的狗，来栽赃陷害本宫，然后说是为本宫好？只怕不是为了本宫，而是为了你的四阿哥吧，免得愉贵人再生一位阿哥出来，坏了你的好事！"

若是完全否认，就显得太假了。嘉嫔一咬牙："是，嫔妾承认，不希望愉贵人再生一位阿哥，但嫔妾这么做，也是为您着想啊，娘娘已经跟永和宫结下死仇，若不彻底断了愉贵人的后路，只怕后患无穷！"

慧贵妃沉吟片刻："你对愉贵人做了什么，说来听听。"

"是……"嘉嫔忙将自己先前的算计全盘托出。听闻愉贵人已吃了半个月的假珍珠粉，慧贵妃略带一丝惊讶："这女人真这么蠢，半点也没察觉出来？"

"那女人本来就蠢，又只有芳草这么一个心腹，一旦芳草反了，她就完了。"嘉嫔笑道，"昨儿芳草来报，说上回送的贝壳粉已经见了底，让送新的过去。"

"给她！"慧贵妃畅快一笑，"要多少给多少，全塞愉贵人肚子里去！"

见她开怀，嘉嫔松了口气："是，娘娘。"

慧贵妃当然可以只图一时畅快，成箱成桶的贝壳粉往永和宫里送，但嘉嫔不同于她，比起快，她宁可要一个稳。

"若对芳草的话全盘皆信，我们就成了第二个愉贵人。"嘉嫔收起在慧贵妃面前的奴颜媚骨，冷静地吩咐自己身旁的心腹，"去外头打听打听，尤其是太医那儿，看永和宫最近有什么新消息。"

心腹很快带回了消息。

“愉贵人最近总是腹疼得厉害，太医院的人看不出异常，又开了些安胎药，让每日多吃几颗珍珠丸。”心腹试探问，“娘娘，奴才这就去准备新的贝壳粉？”

“去吧……等等！”人走了一半，嘉嫔忽然从背后叫住对方。

“娘娘还有什么吩咐？”心腹忙回头问道。

“你去告诉芳草……”嘉嫔沉吟一番，“贝壳粉需精心调配，得有两天准备，约她荔枝宴时再见。”

心腹面带疑惑：“贝壳粉明明还有啊……”

嘉嫔打断她：“照我的吩咐去做！”

虽然心中充满疑惑，但既然是主子的命令，心腹只得将所有疑问吞回腹里，福了福转身离去。

“希望我只是想多了，愉贵人可不像是能想出这种计谋的人。”望着她离去的背影，嘉嫔喃喃自语，“但以防万一……”

今日一如既往，魏璎珞来永和宫送珍珠粉。

芳草已等了她许久，一见她来，立刻心急火燎地冲上去：“璎珞，嘉嫔刚刚派人来找我，让我在荔枝宴的时候去她那儿领贝壳粉。”

“她倒是消息灵通。”魏璎珞笑了起来，“皇后娘娘才刚决定举办荔枝宴，她那儿就得了消息……”

可见嘉嫔此人不简单，竟不声不响地将爪子伸进了长春宫。

“你做得很好，继续保持。”魏璎珞拍了一下芳草的肩，“只要你助我逮她一个正着，就算你将功补过。”

芳草期期艾艾道：“你可要说话算话。”

两人商议妥当，接下来就是静静等待荔枝宴。

这宴开在半个月后，主角是皇上赐予皇后的那三棵荔枝树，荔枝一颗未摘，全长在树上，准备开宴时再一颗颗摘下来，以最新鲜水灵的姿态送到宾客盘中。

路过宴席时，魏璎珞偷偷看了一眼，宴上有娴妃、纯妃、慧贵妃、嘉嫔，还有先前选秀时见到的两个出众秀女，最后，还有皇上……魏璎珞忙低下头，加快脚步离开。

行至约定好的暗巷处，魏璎珞于墙壁阴影处静静立了片刻，不远处渐渐行来两个人。

一个是芳草，另外一个则是嘉嫔身旁的心腹。

对方行事极为小心，怕隔墙有耳，也不与芳草多话，装作擦肩而过的样子，将一只绣花锦囊塞至对方怀里，然后立刻就要抬脚离开。

魏璎珞哪里肯让她走，飞快从墙壁后跳出来，抓住对方的胳膊道："竟敢替换贵人的珍珠粉，你这是谋害皇嗣！"

她本以为自己先声夺人，运气好的话，能从对方嘴里吓出些话来。

岂料对方竟极为平静地回望她："我不懂你在说什么。"

她的镇定，让魏璎珞心中生疑，半晌之后，忽然当着她的面，将手中绣花锦囊展开，身旁的芳草"啊"了一声："怎么会是香草？"

只见锦囊之中，不见半粒珍珠粉，只有一串香草。

"除了香草，还能是什么？"对面的心腹似笑非笑，"这是嘉嫔娘娘亲手为将来的小阿哥绣的祈福锦囊，可不是什么珍珠粉贝壳粉的。"

"嘉嫔娘娘可真是机警，原来早有防备……不好！"既然嘉嫔已经发现异常，为何还要特地派人来赴约，除非……魏璎珞脸色一变，"中计了！"

她丢下两人，转身朝存放今夜主角的库房跑去。

还没进门，就听见里头传来一阵哭声。

"不是我！"等进了门，负责看守荔枝树的小宫女脸色发白，拼命朝她解释道，"我也不知道是谁，我就走开了一小会儿，回来发现，荔枝树被人……被人用开水活活浇死了！"

魏璎珞一把推开她，几步走到荔枝树前。

只见树从根部开始被人泡烂，满树荔枝落在地上。

"怎么办？"小宫女号啕大哭，"皇上会杀了我的头……"

何止是她的头，贡品被毁，只怕有一大群人要因此人头落地，连魏璎珞也不能肯定自己是否能置身事外。

“别哭了！”魏璎珞脸色难看，她蹲下身，从地上捡起几个荔枝细细观察片刻，然后对身后哭哭啼啼的小宫女道，“你想死还是想活？”

“我，我自然是想活……”小宫女哽咽道。

“把手张开。”魏璎珞将手中的荔枝放在她掌心里，“照这个标准，从地上的荔枝里挑出能入眼的，送去御茶膳坊，告知他们皇后要办荔枝宴，让他们立刻想法子！到时候，你就禀报皇后娘娘，两棵树的荔枝做了菜，剩下一棵现摘！”

“现……现摘？”小宫女吓愣，“那……那岂不是立刻会泄露？”

“这个不归你管，你只负责我交代你的事！”魏璎珞冷冷道，“还不快去？”

“是，是！”小宫女见她愿意承担一半的责任，哪里还有不愿意的道理？立刻跪在地上，手忙脚乱地挑拣起地上的荔枝来，眼角余光处，见魏璎珞匆匆离开了库房。

皇后既然一早便说要亲手摘下荔枝献给皇上，当然不能轻易反口，必须有一棵树抬去宴会。

若是最后一棵树都没送上去会怎样？

“皇后定会颜面无存。”魏璎珞心道，“慧贵妃与嘉嫔定会趁机指责宫人办事不力，让皇上处置了负责荔枝宴的这批宫人，而这批宫人……恰恰是皇后身边最得力的心腹，以及准备栽培的对象。”

因荔枝宴涉及贡品与皇上，所以皇后是点身边最得力与最看好的宫人来负责的，其中包括魏璎珞。

若荔枝宴上出了意外，这批人一定会受罚，也不得不受罚。

如此皇后不但损了颜面，还伤及筋骨，搞不好会一下子损失好几个心腹……

“我怎可让这样的事发生在她身上？”魏璎珞咬牙心想，“必须想个法子，必须想个法子……有人！找她！”

第四十三章　荔枝乱

一碟碟用荔枝制成的菜，流水般送至席上。

有荔枝虾球、鸡蛋炸荔枝、鲜荔枝凉拌烤鸭、荔影殷红卷、荔枝猪肉丸等等，皇后舀起一勺白汤，汤水里滚着一粒雪白荔枝，以及几颗鲜红的枸杞，白中透红，如同雪中飘飞的一两朵红梅，煞是可爱。

“皇后娘娘，这是御厨特别制作的白雪红梅。”尔晴见她面露好奇，便在一旁解释道，“荔枝容易上火，所以用了温盐水浸透，又特意配上枸杞中和。”

“茶膳坊倒是颇有心思，光是这个卖相，就十分雅致了。”皇后笑道，“皇上，您尝尝。”

弘历一副心不在焉的模样，目光四下扫视，也不知在人群中寻找着谁。直到白雪红梅送到他面前，他才对皇后微微一笑：“皇后有心了。”

慧贵妃眼中闪过一丝妒色，抚着自己的玳瑁指甲笑道：“荔枝制菜很寻常，毕竟每年都有干荔枝送来，可加了调料，就不是那个味儿了！真正会吃荔枝的人，对鲜荔枝最感兴趣。皇后娘娘，今日不是要亲自采摘荔枝吗？怎么迟迟不见动静！”

皇后也觉奇怪，按理来说，这个时候荔枝树已经该搬上来了，却不知为何，迟迟没有动静。

“说起来，负责此事的是谁来着……”慧贵妃别具深意地一笑，“臣妾想起来了，是那个叫魏璎珞的宫女吧。”

弘历夹荔枝肉的手忽然一顿。

皇后并未察觉，只是因为慧贵妃的笑而皱起眉头，彼此之间打了这么久的交道，当了这么久的敌人，皇后可以算是世界上最了解慧贵妃的人，这个笑容明显不怀好意，她想做什么？她能做什么？

“时候也不早了。”弘历忽然开口，“让那个叫……魏璎珞的宫女，把荔枝树送上来吧。”

皇后心中一惊，虽然心中有些不安，但皇帝既然都已经开了口，哪里有当众驳回的道理，只得道：“璎珞呢，让她把荔枝树送上来。”

话传下去，却迟迟不见人来。

渐渐地，议论声四起。

“哟，那魏璎珞好大的架子，居然让这么多娘娘、让皇上等她一个下人。”慧贵妃笑意更深，“也就皇后您宫里能教出这样的下人，呵呵。”

皇后眉头一皱，以她对魏璎珞的了解，魏璎珞不会好端端地出这样的岔子，怠慢如此多的宫中贵人，对她而言又有什么好处？一定是发生了什么意外状况。

眼角余光扫向慧贵妃，见对方一副等着看好戏的模样，皇后心中一凛：“只怕此事与她有关……”

皇后有心将此事搪塞过去，然而箭在弦上不得不发，皇帝、慧贵妃、嘉嫔……这么多双眼睛盯着她，等着她做出回复。

她该如何回复……

“娘娘！”正在皇后焦头烂额之际，尔晴的声音忽在她耳畔响起，“是魏璎珞！她来了！”

魏璎珞来了？

众人齐齐看去，都想看清楚这个胆大妄为的宫女长什么样。

第一眼望去，她的衣着打扮与其他宫女没什么不同。

第二眼望去，却又觉得她与所有宫女都不同。

这个样貌……未免太过标致了些。

吐气如兰，清如莲蕊，莫说宫女了，就连层层选拔上来的秀女们，都没有几个能在相貌上与她比拼个一二的。皇后也是心大，竟将这样一个美人放在身旁，也不怕被皇上看中？

对比之下，被魏璎珞搀扶着的女子，倒是黯然失色，憔悴得如同一朵开败了的花，唯一能比得过魏璎珞的，或许只有身上那件属于主子的衣服。

“愉贵人，你怎么来了？”皇后惊讶道。

被魏璎珞搀扶而来的女子，正是本该在永和宫养胎的愉贵人。

她对皇后笑道：“皇后娘娘设宴，嫔妾理应到场。娘娘体恤，嫔妾就更不能偷懒了。”

弘历的目光从魏璎珞脸上，慢慢移至愉贵人脸上：“愉贵人的病，好些了吗？”

愉贵人忙向他福了福：“多谢皇上关怀，嫔妾的精神已经好多了。”

“那就好，你要多注意身体，别让皇后跟着担忧受累。”弘历点点头，“坐吧。”

愉贵人这才在自己位置上就座，落座之时，与魏璎珞交换了一个心领神会的眼神。

几乎是同一时刻，慧贵妃与嘉嫔也交换了一个同样的眼神，嘉嫔开口道：“皇后娘娘，什么时候开始摘荔枝呀？嫔妾嘴馋，还等着品尝色香味俱全的鲜荔枝呢！”

皇后一愣，目光担忧地望向魏璎珞。

“让主子们久候了。”魏璎珞回她一个放心的笑容，然后大声道，“送上来！”

话音刚落，两名太监便合力抬着一只木桶上来，上头高高蒙着一片红绸，将荔枝树从头蒙到尾。

“皇后娘娘。”魏璎珞递送来一只托盘，盘子里放着一柄金剪刀，“请您亲自来摘。”

皇后已经看出此时不同寻常，她一时之间想不出主意应对，但她相信魏璎珞，相信对方已经想出了应对之法，于是笑着接过金剪刀，一步步走向木桶，然后缓缓伸手揭开红绸……

“汪！”

皇后惊得后退一步，待看清楚眼前状况，不由瞠目结舌：“这，这是……”

只见红绸底下，荔枝树枝叶凋零，满树荔枝已不剩几个，大多数都跌进了盆中泥里，再仔细一看，树身上抓痕累累，罪魁祸首显然是……

众人齐齐朝着树下那只雪白毛团看去。

似是感觉到了众人不善的目光，那毛团又汪汪叫了几声，然后迅速从盆中跳了下来，朝慧贵妃的方向跑去。

“啊！”愉贵人忽然尖叫一声，猛然抱住了身旁魏璎珞的胳膊，一个劲儿往对方身后躲，“别过来，别咬我，别咬我！”

她喊得这样撕心裂肺，就仿佛那狗儿的牙齿已经扎进她的喉咙之中，咬嚼着她的血肉一样。

弘历看了她一眼：“来人，抓住那条狗。”

太监们扑了上去，七手八脚，终于逮住了那毛团，那毛团显是娇生惯养惯了的，鲜少被人如此粗暴对待，立刻委屈得呜咽几声，然后朝着一个方向汪汪大叫起来。

“你们手脚轻些……”慧贵妃脸色难看地望向弘历，“皇上……”

不等她为毛团求情，愉贵人已经失声痛哭：“慧贵妃，一次不够还有第二次，你是一定要嫔妾的命吗？”

弘历眉头一皱：“这是怎么回事？”

“回禀皇上。”魏璎珞一边拍着愉贵人的背，一边恭顺地回道，“一个月前在御花园，这只名叫雪球的狗儿突然闯出来，惊吓了愉贵人。因当时无人受伤，皇后娘娘宽宏大量，便没有追究，只是苦了贵人，每日要喝压惊汤才能入眠，不想今日精神才刚好了些，又撞上了！”

“大胆奴才！”慧贵妃厉声道，“你这么说什么意思，难道怀疑本宫指使那畜生吓人！”

为保全自己，她已不再喊雪球小乖乖，改口喊它小畜生了。

“奴婢不敢。”魏璎珞垂下头，“奴婢只是实话实说。”

愉贵人忽然挣开她的怀抱，扑在弘历脚下哽咽着：“皇上救命，皇上救救嫔妾吧！再这样下去，嫔妾撑不下去，也要落个一尸两命的下场！”

弘历垂眸看了她一眼，宛如庙堂上的神佛俯瞰跪俯在地的凡人。

“来人，扶贵人起来。”他缓缓道，“放心，此事朕会为你做主。”

"皇上！"慧贵妃急忙道，"难不成您真信了她的鬼话？您仔细看看那荔枝树，明明是被开水烫死的，却硬要说是被狗给抓死的……"

被开水烫死的？

皇后心中道，好呀，你又没仔细看过那荔枝树，你怎知是被开水烫死的？只怕是你喊人暗地里下的手吧？

"慧贵妃！"皇后不给她辩解的机会，当即严厉道，"你三番两次惊扰愉贵人还嫌不够，今日本宫的荔枝宴，你也要故意捣乱，险些又吓到愉贵人，到底意欲何为！"

"雪球平日都很乖巧，从未闯过祸！"慧贵妃咬牙道，"这一次，只怕是有人故意栽赃陷害，利用它陷害臣妾！"

"栽赃陷害？"皇后摇摇头，"这只恶犬上回在御花园里袭击了愉贵人，今日它不咬人，却盯上了福建的贡品，皇上专门送给本宫的礼物！"

慧贵妃哑口无言。

若无先前御花园里的袭击事件，众人还能信她的话。

但既然已有袭人之事在先，这样一只恶犬，怎可能如她所说的那般，平日乖巧不闯祸？

"贵妃，"弘历淡漠的目光扫来，"你还有什么想解释的吗？"

在宫里头，想要活下去，活得好，就一定得学会看人脸色，尤其是看皇帝的脸色。

慧贵妃扑通一声跪在弘历脚下，哭道："都怪雪球这畜生，臣妾回头一定剥了它的皮……"

"虎兕出于柙，龟玉毁于椟中，是谁之过与？"弘历忽打断她。

"老虎犀牛跑出笼子，龟甲美玉毁于匣中，自然是看守者的过错。"魏璎珞忽然在一旁跪下，"今日运送荔枝树的时候，雪球就在脚下窜来窜去，偏生是贵妃娘娘的爱犬，奴才们不敢轰赶，结果出现这样的事，是奴才看管不力，甘愿受罚！只是……"

她眼角余光扫过哭成泪人的愉贵人，低声道："奴才斗胆，替愉贵人多问一句，看守荔枝的已经罚了，那破坏荔枝的呢？”

“大胆！”嘉嫔拍案而起，“这里哪有你这奴才说话的地方！”

“……她是为嫔妾问的。”愉贵人幽幽一叹，抬起被泪水沾湿的面孔，旁人怀孕都是胖一圈，唯她不但没有长肉，两边脸颊还朝内凹陷，浑似一具骷髅，“嫔妾也想知道，这宫里头，还有嫔妾的容身之地吗？”

嘉嫔一时哑口。

“皇后娘娘仁慈，皇上仁慈，请恕奴才无礼！”魏璎珞悍然开口，“愉贵人怀着龙嗣，身份贵重；荔枝是福建岁贡，天子御赐；皇后宽宏大度，然地位尊崇，容不得一再挑衅！桩桩件件，都与雪球有关，但恶犬毕竟是牲畜，它不懂礼仪，不懂规矩，要怪，就怪它的主人，既不管教，又不约束，以致连连闯祸！奴才斗胆，请皇上圣裁！”

弘历俯视跪在自己眼前的女子良久，然后缓缓转过头，声色淡淡，却又带着一种居高临下、难以拒绝的威严：“慧贵妃。”

那声音里没有喜，没有怒，没有责备，却让慧贵妃的身体轻轻发抖。

“……是，雪球在管教上出了错。”慧贵妃双手抓成拳，忽道，“嘉嫔！还不快过来跟皇上请罪！”

弃车保帅！

所有人心头都闪过这样一个词。

包括嘉嫔也是。

心中暗暗叫苦，却又知道自己逃不过这一遭，毕竟是自己给慧贵妃出的主意，又是自己办砸了事。

“皇上，都是嫔妾的错。”嘉嫔起身朝弘历跪下，“贵妃娘娘生怕雪球太过顽劣，破坏了皇后娘娘的宴会，特意叮嘱嫔妾看好雪球，是嫔妾不小心，才会惹出这样的事儿，与贵妃娘娘全不相干！皇上要罚，就罚嫔妾吧！”

弘历的手指在桌子上敲了敲，他是不大相信嘉嫔这话的，但慧贵妃身后势大，不可能真的因为几棵树而重罚她，板子落在嘉嫔身上，倒也皆大欢喜，于是淡淡道：“荔枝树是福建的岁贡，千里迢迢运来京师，朕亲自将它送来给皇后，就是为了让她高兴，可你这一疏忽，就让朕的努力打了水漂。现在你不该向朕请求原谅，该向皇后赔礼道歉才是！”

“是！”嘉嫔咬紧牙关，膝行两步，重重向皇后叩头，“嫔妾无能，约束不力，请皇后娘娘恕罪！”

惹出这样大的祸，怎可能因为轻飘飘几句话就原谅她？

见皇后一言不发，嘉嫔无法，只得继续朝她叩首，一时间宴席上竟没了别的声音，只余她砰砰砰的叩头声。

“……好了。”几十个头磕下去，皇后终于开了口，“本宫只是毁了一场宴会，愉贵人可是受了很大惊吓！一个闹不好，伤了龙嗣，你要如何赔偿！”

这就是要她不但对自己磕头，还要对愉贵人磕头认错了。

嘉嫔心中一阵屈辱，给皇后叩头不算什么，毕竟是后宫之主，谁在她面前都要矮三分，可那愉贵人是什么东西，也配让她跪？

“怎么？”皇后冷冷道，“你可是心中有怨，不肯认错？”

“……嫔妾不敢。”形势逼人强，事已至此，嘉嫔只得一咬牙，朝愉贵人的方向磕下头去，“愉贵人，一时疏忽，竟险些闯下祸事，请你大人大量，原谅姐姐这一次！”

这头磕下去，犹如泼出去的水，再难收回。

从今往后，宫里但凡消息灵通些的人，都会知道，她嘉嫔给愉贵人下了跪，磕了头。

愉贵人看着跪在自己眼前的女人，似对她，又似对站在她身后的慧贵妃道：“但愿你是真心悔过，别再纵容恶畜伤人！”

“汪汪，汪汪！”雪球似乎觉得有人提起了它，便汪汪叫唤起来。

“好了，朕不想再看见这条狗！”弘历厌恶地瞥了它一眼，下了最终论调，“嘉嫔一时疏忽，闯下大祸，降为贵人，禁足三月！慧贵妃身为储秀宫主位，管不好人，也管不好狗，实在无能至极，罚一年宫例，好好闭门思过吧！”

说完，他不愿再看这群女人尔虞我诈，直接拂袖而去了。

不知是不是魏璎珞的错觉，离去之前，弘历似乎回头看了她一眼，那一眼颇为复杂，魏璎珞理不清其中的意思。

而弘历这一走，剩下的人也都心不在焉，萌生去意。皇后看在眼里，也不勉强他们，劝了几杯酒之后，便结束了这场离了主题的荔枝宴。

曲终人散，愉贵人却留了下来。

知道她有话与自己说，皇后另外开了一席，桌上摆了几盘果点茶水，笑着与她说：“你今儿怎么会来，不是在永和宫养病吗？”

养病只不过是借口，两人心知肚明，愉贵人不来，是害怕与慧贵妃撞面。

“是璎珞让我来的，她说服了我，我越是怕慧贵妃，慧贵妃越是要折磨我，就算不为了我自己，也要为怡嫔出一口气……”愉贵人抚了抚自己略显臃肿的肚子，笑着说，“就算我说话的分量不够，但加上这个孩子，就勉强够了……”

两人又闲聊了些家常，许是因为怀孕的缘故，愉贵人脸上显出一丝疲态，皇后见了，便让尔晴送她回宫歇息。待人一走，璎珞扑通一声跪在她身旁：“奴才擅作主张，请皇后娘娘恕罪。”

皇后却一点也没责怪她的意思，反而亲昵地伸指一点，点在她的额头：“你呀你，竟然能出这样的主意，慧贵妃利用雪球惊吓愉贵人，未清的前账正好移到今日来算，倒也不算冤枉了她。”

魏璎珞极诚恳地回她：“奴才认罪受罚是小事，慧贵妃和嘉嫔的所作所为，就是要让娘娘颜面全失，又怎能让他们得逞？奴才看守不力，荔枝毁坏本是大事，但比起慧贵妃教唆恶犬伤害愉贵人，毁掉福建岁贡，破坏皇后宴会，可就要轻得多了。”

皇后忽笑道：“你可知，皇上已经看出来你在利用他了？”

魏璎珞大吃一惊，几乎是立刻抬头看着皇后。

她脸上的傻样似乎取悦了皇后，皇后乐呵呵地笑道：“不过你不必太过担心，皇上既然看出来了，还肯让你利用，就说明他也觉得慧贵妃做得太过，借机敲打敲打她。”

魏璎珞松了口气，觉得背上微微有些凉。

“璎珞，”皇后忽问她，“你觉得咱们万岁爷平日是个什么样的人？”

魏璎珞不知道她为何要问自己这个问题，思虑片刻，给了个中规中矩的答案：“勤政爱民。”

皇后摇摇头：“本宫不是说这个，本宫是问你他的脾性。”

魏璎珞一连说了好几个词，皇后都是摇头，直到她吞吞吐吐地说出一个：“杀伐果断？”

“是啊！”皇后如孩子似的一拍巴掌，“皇上是什么人哪，大清帝王，天下之主，只要他看不顺眼的人，咔嚓一下，脑袋落地，这不就完了！为什么还要留下人，这不给自己找气受吗？”

魏璎珞又觉得背上有些凉了，汗水简直如瀑布般洗刷着她的背，她勉强笑道：“这……也许皇上有什么顾虑？”

“不能！”皇后斩钉截铁道，“皇上能有什么顾虑，那鄂善何等恩宠，多少官员求情，说杀也就杀了，眼都不眨！”

“那……那……”魏璎珞哭丧着脸，“娘娘，皇上真的会秋后算账，要了奴才的脑袋吗？”

她可怜巴巴的模样，仿佛一只闯了祸的猫，时刻准备跳到女主人的膝盖上，撒着娇打着滚喵喵叫，求得女主人的保护。

“放心，你不会有事的。”却见皇后若有深意地笑道，“你是个女孩子，一个长相标致的女孩子。”

虽然她说不会有事，但听了后面那句话，魏璎珞只觉得自己不仅是背，连整个人都一片冰冷，仿佛掉进了一潭井水中。

第四十四章　处置

“汪汪，汪汪！”

李玉用手一压，将汪汪的叫声，以及探出篮子的雪白狗头都压回篮中。

“索伦侍卫。”他将篮子往眼前的侍卫手中一塞，“皇上有命，处置了这条狗。”

目送他离开之后，海兰察呸了一声：“什么皇上的命令，八成是你的主意，怕慧贵妃秋后算账，就把这糟心活硬塞给老子！断子绝孙的狗东西！”

当着大太监的面，他不敢有所抱怨，人一走，他就开始骂骂咧咧。

“索伦侍卫。”

海兰察吃了一惊：“谁？谁在那儿偷听我讲话？”

拐角处转过来一个黄衫女子，听了他的话，微微一愣：“我才刚来，你刚刚说什么了吗？”

见对方表情不似作假，海兰察这才松了口气，又咦了一声，觉得对方相貌有些眼熟：“你是……上回在永和宫那位……”

“我是长春宫的宫女，魏璎珞。”魏璎珞自报家门道。

“我记得你。”海兰察笑了起来，“你下手真狠啊，就算没有侍卫来，你一个人也能杀了那个小太监。”

“为求自保，迫不得已，请见谅。”魏璎珞笑了笑，不与他再讨论这个话题，直奔主题道，“今日我来，只因雪球伤了愉贵人，毁了皇后宴会，又害我受了罚，我想把这条狗带回去。”

“哦？”海兰察眉头一挑，“你要怎么处置？”

魏璎珞面上带笑，宛如春风拂面，可说出来的话，却如东风刺骨：“自然是先出一口恶气，然后宰了，再将皮剥下给您送来，好让您向上头交差。”

“你一个姑娘家，下得了手？”海兰察说完，自己心里先有了答案，当然下得了手，她能对人下那样的狠手，自然也能对狗下同样的狠手，略微犹豫了一下，便将篮子递过去，“行，那就交给你了！不过回头若是有人问起来……”

魏璎珞伸手接过篮子，心领神会地对他说：“大人放心，璎珞自会守口如瓶，不会让您难做。”

海兰察这才放心地松开了手，任她将篮子拿走。

直至魏璎珞的背影消失在甬道口，海兰察才吐出一口气，靠在柱子上道：“呼——可算摆脱了这份苦差……”

“海兰察！”

“又是谁？”海兰察惊得一回头，今儿是怎么了，怎么到处都有人偷听他讲话？

柱后转出来一个人，穿着与海兰察一样的侍卫服，腰间别一样的刀，只是相比之下，气质更加雍容华贵，仿佛盛世花开。

赫然是富察傅恒。

“你好大胆子！”傅恒面色难看道，“竟然把皇上交代给你的事，丢给一个小宫女去做。”

“瞧你说的，”海兰察急忙否认，“我可没硬塞给她，是她主动要求的。”

“你可以拒绝的。”傅恒眉头皱得更紧，“你不拒绝，是怕慧贵妃回头醒过神来，追究起爱犬被杀的罪过……”

“是啊，慧贵妃不能奈何皇上，还奈何不了区区一个侍卫吗？”海兰察一摊手，在好友面前承认道，“女人发起火来很可怕，尤其是有权力的女人。”

“那你还把事情推给魏璎珞？”傅恒略带一丝怒意道。

“她是长春宫的宫女，长春宫本来和储秀宫便是仇敌，仇上加仇，怕什么！不过话又说回来……”海兰察若有所思地望着眼前的俊美男子，“你对她挺关心的嘛，居然为了她跟我发火……”

傅恒心中一慌，别过脸去：“没这回事……只是觉得她一个女孩子家家的，下不了这个狠手，回头这活还不是要回你手上？”

几天后，魏璎珞再次找到海兰察，将一张雪白的皮毛塞到他手中。

“这是……”海兰察看了看皮毛，又看了看她，“你真杀了？”

“当然。”魏璎珞柔柔一笑，“先打一顿，然后杀了，皮剥下来交与你交差，剩下的肉本想送去御茶膳坊，结果他们说大清入关之前，旗人以狩猎为生，与猎犬相伴，从太祖开始立下一条规矩，禁止吃狗肉。如今虽奉旨杀了雪球，一样吃不得，只得拿去埋了。”

海兰察一个大男人，都听得背上有些发凉，忙道：“行了行了，狗皮我留下了，你回长春宫伺候皇后吧。”

魏璎珞从善如流，朝他福了福，转身回长春宫去了。

她的背影一消失，海兰察就转过身，将手中的狗皮朝对面的柱子一丢。

一只手从柱子后伸出来，接住了那张毛皮。

“你还说她不敢杀。”海兰察抱着胳膊，朝对方笑道，“瞧瞧，人家可比你我心狠手辣多了。”

傅恒眉头紧锁，低头看着手中的毛皮。

“我日后如果要找女人，可不敢找这样心狠手辣的，不然若是在外面找了小的，回到家里，只怕等着我的不是热饭热菜，而是一把菜刀……哎呀！你去哪儿？”海兰察朝傅恒的背影喊道。

傅恒充耳不闻，反手将毛皮丢还给海兰察，然后径自朝魏璎珞离开的方向追去。

也不知是他脚程快，还是魏璎珞脚程慢，抑或是魏璎珞刻意在等他，不消片刻，他就追上了对方。

伸手将对方的手臂一拽，傅恒冷然质问：“为何要欺骗海兰察？”

魏璎珞转过身来，有些惊讶地看着他：“少爷，你在说什么？”

“魏璎珞，不要再装模作样！”傅恒下意识地收紧了手指，“你送来的那块狗皮，尾部有一块黑色斑点，可我记得，雪球浑身都是雪白的！你为何要拿一张假皮让海兰察交差？谁指使你这么做的，是不是想陷害海兰察？”

也无怪傅恒会这样想，宫中多的是尔虞我诈，有时候说错一句话，上错一道菜，便注定下半生坎坷乃至于沉沦。

海兰察是他的好友，他不能眼睁睁看他掉到陷阱里去。

时间一分一秒过去，他没有等来魏璎珞的解释，她只是仰头望着他，眼中渐渐蒙上一层雾气。

“汪！”

一声狗叫打破了两人之间的寂静。

傅恒循声望去，只见花叶一阵摇曳，一只雪白的狗头从树叶后钻出来，朝他们汪汪喊了两声。

“雪球？”傅恒愣道。

那只理应被处理掉的小狗，怎生还活着？

雪球从树叶后钻出，迈着小短腿，一路汪汪叫着跑到魏璎珞脚底下，脖子上还拖曳着一条长绳。

“你这孩子，不好好待在屋里也就罢了，怎还到处乱跑？”魏璎珞叹了口气，忽对傅恒道，“能松开手吗？”

傅恒“啊”了一声，松开了手指。

但五根红红指印，却如烙铁一样烙在她雪白的手腕上，像一个自私的男人，在心仪的女人身上盖下的章。

眼神复杂地看着她逗弄着雪球，还从随身携带的香囊里拿出些吃食喂它，傅恒忽然问：“你在养它？”

“嗯。”魏璎珞低低应了一声，“狗哪里分得清对错，只知道听主人的话，主人让它看家，它就看家，让它害人，它就害人。”

傅恒不再说话，只是低头看着这一人一狗，眼中猜忌渐渐淡去，如同冬雪被春风融化。

“少爷，还有什么事吗？”魏璎珞忽然仰头望着他，“没什么事的话，我先带它回去了，免得被人瞧见……”

搞不好要告她一个欺君之罪。

傅恒心中一跳，一句话几乎不经过大脑就脱口而出：“把它给我吧。”

魏璎珞闻言一愣，下一刻如护犊子的母牛般，将雪球紧紧抱在怀中。

“……我不是要处置它。”傅恒似看出她心中所想，苦笑一声道，“璎珞，紫禁城才多大地方，迟早会被人发现，到了那个时候，你就犯欺君之罪了……不如让我送它出宫，找个好人家收养。”

让他觉得高兴的是，魏璎珞似乎极为信任他，他只这样一说，她就松开了眉头，极不舍地抚了抚雪球，然后将之递向傅恒，柔声道：“谢谢你，少爷。”

傅恒自她手中接过雪球，目光却不由自主地落在她手腕上的红痕上。

“回头我给你送些药来。”他带些歉意地说。

“又不是什么重伤，连点皮都没破，就是略有些红，吹一吹就凉了。”似乎是因为雪球的事情得到了解决，魏璎珞心情极好，竟难得地与他开了个玩笑，然后自己将手腕拐至面前吹了吹，忽两眼一抬，有些狡黠地朝他眨眨眼，“少爷一直盯着我看干吗？是想替我吹一吹吗？”

言罢，将手一伸，凝雪似的一段皓腕便送至傅恒面前，距离他的唇只有一吻的距离。

傅恒惊得后退几步，两颊肉眼可见地红了，慌忙垂下头道：“时间有些紧，我先去处理雪球的事情了……”

魏璎珞的笑声在他身后传来，傅恒离开的脚步更快，心中有些懊恼，有些疑惑，这是他第几次与她见面了？又是他第几次从她面前落荒而逃了？

明明他一只手能杀死十个她……

可最后的胜利者却总是她。

第四十五章　坏人

夜，绣坊。

烛火摇曳，照亮了屋中两人。

张嬷嬷坐在椅子上，魏璎珞如同一个侍奉长辈的儿孙，跪在她身旁，将手中的皮套戴在她的膝盖上。

“进了紫禁城，我就觉得腿都不是自己的了，不管是在假山、在石子路，只要碰上主子，说跪下就跪下，我年纪还轻，倒还受得了，嬷嬷可不行，将来一定会留下后患的。”魏璎珞絮絮叨叨道，“您试试，这皮套垫在膝盖上，是不是舒服多了！”

被人这样惦记着、侍奉着，即便裹在膝上的是几束杂草，张嬷嬷都会觉得舒服到心里的。她笑道：“很好，你的手越来越巧了。”

膝套是魏璎珞自己缝的，她手巧，皮料也选得好，只是自己还觉得不满意，有些挑剔地看着膝套道：“我也是看太监们在用，只可惜没找到太好的皮料，将来得了好的，再给您换。”

张嬷嬷叹了口气：“璎珞啊——”

“怎么了？”魏璎珞望着她。

张嬷嬷欲言又止片刻，终开口道：“雪球明明浑身皮毛都是雪白的，为何你要特意寻一块有瑕疵的交出去呢？”

魏璎珞做事从来不瞒她，在给张嬷嬷换膝套的时候，已经轻描淡写地将自己今天的所作所为告诉了她。

“因为索伦侍卫和富察傅恒是好朋友啊！”剩下的事，自然也不会瞒她，魏璎珞笑道，“索伦侍卫粗枝大叶，富察傅恒却很聪明，他一定很快会发现我动了手脚，不出几日，定会过来找我。”

“你故意在他面前演了这出戏？”为什么？姜还是老的辣，张嬷嬷略一沉吟，得出了答案，“你先前一念之差，送他做过手脚的猪脬，虽然蒙混过关，但他过后一想，必定起疑！如何才能让他消除疑心呢？只能演一出戏，让他觉得你心地善良，是一个连小动物都不忍下手的人。”

“嬷嬷，我是不是很坏？”魏璎珞将脸颊枕在她的膝上，喃喃道，“但为了给姐姐报仇雪恨，我只能当个坏人。”

“你若是坏人，就不会三番两次救愉贵人，甚至不惜和慧贵妃作对。”张嬷嬷叹了口气，轻轻抚摸她的头发，“你若是坏人，就不会给雪球做窝，还把自己的吃食省下来给它。”

魏璎珞：“我为了脱身，连一条狗都利用。”

这个傻孩子！张嬷嬷忍不住笑出声来：“你若真是坏人，就不会耿耿于怀，你若真想当个坏人，就要坏得彻底，斩草除根，绝不心慈手软——学学慧贵妃！”

储秀宫。

嘉嫔，不，是嘉贵人，跪在地上。

她已经跪了多久了？她记不得了，只觉得两条膝盖已经不属于自己，汗水顺着额头落下，滴答滴答打在地上。

“那个臭丫头，几次三番坏本宫好事，偏偏皇后护着她。”慧贵妃的声音自她头顶响起，淡淡道，“本宫顾忌身份，不好随意处置她，你说说，该怎样才能处置了她，也好让本宫消消气？”

嘉贵人心念急动，最后一咬牙，吐出一个名字：“怡亲王！”

“他？”慧贵妃语气中透出不屑，“那个绣花枕头，能做什么？”

“他毕竟是一位亲王。”在谋算人上头，嘉贵人得天独厚，当即自信满满地笑道，“虽怡亲王府声势大不如前，但到底是个铁帽子王爵。”

慧贵妃没有说话，似乎在等她将话接下去。

“这位正经宗室，现在却只做了个乾清门侍卫，连御前侍卫都没当上，心里正窝着火呢！”嘉贵人为她分析道，“如今他和小高大人是至交好友，又指望娘娘提携一二，自是想着法儿地讨好！娘娘若是有什么吩咐，想必他一定极乐意去做的……”

慧贵妃的声音总算不再那么冰冷：“他毕竟是个乾清门侍卫，多少双眼睛盯着，手怕是伸不到后宫来！”

嘉贵人松了口气，知道自己又熬过去了一关，面上却还是恭恭敬敬道：“打蛇便要打七寸，妾身早已派人去绣坊打听了魏璎珞，发现她曾和一名侍卫有首尾……”

“哦？”慧贵妃略感意外，坐直了身子道，“那个侍卫的名字是？”

“傅恒！”

侍卫所内，富察傅恒一回头，就见自己的好友海兰察吊儿郎当地朝自己走来。

“怎么了？”海兰察伸手在他眼前晃了晃，“昨天睡觉没睡好？怎么一副魂不守舍的样子？”

傅恒的确一夜没睡好，一闭上眼，眼前就浮现出凝雪似的一段皓腕，以及上头仅属于他的红印。

他在现实里有多拘谨，在梦中就有多放肆，竟如她所愿，也如自己所愿，将自己的唇印了上去……

摇摇头，将那些乱人心神的画面挥出脑袋，傅恒问：“找我什么事？”

“没什么事不能找你啊？”海兰察说完，忽然朝一个方向使了使眼色，压低声音道，“最近这家伙可勤快了，不是勤快地工作，而是勤快地找宫里的宫女……”

傅恒望了过去，见一个尖嘴猴腮、偏神态倨傲无比的男子立在不远处，正与一名宫女拉拉扯扯，也不知道在说什么悄悄话。

“怡亲王！”

对方一惊，转过头来：“富察傅恒？”

身旁的宫女见来了人，还是富察傅恒这样的大人物，立刻惊得脸色发白，匆匆行了一礼，就低着头跑开了。

“这宫女是亲王的熟人？”傅恒笑问。

“不熟。”怡亲王笑道，“我前几天在这里丢了扇子，正在问她瞧见没有。”

“哦？”傅恒审视地望着他，“是吗？”

“不然呢？”怡亲王顿时脸色一变，冷哼一声，“难不成你怀疑我堂堂一个亲王，会和一个宫女有首尾？”

没凭没据，即便心中有所怀疑，傅恒此刻也只能摇摇头：“不敢。”

“哼，不敢就对了！”怡亲王端起亲王的架子，如同上司训斥下属般，拿下巴对着傅恒道，“我九岁袭爵，是大清世袭罔替的铁帽子王，你算什么？别以为有皇上的宠信，就不把我看在眼里！”

说完，也不等傅恒回应，便拂袖而去。

“待我办好贵妃派来的差事，得了贵妃的支持，看你还能不能在我面前耀武扬威！”路上，怡亲王仍有些愤愤不平，觉得天道不公，富察傅恒那样的小人竟也能得势，“不过贵妃也真是的，这点小事，还要千叮咛万嘱咐的……庆锡！”

值房里，庆锡正准备出门接上轮侍卫的班，冷不丁见外面走进来一个人，略惊一下，也不知道对方为何要找上自己，但还是恭恭敬敬道：“庆锡给怡亲王请安。”

怡亲王弘晓对他的态度颇为满意，这才是下等人看见他这位王爷时应有的姿态。拉着对方走了几步，走到一个没人的角落，弘晓笑道：“庆锡，听说你最近一直在筹谋升官儿啊！”

庆锡奇怪地看了他一眼，他是从哪儿得来的消息？两人素来没什么交际，他打听这些干吗？他于是斟酌着言辞，道：“王爷说笑，如今我只是个二等侍卫，谁不想当头等呢？”

弘晓似乎早在等他说这句话，当即哈哈一笑，然后开门见山道：“要是我开口举荐，自然不是难事。”

虽然是个家道中落的王爷，但铁帽子王就是铁帽子王，如他所言，有他开口，事情的确会好办许多，只不过……

“王爷真愿帮我？”庆锡知道这个世界上没有免费的午餐，对方跟自己又不是什么亲戚朋友，肯出手相帮，定然是对自己有所求，“若是王爷真能为我在侍卫内大臣面前美言几句，刀山火海，庆锡都愿为王爷去。”

“不需要你上那刀山火海。”庆锡笑眯眯道，“只要你替我踩死一只小小的蚂蚁……”

“哦？敢问王爷，那只蚂蚁的名字是？”

第四十六章　夜会

笔尖在雪白的纸张上留下墨痕，少女伏案执笔的身姿窈窕秀美。皇后在旁看了一阵，皱起眉道：“璎珞，你有心事？”

魏璎珞微微一愣，脑海中浮现出庆锡的话语：“我查到璎宁的真正死因了，今夜三更，我在御花园等你，不见不散！”

她摇摇头，回答：“禀娘娘，没有。”

皇后走到魏璎珞面前，从她指尖取下毛笔，温柔地说：“心不在焉，是练不好字的，你身体不舒服吗？”

魏璎珞心中一动，向后退了两步，行礼道：“娘娘，奴才的确有事，要向您告假！”

三更天，月光如纱似雾，笼在花枝梢头。

庆锡走过石子小径，瞧见一个熟悉身影，正是魏璎珞。见魏璎珞如约而至，庆锡心中一松，顿生鄙薄：到底是个小姑娘，感情凌驾于理智之上，太蠢了。他走上前，道：“魏璎珞！”

少女转身看向他，目光冰冷如刀，庆锡心中莫名一凉，便听她惊慌地高声嚷道：“来人，有贼啊！”

一群太监从四周冲出，一拥而上将庆锡按倒。庆锡怒道：“你们好大胆，我是乾清门侍卫！魏璎珞，你发疯了？”

魏璎珞置若罔闻，向其他太监说：“不必怕他，此人擅离职守，深更半夜跑到御花园心怀不轨，只要不打死就没你们的错处！”

那些小太监被这句话壮了胆，当真把庆锡打了个满脸开花，庆锡虽有武艺，却双拳难敌四手，只能不停叫骂。

不远处灯火荧荧，一队人马快步赶来，为首的一人衣着华丽、神情倨傲，正是那不可一世的怡亲王弘晓。他上前踹翻一名太监，勃然大怒：“瞎了你们的狗眼，谁敢动手！”

魏璎珞见了怡亲王，唇边泛起一丝冷笑。

众太监跪成一片，战战兢兢地齐声道：“奴才给怡亲王请安！”魏璎珞也似模似样地行礼问安。

弘晓狠狠瞪了魏璎珞一眼，一把扯过庆锡，问：“怎么回事！”

庆锡浑身剧痛、口角溢血，伸手指向魏璎珞，恨声道：“是魏璎珞！她秘密约会我到御花园，想勾引我！”

魏璎珞轻蔑地打量庆锡两眼，好笑地问：“你长这么大难道没照过镜子？”

庆锡摸了摸高高肿起的脸颊，心中更恨，道：“魏璎珞，想不到你是如此歹毒的女子，我今夜来是想劝你不要错付情意，你却恼羞成怒、纠结人手、动手伤人！王爷，她约会我的事情早已上报给您，您可要严惩这个不知廉耻的宫女！”

弘晓等的就是这个时候，挥手道：“还不把人拿下！”

两名侍卫上前要拿人，魏璎珞早有准备，正要开口，却听一道清朗男声道：“深更半夜，你们在这儿干什么？”

魏璎珞怔了一下，她看向声音来处，众人让开的道路间，傅恒踏着如水月光走了过来。

傅恒在看她，魏璎珞本能地想皱起眉别过眼，但她不能让他起疑，她必须迎着那令人厌烦的关切目光，回一个亲近的示好微笑。

她也的确这样笑了一下。

弘晓也说不好魏璎珞和富察傅恒自己更厌恶哪一个，双眉拧起，语气不善地问：“富察傅恒，今日可不是你当值，你为何会出现在这儿！”

傅恒的目光从魏璎珞身上移开，对弘晓微微一笑，道：“皇上今夜颇有雅兴，正在御花园赏月，召我手谈一局，只是没想到，刚清净没多久，便听到此地喧哗令人烦扰，令我前来查看。”

弘晓神色微微一变：“皇上也在？这儿有个宫女私约侍卫，被我当场拿住，正预备交去慎刑司，就不打扰皇上雅兴了，带走！”

傅恒有意无意地挡在魏璎珞身前，面上仍是让人如沐春风的微笑，道：“皇上就在前面的亭子，怡亲王，既然惊动圣驾，还是请皇上圣裁吧！”

雅致的凉亭前乌压压跪了一片人，弘历坐在铺着锦垫的石凳上，在棋盘上落下一枚黑子，才转过脸来慢慢问：“说吧，闹什么呢？”他的目光掠过魏璎珞，皱了皱眉。

有这么句俗话说得好：恶人先告状。

魏璎珞气定神闲地看弘晓抢先开口：“皇上，这名宫女胆大包天，私下勾引宫中侍卫齐佳庆锡，齐佳庆锡再三拒绝，这宫女却约他今夜三更时分来御花园私会！奴才收到禀报，不能容忍此等淫乱宫闱的卑贱之人，刚刚的喧哗是在捉拿此女，不料打扰了皇上的雅兴，真是罪该万死。”

弘历看向魏璎珞，问：“你可认罪？”

傅恒听弘历向魏璎珞开口就是问罪，心中一跳，手在袖中紧握成拳。

魏璎珞心中亦是一冷，暗暗深吸一口气，微微抬头，应道：“亲王殿下所言，奴才一无所知，不知如何认罪。”

庆锡捂着肿大的脸颊，质问：“你若不是为与我幽会，为何三更半夜来御花园中！”

魏璎珞捧起身边的花篮，一脸无辜：“天气渐渐热了，主子不喜欢驱蚊草的味道，我是来采夜来香的，哪想到就撞上你这个登徒子，还好皇后娘娘体恤，特派了几个小太监和我一同来御花园，若说是幽会，我怎么会带这么多人？”

庆锡争辩道：“你带这么多人是想报复我拒绝你！你约我来御花园，让他们把我当贼痛打一顿，这是故意泄愤！”说到这里，庆锡快速从怀里掏出一张宣纸，高高举起，“皇上，奴才有证据，这是魏璎珞派人送来的信件，请您御览。”

弘历看着这一出闹剧，意兴阑珊地道：“呈上来。”李玉将纸展开，奉给弘历。

那雪白宣纸上写着一行字：今夜三更，御花园琼苑东门，不见不散。璎珞字。弘历看完勃然大怒，猛然将宣纸丢在魏璎珞脸上：“你还有什么话说！”

宣纸轻飘飘从魏璎珞脸上落在她膝头，上面的字歪歪扭扭，的确是她的字迹。

魏璎珞神情异常冷静，她拾起宣纸，道：“这字迹的确像出自奴才之手，但奴才也有证据，证明这不是奴才所书。”言罢，她从怀里取出一叠纸，继续说，“回禀皇上，承蒙皇后娘娘厚爱，亲自教导璎珞写字，璎珞资质愚钝，却不敢辜负娘娘心血。这一月来，璎珞尝试各种方法练字，为了比较优劣，特意将所有练习的纸都排上序号。今天下午，奴才发现第二十八页不见了！所以，必定有人盗窃璎珞的书法……”

她目光转过庆锡与弘晓，一字一顿地道：“栽赃陷害！”

庆锡不自然地避过魏璎珞的目光，弘晓则嗤笑一声：“你说丢了就丢了？我还说是你自己藏起来了！”

魏璎珞施施然问：“敢问怡亲王，我写信用的纸是什么纸？”

弘晓不耐烦地回答：“当然是练字的宣纸！”

魏璎珞神情恭敬道：“皇上，璎珞俸禄有限，不敢浪费宣纸，所以用手纸来代替——哦，就是白棉纸。”

傅恒眼中微带笑意，接过魏璎珞手里的密信与她自己拿出的纸，再奉给弘历查看：“皇上，庆锡提供的这封信，纸张洁白稠密，纹理细致，是出自安徽泾县品级最高的生宣，但魏姑娘的这些纸，只是宫内最普通的白棉纸。”

弘晓脸色一沉，还要强辩：“你这女子心机深沉，说不定是你故意避嫌，专门找了张上等生宣！”

魏璎珞轻轻叹了口气，竟似有些无奈：“不是璎珞厚颜，皇后娘娘说过，璎珞练的这一百五十张字，每天都有进步，你们怕我发现，不敢动最新的，便从中间抽取，第二十八页恰是一月前的字，只要与这两日的字体比对，真假立知。”

铁证如山，再难辩驳。

庆锡额头沁出细密汗珠，不自觉地抖了起来。

弘晓忽然一脚踹在庆锡身上，破口大骂：“混账东西，竟敢蒙骗于我！皇上，奴才没想到庆锡竟然撒谎，一定是他——”

“一定是齐佳庆锡勾引我不成，特意栽赃陷害，怡亲王是这个意思吧？”魏璎珞笑盈盈地对庆锡道，“齐佳侍卫，你听清楚了吗？你勾引我不成又栽赃，你自己再不识趣，可没有人会救你啊。”最后一句十分意味深长。

庆锡脸色青白，弘晓要弃车保帅，他怎么会不懂？他把心一狠连连磕头道：“皇上，是怡亲王威胁奴才去陷害璎珞姑娘！奴才不知道他为什么要这样做，但一切都是他指使的，奴才对天发誓！”

弘晓踹上庆锡胸口，暴怒：“狗奴才！竟然敢往我身上泼脏水！”

魏璎珞故作惊讶地道：“是怡亲王指使你？奴才深居内宫，与亲王素昧平生，不知亲王为何要诬陷奴才？奴才身份卑微，只有长春宫宫人的身份值得亲王多看一眼……难道，亲王殿下其实是想借诬陷奴婢往——”

“够了！”弘历忽然开口，声音中隐有怒意。

天子之怒，威如雷霆，众人齐齐噤声。

弘历道：“庆锡攀诬长春宫宫女，不配乾清宫侍卫一职，杖责一百，革职查办！把他的嘴堵住，给我拉下去！此事到此为止。”

庆锡来不及再说一个字，便被侍卫堵住嘴拉走，弘晓暗暗松了口气。

“到此为止”四个字砸在魏璎珞身上，字字似乎都有千斤重，她不甘心地还要开口，傅恒伸手用力拉了她一下，认真地对她轻轻摇了摇头。

“到此为止”，天子金口玉言，谁能违背？

弘历瞧见了魏璎珞与傅恒的小动作，心中更为不快，冷冷道：“魏璎珞，你这种破烂文墨也好意思叫书法？还觍着脸说每天都有进步！朕都替皇后难受，你回去练上一百张，练不完，不准休息！”

魏璎珞咬住牙，垂首应道：“是。”

第四十七章　吃肉分福

怡亲王和魏璎珞的那一场闹剧，在宫中还是掀起了一场不小的风波，长春宫拔除了一个内应，而储秀宫，嘉贵人伙同怡亲王诬陷皇后的贴身宫女败露，不配再教养四皇子，皇上下令将四阿哥交给娴妃抚养。

而魏璎珞……还在练那一百张的大字，天子让练一百张，就不能只练九十九张。

长春宫中，魏璎珞悬腕提笔一勾，终于写完最后一个字，长长呼出一口气。皇后看着白纸上工整不少的字迹，笑道："是个有慧性的丫头，写得越来越好，皇上罚你练字真是罚对了。"

魏璎珞将湖笔放在笔架上，抿了抿唇，问："有错当罚，娘娘，被罚是璎珞错了吗？"

皇后沉默片刻，叹了口气，道："天子是永远也不会错的，他说你错了，你就是错了，无论如何，嘉贵人被处置，也算皇上给了你一个公道。"

公道？魏璎珞看着桌案上厚厚一叠白纸觉得有些讽刺，她摇头道："若有公道……这公道也不是给我的，是给您的，给长春宫的，还是那句话，有错当罚，嘉贵人错了被罚，可怡亲王呢？"

皇后瞧向窗外，日光照在她裙裾金线所绣的凤凰上，熠熠生辉，她的语气十分平静："你何必钻牛角尖？怡亲王是皇上的亲堂弟。"

那五彩斑斓的凤凰耀眼得近乎刺目，魏璎珞轻轻说："对，怡亲王是皇上的亲堂弟，奴才只是一个卑微的宫女，别说只是受了冤屈，就算当场没了性命，皇上也不会多瞧一眼！他所以大发雷霆，只是怪怡亲王参与内廷纷争，又闹得很难看，丢了皇家体面！所以，嘉贵人尚有处置，怡亲王却逍遥得意！"

皇后看着面前的少女，缓和口气道："璎珞，怡亲王毕竟是十三皇叔的亲儿子，大清堂堂正正的铁帽子王，皇上不好过分苛责。"

魏璎珞回望皇后，长春宫是她唯一的立足之地，皇后娘娘也是她在重重宫闱里必须要抓牢扶稳的靠山。长春宫和怡亲王的梁子已经结下，与其一味防守，还不如以攻为守。她眸光转冷，暗想：铁帽子王……有什么大错，是有铁帽子王这样的尊崇也保不住的呢？

皇后见面前的小姑娘忽然出神，奇怪地问："你在想什么？"

魏璎珞回神，对皇后一笑，道："没什么，只是在想，无论如何，我都会保护您的。"

皇后微微一怔，心中柔软，语气爱怜地说："傻姑娘。"

时日易度，又消磨几日光阴。宫里的日子，今天与昨天没什么不同，见一样的人、看一样的景、做一样的事，而这样的日子，一旦稍有变化就会十分明显。

这日去永和宫送完东西，魏璎珞回到长春宫，拉着尔晴说话："尔晴，什么是吃肉分福？"

尔晴稍稍一想，反问："你是不是看见吴书来他们准备黑猪了？"

魏璎珞点点头，道："回宫的路上瞧见的，一群人扛着好大两头整猪，大得简直怕人。"

尔晴扑哧一笑，说："也难怪，咱们平时哪见得到那些东西，瞧着是不是新鲜？这是宫里的老规矩，坤宁宫朝夕二祭，每隔一月还有一次大祭，皇上要赏赐御前侍卫、朝臣们吃肉分福，后宫嫔妃也有份，算算时候，明天就是大祭日啦。"

说到这儿，尔晴又犯起愁："说是分福，但那胙肉不过是白水所煮，没滋没味，有时候都是半生的，咱娘娘素来最厌吃那东西，还吃坏过肚子，只望这次吃了凤体无恙。"

魏璎珞想到皇后的身体，不免也忧心起来，问："不能不吃吗？"

尔晴叹了口气："这是分福，谁敢拒绝就是对先祖、对神灵不敬！以前有位大臣吃吐了，还被杖责八十呢！"

对先祖、神灵不敬，杖责八十。

魏璎珞心中一动，时机稍纵即逝，她发现了一个绝好的机会，就一定不会就此错过。魏璎珞双眼微微一眯，对尔晴甜甜一笑，道：“我忽然想起有事没办完，下次再找你说话。”说完，提起裙摆快步向外走去。

尔晴愣愣地看着魏璎珞的背影，嘀咕道：“你不是才办完事回来吗？”

侍卫处。

“吱——吱——”海兰察拼命对傅恒使着眼色，口里还发出怪声。

傅恒莫名其妙地看了他一眼，问：“你今儿怎么了？得失心疯了？”

海兰察泄气，没意思地说：“唉，咱俩真是一点默契也没有啊，不玩了不玩了，你往那边瞧，看看是谁？”

傅恒闻言望去，不远处，穿着宫女服色的少女亭亭玉立。傅恒立刻起身，拍了一下海兰察的肩膀，说：“我很快回来。”

海兰察看着傅恒大步流星地走向魏璎珞，啧啧两声，道：“这可真是铁树开花，哈！”

傅恒的步子很快，不过片刻，这一段距离就被他走过了大半，但真的快走到魏璎珞面前时，他的步子又慢下来。

那个女孩子站在一棵柳树下，身姿也如弱柳。她本来在出神，但听到脚步声很快回过头看他，清凌凌的眼底是他的倒影，璎珞对他笑起来，脆生生地喊：“少爷。”

心底的确有花在开，层层叠叠，傅恒不自觉就用了最温柔的语调问：“你怎么来了？”

魏璎珞把一只小纸包交给傅恒，道：“我来送这个给你。”

傅恒打开，轻轻捏了一点观察，疑惑地说：“是椒盐？”

魏璎珞点点头，态度殷切又体贴：“明天是大祭日，我听说胙肉半生不熟，毫无滋味，经常有人吃吐了受罚，便特意准备了椒盐给少爷，待人不注意的时候，你悄悄抹上一点，就能吃下去了。”

傅恒把纸包交还给魏璎珞，不赞同地说：“璎珞，这不妥。”

纸包递到手里时，魏璎珞忽然连着傅恒的手一并握住，又推了回去，她波光潋滟的眸子对上傅恒的双眼，劝道：“少爷藏一包在袖子里，到场那么多人，谁会注意到呢？”

少女璎珞细腻柔软的掌心简直像一团火，碰到傅恒的瞬间，烫得他立刻收回了手，让他的脸一直红到了耳尖。

魏璎珞却好似看不见那通红的耳尖，自然而然地收回手，笑道：“我就当少爷收下了，皇后娘娘还在等我，我先走了。”

层叠盛放的心花慢慢枯萎，傅恒静静看着魏璎珞走远，握紧了手中的纸包。

次日，坤宁宫正殿。

大祭日礼仪繁杂，坤宁宫殿内架着两口大锅，热气腾腾，白肉翻滚。太监们将煮熟的猪肉恭敬地摆上供桌，供桌上祭祀的是满族人的神穆哩罕神。萨满太太口中唱着祈祷奏乐，不时发出“哦啰啰”的声音，同时击打手鼓，摇晃金铃。

弘历与皇后居于众人之前，群臣列后，在手鼓铃音之中，所有人向穆哩罕神行叩首之礼。礼毕后，弘历与皇后于南炕升坐，诸位大臣坐在各自的毡垫上。

李玉一击掌，太监们捧着初步分出前后肘的猪肉，呈送上来。弘历亲自用匕首割下一块，李玉高声道：“请大人们吃肉！”

魏璎珞和众宫女上前，每个人手里都端着一只盘子，盘内是准备好的大块白水肉，旁边配上一柄小刀和一块棉纸。

弘晓盘腿坐在毡垫上，望着魏璎珞的眼神居高临下，充满讥嘲。魏璎珞姿态十分谦卑，微微屈膝，高举托盘请弘晓取刀。弘晓冷哼一声，棉纸狠狠擦过匕首，他用力一刀刀斩下去，白肉在刀下分成数块，汤汁飞溅而出，溅上魏璎珞的面颊。

魏璎珞神情不改，笑容得体，待弘晓割完肉后，若无其事地收了刀和棉纸，将托盘放入其他托盘之中，回到皇后身边。

接下来就该众人享用白肉。弘历切好一片正要食用，吴书来却忽然凑到弘历身边，低声耳语了两句。弘历勃然色变，将手中刀钉在案上，厉声道：“立刻给朕查！”

殿内诸人都是一愣，吴书来一挥手，太监们一拥而上，硬生生从众位大臣手里夺了肉检查。群臣茫然相顾，齐齐惶恐伏跪在地。

检查弘晓托盘中白肉的太监大声道：“回禀皇上，找到了！”

魏璎珞低下头，不动声色地掩去面上笑意。

第四十八章　解释

弘历走下南炕，疾步走到弘晓面前，眼神复杂，他失望地问：“弘晓，大清为何要分福吃肉，你还记得吗？”

弘晓一脸莫名，答道：“奴才不敢忘记，当年太祖少年分家，带着兄弟入山采参狩猎，依靠白水煮肉为生，后来就保持了这样的习惯。大清入关之后，坤宁宫每日朝夕二祭，隔月一大祭，让后代子子孙孙铭记先祖创业艰辛，大清立国不易——”

弘历忍无可忍地截断他的话：“既然你都知道，又为什么要在肉内加盐！”

殿内其他人听到这句，不敢在天子盛怒时交头接耳，但目光相会，都互使眼色。

弘晓蒙了一下：“加盐？奴才没有啊！”弘历伸手指向盘子内的肉，命令：“你自己尝！”

弘晓只好切下一块肉尝了一口，咬下肉的瞬间，他整个人都顿住了。所有人都在注意他的神色举动，弘历的怒意升到了顶点，他抬手掀翻弘晓面前的托盘，斥道：“先祖都能忍受，你却忍受不了！在祭神的肉内加盐，这是藐视先祖、不敬神灵，你简直胆大包天！”

弘晓的王服溅上了肉汁，他扑通一声跪倒在地，惊慌失措地分辩：“皇上，奴才不知道为什么这肉是咸的，奴才真的不知道啊！这是有人蓄意陷害，一定是陷害！”

弘历沉声问：“肉都是同锅所煮，又有谁会陷害你？”

弘晓怨毒的目光在殿内扫视，众人都避开他的目光，只有一个人，平静地与他对视，平静地欣赏他的狼狈。弘晓陡然惊醒，伸手指着魏璎珞：“她，一定是她！她刚才端来的刀，刀上一定有盐！”

魏璎珞怯懦地向后退了退，柔顺如风中弱柳。皇后怫然：“怡亲王，你自己做了不敬祖先的事，想冤枉别人脱罪！我长春宫的宫人就这般好攀咬吗？”

弘历看了魏璎珞一眼，眼中尽是不快，道：“是不是冤枉，查一查那刀就知道了。吴书来，查！”吴书来应声而动，拾起落在地上的银刀反复检查后，向弘历摇了摇头，道：“回禀陛下，刀上并无盐粒。”

弘晓一愣，看到盘中的棉纸像发现了救命稻草，立刻说：“那棉纸呢，一定在棉纸上！”

吴书来检查过棉纸，再次摇头。

所有人都看着弘晓，眼中隐藏着同情或是幸灾乐祸。

弘晓慌乱地道：“皇上，奴才真的没有携盐入宫，这是对祖宗不敬，是数典忘宗，奴才怎么可能干出这样的事？一定是那个贱人陷害奴才啊！”

皇后面上怒意不掩，提高声音道：“怡亲王，注意你的身份言辞！”

弘历对弘晓彻底失望，闭上眼说：“朕早就听说，有大臣嫌恶胙肉难吃，或携带盐巴藏于袖口，或收买太监动手脚，还以为是谣传，没想到不是别人，竟然是爱新觉罗自己的子孙！弘晓，朕不是没给你机会，但你一而再再而三让朕失望！来人，怡亲王不敬先祖，玷污胙肉，褫夺乾清门侍卫一职，交宗人府处置！”

侍卫鱼贯而入，按住弘晓拉出殿外。弘晓不断挣动高声喊冤：“皇上！皇上！奴才是被人冤枉的，奴才真的是被冤枉的！皇上！”

魏璎珞轻轻咬住下唇，她简直怕自己会笑出声来。

弘历冷眼扫过众人，煞气极重地道：“坤宁宫朝夕祭祀，分派胙肉，这是先祖的福荫，神灵的庇护！可是以怡亲王为首，原本骁勇善战的八旗子弟，已变成倚赖先辈功勋，到处遛鸟逗狗、不务正业的蛀虫！别说上阵杀敌，连吃胙肉都视同苦差！朕警告你们，大清先祖创业不易，朕绝不容许大好的江山，就这么毁在一群贪图享乐、不敬先祖的败家子手上！查，外面的侍卫也一并查清，朕要看清楚，还有谁敢这么干！”

吴书来领命而去，一番兵荒马乱后，吴书来匆匆赶回。弘历坐在炕上，神色阴沉地问：“抓到人了吗？”魏璎珞立在皇后身边，心情愉悦地等着吴书来的回答。

吴书来赔着笑脸道：“皇上，御前侍卫、乾清门侍卫全都接受了盘查，没有人私动手脚。”

魏璎珞一怔，难以置信地看向吴书来，皇后看了她一眼，似有所察。

弘历神情稍缓，摆了摆手：“总算还有明白事理的，继续进肉吧！”

大祭日继续进行，再无风波。礼毕后，众人散去，各司其职。

魏璎珞心神不定地跟随凤驾回到长春宫，一进正殿，皇后便拉下脸，吩咐众人：“你们都出去，带上门窗，璎珞留下。”

魏璎珞自入长春宫以来，一直深得皇后宠爱，这一次皇后如此疾言厉色，叫众人心里惴惴不安。明玉得意地瞥了魏璎珞一眼，尔晴则满目担忧，两人随众人退出。

正殿内空空荡荡，魏璎珞与皇后相对而立。这是她第一次见到皇后生气，在她的印象里，皇后殿下高居云端美得雍容华贵，但她震怒时，有着与陛下相似的气势。

那是独属于上位者的威严。

皇后冷冷道：“跪下。”魏璎珞依言跪下，一言不发。

皇后居高临下地俯视她，问：“魏璎珞，你知不知错？”

魏璎珞神情平静，道：“奴才此身俱为娘娘所有，娘娘所言无有不对，璎珞有错，请娘娘责罚。”

皇后气极反笑：“所以是本宫说你有错你才有错？魏璎珞啊魏璎珞，你真是恃宠而骄，你是长春宫的宫女，是本宫身边最亲近之人，你要小聪明陷害怡亲王，一旦被人揭发，本宫能逃脱管教不力的罪名吗？”

魏璎珞猛然抬头，她虽然隐隐猜到皇后可能发现了此事，但真被说破，心中仍不免惊讶。

皇后不悦道：“说话啊！”

魏璎珞深吸一口气，俯身叩首：“这是奴才一人所为，真有那一日，也当奴才一力承担，即便舍去性命，也不敢牵连娘娘。”

殿内静了片刻，魏璎珞的额头贴在光滑冰凉的地板上，她听到皇后轻轻叹了口气，竟似有些无可奈何：“你呀你，叫本宫说什么好，到底是吃了熊肝还是凤胆，怎么都不见你胖呢？”

魏璎珞一怔，便被按着肩头拉了一下，皇后道：“小姑娘家家，心思这样重，一天到晚生生死死的，你才多大？”语意里有两分怜惜。

魏璎珞被皇后拉起来，小心翼翼地问：“您不生我的气了吗？”

皇后轻轻点了点魏璎珞的额头：“怡亲王之前诬陷你，也是打了长春宫的脸面，本宫自然不高兴，也想让他受教训，可他毕竟是皇上的亲堂弟，皇上不点头，本宫都不能苛责，你胆子就这么大，连铁帽子王都敢动？”

魏璎珞摸了摸额头上被点的地方，试探地问：“娘娘，您怪奴才，就是为了这件事？”

皇后一脸怀疑：“你还犯了其他错？一口气说完了，免得本宫再受惊吓。”

傅恒的脸在眼前挥之不去，魏璎珞一直在想，他为什么没有被抓住。魏璎珞摇了摇头，又问：“娘娘是怎么知道这件事是我做的？”

皇后狐疑地打量了魏璎珞一阵，才说：“傅恒之前捎信给我，说你胆大妄为，让本宫好好管教，你也不要怪他，他是怕你再闯祸。”

魏璎珞脸色刷白！他知道，他什么都知道，自己交给他椒盐时，他就什么都知道了！魏璎珞的指甲掐入了掌心，问：“富察侍卫没有说别的？”

皇后恨铁不成钢地道：“没有，幸亏是傅恒发现了，换了别人，早就一状告到御前，不过告了也没用，证据一定早就处理掉了。”

魏璎珞镇定下来，颔首道：“是，请您放心，绝对不会露了马脚。”

“本宫不是担心这个——”皇后蹙起眉，顿了顿，又道，“算了，璎珞，为人处世，斤斤计较，绝不会开心，相反，退后一步，才有海阔天空，这件事你要多谢傅恒。这样，你替本宫给他送参汤过去，一定要向他道谢。”

道谢？那包椒盐送出去，他向皇后娘娘告了这一状，就算自己和他富察傅恒撕破了脸。魏璎珞还真有点好奇，现在傅恒看到自己会是什么态度。她柔顺地对皇后说："是。"

大祭日分肉之后，不用当值的侍卫们都回到侍卫处休息。

傅恒坐在竹椅上看书，海兰察从背后走过来一瞧，"噗"地笑出声："我说你真是越来越本事了，书倒着也能看进去？"

傅恒回神，见手中书册果然是倒着的，烦躁地将书丢在桌上。

海兰察拍拍他的肩膀，问："心情不好？那我告诉你一个好消息，有漂亮的宫女妹妹来给你送汤了。唉，我怎么就没人疼呢……"

傅恒一愣，回头一看，魏璎珞提着食盒站在门口。

海兰察笑嘻嘻地退出去，一边关门一边说："两位聊，好好聊。"

魏璎珞走到桌边，将一碗热气腾腾的参汤端在桌上，甜甜笑道："少爷，娘娘命我来给您送汤。"

傅恒没有说话，表情带着洞悉一切的冷静。

屋檐上的水一滴、两滴、三滴落下，两人面对面站着，寂静无声。魏璎珞的神情从天真变得冷漠："放心吧，皇后娘娘让我送来的汤，我是不会在里面下毒的。"

傅恒看着盛汤的白瓷碗，问："是你陷害怡亲王？"

魏璎珞漫不经心地回答："你不是都向娘娘告了我的状了吗？"

傅恒心中一刺，勉强维持表面的平静，问："你怎么做到的？那柄匕首和棉纸上，什么都没有。"

璎珞笑了笑，摊手答道："其实非常简单，我用棉纸浸透盐水，晒干后表面结晶，再拿去擦刀，在方肉剁成碎块儿的过程中，刀锋上的盐晶都渗入肉块，去查刀自然一无所获，但棉纸却很容易查到，所以我趁大家不注意，偷换了干净棉纸，自然查不出来。"

傅恒猛然起身，死死看着魏璎珞，开口道："你——"

魏璎珞不闪不避与他对视，气势丝毫不弱："我怎样？你要指责我不该收拾怡亲王？因为他是大清铁帽子王，是宗室子弟，皇孙贵胄，所以他叫我跪就跪，叫我贱人，我就得全收下，是不是！哈，我魏璎珞想做什么，想害谁，一个都别想跑！”

傅恒忍无可忍地道：“璎珞，他毕竟是亲王！”

魏璎珞嘿然冷笑：“沧海桑田，世事变幻，从前山峰迭起，将来一马平川，哪儿有一成不变的理！君不见，昨日他高高在上，今日却像一条狗，跪在地上求饶啊！拼命磕头说我没有我不敢……哈哈哈，真是笑死我了。”

傅恒闭上眼，又慢慢睁开，几近自虐地问：“那我呢？你再三设计，是因为阿满，是不是？”

魏璎珞冷眼瞧着他：“是，不过你不是已经逃过一劫了吗？表面看来，少爷可真是个君子，但世上哪儿有毁人清白的君子呢！”

傅恒已经有些无法忍耐，他忽然抓住魏璎珞的手腕，急切地问：“如果我告诉你，不是我做的，你信吗？”

魏璎珞嗤笑一声：“你觉得我会信吗？”

傅恒松开魏璎珞的手，颓然后退一步，他突然拔出腰间的匕首，送到魏璎珞手中。魏璎珞手中被塞进一把凶器，皱眉道：“你这是干什么？”

傅恒看着她的眼睛，漆黑的眼底压抑着滚烫的岩浆。他按着她的手握住刀柄，将刀锋对准自己的胸膛：“此事与我无关，如果你不信，可以在这儿杀了我！”

魏璎珞握住匕首，嘲讽地笑笑：“在这里杀了你，我也逃不过啊，我可不想和你一起死。”

傅恒烦躁地说：“与其被你憎恨，我倒宁可和你一起死。”

魏璎珞微微一愣，神色略有些不自然。

傅恒叹了口气，将刀扔在桌上，轻声说：“抱歉，我刚刚考虑得不周全，真要以死明志，也不能在侍卫处，的确会让你脱不了干系。但璎珞，没有就是没有！我没有伤害你的姐姐，我没有伤害阿满！若我说了假话，就叫我被千刀万剐、五马分尸、不得好死，死后还要背负骂名受万人唾弃！”

这誓言太毒太狠，魏璎珞浑身一震。傅恒望着她，认真坦荡地说：“魏璎珞，我再说一次，富察傅恒未做一件伤天害理之事，从来没有！我从未伤害过你的姐姐，更不想……伤害你。”

魏璎珞终于开口问:“第一次，我问过你，是否认识阿满，你为何要装作不识？”

傅恒眼中一亮，忙答道:“阿满一事，曾闹得满城风雨，直到她离开皇宫，流言也久久没有停息。我听说过这件事，却从未见过阿满，自然说不认识。”

魏璎珞抿起唇，取出一块玉佩给傅恒看，不信任地问:“你的玉佩，为何在她手里？”

傅恒神情也很疑惑，道:“这块玉佩的确是我遗落，但为何阿满要留在身边，我也一无所知。”

魏璎珞定定望着他:“你说的一切，都是发自真心，绝无一字虚假吗？”

傅恒摇头，苦笑道:“我没必要骗你，若我真是凶手，大可以告诉皇后，你还有机会找我报仇吗？”

虽仍有疑点，但的确有道理。

魏璎珞踌躇再三，轻轻点了下头:“好，我暂时相信你，但若有一天，让我发现你撒谎，哪怕我变成恶鬼，也要找你偿命！”言罢，她恶狠狠瞪了傅恒一眼，转身便要离开。

傅恒被那一瞪激出火气，又抓住魏璎珞的手腕，不忿道:“从前你要找我报仇，就虚与委蛇、笑脸迎人，如今发现我毫无用处，立刻弃若敝屣、不屑一顾！魏璎珞，你是不是会变脸？”

箍住手腕的那只手如同铁钳，带着让人心悸的热度。魏璎珞站住不动，垂首不语。

傅恒满心苦涩，无力地道:“其实从你第一次出手，我就怀疑过你，可后来见你对雪球那么温柔，我又一次自我欺骗。魏璎珞，从来不是你骗我，是我骗自己！你对我说的每一个字，展露的每一个笑容，我都会在脑海里反复回想，哪怕明知你一直在骗我，我也不愿意相信。”

魏璎珞望着他的手半晌，突然抬起脸，露出明媚笑容:“少爷，你这样的举动，好像……不太得体？有道是男女授受不亲，你……”

傅恒一怔，也看向自己的手，发现自己还握着魏璎珞的手腕，想要立刻放手，但见那截皓腕如雪，他一时又有点不舍得放开。

门外忽然传来一声怪笑，海兰察从门外跳进来，大叫："好哇，郎情妾意，你侬我侬，被我抓住了吧！"傅恒立刻放手，璎珞也快速站起来，匆匆出门道："长春宫事多，告辞了。"说完拎着食盒快步离去。

海兰察一见自己坏了兄弟好事，忙道："喂！我就是开个玩笑，璎珞姑娘，别走啊！"

魏璎珞已经跑得人影不见，海兰察满怀歉意地看向傅恒，赔笑道："哎，对不起，没想到你的小姑娘这么不禁逗，姑娘走了还有兄弟，来，兄弟来喂你喝汤！啊，张嘴！"

傅恒被恶心得一脚踢在海兰察身上，海兰察嗷嗷直叫。

第四十九章　谣言

“听说了吗？”

“什么事儿啊？”

“嘉贵人和娴妃的事啊，闹得这么大！之前皇上不是把四皇子交给娴妃教养了吗？嘉贵人一直求皇上想把四皇子要回来，结果闹出来，嘉贵人为了夺回四皇子，故意令四皇子生病再诬陷娴妃，皇上已经下令将嘉贵人降为答应，褫夺封号，迁居北三所！”

“嘉贵人真是心狠啊……都说虎毒不食子呢。”

“是啊，不过听说慧贵妃也想要抚养四皇子，但是没成，嘉贵人明明一直唯她马首是瞻，她还想抢人家的孩子。”

“娴妃以后就真是有四皇子傍身了呀，我觉得娴妃娘娘人挺好的。”

两个小宫女坐在廊下叽叽喳喳说得正热闹，忽然听见有人轻咳了一声，两个人惊慌失措地回头，见是魏璎珞双手环胸看着她们，都松了一口气，嗔道：“璎珞姐，你吓我们干吗！”

魏璎珞弹了她俩一人一个脑瓜嘣儿，恐吓道：“你们有几条命，敢背后嚼舌根？今儿不是我听见，换个人在这儿，你们俩舌头都被人拔了！”

两个小宫女心有余悸地认错：“知道了，下次不敢了。”

魏璎珞还要教训两句，明玉远远望见她，喊道：“魏璎珞，你在那儿干吗？娘娘找你，还要轿子来抬你吗？”

魏璎珞忙应道：“来了。”边走边回头点着两个小宫女，道，“下次再瞧见就打你们板子！”

两个小宫女笑嘻嘻地跑远了。

长春宫正殿，皇后和尔晴也在说这事。

皇后喝了口茶，皱眉问："金答应（嘉贵人已撤封号，以姓氏称呼）怎么就寻了短见？看她不像是这么熬不住的人。"

尔晴应道："锦衣玉食惯了的人，北三所的日子还是受不了，金答应的后事已经安排妥当了。"

皇后放下茶盏，点点头道："好，只是可怜的永城，那么小就没有了亲额娘。"

尔晴犹豫片刻，小心翼翼地问："皇后娘娘若是可怜四阿哥，为何不将他带来长春宫抚养？"

皇后叹了口气，道："本宫主持六宫，事务繁忙，而娴妃品行高洁，正直无私，是最适合照顾永城的人选。更何况，她刚刚失去至亲，四阿哥对她……多少是个安慰。"

尔晴欲言又止："皇后娘娘，请恕奴才多嘴，长春宫太冷清，是时候添一位小阿哥了。您是正宫皇后，理应为皇上生一位嫡子，才能承继大清正统。"

皇后脸色立变，呵斥道："尔晴，怎么连你都说这种话！"

尔晴扑通跪下，苦口婆心地劝说："奴才知道，您宽容大度，母仪天下，将其他妃嫔的孩子也视若己出，但贵妃一直虎视眈眈，若储秀宫抢先一步诞下龙子，您的地位必受动摇啊！"

皇后已经十分不悦，拍案道："不要说了！"言罢，她忽然抽了一口气，咬紧牙关坐下。

尔晴见皇后似是不适，慌忙起身上前问："娘娘？"

魏璎珞进入正殿时，正赶上这一幕，忙也凑上来询问："娘娘怎么了？"尔晴六神无主地道："太医……我去叫太医！"

皇后一把拽住尔晴的手臂，冷静地说："没什么，不要惊动别人，我只是忽然累了，扶我去床上歇息。"

尔晴急切地说："可是——"

皇后紧紧抓着尔晴，用力之大几乎令尔晴有些疼痛，她说："听话。"

魏璎珞与尔晴无法，只好先扶皇后去榻上歇息，魏璎珞轻声问："娘娘，你真的没事吗？"

皇后点点头，又道："你们请纯妃来吧，好久没见她了，忽然想和她说几句体己话。"

魏璎珞和尔晴对视一眼，齐声应道："是。"

宫女很快引纯妃来长春宫中，魏璎珞本以为还要在旁服侍，尔晴拖着她到门外，其他宫人也一个都不留在殿中。

尔晴和魏璎珞坐在门前，心中各有心思。魏璎珞低声问尔晴："你说，皇后娘娘到底有什么事要和纯妃说，竟连我们两个都不能留在里面？"

尔晴同样满脸困惑，却道："这是主子的事，你我就不要多问了。"

魏璎珞笑道："也是这个理。"但心中疑惑更甚。

皇后常常召纯妃说话，说话时还会屏退宫人，在宫中并不是什么秘密。

储秀宫中，芝兰在慧贵妃耳边说了几句话。

慧贵妃惊讶："当真？"

芝兰点了点头。

慧贵妃嗤笑一声："这两个女人真是奇怪，纯妃常年生病不侍寝，皇后待她又如亲姐妹一般，明明是情敌，竟全无芥蒂似的！"

芝兰也一脸稀奇："是啊，纯妃侍奉皇后，比伺候皇上还精心！而皇后娘娘虽宽容大度，但对谁也没对纯妃那么亲热，这两个人也太古怪了。"

慧贵妃嗑着瓜子闲闲道："两个女人能有什么古怪？又不可能是——"话说到这儿，慧贵妃突然顿住了：对呀，世上哪儿有不可能的事儿？这么一想，所有不对劲儿的地方全明白了！

芝兰也愣住了："娘娘，您是说——"

慧贵妃喜得将手中瓜子往外一抛，笑道："这是她们自己往我手里递把柄，若是放弃不用，那就太可惜了！芝兰，你替本宫放个消息出去！"她招手令芝兰上前，低声耳语了几句。

芝兰一惊："娘娘，这是真的吗？"

慧贵妃轻笑一声，得意地道："要累积好名声，就得一辈子做好事，若有了丝毫污点，可就大厦倾颓在眼前！你记住一句话，别管再荒谬，只要有人信那就是真的！”

几日间，纯妃日日去皇后的长春宫报到，一个奇怪的流言也在宫中越传越凶。

昨夜弘历留宿长春宫，到了要上朝的时候，帝后起身，皇后亲自服侍皇上穿衣。

皇后为弘历束上玉带，弘历望着结发爱妻的华美面容，忽道：“皇后可知有人在宫中散布流言？”

能令天子主动提起的流言，当然非比寻常，皇后束好玉带，柔声问：“哦？是什么流言？”

弘历沉默片刻，道：“他们说皇后与纯妃关系过于亲密，似有不妥。”

皇后扑哧一声笑了出来，忍俊不禁地道：“皇上，如此谣言，您也相信？”

弘历想了想，也失笑道：“仔细一想，的确荒谬。”

皇后从太监手中接过玉冠，为天子戴上，温言软语：“皇上放心，臣妾一定严查散播流言的人，好好整顿宫里的规矩。”

弘历点头，道：“不过，皇后也得好好约束你身边的人了，朕说的就是那个魏璎珞。”

皇后听皇帝语气不善，无奈地道：“皇上，您对璎珞存有偏见。”

弘历不耐烦地道：“好了！朕不想和你争辩，这种成日搞风搞雨的人，朕最见不得。”

皇后苦笑，只好道：“是，臣妾会多加注意。”

天子一走，纯妃又来长春宫报到，魏璎珞正欲与众人一同退出，皇后却忽然道：“今日宫中流言甚嚣尘上，本宫与纯妃不过闲话两句，也惹诸多猜疑。罢了，璎珞，你留下伺候。”

众人都是一脸惊讶，明玉则一脸妒意，魏璎珞颔首道：“是，娘娘。”

殿内只剩下三个人，纯妃一脸犹疑地打量魏璎珞。

魏璎珞低眉顺眼立在一边，皇后道：“璎珞，抬起头来，许多人都在猜测本宫与纯妃之前到底有什么事，你好奇吗？”

魏璎珞如实道：“好奇。”

皇后又问：“若是本宫真与纯妃有些首尾，你当如何？”

魏璎珞心中一惊，面上仍然平静，答道：“明面只做不知，暗中全力回护。”

皇后诧异道：“这可是欺君之罪，你也要回护本宫？”

魏璎珞郑重答道：“皇后娘娘教导璎珞读书识字、为人处世，是天下间难得的好人，无论娘娘做了何种选择，只要娘娘需要，璎珞都愿意为娘娘付出生命。”

皇后与纯妃同时动容，皇后轻轻一叹，道：“纯妃，给她看看吧。”

纯妃点点头，从柜子中取出一套艾灸的工具，放在魏璎珞面前。魏璎珞一愣：“这是？”

皇后眉宇间染上轻愁，道：“本宫自从生育二阿哥以来，体内寒气扩散，过了今年冬日，越发变得厉害。整夜只觉骨痛，难以入眠，还不停地出虚汗，半个时辰就要换一套衣裳。”

纯妃接口继续说：“所以，皇后娘娘请臣妾为她艾灸治疗。但艾灸是清宫禁术，要避开人进行。只是没想到——”

皇后皱眉怒道：“没想到宫中竟因此广传流言，简直荒谬至极！后宫女子，子嗣为重，试问一个体寒入骨的女人，又如何生儿育女，坐稳后位呢？所以，本宫不敢劳动太医院，只能请纯妃帮忙。璎珞，从今日起，你和尔晴一块儿，为本宫守着长春宫！”

魏璎珞斩钉截铁地应道：“是。”

第五十章　查寻

海兰察打了个哈欠，将一本簿子交给魏璎珞，问："璎珞姑娘，你找正月初十这一日的值班名录干什么？"

魏璎珞接过簿子，口中答道："有用。"言罢，翻到正月初十那一页，详细查看名录：正月初十，值守侍卫：佟佳余庆、索绰罗付康、赫舍里礼国、富察傅恒、索伦部多拉尔海兰察、钮祜禄肇丰。

海兰察一脸费解："这有什么用？"

魏璎珞轻巧答道："有用就是有用啊。"她正准备翻到下一页，一只手却按在名簿上，原来是傅恒按着名簿，对海兰察说："海兰察，我有话想对璎珞说。"

海兰察会意，善解人意地起身："行行行，你们说，我先出去了。"

傅恒按着名簿的手没有一点要放松的意思，魏璎珞挑起眉，问："少爷这是什么意思？"傅恒将名簿合上："不用看了，正月初十那一日宫里的男人可不止皇上和侍卫，正月初十那一日，皇上在乾清宫宴请王公宗室，凡王、贝勒、贝子、四品顶戴宗室，全都列席参加。"

魏璎珞若有所思："宗室……"

傅恒面有忧色，道："璎珞，若真如你所言阿满是为人杀害，那杀她灭口的人，一定不希望此事传扬出去，你继续追查，一则范围太大，难以筛选，二则一旦被发现，你会置于险地。"

魏璎珞抬眼看向傅恒，认真地说："谢谢少爷的提醒，但如果是皇后娘娘有事，你待如何？"

傅恒一怔，无法回答。

魏璎珞笑笑，道："将心比心，你与娘娘感情深厚，我与姐姐又何尝不是？

我一定要追查真相，你让我放弃，除非我死。”

傅恒沉默片刻，将心比心，她有姐姐，他也有姐姐，他拦不住她，就只能帮她。打定了主意，傅恒问：“那——你预备怎么办？”

魏璎珞已经有了计划，成竹在胸地道：“既然在乾清宫举办夜宴，当天晚上谁若离开宴会，必定留下痕迹。乾清宫当值太监、皇上身边的亲信，都可能会记得，只要耐心追查，我一定可以抓到凶手！”

傅恒略一思忖，道：“乾清宫的太监，我去帮你追查，答应我，不要轻举妄动！”

魏璎珞有些惊讶，她不赞同地说：“少爷，你何必来蹚浑水？”

傅恒姿态强硬地威胁她：“你若不肯答应，我立刻就去告诉姐姐，让她遣你出宫！”

魏璎珞目光渐渐柔软，她向傅恒微微一笑，说：“好，我答应你。”

虽然是有为皇后娘娘办事的借口，但身为宫女，也不好在侍卫处停留太久，魏璎珞匆匆赶回长春宫，被明玉告知圣上驾临。

魏璎珞也不知道怎么回事，长春宫许多宫人，天子似乎格外厌憎她。她自觉地回到自己房间不去惹烦。

寝殿之中，太监端来小桌，摆上菜肴，皇后关怀道：“皇上忙了一天，也该饿了，多少吃一些吧。”说完，皇后亲自将盛好汤的小碗端给弘历。

被这氛围感染，弘历的语气也温柔许多：“皇后也一起用吧。”

皇后有些诧异，提醒道：“皇上，后妃不能和皇上共餐，这是老祖宗留下的规矩。”

得到了意料之中的回答，弘历心中有些失望，笑了笑，道：“皇后还是和从前一样，谨守礼仪，从无逾越。”

皇后正色道：“身为六宫表率，臣妾不敢逾越。”一阵清风吹动纱帘，皇后转头吩咐，“尔晴，把窗户都关上，夜里风大，别让皇上受了寒。”

弘历望着皇后，不再开口，低头喝汤。

次日，晨起之时，仍是皇后亲自为弘历整装。弘历忽生感慨：“有时候，朕真想不去上朝。”

皇后微微蹙眉，规劝道：“皇上既要做明君，就不可有半分懈怠，否则，便是臣妾的罪过。”

弘历略有不快：“朕不想去上朝，又与皇后何干？”

皇后退了一步，郑重跪下，叩首道：“皇后有规劝之责，若皇上怠政，臣妾自然有错。”

弘历顿了顿，玉带金冠就在一边，他心中忽然生出些疲惫。片刻后，他亲自搀扶起皇后，无奈地说：“朕说了很多次，你这样做，朕都替你觉得累，朕的皇后不嫉不妒，宽容仁慈，朕在你身上找不出丝毫缺点，更以拥有这样的贤后而自豪。”

皇后被这样直白地夸奖，倒有些不自然起来，微微低首，道：“臣妾没有那么好……相反，过去三年里，臣妾有太多的不足。”

朝服穿好，弘历起驾上朝，走到门口时，像是忽然想起什么，转身叮嘱：“愉贵人将要生产，还要请皇后多加照拂。”

皇后颔首应道：“请皇上放心，臣妾一定竭尽所能，好好照顾愉贵人。”

弘历看着妻子美丽的容颜，心里说不出是开心多些还是惆怅多些，他笑道：“朕相信你，会将一切做得很好。”

第五十一章　生产

圣上亲自嘱托，皇后当然得上心，愉贵人很快便搬进长春宫养胎。

皇后在精心修剪架上的盆景，魏璎珞一边练字，一边时不时偷看皇后几眼。皇后终于忍不住问：“怎么了？要说不说的。”

魏璎珞斟酌了一下言语，还是直白地说了：“皇后娘娘，您不该把愉贵人接来长春宫。”

皇后静静地看着她，问：“为什么？”

魏璎珞在皇后面前从不掩饰自己的想法，道：“愉贵人生产在即，诸多顾忌，哪餐吃多了，吃少了，一个照应不好，外人反而会怪罪到娘娘身上。”

皇后略觉惊讶，问：“璎珞，你曾多次维护愉贵人，为何这一次，却变了主意？”

魏璎珞近乎冷酷地回答：“璎珞以为，不怕事，也不代表主动惹事。”

皇后放下剪子，走到魏璎珞身边，好笑地问：“你认为本宫接愉贵人来长春宫，是主动招惹是非？”

魏璎珞并不否认：“奴才无知，如果想错了，请娘娘恕罪。”皇后取走她手里的笔，伏案写了一个字，问：“你知道这是什么字吗？”

魏璎珞虽然跟皇后学习读书写字，但皇后写的这个字她并不认得，便摇了摇头。

皇后耐心地教她：“左下方一个口，右上方一只手，这是甲骨文中‘后’字的源起。紫禁城这座庞然大物，生活着无数的妃嫔、宫女，皇后是众妃之主，是六宫之伞，要为这里的女人提供庇护。”

魏璎珞顿时明白了皇后的意思，可她虽然明白，却不能理解，皱起眉道：“但她们都是来和您争夺皇上的！”

皇后的神情中有一种说不出的哀伤与怜悯。她看着白纸上的“后”字，温柔地说：“她们离开父母亲人，一辈子关在深宫，已经够可怜了；若本宫也满心嫉妒，打击异己，宫里上行下效，必会失去秩序；本宫力量微弱，总能给她们些许温情，在她们受了委屈的时候，不至于哭诉无门。璎珞，你要时刻记着，本宫先是皇后，后才是一个女人。”

魏璎珞怔怔地站在原地。她看着皇后，又像看到了另一个人，那个人也曾如此温柔地对她说：“璎珞，大家生存不易，你要尽己所能，帮能帮的人，懂了吗？”

皇后看着魏璎珞眼中闪动的泪光，有些无措地问：“璎珞，你怎么了？”

魏璎珞忙擦掉眼泪，低声道：“奴才有一个姐姐，刚才娘娘说话的神态和姐姐很像，请娘娘恕罪，您是万金之躯，奴才不该将您和我的姐姐做比，奴才只是觉得，您和我姐姐一样，都是心善的人，上天一定会保佑您的。我也会保护您。”

皇后慈爱地摸了摸魏璎珞的额头，嗔道：“竟然就哭了鼻子，真是个小姑娘。”

魏璎珞不好意思地笑了笑。

皇后又道：“璎珞，本宫要去畅春园陪太后礼佛，尔晴会和我同去，之后长春宫的一切，就要交托给你。”

魏璎珞“欸”了一声，忙道：“皇后娘娘，奴才担不起这样的担子，还是交给明玉吧。”

皇后拉住魏璎珞的手：“明玉陪伴本宫多年，感情深厚，但她性子不够沉稳，本宫要你守好长春宫！”

话已说到这个份上，魏璎珞不再推辞，认认真真地答应：“是。”

次日，凤驾离宫。

皇后娘娘离开之后，众人虽然都听到娘娘命魏璎珞理事，但明玉心中不服，主动揽下大小事务指派众人。魏璎珞不想和明玉正面冲突，明玉也的确比她熟悉长春宫事务，只要不出事，她便不去争权。

这一夜，魏璎珞在房中好梦正酣，忽然听到一声凄厉的女人尖叫，她猛然从梦中惊醒。宫女荷叶的高喊声远远传来：“贵人要生了，快，快请产婆！”

魏璎珞立刻披衣而起，匆匆赶到内院，只见内院乱作一团，她将头发一拢，厉声喝道：“慌什么？琥珀，快去请产婆来！”

琥珀回神，忙应声而去。

魏璎珞理清思绪，连连吩咐：“珍珠，准备好待会儿要用的热水、剪子，其他你问产婆。翡翠，叫乳娘随时候命，再熬一锅参汤！”

众人有了差事终于冷静下来，各司其事。

明玉在旁咬了咬牙，满脸不忿。

参汤熬好，魏璎珞端着参汤正要进殿，明玉忽然拦住她，神色不善地说：“我送进去就行了！你去后院把脏衣服洗了，别在这儿碍眼！”

魏璎珞心中恼火，但听殿内愉贵人凄厉的叫喊和产婆催促的声音越发大了，知道现在不是吵架的时候，便由明玉夺走参汤，送去殿内。

偏殿中，愉贵人的尖叫一声高过一声，宫女们穿梭个不停，将血水传递出去，又迅速换来干净热水。

产婆也急出一身汗，鼓励道：“娘娘，用力啊！”

愉贵人忽然发出一声几乎刺破人耳膜的叫喊，随即，孩童嘹亮的哭声响起，众人心中一松！愉贵人颓然倒在床上，长发披散，气若游丝地问：“是阿哥还是格格？”

两名产婆看过孩子对视一眼，都从彼此眼中看到惊恐之色。

愉贵人急切地又问了一遍：“到底是阿哥还是格格！”

一名产婆颤声道：“是位小阿哥！”

愉贵人心中欢喜，费力举起手道：“让我看看孩子。”

另一名产婆战战兢兢地道：“贵人……这……”

愉贵人皱起眉，心中忽觉不安，又说：“快过来，让我看看他呀！”

明玉走到产婆身边看清了孩子，惊骇地倒退了半步。

门外传来宫女们的声音：“奴才给贵妃娘娘请安！”

明玉跺了跺脚，扭脸吩咐翡翠与玛瑙：“你们照顾好愉贵人，贵妃来了，不能让她见到小阿哥，我去拦着她！”言罢，明玉快步走了出去。

愉贵人声音已经开始发抖，她茫然看着殿内众人，问：“到底怎么回事……你们怎么了？”

众人都垂下了头。

门外，一群人簇拥着慧贵妃，浩浩荡荡走到长春宫内院。

明玉抹了抹汗，行礼道："奴才给贵妃娘娘请安！"

慧贵妃看都懒得看她一眼，挥了挥手，道："免了，本宫听闻愉贵人生产在即，偏偏皇后不在宫中，本宫身为贵妃，自然要代为关心。"

明玉赔着笑脸道："贵妃娘娘请正殿歇息，奴才这就上茶。"

屋内婴儿的哭声嘹亮，慧贵妃饶有兴趣地勾起唇，径直向前走："不必了，本宫去看看孩子。"

明玉急忙阻拦："贵妃娘娘，产房污秽，有损玉体啊！"

慧贵妃对芝兰使了个眼色，芝兰立刻呵斥："滚开！敢拦娘娘的路？"一群太监立刻拉住明玉。珍珠见明玉阻拦不住，转身便去后院找魏璎珞。

慧贵妃大步踏入偏殿，产婆和宫女正一筹莫展。慧贵妃见一个产婆抱着襁褓，立刻道："哟，恭喜妹妹顺利生产，让我瞧瞧孩子有多可爱。"

一名嬷嬷快步上前，硬生生从产婆手中夺走小阿哥，送到慧贵妃面前。慧贵妃撩开襁褓，浑身一震，惊道："你……你生了个妖物！"

愉贵人一愣："什么妖物，你胡说什么！"

一名产婆见瞒不住，抖如筛糠地道："愉贵人，小阿哥的眼睛是金黄色的，浑身更是黄得可怕，奴才接生那么多孩子，真是从未见过！"

次日，承乾宫中，纯妃和娴妃正在下棋。玉壶快步走到纯妃身边，低声说了几句话。

纯妃霍然起身："真的？"

玉壶点点头，道："千真万确。"

纯妃将手中棋子一丢，道："愉贵人产下一名怪婴，咱们这棋怕是下不成了！走，咱们去看看。"

娴妃面露惊讶："好。"

玉壶在旁又说："慧贵妃已经先去了，她一定会按照宫规处置，娘娘，咱们快去救人吧！"

娴妃已经起身，纯妃听完玉壶这一句，却停住脚步，道："等等。"

救人如救火，娴妃与玉壶都不明白还要等什么。

纯妃已气定神闲地坐在位子上，道："你说，好端端的，愉贵人为何会生下怪婴呢？"

娴妃不解地问："妹妹这是何意？"

纯妃露出一抹微笑，拾起棋子又落了一子，道："贵妃素来跋扈，咱们何妨送她一份大礼！我另有一件事要办，倒是劳烦姐姐先去一趟养心殿！"

花开两朵，各表一枝。

魏璎珞跟着珍珠匆匆赶到偏殿外，提步就要向前，明玉却伸手拦住了她："你不能进去！没听见里面的动静吗？愉贵人产下妖物，贵妃是按宫规处置，谁都阻拦不得！你自己找麻烦，可别带上我们！"

魏璎珞眼神骤冷，抬手扇了明玉一记耳光。

这一巴掌毫不留力，明玉脸上浮出清晰的五指印。她难以置信地捂住脸："你打我？我！你疯了！"

珍珠见两人先起了争执，忙道："璎珞，有话好好说！"

魏璎珞冷冷地道："跟不会说人话的东西，还有什么道理可讲！告诉你明玉，皇后娘娘离宫两日，你作威作福，我不和你计较，是不想吵着愉贵人安胎，不是因为我怕了你！现在愉贵人和小阿哥危在旦夕，你既然不管不顾，就滚一边去！"

明玉捂住脸庞，眼神又气又恨，厉声道："魏璎珞，这件事你管不了，要是管了妖物，就是和老祖宗的规矩为敌，你想连累皇后娘娘吗？"

魏璎珞不耐烦地道："皇后娘娘吩咐了，要保住愉贵人，我就认这一条！"言罢，快步向偏殿大门而去，一群太监却挡在门口。

明玉轻蔑地说："大话谁不会说，你有这个能耐吗？"

魏璎珞目光扫过虎视眈眈的太监们，突然转了方向，笔直冲向皇后寝殿。

珍珠急了，追在后面问："璎珞，你干什么去！"

明玉嗤笑一声，又气又恨地道："我倒要看看，她究竟怎么管！"

皇后寝殿已经被魏璎珞翻得不成样子，珍珠急得要哭出声："璎珞，你到底有没有办法啊！"门外传来阵阵孩子的哭叫，一声声催逼着两人。珍珠急得跺起了脚，带着哭腔道："璎珞，来不及了！"

第五十二章　活埋

“把这孽障，就地埋了！”

“是，娘娘！”

“哇哇！”

“不要，贵妃娘娘，不要啊！”愉贵人拼命挣扎，却挣不脱两名太监的手，只能眼睁睁地看着自己的孩子被人倒提着一条腿，如同拎着待宰的小鸡仔似的，拎到了花坛前。

花坛中的茉莉花被人粗暴铲去，只余一个黑洞洞的大坑，那可怜的孩子被人丢在坑中，四面八方，黄土一铲一铲泼到他身上。

明玉等宫女唯恐惹祸上身，一个个嘴巴似被线给缝上了，敢怒不敢言。而愉贵人似不忍见自己十月怀胎生下的孩子被人生生活埋，狠狠抽泣了几下，竟头一歪晕了过去。

“把她泼醒！”慧贵妃冷笑道，“本宫要让她亲眼看看，与本宫作对的人，到底是什么下场！”

哗啦！

冰冷的井水泼在愉贵人脸上，她悠悠转醒，眼神仍有些茫然，待看清了眼前一切，方知之前的一切不是自己的噩梦，而是正发生在自己眼前的真事。

“娘娘！”愉贵人挣扎着朝她跪下，“求你了，放了我的孩子吧，他真的不是妖物！”

她卑微而又凄惨的模样倒映在慧贵妃眼中，慧贵妃脸上流露出一丝快意，居高临下对她道：“荔枝宴那一日，你不是很得意吗？这么快就来求我了？”

她以眼神示意，两名太监松开了手，得了自由，愉贵人立马狗一样爬到她脚下，拼命朝她磕头：“贵妃娘娘，我纵然得罪了你，可小阿哥是无辜的，他没有犯错呀，求求您，要处置就处置我吧，放他一条生路！我求你，我求求你，我求求你！”

慧贵妃却只笑着看着她，不说好，也不说不好。

耳边是太监铲土的声音，一铲连着一铲，小阿哥仍在哭泣，一声弱过一声，愉贵人心中渐渐冰冷，她不再祈求慧贵妃，而是飞身一扑，扑到了自己孩子身上，用自己的手，自己的背，用自己孱弱的身躯为他遮挡泥土，不肯让旁人再伤他分毫。

“呵，倒显得母子情深。”慧贵妃轻蔑一笑，“既然如此，那就送你们母子两个一块儿上路吧……你们还等什么？动手！”

几个宫人打了个寒战，不得不重新挥起手中的铁铲，将一捧捧黄土泼到二人身上。

眼看着这母子二人就要被他们活埋，一个暴怒的声音乍然响起。

“住手！”

慧贵妃转头望去，冷笑道：“你可算来了。来人，此女竟妨碍本宫处置妖孽，定是跟这群妖孽是一伙的。还等什么？还不快将她一并拿下！”

“贵妃娘娘！”魏璎珞怀抱一只锦盒，快步走来，怒视慧贵妃道，“这里是长春宫，不是你的储秀宫，你不能在这里胡作非为！还有你们——”

魏璎珞环顾四周宫人，目光定在为首的明玉脸上，皱眉道：“皇后娘娘走的时候怎么吩咐的，愉贵人五阿哥出了事儿，咱们谁都活不了！”

人都是从众的，尤其是眼前这群宫人，下人当久了，渐渐没了自己的主意，只会听差办事，能做主敢做主的没有几个。如今魏璎珞发了话，他们就仿佛有了主心骨，不再无头苍蝇似的乱飞，纷纷松了口气似的，齐齐冲到土坑旁，有的夺过太监手里的铲子，有的伸手去拉坑里的愉贵人，有的不停拍打她身上的泥土。

慧贵妃见此大怒：“你们这是干什么，一个个以下犯上，想造反不成！”

众人有些畏惧，都看向璎珞。

“以下犯上的不是我们，是你！”魏璎珞冷笑一声，忽然双手举起手中金色锦盒，“皇后金印在此，尔等不可放肆！”

见印如见人，一群宫人立刻朝锦盒方向跪了下去。慧贵妃没有跪，两眼死死盯着她手中的锦盒。

“皇后金印代表六宫之主的懿旨，五阿哥到底是不是妖物，愉贵人又要如何处置，全得等着皇后娘娘懿旨，任何人——”魏璎珞盯着慧贵妃，一字一句道，“不得擅专！”

慧贵妃咬牙切齿，正待说什么，外头忽然传来一声尖厉传唱：“奴才恭请皇上圣安！”

“皇上！”慧贵妃闻言一愣，恶人先告状，她率先一步冲上前，挽住对方的胳膊道，“愉贵人产下了一只浑身赤黄色的妖物，皇后不在宫中，臣妾代行宫规，要处置他们母子！可长春宫众人，尤其是这个魏璎珞，竟敢公然阻拦！”

“皇上，奴才不敢阻拦贵妃执法，不过，皇后娘娘临行之前，千叮万嘱，要求奴才等人看护好愉贵人，在娘娘回宫之前，任何人不能擅自处置。”魏璎珞跪在一旁，辩白道，“更何况，小阿哥到底是病是妖，怎能用肉眼判断，总得请太医诊治吧！贵妃娘娘此举，未免过分草率！”

弘历瞥了她一眼，忽然快步走到愉贵人身旁，揭开一角襁褓，朝里头看了一眼，然后两道剑眉骤然皱起。

慧贵妃冷眼旁观，心中大喜，却不料弘历开口却是：“李玉，宣太医院会诊！”

不消片刻，两名太医背着医箱，匆匆赶到长春宫。

“怎样？”弘历负手而立，站在床沿道，“阿哥是生病了吗？”

两名太医面面相觑，其中年岁大一些的无奈回道：“皇上，臣诊断过不少小儿黄疸的病例，可从无一人连瞳孔都是金黄色。所以……”

“看吧，这果然是个妖物！”慧贵妃冷笑道。

“不，小阿哥不是妖物，他不是！”愉贵人冲过来，想要将孩子从太医手中夺走，却被四周的宫人给拦住。在皇帝的眼神示意下，情绪极不稳定的愉贵人被拖出了房间。

“皇上，”慧贵妃乘胜追击，挽着弘历的胳膊道，“臣妾知道皇上心中有千万个不舍，但历朝历代，一旦有妖物诞生，都必须立刻处置！今晚不解决此事，明日太阳升起，紫禁城的贵人生下一个妖物的消息，就会如生出羽翼一般传遍天下！天降妖物，必有天灾人祸，到时候人心惶惶，不可收拾！所以，臣妾也只能狠下心肠，做这个活埋皇子的恶人！臣妾这么做，是为了皇上，为了大清啊，哪怕千夫所指，也在所不惜！皇上，请您别再犹豫了！”

见弘历眉宇间颇有些松动，魏璎珞心一狠，趁众人的注意力不在她身上，飞身而出，一把夺过小婴儿，心中暗道一声：得罪了，然后狠狠在他胳膊上拧了一把。

“哇——”

“皇上您听，”魏璎珞抱着孩子望向弘历，目光恳切，“小阿哥虽然浑身发黄，却哭声洪亮，他是活生生的人啊，与您血脉相连，怎能说活埋就活埋！”

弘历静静望着她。

“且太医们常年于皇宫任职，虽然医术精湛，见过的病例却少，或许只是他们分辨不出！”魏璎珞顿了顿，言语中带了一丝哀求，“况且……愉贵人千辛万苦才生下五阿哥，他才刚刚睁开眼睛呢！”

“后宫妃嫔万千，还怕将来没有子嗣？”慧贵妃冷冷道，“留下这妖物，后患无穷！皇上，请您别再犹豫了，动手吧！”

一言决生死，所有人都看向弘历，等着他开口，等着他决定一个孩子的性命。

“娴妃，”弘历缓缓开了口，“上回在荔枝宴上，朕听你提起过一位江南名医？”

“是。”他不是自己一个人来的，随他一同前来的，还有娴妃。娴妃闻弦歌知雅意：“说来也巧，这位名医现下正在京城会诊，皇上是否要叫他过来看看？”

弘历缓缓点点头。

“来人。”娴妃立刻替他下令道，“请叶天士！”

第五十三章　峰回路转

众人原以为会看见一位长须泛白、目光炯炯、德高望重的老大夫，岂料屋门一开，一个醉醺醺的青年一个跟头从外头栽进来。

慧贵妃扑哧一笑："这就是江南名医？"

叶天士缓缓抬起头，他有一张极俊美的脸，不像个名医，倒像个当红戏子，顾盼之间招蜂惹蝶。似喝多了酒，他目色迷离地望着慧贵妃，又望向娴妃，望向四周宫女，最后定格在魏璎珞脸上。

"叶天士！"弘历皱起眉头，"朕让你来治病，你不看病人，在看什么？"

"皇上恕罪。"也不知他是说醉话还是真心话，竟笑道，"这一屋子花团锦簇，万紫千红，草民看傻了眼！"

弘历立刻阴沉了脸。

魏璎珞没想到这位江南名医竟然这么作死，生怕他下一秒就被弘历拉出去砍头，忙抱着小阿哥走过去："请叶大夫替小阿哥看病！"

"哦，哦，好啊，好啊。"叶天士乐呵呵地应了，愈发像个醉汉。

只是当目光落在小阿哥身上时，他身上的浪荡轻浮立刻一扫而空，就连目光里的迷离都顷刻之间散去，变得清亮起来。

半晌之后，他做出了诊断："小阿哥得了黄疸。"

"不可能！"慧贵妃当即喊道，"本宫又不是没见过小儿黄疸，却从未见过连瞳孔都是金黄色的！"

叶天士瞥了她一眼，淡淡道："那是娘娘久居深宫，孤陋寡闻。"

慧贵妃气得浑身发抖，狠狠朝太医递了个眼色。太医无法，只得走出来说："我等太医总不至于孤陋寡闻，寻常小儿黄疸只出现在面部、颈部、四肢，何尝见过蔓延到瞳孔的？"

“你说的小儿黄疸属先天生成，即便不医治，七天后也会自行康复。但小阿哥这种黄疸乃是病理性的，与产妇胆汁严重淤积有关——”见众人脸上还有不信之色，叶天士索性一笑，“这样吧，草民开一副退黄方，保管只要半个月，小阿哥身上的黄便会全部退去！如若不然，草民项上这颗人头，皇上尽可拿去！”

若一个人敢拿自己的人头做抵押，想必心中已有了十成的把握。

慧贵妃脸色难看，魏璎珞却松了口气，抱紧了怀中小阿哥，心道：“这事可算过去了……”

不，这事还没过去。

“臣妾恭请皇上圣安！”

纯妃忽从外头走了进来，身后还跟着两个太监。太监一前一后，抬着一只担架，担架上竟是一具刚死不久的尸体。

“啊！”慧贵妃急忙抬袖掩住双目，不忍卒视。

纯妃停下脚步，对她笑道：“贵妃娘娘杀人的时候不怕，看到尸体怎么反而怕了？”

听她话中有话，慧贵妃忙放下袖子道：“纯妃，你什么意思？”

“贵妃娘娘，”纯妃将身体一侧，让出身后的担架，指着上头的尸体道，“你可还认得这个人？”

慧贵妃只稍做一瞥，便抽回了目光：“不认识。”

“此人乃御茶膳坊的蒙古厨师，”纯妃盯着她，“也是为愉贵人制作饮食的人。”

言罢，她拍拍手，一个宫女抱着食盒从外头走进来。纯妃揭开食盒盖子，指着里头层层叠叠的烤饼道：“这厨师烹饪的食物，臣妾也吩咐人带来了！”

“咦？我看看。”叶天士走上前来，拿起一张烤饼左看右看，最后在众人惊讶的目光中，将烤饼递到嘴边咬了一口。

你就不怕有毒？众人心中大吼。

叶天士鼓着腮帮子，一边咀嚼一边道：“荞麦面、牛肉、羊肉……”

咕噜一声，他将嘴里的东西吞下肚，然后望望众人：“除了这烤饼，那位愉贵人还爱吃什么？”

“糖糕。”这话是魏璎珞回的，长春宫与永和宫交好，她时常被皇后派去看望愉贵人，有时候还会被留饭，自然是知道愉贵人爱吃什么的，“各式各样的糖糕，几乎不吃主食。”

“我明白了，我明白了！”叶天士猛地一拍大腿，“我明白小阿哥病从何来了！”

“哦？”弘历望向他，“说下去。”

“皇上，凡事不可过度，药过三分是毒，吃食也是一样的。”叶天士回道，“比方这糖糕和肉馅儿烤饼，你可以每天吃一顿，却不能每日两餐，一连数月，这就过度了！”

“叶大夫，您的意思是……”魏璎珞试探着问道，“因为过量服用烤饼和糖糕，五阿哥才会天生带黄？”

若真的如他所言，那此事就不是天灾，而是人祸了。

“纯妃！”弘历俯视担架上的尸体，冷冷道，“此人因何而亡？”

“有四阿哥的前车之鉴，臣妾自然怀疑愉贵人的饮食，命人先去查探，谁知刚到了御茶膳坊，人就已经畏罪自尽了！”说到这里，纯妃的眼角余光扫向慧贵妃所在方向，“若问谁是幕后主谋，单看谁非要活埋五阿哥，就已一目了然了！”

“纯妃，你这是血口喷人！”慧贵妃厉声道。

没凭没据，单靠纯妃片面之词，的确算得上是血口喷人。

但有道是三人成虎，异口同声的人多了，歪理也能说成真理，血口也能喷人。

“皇上，五阿哥只是襁褓中的婴儿，又有什么罪过呢？除非有人见不得他平安出生。”魏璎珞突然开口道，怀里的小阿哥如一只奶猫，发出微弱的抽泣声，“仔细想来，愉贵人从怀孕开始，贵妃娘娘便处处为难，先是御花园惊吓，再是荔枝宴故伎重施，等贵人一生产，贵妃娘娘第一个赶来长春宫，又一力主张活埋五阿哥，若说此事与她无关，实在令人难以信服。”

“臭丫头，少在那儿污蔑本宫！”慧贵妃急道，“皇上，光凭一具尸体，就要判臣妾有罪，臣妾万万不服！谁知他是不是为人逼亡，故意陷害臣妾！”

“贵妃娘娘，到了这个地步，你还是不愿放弃辩解。”纯妃叹了口气。

慧贵妃盯着她有恃无恐的脸，心中渐渐生出一丝恐惧。

却见纯妃从怀中掏出一封书信，连着几锭金子一并呈至弘历面前：“皇上，臣妾命人搜查御茶膳坊，找到一封血书，并二十两黄金。可见此人早有预感，先行留下证据！”

弘历接过那信，展开一看，里头竟是一页血书，有人用指头蘸血写下：杀人灭口者，必是储秀宫主人！

慧贵妃只觉眼前一黑，身体不由得晃了晃。芝兰急忙伸手搀扶，她却推开芝兰，朝弘历奔去：“假的，臣妾没见过这人，假的，他是假的，这信也是假的！”

弘历将手一抬，避开了她伸过来的手，然后冷冷下令：“即日起，慧贵妃囚于储秀宫，非朕旨意，禁止任何人出入！”

说完，他似再也受不了这宫里的乌烟瘴气，抬脚离去。

“娘娘，娘娘！”身后，传来芝兰的哭腔，“皇上，娘娘晕过去了！”

她的哭声没能止住弘历的脚步。

“皇上！”一个人影却似早已等在门口，一见他，就冲过来跪在他面前，止住了他的脚步，“奴才要告一个人！”

弘历心烦，又来一个，不由得语气冰冷：“你要告谁？”

跪在他面前的赫然是明玉。明玉跪伏在地道：“先前贵妃要处决五阿哥，有一个人为阻止她，取出了皇后金印，但事实上，皇后娘娘从未授予金印，此人分明是假传懿旨！”

“哦？”弘历淡淡道，“此人是谁？”

明玉将头一抬：“魏璎珞。”

“魏璎珞……”弘历慢慢回过头，望向身后怀抱婴儿的少女，“你可知罪？”

这孩子也是怪，谁抱着都要大哭，唯独在她怀里，至多只是轻轻抽噎，似乎知道谁可以信任，谁真心保护他。魏璎珞抱着孩子跪下，怕惊到他，轻言轻语道：“皇上，奴才罪该万死，欺骗了贵妃娘娘，请皇上降罪。”

“欺骗贵妃？”弘历一下子听出了她话中有话，“不是欺骗朕？”

“奴才怎敢用娘娘金印，这可是假传懿旨的大罪。”魏璎珞恭顺道，“但在当时那种情况下，若奴才不护着愉贵人和五阿哥，他们就等不到皇上了，为了贵人和阿哥的生命安全，奴才只能铤而走险！当然，奴才欺骗贵妃，的确有过失，请皇上恕罪。”

她言辞倒是显得恭顺，只是做出来的事情却没一件恭顺。

弘历看着她不说话，忽然抬手一指：“将她拖下去，杖责五十！”

太监们一拥而上，明玉茫然了一会儿，才惊慌失措地喊道：“怎……怎会是我？皇上，皇上饶命！”

既然锦盒中不是金印，那明玉此举就是明晃晃的栽赃陷害，这不是最严重的，最严重的是她的意图被弘历看穿了——她试图利用弘历，来处置自己的眼中钉魏璎珞。

你说该不该打？

弘历狠狠瞪了魏璎珞一眼，这也是个该打的家伙，只是一时半会儿找不到理由来处置她，郁闷之余，只得拂袖而去。

其余人等也随之离开，纯妃走到一半，却见魏璎珞不声不响地闪到她身侧，用只有两个人能听见的声音道：“纯妃娘娘，可否借一步说话？”

许是纯妃心情好，又或许是看在她是皇后面前红人的分上，纯妃抬手挥退身旁宫人，与魏璎珞行至侧殿之中。

“奴才斗胆问一句，”为避免隔墙有耳，夜长梦多，魏璎珞开门见山道，“五阿哥黄疸症发，真是因为慧贵妃吗？”

纯妃似笑非笑地望着她。

“看见那蒙古厨师的尸体时，奴才心里已觉得有些奇怪，若要杀人灭口，何必选在这个关键时刻，岂不是落人口实？”她不答，魏璎珞便自顾自地说道，“且贵妃真要杀人灭口，怎会处理得这么不干净，竟让他留下一封血书来？”

“你明知道此事有问题，为何要说那番话，以至于慧贵妃受了那样重的处罚？”纯妃忽然开口问道。

本是来质问她，却不想她居然反口质问自己，魏璎珞沉默片刻，才缓缓答道：“稚子无辜，若她平安无事，那小阿哥就要出事，两相比较，我自然只能让贵妃娘娘出事，这样才能保住小阿哥。”

“一时的平安罢了。”纯妃淡淡一笑，“这个孩子生在紫禁城里，命中注定要卷入权势斗争，夭折了，是他的命，就算顺利长大，一样要面对你死我活的夺嫡之争。享受锦衣玉食，必得付出代价！”

魏璎珞死死盯着她。

她虽未明说，但字里行间，几乎已经等同于亲口承认，是她利用蒙古厨子跟小阿哥，栽赃陷害慧贵妃了。

“……纯妃娘娘的话，璎珞能够理解，却并不苟同。”魏璎珞缓缓道，“凶猛的兽类才会吞食幼崽，人若对稚童下手，又与禽兽何异，请恕璎珞告辞！”

第五十四章　等待

此事虽了，余波阵阵。

先是明玉失了宠信，看在她伺候多年的分上，皇后没有明着处罚她，但也不像从前那样信任她。明玉为此黯然神伤，却也毫无办法。

另一个，就是愉贵人了。

“恭喜你了。”皇后摇着怀中襁褓，笑道，“本宫前些日子代你向皇上陈情，皇上念你生育有功，要提你的位分，明日圣旨一下，你就是愉嫔，永和宫主位了！”

“娘娘！”愉贵人感动得说不出话来，她之前一直担心自己位分太低，不能将五阿哥留在身边抚养，如今这个问题再也不是问题，“嫔妾不知该如何感谢您的大恩大德……”

“你只需照顾好你自己，照顾好五阿哥便好。”皇后和蔼一笑，这时襁褓中的五阿哥忽然伸出胖乎乎的小手抓住她一缕头发，啊啊叫了几声。

“哎呀，五阿哥，快松手！可别抓疼了皇后娘娘！”愉贵人急道。

“无妨无妨。”皇后却一副乐呵呵的模样，任凭五阿哥将自己的头发当玩具玩，手指轻轻抚摸对方的脸颊，眼中流露出母性的光辉。

魏璎珞在一旁看着，若有所思。

待到愉贵人抱着五阿哥离开，魏璎珞试探着问：“咱们长春宫也该有个小主子了。”

“你呀！”皇后伸指往她额头上一点，“还没嫁人的姑娘家，说这话不害臊吗？”

魏璎珞摸了摸额头，也不觉得害臊，笑嘻嘻问：“皇上今晚会过来吗？”

反倒是皇后被她说得有些害臊了，低头嗯了一声，脸颊有些泛红，真真小女儿一般的姿态。

入夜，銮驾驶向长春宫，弘历歪在銮驾上，单拳支着太阳穴，闭目养神，尽显疲态。

“人生在世如春梦，奴且开怀饮数盅。”

一曲昆腔风中来，如泣如诉，如怨如慕。

“……停。”弘历道。

銮驾停了下来，那歌声却没有停，伴着夕阳斜照般的苍凉胡琴声，凄婉唱着。

歌声传来的方向……是储秀宫。

往日门庭若市的储秀宫，今日却门可罗雀，秋风一扫，落叶飘过，道不尽的冰冷凄凉。

一名门子正在门口打瞌睡，猛然听见人声，睁眼见是皇上的銮驾，吃惊之余，正要开口通报，却被弘历抬手止住了。

慢吞吞下了銮驾，又慢吞吞推开门，弘历只带了李玉在身旁，一路无声地走进储秀宫，走近那唱曲的人。

三两个宫人坐于院中，一个怀抱胡琴，一个手持横笛，一个手捧酒壶，慧贵妃竟做戏子打扮，描眉画目，唱着一曲《贵妃醉酒》。

“人生在世如春梦，奴且开怀饮数盅。”一口饮尽盅中酒，慧贵妃挥手将酒盅一丢，玉碎声乍起，她于碎声中下腰起舞，楚腰纤纤，不堪一握，舞姿曼妙，如洛神凌波。

舞至一半，忽脚下一软，跌入一个强壮的怀抱中。

弘历低头一嗅，只觉一股醉香扑鼻而来，皱眉道：“怎么贵妃饮的是真酒？”

胡琴与羌笛声都止了，芝兰放下手中酒壶，起身解释道：“皇上恕罪，娘娘心情不好，便说要唱曲驱愁，还命奴才开了酒坛，奴才不敢拦着——”

“胡来！”弘历骂道。

“皇上，皇上……”怀中佳人似醉非醉，似醒非醒，痴痴唤了他几声，竟哭了起来。

弘历无奈，只得抱起她走向寝殿。

谁也不知道接下来会发生什么，李玉也好，芝兰也好，都知情识趣地留在了门口，寝殿里只有弘历与慧贵妃两个。

“贵妃，”弘历将慧贵妃放在床上，有些无奈道，“你哭什么？”

慧贵妃一把抱住他，似落水之人抓住一根救命稻草，昂起泪水婆娑的娇丽面孔，哀哀戚戚地对他说：“皇上，你怎么不叫我馨儿了？”

弘历皱起眉头。

慧贵妃将脸颊靠在他的胸口，轻轻抽泣道：“如果可能，我宁愿不做贵妃，只做你的宁馨儿。”

弘历低头看着她：“贵妃，你喝醉了……”

“不，我没有醉。”慧贵妃喷吐出一口酒气，愈发显得她如今说出来的话，是借着酒劲而发的真心话，“从前我最爱唱曲，最爱跳舞，皇上也最喜欢看，可入了宫，皇上反而不常来，对我也生疏了。”

“不是朕变了。”弘历抱着她，她的身体是热的，他的身体却是冷的，连说出来的话都冷冰冰的，“是你变了。”

“不是的！”慧贵妃忽然大喊一声，瞪着一双通红的眼睛看着他，嘴唇颤抖道，“宁馨儿做了贵妃，大清国的贵妃，若是还像从前一样，整日唱曲跳舞，会被人笑话不成体统！所以，宁馨儿不敢唱了，也不敢跳了！皇上就是因为这样，不再喜欢我了，是吗？”

她忽然如同一个受了委屈的孩子般，哇的一声哭了起来，双手死死抱住眼前的男子，求他怜惜，求他原谅，求他再一次看着自己：“我不要规矩，不要体统了，如果皇上不再怜惜，那我要这一切又有什么用！皇上，皇上，不要离开我，不要丢下我，这偌大的紫禁城，我能依靠的只有你了！”

“说什么傻话呢？”弘历只得拍了拍她的背，安慰道，“你还有家人……”

“我没有！”慧贵妃的声音忽然冷了下来，“皇上，您可知我娘是怎么死的？”

黄河水患，水匪成群，慧贵妃之父高斌力主剿匪治河，两岸百姓因此受惠，朝廷因此受惠，苦的只有一人——慧贵妃之母。

“水匪前来报复，我父亲逃了，我叔叔也逃了，只有我跟我娘没能逃脱。”慧贵妃喃喃道，“那年，我五岁……”

治水的船被人凿穿了，四面八方传来喊打喊杀声，那些早已埋伏在四周的水匪如同蝗虫般，成片成片地飞上船来。

在护卫的死力保护下，高斌与其弟险中逃生，却将妻儿落在了船上。

年仅五岁的慧贵妃只知道哭。

“别哭，别怕。”陈氏将女儿藏进木桶，然后用力一推，推进了黄河之中。

“娘亲！”慧贵妃趴在木桶边沿，眼睁睁看着一只一只男人的手从母亲背后伸出来，抓住她的胳膊，捂住她的嘴……

等到陈氏再出现在她面前的时候，已是一具衣衫不整的残尸。

“一个女人，落到水匪手中会发生什么？这是众人皆知的事，所以，高家不准娘入坟地，不准她入宗祠！我娘为爹生儿育女，孝顺父母，落得身首异处，无处可依。”慧贵妃面无表情道，“不到一年，我爹就续弦了，您可知他前些日子过来找我，对我说了什么？”

慧贵妃惨笑一声，模仿着高斌的语气，重复他那日说过的话：“他对我说：‘宁馨儿，你可以任性妄为，颓废不振，但你别忘了，我可有四个女儿！除去嫁给鄂容实的二女，你还有三妹四妹，个个正值青春妙龄，美貌出众！’”

说着说着，她便哽咽起来。

一个身世可怜的人，总是容易得人同情，更何况是一个身世可怜的绝世美人。

即便是弘历这样冷漠得如同万古不化的冰川的人，此刻也忍不住叹了口气，将她柔弱的身躯拥进怀中：“馨儿受苦了。”

慧贵妃埋头在他怀中，眼神因回忆充满恨意，声音却非常温柔：“皇上，宁馨儿没有伤害五阿哥，我真的没有……皇上，我可以对天发誓……”

弘历轻柔地拍了拍她的后背：“好了，朕相信你。”

“真的？”慧贵妃小心翼翼地望着他，一副生怕他翻脸不认人的模样，“皇上没有骗我？”

弘历失笑一声：“朕没有骗你，你喝得太多了，小心伤了身子，早点休息吧。”

他起身要走，慧贵妃却抬手抓紧他的袖子，满脸依恋地望着他，用一种有别于平日强势的、罕见的柔弱姿态祈求他：“那皇上留下来陪我……好不好？”

长春宫外，夜风凛冽。

提着灯笼的宫女忍不住打了个哈欠，抬手揉了揉眼角困出的泪水。

“喀喀。”皇后掩唇咳嗽了一声。

“娘娘，”一顶披风落在她肩上，魏璎珞一边为她系上披风带子，一边低声道，“外面冷，您还是回宫里面等吧。”

皇后轻轻摇摇头：“不用，皇上就快来了，本宫在这里等他。”

魏璎珞欲言又止，天都快亮了，皇上怎可能会来？

“看！”皇后忽然眼前一亮，“他来了！”

薄雾中隐隐约约冒出一点光，是摇曳的灯笼火，待灯笼近了，笑容一点点从皇后脸上消失，她问：“李公公，皇上呢？”

李玉提着灯笼，对她赔笑道：“皇后娘娘，今夜皇上来不了，您早点歇着吧！”

“皇上还在忙吗？”皇后眼中闪过一丝忧色，“都这个时候了……来人，去御膳房催一碗银耳莲子汤，本宫要亲自送去养心殿。”

“皇上不在养心殿。”李玉无可奈何之下，只得吞吞吐吐地道出实情，“皇上……改道储秀宫了。”

魏璎珞立刻转头看向皇后。

夜雾之白，白不过皇后此刻的脸色。

第五十五章　侍病

院中生了些杂草，争夺着茉莉花的养分。

一只女人的手垂入丛中，一把一把拔除着茉莉身旁的杂草，动作粗鲁，如有深仇大恨。

“谁招你惹你了，要把气发泄在一堆杂草上？”男人的声音忽然响起。

魏璎珞回过头，见傅恒笑吟吟站在她身后，一只手伸过来，似要替她拂下鬓角处粘着的一片落叶，却被她偏头避开了。

“别跟我说话。”她闷声道，“我现在一看到男人就生气。”

傅恒略略一想：“可是因为慧贵妃的事？”

“……愉贵人跟五阿哥险些丢了性命，才让她得了些许报应。”魏璎珞一听这名字，便怒上心头，“没想到不过两个月，她竟再一次复起！呵，也对，一两条人命，在她的艳冠群芳面前，又算得了什么？”

傅恒笑了起来：“她的确艳冠群芳……”

见他竟然还笑得出来，魏璎珞心中更觉恼怒，隐隐还有些酸楚，将手中杂草往他身上一丢，冷冷道：“你可知道，皇后昨晚在夜风中苦等皇上一个时辰，等来的却是他改道储秀宫的消息。你是娘娘的兄弟，不为她鸣不平，怎还笑得出来？”

“在我回答这个问题之前，你得先回答我一个问题。”被丢了一身草，傅恒却毫不在意，只是抬手拍了拍胸口，“那道血书，是你嫁祸贵妃吗？”

魏璎珞挑了挑眉，他居然怀疑她？当下冷笑：“不是！”

“不是就好，这件事做得太仓促，未免过于刻意，皇上何等聪明，早知有人嫁祸，然贵妃行事过于跋扈，该给她一个教训！只不过……”傅恒无奈道，“其父高斌开河建坝，治理黄河，造福百姓，功在千秋，哪怕看在他的面上，皇上也得宽容慧贵妃，你现在明白了吗？”

魏璎珞沉默不语。

“怎么了？”傅恒觉得她今日有些奇怪，不由得走近一步，声音里透出关切。

魏璎珞后退一步，嘴里嘟嘟囔囔着：“好端端的，你竟怀疑起我……”

傅恒一听，登时哭笑不得，原来她对皇上释怀了，却对自己耿耿于怀，忙牵着她的手解释道：“我没有怀疑你，我与皇上一样，都怀疑别人……”

魏璎珞也不去问他怀疑的是谁，事情已成了定局，再多想也没用，不如着眼于现在，着眼于以后。

“不说这件事了。”傅恒捏了捏她的手，道，“你要我替你打听的事，我已打听到了——你姐姐出事那夜，并无宗室离开乾清宫夜宴！”

“此话当真？”魏璎珞愣道。

“此事我向乾清宫当值大太监确认过。”傅恒点了一下头，“当真！”

魏璎珞盯了他好半天，才低声一叹：“我信你……既然乾清宫太监问不出，那就从皇上身边亲信下手！”

只不过，该如何接近皇上，如何接近他身旁的亲信呢？

魏璎珞想了许多个办法，但都一一被她自己推翻，有的太过刻意，难免被人怀疑别有用心，有的太过温暾，只怕要十年八年才能达成目标。

该怎么办才好呢？

花在这上头的心思多了，花在其他事上的心思就少了，故而魏璎珞几乎是长春宫里最后一个得到消息的人……

“皇上病了？”魏璎珞愣了愣，“什么病？”

“这么大的消息，你怎么现在才知道？”明玉瞪她一眼，“是疥疮！”

魏璎珞对这病略有耳闻，知道患此病者，奇痒难受，多数患者会忍不住抓挠，结果常常引发感染，以至于病上加病，更加不好治疗。

“皇后心忧皇上，打算带个人一起，搬去养心殿照顾他。”明玉一副公事公办的语气，“她选中了你，你赶紧回去收拾一下行李。”

尔晴原本冷眼旁观，至此再也听不下去，淡淡道：“明玉，娘娘已经吩咐了，让我留守长春宫，着你收拾行李搬去养心殿，你怎么能把活儿推给璎珞？”

魏璎珞看了眼明玉，她心里打什么主意，魏璎珞心知肚明，多半是害怕皇帝身上的疥疮传染给她，于是想方设法要将这苦差推给别人。

不过在魏璎珞看来，这算不得什么苦差。

相反，能够借机接近皇上，接近他身旁的心腹……算得上是一件难能可贵的美差。

“好呀。”魏璎珞笑道，“我这就回去收拾收拾行李。”

明玉与尔晴原以为她得知真相，一定会推脱不去，没想到她欣然应允，于是齐齐一愣。等人走了，尔晴才面色复杂地转过头，对明玉说：“这下你满意了吗？”

明玉别过脸去：“是她自己愿意，又不是我强迫的！”

“明玉，你总怪皇后娘娘现在不疼爱你，疏远了你，却不想想自己都干了什么？”尔晴用一种极陌生的目光盯着她，“娘娘不在紫禁城，你把愉嫔和五阿哥推出去挡灾！如今要你去养心殿，你又推三阻四！主子心明眼亮，能看不见吗？别说皇后娘娘，就连长春宫众人，你看谁还信服你！”

明玉瞠目结舌，望着尔晴拂袖而去的背影，第一次喃喃自问：“我……做错了吗？”

信任这种东西，如水一样，总是一点一滴地积累成川，又或是一点一滴地漏成荒漠，听说明玉不肯去，皇后只淡淡一声：“本宫知道了。”也不怪责对方，只是看对方的眼神愈发淡漠起来，那目光竟与尔晴当日的目光极为相似，让明玉心中惴惴，隐约觉得自己做错了什么，却又没有反悔的机会……

一行人很快搬进了养心殿。

弘历发病的时候，自有皇后在一旁安慰他，同他说说话，减轻减轻痛苦，除此之外还有一些脏活累活，便都是魏璎珞等宫人的事。

“皇上在用药之前，先要用明矾茶水清洁身体。”太医将一盒药膏放在魏璎珞掌心，“待皇上沐浴完，把硫黄膏涂遍他全身，患处要多抹两遍。”

“是。”魏璎珞双手接过药膏。

她从未看过男人的躯体，更何况是光着身子的男人。

深呼吸几下，魏璎珞才收拢起有些慌乱的心思，走进养心殿寝殿。

寝殿内温度略高，木桶刚刚被人撤去，但余温还残留在空气里，带着一丝淡淡的明矾茶水味。

偌大的宫殿内，只坐了一个人，远远看去，形单影只，真真孤家寡人。

“……是你？”弘历缓缓睁开眼，冷冷道，“出去！”

魏璎珞正为如何伺候一个裸体男人而发愁呢，听他这样一说，心里登时松了口气，将药膏放在旁边桌上，应了一声：“是。”

房门一关，又很快一开，换了李玉进来。

“皇上，让奴才来伺候您。”李玉硬着头皮上了，动作虽然小心，却还是弄疼了破皮的伤口。

弘历吸了口气，然后恼怒地往他身上一踢：“滚开，叫别人来！”

魏璎珞的声音隔门传来：“皇上，养心殿撤出大半，剩下的多半是太监，皇后娘娘担心他们粗手笨脚，弄痛了龙体，才吩咐奴才来。如今您要再叫别人，也不会比李总管好多少。”

此话听在弘历耳中，不异于毛遂自荐，借机接近。弘历也分不清自己心中的怪异感觉是什么，只似笑非笑道：“你就不粗手笨脚了？”

魏璎珞并不想接近这个脾气差劲的男人，但仔细一想，她是来接近他身旁的心腹的，其中最关键的人物之一，就数他身旁的大太监李玉，即便不能讨他喜欢，但也不能让他讨厌，所以将本属于自己的苦活推给他的事，万万不能做，否则现在李玉不说什么，埋怨的种子却种在心里，谁知什么时候会发芽结果？

“奴才从前是绣坊宫女，绣品都是上等绸缎，为防刮花锦缎，养成了每日精心护养双手的习惯。”于是魏璎珞耐心地解释道，“皇上，若您不要李总管，也不让奴才来，皇后娘娘会亲自来为您抹药。”

弘历沉默片刻，终是不忍让皇后到自己身旁，说说话倒还罢了，抹药这事，难免要触到他的伤口，这万一传染给她了怎么办？

“进来！”弘历略带烦闷道，“给朕上药！”

“是。”吱呀一声，魏璎珞重新推门而入，自李玉手中接过药膏，用早已洗干净的手指沾了少许，轻轻落在弘历的病痛处。

弘历只觉伤口冰凉，分不清是药膏的温度，还是她手指的温度。

身为天子，身旁绝不会少了女人，弘历原以为自己已经习惯了女子的碰触，却不知怎的，就是有些不习惯她的碰触。

这种感觉弘历从未有过，一时之间只觉又羞又恼，忍不住又要发火，可目光触及她平静的眉眼，竟如燎原火遇上倾盆雨，皑皑白雪遇上一缕春风，火熄草生，冰雪消融。

魏璎珞一抬头，就撞见了对方这般出神的目光。

第五十六章　芦荟汁

落荒而逃。

魏璎珞不知弘历为何对她露出这样的目光，只觉得浑身不自在，于是匆匆寻了个借口，说依太医的吩咐，要处理他用过的被褥传单，然后在弘历不悦的目光中，抱着一堆被褥床单离了寝殿。

虽是要处理的废物，但也是皇帝用过的东西，马虎不得，故而李玉出来后，也与她一同处理。

这真是个好机会。

魏璎珞见四下无人，当即面上堆笑，问道："公公，正月初十乾清宫宗室宴那天，我在花园里捡到一块玉佩，样子绝非凡品，我估摸着，若不是皇上丢的，就是哪位宗室丢的，您能帮我掌掌眼吗？"

若非之前她将那苦差自己背了回去，李玉此刻定是闭目养神，不应她半个字的，但她不但知情识趣地将活自己办了，还办得很好，李玉尤其不能忘记弘历看她的眼神……

"不用看了，现在我就能回你。"于是李玉笑着回道，"你捡到的玉佩，一定不是皇上或者宗室丢的。"

"哦？"魏璎珞愣道，"公公竟如此肯定？"

"当夜皇上挨个敬酒，谁敢离席呢？"李玉肯定地说，"东西不是他们丢的，因为宴上之人，没有一个离开过夜宴。"

魏璎珞面露失望，轻轻叹了口气："原来如此，谢谢公公了……"

李玉有心卖她个好，便又开口道："那枚玉佩，你带在身上没有，我替你看一看，兴许能看出点名堂来呢。"

"……那玉佩我留在长春宫了，没带在身旁，不过玉佩上的尾纹样我还记得。”魏璎珞一边说，一边用手将纹路比画给他看。

比画了几下，对面的李玉忽然惊道：“啊，富察！这不是皇后之物，就是富察侍卫的玉佩了！”

魏璎珞面色一僵，但很快装出惊喜模样道：“绕了个大圈子，竟闹出笑话来了！好，等我一回长春宫，就物归原主！多谢公公！”

区区小事，李玉不放在心上，却又希望对方能多放在心上。

因他看得出来，弘历看这女子的目光别有不同……

“乒！”

茶杯碎在地上，人也扑通一声跪下。

“这么烫的茶水，叫人怎么喝？”弘历坐在床沿，脸上布满怒意。

距离弘历生病已过去了好几日，他的脾气愈发地暴躁，稍不留意就要摔杯砸碗，叫伺候他的人苦不堪言。

所幸的是，不用所有人都遭殃，弘历只喜欢叫一个人伺候他。

“魏璎珞呢？”弘历冷冷道，“她跑去哪儿了？”

小太监心中暗暗叫苦，若非对方不在，哪儿还轮到他进来伺候？嘴上照实说道：“璎珞姑娘……刚才还在院子里，现在，奴才不知啊……”

弘历一听，果然又生起气来，一脚踹翻对方，吼道：“滚，全都滚出去！”

小太监一阵连滚带爬，身后房门却忽然开了，魏璎珞倚在门前，见了里头的状况，忙走进来道：“皇上有什么吩咐？”

顺便在背后挥挥手，小太监会意，给她递了个感激的眼神，然后急急忙忙地离开了寝殿。

弘历将她的小动作看在眼里，却并不在意，只双眼冒火地盯着她，质问道：“你刚才跑哪儿去了！”

魏璎珞也有些心力交瘁了，她来此的初衷，是借机接近弘历身旁的人，好从对方口中问出有关凶手的线索，然而弘历却不知怎么回事，天天喊她在身旁伺候，旁人眼里这是恩宠，魏璎珞心里却是倒了八辈子血霉。

不由得将心里话道出来：“皇上，屋子里还有伺候的人啊……”

你怎么就只折腾我一个！

弘历的表情不自然了一下，继而恼羞成怒起来，冷冷道："朕浑身痒得难受，你就让那些粗手笨脚的来挠吗？"

魏璎珞仔细一看，发现他锁骨处又多了几道抓痕，红红艳艳，一不留神还以为是女人的口脂。

知道他奇痒难耐，虽然心里知道抓挠只会加重病情，却又控制不住……

任他这样下去也不是办法，他一痒就会抓挠，抓得多了就会发火，这火又不是发在他自己身上，而是发泄在伺候他的人……尤其是魏璎珞身上。

"皇上别生气，奴才有办法为皇上解忧。"魏璎珞将自己手中之物呈递上去，"请皇上背过身去。"

她原以为要费一番口舌，却不想弘历看了眼她的手，又看了眼她，竟一言不发地背过身去。窸窸窣窣的声音响起，他缓缓褪下了身上的衣裳，将属于男人的、宽敞健壮的脊背暴露在她眼前。

魏璎珞垂了垂眼，直至今日，她仍有些不习惯看到男人的身体。

但念及彼此的身份，她很快将心中的尴尬抛至一旁，将手中之物——新鲜的芦荟汁涂抹在他背上。

"张院判说，硫黄膏用久了，皮肤会稍有干燥，奴才采摘新鲜芦荟，捣汁涂抹，虽不能根除，却可以让皇上好受一些。"她道。墨绿色的芦荟汁顺着她的手指，涂抹在弘历的背上，又沿着他的脊线缓缓滑落，直入缠绕在他腰间的衣里。

弘历沉默片刻，忽背对着她道："你就是这么讨好皇后，才哄得她那么疼爱你吧！"

魏璎珞："皇后以真心待奴才，奴才自然真心回报。"

弘历冷笑一声："朕待你如此凶恶，你岂非恨毒了朕？"

那是自然——这样的心里话自然不能说出口，魏璎珞只笑着答："奴才怎么敢呢？"

弘历冷哼一声，似不信她的话。

他信与不信，魏璎珞不在乎，与其跟他讨论自个，倒不如继续讨论皇后："皇上，皇后娘娘昨夜一直守在床畔打扇，奴才请她去休息，她却坚持不允，今天早上一看，手腕都动弹不得了。”

弘历仍沉默着，因背对着她，魏璎珞也看不见他此刻的表情。

“奴才知道，紫禁城里千娇百媚的女人很多，可只有皇后娘娘，才会在明知传染的情况下还为皇上侍疾。”魏璎珞继续为皇后说着好话，“这样的真情，世上再也不会有了……”

“够了！”弘历忽然大喊一声。

为他涂抹芦荟汁的手因此一顿，魏璎珞疑惑地望着他，也不知道自己哪句话触了他的霉头。

“皇上……”她试探着唤道。

弘历却猛然转过身来，也不顾她手上都是芦荟汁，一把握住了她的手。芦荟汁如漆似胶，将两人的手死死粘在了一块。

魏璎珞心下一惊，急忙抽了抽手，只是不知道是芦荟汁太过黏稠，还是弘历太过不舍，一时之间竟抽不回来……

“皇上！”她只得再喊了一声。

弘历这才如梦初醒，松开了自己的手，然后低下头，愣愣看着自己的手发了一会儿呆，这才满脸怒色地瞪向她：“朕的事，什么时候轮到一个奴才置喙？滚！”

伴君如伴虎，更何况这位君王喜怒无常，难以揣测。

“……是。”魏璎珞恨不得他这样说，急忙收起剩下的芦荟汁退了出去，然后将背靠在门上，长长吐了口气。

却不知门后，弘历仍望着她离开的方向，愣愣出神。

第五十七章　怒意

魏璎珞自不会真的费尽心力去采那芦荟汁。

那芦荟汁实际上是从叶天士手中讨来的。

既然有用，那就再要一盒，顺便问一问心中真正关心的事。

“叶大夫，听您的吩咐，经常带五阿哥晒太阳，如今不但退了黄，还白胖可爱呢！”她道，“之后还有什么要注意的吗？”

“没了，只需吃好睡好，便能安安稳稳地长大了。”叶天士笑道，“对了，你只关心五阿哥，不关心皇上的状况吗？”

谁关心他呀？魏璎珞脸上堆笑：“自然是关心的，叶大夫，皇上的病什么时候才能大好啊？”

“皇上的疥疮，一月可愈，可如今拖了这么久……”叶天士欲言又止，“我看了御医给皇上开出的医案，心里有些不同看法。”

“哦？”魏璎珞心中一动，“叶大夫的意思是？”

“皇上的疥疮未必是被人传染，而是……”叶天士招招手，示意魏璎珞过来，然后微微弯下腰，在她耳畔低语了几句。

魏璎珞越听越惊：“这……”

“怎么样？”叶天士重新直起身，“若是璎珞姑娘不肯，在下也不强求，这事本来就要冒一定风险，一个不好，人头落地……”

魏璎珞估摸着他不止找了自己一个，但其他人在听了他的主意之后，都断然拒绝了，于是找来找去，找上了自己这个小小宫女。

“……但若是成了，就是大功一件。”叶天士笑道，“首功自然是姑娘你的，我至多分润个一二。”

但风险全是魏璎珞担的，事情成了另说，事情若是败了，受罚的就只有魏璎珞一人。

可想起弘历那阴阳怪气的脸，想起夜夜为他祈福而日渐消瘦的皇后，魏璎珞笑了起来：“这世上哪有一点风险都不必冒的好事……我干了。”

白驹过隙，转眼数日。

养心殿内一片大乱，弘历撕扯着身上的衣裳，指甲抓在肉上，留下一道道触目惊心的抓痕。

“皇上，不能挠，真的不能再碰了！”李玉在一旁急出汗来，“原本结痂的伤口会全都裂开的！”

“魏璎珞呢？”弘历忍了忍，却忍无可忍，指甲再次抓进肉里，“快叫她来，把上次给朕涂抹的芦荟汁拿来！”

他疼在身上，也疼在皇后心里，皇后束手无策地立于一旁，几次想要伸手抱住他的胳膊，让他不要再这样折磨自己，却被身旁的宫人急急忙忙地拦了下来。

已经病了一个皇上，可不能再病一个皇后了。

如今听了弘历的话，皇后如同抓住一根救命稻草，忙喊道：“璎珞！听见了吗？芦荟汁还有没有？有的话快点送上来！”

“娘娘，”魏璎珞乖巧地应了一声，走到她身旁道，“芦荟治标不治本，张院判说，要皇上静心养病，不能心急……”

哐哐当当一片乱响，却是弘历一怒之下，推翻了身旁的博古架，架子上的奇珍古玩落了一地，几件瓷器变作碎片无数，其中一片飞溅而出，于众人的惊呼声中，划过皇后的手背。

“娘娘！”魏璎珞急忙扑了上去，拉过她的手一看，只见那只养尊处优的手背上，赫然多了一道长长伤痕，鲜血沿着伤口慢慢溢出，滴答滴答落在地上。

一股难以抑制的怒意自魏璎珞心头升起，她回过头，冰冷冷道：“皇上，您这样迁怒于人，非明君所为。”

盛怒之中，无人敢触弘历霉头，更何况是这样的当面指责。

莫说旁人，连弘历自己都有些不敢相信自己的耳朵，良久之后，才不敢置信地盯着魏璎珞：“……你刚刚说什么？再说一遍！”

换个人，是绝对不敢再重复一遍的，莫说重复，甚至还要矢口否认自己先前说的话。

“皇上，您这样迁怒于人，非明君所为。”结果魏璎珞不但重复了，还多了些更难听的话，“满宫嫔妃，听说皇上生病，嘴上十分关切，脚下却蹬了风火轮，一个比一个跑得快！只有皇后娘娘，衣不解带，日夜照料，可皇上不分青红皂白，将疼痛强加于人。呵，真是一位好皇帝，好夫君。”

弘历何曾被人如此怼过，当即气得两眼发黑，指着她说不出话来。

“璎珞，你怎能这样顶撞皇上！”皇后惊恐道，“还不快退下！”

她心疼魏璎珞，主动给她台阶下，却不料魏璎珞不但不接这台阶，还大声道：“奴才又没说错！自从慧贵妃复起，皇上的赏赐如流水一样进了储秀宫，长春宫呢，什么都没见着，这是为何！”

“璎珞，你闭嘴！”皇后急得双手都开始发抖。

弘历总算找回了自己的声音，以一种旁人从未见过的暴怒姿态，吼道：“说，朕要听她说！”

不少宫人都吓得跪在了地上，恨自己运气不好，怎会在今日当值。池鱼尚且瑟瑟发抖，唯恐被弘历如火的怒意波及，始作俑者却一副死猪不怕开水烫的模样，扯着嗓门道：“人人都说，皇上突然解了贵妃的禁，是冲着直隶总督高斌大人的颜面！”

“璎珞！”皇后冲上前来，抬手捂住她的嘴。

魏璎珞却将她的手从嘴上扯了下来，在众人眼中，不知死活地继续说了下去：“皇上因为一个臣子得力，就费心尽力安抚贵妃！堂堂一国之君，如此小意讨好女人，和楼里的姑娘去讨好男人，又有什么不同！这偌大的紫禁城，成了秦楼楚馆，皇上您，成了最红的姑娘，安抚完了储秀宫，下一个轮到谁！”

最红的姑娘。

最红的姑娘！

最红的姑娘……

铿锵一声，弘历拔下了墙上装饰用的佩剑，宝剑应声出鞘，寒芒闪闪，笔直朝着魏璎珞刺去。

魏璎珞早有防备，长剑未至，她已经滚到桌子底下，那桌子便替她遭了难，险些被一剑劈成两半。

“皇上息怒！皇上息怒！”皇后忙喊道。

魏璎珞滚爬到皇后裙子底下，哈哈一笑，远远朝弘历喊道：“皇上这么生气，证明奴才说得没错，说大了为国为民，说小了左右逢源，只是您卖了自己就罢了，别把气性撒在别人身上！好端端的一国之君，倒真成了倾国名花呢！”

从小到大从未受过如此屈辱，弘历一时之间气得两眼发晕，眼前的人，手中的剑，全都出现了重影，他摇了摇身子，直觉怒意如火，自胸腔一路往喉咙里涌：“来人，来人！把这贱婢拖下去，立即——”

话音未落，那股怒意已经顺着他的喉咙喷涌而出。

只听哇的一声，一口血痰落在地上，红中带黑，黑中泛红，隐隐散发着一股难闻的腥气。

“哈哈，好了好了！”大门应声而开，叶天士快步冲进来，围着地上的血痰转了好几圈，然后容光焕发地抬头道，“皇上的病，这回可以大好了！”

魏璎珞顺势往地上一跪，收起先前那副人见人恨的嘴脸，乖巧恭顺道：“璎珞口出狂言，皆为皇上治病着想，请皇上、皇后娘娘恕罪。”

皇后的目光在她与叶天士脸上扫视一圈：“这……这究竟是怎么回事。”

“皇后娘娘，此事由草民来解答。”叶天士拱拱手道，“先前草民翻阅皇上医案，发现病情久久不愈，与劳心过甚、血痰未清有关。所以，草民请璎珞姑娘帮忙，故意激怒皇上，纾解这口郁结已久的血痰，才能身心舒畅，病体痊愈。”

皇后不管其他，只关心一件事：“这么说，皇上的病很快会好吗？”

“当然！”叶天士自信满满道，“少则七天，多则半月，皇上就能大好！”

御医们追求一个稳妥，凡事不求有功但求无过，所以开出的方子都显温暾，问他们何时能够痊愈，也只模棱两可地说个快了快了。

也不是没人想不出这个法子，只是没人敢开这个方子，也就只有叶天士这样的江湖名医，才敢开出这样的虎狼之方，只能说功业面前，他也不怕掉了脑袋。

“这就好，这就好。”皇后双手合十，似在朝菩萨祈祷。

弘历此刻的模样却一点也不好，他喉咙里咔咔作响，半晌说不出一句话来，只能伸出一根颤巍巍的指头，指着前面的魏璎珞。

魏璎珞赶紧道：“皇后娘娘，皇上刚清了血痰，身体虚弱，还是赶紧让他躺下吧！”

皇后这才回过神来，连连点头道：“对对！你们还等什么，还不快伺候皇上躺下！”

李玉等人手忙脚乱地过来搀扶，弘历却挣扎着不肯躺下，一双充血的眼睛直直盯着魏璎珞，似要将她生吞活剥，偏偏张开口，一句话说不出来。

世上最了解他的人莫过于皇后，他无须开口，皇后就知道他心里存了什么念头，有些哭笑不得道：“皇上，您别生气了，璎珞也是为了您治病着想，才会故意激怒您，并不是有心冒犯！”

“咔，咔……”仍只有咽喉作响声，弘历不依不饶，仍用指头指着魏璎珞。

皇后无奈，只得朝魏璎珞使了个眼色。

“哎呀！”魏璎珞立刻眼皮一翻，“奴才，奴才突然头晕……”

“呀，你怎么了？莫不是被过了病吧？”皇后装模作样地喊道，“快，快把人抬去休息！叶大夫，麻烦你为璎珞诊断诊断！”

一群人七手八脚地抬着魏璎珞离开，背后，是弘历笔直不离的视线。

第五十八章　苦与甜

数日后。

“那贱婢呢？”

叶天士正在收拾桌上的医箱，听了这话，回头望去：“皇上，您是说璎珞姑娘吗？”

“除了她，还有谁？”帐幔后影影绰绰一个人影，冰冷如霜道，“把她叫来，朕要亲手剥了她的皮！”

皇后坐在床沿，手中端着一只盛着褐色药汁的瓷碗，药汁略烫，她不断搅着手中的汤勺给之降温，闻言抬头一笑：“皇上，璎珞是为了给您治病，才会口出狂言，现在皇上清了血痰，精神大好，以臣妾看来，璎珞不但无过，反而有功。”

“……那臭丫头给你灌了什么迷魂汤，你这样相信她的话？”弘历冷冷道，“依朕看，那些话若非早就藏在心里，能那么顺溜地说完吗？她分明是借给朕治病的机会，变着法儿地出气泄愤！”

皇后叹了口气：“就算皇上现在想找人算账，只怕也不行了。”

弘历忽然沉默下来，帐幔遮去了他此刻的表情，只有因病而形销骨立的侧影倒映在帐子上，良久才言：“……为什么？”

“璎珞一回去就发了高烧，身上起了大片红疹，叶大夫说，是照顾皇上的时候染了病，如今再也支撑不住，倒下了。”皇后抬手拨开眼前的帐幔，“哪怕璎珞有千万个不好，看在她精心侍候又感染恶疾的分上，皇上也不该怪她一时失言啊！若不然，将来还会有谁鞠躬尽瘁，拼力伺候呢？”

帐后露出弘历陷入沉思的脸，他忽然转过脸来，阴沉沉对皇后一笑：“好，朕不怪她，不但不怪她，还要好好赏赐她……”

养心殿耳房，几名宫女送来了弘历的赏赐。

“这，这是……”魏璎珞半窝在床上，看着对方手里端着的黑色汤药，眼角忍不住抽了抽。

“璎珞姑娘，这是皇上嘱叶大夫特意为你开的药，快喝药吧！”宫女走到床沿，一个将她扶起，一个将盛药的勺子递到她唇边。

皇上所赐，哪能推辞？

魏璎珞只能极不情愿地喝了一口，结果哇的一声，吃进多少吐出多少，一只手卡着嗓子咳嗽了半天，才惊恐道：“怎……怎么这样苦，里面放了什么东西？”

宫女老实回道：“黄连。”

魏璎珞立觉不对：“叶大夫给皇上开的药里面没有黄连啊！”

宫女：“皇上那份没有，但叶大夫给您开的药方，一定得有。”

魏璎珞惊愕道：“为什么？”

“特传皇上的话，”宫女面无表情，魏璎珞却觉得自己能透过对方的话，看见一张斤斤计较的脸，“黄连清热去湿，泻火解毒啊！”

“……能不喝吗？”魏璎珞看着那满满一大碗黄连汤心惊胆战。

“伺候璎珞姑娘用药。”宫女以实际行动回应了她。

同一时刻，养心殿寝殿内。

叶天士侍奉在弘历身旁，手中同样一只药碗，里头盛着相似的药汁，只是独少一味黄连。

饶是如此，弘历仍喝得眉头紧皱，似为了减少自己的痛苦，遂开口问道：“叶天士，那丫头喝药了吗？”

皇上的脾气真是来得快，去得也快，早上还是贱婢呢，晚上就成了那丫头，到了明天还不知道会变成什么。叶天士心里转着这个念头，嘴上则道：“有皇上口谕，自然是要喝药的。不过，草民不明白，您为什么要让她喝黄连呢？”

弘历冷哼一声：“这丫头一肚子坏水，都能沁出毒汁来，黄连泻火解毒，正适合她！还有什么对症的中药最苦？”

闹起脾气来，即便天子也如同一个凡人，还是个斤斤计较的小气男人。叶天士只能本着死道友不死贫道的心，小心回道：“要说最苦的中药，黄连、木通、龙胆草，都是苦不堪言，最苦的是苦参——”

弘历一摆手：“那就从今日开始，一天三顿，顿顿不同种类的苦药，换着法子让她喝！要是不肯喝，就强行灌！良药苦口利于病，朕这是为了救命恩人的性命着想，你听懂了吗？”

“是。”叶天士应道。

“呵呵呵呵……”许是想到了对方边喝边吐的悲惨模样，弘历心情大好，想着想着竟笑出声来，叶天士的汤药再送到他嘴边，他也不嫌难喝了，笑吟吟地全喝了下去。

叶天士见此，嘴角抽了抽，却不敢说什么。

但得了弘历这个指派，却也不是什么坏事，至少他不必再想什么理由、什么借口去探望魏璎珞了。

出了养心殿之后，他背着药箱，马不停蹄地来到侧殿耳房。

宫人早已得到消息，一路无人阻拦，他就这样大摇大摆地走进房门，反手一关，对床上躺着的人影道：“魏姑娘，是我！”

原本气若游丝、病得气息奄奄的魏璎珞听见他的声音，忽然兔子似的从床上蹿起，一脸抱怨：“叶大夫，能不能不要加黄连，太苦了！”

“这可由不得我，是上头的安排。”叶天士用手指了指天，暗示这是来自天子的强制命令，之后打开药箱，从里头翻出一只小药瓶来，“硫黄膏是治疗疥疮的，不对症，换这个吧！”

顿了顿，又试探性地问：“璎珞姑娘，我有事儿不明白……”

魏璎珞双手接过：“你问。”

“明知自己从小就对花生过敏，为何要故意服用，引发大片红疹呢？而且，还找我伪造疥疮的医案……”叶天士问道，想起弘历的所作所为，心里隐隐有了一个答案。

这没什么不好回答的，又或者说最好给他答案，免得他自己胡思乱想。

“……我故意激怒皇上，他醒过神来，第一个就会找我算账，可我若是染病，他就算气得七窍生烟，也不好再罚我啦。”魏璎珞微微一笑，面色带着病态的苍白，“毕竟谁都知道，我照顾皇上才会染病啊。”

叶天士略感意外，仔细一想，又觉得一切合情合理，当下佩服地点头：“姑娘聪慧忠义，旁人难以企及一二，放心，草民一定尽力掩护，不会让你露出半点破绽！”

魏璎珞笑而不语。

等到叶天士离开，她才喃喃自语道：“忠义？我不过是借机发泄心里的怒气罢了，谁叫他这样对皇后娘娘……”

如莲花开于淤泥中，皇后的品性与宫中其他人相比，简直可以算得上是纤尘不染。魏璎珞很喜欢她，有时候甚至会忍不住将她与自己的姐姐做比较，然后得出结论……这两人很像，无论是品格，还是温柔照顾她时的模样……

魏璎珞能为了姐姐只身入宫，也能为了皇后怒骂弘历。

“只是骂人一时爽，接下来的日子不好过咯……”她轻叹一声，却并不后悔，身旁没人伺候，也不敢让人伺候，她拔开瓶盖，勾了些药膏在手上，艰难地为自己上好药，然后便吹烛睡下了。

疼痛难耐，魏璎珞难受地翻了个身，那些自己的手够不着的地方，没有上药的地方，又痒又疼。

……是谁？

魏璎珞没有睁开眼，继续闭着眼睛装睡。

一只冰凉凉的手落在她的额头上，静静试探她额头的温度，良久才抽离。

之后，是拔开瓶盖的声音，那只手重新落回她身上，带着药膏的清香，动作又轻又缓，胳膊后侧，脖颈，后肩……那些她自己够不着的地方，他一一为她上药，却又没有越轨半步，后背后腰，这些男人不该碰触的地方，他都没有借机去碰，哪怕她此刻“睡着”，哪怕她就算醒着也不会责怪他。

是的，这是一只男人的手。

一个她认识的男人的手。

瓶盖重又盖上，屋子里寂静下来。

魏璎珞仍闭着眼睛，身上舒坦了许多，心里却又痒又麻。她不知自己此刻应不应该睁开眼，不知道自己该不该看一看他，然后对他笑一笑。

又怕他如往常一样，落荒而逃。

直至一个温柔的吻落在她的睫毛上，如蜻蜓点水，如猛虎嗅蔷薇。

魏璎珞极力克制，才能让自己的睫毛不至于如自己的心一样，方寸大乱微微颤抖。

直至关门的声音轻轻响起，她才睁开眼，叹了口气，抬手捂住自己被吻过的那边睫毛。

“……这场病，”漆黑的夜里，魏璎珞不由得翘起嘴角，“也不全是坏事。”

病来如山倒，病去如抽丝，叶天士的汤药熬到第十日，侍卫所里，傅恒正翻看着手里一卷兵书，一双手忽然从他身后伸出，蒙住他的眼睛。

“璎珞，你怎么来了？”傅恒任由她蒙住自己的眼睛，轻易地猜出了对方的身份，笑着问，“你的病大好了？”

“你怎知是我？”魏璎珞放下手，绕到他身侧，前几日的病痛似乎让她消瘦了一些，愈发显得楚腰纤细，不堪一握。脸上的笑意却动人了许多，她对他的笑，总是与对别人的笑不同，“我大好了，多亏某个田螺公子精心照顾我，每晚都为我更换额头的帕子，用冷水擦手和手臂。”

“喀，”听到田螺公子这个称呼，傅恒不自然地以拳掩唇，咳嗽了一声，“这人是谁呀？”

见他装傻，魏璎珞索性跟他一块儿装傻，面露惊讶道：“不是你吗？”

傅恒摇了摇头。

“……那可怎么办？”魏璎珞咬了咬唇，雪白贝齿在红唇上留下几道浅浅白印，“我以为他是你，才许他为我上药，那些地方，我是不允许其他男人碰的……”

傅恒闻言一愣。

“既然不是你，那我就走了。”魏璎珞轻轻一叹，转身离去。

“等等！”傅恒再也坐不住，起身拉住她的胳膊。

“……你还有什么事要对我说？”她别过脸不看他。

“我……”傅恒一时之间竟不知该与她说什么。

真是自作自受，何苦要撒那样的谎，如今要如何下台？

“傅恒！”正在傅恒苦恼之际，好友的大嗓门透门而入，“连熬十天，我快散架了——”

哐当一声，大门打开，海兰察保持着推门的动作，愣在门口，眼珠子左右移动了一下，讪笑道：“我是不是打扰到你们了？我这就走，这就走，你们继续，你们继续哈……”

“……十天？”魏璎珞忽然回身在傅恒胸口捶了一拳，面颊如同她的嘴唇一样殷红，与其说是愤怒，倒更像是害羞，咬着牙道，“还说不是你！”

傅恒望着她夺门而去的背影，忍不住提手抚胸。他觉得自己也生病了，这个地方又痒又软，像泡在温汤中，像沐浴在花海中。

“我真不是故意的。”海兰察见魏璎珞跑了，以为是自己的错，搓了搓手，小心翼翼地讨好，“要不……我再替你值一天班？”

傅恒一拳砸在他胸口，他这一拳头可不像魏璎珞的花拳绣腿，裂石般的力道差点把海兰察给捶吐了。

“不需要！”傅恒笑道，“你这个大嘴巴！”

他的心有如花开，层层叠叠，相比之下，另外一个人的心情就不那么美丽了。

“你说什么？”

养心殿中，又碎了一只茶盏。

弘历面色难看地坐在床沿：“你说那个贱婢已经回长春宫了？什么时候？她不是还病着吗？”

“回皇上，魏姑娘已经痊愈，昨夜就已经搬回长春宫了。”李玉小心翼翼地回道。

弘历一听，怒不可遏，随手打翻了身旁的铜盆，铜盆滚落，温水洒了一地，殿中的人也跪了一地。

“她明明在朕之后染病，病程最少一个月！”弘历冷冷道，“为何还能比朕先痊愈？”

“这……这……”李玉吞吞吐吐道，“也许……她病得轻一些？”

“因为她从头到尾都没病！”弘历怒道，“把这个贱婢找来，这一次朕一定要亲手剥了她的皮！”

“皇上怎么了？发这样大的脾气。”一个温柔平和的声音忽然响起，众人循声望去，都在对方的笑容中定下神来。

世上只有两个女人，笑容有此安定人心的力量，一个是观音，还有一个是皇后。

即便是弘历，看见她的笑容，怒气也去了一半，正待将剩下的一半怒气发泄出来，忽听她道：“臣妾一路走来，听见不少宫人在夸皇上呢。”

“哦？”弘历略感意外，“他们都说了些什么？”

“很多。”皇后在床沿坐下，“譬如皇上能忍常人不能忍，魏璎珞为治病冒犯了您，您却丝毫不计较，是个宽宏大量的明君。”

弘历一听，面色古怪。

“不但不怪她，在知道她被您感染了恶疾之后，没有赶她离开，反而许她留在养心殿，让最好的大夫给她看病，实乃有德之君，千古难寻……”皇后继续道。

“够了！”弘历再也听不下去，开口打断她。

皇后便不再开口，只笑吟吟地看着他。

李玉小心翼翼打量他二人的脸色，见两人都不开口，只好自己开口道：“皇上，那魏璎珞……还要不要拿回来？”

弘历不好对皇后发火，见他撞自己枪口上，立即掉转枪头，将火撒在他身上，龙靴蹬在李玉胸口，一下子将他踹翻。弘历怒气冲冲道：“你没听见吗！人家出言激怒，是为了救朕！感染恶疾，是为侍疾！就算传扬出去，人人赞她是不畏强权的忠仆！更何况，她病都痊愈了，再也抓不住痛脚！朕若现在降罪，岂非成了不识好歹的昏君！朕这才是哑巴吃黄连，有苦说不出！”

说着说着，他脸上真露出一丝苦色，仿佛接二连三地吃了黄连、木通、龙胆草、苦参……

那些他灌在魏璎珞碗里的药，如今全吃在了他自己嘴里。

真苦，苦不堪言。

第五十九章　献礼

“为了庆祝皇上的病大好，本宫准备送他一件礼物。”从养心殿回来，皇后将魏璎珞等大宫女叫到跟前，“你们替本宫选一选，觉得哪一幅画好？”

展在众人面前的是两幅画，一幅山水图，孤帆远影碧空尽，唯见长江天际流。另外一幅是《洛神图》，凌波微步，罗袜生尘。

明玉抢先道：“自然是这幅山水图好，富察侍卫送来的东西，最好不过了……”

此话完全没有评点两画之间的优劣，字里行间都是处心积虑的讨好。

偏生要讨好的对象还不在眼前，皇后淡淡扫她一眼，便将目光转向魏璎珞：“你呢？”

“回娘娘，”魏璎珞想了想，道，“如果让璎珞来选，一定会送《洛神图》。”

“为什么？”皇后问。

“因这洛神顾盼之间，有三分像皇后。”魏璎珞笑道，“每当皇上看到这幅画，就会想到作画的人，不好吗？”

她这其实也是讨好，与明玉不同的是，她字里行间情真意切，且要讨好的人就在眼前。

最后，皇后决定献上《洛神图》。

因此事，明玉与魏璎珞之间又生了嫌隙，只是今时不同往日，魏璎珞已取代她成了长春宫最受宠的大宫女，皇后甚至手把手地教导魏璎珞读书写字，两人名为主仆，实际上已有半师之谊，感情之深，非比寻常，明玉再想对她使绊子很难，甚至不能再当面奚落她。

于是前来长春宫拜会皇后的两名秀女就遭了殃。

“皇后娘娘正在休息，没空接待。”明玉对眼前两位小主子冷冷道，“两位请回吧。”

若是魏璎珞在此，一定能够认得出来，这两位小主不是别人，正是当日选秀时最为出众的两名秀女，一个是端娴在外、形貌上与皇后颇有几分相似的纳兰淳雪，另一个是胆小怕事、却生得一副西子捧心貌的陆晚晚。

从未被下人如此慢待过，纳兰淳雪面色变了变，悄悄塞了一锭银子进她袖子："明玉姑娘，我特意托人从福建带来血燕，要献给皇后娘娘，还请进去通禀一声。"

明玉掂了掂那银子的分量，然后不屑地丢回纳兰淳雪怀里，轻视的目光瞥了过来："长春宫深受隆恩，什么珍贵的东西没有，区区血燕罢了，当谁没见过吗？"

"你……"连一向好脾气的陆晚晚都有些发了火。

纳兰淳雪拉住她的胳膊，轻轻摇摇头："知道了，那我们就改日再来向皇后娘娘请安吧。"

回去的路上，陆晚晚忍不住抱怨道："我分明听见正殿里有声音，明玉却一口咬定皇后不在，她怎能如此轻视羞辱我们？"

纳兰淳雪冷笑一声："长春宫不留我们，我们还没别的去处吗？走，去储秀宫！"

是夜，两个身影闪进了储秀宫，灯火阑珊，窗户纸上倒映着三个对坐而谈的身影，除了桌上烛火，没人知道她们三个商量了些什么。

明玉更不会知道，自己无意之中又闯了什么样的祸。

她仍自怨自艾，一会儿恨魏璎珞夺了自己的宠爱，一会儿恨皇后喜新厌旧，心里总琢磨着怎样才能重夺宠爱，重夺地位。

一直想不到办法，一直找不到机会，直到几日后，乾清宫正殿开宴，一众后宫嫔妃齐齐献礼，以庆皇上身子大好。

宴会热闹极了，最夺目的一位总是慧贵妃。这一位似乎天生就适应这样的场合，知道怎样才能将众人的目光聚焦在自己身上。只见她轻轻拍拍手，黄帘从两旁拉起，露出一队手持西洋乐器的太监来。

大提琴、小提琴、单簧管、长笛、风琴等异国乐器同时奏响，声势浩大，顿将皇后那幅《洛神图》比了下去。

弘历看着这些乐器，听着乐器奏响的曲调，竟愣愣出神，似掉进了往昔的回忆里出不来。

——这些是他父亲雍正帝收集的西洋乐器，弘历还小的时候，爷孙俩还一起向传教士学了一阵子，那咿咿呀呀的小提琴声、长笛声，至今仍是他最美好的回忆。

“贵妃有心了。”弘历叹了口气。

谁都看得出来，这次宴会只怕又是慧贵妃拔得头筹，最得皇上欢心，旁人不与她争也难与她争。叫众人惊讶的是，素来霸道的她竟一反常态，主动向弘历推荐了一个女子，让她分润自己身上的隆恩。

“皇上，不只臣妾为了您的寿礼大费心思，舒贵人也很尽心尽力。”慧贵妃让出身后那名女子，“您要不要看看她的礼物？”

“舒贵人？”后宫女子太多，弘历显然没法认识每一个，只是看她的面子，才向对方点点头。

明玉见了她，却心里咯噔一声。

她认出了对方，不正是前些天，被她一阵冷嘲热讽，赶出长春宫的秀女吗？怎的投靠慧贵妃去了？

纳兰淳雪献上的是一座琉璃塔。琉璃塔不甚稀奇，稀奇的是上头一粒舍利子，据说是宋朝高僧希圆圆寂后，七百余颗舍利之中最珍贵的一颗，乃心脏所化，故被后世称为佛之莲。

“皇上，”慧贵妃趁机道，“太后不是一直在寻找佛之莲吗？”

此物虽不得弘历喜欢，却一定能得太后喜爱。

眼见受自己慢待的人就要一飞冲天，明玉心中更觉焦躁不安。

“你也有心了。”弘历点点头，转头对皇后道，“皇后，除了这尊琉璃佛塔，你再从其他礼物当中挑选出几件新奇有趣的，一并献给太后。”

“是。”皇后谦恭道，将黯然藏在了心底。

与西洋乐队相比，与佛塔舍利相比，她的《洛神图》显得那样平凡无奇，弘历只扫一眼，便丢在脑后，完全没瞧出来画上的人与她三分相似，又或许是看她看久了，不在乎了。

“璎珞，”收敛起黯然心思，皇后低声道，“收好琉璃塔。”

“是，娘娘。”璎珞怜惜地看了她一眼，抱着琉璃塔，与一同负责此事的宫女太监们出了门，去往储放礼物的东次间。

明玉眼珠子一转，不声不响地跟了上去。

礼物众多，魏璎珞要做的第一件事，不是挑选，而是先造册登记。

“万字锦地团寿纹灯一对。”

魏璎珞提笔蘸墨，落字纸上。

“鹤鹿仙龄碧花瓶一对。”

魏璎珞才写到仙字，身旁冷不丁伸来一只手，劈手夺过册子。

略一皱眉，魏璎珞转头问她：“明玉，你要做什么？”

“登记造册，保管珍品，素来是我的工作，用不着你越俎代庖！”明玉抱着册子，明眼人都看得出来她要强夺这份差事。

魏璎珞盯着她：“是皇后娘娘命我登记。”

明玉路上已找好借口，脱口而出：“你没听见皇上吩咐吗？需要先行选出两三件太后喜欢的物品，你了解太后娘娘的喜好吗？”

见魏璎珞一言不发，明玉心里松了口气，乘胜追击道：“既然你什么都不知道，就别站在这儿碍事！珍珠，继续！”

负责念名的小宫女不知所措地看向魏璎珞。

以众人对魏璎珞的了解，本以为她会抗争到底，毕竟这可是一位连皇帝都敢骂的主，却不料她忽然一笑：“我入宫时日尚短，自是不知太后喜好，还要劳烦明玉你，仔细登记清楚，一一挑选。”

“等等！”明玉朝她离去的背影喊道，明明是她抢夺了对方的差事，却还装出一副施舍模样，道，“你不用走，要处理的事情还很多，你可以留下来帮我。”

“不必了。”魏璎珞这一次却不受她施舍，头也不回地朝外走，“你如此奋勇表现，我自然不好抢功，你放心，我会禀报皇后娘娘，一切功劳都是你的！”

“而我，”魏璎珞出了门，望着满天星辰，幽幽深宫，心想，“我正好可以借着这个机会，做一件一直想做的事。”

宫女无事不得离宫，所以若无皇后的吩咐，她从早到晚，几乎绑死在了长春宫内，难有机会去到其他主子的宫内，更不用说是乾清宫。

“如果姐姐死的当晚，有人从乾清宫去御花园行凶，往返一次需要多久，能不能避开巡逻呢？”魏璎珞立在大殿门口，朝御花园迈出一只脚去，心里默念，“一步、两步、三步……”

她一步一步离开了乾清宫，将那推杯换盏、灯火阑珊抛在脑后，只带着一条孤零零的细长影子，独自一个人走进了御花园。

“三百步，三百零一步，三百……哎呀！”一只手忽然扯住她的脚，将她从御路衔接处扯落下去。

这突如其来的一拉，差点没将魏璎珞的魂给吓飞，尤其是这只手将她扯落之后，还不规矩地从后面搂过来，双臂有力地扣在她的腰上。

魏璎珞想也不想，脚跟狠狠一跺，跺在了对方脚上。

“来人——”她扯着嗓门正要叫，一个声音温柔如月光，贴在她耳畔轻轻念道：“石梁深处夜迷藏，雾露溟累护月光。捉得御衣旋放手，名花飞出袖中香。”

魏璎珞停下了挣扎，靠在对方怀里，低低一声：“少爷，你突然抓住我的脚，可把我吓坏了。”

她的少爷只有一个人。

傅恒搂着她站在老虎洞中，身旁怪石崎岖，灰白石头上攀爬着一丛丛碧绿色的爬山虎，树影摇曳，在他们身上落下斑驳影子。

“我毕竟是紫禁城的侍卫。”傅恒笑吟吟道，“见一个不守规矩的小宫女，居然夜行至御路上，自然要将她拉下来了。”

魏璎珞哼了一声，似乎对他的解释十分不满意：“这样说，若是其他小宫女从这儿路过，你也要拉她到你怀里咯？”

“这紫禁城里，可没有另一个这样大胆的宫女了。”傅恒叹了口气。

魏璎珞这才抿嘴对他笑了笑。

“让我猜猜看，你半夜三更跑来这里，一定不是为了吹风，想必……是想重走一遍乾清宫到御花园的路。”傅恒最是知她懂她，一下子就猜出她要干吗，颇有些无奈地说，“你大可不必如此，我不是已经帮你查过了吗？那晚并无人离开夜宴。”

“那晚四百来人，总有一两个遗漏的。”魏璎珞不依不饶，不肯放弃这唯一的线索，“或许有人悄悄离开，一来一回，也不会超过半个时辰！”

傅恒不敢苟同：“这条路我走过很多遍，全程走完很快，避开巡逻的侍卫却不可能。”

魏璎珞咬了咬唇，又提出一个可能：“若对方出身高贵，侍卫替他隐瞒呢？”

傅恒摇摇头：“侍卫效忠于皇上，只听他一人调遣，区区宗室，怎能驱使？”

魏璎珞盯了他好一会儿，笑道：“那可未必，那位怡亲王不就听了金答应的唆使，故意与我为难吗？”

还有庆锡……平日里多小心谨慎的一个人，却也抵不住荣华富贵的诱惑，轻易地就将她给卖了。

傅恒正要说些什么，忽然头顶上轰隆一声，如天崩地裂，如雷霆作响，惊得魏璎珞双手抱住傅恒的腰：“什么声音？”

她总是一副刚强模样，什么事都爱自己做，自己扛，难得流露出的小女儿姿态，让傅恒觉得又新鲜又迷恋，忍不住将许多事抛之脑后，只看着她只搂着她，笑道：“你抬头。”

魏璎珞疑惑地抬起头。

那一刻，漫天烟花在紫禁城上空绽放，红色黄色，绿色紫色，万千光彩如雨落，落在她的瞳中脸上。

“东风夜放花千树，更吹落，星如雨。”傅恒又在她耳畔吟诗了，她不爱听这文绉绉的东西，却又喜欢听他的声音，喜欢从他嘴里说出来的每一句诗、每一个字、每一丝真情。

“……玉壶光转，一夜鱼龙舞，蛾儿雪柳黄金缕，笑语盈盈暗香去。”傅恒慢慢低下头，头顶万千烟花，抵不过他此刻深情的注目，他对她说，“众里寻他千百度，蓦然回首……那人却在，灯火阑珊处。”

魏璎珞不知道自己是怎么走回东次间的。

只知道脚下发软，如踩云端，一闭上眼，就是他的声音，以及他闭目而来的面孔。

急忙用双手拍打拍打脸颊，对自己说："可别被人看出异常来，就说……是吹风吹得头疼脑热，脸颊发红吧。"

她准备用这个拙劣的借口蒙混过关，否则难以解释自己的脸为何这样红。

但她很快发现，对方或许并不需要她的解释。

"混账东西！"掌嘴声从东次间内传来，是明玉愤怒中透着惊恐的声音，"叫你看着东次间，你却偷跑出去看烟花，现在如何向皇上皇后交代！"

"我……我也不知道会这样啊！"珍珠的哭声接着响起，"况且你不也出去看烟花了吗，只许州官放火不许百姓点灯啊？"

明玉气急，扬起右手，又要抽她一个耳光，却被魏璎珞从后抓住。

"你回来得好。"明玉见了她，急忙道，"看看，她都闯了多大的祸！"

魏璎珞顺着她的目光看去，然后愣住。只见纳兰淳雪献上的那尊琉璃金塔上，空荡荡一片，佛塔舍利竟不翼而飞。

第六十章　舍利何在

这已不是魏璎珞第一次遇到失窃事件。

与上次在绣坊丢失孔雀线一样，她怀疑这件事发生得这样巧，背后定有阴谋。

这份心思不宜与众人说，他们已经够惊慌失措了，若是知道自己一脚踩进陷阱里，只怕更要吓得不知所措。

“珍珠，别哭了，哭不能解决问题。”魏璎珞沉着冷静道，“现在我问你答，第一个问题，刚才谁是第一个回到东次间的？”

“是……是我。”珍珠回完，生怕她怀疑自己，连忙辩解道，“我是偷偷跑出去看烟花的，怕被明玉姐姐发现，烟花没看完就回来了。”

魏璎珞点点头：“那时候舍利子还在吗？”

珍珠摇摇头，众人见状皆一脸失落，觉得线索就要断在这里了。

魏璎珞想了想，换了个问题：“真的只有你一个人在，没有旁人？”

珍珠绞尽脑汁地回想片刻，忽然眼中一亮：“不对，还有一个人，我依稀看见一个人从门口离开。”

明玉大喜：“这么说你看见贼人了？他长什么样，是男是女，你快想想！”

“是，是……”珍珠咬着唇，极小心地说出一个众人意料之外的名字，“是舒贵人。”

也是佛塔舍利的原主人——纳兰淳雪。

“好呀，贼喊抓贼，居然是她！”明玉咬牙切齿，转身就往外跑。

“你觉得有用？”魏璎珞的声音在她身后淡淡响起，“佛塔舍利本就是她送进宫的，试问她有什么理由，要趁人不备偷回去？更重要的是，为了燃放烟火，当时走廊烛火俱灭，光凭一个宫女的证词，谁会相信？”

“当时空中放了一朵很大的烟火，照得四下皆亮，我看得一清二楚！”珍珠连忙说。

“我信你，但旁人不一定会信你。”魏璎珞安抚一句，然后闭目沉思。

时间如此仓促，窃贼根本来不及将东西运出宫，加上佛塔舍利极为珍贵，所以东西多半就藏在贼人自己身上。

“搜身？这不可能，拿什么理由去搜主子们的身。”魏璎珞沉吟道，“只能让她自己拿出来了，这种事可能做到吗？”

可能。

“我有一计，可以找出犯人。”心中已有计策，魏璎珞张开眼睛，对四周众人道，“但需要你们的帮忙……”

大殿内歌舞已近尾声，弘历毕竟大病初愈，熬到现在已经快要熬不住了，打了个哈欠，歪在椅内，懒懒问道：“还有什么节目？”

皇后正要答，明玉忽然走到她身旁，弯腰对她耳语几句。听了她的话，皇后脸上闪过一丝疑惑，但本着对魏璎珞的信任，还是笑着开口道：“皇上，往年最后一个表演都是杂技，今年换个花样。”

弘历已困乏得眼都睁不开了，索性闭着眼道：“什么花样？”

“由我宫中的宫女们为您献礼。”皇后道，“璎珞，可以上来了。”

弘历猛然睁开了双眼。

许是为了殿前献礼，她平日穿戴素净，今夜却难得地换上了一件红衣。红色极艳，一般人压不住这样的艳色，可她能压得住，以其容，以其笑，以其盈盈如波的目光。

“……玉壶光转，一夜鱼龙舞，蛾儿雪柳黄金缕，笑语盈盈暗香去。”不知为何，这首诗如同悄然而至的春风，吹进弘历心里，一池涟漪圈圈漾开，“蓦然回首，那人却在……灯火阑珊处。”

灯火照在魏璎珞身上，也照在她双手捧着的那条黄绸上，朝弘历微微一笑，她忽将黄绸往地上一丢，黄绸轻飘飘落地的瞬间，忽然鼓起一大块儿，魏璎珞俯身将黄绸掀开，露出的竟是一顶精致小巧的琉璃佛塔。

众人的惊叹声中，慧贵妃的冷笑显得极为突兀，她抚着自己的玳瑁假指甲道："还当是什么稀罕事，不过是障眼法，事先将佛塔藏在袍子里，趁着大家目光集中在黄毯上时，才悄悄挪出来！"

纯妃眼尖，皱眉道："不对呀，琉璃塔上的舍利子呢？"

众人这才发现，琉璃塔上竟少了一样东西，一样最重要的东西。

这可是太后寻了多年的东西，比在场的每一样东西都贵重，怎能说丢就丢？

"诸位贵人不必担忧。"魏璎珞镇定自若地对众人笑笑，"奴才怕运输不周，特意取下琉璃佛塔上的舍利子单独运送！"

纳兰淳雪微不可察地阴笑一下，然后仍端出一副与皇后如出一辙的端娴模样，问："那舍利子现在何处？"

魏璎珞望向她："不就在你身上吗？"

纳兰淳雪脸色乍变。

"胡说八道。"她悄悄掐了自己一下，让自己重新镇定下来，"舍利子怎会在我身上？"

"我使的不是障眼法，是隔空取物的法门，东西自然在你身上。"魏璎珞一边说，一边朝她走近，"如若不信，我现在就将舍利子拿出来。"

纳兰淳雪本就心底有些慌乱，如今见她快步朝自己冲来，立刻慌了手脚，右手下意识地握紧了左边袖口。

魏璎珞一直在观察她，哪会错过这个小动作？当即伸出手去，一把抓住她的袖子，不顾她的挣扎，三两下扯出一只小巧香囊来。

"你放肆！"纳兰淳雪也不知是怕是气，脸色发白。

魏璎珞解开香囊，亮出里头的佛舍利给众人看，笑道："可不就在这里吗？"

众人觉得精彩，毫不吝啬自己的掌声，皇后身侧，明玉与珍珠都暗暗松了口气，尤其珍珠，腿一软险些跪到地上去，所幸身旁还有个明玉，眼疾手快地拉住了她。

"好不容易熬到这个时候了，你可别出错。"明玉低声道。

"好，好。"珍珠抹了把额上汗水，有些崇拜地望着远处的魏璎珞，"这次可真多亏了璎珞姐姐……"

明玉眼神复杂地望着场中的魏璎珞，只见她解下腰间金剪子，咔嚓咔嚓剪断了黄绸，然后挥手一抛，碎缎子如雪似絮地飞向天空，落地之时，竟不可思议地排成四个大字——万寿无疆。

算是为这一次的庆宴画上了一个最为完美的终点。

满堂喝彩声中，纳兰淳雪灰溜溜地回到慧贵妃身旁，正欲解释什么，慧贵妃已冷冷开口："本宫给你机会，你替本宫做事，想不到却连这样一件小事都做不好，下去吧！"

纳兰淳雪低着头退下，心中暗道："我已得罪了皇后，如今又惹恼了慧贵妃，眼下只有一个机会了……皇上喜欢我送的礼物，让我今夜侍寝，我无论如何都要抓住这个机会！"

想到这里，她殷殷切切的目光定在了弘历身上。

不承想，在她看着弘历的时候，一双眼睛也在看着她。

"璎珞，"明玉与珍珠迎上来，明玉犹豫片刻，终有些别扭地开口，"这一次……多谢你了。"

"不必。"魏璎珞收回目光，对她二人似笑非笑道，"正好，我有一件事需要你们帮忙……"

第六十一章　仙女

烟花璀璨，为了庆祝弘历身体大好，故而特地对宫人们睁一只眼闭一只眼，许他们夜晚出来看烟花，与天子同乐。

只是如今烟花都已经放完了，他们怎么还在外头乱跑？

“做什么呢，做什么呢？”李玉护在銮驾前，对险些冲撞了銮驾的一行宫女太监道，“一个个还懂不懂规矩，这是哪儿啊，由得你们乱逛！”

先前天太黑，众人手中又只有一只灯笼，如萤火虫般，一群一群追在那点亮光后头，如今方看清楚自己冲撞了什么，冲撞了谁，一个个惊得脸色发白，跪在地上口称奴才该死。

“问问他们，出什么事了。”弘历歪在銮驾上，单手支着脑袋，“怎么一个个的，都往长春宫的方向跑？”

“说！”李玉尖着嗓子问道，“到底怎么回事？”

众人你看看我，我看看你，一个宫女奓着胆子回道：“李总管，听说烟火绽放的时候，一道星子落在长春宫，如今宫里人人都去看仙女哪！”

李玉扑哧一笑：“卖糨糊的敲门，真是糊涂到家了！我看不是仙女下凡，是你们眼瞎心盲！”

“李玉，”弘历忽然道，“改道长春宫。”

“啊？”李玉愣了一下，然后立刻吩咐随侍宫人道，“听见没？改道，改道长春宫！”

一声令下，原本定着要去养心殿围房临幸舒贵人的銮驾，就此改道，朝着长春宫的方向而去。

手指轻轻敲着扶手，弘历也不知道自己这算什么，一时兴起，还是一往而深，只不过在他们说到仙女二字时，不知为何，他眼中浮现出庆宴上那一抹大红色身影，心底浮现出那一首“蓦然回首”的词。

夜已深，长春宫的灯火却还亮着，明亮灯火将长春宫照得亮如白昼。

隐隐约约，传来丝竹管弦声。

不同于宴上的西洋乐队的气势宏大，却又别有一番幽静滋味，似乎在邀他欣赏，只请他一个人欣赏。

“停。”弘历喊了声停，“朕自己进去。”

銮驾停了下来，弘历在李玉的搀扶下，双脚落地，然后一个人走进长春宫内。九五之尊，即便在深宫之中，身旁也不能没人伺候，但他既然开了口，李玉等人也只好远远看着，悄悄跟着。

院子的树上，挂着一只只白灯笼。

宛如一只只洁白的小月亮，挂在永不凋零的桂花树上。

一名仙子在月光下起舞。

第一眼望去，弘历还以为是自己眼花了，那分明是皇后献给他的那幅《洛神图》，图上的洛神从画卷里走了出来，广袖翩跹，吴带飞舞。

再仔细一看，那不是什么洛神，而是做洛神打扮的皇后。

富察氏作为皇后，母仪天下，无可挑剔，但作为一个女人，就略略少了些味道，很少有男人能对一尊庙里的菩萨起兴致，床榻之间，都偏爱慧贵妃那样骨肉匀称、娇媚可口的美人。

如今洛神服一上身，皇后似乎摆脱了些什么，那些显得过于深沉的东西随风而去，留在她身上的，仅有风流妩媚，洒脱自由。

“起舞弄清影，何似在人间。”

且舞且歌，忽然一阵大风吹起，衣带翩跹，似天上人也在观赏这场舞，在欣赏这位美人，因太过喜爱，所以想要将她接引上天，去往月宫与嫦娥做伴，一个歌一个舞，从此红颜不老，万古不朽。

忽然一只手从旁边伸出来，有些蛮横地将她扯向自己。

“皇上！”皇后惊讶地望向对方，脸上闪过一丝略带羞愧的红晕，作势欲拜，“臣妾失仪，请皇上恕罪！”

为她吹笛伴曲的众宫女也急忙放下自己手中的乐器，齐齐跪倒：“奴才恭请皇上圣安！”

弘历眼中暂时没了旁人，只有眼前的月宫仙子。他目光灼灼地看着皇后，笑道：“皇后不必忧虑，今日你的舞蹈，不会传扬出去。”

“多谢皇上。”皇后有些腼腆地拢了拢耳畔落下的一缕鬓发，“是臣妾一时兴起，考虑不周，险些闹出笑话来了！”

喜欢一个人的时候，连她的一个小动作都觉得可爱，弘历此刻正是这样的状态。他亲手为皇后收拾了一下有些凌乱的鬓发，温柔笑道：“朕从未见皇后如此装扮，却是显得出尘脱俗，清丽逼人，与往日截然不同。”

皇后的脸也红了起来。她与弘历举案齐眉，堪称帝后典范，只不过彼此之间更像家人，而非情人，这样动听的情话，她只在梦里听过，何曾听他亲口说过？

见她露出这样难得的小女儿姿态，弘历心中更觉热烫，挽着她的手朝寝殿内走去，笑着说：“来来，外头风大，皇后随朕进去，跳给朕看，跳给朕一个人看……”

之后会发生什么事，大伙心知肚明。

被落在院子里的几名宫女这才抱着乐器起身，从左到右，分别是魏璎珞、明玉、尔晴、珍珠……

“皇上今晚八成是要宿在长春宫了。”明玉狠狠一笑，“那舒贵人给咱们使绊子，咱们就截她胡，让她在养心殿围房等到天亮吧！”

“璎珞姐姐，全都被你料中了。”珍珠用更加敬仰的目光看向魏璎珞，“皇上听了长春宫有仙女的传言，真的耐不住好奇过来看了，一看之下，就不走了。”

魏璎珞笑了笑，也不居功自傲，只是用温柔的目光望了下寝殿的方向，似乎皇后的得偿所愿，就是她的得偿所愿。

“忙了一天，大伙也累了吧，都回去休息吧。”魏璎珞对众人道，“我出去一趟，李公公还在外面等消息呢。”

她走后，珍珠还在不停地夸她。

“说起来，这次能成，还要多亏璎珞送给皇后娘娘的裙子。”珍珠有些兴奋得过了头，絮絮叨叨个不停，“竟跟画里的洛神服一模一样，且穿在皇后娘娘身上，分毫不差，贴身无比……”

“所以这裙子定是提前半个月，甚至一个月就开始做的。”尔晴的声音冷不丁响起，望着魏璎珞离去的方向，眼神复杂道，“你们以为她是一时兴起？错了，她早为今天做准备了。”

明玉与珍珠吃了一惊，明玉讷讷半天，才道：“照你的意思……她早就想好帮娘娘去截和了？”

尔晴扑哧一笑：“你这傻瓜，璎珞是想帮娘娘留住皇上，早日生下嫡子！不截舒贵人的胡，也要截慧贵妃的胡，只不过这舒贵人行事太过嚣张，正巧撞在她的枪口上，才有了今夜的枯守一夜。”

养心殿围房，红烛烧了半宿，终于燃尽了。

纳兰淳雪裹着红锦被躺在床上，觉得身上这床棉被会吸血，她的血流尽了，她的身体阵阵发冷。

“贵人，”一名太监的声音随着门开声响起，“是时候了，回吧。”

等了半晌，里头一点声音都没有，太监无法，只得将自己刚刚说的话又重复了一遍。

“不。”屋子里终于响起一个沙哑的声音，纳兰淳雪盯着黑洞洞的天花板，喃喃道，“我不回去，我要在这里等着，皇上会来的。”

直至天明，皇上也没有来。

第六十二章 余波来了

满怀期待而来，灰溜溜地离开。

天地一片灰暗，纳兰淳雪觉得自己迈出的每一步都像踩进了泥潭里，一步一步，又沉又重。

路过御花园时，见几个小宫女在里头且歌且舞。

一个小宫女将自己的裙摆向上一扬，做飘飘欲仙状，全不知在外人眼中，笨手笨脚得似只鸭子。她略显得意地问自己的同伴："怎么样，你说我这样像洛神吗？"

另一个小宫女取笑道："像啊，就差一条流仙裙了，改天求长春宫的璎珞也帮你做一条！"

纳兰淳雪原本没将这两人放在心上，直到回了景仁殿，她的贴身宫女冬枣迎上来，扶她回寝殿的路上，低声对她道："主子，奴才打听清楚了，听说是皇后娘娘扮作洛神，留住了皇上，才害得娘娘空等一夜！"

脚步一顿，纳兰淳雪想起了锦被中一点一点绝望的自己，想起了御花园中搔首弄姿的那两个小宫女，恨意填满她的双眼。她胸膛鼓动片刻，忽然压低声音，对冬枣道："去一趟储秀宫，替我向慧贵妃递个口信，就说后天太后要从畅春园回来了，我有办法让皇后彻底失了太后欢心，在贵妃面前，永远抬不起头来！"

"是！"冬枣很快去而复返，带回了慧贵妃的回复，短短九个字——本宫再给你一次机会。

后天，御花园中，阳光明媚，百鸟齐鸣。

一名庄严肃穆、手缠佛珠的老妇人行在最前头，皇后恭顺地搀扶着她的手，其余宫妃连搀扶的资格都没有，只能毕恭毕敬地跟在后头。

这妇人正是当朝太后。

太后拍了拍皇后的手："在畅春园礼佛，难为皇后两头兼顾，这段时日，辛苦你了。"

皇后柔声道："管理后宫、侍奉太后是臣妾的本分，臣妾不敢居功。"

两人之间闲话家常，却不料慧贵妃忽然嘴角一撇，插进来一句话："太后有所不知，皇后品行高洁，蕙质兰心，宫中女子皆以她为榜样，人人效仿皇后的一言一行、一颦一笑，以期获得皇上的青睐呢！"

魏璎珞闻言一愣，忍不住死死盯着对方，这话怪里怪气的，难不成对方又要作妖？

端庄媳妇跟妖冶媳妇之间，太后也如寻常人家的婆婆那般，更加偏爱前者，当即笑道："皇后本就处事公正，端庄得体，满宫上下妃嫔若都学到皇后三分，我也就心满意足了。"

"太后，臣妾担不起这样的称赞……"皇后忙自谦道。

"不必自谦。"太后笑吟吟打断她，"我是最知道你的！皇上事必躬亲，难免顾不上照顾自己，而后宫之事头绪纷繁，人员庞杂，也全靠你悉心打理。如今皇上能专心国事，宫中上下和睦，都是你的功劳。在我心中，世上再没有人比你更妥帖了！"

似是不喜皇后独占鳌头，慧贵妃又插进来道："对了，先前送去的佛塔舍利，太后可还喜欢？"

太后信佛，不然也不会连身上的衣裳都熏了檀香味，那舍利更是她寻了多年之物，一朝得偿所愿，也不会忘记挖井人，立时问道："那位送佛塔舍利的纳兰贵人呢？"

"舒贵人，"慧贵妃侧身一让，"上前来吧。"

纳兰淳雪忙快行几步，走到太后面前："妾身恭请太后圣安！"

太后上下打量她，因其生得端庄贤淑，与皇后颇有几分相似，故而在外貌上就很得她老人家喜欢，兼之佛舍利之故，就又多添了三分喜爱。太后点点头道："能寻到佛家舍利，说明与佛祖有缘，没想到还是这么一个标致的女孩儿，来，过来我身边。"

"是，太后。"纳兰淳雪从善如流，搀扶上太后的另外一条胳膊，走到岔路口的时候，有意无意地引着太后走向右边，"太后，前面就是延晖阁，阁前的牡丹花儿都开了，不如过去赏一赏。"

将她的话听在耳里，将她的动作看在眼里，魏璎珞愈发觉得不对劲。

总觉得一切都显得太过刻意……

"啊！"

骤然之间响起一声惨叫，魏璎珞一抬头，竟见一名宫女从延晖阁高处落下，咚的一声巨响，人影淹没在牡丹丛中。

"芝兰！"几乎是人影落地的一瞬间，慧贵妃大喊一声，"快去看看！"

"是！"芝兰迅速冲了过去，魏璎珞见此，目光一闪，也跟着冲了过去。

两人几乎是同时冲到牡丹丛旁，只见一名宫女软绵绵地瘫倒在地。魏璎珞上前一摸，没摸到呼吸脉搏，顿时倒退了半步。两名宫女在楼上探头探脑，满脸惊慌之色，低语中夹杂着"皇后""扮装"之类的词。

不远处，已经传来刘姑姑的呵斥："快！都过去看看，到底出什么事了！"

芝兰一把推开抱住自己的明玉，冷笑道："出这么大事儿，就算你拦着我，也是白费心思！"

魏璎珞盯着宫女的尸体，抿了抿唇。

一群人浩浩荡荡走到延晖阁下，纳兰淳雪立刻说："太后，就是这儿！"所有人都看见了那具尸体，尸体上面还盖着一方手帕，太后脸色大变，质问："这儿究竟出了什么事？"

魏璎珞镇定地回答："回禀太后，因她从高处坠亡，面容严重受损，为防吓着主子们，才特意盖上了帕子，至于因何坠落，奴才还未来得及询问。"

刘姑姑眼睛一扫两名宫女，厉声道："你们是延晖阁的宫女？"

两名宫女扑通一声跪下，一人仿佛鼓足勇气才道："奴才三人都是延晖阁的洒扫宫女，刚才正在闹着玩，谁知她脚下踩空从高处坠落！奴才猝不及防，来不及抓住她，才会……"

太后脸色冰冷地说："这是一条人命，轻飘飘的'闹着玩'三个字，是否过于儿戏！”

纳兰淳雪向两名宫女使了个眼色，道：“太后说得是，你们三人既然当值，就该好好办差，为何在这里嬉闹，还不从实招来！”

那宫女会意，答道：“太后恕罪，最近宫里风行扮装游戏，人人都爱学古典美人的模样嬉戏，奴才等人也是一时贪玩，才会闯出弥天大祸！”

另有一名宫女也附和：“是啊，太后娘娘，奴才不是有意的，求太后恕罪！”

皇后脸色微微一变，尔晴心中焦急，欲言又止地看向皇后。

太后面露疑惑：“什么扮装游戏？”

那宫女悄悄看了皇后一眼：“是……是从长春宫流传出来的，皇后娘娘她——”

魏璎珞忽然接话道：“回禀太后，据奴才猜测，刚才这宫女是在扮演杨贵妃的醉态，不慎从延晖阁顶端坠落，至于为何要扮杨贵妃，大约是贵妃娘娘一曲《贵妃醉酒》过于动人，宫女们才纷纷效仿吧！”

太后已有了怒意：“贵妃醉酒？怎么，慧贵妃在宫里唱戏吗？”

慧贵妃立刻斥道：“狗奴才，你胡说八道些什么，本宫何时让宫女们效仿了？”

魏璎珞微微一笑，谦卑垂下头应道：“贵妃娘娘自然不必言传，只需身教便可，储秀宫内，每日胡琴不断，京戏一出接着一出，今儿是《长生殿》，明儿唱《霸王别姬》……尤其是娘娘的《贵妃醉酒》，唱得出神入化，身段更是柔美极了，深受皇上喜爱！宫女们心中生羡，想要效仿娘娘，博得君王宠爱，也是人之常情。明玉，你说是不是？”

明玉陡然醒过神来，连忙答道：“是是是，太后娘娘，昨天奴才还瞧见别人学虞姬呢！”

魏璎珞叹了口气，道：“贵妃娘娘别怪奴才多嘴，《霸王别姬》有亡国之兆，娘娘还是唱杨贵妃的好！”

明玉装模作样地训道：“叫你没事多读书，谁说杨贵妃好？杨贵妃在马嵬坡香消玉殒，大唐国运于安史之乱衰败，也不吉利！”

太后已经气得脸色发青，盯着慧贵妃一言不发，慧贵妃心中恐惧，微微发抖。

纳兰淳雪也恼怒万分，道：“扮装分明是从长春宫传扬出来的，怎么变成贵妃娘娘的不是？魏璎珞，你可不要随便攀诬贵人！”

魏璎珞一脸茫然地说：“可是皇后娘娘又不会唱《贵妃醉酒》，更没当众扮过杨贵妃，此事与她何干？储秀宫的小戏台，天天唱戏，人人听得见！”

太后不耐烦地挥了挥手，道：“好了，都别吵了！皇后，这扮装风气，究竟从何而起！”

皇后一脸犹豫地开口：“太后娘娘，臣妾……”

魏璎珞微微一笑，自信地接口道：“若太后娘娘允许，奴才证明给大家看！”

纳兰淳雪冷笑一声，问：“你能有什么证据？”

魏璎珞走到尸体面前，一下子揭开了帕子，众人看了过去，尸体的面部一块儿红，一块儿黑，鲜血中明显混了油彩，显得面目狰狞。

纳兰淳雪大惊失色：“怎么会这样！”

慧贵妃猛然看向芝兰，芝兰垂下头去，不敢看慧贵妃的脸色。太后扫了慧贵妃一眼，沉声道：“回宫！”

众人立刻簇拥着太后，浩浩荡荡地离开。

第六十三章　仙女不思凡

慧贵妃咬紧牙关看向皇后，怒极反笑，道：“皇后娘娘，你可真是养了一条好狗啊！”言罢，云袖一甩转身离去，纳兰淳雪和芝兰急忙跟上去。

延晖阁前只剩下长春宫的人，尔晴拍了拍胸口，擦着冷汗问：“璎珞，刚刚我的心都快从胸膛里跳出来了，到底怎么回事？”

魏璎珞看了一眼地上的尸体，答道：“这些日子，宫中盛行扮装游戏，已到了人人效仿的地步，今日皇后陪着太后游园，偏偏发生坠楼事件，我便让明玉拦着芝兰，我先一步赶到，发现宫女已坠楼身亡。我见她妆容艳丽，听楼上二人提到皇后娘娘，芝兰又如此积极，让人不得不怀疑是贵妃暗中设计！”

尔晴恍然大悟：“所以，你才抢先把贵妃拖下水？那宫女脸上的油彩，又是从何而来？”

魏璎珞微微一笑，指了指旁边挂满浆果的灌木，她手掌上还有干涸的浆果汁，道：“这哪儿是什么油彩，不过是浆果汁液，好在宫女坠落，脸上到处是血，旁人不会细看，才能蒙混过关！”

明玉皱起眉，问：“等等，贵妃怎么知道宫女会坠落，特意引太后来看呢？”

魏璎珞冷笑一声，道：“世上可没有未卜先知的人！那三人本就是延晖阁洒扫宫女，应该对楼阁非常熟悉，好端端的怎会从高处坠落？出事之后，那两人在楼上磨磨蹭蹭，下了楼更不见伤心之态，这正常吗？所以，她们不是闹着玩，是蓄谋已久，直接推人下楼！”

明玉倒抽一口冷气：“你的意思是——慧贵妃用一条人命来嫁祸皇后娘娘！”

魏璎珞点点头，神色凝重地说：“不光是她，还有舒贵人参与！”

明玉情不自禁地拍了下巴掌，赞叹道：“璎珞，你总算做对了一件事！要是娘娘被构陷成功，咱们长春宫可要倒大霉了！”

几人犹在庆幸，却听皇后隐有怒意地开口道：“你们两个差点闯祸，竟不思悔改，依旧心存侥幸，本宫实在太放纵你们了！”言罢，她看也不看璎珞几人，转身便走。

三人面面相觑，急忙也快步跟上，明玉压低声音问：“娘娘怎么了，分明顺利过关，怎么娘娘反而生气了？”

魏璎珞也一脸困惑，小声问：“尔晴，是我做错什么了吗？”

尔晴看了看明玉，又看了看璎珞，叹了口气，道：“说起来是聪明人，其实是两个呆子！”

皇后这一场气，突如其来，迟迟不去，回长春宫一直不肯用饭，打了众人一个措手不及。

夜色已深，皇后坐在榻上，不言不语，桌上的饭菜已经凉了。

魏璎珞悄悄搬来一张小几放在皇后面前，放了蒲团，又拿来香炉，特意点着了香，面对皇后跪了下来，口中念念有词。

皇后忍不住睁开眼睛，一看璎珞正念念有词，忍不住问：“你干什么呢！”

魏璎珞一脸认真地捧着香祷告：“皇后娘娘就像天上的仙女，美貌端庄心地善良，可是仙女今天生气了，璎珞要拜一拜，请仙女为凡人指路，告知我等，到底错在何处？”

皇后扑哧一声笑了。

魏璎珞闭眼默念：“便是真做错了事，请仙女大慈大悲，宽恕我等，从今以后一定谨言慎行，不再犯错！”

皇后伸手敲了敲魏璎珞的额头。

魏璎珞立刻爬起来，小心翼翼地问：“娘娘，您不生气啦？”

皇后蹙起眉，说：“本宫不是在怪你们，是在怪自己。”

魏璎珞一脸疑惑。

皇后轻声道：“明玉她们一直好奇，为何本宫出嫁后变得古板谨慎，因为女子要承担生育子女、侍奉公婆、操持家务的重担，若整日沉迷歌舞，耽于享乐，于丈夫、家族都是祸事，古来赵飞燕、杨玉环，虽都是倾国美人，却因举止轻浮、德行有亏，一直为后人诟病。”

魏璎珞一脸不以为然地说：“没了绝色美人就能江山永固？要奴才说，正因有了真美人，才试出假英雄，历朝历代丢了江山，不是怪臣子奸邪，就是怪妖妃祸国，怎么不说床太软，鞋歪了，心情不好，江山丢啦！”

皇后忍不住又笑起来，嗔道：“你呀，满口歪理，还振振有词！本宫是皇后，应端庄自持，谨言慎行，以为六宫之表率！可一时忘形，竟怀念起闺中的自由与快乐，穿上洛神的流仙裙，跳起了逾矩的舞，使得宫中竞相效法，一时风气大变，才会酿成大祸！”

魏璎珞急了：“娘娘，这分明是慧贵妃的错——”

皇后摇头，伸手点住魏璎珞的唇，正色道：“不，本宫先行差踏错，才给对方可乘之机，本宫问你，今日仅仅是一条人命吗？本宫身为女子，不能开疆辟土、保家卫国，但是管理好后宫，让君主没有后顾之忧，是我唯一能为国家、为百姓做的事，承担皇后的职责，比赢得皇上的宠爱更重要！所以璎珞，谢谢你做的一切，但本宫是大清的皇后，永远别忘了这一点！”

魏璎珞眼眶一酸，忽然想要流泪，为她心目中的仙女，不能再穿上仙女的羽衣。

第六十四章　毒药

储秀宫这次陷害皇后不成，还被太后下令拆了戏台，可谓是赔了夫人又折兵，气焰不复往日嚣张，宫中都暗中在看笑话。

但长春宫的人明白，慧贵妃绝不会善罢甘休。

这日魏璎珞从绣房出来，忽然遇上芝兰，两人目不斜视，错肩而过的瞬间，芝兰问："魏璎珞，你想知道阿满的死因吗？"

魏璎珞猛然转身。

芝兰微微一笑，道："今夜三更，你一个人到储秀宫来，记住，若事情传扬出去，你就一辈子也别想知道真相了！"

月白云淡，风中有隐隐花香，夜色中的储秀宫华美辉煌。魏璎珞跟着芝兰走入正殿，向主位上的二人行礼："奴才给贵妃娘娘、舒贵人请安。"

慧贵妃掩唇一笑，道："魏璎珞，本宫刚刚还在和舒贵人打赌，赌你敢不敢来。"

魏璎珞神色平淡地问："奴才斗胆问一句，是贵妃娘娘赢了，还是舒贵人赢了？"

慧贵妃脸一沉，冷冷道："本宫素来讨厌伶牙俐齿的人，尤其是你，坏了本宫多少好事！不过，你能单枪匹马来储秀宫，也算是胆量过人。"

魏璎珞故作害怕，说："璎珞毕竟胆小，来储秀宫之前留书一封，若一个时辰内回不去，便只好请皇后娘娘来接人了。"

慧贵妃嗤笑一声，摆了摆手，懒洋洋地说："好啦，本宫请你来，是要让你看一个人！"她话音一落，一名小太监被推出来，不过十三四岁年纪，在魏璎珞身边跪下。

魏璎珞兴致缺缺地看了那小太监一眼，问："他是谁？"

小太监战战兢兢地回答："奴才是御花园的洒扫太监小章子。"

纳兰淳雪满怀恶意地说："小章子，说说你在正月初十那天晚上，到底看到了什么！"

魏璎珞脸色骤变。

小太监瞥了魏璎珞一眼，胆怯地回答："那晚皇上在乾清宫招待宗室，御花园的管事们都躲懒打牌去了，就剩下奴才一人看守，后来听见假山那儿有动静，奴才就悄悄过去了！"

魏璎珞不复刚刚的镇定，急切地问："你看到了什么！"

小太监颤着声音回答："奴才亲眼看见，璎宁姐姐被一个人拖入假山……"

魏璎珞忽然暴喝："你为什么不救人！"

小太监吓坏了，向后一瘫，道："奴才不敢……那人……那人……"

魏璎珞揪住小太监的衣襟，问："那人到底是谁！"

小太监被勒得难受，大叫道："是富察傅恒，富察傅恒！"

魏璎珞一脸愕然，手中一松，片刻后，她反而笑了，点点头，说："故事编得不错。"

纳兰淳雪皱起眉，问："你以为我们是编故事骗你？"魏璎珞恢复了平静："姐姐的事，我入宫的目的，张嬷嬷最清楚！我今天去绣房看她，却遇到了芝兰，然后芝兰就说知道我姐姐的事情，不是太奇怪了吗？你们是从张嬷嬷身上得知我的秘密，想要借机嫁祸富察傅恒，逼我为储秀宫所用，对不对？"

大殿内一片寂静，小太监张着嘴，似乎吓呆了。

慧贵妃轻笑一声，打破了沉寂："魏璎珞，你以为证物只有一件玉佩吗？"

魏璎珞心中一紧，问："娘娘这是什么意思？"纳兰淳雪看向小太监，命令："拿出来吧！"

小太监颤巍巍地从怀里取出一条朝带，托在魏璎珞眼前，说："奴才在假山捡到了这条朝带，一定是对方走得太急，没顾上——"

魏璎珞一把夺过朝带，上面绣着与玉佩同样的满文，她瞬间攥紧了朝带。

慧贵妃得意地说："富察傅恒，一块玉佩还能说是巧合，如今连朝带都有，这可是一等侍卫贴身之物，难道也会随便遗失吗？"

魏璎珞攥紧了朝带，目光闪烁不定。

纳兰淳雪立刻趁热打铁，也道："富察傅恒玷污了阿满的清白，端庄贤良的皇后娘娘为了维护亲弟弟的名誉，便将这个可怜的宫女逐出了宫，仅仅是这样，她还不放心，若这宫女出去乱说，必定会影响富察家的声誉！为了永绝后患，索性——"

魏璎珞厉声道："够了！"

纳兰淳雪笑吟吟地说："瞧你，我还没说什么呢，就气得浑身发抖，我也理解你，千辛万苦入宫，就是为了寻找杀姐仇人，却成了仇人手里最好的一把刀！那一对伪善的姐弟，不定在背后如何嘲笑你，说你是多么愚蠢，竟认贼为主！"

璎珞冷冷盯着慧贵妃，问："贵妃到底想让我干什么？"

慧贵妃语气蛊惑地道："皇后最擅长的就是惺惺作态，靠那张端庄贤良的脸欺骗天下人，如今，你已经知道了真相，本宫希望，你为本宫效力！"

魏璎珞问："如何效力？"

纳兰淳雪伸出手，递给璎珞一包药，道："皇后如此愚弄、欺骗你，难道你不想报复吗？只要将这包药放入皇后日常饮食之中，便可神不知鬼不觉杀了她！"

璎珞一怔，难以置信地问："你要我毒杀皇后？"

纳兰淳雪轻蔑一笑，问："怎么，你害怕了？皇后是傅恒最大的靠山，为了维护自己的亲弟弟，不惜杀死无辜的阿满！可怜阿满先是失贞，被逐出宫，最后被人活活勒死，为家族所唾弃，这一切的不幸，都是皇后姐弟造成的，你竟还心慈手软！"

璎珞指尖一颤，接过了药包。

次日，长春宫，傅恒前来探望皇后，魏璎珞在茶房中准备茶水，珍珠从后面走过来，问："璎珞，茶好了吗？"

魏璎珞笑道："好啦。"言罢，她端起托盘与珍珠出了茶房，到正殿前，正遇上纯妃带着玉壶过来，两人立刻停步问安："奴才给纯妃娘娘请安！"

纯妃微微一笑，道："免礼。"

珍珠问："纯妃娘娘，您来拜见皇后娘娘吗？奴才先进去禀报！"

纯妃看了一眼大殿方向，摇头道："不必了，富察侍卫在正殿，本宫还是先回避，待晌午再来看望娘娘！"

珍珠魏璎珞称是，从纯妃身边经过。一阵风吹来，拂过璎珞衣袖，带起一阵香风，魏璎珞毫无察觉地走了过去。纯妃猛然回过头来，露出惊异之色。

两人走入正殿，放下茶水点心。傅恒的目光似有似无地绕着魏璎珞打转，皇后清咳一声，道："不是告诉过你了吗？没事不要到长春宫来，皇上给的恩旨，不是让你随意浪费的。"

傅恒笑着说："皇后放心，这次是额娘让我来的，她去护国寺求了一道平安符，托我务必带进宫来。"

皇后无奈地叹了口气，道："额娘真是，从隆福寺、护国寺到广化寺，她到底要跑多少寺庙，求多少张平安符！"

傅恒嘴甜如蜜地说："为了姐姐，额娘就算跑细了腿，也是心甘情愿的。"

皇后笑起来，又是宠爱又是责怪地说："哪儿学的油嘴滑舌？"

傅恒端起茶杯笑而不答，他抬眼望见魏璎珞一直盯着自己，不由冲她微微一笑。

魏璎珞也回了一个笑。

傅恒正要饮茶，门口忽然传来一声断喝："不要喝！"纯妃一阵风似的进了门，二话不说，上前劈手打翻了茶杯。

瓷杯在地上摔得四分五裂，傅恒吃惊地看向纯妃，问："纯妃娘娘！你这是做什么！"

皇后也一脸惊讶："纯妃，怎么了？"

纯妃猛然转向魏璎珞，用手一指，沉声道："你们应该问问，她都干了什么？"

魏璎珞神情平静如常，问："纯妃娘娘，此言何意？"

纯妃走到魏璎珞面前，轻轻一嗅，确定了自己的想法，道："慧贵妃为博圣宠，寻来透肌香身丸，每日含服，非但浑身香气馥郁，就连穿过的衣裳、待过的房间也都香气袭人，为防她人争宠，她严禁宫人效仿。魏璎珞，你的身上为何会有这种香味！"

皇后看了一眼魏璎珞，道："纯妃，应该只是偶然染上了……"

纯妃摇头，恨铁不成钢地说："娘娘，你我每日都会与慧贵妃见面，何曾染上过香气？只有一种可能，魏璎珞去了储秀宫，还待了很长时间！因为储秀宫的香炉内熏了同样味道的香，才会迟迟不散！如今长春宫与储秀宫水火不容，魏璎珞去储秀宫干什么？"

傅恒抿紧了唇，深深望向魏璎珞。

尔晴一把抓住魏璎珞的手臂，焦急地说："璎珞，你解释呀！"

纯妃满眼失望，她恨恨道："她无话可说！刚才闻到她身上的味道，我不敢确定，便命玉壶去她房里搜查，竟找到了这个！"言罢，纯妃伸出手，是一只空药包。

皇后声音微颤，问："这是什么？"

纯妃道："我检验过，这是装过鸩毒的药包，里面已经空了！"

第六十五章　龙子龙孙

珍珠倒抽一口冷气，不敢置信地望着魏璎珞。

傅恒定定望着璎珞，认真地问："璎珞，我不相信别人的话，你自己说。你——想杀我吗？"魏璎珞冷冷一笑，快步走到皇后面前，端起皇后面前茶杯，一饮而尽。

傅恒一个箭步冲上去，死死扣住她的手腕，问："你干什么！"

魏璎珞微微一笑，推开他的手，亮出杯底给众人看，道："证明给你们看，现在行了吗？"

傅恒心中一松，皇后笑道："不用这样，本宫没有怀疑过你。"

魏璎珞心中一暖，点点头，道："谢娘娘，慧贵妃昨夜是召我入了储秀宫，也让我鸩杀您，她告诉我，姐姐阿满是被傅恒玷污，您为了掩盖罪行，将我姐姐逐出皇宫，并派人暗杀！"

皇后握紧了拳头，一脸愠色，道："璎珞，本宫从未做过！本宫也相信，傅恒绝不是这样的人！"

魏璎珞对皇后展颜一笑，道："皇后娘娘，璎珞不是瞎子，能够判断是非，您教导璎珞书法绘画，尽心尽力，远超主仆之情，我再是非不分，也不至于任对方说什么，就信什么。"

纯妃松了口气，歉然道："是我错怪你了。"

皇后担忧地问："璎珞，这件事情，你为什么不早说？"

魏璎珞沉默片刻，道："此乃个人私仇，不敢搅扰皇后。"

皇后不赞同地说："可本宫能够替你追查——"

魏璎珞摇了摇头，坚定地说："多谢娘娘好意，璎珞自有方法查出真凶，我还有差事，先告退了！"

傅恒急忙说："皇后，我也还有事要处理，先告辞了！"言罢，立刻追着璎珞而去。

纯妃看着魏璎珞与傅恒先后出大殿的身影，回过头来望向皇后，神色凝重地说："娘娘……魏璎珞行事偏激，举止莫测，这样的人……最好不要留在身边，以防后患无穷！"

皇后偏了下头，不以为然地说："纯妃，璎珞心性的确有些偏激，但她跟着本宫读书习字，已变得日渐沉稳。本宫相信，她天性正直，又是非分明，应当有人好好栽培，更何况，关于此事，本宫问心无愧，为什么要将她调走？"

纯妃还想再劝："可是——"

皇后摆了摆手，道："不必多言，本宫心意已决。"

魏璎珞快步走到院中，傅恒追上来，伸手就要拉她，低声下气地念她的名字："璎珞……"

魏璎珞转身将朝带丢在他脸上，气急败坏地说："现在你还敢说，此事与你无关！"

傅恒抓住朝带，面色变了又变，终于问："璎珞，你相信是我做的吗？"

魏璎珞冷着脸说："我要认定是你所为，还站在这里跟你废话做什么！"傅恒神情立刻柔软，开心地说："谢谢你相信我。"

魏璎珞却别开眼，道："就算不是，你也不是全然无辜，玉佩可以无意中丢失，朝带是寸步不离，怎会无缘无故丢在御花园，除非是宽衣解带！我猜测，正月初十那一日，有人换上你的衣服，进了御花园！他若是宫中侍卫，就不必换衣，换衣的目的，正是为了避开巡逻之人！所以，此人必定就是乾清宫赴宴的宗室！至于慧贵妃找到的小太监，畏惧那御前侍卫的名头，不敢轻易靠近，根本没看见是谁！所以，她顺理成章引导我相信，朝带的主人，就是凶手！"

傅恒神情紧张，立刻握住魏璎珞的手，道："够了！璎珞！"

魏璎珞却一把甩开他的手，定定地看着他，像是要望进他的心底，问："依你今日的权势地位，连怡亲王都不放在眼里，何况寻常宗室！我真的很奇怪，到底是谁能让你不顾名誉也要保护他！"

傅恒摇了摇头，道："璎珞，我不是在保护他，而是在保护你。"

魏璎珞嗤笑一声，嘲讽地问："保护我？"

傅恒的声音暗哑，道："继续追查下去，会牵扯出更多恩怨，我不愿你遇到任何危险。"

魏璎珞深吸一口气，道："富察傅恒，我就问你一句，这个人到底是谁？"

傅恒定定望着她，眼中满是痛苦与愧疚，他说："对不起。"

魏璎珞转身便走。

似乎置身于一片大雾里，本来以为雾中有人可以拉着手一起走，但终于还是只剩自己一个人。魏璎珞漫无目的地向前走，忽听有人问她："璎珞姑娘，您这是去哪儿啊？"

魏璎珞回神，见是德胜等人捧着一摞茶盘等物经过，扬起笑脸道："我去内务府领东西，你急匆匆带人去哪儿？"

德胜笑着说："皇上一时兴起，在重华宫办茶宴，邀请了亲王贝勒一块儿品茶，奴才紧着去布置！"

魏璎珞心中一动，问："亲王贝勒？"

德胜道："是啊，能参加重华宫茶会的，那都是宗室里地位显赫的人物！哎呀，不能多说了，您给皇后娘娘带个好，就说奴才改日去向她问安！"

璎珞含笑点头，目送德胜远去，自言自语："重华宫……"

重华宫中，凤子龙孙济济一堂。但再凤子龙孙，也是人，是人，就免不了说长道短。

允禧吃了个葡萄，叹息道："怡亲王都倒了霉了，弘昼怎么还好好的呢？"

弘瞻莫名其妙地问："五哥怎么不能好好的了？"

允禧神秘地说："你还不知道哪，弘昼打了一副棺材，让妻妾、家仆为他哭灵，他自己呢，跷着二郎腿，坐在大堂上，一边听人家号啕大哭，一边哈哈大笑，你说他是不是疯了？"

门外忽然传进一阵大笑，一男声道："世上哪儿有活一百岁的人，又有什么好忌讳的！"众人吃了一惊，弘昼已经晃着折扇，举止潇洒地走了进来。

弘瞻奇道："五哥，你真给自己打了副棺材啊？"

弘昼笑吟吟地说："我要提前享受一下身后的尊荣啊，顺便看看大家谁哭得最惨，谁对我最真心！"

福彭将酒杯往桌上一拍，正要训斥弘昼，突然听见弘历问："人都到齐了吗？"众人立刻收敛态度，一起行礼："奴才给皇上请安。"

弘历摆了摆手，微微一笑，道："今日是家宴，在座诸位都是骨肉至亲，何必多礼！各就各位。"说完，又看向弘昼，温声问，"你又闯祸了？"

弘昼一脸无辜地笑答："哪儿能啊皇兄，弟弟我一直记着你的话，勤勉办事，好好做人！"

众人都是一副不以为然的神情，弘历看在眼里，只是微微一笑，道："上茶吧！"

茶盘托上来，给每位宗室都上了一盏茶，佐以饽饽点心。

弘昼掀开茶盖，"咦"了一声，问："这是什么？"

弘历答道："以雪水沃梅花、松实、佛手，再加上龙井，谓之三清茶。"

众人端起茶盏品味，都露出赞赏之色。

弘昼却犹疑地说："皇兄，听说松实和佛手混合，容易生毒啊！"

弘历好笑地问："这又是从哪儿来的怪话！"

弘昼哈哈笑了两声，道："昨儿躺在棺材里的时候，阎王爷告诉我的！"

弘历瞪了他一眼，训斥："安心喝你的茶吧！"

弘昼笑嘻嘻地抓起茶杯一饮而尽，片刻之后，脸色却白了，嘴唇颤抖不已，浑身如同打摆子。

弘瞻吓了一跳，问："五哥，你怎么了？"弘昼两眼一翻，直挺挺地倒了下去。

弘瞻冲上去，用力推弘昼，弘昼不停地抽搐。众人惊疑不定，弘历一下子站了起来。

弘瞻急了，道："难道松实和佛手混合真的有毒？快吐出来！"

所有人都吓坏了，一个个忙着抠喉咙，拼命想把喝下去的茶吐出来，福彭夸张地捶打自己胸口。允祹拼命压舌根儿，哇的一声，服用的茶水、点心直泻而下。允禧更夸张，拿着勺子就往喉咙里伸。

弘历反而不急了，眼皮都不掀，静静坐着吃饽饽。

正在一片混乱的时候，弘昼直挺挺地坐了起来，满脸迷茫之色，问：“你们怎么了？”

允祹昂起脖子，不敢置信地问：“你不是被毒死了吗？”

弘昼一脸使坏地笑，道：“三清茶味道太好，我一时忘形，竟险些犯了癫疾！你们怎么回事，也都和我一样，犯病了吗？”

福彭勃然大怒：“弘昼，你分明故意戏弄我们！皇上，弘昼简直荒唐到了极点，您不能不管了！”说完冲上去就要动手。

弘历厉声道：“全都坐下！”所有人呆住了。

众人被迫回到原位，都仇视地瞪着弘昼。弘昼摇晃着扇子，得意地扫视众人。

宴会之后，众人离开重华宫，夜里下起了滂沱大雨。弘昼走在最前，其他人走在背后，愤愤不平地嘀嘀咕咕。

原本走在最前面的弘昼突然转身，不怀好意地问：“你们又在商量什么坏主意，是不是想向皇上告我的状！”

福彭刚要开口，突然瞪大了眼，一副恐惧的模样，大声叫道：“你们看！”

弘昼不屑地说：“这一套老把戏我早就玩过了，想吓唬我啊，做梦！”

弘瞻浑身发抖地说：“五哥，不是啊！”

弘昼皱起眉回过头，一个闪电正好照亮了宫墙，宫女的身形影影绰绰出现在上面，就在弘昼瞪大眼的瞬间，宫女扭过头，披发覆面，面容看不真切，只扬起嘴唇，冲着他们微微一笑。

弘瞻转头就跑，其他人想也不想丢了手里的伞，没命一般地飞奔进了大雨中。

第六十六章　补偿

弘昼腿发软，只呆立原地，惊骇欲绝，喃喃自语：“是她……真的是她……”

藏在心底的阴翳与恐惧在这个瞬间笼住他，提醒他曾经做过什么。弘昼踉跄了两步，整个人跌入了泥水之中。再睁大眼一看，墙壁上的宫女已经不见了。他刚要松一口气，却见一双湿漉漉的绣鞋眨眼间到了面前，猛一抬头，对方只露出雪白的下巴、鲜艳的红唇，腰间系着一条梅花络子，在风中轻轻摇晃。

弘昼惊慌地大声叫嚷：“是你！我不怕你！不要过来！你别过来！我什么都不怕！”他一边喊，一边抓起雨伞拼命挥舞着，不想让女鬼靠近。

风雨之中，忽然有个人抓住了他的手臂，将他拉了起来。傅恒说：“弘昼！弘昼！你清醒一点！”

弘昼恐惧得完全失色，大叫：“鬼！鬼！有女鬼！”

傅恒抹了把雨水，问：“在哪儿？”弘昼闭着眼指向墙：“就在那儿，在墙上！”

傅恒快步走到墙边，墙面非常平坦，看不出任何异样。他伸出手抚摸那一块地方，雨水冲刷之下，只余一点黏黏的物体。

海兰察快步走来，问：“怎么样，发现什么了？”

傅恒背过手去，不让海兰察发现他手上的黏物，面不改色地说：“暂时没有。”

弘昼冲上前来，不敢置信地用力去拍墙壁，一次又一次，如同疯魔地反复说：“就在这儿！刚才，就在你们来之前，有一个披发覆面的宫女，我亲眼看见了，就是她！怎么可能没有啊！你出来！你快出来啊！”

海兰察惊奇地问：“她？五爷，你说的是谁，难道你认识那女鬼？”

下一刻，弘昼的声音戛然而止。

傅恒按住弘昼的肩，道：“弘昼，刚才我已经检查过了，这只是一堵墙而已，什么都没有。”

海兰察也说："五爷，一定是你看错了。"

弘昼一脸戾气地踹着墙："刚才可不止我一个人在场，那么多人都亲眼看见了！"

傅恒大声说："够了！"

海兰察吃惊地问："傅恒，你怎么了？"

傅恒呼出一口气，道："你先回去，我还有事要办！"言罢，傅恒头也不回地钻进了雨里。

雨停了。

傅恒在长春宫外等到了回来的魏璎珞，他目光沉沉如夜，问："你去哪儿了？"

魏璎珞避开他的目光，答道："心里闷，出去走走。"

傅恒沉默片刻，问："刚才装神弄鬼的人，是不是你？"

魏璎珞云淡风轻地说："你说什么，我不明白。"

傅恒道："我在宫墙上发现了黏胶，宗室们又说看见了鬼魂，很显然，那不是鬼魂，而是有人在墙上贴了能反光之物，才会照出所谓的鬼影，因是雷雨之夜，光线忽明忽暗，众人看不清楚，才会信以为真！"

魏璎珞扑哧一声笑了，终于看向傅恒，道："反光？你说的是铜镜，镜子怎么贴在宫墙上，富察侍卫，你的想象力太丰富了吧？"

傅恒拿出一枚琉璃片给魏璎珞看，道："不是铜镜，是琉璃片，我刚才去了内务府，你领用了琉璃片。"

魏璎珞好笑地说："富察侍卫你真是误会了。我领用琉璃片，是为了替皇后娘娘换宫灯上碎掉的琉璃，怎么会去装鬼吓人呢！侍卫尽快回乾清门去吧，免得引人口舌。"言罢，快步进了长春宫。

傅恒站在原地，语气压抑地哀求："璎珞，不要贸然对弘昼出手！弘昼是皇上最亲近的兄弟，只要他不犯下谋逆大罪，皇上会一生宽容他！"

魏璎珞毫不犹豫地进了门。

弘昼还站在那面闹鬼的宫墙前，自言自语道："不可能，一定有问题。"

一只手猛然从背后拍了一下他的肩膀，弘昼吓得跳了起来，回头一看是傅恒，拍了拍胸口说：“你能不能别站在我背后，还嫌我受的惊吓不够啊！”

傅恒用一种奇怪的眼神看着他，问：“你在干什么？”

弘昼拍了拍墙，道：“昨晚我也以为是鬼魂作祟，但细细一想，这事儿不对，有人在装神弄鬼，意图挖掘过去的事儿！哼，等我抓住那人，一定要把她抽筋扒皮！”

傅恒挑起眉，慢慢问：“你说的过去，是正月初十那一晚吗？”

弘昼整个人一僵，惊骇地瞪着傅恒。

傅恒的神色又沉又冷，道：“那一晚本该是我当值，但额娘病了，我不得不与人换班，衣裳朝带都留在了侍卫处，因为走得太急，连玉佩都忘了取下，当夜你去过侍卫处，换走了我的衣服，是吗？”

弘昼心虚地摸了摸鼻子：“傅恒——”

傅恒不耐烦地打断他的话：“不必说了，我不想听！你是不是想知道，昨天谁在背后搞鬼？”

弘昼立刻说：“当然！”

傅恒平静地说：“我可以告诉你，跟我来。”

魏璎珞一踏入正殿，就知不好，皇后正一脸担忧地望着她，弘昼在旁虎视眈眈，一个箭步冲上来愤愤不平地说：“哦，原来是你在背地里搞鬼啊！”魏璎珞立刻后退了一步。

弘昼还要再逼近，傅恒抬手挡住他，皱眉道：“够了！”

弘昼不甘心地说：“昨夜她可是吓得我够呛，我这还没怎么的，你就这么护着她？”

傅恒严厉地说：“弘昼，别忘了你答应过我的事！”

弘昼后退一步，道：“我记得，和平解决此事嘛！我答应你不再为难她，就绝不会出手！至于她姐姐……”弘昼一拍掌，太监捧来一只盖着红绸的托盘，弘昼拉开红绸，亮闪闪的金子照亮了大殿。

魏璎珞目光在金子上一扫而过，心中有了计策，问：“这是什么意思？”

弘昼嬉皮笑脸地说：“向你和你的姐姐致歉。”

魏璎珞冷冷问："用金子？"

傅恒艰难地开口："璎珞，弘昼当时是贪杯误事，一时失控，才会闯下大祸。弘昼！"

弘昼无奈地高举双手，道："好好好，对不起，我醉得太糊涂，伤害了你姐姐，事后我也很后悔啊，还回头去寻过她！只是我为了避开侍卫巡逻，偷溜进御花园赏昙花，特意换了傅恒的衣裳，名不正言不顺，总不能大张旗鼓！等找到的时候，人已经出了宫！"

皇后皱起眉，不快地说："弘昼，你可知道，阿满被逐出宫后便被人生生扼死？"

弘昼忙道："我可以对天发誓，那不是我干的！我这人直来直去，真要杀人，根本不必偷偷摸摸，更别说伪装成自尽了！"

魏璎珞望着弘昼，冷声质问："玷污一个宫女的清白，又与杀害她何异！我姐姐死了，连魏家的祖坟都进不去，只能葬在乱葬岗！"

弘昼立刻道："我补偿啊！"

魏璎珞愤怒地问："现在可是一条人命，你要怎么补偿？"

弘昼想了想，道："魏姑娘，我纳了你姐姐，给她一个名分，这样行了吧！"

魏璎珞不可置信地说："你说什么，纳了她？！"

弘昼仿佛想到了天大的好主意，一拍扇子道："对啊！我纳了她，侧福晋是要上玉碟的，魏家还不够格，但可以做个侍妾嘛！这样一来，再也不会有人说她未嫁失身，怀疑她的操守了！"

魏璎珞定定望着弘昼，突然冷笑一声，转身要走。弘昼奇怪地问："哎，你去哪儿啊！"

魏璎珞刚出门，就撞上魏清泰，怔怔喊了一声："爹……"

魏清泰并不看她，只是请安："奴才给皇后娘娘和亲王请安！"

皇后惊讶地看了魏璎珞一眼，才道："免礼吧。"

魏璎珞问："你怎么到这儿来了？"

魏清泰没开口，弘昼迫不及待地炫耀："你爹不一直没找到好差事吗？我亲自写了推荐信，今天就让他担任内务府的内管领，只要差事办得好，以后不怕没的升！”

魏璎珞看着魏清泰，神色复杂地问：“你同意了？”

弘昼在旁边补充：“已经走马上任了！”

魏璎珞短促地笑了一声，问：“爹，用亲生女儿的性命换取锦绣前程，感觉怎么样？”

魏清泰狠狠叹了口气，问：“璎珞！你还这样倔强，难道真要眼睁睁看着你姐姐的魂魄无处可依吗！”

魏璎珞浑身一震，呆住了。

魏清泰满眼悲哀，道：“璎宁不是善终，又落下不清白的恶名，永远葬不进祖坟去，咱们家更是一辈子都抬不起头来！可和亲王答应了，要迎璎宁的牌位入府！如此一来，魏氏全族再也没人敢非议，她泉下也可以瞑目了！”

弘昼又在旁边叽叽歪歪：“对啊，我一定会给她找个风水宝地，好好安葬，不叫她做个孤魂野鬼，也算是我诚恳致歉！”

傅恒担忧地看着璎珞，念了一声她的名字：“璎珞……”

魏清泰看着自己的小女儿，道：“璎珞，你若今日肯就此罢手，爹就原谅你当初的任性妄为。若你执迷不悟，爹也只好把你赶出家门，免得你再闯出祸来！你想想清楚，到底是一时意气重要，还是你姐姐的安宁、我们的父女之情更重要！”

魏璎珞咬了一下唇，不理会众人，反而看向皇后，像个小孩子在向信任的大人寻求庇护：“皇后娘娘，您一向教导璎珞宽容处事，这一次奴才想问问您，宽容可行吗？”

皇后深吸一口气，疼惜地看着她，说：“璎珞，本宫不是你，没办法代替你原谅一个人。”

魏璎珞低下头想了片刻，道：“奴才明白了。”她转头看向弘昼，说，“为了姐姐泉下得到安宁，和亲王，我可以原谅你。不过，你必须信守今日的承诺，永远不要忘了！”

弘昼笑得眼睛都眯起来，道：“这样才对嘛！冤家宜解不宜结，从今往后，魏家也算我半个姻亲，魏大人的升迁，还有你年满出宫后的婚嫁，都包在我的身上！”

魏璎珞淡淡一笑：“如此，就多谢和亲王了！”说完，却像有点忍无可忍，转身就走。傅恒忙道：“璎珞！”

魏璎珞并不理会，快步离去。傅恒要追上去，皇后却道：“站住！”

傅恒不得不止步，回神看向自己的姐姐，疑惑地问：“皇后——”

皇后一脸怒色，问：“谁准你这样做！”

傅恒知道皇后在问什么，平静地回答：“姐姐，皇上对弘昼的偏爱信任，你都看在眼里，若璎珞执意要报仇，会落得什么下场？如今，璎珞肯放下仇恨，不是一件皆大欢喜的事吗？”

皇后失望地说：“威逼利诱，不是君子所为。”

傅恒却忽然提高了声音：“我只要她平安！”

皇后一震，尔晴更是露出震惊的表情。

傅恒看向魏璎珞离开的方向，重复了一句：“哪怕她恨我、怪我，我也一定要她平平安安！”

第六十七章　复仇

弘昼以为女鬼的事情告一段落了，但偏偏老有人提醒他。他不耐烦地回头说：“海兰察，我这好不容易摆脱皇兄，刚轻松会儿，你没事儿总跟着我干什么呀！”

海兰察一脸好奇：“五爷，那天的女鬼——”

弘昼挥舞着扇子，一脸轻松地说：“解决啦！”

海兰察惊讶地问：“你抓住女鬼了？”

弘昼意味深长地笑着说：“非但不是女鬼，还是个清秀佳人呢！”说到这里，他忽然看见魏璎珞从另一头走过来，忙笑嘻嘻地迎上去，喊了句，“小姨子！”

魏璎珞一愣，停下脚步行礼，道：“和亲王，您别寻奴才开心了。”

弘昼“啧”了声，正正经经地说：“怎么是寻你开心呢，你的确是本王的小姨子呀！”

魏璎珞扬起眉，问：“这么说，王爷当真认这门亲？”

弘昼盯着魏璎珞猛瞧，明显见色起意，嬉皮笑脸地说：“认，怎么不认！我如今日日被皇上拘着收心，咱们还能天天见面呢！”

魏璎珞一低头，侧身走了。

弘昼追了两步，道：“哎，我话还没说完，怎么就走了呢？”

魏璎珞站住，回过头笑了一下：“王爷不是每日进宫吗？要说话，以后多的是机会。”说完，她快步离去。

弘昼的魂儿被她的笑容勾走了，半天没回过神。海兰察的手指在他眼前晃来晃去，喊魂一样叫道：“五爷！五爷！”

弘昼猛一拍扇子，回味一般地说：“漂亮，长得比她姐姐还漂亮！”

海兰察皱起眉，认真地说：“你说什么？五爷，我可提醒你，这姑娘千万碰不得！”

弘昼满不在乎地说：“不过是个宫女，有什么碰不得？只要我一开口，皇上没准儿就把人送我了。”

海兰察道：“五爷，傅恒可把她捧在心尖上呢！”

弘昼得意地笑起来：“那也要看人家选傅恒还是选我这个和亲王啊！”海兰察急了：“五爷，你这么办事儿，可太不地道！”

弘昼哈哈大笑，拍了拍海兰察的肩膀，道：“你放心，我和傅恒是打小儿一块儿长大的，怎么会动别的心思？不过是爱美心切，看看，看看而已嘛！”言罢，弘昼又扭头不舍地盯着璎珞的身段看了一眼，才笑着走了。

海兰察心中不安，转身就往侍卫处走。

傅恒正在侍卫处看书，老远就听见海兰察的声音：“傅恒！出事了！我必须得告诉你！”傅恒头也不抬地问：“你要告诉我什么啊？”

海兰察着急忙慌地说：“五爷要撬你墙脚！”

傅恒听着好笑，问：“什么墙角？”

海兰察急得直捶桌子：“女人，你最喜欢的那一个，懂了吗！”

傅恒面色一变：“你是说——”

海兰察见傅恒终于懂了，叹气道：“就是字面上的意思，我看弘昼那个小子，好像动了歪心思，你最好看紧一点！”

傅恒把书一合，扔在桌子上。

宫中最近新丧，郭太妃过世了，长春宫也该有所表示，皇后命魏璎珞去寿安宫送奠仪。

夜，明月高悬。魏璎珞拎着一只小巧的竹篮，走过甬道，弘昼远远发现魏璎珞，立刻尾随其后。他身边的小太监奇怪地问：“王爷，您去哪儿啊，咱们得赶在宫门下钥前出宫啊。”

弘昼不耐烦地说：“你别管！”说到这里，他眼睛一眯，又道，“把你衣服扒下来给我！”

弘昼三两下扒了小太监的衣服穿上，又摘了太监的帽子往自己脑袋上一扣，道：“你拿着我的腰牌，如常出宫！”

小太监捧着衣服急得跳脚道：“使不得，王爷！”

弘昼一只手捏在小太监的脖颈上，轻轻说："敢传扬出去，我要你的命！"

小太监立刻噤声。

魏璎珞一路走到小树林中，四下顾盼，见左右空无一人，才取出竹篮里的蜡烛和火折子。一只手忽然握住她的手腕，弘昼从树后冒出来，大声说："好哇，你在干什么！"

魏璎珞一脸慌乱："和亲王，我只是奉命给郭太妃送奠仪——"

弘昼凑近一步，挑眉道："别骗人了，寿安宫在树林外，你跑林子里干什么？哦，我知道了，你在偷偷祭祀你的姐姐，是不是！"

魏璎珞为难地别过脸，道："王爷，我知道宫里不许祭祀，但你答应要迎姐姐入府，毕竟是一件大事，我总得告诉她呀！"

弘昼恶声恶气地说："你知道不许祭祀还明知故犯！走走走，跟我去见皇后，我倒要看看，她会不会包庇你！"

魏璎珞眼中现出恐惧，可怜地恳求："王爷，您不是说我也算是您的小姨子吗？既然是一家人，何必如此呢？"

弘昼笑了起来，伸手就摸璎珞的腰，痞里痞气地说："既是一家人，你是不是代替你姐姐，伺候伺候本王爷啊！"

魏璎珞立刻避开，不快地道："王爷，这可不能说笑！"

弘昼把脸一拉，威胁道："我可没和你说笑，你若是不答应，那我可就要把这事儿全捅出去了！"

魏璎珞怔住，片刻后欲言又止地说："你让我想想，至少，得让我问过姐姐……"

弘昼看这娇滴滴的小美人软了声气，也大方地说："好啊，我就在这儿等你。"

魏璎珞一低头，火折子靠近了蜡烛，她以帕子捂住口鼻，伤心得似乎要哭出来："姐姐，璎珞今日特意来看你，是要告诉你一件重要的事，和亲王对从前深感后悔，答应迎你入府，还说要为你迁坟。"

火折子升起一阵白色烟雾，弘昼在旁无聊地翻看篮子，忽然觉得奇怪，问："祭祀怎么不带元宝纸钱？"话音未落，他眼前一晃，晕晕乎乎地问，"这……这什么味道？"

魏璎珞脸上的柔弱之态一扫而空，她站起身，声音变得无比冷静："姐姐，我知道你不会原谅他的，今日，请你亲眼看着，我如何替你惩治真凶！”言罢，她抄起沉重的铜制烛台，用力砸向弘昼后颈！

弘昼猝不及防，跌倒在地，不敢置信地问：“你故意引我来这儿，还有那火折子，你……你动了手脚！”

魏璎珞并不言语，扬起烛台，迎面向着弘昼砸下去。

弘昼抓起地上泥土，猛一扬起，魏璎珞向后避开，弘昼立刻拼尽全力，连滚带爬地冲入了树林深处，魏璎珞提步追了上去。

弘昼仗着夜色与树林掩护，藏在一棵树后。魏璎珞手持烛台，一步步走了过来，目光扫视四周寻找蛛丝马迹，语气平静地说：“弘昼，你知道我为什么要杀你吗？”

弘昼屏住呼吸，因为恐惧微微发抖。

魏璎珞声音里都是恨意：“魏璎宁对你来说，只是一时酒醉侵犯的宫女，可她对我来说，却是天底下最重要的人！我娘难产而亡，爹从来不管我，只有姐姐，像娘一样照顾我！”

魏璎珞眼中泪光闪动，手里的烛台越握越紧，道：“姐姐十五岁入宫，我就每日去神武门外，等啊，盼啊，望眼欲穿！九年，我等了整整九年，姐姐马上就要回家了！可是，因你一时荒唐，她死了！”

脚步声越来越近，弘昼捂住嘴巴，生怕发出一点声音。

魏璎珞的声音继续传来：“更可笑的是，你这样的强暴犯，本该千刀万剐，却因是天潢贵胄，轻易逃脱惩罚，还扬扬得意地说要迎她入门。呸，凭你也配！要我原谅你，其实也不难，只要拿命来偿！”

璎珞目光一寸寸扫视着树林，然而月光被乌云遮挡，到处黑漆漆一片，她找了半天，却始终不见对方，便追去另外一个方向。

弘昼松了一口气，这才从树后走了出来，一步步踉跄地向外走去。刚走出几步，就感觉脑后一阵剧痛，轰然倒地，晕了过去。魏璎珞从另一边绕到他身后，用烛台击中了他。

乌云散尽，月光之下，魏璎珞居高临下地看着弘昼，目光极度冰冷，喃喃自语：“你放心，这还不算完。”

第六十八章　以血还血

寿安宫内摆放着一具棺材，灵堂布置非常简陋，连灵牌都无，只有一张祭字，在寒风中随风舞动。

魏璎珞拼尽全力，咬着牙将弘昼一点点拖进了棺材。弘昼被颠醒了，左右四顾，发现自己被放在棺材里，身下是一具女尸，吓得面无人色，竭力想发出声，却十分微弱："你，你要干什么，这到底是哪儿！"

魏璎珞笑了，几乎有点疯狂地问："和亲王，曼陀罗粉的香味好不好闻？这里是寿安宫，郭太妃住的地方，先帝在时她就不得宠，先帝走了，只能靠卖刺绣度日，一生的积蓄，只剩下这口薄棺了！像你这种烂人，却天生是个皇子，而无数善良的人，只能面朝黄土，辛劳一生，真是不公平啊，你说是不是？"

说完，魏璎珞慢条斯理地取出一只小酒坛，拔下了塞子，将酒坛里的酒倒在了弘昼的脸上，弘昼呛得说不出话来，十分痛苦。

魏璎珞愉悦地说："你不是很喜欢躺在棺材里，享受众人哭灵的快乐吗？明天，所有人都会知道，和亲王喝醉了酒，竟爬进了老太妃的棺材里，一时不慎，就这么活活憋死了！"

弘昼惊恐地瞪大眼睛，他拼命摇头哀求："放了我，我错了……求求你……我真的知道……我错了……求你……别杀我……不要杀我！"说着，他的眼泪控制不住涌了出来。

魏璎珞扑哧一声笑了，靠近了棺木，温柔而低沉地问："和亲王，现在是不是很害怕、很绝望、很后悔啊？"

弘昼卖力点头，虚弱地说："求你！我求求你！"

魏璎珞却变色大骂："姐姐当时也一定好害怕，可谁来放过她啊！我就是要让你品尝一番，死亡一步步逼近时的绝望与痛苦！"

弘昼的牙齿咯咯作响。

魏璎珞竖起手指按在唇上，道："嘘！有什么好怕的，你不是皇室贵胄，天之骄子吗？这么鼻涕一把眼泪一把，多难看呀！"说完，抽出棺木里被老太妃握在手里的帕子，替他一点点擦掉眼泪，满意地道，"从明天起，你就是一个因酒醉而玷污庶母尸身的罪人，皇上再宠爱你，也堵不住天下人的嘴巴，你的名声，会比我姐姐坏一百倍、一千倍，我要你爱新觉罗·弘昼遗、臭、万、年！"

弘昼惊恐地看着璎珞一点点推上了棺木盖。他艰难地拔出老太妃发间的簪子，用力刺进了自己的手臂。疼痛令他陡然清醒，他竭力抵住了棺木，握住簪子用力向魏璎珞刺去！

魏璎珞被刺中肩头，下意识倒退了一步。弘昼用尽了最后一点力气，拼命从棺木翻出，仓促逃了出去。

魏璎珞按着肩头，快步追了出去。

御花园中灯火通明，凉亭里，弘历正在画月下的花园。他忽然好像听到有人在喊救命，皱眉道："什么声音？"李玉正要命小太监们去查看，弘历已经出了凉亭。

弘昼见无数人提着灯笼过来，露出解脱的笑容，魏璎珞却紧随而至。她当机立断，用力撕碎了袖子，露出肩头被簪子刺破的伤口，快步越过弘昼，大叫："救命！来人，快来人啊！快救救我！"

弘昼不敢置信地看着璎珞快步越过他，擦肩而过的瞬间，璎珞竟然回头，冲着他诡谲一笑。

弘昼还没反应过来，魏璎珞冲了出去。

弘历走在众人之前，璎珞脚步太急，摔进了弘历怀里，她用力抓住弘历袖口，急促地："皇上，救救奴才吧！"弘历见魏璎珞泪光盈盈，一时愣住了。

弘昼气喘吁吁地赶到，指着璎珞愤怒地说："皇兄，这个女人要杀我！"

魏璎珞如同受惊过度，一下子躲到弘历身后，用几乎要哭出来的声音说："皇上，和亲王疯了，他刚才爬进了老太妃的棺木，还想脱太妃的衣裳！被我发现阻止，竟要杀人灭口！"

弘昼目瞪口呆，辩解：“皇兄，你不要听她胡说八道，是她故意引我去，想要杀了我啊！她还给我下药，把我封在棺木里，要活生生憋死！”

弘历看向魏璎珞，魏璎珞死死攥住他的袖口，声音都在颤抖：“皇上，和亲王酒气熏天，手上握着凶器，璎珞身上的伤口，就是他杀人灭口的证据！你们若是不信，还可以去看看郭太妃的棺木，看是否衣衫不整、钗环散乱——”

弘昼将手里染血的簪子往地上一摔，道：“那是我压垮了！”

众人一片哗然。

弘昼发觉失言，气急败坏地说：“我不是那个意思，是她故意把我关在棺材里，才会压坏了太妃的尸身！”

魏璎珞死死抓着弘历不放，红着眼睛说：“如今宫门都下了钥，你身为堂堂亲王，却穿着太监服饰逗留宫中，本就是图谋不轨，被我发现后，竟还编造如此谎言，我一个弱女子，怎能设计把亲王关入棺材，简直太荒唐了！”

弘昼暴怒：“你这贱人！”

弘历看弘昼一身太监服，衣衫凌乱，不由怒从心起，狠狠给了他一记耳光：“畜生，看你干的好事！”

弘昼不敢置信地倒退了半步，呆呆地说：“皇兄，你怎么能相信她，我可是你的亲兄弟啊！这个女人又算什么，她——”

弘历难以忍受地闭上眼：“堵上他的嘴，派人去寿安宫勘查现场。”

不消多时，勘查的侍卫回来了，寿安宫满是酒气，满地的酒坛碎片，太妃的棺材也一片凌乱。人证物证俱在，弘昼暂被羁押府中，魏璎珞由皇后领回。

几日后，魏璎珞在长春宫中修剪花枝，尔晴走过来，为难地说：“璎珞，裕太妃要见你……”

魏璎珞猛然抬头，与裕太妃四目相对，然后裕太妃跪了下来。

魏璎珞知道这位老太妃是弘昼生母，她急忙上前扶人，道：“太妃这是何意？”

裕太妃却不肯起：“璎珞姑娘，我刚刚去过和亲王府，事情的来龙去脉我全都知道了，都是弘昼做得不对，我这个额娘，替他向你赔罪！”

魏璎珞淡淡道："一人做事一人当，此事与太妃何干？"

裕太妃一脸哀求之色："弘昼是我的亲生儿子，他犯下过错，是我管教不力！如今他惊厥昏迷，病势沉重，太医说至少折寿十年！我知道十年偿还不了阿满的性命，更不能消你心头之恨！所以我求你，冲着我来，放过弘昼吧！"

魏璎珞平静地问："裕太妃，你今日来，是不是要我向众人说一句，和亲王只是去祭拜郭太妃，是我自己一时看错，险些引发误会，是吗？"

裕太妃眼前一亮，道："只要你肯原谅弘昼，不管提出任何条件，我都可以答应！"

魏璎珞摇了摇头，道："皇后娘娘曾在皇上面前力保我，若我如今反口，又将娘娘置于何地？"

裕太妃身边的宫女百灵怒道："魏璎珞，你是个小小宫女，太妃何等身份，都跪下来求你，可别太过分！"

裕太妃抬手阻止，她深深看了魏璎珞一眼，道："不怪她。今日我来，本就是尽人事，听天命，弘昼落到这个地步，怨不得旁人！璎珞姑娘，打扰了。"

魏璎珞看着裕太妃走远，一脸若有所思。尔晴过来拍了拍魏璎珞的手，道："娘娘又贪凉喝西瓜汁了，你进去伺候劝劝她。"魏璎珞回神，应了句好。

长春宫正殿中，皇后一脸不高兴，道："璎珞，你真放肆，都管到本宫头上来了！"

魏璎珞捏着皇后的肩头，软软地说："娘娘，西瓜汁虽然好，却是寒凉之物，您不能再用第二杯了！"

皇后无奈地说："本宫命令你，再倒一杯！"

魏璎珞抿起唇："叶大夫怎么说，奴才就怎么办，只要对娘娘好，奴才受罚也甘愿！"

皇后简直拿她没办法。

殿外忽然传来一个男声："怎么这么热闹，皇后在干什么？"却是弘历御驾亲临。众人吃了一惊，连忙向弘历行礼。

皇后立刻起身行礼："臣妾恭请皇上圣安。"

弘历扶着皇后的手，温柔地说：“这天气太热了，朕记得你一向很怕酷暑，特意吩咐他们多送冰块过来，是不是感觉好些了？”

皇后笑着说：“臣妾多谢皇上关怀。今年璎珞想了个新主意，倒是很能解暑。”

弘历不动声色地皱了下眉，随即冷淡地“哦”了一声，目光落在一旁的木箱上，问：“就是这个东西吗，有什么稀奇？”

魏璎珞低头，打开了箱子。弘历走上前，向箱内望去，便见箱子里层木胎上覆盖着一层铅膜，箱内用一片片木板隔开，一层冰块，一层果子，覆上一层棉被隔温。

弘历终于有了点兴趣，问：“这铅膜做什么用的？”

魏璎珞始终低着头回答：“回禀皇上，可以隔绝外界炎热，保持箱内低温。”

皇后欣赏地看着魏璎珞，愉快地说：“如此一来，随时想吃冰果，或是想喝冰饮，都方便得很！”

弘历想了想，道：“李玉，回头叫内务府打上两个送去养心殿，再给太后送一个！”说完，弘历仿佛不经意地又说了句，“皇后，朕还有一件事要告诉你。经过两位太医会诊，和亲王病势沉重，需要安心静养，朕只能待他痊愈，再做其他事项！”

大殿内气氛一凝，片刻后，皇后叹息道：“皇上这么做，须一力承担宗室的压力，并弹压对和亲王的种种非议。您待和亲王如此宽厚，但愿他能知错就改，珍惜圣恩！”

弘历对皇后说话，目光却一直盯着魏璎珞，别有用意地说：“弘昼是朕的亲兄弟，不论他犯了什么错，都得由朕来处置，朕绝不容许任何人越俎代庖。”

魏璎珞恭敬地立在一边，始终不发一语，袖中拳头却愤怨地攥起。

延禧攻略

延禧攻略

延禧攻略

·下册·

九州出版社
JIUZHOUPRESS

目　录

第六十九章　警告

天气渐热，寿康宫内，几名宫女立在太后身侧打扇，虽凉风习习，太后仍觉闷热，于是对身旁的宫女吩咐了几句，对方很快捧着一只造型别致的箱子出来。

太后道："皇上一片孝心，特命内务府打造了一只冰箱子送来，倒是十分便利。"

箱子打开，里面铺着一层冰块，冰块上码放着一粒粒冰葡萄，深紫色的葡萄皮上挂着一层霜雪。

太后拈了一粒吃了，顿时浑身毛孔都舒展开了，脸上浮现出一丝微笑道："这天气真是一日热过一日，真的不同我去畅春园避暑？"

裕太妃叹了口气："人说病来如山倒，病去如抽丝，弘昼这一场大病几乎去了半条命，我心里担心得很，还是留下陪他养病吧！"

太后点点头："你这一番慈母心肠，但愿弘昼能牢记在心。"

"太后娘娘，弘昼对自己的所作所为后悔极了！"裕太妃意有所指道，"若非还起不来身，早就入宫请罪来了！"

这一次太后却没有点头，而是充满深意地看了她一眼，然后轻轻摇摇头："皇上顾念兄弟之情，一力维护弘昼，与宗室们闹得很不愉快，这阵风头还没过去，你就让弘昼留在府里养病，轻易不要入宫了。"

"可是……"裕太妃还想在这件事上纠缠，太后的脸色却立刻冷了下来，淡淡道，"我累了，你先回去吧。"

裕太妃欲言又止，终究不敢再开口，行礼告退。

待出了寿康宫，她心中的怒气便再也按捺不住，浮到了面上。

"都是那贱人惹出来的事！"裕太妃绞着手中的帕子道，"害得弘昼大病一场，连带着被太后厌弃！"

身旁侍女也在那火上浇油："太妃，魏璎珞极善谄媚，哄得皇后服服帖帖，亲自在皇上面前替她担保，听说那冰箱子就是她用来讨好主子的，还在紫禁城里流行起来，现在各宫都吩咐内务府加紧赶制呢！”

“哦，她可真是聪明伶俐啊！”裕太妃听了，脚步一顿，继而阴冷一笑道，“百灵，你马上去一趟长春宫！”

百灵：“太妃的意思是？”

“借人？”长春宫内，皇后惊讶道。

“是。”尔晴道，“裕太妃派人过来，指名道姓，要借璎珞过去。”

皇后摇摇头。

“娘娘可是要回绝她们？”尔晴道，“奴才觉得不妥。”

“有何不妥？”皇后不悦道，“你明知裕太妃因和亲王一事怪罪璎珞，还要让她去？”

“可是，皇后娘娘，”尔晴解释道，“裕太妃早有明言，要璎珞去指点宫女们冰箱子的用法，要求合情合理，奴才如何拒绝？”

“那就说璎珞病了，为免将病气过给贵人，此事就免了吧。”皇后想了想，道。

“但总有病好的那天。”尔晴道，“而且这一次病，下一次还病吗？这不是公然戏耍裕太妃？娘娘，裕太妃常年伴着太后住在寿康宫，又是和亲王的生母，在宫里颇受敬重，您若公然戏耍她，她面子上怎么过得去？只怕原先只是想出一口气，到最后，却是要……”

她不说下去，皇后却能猜到她要说什么。

面子比里子重要，这也是贵人们的通病。

有时候为了找回面子，宁可挨罚也要杀一两个人。

“唉——”皇后颇感无奈，只能道，“叫璎珞过来吧，本宫嘱咐她几句。”

虽然得了皇后不少提点，但接下来的路还是要魏璎珞自己走，如同走在浮冰之上，浮冰下就是万丈深渊，必须小心翼翼，慎重选择下一个落脚的地方。

“这里，”寿康宫偏殿内，魏璎珞指着冰箱子下方道，“在这里留一个小孔，可以让融化的冰水顺利流出，再在下面放一只小盆，冰水可以降低整个屋子的温度。”

裕太妃笑了起来："为了讨好主子，你可真是费尽了心思啊！"

她这话，透着露骨的嘲讽，以及毫不掩饰的不怀好意。

魏璎珞不欲与她争辩，更不欲在这里多待，只当没听见她刚刚说的话，道："裕太妃，冰箱子的用法已经讲完，奴才先告退了。"

却听见砰的一声，循声望去，只见两个太监走了进来，然后反手将门给关死了。

魏璎珞缓缓回过头来："裕太妃，您到底想干什么？"

裕太妃危险地眯起眼睛，忽厉声道："我还要问问你，送一颗头颅来，到底是什么意思呢！"

她想要恶人先告状，魏璎珞却也不怵她。仔仔细细、上上下下打量她一会儿，魏璎珞忽笑了起来："人人皆知裕太妃笃信佛法，夏日连花园都不去，生怕踩死一只蚂蚁，可谁又知道，你慈悲的面容下藏着一颗豺狼的心，不光杀了我姐姐，还想杀我泄愤！"

见她这样轻易就猜出了自己心中所想，裕太妃反而高看她一分。不过有些事情，即便被她说中了，裕太妃也不会承认，当即冷笑道："你说我杀了你姐姐？污蔑太妃是什么罪，你心里可清楚？"

"是不是污蔑，太妃心里更清楚。"魏璎珞依然不惧道，"那日太妃曾说去过和亲王府，明白了事情的来龙去脉。可当时弘昼昏迷不醒，又是谁告诉你真相的呢？只有一个可能，杀死姐姐的人就是你！"

一只手按在魏璎珞后脑勺上，猛地将她按入眼前的冰箱子里。

"呜——"

碎冰碴儿刺在脸上，挣扎间一粒粒葡萄被碾得粉碎，化作红色汁水，将整个冰箱子和魏璎珞整张脸染得血红。

眼见魏璎珞的挣扎越来越无力，按在她后脑勺上的手终于松开。

"呼，呼——"魏璎珞慢慢昂起头，鲜红如血的汁水沿着她的下巴不停下落，她略显狼狈地望着对面的裕太妃。

"说得对。"裕太妃摇着手中的扇子，对她惬意一笑，"你姐姐的确是我杀的。"

魏璎珞一听，条件反射地要往她面前冲，可身后两名太监却死死按着她的肩膀，她像砧板上的鱼一样，动弹不得。

“知道我为什么要杀她吗？”裕太妃缓步来到她面前，“因为她勾引弘昼，是个天生的贱人！”

“住口！”魏璎珞骂道，“明明是弘昼色胆包天，你却怪罪到姐姐身上，根本是颠倒黑白！”

“想飞上枝头做凤凰的女人太多了，难道要怪梧桐枝太高吗？”裕太妃冷笑一声，“没有你们这些爬床的包衣贱人，弘昼才不会落到如此地步！今日叫你来，不过是要告诉你一件事，好好听清楚！”

一名太监揪住魏璎珞的头发，如同提着待售的鱼一样，将她头颅提起，将愤恨不甘的面孔展现给裕太妃看。

“你是皇后身边的红人，又是给皇上侍疾染病的忠仆，我不能公然杀你，可你别忘了——”裕太妃用手中的扇子拍了拍魏璎珞的脸颊，笑道，“你爹还风光地当着内管领，只要我一句话——他的下场不会比你姐好到哪里去。”

“你……”魏璎珞一个字没说完，后头的太监就一用力，将她摔在地上。

浑身骨骼都疼，疼得她一时半会儿居然爬不起来。

“从今往后，你给我夹起尾巴做人，再犯到我手上，不光摘了你的脑袋，还要你魏氏全族陪葬。”裕太妃的声音在她头顶轻飘飘地响起，最后飘落下来的，还有一把拍打过她脸颊的宫扇。

裕太妃嫌弃她的姐姐，也嫌弃她，连带着用来拍过她脸颊的扇子，都觉得脏。

从宫女手中接过帕子，慢条斯理地擦了擦手，裕太妃看也不看地上的魏璎珞，只淡淡吐出两个字：“滚吧！”

魏璎珞浑浑噩噩地回了长春宫，前脚刚进内院，便听见里头人声嘈杂。

但见繁花如锦，落花下一条长茶几，茶几上放置着十来只小瓷碗，或白或绿，或素或彩，几朵花瓣漂在碗面上，十几名小宫女围绕在瓷碗前，正在玩丢针游戏。

虽草草整理过一番，但魏璎珞此刻的模样依然憔悴不堪，她抬手擦了擦脸，觉得袖子上仍残留着葡萄汁与屈辱的味道，于是轻手轻脚，正想着不引人注意地回西耳房，却听尔晴一声：“璎珞，你回来了，过来过来！”

几个相熟的小宫女甚至跑过来，一个扯她左边袖子，一个扯她右边袖子，将她拉到了人群中。

魏璎珞无可奈何：“你们在玩什么？”

“你可真是贵人多忘事。”尔晴笑道，“今天是七月七，女儿节，我们大家在乞巧呢！”

魏璎珞瞥了眼茶几，心道，原来如此。

把针南北向放在水面上，如果太阳光能从针孔穿过去，织女就会保佑投针者有一双巧手。

几个小宫女前后试了试，无一例外，针都沉进了碗底。

“璎珞，你来试试吧。”尔晴将一枚针递了过来，“你的手最巧，定能成功。”

魏璎珞对乞巧一点兴趣也无，但在众人怂恿之下，不得已接过针，针尖刚刚触到水面，水波一荡，水面上竟浮现出裕太妃的嘴脸。

“你姐姐的确是我杀的。”她笑，“知道我为什么要杀她吗？因为她勾引弘昼，是个天生的贱人！”

魏璎珞手一抖，银针立时沉进水底。

四周沉默一瞬，最后是魏璎珞先打破沉默，她面色平静地道：“我再试一次。”

针触水面，裕太妃的面孔再次浮了出来。

“你爹还风光地当着内管领，只要我一句话——他的下场不会比你姐好到哪里去。”

魏璎珞手一抖，针影又歪了。

尔晴眼尖心细，略微皱了眉头道：“璎珞，你没事吧，怎么手一直抖？”

魏璎珞一垂眼，这才发现自己的右手在不停打抖，她握住自己的右手，面无表情道：“我没事，让我再试一次。”

针又沉下去了。

“我再试一次。”

这一次也一样。

“我再试一次。”

……

月影横斜，虫鸣四起，不知不觉，院子里已没了人，只余魏璎珞一个立在茶几旁，不依不饶地往水里投着银针。

“我再试一次。”魏璎珞喃喃自语道。

身旁无人回应，回应她的只有再次浮上水面的那副丑恶嘴脸。

“从今往后，你给我夹起尾巴做人，再犯到我手上，不光摘了你的脑袋，还要你魏氏全族陪葬。”裕太妃透过水面，似嘲似讽地对她笑，“滚吧！”

第七十章　抚我心兮

有人说她疯了。

否则不会一个人在院子里投一晚上的针。

魏璎珞觉得自己迟早会疯——因愤怒而疯狂。她心里团着一把火，却不知如何发泄，若她真是茕茕孑立，孤身一人就好了，那么一把刀就能了却所有事，但是……

“爹爹……”魏璎珞轻叹一口气。

父女之情，真能说不管不顾吗？

“呀，富察侍卫来了。”

魏璎珞抬头望去，见富察傅恒走进院来，两人四目相对，他忽然别过脸去：“尔晴，我姐姐近日身体可好？”

也不知是否春困秋乏，皇后近日总是昏昏欲睡，没骨头似的软在床上，身旁几个大宫女正琢磨着是否要请太医来看看，岂料傅恒先得了风声，进宫来探望她。

“无甚大碍，就是老爱犯困。”尔晴笑道。

傅恒点点头：“替我通报一声吧。”

尔晴入内通报，魏璎珞悄悄走到他身后，小手一抬，轻轻扯了扯他的袖子。

对方不为所动。

“少爷……”魏璎珞便低低唤了一声，连她自己都觉得惊讶，她的声音何时变得如此柔弱。

许是因为裕太妃的事吧，让她变得惶惶不安，如同惊弓之鸟，于狂风骤雨中艰难飞行，渴求着一个可以暂时避雨的枝头。

傅恒没应她，也没回头。

“富察侍卫，”尔晴从内殿快步而出，“娘娘在正殿等候。”

傅恒“嗯”了一声，不动声色地将袖子从魏璎珞手中抽出，随在尔晴身后，与她一同进了殿门。

“什么啊？”目送他离开，魏璎珞的心情不由得阴霾起来，喃喃一声，“对她笑得那般灿烂，对我却不理不睬……”

一时间心中又酸又涩，说不清是为了什么，只是觉得又委屈又难受……

“你说什么？”

皇后望着眼前的亲弟弟，惊讶之情溢于言表。

“皇后，”富察傅恒神色平静，将自己刚刚说过的话，又重复了一遍，“我要娶璎珞。”

皇后将背靠进椅内，揉了揉太阳穴，有些头疼地劝道：“傅恒，璎珞何等刚强的个性，她甘心做一个男人的妾室吗？只怕不到半年，富察家就要天翻地覆了。”

“看来皇后比我更了解璎珞的个性。”傅恒笑了起来，“既然如此，又怎么说出‘妾室’两个字呢？”

皇后盯着他许久，直至傅恒叹了口气，神色坚定地望着她，道：“我要八抬大轿迎她进门，娶她做我的妻子！”

皇后右手往桌上一拍，拍得桌上茶盏猛然一跳，茶水溢出，漫了半张桌子。皇后坐直身子盯着他：“富察傅恒，你知不知道你在说什么？”

“我知道。”傅恒依然显得十分平静，“魏家不过是内务府包衣，但我有把握说服阿玛、额娘，让我娶她进府。”

皇后摇了摇头，她不像弟弟那样天真，语气凝重道：“傅恒！阿玛那么古板的个性，能答应这种门不当户不对的婚事吗？”

傅恒朝她眨了眨眼：“不是还有姐姐你吗？”

皇后一愣，然后故作气恼地甩出手中扇子：“好呀，闹了半天，你算计上我了！”

扇子在空中转了几圈，不等落地，便被傅恒抬手接过，唇角带笑，在胸前摇了摇：“父母养育之恩，傅恒断不敢忘，我不会为了婚事和他们争执，那是大不孝，但要我娶妻生子，就只有选合我心意的人，否则，我宁愿谁都不娶，枯守一生。”

他虽在笑，却不是玩笑。

皇后了解自己的弟弟，知他已下定决心，即便自己不帮忙，他也会一意孤行下去，遂摇摇头，无奈道："好，就算我帮你说服他们，但璎珞还是内廷服役宫女，你要怎么办？"

傅恒眉头一皱，不等他思考出答案，皇后再次一叹："傅恒，你可知昨儿乞巧节，为赢比赛，璎珞足足穿了四个时辰的针，最后几乎晕了过去，一个人对待自己尚且如此狠心何况对待别人呢？若你将来有半点愧对于她——"

皇后很喜欢魏璎珞，但并不代表喜欢她的全部。尤其是魏璎珞身上的一意孤行，总给人一种一脚走偏便要坠入万丈悬崖的错觉。

若是傅恒在她身旁，岂不是要被她一起拉下去？

"我都明白。"面对姐姐的担忧，傅恒犹豫了一下，最后还是决定坦白心声，"姐姐，我真的心悦她，愿接受她的一切，她的好，她的坏，她的爱憎分明，她的恩怨分明。富察傅恒从不轻易立誓，但只要娶了魏璎珞，就一辈子对她好，绝不辜负她！"

皇后看着他，半晌说不出话来。

她虽贵为皇后，一人之下万人之上，坐拥天下奇珍，富有海内异宝，此时此刻，竟也羡慕起魏璎珞来。

易求无价宝，难得有情郎。

良久，皇后发出一声长叹，虽神色依旧严厉，但语气已有些松软。皇后问道："傅恒啊，你有没有问过，璎珞愿意嫁给你吗？"

"哪怕她的心是一块冰，我也会用真心去暖。"傅恒极认真地说，"一天不够就两天，一年不够就两年，年年岁岁，岁岁年年，总有一日，我会得到她的承诺。"

话语间，万般柔情。

隔着一扇门扉，尔晴一动不动地立在门口，手中托盘放着一壶茶和一盘热糕点，糕点上的热气渐渐散去，她脸上的妒色却越积越多。

人无完人，皆有所欲。

有人求财，有人求色，有人求势，尔晴身为权臣之女，入侍长春宫，心里自然也是有所求的，只不过寻寻觅觅，兜兜转转，却发现钱财势色，竟全被某人兼得。

"一介绣女入长春，皇后宠信你，提拔你。"尔晴心中喃喃，"如今，连富察大人也喜欢上了你，为什么世上的好事全发生在你身上，旁人连口汤也喝不上？"

尔晴心思大乱，魏璎珞却已经收拾好心思。

宫门开了，熟悉的脚步声跨过宫门，一步一步来到她身后。

"咳。"

一声稍显刻意的咳嗽声在她身后响起。

魏璎珞却像没听见一样，仍旧蹲在花丛旁，手中金剪子咔嚓咔嚓，修剪着眼前的花枝。

你对我不理不睬，我就对你视而不见。

"璎珞，"傅恒的声音在她身后响起，"昨天有人送了我一个香囊。"

修剪花枝的手微微一顿。

"我一看，就知道不是你做的。"傅恒笑了笑，"你是今年绣坊最出众的绣女之一，怎会将兰花绣成韭菜？"

咔嚓一声，一朵兰花坠下花枝。

魏璎珞面无表情地看着那朵兰花，心中却一点也不平静。

"那你收下了吗？"——这句话险些就脱口而出。

"七夕牛郎织女相会，这一天不同于别日，这一日的香囊也不同于别日。"傅恒轻轻道，"是送给心上人的。"

嘴中忽然发苦，酸甜苦辣，愤怒委屈，魏璎珞奋力咀嚼，又狠狠咽下肚，最后吐出口的，就只有一句看似毫不在意的话："少爷是来向我炫耀的？"

"我是来兴师问罪的。"傅恒的声音忽然一沉，"你的香囊没送给我，送给了谁？"

魏璎珞愣了一下，回过头，却见傅恒逆着光，面无表情地立在她身后。

"我很生气。"他忽然将手一伸，"我的香囊呢？"

魏璎珞怔怔看他半晌，忽然别过脸啐了一声："什么你的香囊啊，没做。"

"那什么时候做？"傅恒却一副不依不饶的样子。

这话竟将魏璎珞逗乐了，她将手中金剪子搁在一旁，拍拍手站起来，歪着头对他一笑："你堂堂一个大少爷，还缺了我一个香囊不成？"

岂料傅恒竟郑重其事地点点头，对她道："缺。"

魏璎珞笑嘻嘻地看着他，见他一直不笑，自己也渐渐收敛起笑容。

"璎珞，"傅恒忽然牵住她的手，力道不重，不如他的目光沉甸甸，"我并没有香囊送你，只有一句话想要送给你。"

"什……什么话？"魏璎珞问完就后悔了，用力将自己的手抽了回去，"我手里还有事，你有话，下次再说……"

"别逃。"傅恒抓住她的肩膀，将她转回自己面前，"我知道你的心思很重，但我不在乎。"

魏璎珞低着头，心道，怎可能不在乎？

"因为再多的执念，也有放下的那天。"

谁知道那一天是什么时候，也许是明天，也许是明年，又也许到死也无法释怀……

"在那之前，我会一直等你。"

魏璎珞愣了一下，抬头望着对方。

她希望自己能从对方眼中找到欺骗，找到虚情假意，但撞入她眼中的，只有一片赤诚。

"我会一直等着你……"傅恒看着她，将自己的心完全掏出来放在她面前，一字一句，如诉誓言，"也许是明天，也许是明年，又也许到我死的时候，我会一直守着你，直到你的心向我敞开那天。"

魏璎珞只觉心头一烫。

她从不知道语言有这样大的力量，他只用了一句话，就抚平了她心中的躁动，扫去了她心头的阴霾，让她不知为何，想要流泪。

"我……"正当她想要说些什么回应他的时候，一声尖叫响起，依稀是尔晴的声音。

"来人，快来人啊！"尔晴尖叫道，"皇后娘娘晕倒了！"

魏璎珞与傅恒对视一眼，两人齐齐色变，然后一同朝宫门方向冲去。

第七十一章　赐婚

所幸，虽然发生了许多不幸的事情，但偶尔之间，也有好事发生。

“恭喜皇上！”张院判朝弘历行礼道，“娘娘这是喜脉啊！”

皇后有恙，弘历几乎是第一时间赶来，即便是看诊的时候，也握着皇后的手坐在一旁，忧心忡忡了许久，猛然听见这个喜讯，竟半天回不过神来。

反而是皇后先一步开口，她挣扎着坐起，拨开身旁的帐幔，七分紧张三分期待地望着张院判：“此话当真？”

“此事关乎龙嗣，微臣怎敢妄言？”张院判忙道，“娘娘，您已经有两个月身孕了。”

皇后猛然捂住自己的嘴，眼中隐隐有泪光浮动。

“皇后，你听见了吗？”弘历这时也回过神来，他将皇后的手握到自己胸前，咚咚咚的心跳沿着她的手传递到她心里，“朕终于有嫡子了，皇后，朕真的非常高兴！”

皇后含泪一笑：“皇上，还不知道是个阿哥还是格格，您别高兴得太早！”

“一定是个小阿哥！”弘历难掩兴奋，“朕知道，上天带走了永琏，就会还给朕一个儿子！朕要赏赐长春宫每一个人，不，朕要赏赐紫禁城每一个人——”

若非皇后阻止，只怕弘历当场就要大赦天下，甚至大开国库，将里头的珍宝人手一份地打赏下去。

即便最后被阻止，他依然心情大好，连带着对身旁服侍的下人都极好，回养心殿处理政务时，一个小太监不小心打翻了茶盏，他也没说什么，反而温和地嘱咐李玉，让他不要惩罚太过，免得伤了小阿哥的福气。

只是心里记挂着皇后跟孩子，一时之间竟无心处理政务，弘历放下手中的笔，环顾一圈，问：“傅恒呢？”

海兰察忙上前禀道：“回禀皇上，富察侍卫恭贺皇后娘娘去了！”

“他往长春宫跑得可真勤快。”弘历笑道，“除了去探望皇后，是不是有心上人在那儿？”

海兰察眨眨眼：“皇上慧眼独具，奴才不敢欺瞒，不过这是私事，您还是自己问傅恒吧。”

“哦？”弘历本是随口一问，岂料竟得了这样的回复，这几乎就是承认确有此事了，当即精神一振，“傅恒回来，叫他立刻来见朕！”

作为今日的领班侍卫，傅恒自然不能消失得太久，他很快就回到养心殿，挑了挑眉，对门前挤眉弄眼的海兰察道：“你眼睛抽筋了？”

“嘿嘿，兄弟，”海兰察撞了撞他的肩膀，“你可得好好谢谢我，我帮了你大忙！”

傅恒莫名其妙地看着他，正想问他背着自己做了什么，便听李玉喊了一声：“富察侍卫！”

皇上传召，傅恒只能将要问的话咽回肚里，狠狠瞪了海兰察一眼，进了书斋。

书斋内墨香四溢，待处理的奏折一本本摞在桌上，弘历单手支着太阳穴，一边翻看眼前的奏折，一边问道：“御史沈世枫参刑部尚书来保，说他诚悫有余，习练不足，不胜刑部繁要之任。傅恒，你怎么看？”

傅恒以为他要与自己讨论政务，立刻面色一肃，略一思考，回道：“来保任职工部之时，便奉职勤勉，颇受好评，如今虽对刑部事务暂不熟悉，但凭他往日的勤勉，牢牢把控刑部，只是时间问题。奴才以为，皇上应当给他一个机会！”

“大胆！”岂料弘历居然一拍桌子，“你竟为了一己之私为来保辩护，实在可恶！”

傅恒但觉莫名其妙，单膝跪地道：“皇上所谓一己之私，奴才不明白是什么意思。”

“噗——”

傅恒愣了愣，一抬头，见弘历竟乐不可支地笑了起来，知道他刚刚是假装发怒，登时有种无力感：“皇上……”

“好了，起来吧起来吧。”弘历挥挥手，颇有些恶人先告状地道，“不要在朕面前装腔作势，你的个性，朕最清楚，非真心喜欢，怎会常常进入内廷！不过，皇后身边的大宫女之中，尔晴性情温柔，明玉过于跳脱，至于另一个——真是一言难尽！你会看中尔晴，朕完全可以理解，你放心，朕会为她全家抬旗，不至于辱没你的家世……”

听到这里，傅恒哪里还不明白他的意思，索性不起身，仍跪在地上道：“皇上误会了！奴才对尔晴从无半点情意，为来保说情，仅仅看在他是可用之臣的分上！”

原来这来保正是尔晴之父，其祖父更是刑部尚书兼议政大臣，算是镶黄、正黄、正白三旗中地位最显赫的包衣奴才。只是奴才终究是奴才，虽位极人臣，遇到旗主仍要下轿行礼，甚至牵马坠镫，故对尔晴一家而言，最大的愿望便是抬旗。

弘历却会错了他的意，笑道：“不是尔晴，难道是明玉？比起尔晴，这位明玉稍微有些……”

“不是！”傅恒斩钉截铁道。

不是尔晴，不是明玉，那便只有……

弘历盯着傅恒，笑容渐渐消失：“你可别告诉朕，你看中的是魏璎珞。”

“奴才不敢欺瞒皇上。”早已承认的事情，傅恒不在乎再承认一次，“正是魏璎珞！”

一方砚台猛然从弘历方向掷来，擦着傅恒的鬓角而过，几滴墨汁飞溅而出，污了他俊美的面颊，他也不擦，只是低下头道：“奴才真心爱慕璎珞姑娘，请皇上成全！”

他的低声下气，换来的是弘历的怒不可遏。

“朕就知道！”弘历拍案而起，行至傅恒身旁，咬牙切齿道，“那个女人贪慕虚荣，心怀不轨，竟趁着你去探望皇后的机会蓄意勾引！”

傅恒摇了摇头，为璎珞辩解道：“傅恒虽对她心生倾慕，她却从未有所表示，更不曾有丝毫逾越，皇上要怪就怪奴才好了，与魏璎珞毫无关系。”

“毫无关系？”弘历怒极反笑，“依你的品性、出身，应当找个名门淑女做妻子，魏瓔珞非但出身内务府贱籍，还是个胆大包天、任性妄为的女子！富察傅恒，娶妻娶贤，朕若将如此无德女子赐给了你，将会遗祸你的一生！你记着，大清八旗的名媛淑女，不管你看中了谁，朕都可以为你赐婚，唯独这个女人不行！”

弘历固执己见，但傅恒也不是那种随随便便就能被说服的人，谈到最后，不欢而散。

弘历今日本就无心政务，出了这件事之后，更加看不进东西，勉强看了几行字，忽然一挥手，摞了满桌的奏折尽数被他扫落在地。

“皇上息怒。”李玉忙跪下来替他拾捡奏折。

“摆驾长春宫。”弘历忽然从座位上站起，冷笑一声：“傅恒，朕要让你看清楚，那到底是怎样的女人！”

长春宫寝殿内，一支安息香静静燃烧，悠远绵长的香气中，皇后侧卧在雪白的帐内，呼吸与香气一样绵长。

尔晴坐在床沿，手中一柄轻罗小扇，心不在焉地为皇后扇着风，心思却已经飞到了家中，父亲、母亲、哥哥、姐姐满怀期望地望着她，细细地嘱咐着她，对她说：“尔晴，若是有机会，你一定不要放过……只要你成了皇妃，不但你一世富贵，家族也能借机抬旗，这是光宗耀祖，一辈子的事。”

尔晴想得出神，冷不丁一只手拍在她肩上，将她吓了一跳。

“嘘——”弘历的声音在她身后响起，低沉沙哑，充满成熟男性的魅力，“别吵醒皇后。”

“是。”尔晴低低回道。

弘历看了一会儿皇后的睡颜，这才转身离去，尔晴略一犹豫，将手中扇子递与身旁小宫女，示意她继续，然后抬脚朝弘历追去。

出了寝殿，弘历左顾右盼，也不知在寻找谁。

尔晴追了出来，碰巧一名小宫女捧着茶盏而来，她心思一转，从对方手中接过茶盏，亲自送到弘历面前，神态温柔地一低头：“皇上，请用茶。”

匆匆赶来，弘历也觉得有些渴了，伸手去接，却不料对方哎呀一声，半盏茶水倾杯而出，洒在弘历衣袍上。

弘历勃然色变，冷冷盯着对方。

“奴才有罪，请皇上息怒！”尔晴扑通一声跪在他面前，眼角余光却瞥向寝殿大门。

弘历心情不好，原本是要好好责罚她一番的，但顺着她目光一望，终是顾忌到里头正在歇息的皇后，便按捺下怒气，冷声道：“朕要更衣，去寻干净衣裳交给李玉！”

说完拂袖而去，转到了一扇仙鹤舞月屏风后。

“是。”尔晴诚惶诚恐地磕着头，只是抬头之时，脸上哪里有半点惊恐，只有计谋得逞的得意笑容。

半盏茶时间不到，尔晴便捧着一套宝蓝色常服回来，隔着一扇屏风，含羞带怯道：“皇上，奴才没寻着李总管，只好自己送进来，请让奴才伺候皇上更衣。”

屏风上映着一个男人的侧影，许是因为时常练武的原因，他的身材保持得极好，映在屏风上，倒像是画师画上去似的。

只是声音一如既往地冷：“叫魏璎珞滚进来。”

尔晴一怔：“皇上……”

“听不清朕说的话吗？”弘历声音中难掩厌恶。

他的女人实在太多了，这点小小手段，哪里还看不出来？一时之间只觉皇后眼睛瞎了，身旁都是这种暗藏鬼胎的女人，尔晴如此，璎珞更是如此……

“……是。”尔晴不知弘历心中所想，但也不可能明目张胆地违抗他，只得倒退着出门。寻了片刻之后，将怀中衣物重重推到魏璎珞怀中，又恨又妒道：“皇上的衣裳湿了，你送去吧！”

第七十二章　永不背叛

弘历在屏风后等了片刻，茶水渐凉，他的身体也跟着开始发凉。

“该死的，”他低喃一声，“怎么还不来？”

话音刚落，门便开了。

一个人轻手轻脚地走进来，脚步声轻得像猫，稍不留神就听不见了。

“这般小心翼翼地干吗？”弘历想象着对方此刻忐忑不安的表情，竟不由自主地笑了起来，“过来！”

只听脚步一顿，然后来人小跑着过来了。

看清对方之后，弘历面上的笑容顿时消失：“你是什么人？”

眼前捧着衣物的，赫然是一个眉清目秀的小太监。

被弘历一凶，他结结巴巴地回道：“回皇上，是璎珞姐姐让我来的……”

“她在哪儿？”弘历目光一抬，越过他望向门外，厉声道，“魏璎珞，朕让你更衣，你却假手于人，真吃了熊心豹子胆吗？你自己进来！”

门外响起一声叹息。

小太监连滚带爬地出了门，将手中衣物还回魏璎珞手里，白着一张小脸道：“璎珞姐姐，还是你给皇上送进去吧，我……我先走一步。”

说完，也不等魏璎珞给个答复，就匆匆离开。

魏璎珞朝他的背影摇摇头，事情不是她推给他的，而是这小太监有心上进，主动提出替她伺候皇上，如今看来，这上进的路果然不那么好走。

“皇上，”璎珞无可奈何地敲了敲门，“奴才进来了。”

素手解衣裳，层层剥开的常服，像层层剥开的果皮，果皮下是令人垂涎欲滴的果肉，常服下是后宫女子们皆觊觎的男子躯体。

即使隔着一层里衣，依然能够感觉到这具躯体的强健。

虽然不似侍卫般肌肉分明，但也线条流畅，不见一丝赘肉，且散发着一股好闻的香味，不是女子那种魅人的熏香，似檀非檀，似墨非墨，一种长久伏案工作的气息。

将手中干净的衣裳展开，璎珞一言不发地为眼前的男人更衣，刚刚将衣服披上他的肩，右手就猛然被他一拉，整个人被拉进他的怀里。

一张凉薄的唇贴在她耳边，温热的呼吸，冷酷的话语："告诉朕，你接近傅恒，到底想要什么？"

魏璎珞的脸颊微微红了起来，也不知是因为羞耻，还是因为愤怒："皇上，奴才不明白你的意思！"

一声轻笑，一只男人的手托起她的下巴。

"不必装模作样，朕早就看穿了这副漂亮的皮囊。"弘历捏着她的下巴，笑吟吟地俯视着她，"傅恒出身名门，人品贵重，而你处心积虑地接近他，就是为了摆脱奴籍，成为勋贵之妻。可你不要忘了，傅恒是朕的内弟，富察一族更是心腹之臣，朕绝不会放任你这样的女人，与富察家扯上半点关系。"

璎珞原先对他的碰触还有些抗拒，听了他这话，索性不挣扎了，她昂头望着他，不答反问道："奴才从未有飞上枝头之念，更不知皇上这种想法从何而来。奴才不明白，从一开始，皇上就对奴才格外憎恶，到底为什么？"

弘历一愣，很快冷着脸道："因为你僭越无礼，面目可憎！"

"皇上对尔晴、明玉都和颜悦色，就因奴才不够恭敬，就憎恶至此吗？"璎珞疑惑地望着他。

人在宫中，她虽然不喜欢弘历，但也不想被他针对，若是能知道他厌恶她的理由就好了，她会想办法转圜两人之间的关系，即便不能让他喜欢自己，至少不要相看两厌……

四目相对，弘历盯着她看了许久，久到捏着她下巴的手缓缓放松，抚上她的面颊。

"皇上？"这样暧昧的抚摸，比起暴力的对待更让璎珞惊恐，她忙别过脸去，避开了对方的手。

手中一空，弘历沉默了片刻，然后犹如火山在沉默中爆发，他重新伸出手，却不是摸向璎珞的脸颊，而是顺势而下，剥开了她衣上第一颗扣子。

“……你想飞上枝头，来求朕不是更好？”骨节分明的手指缓缓下落，落在第二颗扣子上，弘历低低道，“朕可以赐你想要的一切……”

扑通一声，璎珞几乎是瘫跪在地上。

咚咚磕了几个响头，她连声音都在发抖，脸贴地面道：“多谢皇上抬爱，璎珞人微福薄，不敢高攀。”

弘历居高临下地俯视着她。

眼见那双明黄色龙靴朝自己靠近，璎珞几乎是手脚并用地朝后爬，也不知是有意还是无意，碰倒了身后的屏风。

屏风哐当一声倒在地上，李玉悄悄将门开了一条缝：“皇上？”

“皇上！”璎珞又咚咚咚朝他磕了几个响头，“皇后就在隔壁！她还怀着身孕！”

弘历伸向她的手，顿在空中。

与此同时，寝殿内的皇后睫毛一颤，悠悠转醒。

“刚刚是什么声音？”她转头问道。

“皇上刚刚来了。”尔晴将帐子挽起，“不小心泼湿了衣裳，璎珞前去伺候，许是——”

她猛然收了声，却又眼神游移，贝齿咬唇，一副欲言又止的模样。

“尔晴，”皇后道，“你伺候本宫这么多年，有什么话不能说呢？”

尔晴叹了口气，替皇后整了整身后迎枕，轻轻道：“您如今有了身孕，有些人便开始不安分了，娘娘应当警惕才是。”

皇后眉头一皱：“你在怀疑璎珞！”

尔晴惯擅察言观色，见她不豫，立刻换了一副口吻：“奴才自然不是怀疑璎珞！她虽然入宫不久，但对皇后娘娘一向忠心耿耿，又怎么会有二心呢？”

皇后这才面色缓和了些。

“璎珞没有二心，未免他人不会蠢蠢欲动呀。”尔晴一边观察她的神色，一边斟酌着言辞，“若娘娘有心提拔，倒可以将璎珞推荐给皇上，权作固宠之用。

毕竟她是从长春宫出去的人，念着皇后娘娘照拂的情分，也会成为娘娘的臂膀。”

此话看似为皇后，甚至为璎珞着想，其实是不折不扣的离间计。

见皇后面色一变，尔晴心中大喜，正准备往火上再添一勺油，却听见身后房门一开，璎珞的笑声远远传来：“娘娘醒了？”

只见璎珞怀捧一束兰花进来，兰花新鲜欲滴，晶莹的露珠沿着叶片滚落下来，她行至桌上一只细颈花瓶前，一边更换瓶中旧花，一边状似随意道：“刚才吵到皇后了吧，一个小太监不小心撞坏了屏风，皇上发了好大的脾气，怒冲冲地走了。”

“原来如此。”皇后若有所思地看着她的背影，“本宫还以为发生什么事了。”

璎珞背对着她，小心摆弄着花朵：“如今长春宫最大的事就是娘娘安胎，再没比这更重要的了。”

皇后看了她片刻，忽然一笑：“璎珞，有人向本宫提议，将你献给皇上，你愿意吗？”

摆弄花朵的手一顿，魏璎珞缓缓转头盯着尔晴，那目光仿佛一根刺，刺得尔晴两眼一疼，极不自然地别过脸去，避开她的目光。

“娘娘，”璎珞收回目光，朝皇后跪下道，“奴才不愿意。”

“为什么？”皇后靠在迎枕上，双手交叉放在微微凸起的腹上，对她笑道，“你素来心高气傲，若成了后妃，自不再受人欺凌。”

尔晴目光一动，立时帮腔道：“璎珞，这是皇后娘娘对你的恩典，旁人想要还讨不来呢！你好好想清楚再回答，从长春宫出去，谁都会对你另眼看待！”

又是离间计。

此时只要璎珞说一声好，甚至稍微犹豫一下，就能在皇后心里扎下一根刺。再有尔晴的日日提醒，这根刺迟早会要了璎珞的命。

璎珞扫了她一眼，冷冷道：“多谢尔晴这份好意，不过奴才受不起。”

尔晴面色一变，晓得自己的计谋已被对方看穿，索性不退反进，指责道：“你不是一向对娘娘忠心耿耿吗？如今娘娘有孕在身，不可侍寝，你若代为伺候皇上，不就是最大的尽忠？”

璎珞摇摇头，反而借着这个机会，向皇后表白道：“皇后娘娘对奴才恩深似海，奴才粉身碎骨，无以为报，但若奴才真成了后妃，要是无宠，谈何尽忠？要是有宠，必有子嗣，日子一久，生出私心，还能一心一意为娘娘尽忠吗？这是公；至于私……”

她顿了顿，一双眼睛孺慕地望着皇后，里头真情涌动，比兰花上的露珠更加清澈见底。

“……说句僭越的话，在奴才心里，皇后娘娘不光是主子，是恩师，更像奴才的姐姐。”璎珞温柔地道，像个孩子看着自己最亲近的人，像一头孤鲸游遍了整个海域，终于寻到了另外一头鲸，“奴才发誓，要一生为娘娘尽忠，皇上是您的丈夫，是您心里最看重的人，天下人皆可去做妃嫔，唯独我不可以……我宁死也不背叛您！”

皇后定定地看着她。

她身世显赫，但越是簪缨之家，亲情越是凉薄，如此深情莫说是家里的兄弟姐妹，就连弘历都不曾给她过……

毕竟弘历再看重她，也不会为了她一世一双人，而她在璎珞心里却是唯一的，唯一的主子、唯一的恩师，以及唯一的……姐姐。

“……璎珞，你过来。”皇后叹了口气，朝她招招手。

璎珞膝行至她面前，离得这样近，皇后才发现她眼中泛着一圈泪光，似个受了委屈却不肯说的孩子。

皇后顿时心中一软，温柔地抚了抚她的面颊：“你放心，本宫也不会让你去做妃嫔，那才是误了你，总有一天，本宫会亲自送你风光出嫁。”

璎珞小动物一样蹭了蹭她的手指，含泪一笑：“谢娘娘大恩。”

第七十三章　疯

“站住！”

长春宫外的走廊上，尔晴脚步一顿，回过身来：“璎珞，有事吗？”

魏璎珞缓缓走来，表情谈不上友善：“刚才你对皇后说了什么？”

这是要兴师问罪？尔晴故作轻松地笑道：“璎珞，我不过是担心皇后娘娘，才会提出这样的建议，且宫中妃嫔固宠是常事，我不过一时糊涂，竟将你也当成了那样的人，以后再也不提了。”

她试图大事化小，小事化无，权当开了一个不大不小的玩笑。但显然，魏璎珞并不打算将这件事当成玩笑处理。

“尔晴，你伺候皇后娘娘多少年了？”魏璎珞忽然笑道。

尔晴沉默不语。

“四年还是五年？总归比我久吧。”魏璎珞笑着靠近她，“皇后娘娘对皇上一片深情，我都看得出来的事情，你怎么会看不出来？”

这笑容比刀子更可怕，逼得尔晴后退了一步。

“且娘娘现在怀着身孕，若这个时候，她身边最信任的人趁机攀附皇上，对娘娘来说，是多重的打击？”魏璎珞伸出双手，替尔晴整了整领口，“所以，不光我不会去，也绝不容许长春宫任何一个人生出类似的念头……”

说到这里，她的双手由下往上，十根指头缓缓合拢，绳子一样套在尔晴的脖子上。

“轰——”

尔晴哆嗦了一下，也不知是因为长廊外的雷声，还是因为璎珞冰冷的手指。

“轰——”

乌云滚滚，将白天变成了夜晚，乌云中滚过几道雷光，犹如蜿蜒扭曲的长蛇。

“啊……打雷了。”魏璎珞松开手指，望向长廊外的天空，“时候不早了，我该去参加裕太妃的寿宴了。”

尔晴后退几步，手指放在自己的喉咙上，心惊胆战地望着对方的背影。

只觉她离去的脚步声，比外头的雷鸣更加可怕。

寿康宫。

寿宴准备了许多日，多数时间都花费在了天棚上。

“怎么样？”裕太妃亲自过问道，“天棚都搭好了吗？”

忙着安装窗纱的太监中走出一人，恭敬回道：“回太妃，就快了。”

“早上问你说快了，现在问你还说快了，究竟什么时候能好，说个准数。”裕太妃不满道。

太监抹了把汗：“太阳落山之前，一定全部完工！”

裕太妃这才勉强点点头，吩咐身旁侍女道：“你在这里盯着他们，我要去念经了。”

拨弄着手上的念珠，裕太妃从尚未搭建完的天棚旁路过，也不知是不是她的错觉，薄如蝉翼的白色窗纱上，竟流过一丝淡淡金光……

裕太妃皱了皱眉，正要抬脚前行，忽听见一个令人生厌的声音，伴着阵阵雷声，自宫门外远远传来：“裕太妃，璎珞有一件事关和亲王的大秘密，一定要立刻禀报！”

“裕太妃，裕太妃！此事关系到和亲王和您的声誉，璎珞不敢不报！”

“您是不肯见我，还是不敢见我？”

又是这个疯丫头！

裕太妃面色一冷，身旁侍女打量她的神色：“太妃，奴才这就让人将她叉出宫去。”

“走，出去看看。”裕太妃冷笑道，“不然，她还以为我怕了她。”

在侍女的搀扶下，裕太妃行出宫门，几个守门宫女正与魏璎珞相互推搡，裕太妃转了转指尖的檀香佛珠，慢条斯理道：“魏璎珞，我告诫你的话，你全都忘记了吗？”

推搡的动作立时一止，魏璎珞缓缓朝她看来。

裕太妃头上遮着雨伞，她头上可没有。大雨倾盆而下，将她浇成了一只落汤鸡，她却恍然不觉，一双黑白分明的眸子盯向裕太妃，良久，忽诡异一笑：“裕太妃的威胁，璎珞没有忘，但姐姐死得太惨，璎珞更不敢忘。若此生不能替姐姐讨回公道，将你们母子的罪行公布于天下，璎珞死不瞑目！”

裕太妃拨动念珠的手指一顿，她冷冷盯着对方，不信对方真有这个胆量、这个底气，将真相公开——她不在乎族人是否会因此没命，难道还能不在乎自己是否会因此没命吗？

岂料下一刻，就见魏璎珞面向众人，高声道：“大家都听好了，正月初十和亲王弘昼私闯宫闱，强暴绣坊宫女阿满！此罪一！裕太妃为替儿子遮掩罪行，不惜杀害无辜的受害者，此罪二！他们母子二人，一个行径荒唐、不知羞耻，一个心狠手辣、道貌岸然！因为被我发现，还想着毁灭罪证，杀人灭口！”

寿康宫中一片哗然。

裕太妃死死捏着手中的念珠，窃窃私语声不断灌进她耳中，若是寿康宫中的宫人，自然不敢如此大胆当着她的面叽叽歪歪，但为了置办寿宴，如今寿康宫中混进来不少外人，这些人不归她管，自然敢在背后指指点点。

“……是非自有公断，公道自在人心。”裕太妃昂首凛然道，“我一生信佛，从未做过一件有愧于良心的事，从未伤害过一条无辜的性命！你所说的一切，都是污蔑！”

说完，给身旁侍女使了个眼色，侍女会意，立刻喝令道：“魏璎珞公然污蔑太妃，犯了大不敬的死罪，还不将她拿下！”

几个太监立刻朝魏璎珞扑了过来，魏璎珞也不挣扎，任凭他们将自己扣住，声声冷笑道：“裕太妃口口声声信佛，我只问一句——你敢对佛祖发誓，你真的从未做过一件有愧于良心的事，从未伤害过一条无辜的性命吗？”

“有何不敢？”裕太妃信佛是信给旁人看的，她心中无佛，自不惧佛。

“杀人偿命，欠债还钱，人若不收，老天来收。”一声惊雷乍过，照得魏璎珞脸颊雪白，她冷冷道，“太妃，你就真的一点也不怕？”

我有何可怕？裕太妃心中冷笑一声，面上更加大义凛然，缠绕念珠的手指指着苍天道：“我问心无愧！便是向老天发誓又何妨？佛祖在上，我此生行善事、做好人，从未害过一条命、欺过一个人！若有半句不实，就叫一道天雷下来，劈得我粉身碎骨！”

“轰——”

魏璎珞缓缓抬头，望向乌云中翻滚不停的白蛇，喃喃道：“老天爷，你听见了吗？”

“轰——”

“杀人凶手就在这里，老天爷，你睁开眼睛，你看看她。”

“轰——”

“阿满死的时候，你已经迟到了，莫要一直迟到下去，老天爷，睁睁眼，求你睁睁眼看看吧！”

“轰——”

她一遍遍祈天的身影映在众人眼中，一个太监摇摇头：“疯了。”

“若不疯，怎敢这样冲撞太妃？”

“内务府怎么办事的？连疯子都选进宫，也不怕得罪贵人。”

见舆论渐渐倒向自己这边，裕太妃手中的念珠重新转了起来，悲悯一叹道：“凡毁谤良善之人，以后要入拔舌地狱，魏璎珞，我本该重重罚你，但看你一副疯疯癫癫的模样，又于心不忍，算了算了，来人，送她去……去慎刑司！”

念珠在手中转动，裕太妃转身离去，心中转动的却不是什么慈悲念头。

这女人留不得了。她心想，上下打点一下，让她在慎刑司里“发病”身亡吧……

“轰——”

又是一声雷鸣，伴随着魏璎珞的大吼：“若裕太妃真是杀人凶手，便叫她一语成谶，得偿所愿！”

那一瞬间，天棚上的窗纱骤然一亮，仿佛被火焰点燃的蛛网，从天而降，扑在裕太妃身上。

“啊！！！”裕太妃在火光中凄厉地惨叫起来。

一切发生得太快了，快到其他人一下子反应不过来，直至裕太妃轰然倒地，身体在火焰中发出一股烧焦的气味，寿康宫中依然鸦雀无声，众人呆呆看着她，却无一人发出声音。

“……哈哈哈哈哈！”

突兀的笑声，让众人浑身打了个哆嗦，从茫然中回过神来。

“报应！这是报应！”魏璎珞哈哈大笑道，“你们都听见了，裕太妃亲口发的誓，你们都看见了，老天爷亲自降下的雷，裕太妃——你得偿所愿了！”

佛祖在上，我此生行善事、做好人，从未害过一条命、欺过一个人！若有半句不实，就叫一道天雷下来，劈得我粉身碎骨——这是裕太妃刚刚发的誓，前后还不到半盏茶的时间，众人怎能忘？

“……来人！”裕太妃还剩一口气，她躺在地上，左眼已经看不见东西了，睁着仅剩下的右眼望着头顶，天棚窗纱染火，不断有鲜红液体滴落下来，落在她脸上，落在她四周……奇怪了，这些红色的东西是什么？她没力气去问，只虚弱地喊道，“救我，快救我……”

可众人哪里敢救？

她的贴身宫女百灵只上前一步，头顶雷声一响，立刻将迈出去的那只脚又收了回来，双手合十不停念道：“请雷神息怒！是裕太妃……裕太妃干了坏事，与我无关啊！菩萨饶命，佛祖饶命！雷神息怒啊！”

她吓坏了，其余人也一样。

所以没人留意到窗纱的异处，没人留意到从窗纱上滴落下来的诡异红水，红水落地，再被大雨一冲，干干净净，连同真相一起，被冲得无影无踪了。

“你们这群……贱人……”裕太妃的气息越来越微弱，她喊百灵，喊其他太监宫女，可这群人都吓坏了，宁可事后被重重责罚，这个时候也不敢上前半步。见此，裕太妃绝望中咒骂道：“你们……不得好死，你……你……”

世界在她眼中忽明忽暗，她最后看见的，是魏璎珞的笑容。

——得偿所愿的笑容。

第七十四章　辛者库

雨已停了三日，裕太妃也已经去了三日。

但并不意味着事情就此风平浪静。

“璎珞！”皇后的脸色极为冷肃，“跪下！”

扑通一声，魏璎珞跪在她面前。

屋子里只剩她们两人，其余人早被皇后以各种理由驱了出去，皇后坐在椅中，居高临下地俯视她许久，才缓缓道：“寿康宫出事那天，你做了什么？”

魏璎珞早已准备好了答案：“奴才听闻裕太妃是杀害姐姐的凶手，特意当面问她两句话，太妃赌咒发誓说她不是凶手，否则就遭雷劈，结果刚说完，她就被一道雷劈死了……”

“够了！”皇后拍案而起，厉声道，“到了本宫面前，你居然还不说实话？”

魏璎珞眼中闪过一丝异色。

“从今往后，你给我夹起尾巴做人，再犯到我手上，不光摘了你的脑袋，还要你魏氏全族陪葬。”——裕太妃的威胁又在她耳边响起。

之后发生了什么？

她回到长春宫，接过尔晴递来的银针。

银针一次又一次沉入水底，耳边是明玉的嘲笑：“还说是绣坊最出色的绣女呢，比我也好不到哪里去。”

这话犹如醍醐灌顶，令魏璎珞眼前一亮。

她连夜回到绣坊，寻到了一贯对自己照顾有加的张嬷嬷。

“嬷嬷，”她黑白分明的眸子望着对方，极冷静道，“听闻寿康宫为寿宴准备了许久，其中天棚窗纱这部分……应当是由绣坊提供的吧？”

张嬷嬷视她如自家子侄，也不问缘由，便将预备要送去寿康宫的窗纱交给了她，魏璎珞也不瞒她，当着她的面，从随身携带的香囊内掏出一把极细软的铁丝，小心翼翼地缝进窗纱中。

若张嬷嬷开口阻止，她就停下，但自始至终，张嬷嬷都未说一句话——她默认了魏璎珞的复仇，甚至可以说是成了她的帮凶。

魏璎珞也一句话没说，将缝好的窗纱交到张嬷嬷手中，她一言不发地跪下，朝对方磕了三个响头。

“嬷嬷，谢谢您，还有……我绝不连累您，此事我永远埋在心里，谁问也不说，若最后还是不幸暴露，所有责任我一力承当！”

魏璎珞缓缓抬头，望着眼前的皇后。

虽然心有愧疚，但为了不连累张嬷嬷，她还是只能硬着头皮说：“娘娘，我真对此事一无所知，实在是那裕太妃作恶多端，最后遭了报应……”

“够了！”皇后抬了抬手，止住了她接下来要说的谎话。

见她身体晃了晃，失魂落魄般跌入椅内，魏璎珞心中担忧至极，爬过去道：“娘娘，您如今有孕在身，请注意身体，不要因为我发火……”

皇后揉着太阳穴，在椅内闭目养神了片刻，才缓缓睁开眼，眼神与声音里都透出一股疲倦，淡淡道：“魏璎珞，本宫知道你心怀怨恨，伺机报复，故一直想方设法开解你，没想到你竟如此冥顽不灵！以为自己有几个脑袋，还是仗着本宫一向疼爱，才会有恃无恐，逞能行凶？”

魏璎珞愣了愣：“娘娘……”

“行了，本宫不想再听你的狡辩。”皇后挥了挥手，“长春宫虽大，却再也容不下你这种胆大包天的奴才，从今日起，你就去辛者库静思己过吧！”

“娘娘，您要赶我走？”魏璎珞大惊失色，她倒是不惧辛者库的苦差，或者说在暗算裕太妃之前，她就已经做好了被罚的准备。只是要走也不是现在，她急忙爬到皇后身前，抱着她的膝盖道：“娘娘，您如今身怀有孕，宫里上下虎视眈眈，请让奴才留到您平安生产为止！只要您生下小阿哥，奴才立刻离开，绝不留下碍着娘娘的眼！”

“不。”皇后摇摇头，斩钉截铁道，“你现在就收拾东西走！”

魏璎珞再三哀求，皇后却闭上了眼睛，闭上了耳朵，看不见，也听不见。见她意已决，魏璎珞只得吸了一下鼻子，哽咽道："娘娘说得是，璎珞的确爱惹麻烦，不敢奢望再留下。但奴才受过娘娘恩惠，此生绝不敢忘，若有朝一日，娘娘需要璎珞，璎珞愿为娘娘肝脑涂地，生死报效！"

朝皇后磕了三个响头，魏璎珞一步三回头地出了长春宫。

她的东西本就不多，而且辛者库那种地方，贵重物品也带不进去，带进去了也很快不属于自己，索性将皇后赏赐下来的绸缎、簪子都留了下来，送予几个与她处得不错的小宫女。

简简单单一个蓝布包袱，魏璎珞叹了口气，抱着包袱出了门，未行几步，就听见匆匆的脚步声由远及近。

"快走！"尔晴冲进来道，"皇上来了，准备抓你，皇后让你从后门出去，立刻去辛者库报到！"

魏璎珞一愣，继而眼眶一热。

她不敢小看任何人，但仍没想到事情这样快就败露了。

但最后她还是小看了一个人……她小看了皇后对她的厚爱。

皇后哪里是怕她给长春宫惹麻烦，才将她驱逐出宫？分明是早已料到皇帝会来抓人，才先一步将她罚去辛者库，苦役虽苦，却能避开皇帝的兴师问罪。

"娘娘……"魏璎珞望着长春宫方向，喃喃道。

"哎呀，你还等什么，快点走啊！"尔晴在她耳畔催促道。

魏璎珞咬咬牙，不敢辜负皇后的一番好意，只能将对方的好牢牢记在心底，然后抱紧怀里的包袱，匆匆走后门离开。

从长春宫走进永巷，就像从春天走向冬天。

明明是夏天，巷内却穿过一阵刺骨凉风，两面高耸的灰色墙壁，仿佛监狱里的灰色栅栏，将罪人牢牢地锁在这萧索之地。

迎接魏璎珞的是一名灰衣嬷嬷，姓刘，她上下打量了魏璎珞一番，声音如这永巷一样冰冷萧索："你从前是皇后身边的大宫女，走到哪儿，别人都先敬三分，但进了辛者库，就忘了从前的身份。在这儿，你只是个从事低贱苦差的罪人。"

“是。”强龙不压地头蛇，魏璎珞乖巧地应了。

“辛者库各有分工，主要负责大内苦差，别人不愿干的，你们都得干！鸡鸣起床，清扫宫道。丑时，进行三殿除草。平旦到夤夜，承应各宫繁重杂务。至于你——”刘嬷嬷将她领进一屋，指着墙脚堆如山高的恭桶道，“就先负责清洗这些恭桶吧。”

魏璎珞愕然地望着那些恭桶。

在长春宫时，她日日与兰花为伴，即便是有脏活、累活，皇后也不舍得让她做，如今被发配辛者库，虽心中早已做好准备，但是看着这堆沾着污秽、隐隐发黄的恭桶，闻着那股熏人的气味，魏璎珞还是忍不住阵阵作呕。

见她面色难看，刘嬷嬷嘴角一翘，冷笑道：“快些洗吧，若是傍晚时候没洗完，你晚饭就得在这里吃了。”

魏璎珞忍着呕吐的欲望，沉声道：“是。”

于是，曾为皇后缝制凤袍的手提起了恭桶，往日弄花的指头沾染了臭气，虽然已经竭尽全力，但傍晚来得太快了，魏璎珞仍没能做完手头的活，看着刘嬷嬷递来的一只泛黄馒头，魏璎珞虽忙碌一天，却丝毫没有胃口。

将双手洗了个十来遍之后，她用手帕包裹住馒头，然后步履踉跄地走回宫女所，辛者库没有炕，居住条件比她刚入宫时的宫女所还差，放眼望去就是个大通铺，人人都睡在地上。

早上她来放行李时，屋子里没人，都出去干活了，如今陆陆续续地回来，其中一个，竟是魏璎珞的熟人。

“哟，这不是魏璎珞吗？”一个讥诮的声音响起，带着女子独有的刻薄，“皇后娘娘身边的大红人，紫禁城里头等体面的人物，怎么一转眼，落到咱们这种地方来了呢？”

魏璎珞脚步一顿，转头望去。

尖尖下巴桃花眼，风流从脚窜上脸，竟是因污蔑她与侍卫有染，而被罚进辛者库的原绣坊绣女——锦绣。

魏璎珞懒得与她计较，又或者说她现在实在是太累了，于是冷冷扫了对方一眼，便走到自己的床铺旁躺下，因为劳累过度而有些抽筋哆嗦的手指伸进怀里，掏出被手帕包裹的馒头。

“我得吃点东西。”她在心里对自己说，“不然明天会很难熬。”

哗啦啦的水声在她耳边响起，她瞥过去，见一只恭桶就放在她头边不远处，一名宫女提着裙子站起来，裙下滴答几声，滴在恭桶里头。

一股臊热臭气飘了过来，魏璎珞翻了个身，几次将馒头递到嘴边，却怎么也咬不下去，只得重新将馒头包进手帕里，然后用被褥紧紧捂住口鼻。

但即便如此，仍然无法隔绝那股恭桶的臭气，以及不知谁的脚气跟狐臭。

“这样可不行。”翻来覆去好久，魏璎珞实在是睡不着，只好睁开眼睛盯着天花板，喃喃道，“我得想个办法才行……”

第七十五章 还情

换房是不可能的，虽不知为何，但是刘嬷嬷对她极不友好，否则辛者库的差事那么多，也不至于一开始就将最脏、最累的活丢给她，连给她安置的床铺，都是最靠近恭桶的那个。

求人不如求己，第二日开始，魏璎珞但有闲暇，便在院子里走走停停，四处搜罗剩炭、剩灰。

旁人看不懂，便拉着锦绣问：“你跟她熟，你觉得她在干吗？”

盛夏时节，收罗冬日里各宫用剩的炭灰，锦绣看得莫名其妙，哪里知道她在想什么，只得冷哼一声道：“这人心眼最多，管她做什么，都离她远点……啊！”

她的视线从魏璎珞身上移开，牢牢定格在一个方向，极甜极腻地唤道：“袁哥哥，你这么早就来了呀！”

车轱辘声由远及近，一辆粪车推进院来。

世上最污秽之物，世上最腥臭之物，推着它的，却是一个世上最美的男人。

弘历与傅恒也是极俊美之人，但他们两个的俊美，都是属于男人的美，一个儒雅，一个英武阳刚，而眼前这名少年却不同，他有十六七岁，或许是因为去过势的缘故，故而面若好女，透出一股阴柔妖异的美。

就仿佛这永巷，就仿佛将所有被打进冷宫的女子的美与怨抽出来，灌注成一个人。

“袁哥哥，你怎么不理我呀？”锦绣凑到对方身旁，撒娇似的拉了拉对方的胳膊。

少年太监抖开她的指头，提起院内的恭桶，将一桶一桶秽物全部倒入粪车，然后一言不发地推着车离开。

锦绣在他身后气得跺脚，一名宫女嘲笑道：“早跟你说了，春望哥哥不会喜欢你，别白费心思了！”

锦绣白了对方一眼：“不喜欢我，难道喜欢你呀，看看你这副尊容！”

“你再好看，也好看不过袁春望呀。”另一个宫女摇摇头，“可他长得再好看有什么用，性子比冰还冷，我就算要找个对食，也不找他这样的人。”

“说得好像你想找，人家就会要一样……”

原来那个少年太监名字叫作袁春望。

院子里的宫女们沿着袁春望，讨论起其余太监来，话题渐深，渐渐食色性也。深宫寂寞，后妃们可以找皇上，宫女可以偷偷找侍卫，她们这群下贱人，就只能找找身旁同样苦命的太监，结成假夫妻，名为“对食”。

袁春望显然是锦绣看中的对食对象，或者说是大部分宫女看中的对食对象，毕竟如此年少貌美的太监实在少见，凭借此等品貌，即便性子稍微冷一些，也能伺候上头的娘娘的，也不知他为何会被发配辛者库……

众人你一言我一语地猜测着，魏璎珞摇摇头，不愿加入其中，径自收集着地上的剩炭，直至刘嬷嬷进了院子，唤她继续昨天的活。

一夜过去，恭桶又积得如昨天一样多，也依然如昨天一样臭，即便魏璎珞将帕子折个三角巾系在脸上遮臭，臭味仍然钻进帕子，熏得她脸色发白。

今天的晚饭又吃不下去了。

洗完恭桶出来，魏璎珞步履沉重地踱向井水，准备提几桶水洗洗手，顺便把身子也擦拭一下，否则怀里的馒头又一口也吃不下了。

却不承想，竟有人先一步来到井旁。

“咕噜，咕噜，咕噜……”

一只水桶从井里提出来，里头荡漾着冰冷的井水。水桶刚落地，提水人就双手撑着桶沿，迫不及待地将脸埋进桶里，咕噜咕噜地喝起水来。

魏璎珞的脚步声很轻，但他警觉得像一头小兽，几乎是魏璎珞前脚刚来，他便右耳一抖，猛然将脸转向她。

极美丽，又极阴冷的面容。

就仿佛落井横死的美人，吸足了月光，化作一缕白雾缓缓飘出井口，轻叹一声重回人间。

“是你？”魏璎珞愣了愣。

眼前的美少年，赫然是袁春望。他凉如井水的目光扫过魏璎珞的面颊，抬手擦了擦唇边水渍，起身离去。

擦肩而过时，魏璎珞忽道：“等等。”

袁春望脚步一顿。

魏璎珞犹豫了一下，从怀里掏出一个被手帕包裹住的馒头，递过去道：“你要吃吗？”

刘嬷嬷总在不停地恶心她，今天的晚饭又特地给她送进恭桶房来，让魏璎珞再次倒尽了胃口。

且天气炎热，尤其是睡几十人的大通铺，夜里闷得像个蒸笼，馒头放一晚上就会馊掉，与其丢掉，不如送给眼前的人……

袁春望盯着她手中的馒头，喉头滚动了一下。

魏璎珞将这一幕收入眼中，心道，果然如此。

这少年郎容貌虽佳，气色却很差，近了一看，瘦得都能看见骨头了，再联想到他先前拿水当饭吃的场面，魏璎珞心中了然，这少年郎在辛者库的日子只怕过得极不如意，甚至还不如她。

毕竟刘嬷嬷再针对她，也不至于不给她饭吃，而这少年郎，却似很长一段时间没吃过饱饭了。

宫里多龌龊事，两人不熟，魏璎珞也不好多问，只是觉得对方需要，自己又恰好吃不下去，不如送他做个顺水人情，手中的馒头又朝他递近一些，道：“拿去吃吧。”

袁春望看着她手里的馒头，视线缓缓上移，一双带着疑惑与警惕的眼睛盯着她的脸，像小兽看着试图对它投食的人，最终一扭头，小跑着逃离了此地。

望着他逃离的背影，魏璎珞无奈叹了口气，回头看着他留下的木桶。

他只喝了约莫四分之一，桶中还剩下许多井水，忙碌了一天，又没吃东西，魏璎珞手脚酸软，实在不想再费力气重新打水，索性就用对方剩下的井水清洗身体。

魏璎珞将馒头放在一旁，然后将包裹馒头用的手帕浸进桶中，彻底打湿之后，开始用帕子擦拭自己的面颊、脖子，以及手臂。

被冰冷的井水一激，魏璎珞的手臂上起了一层鸡皮疙瘩，她沉默不语，手中的帕子不断打湿拧干，将自己的身体擦拭了一遍又一遍，直至将露在外头的部分擦拭得干干净净，不留半点余味，这才犹豫了一下，左右环顾了片刻，问：“谁在那儿？”

没人回应，她反而松了口气。

手指慢慢攀上腰带，就在魏璎珞要解开衣裳，擦拭一下身体的时候，一只手忽然从后伸出，落在她的肩上。

魏璎珞大吃一惊，正要挣开对方的手，却听见一个熟悉的声音在她耳边响起：“是我。”

魏璎珞愣了愣，回过头问：“你怎么来了？”

云破月来花弄影，傅恒的面孔在月下若隐若现，他一如既往地俊美非凡，犹如谪下凡尘的仙人，越发衬得魏璎珞此刻灰头土面。

但即便两人此刻有着云泥之别，他望着她的眼神却一如既往，充满怜惜与爱意。

“跟我走。”他一把将魏璎珞从地上拉起，“我带你去养心殿见皇上，请他立刻下旨赐婚！”

傅恒行了两步，忽然停下脚步，因为魏璎珞已经挣开了他的手，一边倒退，一边对他摇头：“我不去。皇上早已说过，如果我再靠近你半步，就要杀了我泄愤，你认为，我会为了你不顾性命吗？”

“我不会让他伤害你。”傅恒认真地望着她，一言一语皆发自真心，哪怕抗旨也无怨无悔。

魏璎珞心中一疼，脚下又退了一步，离他更远一步，刻意冷着声调道：“然后呢，你会触怒皇上，受到降罪，我不要成为罪人之妻，一辈子抬不起头！”

傅恒定定看她半晌，忽然朝她走了过去：“璎珞，你我都知道，你现在说的是假话，你又何必再说下去？”

“我……”魏璎珞被他抓住双臂，不得不抬头望着他。

语言会骗人，可是眼神不能骗人。

“又或者说，傅恒在你心里，是个连你的真心都看不出来的蠢人吗？”傅恒疼惜一笑，“利用我，你就能离开这个鬼地方——你轻而易举就能做到这点，可你没有这么做，你避着我、躲着我，生怕连累我的前程，可你能为我委曲求全，我就不能为你放弃这个所谓的前程吗？”

魏璎珞定定看着他，看着他的深情，也看着他的理想。

那满屋子的兵书，以及谈到沙场点兵、建功立业时的明亮眼神，叫她如何能忘?

“……何必为了一个女人，触怒皇上呢？”魏璎珞垂下头，轻轻道，“失去他的宠信，你该如何上战场，如何实现你功名马上取的理想？”

她不敢抬头看他，免得自己的眼睛又暴露了自己的心思。

等了半晌，才听见傅恒的声音再次响起，极平静，平静得仿佛藏着旋涡的海面：“魏璎珞，你是个恩怨分明的人，是你蓄意接近在先，故意引诱在后，我防不胜防，已中了你的招。如今你说放弃就放弃，那你从我这儿拿走的情、从我这儿拿走的心，要怎么还给我？”

魏璎珞冰雪聪明，听到他这番话的同时，就已经猜到他下一句。

“还不起，那就用一生来还好了。”

魏璎珞一咬牙，略微颤抖地将手指放在腰间，略一犹豫之后，便义无反顾地扯开了腰带。

窸窣一声，在傅恒惊讶的目光中，一件青灰色的宫女上衣轻轻落在草地上。

一具婀娜多姿的身体映在他瞳中，月光流淌在上头，仿佛一尊玉人。

“……我还给你。”魏璎珞双手抱在胸前，轻轻道，“我用这具身子还你。”

魏璎珞的身体在风中微微发抖，如犯人等着处决，每一分钟都是煎熬。

最后，她终于等来了对方的回应。

一件衣服轻轻披在她的身上，将她献上的身体重新包裹。

“别这样。”傅恒将她抱在怀里，声音极难过，“你知道的，我要的不是这个……”

魏璎珞眼眶一热，几乎当场落泪。

“这具身体迟早会属于我，但不是现在，不是用这种方式。”傅恒温柔地吻了吻她的鬓角，“我不逼你了，既然你不想跟我走，那我就等你，等你从辛者库里出来，等到你愿意接受我那天。”

他话语里充满不舍，却终究还是松开了不舍的手指，放她离去。

第七十六章　袭击

“李玉。”弘历将手中的奏折一掷，“那个女人在辛者库刷了几天恭桶了？”

李玉忙回道：“半月有余。”

烛火下，弘历脸上半点笑容也无，实际上，自他在长春宫里向皇后索要璎珞无果后，就足足臭了半个月的脸。

“没有哭？”弘历臭着脸问。

李玉心中叫苦，却只能照实回道：“没有。”

“没求饶？”弘历的脸色顿时更臭。

“没有……”李玉话刚出口，弘历便挥手扫落一桌奏折，怒气冲冲道：“朕看她是不见棺材不掉泪，见了棺材也要进去躺一躺！”

见眼前的九五之尊发作起来，如同一个闹脾气的孩子一样，李玉心中真是哭笑不得，试探着问道：“那……奴才这就吩咐下去，让人给她加活儿？”

弘历的目光冷冷扫来，就在李玉心惊胆战，以为自己会错了上意、说错了话的时候，弘历冷哼一声：“加到哭为止！”

永巷。

魏璎珞垂首肃立，面前站着刘嬷嬷与张管事。

平日来此视察时，张管事都要用手帕捂着鼻子，今日却不同以往，他将帕子放下，抽了抽鼻子，疑惑地问：“你在恭桶里放了些什么，怎么闻不到味儿？”

“回张管事的话，寻常的便盆放了炭灰，妃嫔们的官房放了细沙，再好一些的，奴才找不到材料。”魏璎珞回道，“若能寻到香木，留下细末，便能包裹秽物，闻不出一丝异味儿。”

张管事啧啧称奇：“你这心思倒也巧，难怪皇后那样抬举你。唉，你这样的人留在这儿算是委屈了，刘嬷嬷，日后让她做些轻省……”

话未说完，外头忽然蹿进来一个小太监，凑到他耳畔，低声耳语了几句，张管事立刻脸色一变，训斥道："魏璎珞，刷马桶也能刷得与众不同，这就叫矫情，继续刷，刷完了，再去把水都挑满了！"

说完，张管事冷哼一声，拂袖而去，却在走过袁春望身边时，一条手臂有意无意地揽向对方的腰，却被袁春望后退一步，避了过去。

魏璎珞不动声色地将这一幕尽收眼底。

"不识抬举的东西！"许是觉得面子上过不去，张管事只狠狠骂了一句，就匆匆离开了。

倒是先前过来报信的小太监踱到袁春望身旁，阴阳怪气地训斥道："天生了一张好脸，却是个木头脑袋！张管事看上你，是你前生修来的福气，只要跟了他，你就不用做最下等的净军了！"

袁春望冷冷道："我是个男人，不是只兔子。"

这还是魏璎珞第一次听见他开口说话，只觉字字清冽，如同泉水叮咚，说不出的动人。

且他不仅会说话，说出来的话还特别毒辣，找他碴儿的小太监最后竟说不过他，最后只得丢了一句狠话，然后跺脚而去。

"原来你会说话呀。"见对方走了，魏璎珞这才上前与袁春望攀谈，极实诚地说，"你的声音很好听。"

岂料对方忽然看了她一眼，脸色一红，别扭地转过脸去。

这一幕反让魏璎珞愣了一下，平白无故地，他怎么突然一副不好意思的模样，若说对她有意思，那第一次见面的时候就该不好意思，哪里会隔了这么久才……等等！

"你……那天是不是没走？"魏璎珞的声音忍不住高了一度，"你看见我脱衣服了？"

袁春望看了她一眼，忽然转身离开，任凭魏璎珞在他身后怎么喊，都没有停下，自然也没有给她一个确切的答案。

不上不下的，最让人放心不下。

要知道宫女私通侍卫是大忌，尤其是她这种犯了事，罚入辛者库的宫女。

“他那天是不是没走？他是不是看见我跟傅恒了？他看见了多少，听见了多少？”魏璎珞喃喃自语，“不行，我得想办法问个清楚。”

想从袁春望嘴里要个答案，真的很难。因为他大多数时候都像个哑巴一样，八竿子打不出一个屁来。

连续找了几日没趣，魏璎珞越发心事重重，去食堂拿饭的路上，一不留神撞到一个人。

“小心些。”张管事瞥她一眼，然后与她擦肩而过。

魏璎珞若有所思地看着他离去的背影，然后回身打开锅盖，里头只剩下一个馒头，她摇摇头，将馒头包了起来。

“给。”再次找到袁春望，她将手中余温尚存的馒头递了过去。

仍是那口深井，仍是一桶井水，袁春望坐在水桶旁，一勺一勺地往嘴里递水，这就是他一天的食物，这就是他仅有的食物。

一直到魏璎珞手酸，袁春望也没转头看她一眼，更别提接过她手里的馒头。

“人活着就得吃东西，不然迟早扛不住倒下。”魏璎珞将馒头连同包裹馒头的手帕一同放在他身旁草地上，“你若是倒下了，粪车就得我送出宫了，吃吧。”

料定自己在此，他一口都不会吃，于是留下馒头后，魏璎珞便毫不犹豫地离开了。身后，袁春望停下了舀水的手，然后视线缓缓落在地上那馒头上。

良久，一只苍白的手终于慢慢伸向馒头。

树后的人偷窥到这一幕，开始在心中默数，一，二，三……数到五十的时候，忽然听见咚的一声，心下大喜，几步从树后走了出来。

吃了一半的馒头落在地上，滚在泥里，袁春望单手扶着井沿，摇摇晃晃地想要站起来，可试了几次，都跌坐回了原地。

“……谁？”他猛然回头。

张管事已从树后走到他身旁，脸上欲望膨胀，一把将他按在地上，油腻的嘴往他脸上一阵猛亲：“小春望，这回看你往哪儿躲！”

袁春望脸色铁青，奋力挣扎起来，只是手脚酸软，打在对方身上，不疼不痒。

"我看中你，是你的福气，你乖乖受着，我会好好疼你的。"见此，张管事越发得意，开始解起对方的腰带来，腰带解至一半，忽然动作一滞，两眼睁得又圆又大，缓缓从袁春望身上滚了下来。

在他身后，立着魏璎珞，手上拿一根挑恭桶的扁担，扁担一头沾着些头发与鲜血。略喘片刻，魏璎珞对袁春望道："自己起得来吗？"

袁春望以肘支地，却没能将自己撑起来。

魏璎珞丢下手里的扁担，正要将他从地上扶起，袁春望却伸手推开她。

"把这东西收起来，别让人瞧见了。"他指了指地上沾血的扁担，然后目光转向不省人事的张管事，极冷静地说，"还有他——若让他活下来，你我都活不下去。"

魏璎珞沉默片刻，走到张管事身旁，抓住他一条手臂，用力将他往粪车旁拖，女孩子家家，没多少力气，不多一会儿就满头大汗。袁春望在地上看了她半晌，终于积累了些力气，艰难地从地上爬起来，踉跄几步走过来，抓住张管事另外一条手臂，两人费了九牛二虎之力，总算将张管事丢进粪车里。

完事之后，袁春望还解下张管事的腰带，绑住他的手脚，又从地上捏了一团带着草屑的泥土，填进张管事的嘴里，魏璎珞在一旁看着，只觉得他一举一动缜密到了极点。

她所能做的，也就只有扯下张管事的腰牌，对他说："明日清晨，粪车会运出紫禁城，粪车污秽，护军习以为常，不会检查，他身上没有腰牌，就是私逃出宫，回宫死罪一条，定不敢再回来。"

袁春望一言不发地立在一旁。

他不爱说话，仅凭脸色，魏璎珞很难猜测到他心中所想。小心翼翼地将腰牌收好，她犹豫片刻，安慰一声："没有他，你就能安心回去吃饭，再也不用避着人吃倒入水沟的馊饭、剩菜，或是喝凉水充饥了。"

"你跟踪我。"袁春望忽然开了口，笃定的语气。

魏璎珞愣了愣。

"否则你怎知我除了井水，还会从水沟里翻吃的？"袁春望眯起眼睛笑道，

“你刚刚都说了，我是‘避着人’吃这些东西的。”

这回轮到魏璎珞沉默不语。

就在她思考要如何解释的时候，袁春望忽将目光转至张管事身上，淡淡道：“不过，首先要解决的还是这个麻烦，你也是，先处理掉你手里的扁担吧。”

两人暂时分开行动，处理好扁担上的血迹后，魏璎珞回到辛者库宫女房内，时间已晚，宫女们大多已经进了被窝，少数几个还醒着的，正凑在一块儿说悄悄话，只不过房间这样小，任何一点动静都会放大，那悄悄话断断续续地传进魏璎珞耳里，她听见她们在讨论张管事。

“刚才小六子到处找张管事，真奇怪，这老家伙跑哪儿去了！”

“说不定喝多了酒，在什么地方猫着！”

“少提那个畜生，还记得小年和柳儿是怎么死的吗？柳儿死的时候，眼睛都闭不上！他祸害了多少宫女，连长相俊俏的太监也不肯放过，哪天醒不过来才好！”

魏璎珞来得晚，不清楚张管事是个什么样的人，如今这些宫女你一言我一语，在她心里拼凑出了一个完整的人形。

又或者不是人，仅是个畜生。

讨论声渐渐消失了，耳边传来此起彼伏的鼾声。魏璎珞翻了个身，望着窗外的清冷月色，不知怎的，脑海中竟浮现出袁春望的脸，以及他望着张管事时说的那句：“不过，首先要解决的还是这个麻烦……”

魏璎珞猛然从床上坐起。

第七十七章　毒蛇

比黑夜更加黑暗的，或许就是盖着盖子的粪车了。

一路避人耳目，魏璎珞来到停放粪车的院子里，揭盖一看，然后“啊”的一声，后退了几步。

月色惨淡，照进粪车内。

张管事早已是一具冰冷冷的尸体。

但他的死因绝非后脑勺那一棍，而是爬满全身的毒蛇，其中一条缠在他的脖子上，立着色彩斑斓的上半身，朝魏璎珞嗞嗞地吐着芯子。

哪来的毒蛇，不，是谁放的毒蛇？

“你是来杀人灭口的吗？”一个好听的声音在魏璎珞身后响起，字字清冽，犹如泉水叮咚。

魏璎珞缓缓转过头，见袁春望从树后转出，不紧不慢地朝她走了过来，从容的姿态仿佛此地主人，出来会见他等待多时的客人。

“……不是我杀的。”魏璎珞声音有些沙哑，“我来的时候，他就已经死了，被这些蛇……”

“这个死法多适合他啊。”袁春望笑道，“一棍子打死，实在是太便宜他了，这样就好多了，求生不得，求死不能，足足享受了一整晚，最后死不瞑目。”

他的语气太过轻松，说出来的内容也太过详尽，以至于魏璎珞脱口而出：“……是你？”

“不是我的话，就是你。”袁春望目光朝她身后一瞥。

魏璎珞将扁担往身后藏了藏，摇摇头道：“你错了，我连只鸡都没杀过，怎么会杀人呢？”

“哦？”袁春望似笑非笑，“真的吗？”

片刻之后，魏璎珞笑了起来，那笑容与袁春望如出一辙："假的。你不杀他，我就会杀他，这样凌虐宫女致死的混账，我自然要除掉他，免得放到宫外，继续祸害别人。"

"也免得他醒过来，找我们报仇。"袁春望负手踱向魏璎珞面前，"斩草除根，永绝后患，终于不再装作天真善良的小宫女了！魏璎珞，我很喜欢你现在的样子，因为——我们骨子里，根本是一样的人！"

魏璎珞静静望着他，她先前怎会认为他是一头敏感可怜的小兽呢？这分明是一条斑斓的毒蛇，外表有多鲜艳，毒性就有多强。

脚步停在魏璎珞面前，袁春望对她轻轻一笑："现在咱们就是自己人了。"

"……自己人？"魏璎珞眨了眨眼。

"是啊。"袁春望朝张管事的方向抬了抬下巴，"你我都有份，你包庇我，我也包庇你，咱们不是自己人是什么？"

风从张管事的方向吹过来，传来淡淡的尸气，以及毒蛇的嗞鸣。

魏璎珞抿了抿嘴唇，一缕发丝粘在她的唇瓣间，她正要伸手摘下来，袁春望却先一步伸出手，挑过她的嘴唇。

"……你干什么？"魏璎珞忙退开一步，秀眉皱起，"你这样对待女人很失礼，你知不知道？"

"你忘了我的身份了吗？"袁春望不以为意地笑道，"你我之间，没有男女大防，你紧张什么！再说，我可不是循规蹈矩的名门公子，从未受过礼教训化，又何来'失礼'二字？"

魏璎珞咬了咬唇，自打他在自己面前暴露出真面目，就越发地大胆起来，最后她只得无奈道："辛者库的宫女们都那么喜欢你，我可不要成为众矢之的！"

袁春望冷笑一声："你放心吧，这里是永巷！"

魏璎珞一愣："什么意思？"

"最低贱的辛者库宫女，照样瞧不起拉粪车的净军。她们的喜欢，不过是对皮相的追逐，譬如你房内的锦绣——"顿了顿，袁春望蛇一样艳丽地笑了。

魏璎珞心中一凛，他谁也不提，却提锦绣，什么意思？莫非与她一样，他也暗地里跟踪了她，晓得她与锦绣之间的恩怨?

“……锦绣也从不踏足这里一步！这样的喜欢，我可受不起。”袁春望补完了先前说了一半的话。

魏璎珞深深打量他，嗓音有些干涩道：“袁春望，你就是因为这样，才会讨厌她们？”

“我不爱女人。”袁春望淡淡道。

魏璎珞一愣：“那你喜欢……男人？”

袁春望哈哈大笑：“我也不爱男人。”

“不爱男人，也不爱女人……”魏璎珞望着他，一个答案呼之欲出。

“我只爱自己。”袁春望坦然道，一只手轻轻挑起魏璎珞的下巴，他垂眸俯视她，柔声道，“你也一样。魏璎珞，富察傅恒站在阳光下，你只能站在阴暗角落，你们两个，绝不会有未来，到了最后，你会发现没人爱你，会爱你的只有你自己。”

魏璎珞瞪了瞪眼，忽然一把抓住他那只不规矩的手，沉声问道：“那天你没走，你在一旁偷看，对不对？”

这个问题她问过好几次，可是每一次都没有答案。

直至今日，袁春望看着她，脸上的笑容一点一点扩大，分不清是戏谑还是嘲笑，他笑着说：“是，我没走，我看见了……我什么都看见了。”

只因这句话，魏璎珞几晚上没睡着。

三天后，她顶着两只熊猫眼，心事重重地做着拔草的活。

日头高照，一同拔草的宫女热得汗水直流，一滴一滴落在地上，又立刻被太阳给蒸干。

一个宫女擦了擦额头的汗，说：“哎，你们听说没，张管事真的失踪了！吴总管很恼火，说他做事没着没落，要抓回来重重惩治呢！”

“哼，”身旁宫女道，“这种畜生，最好永远消失！”

“还有力气聊天？活干完了吗？”刘嬷嬷的声音突兀地插了进来，“等等……起来起来！都起来，给主子让道！”

所有干活的宫女纷纷停了动作，面向墙壁而立，唯独魏璎珞忘了回避，仍蹲在地上，痴痴望着渐行渐近的皇后仪驾。

“啪”的一声！魏璎珞背上火辣辣地疼，转头一看，刘嬷嬷手持鞭子立在她身后，眼神凶厉得可怕。

魏璎珞咬紧牙关，跪倒退避，如同一滴微不足道的雨滴，汇入宫女们的汪洋大海里。

仪驾来到她身后，仪驾离她远去，她不知道上头的人是否看见她，她不知道上头的人是否为她叹息。

“魏璎珞，你现在是辛者库贱婢。”刘嬷嬷走到她身旁，用鞭柄抬起她的下巴，笑容充满恶意，提醒她道，“皇后主子还能记得你吗？别指望脱离苦海，老老实实干活！”

魏璎珞慢慢垂下头。

张管事虽死，但她的处境却未好转，相反，她的日子越来越苦，差事越来越重，就仿佛背后有人……有个特别位高权重的主子，下令要整她一样。

第七十八章 相互取暖

拔完草之后，其余人都回去休息了，魏璎珞却仍要洗一堆恭桶。

手上几道豁口，是拔草时被韧草割伤的，如今一沾水，钻心似的疼。魏璎珞一边龇着牙，一边将手泡进水里，洗到一半，身旁忽然伸出一只手来，将她受伤的手从水桶内拔出来。

魏璎珞转过头："袁春望！"

袁春望瞥她一眼："叫袁哥哥。"

魏璎珞嘴角一抽："这么肉麻，我可叫不出口，你让锦绣她们叫去。"

"她们就算了，我不稀罕。"袁春望懒懒一笑，忽然掏出几根杂草塞进嘴里，嚼烂以后，吐出来敷在她的伤口上。魏璎珞吃了一惊，正要将手抽回来，却听他解释道："这是刺儿菜，能止血消炎。"

魏璎珞将信将疑，过了一会儿，伤口处清凉发麻，方知他说的是真的。

"我们这种人，天生烂命一条，在贵人们的眼里，只是看家护院的家犬。等没了利用价值，就算你死在路边，也不过是条野狗，没人多看你一眼。"袁春望笑着对她说，"所以，不要那么傻，你的性命，要自己爱惜。"

魏璎珞神色复杂地望着他，心里有些不懂，他为什么突然之间对她这么好，是有什么企图吗？

回过神来，又觉得荒谬。只怕他先前也是一样的心思，怀疑她突如其来的好，是否对他有什么企图。

世事难料，几乎是一夕之间，两人的地位跟心思竟完全掉转过来。

替魏璎珞处理好伤口之后，袁春望站起身来，却没离开，而是转身替她刷洗起恭桶，水声哗啦，伴随着他清冽的声音，他背对着她道："富察傅恒再爱你，不过看你年轻美貌，新奇有趣，就算你用手段嫁入富察家，等多年过去，恩爱消弭，他还会一如既往，爱你如初吗？”

他忽然转过头来，对她笑道：“不说以后，就说现在，你最需要他的时候，他在哪里？”

魏璎珞面色一僵，冷冷道：“不用你管！”

“我不管，那你让他来帮你刷吧。”袁春望笑道。

魏璎珞从地上挣扎而起，伸手去夺他手中的刷子，但袁春望将手高高举起，虽是个少年郎，但他手臂修长，魏璎珞踮起脚来也够不着。

“我可是为你好。”袁春望笑道，那笑容怎么看怎么假。

魏璎珞收回手，冷冷盯着他：“袁春望，我知道你在想什么。”

袁春望闻言一愣。

“你一笑，我就知道你要使什么坏主意。”魏璎珞沉声道，“你不是为我好，你只是太孤独了，所以想要我跟你一样，憎恨别人、报复别人，最后变成跟你一样的人……如此你就不再是孤身一人了，是不是这样？”

袁春望面无表情半晌，忽然扬起嘴角，笑容一点点扩大。

比起他先前的笑容，现下的这个笑容显得又诡异又艳丽，似一条慢慢直起身的毒蛇，叫人背脊发凉，但不知为何，魏璎珞觉得这才是他真正的笑容，发自真心。

“你眼珠子一转，我也知道你要使什么坏主意。”袁春望抓住她伤痕累累的右手，如同毒蛇缠绕住自己感兴趣的猎物，眼中闪动着兴致勃勃的光，“咱们两个这么了解彼此，就像照镜子一样，不如……你不要喜欢富察傅恒了，你来喜欢我，不是很好吗？”

“还是别了。”魏璎珞毫不犹豫地抽回手，“两条蛇都是冷血动物，能够互相温暖吗？”

袁春望抿了抿唇，与其说是被冒犯，倒不如说是在细细咀嚼“毒蛇”这个词，最后竟觉得心满意足，咝咝一笑：“不能互相温暖，总能互相照顾！魏璎珞，我们结盟如何？”

魏璎珞没料到他嘴里会蹦出这样一个词：“结盟？”

袁春望看了看四周，忽借着几只堆砌成墙的恭桶，三步并作两步上了墙头，然后回身朝魏璎珞伸出右手：“上来。”

魏璎珞面露犹豫，此人反复无常，无法用常理来揣测，说实在话，魏璎珞不大想沾上对方……

袁春望诡异一笑，忽然张口大叫道：“魏璎珞杀了张——”

“住口！”魏璎珞大吃一惊，不用他帮忙，自己就借着其余恭桶，手脚并用上了墙头，双手封在他的嘴唇上，压低声音斥道，“你发什么疯！我要是被抓了，你又有什么好果子吃？”

面对怒不可遏的魏璎珞，袁春望却弯了弯眼角，他的眼睛生得极好看，尤其是带笑的时候，无情似有情，入骨的温柔。

抬手扯下魏璎珞的手指头，袁春望拉她在自己身旁坐下，然后昂起头：“看。”

魏璎珞皱眉看去，只见万里夜空，星辰万千，汇成了一条银色长河，静静流淌在她头顶上，也静静流淌在她眼睛里。

“天潢贵胄又如何，在漫长的星河里，人只是一颗渺小的星星，谁又比谁高贵？”袁春望的声音在她耳边响起。

魏璎珞缓缓转过头，见他仍然昂头看着星空，眼睛里流淌着比星光更璀璨的野心，他似喃喃自语，又似对天发誓，道：“总有一天，我会让所有人亲眼看见，一条出身低贱的野狗，到底能在紫禁城里走多远，爬多高！”

魏璎珞忽觉手指一紧，低头一看，是他用力握住了自己的手，待她重新抬头，看见他已经转过脸来，一双亮如星辰的眼睛，直直盯着她，声音极温柔，带着比夜色更迷离的蛊惑，道：“魏璎珞，从今以后，我是你的哥哥，你的至交，你的保护者，反之亦然！我们互相依靠，互相扶持，一起在紫禁城活下去！”

魏璎珞神色复杂地看着他。

人是没有办法一个人生存下去的，尤其是在辛者库这个鬼地方。而若是要找一个同伴，思来想去，眼前的袁春望居然是最好的选择，比起锦绣等人，他有脑子、有胆子，最重要的是彼此都有把柄握在对方手里。

共犯关系，有时候是比夫妻更加牢靠的关系。

下定决心之后，魏璎珞当即回握住对方冰冷的手指头，沉声应道："好，你照顾我，我也照顾你，咱们两个一块儿活下去！"

袁春望低头看了看彼此相握的手，抬头一笑："我也做你的情人，好不好？"

魏璎珞心头一窘，说正事的时候，他怎又开起玩笑来，这人心里到底在想什么？见他还得寸进尺地将脸凑过来，立刻伸手一推："你做梦！"

哪知袁春望像是早已料到她会动手，她刚刚伸手，他就握住了她的手，结果两个人一块儿失去平衡，骨碌碌地从墙头滚了下来，砸得恭桶四下滚远。

魏璎珞吃疼，挣扎着从地上坐起来，怒气冲冲道："袁春望，你——"

"哈哈哈！"袁春望却开心得很，两个人即便落地，他仍没放开对方的手，将对方的手拉到嘴边咬了一口，留下一个不深不浅的牙印，他盯着魏璎珞道，"我早就说过，你的每一个举动，我全都猜得到，不要白费力气啦，快叫哥哥！"

"哥你个头！"

同一片夜空下，有人近在咫尺，有人远在天涯，有人用牙齿咬了魏璎珞一口，也有人只能在心里头念叨着她。

"唉——"长春宫内，皇后对镜一叹，神色疲惫，欲言又止。

疗伤的药膏早已备好，还不止一瓶，十几瓶摞在桌上，够用十年，只需她一句话，就能送进辛者库，送到魏璎珞手上，可她犹豫良久，最后还是只能放弃。

皇上的气还没消，她怕自己的一时好意，反而会害了对方。

"娘娘，"明玉立在她身后，为她拆下头上的发饰，"太医说了您要安心静养，明日太后设宴御景亭，您怀着身孕，登高本就不便，不如先行告假，太后一向宽容，不会怪您的！"

皇后还未开口，尔晴已斥责："明玉，太后因裕太妃一事，始终郁郁寡欢，今日强打精神举办重阳小宴，皇后娘娘若不到场，不是更扫兴吗？太后纵然不说什么，储秀宫那位主子呢，无风尚要起浪，何况娘娘亲手送了把柄！到时候，贵妃一定指责皇后娘娘，说她仗着子嗣，恃宠生娇！"

明玉嘟嘴道："可娘娘明明不舒服啊……"

"好了好了。"皇后失笑道，"瞧你们两个多紧张，本宫身体康健，没有大碍，只是身上有些惫懒，不爱动弹罢了。”

她也只是说得轻巧，实际上最近这些天，她感觉身子越发不爽利起来，但她极擅忍耐，苦与累都藏在心里，旁人极难看出来。

“明日尔晴留下，明玉陪本宫去赴宴。”望着镜子里越发显得苍白的面孔，皇后顿了顿，道，“……到时候多给本宫抹些胭脂。”

第七十九章　寿宴风波

太后的寿宴离魏璎珞很远，但是因这场寿宴而诞生的苦命人，却离她很近。

“那是谁？”推粪车回来的路上，魏璎珞停下脚步，望着不远处对墙哭泣的少年，眼中闪过一丝疑惑。

看他身上的打扮，不似主子也不似奴才，倒像是寻常百姓，可这里是什么地方，紫禁城的一砖一瓦，都不是普通老百姓能够踩、能够触碰的。

袁春望瞥了对方一眼，淡淡道：“是贵妃为筹备太后寿宴，从宫外找来的技人，听说演的是什么……”

“万紫千红。”

两人回头，见一个老人佝偻着脊背而来，手里捏着一只雪白馒头。

“爷爷！”墙角少年扑进他怀里，哭得更加厉害。

魏璎珞这才发现，这孩子伤得厉害，露出袖口的手臂上尽是铁水烫出的伤痕。

“所谓‘万紫千红’，是将熔化的铁水泼到砖墙上，仿佛万朵鲜花盛开，妙不可言。此事被天津总兵高恒得知，硬是以祝寿为名，将我们掳劫入宫。他还逼迫一些乡民，并我的孙儿一块儿学。”老人叹着气，掰开馒头，一点点喂给孙儿吃，“可表演需要臂力，他还是个孩子啊，怎么会不受伤？”

许是看他们两个推着粪车，身上又是低位宫人的打扮，老人才与他们多说几句，等到一个穿戴稍显齐整华丽的宫人路过，他就立刻闭上了嘴，拉着孙儿离开。

他走后，魏璎珞两人继续推着粪车往永巷走。“这就是奴才。”袁春望忽然开口道，“不说万紫千红这样的绝技，就说绣坊的绣娘们，留在民间可以开开心心做活，可一旦入了宫，就得没日没夜地赶工，忙得头都抬不起来，多少人不足三十，便已眼盲手颤，成为废人。这就是奴才，这就是权贵。”

魏璎珞看着他，想反驳，却说不出一句反驳的话。

"……这就是紫禁城。"袁春望盯着她的眼睛，似叮嘱也似警告，"你只有爬上高位，才能左右别人的命运，否则，就闭上眼睛，什么都别看！"

御景亭内，遍插茱萸，宫女们川流不息，腰间佩着菊花荷包，将一瓶瓶菊花酒、一碟碟重阳糕送上石桌。

太后与皇后坐在一块儿，她拍了拍对方的手，关切之意溢于言表："皇后，御景亭登高不便，不是让你在长春宫好好歇着，怎么还是来了？"

皇后笑道："太后难得有兴致，臣妾应当陪侍在侧，更何况，臣妾身体康健，却因身怀有孕，被皇上勒令天天在长春宫躺着，实在是躺不下去了，这次能趁重阳小宴的机会出来透透风，臣妾就当是太后的恩典了！"

太后也笑了："你呀，还是要多保重身子，不要处处逞强。"

皇后应了声是，趁着对方当下心情好，将早已准备好的说辞宣出口："宫中诸事繁杂，臣妾确有力不从心之感，希望太后开恩，准许臣妾卸下肩头重担，安心养胎。"

太后沉吟片刻："皇后属意何人接管宫务？"

亭中动静瞒不过周围人，一时之间所有人的目光都定格在皇后嘴上，期盼着从里头传出自己的名字。

"臣妾以为，纯妃细致妥帖，处处周到；娴妃品行贵重，六宫敬佩。"皇后启唇道，"她们二人协力，定能将后宫管理得井井有条，让皇上再无后顾之忧。"

"皇后举荐的人选，我也十分赞同。纯妃、娴妃——"太后将目光投向二人，"从今日起，就由你们二人协理宫务，可不要辜负皇后的期望。"

二人对视一眼，忙起身还礼："臣妾一定竭尽所能，为皇后分忧解劳。"

太后满意一笑："坐下吧，今日是家宴，不必如此拘束。"

两人坐下之后，身周的人纷纷朝她们两个道喜，但也不是每个人都肯对她们两个举杯。

譬如慧贵妃，她便一个人坐在席上，好整以暇地转着手里头的酒杯。

直至御茶膳坊送上锡热锅，涮菜一盘盘送上来，最后上来的，是一盆子鹿血。

转动酒杯的手忽然一停，慧贵妃倚靠在椅子扶手上，纳兰淳雪立在她身后，弯腰对她耳语一声："娘娘，一切都准备妥当了。"

慧贵妃唇角一勾。

"呕——"另一边，皇后见了盆中鹿血，忽然脸色一变，用袖子捂住嘴，发出一阵干呕声。

明玉脸色一变："鹿血块虽然大补，鹿血却是活血之物，皇后娘娘现在可碰不得！"

太后忙道："快端下去！"

宫女们忙冲上来，其中一个宫女走到一半，忽然哎哟一声，身体向前栽倒，好死不死，正好栽在放鹿血的桌子旁，桌子一摇，整盆鹿血全部泼了出去，将地面染得一片猩红。

掌事大宫女忙道："你怎么办事的？还不赶紧收拾干净，别坏了主子兴致！"

宫女们立刻冲上前来收拾，可鹿血极腥，一时半会儿哪里收拾得好，不一会儿，整个亭子便臭不可闻。

"……咦？"娴妃忽然咦了一声，"你们听，好像有什么声音？"

皇后："声音？"

扑棱扑棱，仿佛飞鸟振动翅膀的声音，越来越大，越来越近。

"看！"娴妃忽然转头，声音里带着一丝惊恐，"那是什么？"

只见秀山背面宫墙下，树林剧烈摇动，片刻之后，无数黑色蝙蝠从树叶后钻出，顷刻间遮天蔽日，冲进御景亭。

娴妃惊呼一声，扑向太后："太后小心！"

她将太后扑在地上，又飞速扯下身上的旗装，盖在太后头面上，挡住不断扑来的蝙蝠，并厉声喝道："慌什么，你——"

娴妃指着一个宫女，道："你去叫侍卫来，其他人都过来，跟我一起护着太后，谁敢乱跑乱叫，一律宫规处置！"

太监、宫女们六神无主，但骨子里奴性还在，如今有了主子的吩咐，纷纷回过神来，将太后护在中央，脱下外袍扑打蝙蝠。太后望着镇定自若的娴妃，一时镇住了。

娴妃眼疾手快，一连串处置精准得就仿佛早有准备，其他人却没她那样快。

皇后呆呆看着头顶，只觉一团墨汁扑面而来，只一瞬，就将整个世界染成了黑色，伸手不见五指的黑色中，只有不同的声音响起，一会儿是宫灯落地声，一会儿是杯盘被打翻的声音，但更多的是人的惊呼声、求救声，以及乱成一团的脚步声。

“走开，走开！”明玉的声音在她耳边响起，伴随着挥动手臂的声音，“娘娘，小心啊！”

小心谁？蝙蝠还是人？

一只只蝙蝠扑向地上的鹿血，不知多少翅膀刮过皇后的脸颊，也不知多少人从她身旁拥过，化作一股难以停止的水流，裹挟着她一路向前，不知不觉间，就到了御景亭边沿。

“皇后娘娘，皇后娘娘！”明玉的声音在她身后响起，越来越急，越来越远，“您在哪儿？”

“本宫在这儿！”皇后刚喊了一声，就感到身后多出来一双手，朝她背上用力一推。

皇后脚下一滑，若非她及时抓住了登道上的栏杆，如今已经滚了下去。

“小心呀。”身旁忽伸来一只手，扶住了她摇摇欲坠的身子。

皇后转过头，正要谢谢对方，待看清楚对方的脸，感谢的话生生凝在舌尖。

慧贵妃朝皇后嫣然一笑，其色妖冶，如牡丹染血，忽大呼一声：“皇后小心！”

语罢，她猛然一松手！

皇后就像断了线的风筝，从她指间飘落，沿着登道一路滚下。

慧贵妃居高临下地欣赏着这一幕，就仿佛一个挑剔的看客，看了一出极合心意的戏曲，脸上渐渐浮现出满意的笑容。

这笑容如同开到极盛的牡丹，转瞬即逝。她忽收起笑容，哀鸣道：“我的手好痛，来人，快来人，皇后娘娘坠楼了！”

众人皆惊，片刻之后，明玉挤开人群，发疯似的朝这边冲了过来，最后几乎是连滚带爬地下了登道，扑到皇后身旁。

“皇后，醒醒啊皇后！”她语带哭腔，撕心裂肺地喊道，“救人！救救皇后娘娘！快来人，救救娘娘！”

御景亭下，侍卫们举着火把匆匆赶到。一支支火把聚拢在明玉身周，火光照亮了地上昏迷不醒的皇后，也照亮了她裙摆下涌出的大片鲜血。

第八十章　病与权

天刚蒙蒙亮，辛者库就忙碌起来，宫女们打着哈欠，开始洗漱收拾，准备上工。

房门忽然吱呀一声被推开，一个人踉踉跄跄地跌进来。

“明玉？”魏璎珞停下梳头的动作，惊讶地看着对方，“你怎么来了？”

明玉身为长春宫大宫女，平日里极注重自己的形象，如今不但鬓发凌乱，还衣衫不整，仔细看的话，还能看见她裙子上红褐一片，像是干透后的血迹。

“璎珞，你跟我来！”明玉将魏璎珞扯出去。两人行至一个无人之处，明玉回过身，舔了舔干涩的嘴唇，对魏璎珞道：“昨夜太后在御景亭办重阳宴，不知为何引来大片蝙蝠，人群一片混乱，皇后娘娘不幸坠下登道……”

“你说什么？”魏璎珞脸色大变，用力抓住明玉的胳膊，“皇后娘娘坠下登道了？她……她现在如何？”

“整个太医院都在长春宫医治，娘娘还是昏迷不醒……”明玉说着说着，忽然“哇”的一声哭了起来，“我不是故意的，当时人太多，不知谁推了我一把，我就松开了娘娘的手！”

魏璎珞垂下眸子，眼中流动着极为阴沉的光。

“……是谁？”她缓缓抬起头，一字一句问道，“谁第一个发现皇后娘娘坠下登道？”

明玉还在神不守舍地哭泣。

“快想想！”魏璎珞大喝一声。

她几乎是贴着明玉的耳朵喊了这一声，明玉总算是回过神来，条件反射地回了一声：“是慧贵妃，她第一个叫起来，说皇后娘娘坠下登道。”

魏璎珞的脸色越发阴沉：“……我就知道是她。”

“你怀疑是慧贵妃？”明玉摇了摇头，“不，不可能，贵妃当时拉着皇后娘娘，自己手臂都脱臼了，所有人都看得到！若她有心谋害，为何还要救人？”

“救着了吗？”魏璎珞打断她。

明玉一愣。

“既然没救成，说明她的所作所为，多半是掩人耳目。”魏璎珞说完，重新垂下眼去，也不知在心里转着什么念头。

“不管那么多，你先和我去长春宫，快走吧！”明玉忽然拉住魏璎珞的手，似耿耿于怀，又似无可奈何地说，“皇后……需要你！”

两人行了几步，忽被一条粗壮的胳膊拦住。

“她哪儿也不能去。”刘嬷嬷拦在二人面前，阴阳怪气地道，“她是永巷的人，不是长春宫的人，明玉姑娘，你想带她走，手中可有调令？”

“这……”明玉哑口无言。

“若无调令，就请你不要为难老身了。”刘嬷嬷冷冷一笑，“魏璎珞，还不快过来干活！”

这一日，她将最苦的活交到魏璎珞手里。

大雨倾盆，其他人都回去了，独魏璎珞蹲在雨中拔草，从早到晚，从园子的这头到园子的那头，直至傍晚将至，地上的杂草还没拔完，魏璎珞却已经头重脚轻，眼前忽然一黑，往地上栽去。

“璎珞！”

睡梦之中，有人不停喊她的名字。是谁？

魏璎珞慢悠悠睁开眼，一只手慢慢映入她的眼帘，不是皇后养尊处优的手，不是傅恒带着握剑茧子的手，而是一只因苦活、累活，而遍布旧疤老茧的手。

“醒了？”那只手将湿毛巾放在她额上。

“……袁春望？”魏璎珞咳嗽几声，看着身旁陌生的环境，“这是哪里？”

“刘嬷嬷嫌你生病，把你迁到仓库了……喝药吧。”袁春望将她半抱起来。魏璎珞虽想拒绝，但是浑身上下一点力气没有，只能泥巴似的瘫在袁春望怀里，任他端着药碗给自己喂药，又用袖子擦去她唇角溢出的药渍。

擦到一半，袁春望忽地端起她的下巴，迫使她抬头望着自己。

“若不是已经结盟，谁会理会你？”袁春望俯视着她，淡淡道，“你受了我的照顾，却还叫我袁春望？”

魏璎珞愣了愣，没想到他竟真的将盟约当一回事，实际上自那句“我也做你的情人”之后，魏璎珞就不把他的话当真，权当他是在拿自己寻开心……

“换个称呼。”略显粗糙的手指摩挲了一下她的下巴，袁春望道，“让我开心开心，毕竟我已经照顾你一天一夜了……除了我，没别的人过来看你，你只有我了。”

病在榻上的不止魏璎珞一人。

“慧贵妃，”太后坐在床榻旁，“你的手臂恢复如何？”

一条手臂上缠着白布，慧贵妃脸色苍白地对太后笑道：“劳烦太后惦记，臣妾的手已经好些了。只可惜臣妾无用，没能救下皇后娘娘。”

太后摇摇头：“这怎么能怪你呢？我知道，你已经尽力了。”

若是她的手臂没受伤，太后多少还会有些怀疑，但是太医已经过来看过了，慧贵妃的手臂是真的脱了臼，为了正骨，吃了不少苦头。

慧贵妃叹气道：“这段时日，不只太后担心，皇上也难见欢颜，再过一段日子，便是太后寿诞，臣妾倒是有心好好筹办一番。”

太后失笑一声：“距离寿诞还有半年之久，你未免太着急了，更何况，如今长春宫变得一片愁云惨雾，我哪儿有庆祝的心思！”

慧贵妃忙道：“正因如此，臣妾才特意请来民间绝技的班子，为太后和皇上表演，好好热闹一番，驱驱宫里的闷气，免得人人愁眉深锁，人心惶惶……”

话未说完，一名宫女从外头进来，对太后福了福：“太后，娴妃娘娘来了。”

“哦？”太后眼中淌过一丝喜色，“请她进来吧。”

慧贵妃没错过她眼中那丝喜色，当即眉头一皱，心里生出一股防备。

房门一开，娴妃走进来，她不妖不冶，举止端庄不显摆，除了容貌比不上皇后，其余地方都与皇后很像。

“臣妾恭请太后圣安。”娴妃向太后福了福。

太后微笑点头：“你来得正好，昨日你整理的账簿，我已经看了，开放护城河一事，可有把握？”

慧贵妃闻言一愣：“开放护城河，此言何意？”

娴妃解释道：“自打康熙十六年起，护城河内便广植莲藕、菱角，宫内膳食不过采用四分之一，剩余的全都浪费了，臣妾向太后提议，将收获的莲藕、菱角全部贩卖，并在护城河内养鱼和水禽，所得银两记在账上。” 。

她说得越是有理有据，慧贵妃心中的忌惮就更多，面上却状似无意地笑道：“能得多少银子，值得如此费心？”

娴妃正色道：“白之裘，盖非一狐之皮也，不过是集腋成裘、聚沙成塔。最省事的办法，就是将荷花地租出去，臣妾算过了，每年能收一百二十五两九钱的租银，总是个进项。”慧贵妃冷冷道：“娴妃刚一管事，就动了宫中旧例，怕是不妥吧！”

面对她的针锋相对，娴妃仍是不动声色地笑着：“旧例未必都好，比如早先内务府管着 26 家当铺，今年皇上关了 15 家，将钱全都借给商人，利息远胜当铺利润。也有旧例管不过来的，康熙爷年间内务府官庄不过 57 万亩，如今翻了一倍，处处循着旧例，怎么理得清？”

慧贵妃有心反驳，但她的强处从来就不在这上头。

她绞尽脑汁的模样落在娴妃眼内，娴妃心底笑了笑，慢条斯理道：“梳理财务，不是赚多少银子，而是让宫中看看，大清与奢侈的明宫截然不同，吃穿用度缩减到从前十之一二，就连开源节流，也处处落实。如此一来，由上及下，人人效仿，才是真正的好事。”

太后看她越加满意，微笑点头道：“从前皇后管事，多在节流上下功夫，倒是让宫里颇有微词，娴妃管理宫务以来，处处妥当，又细致非常，后宫众人无不敬服，就按你的计划去做吧！”

娴妃恭敬回道：“太后信任，臣妾必定竭尽所能。近些日子，直隶天津等地遭遇水灾，不少流离失所的难民涌入京城，臣妾请于地安门外开设粥棚，一来可以赈济灾民，二来为皇后祈福。”

慧贵妃虽想不出什么开源节流的法子，却擅长给人使绊子，娴妃话没说完，她就凉凉打断："开粥棚赈灾的确是好事，不过，粮食和银子都是问题，难免动用内务府库银，这样一来，宫里的日子倒是更难过了，大家本就士气不振，娴妃这不是为难人吗？"

"贵妃放心。"娴妃笑道，"按照常例，可以动员京城商绅捐助，请太后下一道懿旨，开'乐善好施例'，城内必定群起响应，无须动用内务府库银，便可解决这个问题。"

"娴妃想得果然周到，既可为皇后积福，又可抚慰难民，实在是一举两得的好事，你放手去办，我会全力支持！"太后抬手将她召到自己身旁，亲切地拍了拍她的手，道，"娴妃，平日里瞧你不声不响，到了关键时刻，所有妃嫔都乱成一团，就连皇后都没了主张，只有你，第一个反应过来，稳住大局，如今又将事情处理得井井有条……"

说到这儿，太后忽然摇了摇头，道："皇后那日向我推荐了两人，说实话，纯妃远不如你，一看到蝙蝠就吓得魂都没了，倒是你，比男子还要果断坚毅，我更放心将一切交托给你，不要让我失望！"

她话里有话，隐隐有撇开纯妃，将后宫大权尽数交到娴妃手中的意思。

娴妃目光一闪，面上诚惶诚恐道："请太后放心，臣妾定然竭尽所能。"

太后满意地点点头，又忍不住一声叹息："好好一个重阳节，怎么会变成这样啊！"

娴妃望了望她，缓缓垂下眼去。

第八十一章　赈灾

纳兰淳雪来时，芝兰正在为慧贵妃的手指涂抹香膏。

“贵妃娘娘真是肤色如雪，滑如凝脂。”纳兰淳雪趁机奉承道，“真令嫔妾羡慕非常。”

“若整日里用牛乳养着，天天用香膏润着，也会和本宫一样。”慧贵妃歪在榻上，懒懒应了一声，忽然神色一冷，道，“废话少说，本宫费那么多心思，才除掉皇后这颗眼中钉，谁料又冒出个娴妃来，仗着重阳宫宴救了太后，一跃成了宫中的红人，本宫好容易摘来的果实，倒被她抢了先！明日她还要在地安门赈济灾民，你说该怎么办？”

纳兰淳雪低头思索片刻，抬头一笑：“娘娘放心，嫔妾定不会让她过得这般顺心。”

赈灾虽由娴妃主持，却不是她一个人能做到的事情，上上下下，要用到不少人。辛者库内，刘嬷嬷扫视众人：“明日地安门施粥赈灾，你们都得去帮忙，娴妃娘娘恩典，凡去地安门的辛者库仆役，各给赏钱一两，轮休一日。”

众人顿时欢喜了起来。

“咳咳……”魏璎珞咳嗽几声，这个消息对她而言毫无意义，她现在几乎站都站不住，只能靠在袁春望身上。

刘嬷嬷嫌恶地扫了她一眼：“娴妃娘娘说了，凡在六宫生病之宫人，一律延医诊治，给假一日，算你走运，明天你就留下吧。”

待刘嬷嬷走后，袁春望笑道：“娴妃可真是厉害，不动声色，尽服人心，你那位皇后主子，可就差得远了。”

魏璎珞柳眉一竖，虽未说什么，但明显心中不快。

“行了，有空担心别人，不如先担心你自己。”袁春望忽地将她打横抱起，额头往她额上一贴，“烧还没退，回去休息吧。”

旁边还有人在，魏璎珞又羞又气：“你先放下我！”

袁春望不为所动：“嚷什么嚷，我是你哥啊！不许动！”

“他二人什么时候关系那么好了？”一名宫女在身后看着，胳膊肘撞了撞身旁的锦绣，不怀好意道，“该不会……已经结成了‘对食’吧？”

锦绣远远望着二人，眼中渐染怨恨。

日子过得很快，尤其是辛者库这种地方，起床，干活，睡觉，一天很快就过去了，第二天，一群仆役前往地安门，准备给娴妃打下手。

袁春望便在其中。

魏璎珞不在，他又沉默寡言了起来，帮忙架起大锅之后，又与其他仆役一起，给难民们分发清粥和馒头，一开始还算井然有序，但随着难民越来越多，场面越来越乱，不但有人插队，还有人抢夺别人分到的食物，于是斗殴在所难免。

娴妃立在粥棚内，看着外头的场景，微微蹙眉：“吴总管，怎么这么乱？”

吴书来擦冷汗：“娴妃娘娘，不知从何跑来这么多难民，整个场面都乱成一锅粥了！您看，是不是先停一停？”

一个难民将清粥重重砸在地上，怒声：“不是说宫里娘娘施恩散粥吗？这什么粥，分明是水，都能照见人影儿！你们看！还有这个馒头！”

他快步冲了过去，从宫女手里夺过一个馒头，用力掰开：“是糙米，里面还有沙子，把人牙都崩掉了！”

吴书来恼怒：“胡说八道，我们的馒头哪里有沙子！”

但难民们哪里肯信他的话，又或者说，比起眼前这位高高在上，连指甲缝都干干净净的大人物，他们更信身旁同样肮脏憔悴的下等人。

先前发难的那个难民举着馒头，再次叫骂：“我们千里迢迢跑到天子脚下，以为会有吃有喝，结果官兵到处驱赶，富人分文不舍，穷人破衣烂衫，腹中空空，只能卖儿卖女，四处乞讨！宫里说什么施恩放粮，根本就是谎言，他们骗人，骗人！”

难民们正半信半疑，人群中忽然响起一个声音，捏着嗓子道：“大家还排什么队，赶紧抢啊，再晚连清粥、馒头都没有了！”

话音刚落，一个难民就越众而出，三步并作两步冲到队伍最前头，自尖叫的宫女手里夺过蒸笼，将所有的馒头抛向空中。

馒头从天而降，无数双手举起来，片刻工夫，就将馒头抢个精光，很多人根本领不到馒头、清粥，叫骂声、哭泣声连成一片，甚至有人为了争夺一个馒头，大打出手，鲜血横流。

妇女们搂着孩子，惊恐地站在一边。老人被推倒在地，大声号哭。

宫女、太监们惊慌失措地向后避，唯袁春望一动不动，面无表情地立在原地，目光在人群中不断逡巡。

动乱中，几个难民竟朝娴妃所在的粥棚冲进来，被几名护军拦住：“你们干什么，出去！”

“哎呀！”又是那个率先发难的难民，他忽然捂胸后退一步，然后大喊大叫，“护卫打人了，他们不是好人，抢他们的！”

人们早已失去理智，有他带头，不少人盲从地聚过来，七手八脚地去抢夺护军的武器、衣服。

吴书来大急：“快！快叫人来，保护娘娘！”

“就是她！”造成这一切的难民突然指着娴妃，大叫，“粮食根本不够，做什么假慈善，她就是个大骗子，抓住她！”

一时之间，难民们纷纷向娴妃跑去。

吴书来大惊：“娘娘！娘娘，怎么办！咱们快回宫去吧，快回宫去吧！”

淑妃眯着眼睛，冷眼看着冲过来的难民，神情冷峻。

护军冲上去保护娴妃，齐刷刷地抽出刀剑，禁止难民靠近，只是刀锋再利，也只有十几把，比起外头几百上千的难民，杯水车薪，随着聚拢过来的难民越来越多，护军额头的汗水也越来越多。

眼见就要生出一场大难，粥棚里忽然冲出一名少年太监，“铿”的一声抽出一名护军腰间的佩剑。

雪亮剑身照出他俊美的侧脸——是袁春望。

袁春望拎着长剑，冲入难民之中，没有一丝犹豫，甚至连眉头都没有动一下，手起刀落，一个难民的头便被斩落下来。

血花冲天而起，头颅在人群中滚动，每到一处，便带起一片惊恐的呼喊声。

“杀人了！杀人了！”

“救命啊！”

“我不要馒头了，放我走！”

袁春望抬手擦了擦溅到脸颊上的血，然后高声道：“他根本不是难民！难民一路从直隶、天津等地逃荒而来，脚上都是草鞋，全都磨破了底，他虽穿着难民衣裳，脚上却是完好无损的布鞋，分明是混入难民，别有居心的匪徒！”

粥棚内，正恼怒他自作主张的娴妃闻言一怔。

“你胡说！”一个难民指着他喊，“你们根本就是一伙的，杀人还要冤枉我们，杀了他！杀了他！”

难民一时间激动起来，纷纷向袁春望拥过去。

袁春望笑了起来，面颊上还带着血地笑，显得格外妖异骇人，面对数百倍于自己的难民，他弹了弹手中的剑，抖落上头新鲜的血，冷笑道：“谁若是带头闹事，就和他一个下场！”

拥向他的脚顿时都止住了。

有人带头才有难民潮，但面对他手中带血的利剑，谁也不愿当那个领头人。

包括最先发难的那个难民，如今也只敢藏在人群中，眼神闪烁地望着他。

结果，就这么错过了最好的发难时机。

“轰轰轰——”整齐的脚步声由远及近，大队护卫军冲了进来，以刀剑隔开难民，将娴妃保护得密不透风。

领军关切道：“娴妃娘娘，你没事吧？”

“我没事。”娴妃道，然后目光转向袁春望，带着一丝考究道，“看出些什么了吗？”

袁春望收起剑，向她恭敬行了一礼：“回娘娘，故意闹事的难民一共八人，除了已被斩杀的一个，还有七个……”

说完，他转头望向人群，手指从左到右，精确地指出了其中七个人。

“这八个人一直在推搡难民、挑拨离间，尤其是正往东南角逃跑的那个。”袁春望道，“他不但率先发难，还怂恿难民们袭击娘娘，居心叵测，背后定有人指使，至于是谁，还需娘娘下令逮人，仔细询问。”

娴妃冷哼一声：“还等什么，把他们抓起来！”

护军一拥而上，将闹事的七个难民全都锁上，不消片刻，都被堵住嘴押了下去，等待他们的，定是一场又一场酷刑。

闹事者被拖走，剩下的难民就重新变回了绵羊，在护军的看守下，重新排起长队，乖乖地从宫女太监手里领取食物。

看着那一眼望不到尽头的人群，娴妃叹了口气：“没想到难民人数居然这么多，我准备的食物，怕是不够了。”

“那是因为下面不是难民。”袁春望忽然开口道。

娴妃闻言一愣，皱眉道：“你的意思是……有人冒领？”

“难民一路赶来，风尘仆仆，皆是面黄肌瘦、四肢无力，可您看他们。”袁春望随意点了几个人，“怎可能是难民？”

娴妃仔细看着那几人，发现果真如此，虽身上穿着破旧衣服，可要么面生横肉，要么神采奕奕，怎么看也不像是难民。

“你觉得这些是什么人？”娴妃问道。

袁春望：“京城里的乞丐、懒汉，又或者是拿钱雇来的人。至于雇他们来的目的，娘娘您都看见了……”

真正的难民得不到救济，自然怨声载道，说不准——还会闹出大乱子。

娴妃面色一沉，忽大声宣布道：“粥棚远远不足应付难民人数，除去十岁以下的孩子和六十以上的老人，所有人必须参与搭建粥棚！”

难民们听了这个消息，又开始骚动起来。

“为什么？”

“对啊，凭什么让我们干活！”

“说是无偿施粥，却骗我们来干活！”

“就是，太过分了！根本就是骗人，我们不干！”

“对，不干活，坚决不干！”

“我们要吃饭！快点发馒头！”

“直隶、天津等地遭遇水患，无数难民涌入京城，紫禁城和富户们施粥放粮，是本着一片仁心，可这样的仁心更应该供给需要的人！”娴妃扫视众人，目光冷峻，“这里的每一碗粥、每一个馒头，都是别人从自己碗里省下来的。给予你们是恩赐，不给也是理所当然！你们没有资格来质问，更没有资格伸手讨要！凭自己的劳力换取粮食，才是真正属于你们的，谁也夺不走的！现在，稚童和老人、病弱无力者无偿发放粮食，至于其他人，全都去干活。”

她话音刚落，袁春望便站出来：“今天地安门外要建八个粥棚，城外也在搭建难民营地，愿意干活的人，就过来登记，按人头发给口粮，吃饱饭，有力气，用劳力换取第二天的口粮，想要不劳而获，一粒米都没有！”

众人面面相觑，最终分成了两拨，一拨人去登记造册，一拨人四散而去。

一场大难就此消弭，娴妃满意的目光落在袁春望身上：“你是哪个宫里的人？”

袁春望跪下道：“回禀娴妃娘娘，奴才出自辛者库。”

一名太监不满他出尽风头，插嘴道：“娴妃娘娘，他不过是个刷恭桶的净军！”

众人哄堂大笑，唯独袁春望一言不发，平静地跪着，目光平静。

娴妃打量着他，微微一笑：“英雄莫问出处，辛者库如今缺一个管事，就由你补上吧！”

众人吃惊，一片窃窃私语。

袁春望低下头，掩住眼底的野心：“谢娴妃娘娘恩典！”一朝得势，鸡犬升天，出宫时人人都离袁春望很远，回宫的时候人人都凑到他身边，先前插嘴的太监，更是连连掌自己的嘴，讨好道：“先前多有冒犯，还望袁公公不要怪罪。”

应付完这群势利小人，袁春望脚步匆匆往辛者库走。

他已经迫不及待要与魏璎珞分享这个好消息。

“嗯？”看着空空如也的仓库，袁春望皱起眉头，“璎珞呢？”

第八十二章　万紫千红

赈灾的消息传回后宫，慧贵妃重重一巴掌拍在案上："好一个娴妃，在紫禁城里装模作样还不够，如今整个京城都在夸她，说她有威仪，能服众！本宫哪年寒冬腊月不在城外开棚放粮，这些混账忘得一干二净，眼里只有一个娴妃，本宫的心思全都喂了狗！"

纳兰淳雪忙宽慰道："娘娘息怒，这好事儿年年做，别人就不稀奇了，娴妃往日不声不响，这冷不丁干出一件大事儿来，自然引人注目。不过，只要太后寿宴筹办得当，娘娘还怕不能出彩吗？"

慧贵妃深吸一口气："这一回，本宫定要将她比得颜面无光！芝兰，太后寿礼准备得如何？"

芝兰："贵妃娘娘，万紫千红已练习完毕，随时可供检验！"

慧贵妃："本宫要亲自去看，吩咐他们今夜做好准备！"

"是！"芝兰犹豫一下，道，"不过有四名匠人试图逃跑，被当场格杀，娘娘您看……"

慧贵妃冷笑一声："四个，四十个，哪怕四百个，本宫不管死多少人，只看最后的成果！"

心里憋着一口气，欲与娴妃争高低，慧贵妃草草吃过晚饭，便出了储秀宫，一群人浩浩荡荡行至偏院，慧贵妃忽然脚步一停，惊喜道："皇上，您怎么来了？"

惊喜之色转瞬即逝，她望向弘历身旁站着的女子，脸色一沉："娴妃，你也来了。"

娴妃今日穿着一身绿衣，清清淡淡，素素雅雅，将炎炎夏日点缀出一丝清凉翠色，对慧贵妃温婉一笑道："听闻贵妃娘娘精心为太后准备了寿诞之礼，臣妾跟着皇上来见识一番，贵妃娘娘不介意吧？"

慧贵妃回之一笑："本宫介意，你能马上掉头回去吗？既然不能，那还问什么劲儿！"

两人针锋相对了片刻，见娴妃滴水不漏，在她身上讨不到什么好，慧贵妃果断转移了目标，重将目光投在弘历身上，道："皇上，您今日且看看，若他们表演得好，到了太后寿诞那日，臣妾命人组成12人的表演队伍，场面一定更加壮观。芝兰，吩咐他们开始吧！"

芝兰："是！"

万紫千红的表演者是几名头戴斗笠、披着厚重袄子的匠人，老人作为领头者，将手中白色勺子探入热水，火苗瞬间蹿出。他一扬手，熔化的铁水立刻飞向冰冷的城墙，冷热相遇，"轰"的一声，铁水炸裂，犹如千万朵鲜花，瞬间绽放。

"炉火照天地，红星乱紫烟。赧郎明月夜，歌曲动寒川。"娴妃吟诗一首，感叹道，"仔细想来，李白描绘的也是此景吧！"

弘历也难得地点点头："秋浦是著名的产铜之地，李白路经此地，看见铜渣倾倒，火星四射，正是一幅秋夜冶炼图！然而，这万紫千红的奇景，远胜冶炼之火啊！"

老人接连又是几勺铁水飞扬，火花此起彼伏。旁边的匠人都学他一般，一勺接着一勺，仿佛一朵朵美丽的烟花撞上宫墙，在冰冷的墙壁上，撞出一串串激昂的火花，迅速弹飞向天空，落下的瞬间，又变成绚烂的漫天花雨，点亮了漆黑的夜空。

光芒落在慧贵妃脸上，她的笑容灿如烟花："皇上，臣妾预备铸造演舞台，亲自编造舞蹈，让美丽的舞姬于漫天花雨飞舞之中，一定能够让太后展颜！"

弘历满意一笑："贵妃心思奇巧，万紫千红若在太后寿诞当日表演，一定会震惊世人！"

慧贵妃露出得意的神情，趁弘历目光为花雨所夺时，身体向椅中一靠，向立在椅后的芝兰低声道："演舞台到时候就建在这儿！"

芝兰弯腰低语："娘娘，是不是太近了？"

慧贵妃："你怕什么，又不是让你去跳舞，就建在这儿！"

芝兰："是！"

芝兰转头吩咐太监，明日就吩咐内务府的工匠来量。

太监："嗻！"

谈话间，又有一名匠人上了台，对方体形小巧，技艺也不甚精湛，虽努力模仿老人的动作，但手上动作显得有些僵硬、不自然……就仿佛受了伤似的。

弘历忙着看花雨，慧贵妃忙着吩咐下人，也只有娴妃注意到了对方，但目光一闪，别过脸去，装作没有看见。

小匠人不动声色地接近慧贵妃，忽然抬手一扬，捏着嗓子唤了句："娘娘。"

"嗯？"慧贵妃回过头来，却见漫天铁水脱勺而出，尽数朝自己泼来，当下惊骇得大叫一声，双手捂住自己的娇容。

四周惊声一片，弘历距离慧贵妃有一段距离，原本不会被波及，他却快步向慧贵妃跑去："贵妃！"

飞溅的铁水和火星险些落在他的身上，娴妃突然跑了上来："皇上小心！"

火星落在娴妃背上，她大叫一声，扑在弘历怀中，疼得浑身发抖，弘历便道："娴妃！来人，快来人！"

侍卫们匆匆赶到，为首的正是傅恒，他目光一转，立刻寻到了蹊跷之处。

一个个头矮小的匠人正试图逃离现场！

"站住！"傅恒大喊一声。

傅恒朝对方追了过去，岂料老匠人悄悄做了个手势，其余匠人会意，下一刻，越来越多的铁水泼向宫墙，漫天的金雨飞扬，众人眼前金芒大盛，傅恒原本只差一步就逮住那小匠人，却被金光刺激得一下子眼盲，等再次睁开眼，眼前已经空无一人。

傅恒怒不可遏，一剑打飞老人手中铁勺："全都停下！"

铁勺落地，匠人们纷纷停下手头动作，老匠人同样如此，他垂首肃立，模样十分温顺，只在眼角余光扫向在地上痛苦哀号的慧贵妃时，才流露出一丝刻骨的憎恶。

"呼，呼——"宫中甬道，一名戴着顶灰帽的小匠人跑得气喘吁吁，身后追兵越来越近，忽然一只手从拐角处伸出来，将她拉了过去。

帽子脱落下来，露出魏璎珞略显苍白的面孔。

“嘘。”袁春望揽她在怀，一只手捂着她的嘴。

魏璎珞原本挣扎不止，听见是他的声音，这才静止不动。

追兵的脚步声从他们身旁匆匆而过，渐渐跑远。

不等魏璎珞松一口气，袁春望已经拉起她道：“走。”

两人刚刚跑出甬道，密集的脚步声就往他们先前藏着的拐角涌来，傅恒绕过柱子，弯腰捡起地上的那顶灰帽，然后缓缓将脸转向两人逃走的方向，冷冷下令：“险些被他骗过去了，追！”

一行人追出去，因路上岔道极多，故而分兵几路，傅恒领着三名侍卫追至永巷外，忽地脚步一停，喊道：“站住！”

车轮滚动的声音骤然而止，推着粪车的袁春望转过脸来，面色如常：“大人，发生什么事了？”

傅恒走过去，目光垂落在粪车上：“打开！”

袁春望惊讶地看着他：“这可是粪车啊！”

傅恒冷哼一声，解下腰间佩剑，用剑一挑，粪车的盖子便落在了地上，他冷声吩咐道：“去检查！”

侍卫上前检查，摇头：“没有。”

粪车内空无一物，袁春望的表情看起来也极无辜，但不知为何，傅恒越看他越不顺眼，忽然目光一转，落在不远处一个躲躲藏藏的黑影上，当即丢下袁春望，大步流星朝对方冲去，怕对方又跟刚刚一样逃走，故而一把揪住对方的胳膊。

“哎哟！”响起的是一个熟悉的女声，魏璎珞回过头来，面带愠色，“你干什么！”

“……是你啊！”傅恒愣了愣，不知不觉松开了手，连语气都柔上了三分，“宫中有刺客，我正在抓刺客！”

璎珞举起手上的刷子：“刺客会在皇宫里刷恭桶吗？”

“对不起，我是职责所在。”傅恒无意为难她，回头问，“你们都查完了没有！”

众侍卫简单搜查了一下，立刻回答："没有！"

傅恒松了口气："璎珞姑娘，打扰了！"

目送他匆匆离去，璎珞松了一口气，扔了刷子就要离开。

"站住。"一个清冽的声音在她身后响起。

"咳咳咳！"魏璎珞极刻意地咳嗽几声，回身道，"我正病得重呢，有什么话，明天再说吧……"

"病得重？"袁春望冷笑一声，用力握住魏璎珞的手臂，将她袖子一掀，"我看是伤得重才对！"

月光下，魏璎珞手臂上鲜红一片，显然是灼伤。

魏璎珞吃疼道："你干什么？"

"告诉我！"袁春望逼近一步，目光灼灼，"手臂上的伤从何而来？"

璎珞用力抽回了手，有些没底气地道："平日干活受伤的……"

"嗬，"袁春望冷笑一声，"万紫千红这项绝技，很容易烫伤自己，你手臂上的伤痕，正是铁水灼伤。"

"不是……"魏璎珞还想狡辩，可对方下一句却是，"来旺已经全跟我说了。"

来旺是被魏璎珞取代的小匠人的名字，这孩子因训练万紫千红而受了很重的伤，正是为了给这孩子出口气，也是为了这孩子的将来，老匠人才同意让魏璎珞取代他上台，给慧贵妃一个教训。

听见这个名字，魏璎珞就知他什么都知道了，当即闭上嘴，什么也不说。

"是为了给死掉的匠人申冤，"袁春望盯着她，"还是为了……皇后？"

魏璎珞飞快地抬头看他一眼，又飞快地低下头。

袁春望立刻了然，笑声更冷，带着一丝讥讽，以及一丝说不清道不明的情绪："就为了那么点微末的恩情，你不惜赌上自己的性命，真是个蠢货！"

他的右手抚上魏璎珞的脸颊，也不知是否是她的错觉，他永远冰冷如蛇的手指，今夜竟染上了一丝淡淡的温度。

"……我也对你很好。"袁春望垂眸望着她，声音低似呢喃，"我要是落难了，你也会为了我……赌上自己的性命吗？"

第八十三章　金汁

储秀宫内，宫女们进进出出，一盆盆清水送进来，又化作一盆盆血水送出去。

慧贵妃趴在床上，原本光洁如玉的后背，如今坑坑洼洼如同雨后的泥地，鲜血如芽，不断从泥土中长出来。

“疼，好疼……”慧贵妃一只手朝背上摸去，“痒，好痒……”

“娘娘，您不要碰！”芝兰在一旁汗出如浆，“千万别碰……啊，叶大夫，叶大夫您总算来了！”

曾为江南名医，如今则是弘历座上宾，名声压过太医署一头的叶天士背着药箱，匆匆走了进来。

为慧贵妃诊断片刻后，他回身对一同前来的弘历道：“皇上，这样严重的烫伤必须尽快冷敷上药，可慧贵妃一直追问是否留下疤痕，若是留疤，她就不接受治疗。”

“胡闹！”弘历皱眉道，“按住她，立刻上药！”

慧贵妃一听，立刻尖叫道：“不要，我不要留疤，我不要留下疤痕，皇上！我不要留疤！”

几名宫女上前将她按住，慧贵妃如同砧板上的鱼，拼死挣扎起来，嘴里不住发出哀号声，待到叶天士给她上药，叫声越发凄厉可怜。

“这味道……”叶天士抽了抽鼻子，忽然停下上药的手，惊骇地道，“不好！”

弘历忙问：“怎么回事！”

叶天士哭丧着脸：“皇上，这味道不对劲儿，只怕那些不是铁水，是金汁啊！”

弘历自然晓得什么是金汁，说得通俗些，就是粪水，两军交锋，偶用滚水退敌，若其中混入粪水，敌军的伤口便会重复感染，极难痊愈。

慧贵妃原就疼得眼前发黑，听了这话，再也受不住，两眼一闭，晕了过去。

待她悠悠转醒，身旁已没了弘历的身影，只有叶天士还在为她包扎伤口。

慧贵妃恨不得先前发生的事情都是一场梦，可是背上的伤口隐隐作痛，告诉她一切都是真的，她的背受伤了，伤口被人泼了肮脏至极的金汁，慧贵妃哆嗦着嘴唇问道：“怎么样？伤口结疤了吗？”

“这……”叶天士心道这怎么可能，嘴上却安慰道，“贵妃娘娘，您的创面原本不大，若精心调养半年，便能逐渐痊愈，只是……”

“只是什么？”慧贵妃挣扎而起，面色狰狞地瞪着他，“本宫不管，你给本宫治，一定要把本宫治好，半点疤痕也不许留，知道了吗？”

“这……臣尽力而为……”

叶天士尽力了，但半月过去，慧贵妃不见半点好转。

“废物，没用的废物！你说用淡盐水清洗消炎，还要去除水疱，本宫全都依从！一个个挑破了水疱，你知道有多痛吗！啊？”慧贵妃披头散发地坐在床上，往日艳若牡丹的美人，如今却似一只讨债恶鬼，“为何伤口还不结痂！为何一丝愈合的迹象都没有！说啊！叶天士！”

“臣真的已经尽力了！”叶天士额上一角青肿起来，那是被慧贵妃丢出的瓷枕砸出来的，他极为难地道，“可铁水里混了金汁啊！金汁肮脏，伤口反复感染，臣……臣已经尽力了！”

慧贵妃又要寻东西丢他，可她手边能丢的东西，已经全部丢出去了，最后只能歇斯底里地叫道：“滚！滚出去！本宫不想再见到你们这些没用的奴才！”

叶天士急道：“娘娘，切不可动怒！不可动怒啊！娘娘，您怎么了娘娘？”

慧贵妃的身体摇了摇，软在了床上。

叶天士大惊失色，冲上去为她检查了片刻，然后叹了口气：“创面残缺，时出黄水，发热咳嗽，脉息浮数，我治不了！我治不了啦！”

说完，便要收拾药箱离开，芝兰吓坏了，用力拖住他：“不行，你不能走！你是神医啊，能医死人活白骨，你怎么不能治！”

叶天士：“多则一月，少则十日，她就会浑身创裂而亡。唉，恕我无能为力。”

说完，他挣脱芝兰的手，快步离去。

芝兰追着叶天士而去："叶太医！叶太医！"

芝兰追出去不久，慧贵妃便悠悠转醒，只是仍有些昏昏沉沉，睁不开眼："芝兰，水……"

一只水杯递到她唇边，慧贵妃喝了两口，觉得有些凉了，正要张嘴骂对方几句，却愣住："你怎么在这儿？"

手持水杯的不是芝兰，也不是储秀宫的宫女，而是一个意想不到的人物——娴妃。

娴妃微微一笑："怎么如此惊讶，贵妃不愿意看见臣妾吗？"

慧贵妃冷哼："芝兰！芝兰！人都到哪儿去了！"

娴妃："贵妃伤口久久不愈，应当按捺脾气，安心静养，怎么还如此急躁？"

慧贵妃冷笑："乌拉那拉淑慎，你放心好了，本宫一定会好起来，绝不叫你看笑话！"

娴妃："你如今后背鲜红一片，全是腐肉，就算将来痊愈了，也会留下黑色疤痕，贵妃娘娘，那可是滚滚沸腾的铁水啊！"

慧贵妃扬起手就要打她耳光，却不料娴妃竟抢先一步，一把抓住她的头发，用力将她拖曳到铜镜之前，冷声道："高宁馨，看清楚你现在的样子！"

自打受伤，慧贵妃已经很久没照过镜子了，如今趴在镜子前，她的目光也没有瞅向自己，而是一动不动地盯着铜镜里的娴妃，目光充满憎恶。

娴妃嫣然一笑："干吗这样盯着我？你不是一直仗着美貌，睥睨后宫吗？以后就不同了，你只能靠着高家的恩宠活着，靠皇上的怜悯活着！"

慧贵妃猛然惊醒："……是你！"

"准确地说，不光是我。"娴妃柔声一笑，"有人利用万紫千红烫伤你的皮肤，是要毁了你的雪肌，给你一记重击，但她太心慈手软了，居然没有对准你这张脸，更没有趁机要了你的命，我当然要帮她一把啊！"

慧贵妃睁大眼："金汁……"

娴妃哈哈一笑，再不掩饰，将真相和盘托出："是啊，再美丽的鲜花，也要用粪土滋润，所以，我在铁水里混入粪水，来滋润你这朵国色天香的牡丹花儿啊！"

看着她嚣张狠毒的模样，慧贵妃恨得浑身发抖：“你就不怕我把一切告诉皇上？”

“你觉得皇上会信你，还是信我？”娴妃笑道，“要知道，我可是救了皇上的功臣，你若是诬告本宫，皇上一定会彻底厌弃你，若是不信，你大可以试试，不过……你还有时间吗？”

说完，她松开手指，慧贵妃如同一张破布、一袋垃圾，被她随手丢在地上，然后娴妃扬长而去。

“皇上不会信你的……”慧贵妃如同丧家之犬般在她身后叫道，“皇上不会信你的！”

果真如此吗？

娴妃回眸一笑。

水殿风来暗香满，明月一点月窥人，是夜，弘历在她的承乾宫度过。

烛火摇曳，弘历褪下她身上衣裳，露出半截被灼伤的右肩，虽上了药，但到底留了疤，疤痕渐浅，想来再过一段时间就能痊愈。

弘历有些心疼地抚了抚她的伤口，问：“同样是烫伤，慧贵妃叫得恨不能全天下都听见，怎么你却一声不吭，真的不疼吗？”

娴妃微微一笑：“疼，臣妾也是血肉之躯，怎么会不疼呢？但臣妾一想到，这伤没有落在皇上身上，便觉心中宽慰，再疼，也不放在心上了。”

弘历一愣，看着她的目光更加疼惜，这时宫女端着药膏从外头进来，弘历随手接过，道：“朕替你上药。”

娴妃含羞带怯地应了，两人挨在一块儿坐下，如同新婚的夫妻，身旁红烛高照，点滴至天明。

望着她柔美的侧脸，弘历不由得唤她小名：“淑慎——”

“皇上。”娴妃头垂得更低，脸颊似被烛火染红，“您有很多年没有这样叫过臣妾了。”

弘历怜爱地拥她入怀：“朕一直疏忽了你，可在最危险的时候，反而是你第一个扑上来保护朕，你明明知道，朕有足够的能力自保，不需要你豁出性命，舍弃自己。”

“是，臣妾知道皇上有自保之力。”娴妃靠在他胸口，轻轻道，“但当时那种情形下，臣妾根本无暇多想。以后，臣妾一定会记着，先保护好自己，不让皇上担心。”

弘历叹息一声，低头吻了吻她的发丝。

却没瞧见，娴妃嘴角弯起的那道冷冷的弧度。

第八十四章　最后的心愿

承乾宫里红烛高照，储秀宫里，却烧着一根根白烛。

配着储秀宫越发惨淡的气氛，叫人一走进来，如进灵堂。

“芝兰，”慧贵妃坐在床上，一身白衣，长发垂满全身，语气出奇地冷静，“打水，本宫要沐浴更衣。”

“娘娘……”芝兰又惊又惧地看着她，生怕她已经疯了，小心翼翼道，“您别担心，一切都会好起来的。”

“既然叶天士都治不好本宫，其他人就更治不好本宫，就算治好了，也要留下一身的疤痕。”慧贵妃慢慢转头看着她，目光里隐隐透出一股宁为玉碎，不为瓦全的恨意，“快些准备，本宫时间不多了。”

打水不难，难的是带伤沐浴。虽然芝兰已经尽力避开慧贵妃的伤口，但慧贵妃背上的伤口那么大，难免还是会沾上些水，疼得她额上冒汗，脸色惨白，一场澡洗完，人已经去了半条命，死人般伏在铜镜前。

芝兰一边替她梳头，一边垂泪道：“娘娘，还是算了吧，身体要紧，等您养好了身子，再对付娴妃那贱人不迟。”

“不了……本宫时日不多了，不能在她身上浪费时间。”慧贵妃慢慢抬头，盯着镜中苍白憔悴的自己，抖着手打开一盒胭脂，尾指勾了些残红，慢慢涂在自己唇上，“去吧……去请皇上来。”

芝兰眼含热泪，一路小跑去了养心殿，却被告知皇上今夜宿在了承乾宫，于是又是一路小跑，转道至承乾宫，想着储秀宫里只剩一口气的慧贵妃，看着眼前深受皇恩的娴妃，芝兰眼中一片怨毒，险些当场戳穿她的真面目。

话到嘴边，又咽了下去。

看看揽在娴妃腰上的那只手……即便是说了，他又会信吗？

“皇上，”芝兰朝那只手的主人跪了下来，抽泣道，“贵妃娘娘想见您，说是最后一面了！”

弘历愣住：“贵妃不是在储秀宫养病吗？什么叫最后一面？

芝兰抽泣得更加厉害：“皇上，叶天士说了，贵妃娘娘的病治不好了，贵妃她……”

弘历色变，不等她说完，便从床上坐起，快步向门外走去。

娴妃在身后张了张嘴，终是没有喊住他，只是神色复杂地目送他离开。

弘历匆匆赶到储秀宫，宫里静悄悄的，往常侍奉在左右的宫女、太监们，早已被慧贵妃斥退。

推门而入，衣色雪白的慧贵妃端坐在烛火下，脸上抹着浓妆，黛眉修长，唇若朱丹，仿佛戏台上的戏子，妆成待君阅，缓缓抬头道：“皇上，您来了。”

弘历几步上前，伸手扶她：“贵妃，你不好好休息，现在又闹什么？”

慧贵妃轻轻推开他：“臣妾自知时日无多，想为皇上跳最后一支舞，希望有一天臣妾没了，皇上能记住我此刻的模样，永远不要忘了。”

弘历愣道：“贵妃……”

慧贵妃昂首看他，忽地温柔一笑，说不尽的妩媚，道不尽的凄婉：“也许，臣妾一直沉浸在自己的戏里，从未清醒过，皇上就容许臣妾，再任性一回吧。”

语罢，慧贵妃盈盈起身，强撑着为弘历起舞。

如鲛人上了岸，如仙鹤折了翅，每一步都鲜血淋漓，每一次折腰都痛彻心扉，这拼尽全力的将死之舞，却胜过了她过去所有的舞，其悲壮之美，使弘历从头到尾都没移开眼，仿佛凡人被鲛人所迷，仿佛僧人被妖鹤所惑。

直至一舞终了，弘历才发现，她身上的白衣早已被血浸透。

“宁馨儿！”弘历忙冲过去抱住她，动容道，“你好好养伤，朕以后会好好对待你，我们忘记不愉快的事，好不好？”

慧贵妃伏在他怀中，喘了片刻，缓缓抬起沾满汗水的面孔，伸手抚摸弘历的面容：“不，皇上，太晚了，宁馨儿等不及了。常言说，人之将死，其言也善。宁馨儿有一件事求您！”

弘历心疼无比："朕一定替你找到凶手！"

慧贵妃摇摇头："这对臣妾已经不再重要了……"

弘历："那你想要什么？"

这一刻，只怕慧贵妃想要坐一坐皇后的位置，弘历都会考虑片刻，而不是如过去那样一口否决，呵斥她不要痴心妄想。

慧贵妃却哀婉道："臣妾知道，皇上虽是天下之主，不可随意干涉臣子家事，所以，从未要求过什么……那时候，臣妾还在做梦，梦想着有朝一日当了皇后，就能名正言顺给娘追封，让娘厚葬！我要高氏全族，为娘戴孝，向她叩头认错！但梦，永远都只是梦！如今，臣妾只能厚颜，恳求皇上答应，给我娘亲一场葬礼，不至于让她的魂魄四处漂泊，无处容身！"

弘历沉默片刻，坚定地道："好，朕答应你！"

慧贵妃眼角挂着一滴泪珠，得偿所愿地叹了口气："父亲远在千里之外，我想见见两个妹妹，请皇上开恩，准许她们入宫！"

弘历："朕即刻下旨，召高家人入宫！"

圣旨下到高家，不等天亮，马车就驶至宫门外，等到宫门一开，马氏便领着两个如花似玉的女儿从马车内下来，被太监领着去了储秀宫。

"娘，"高家大小姐高宁秀悄悄问母亲，"听说大哥也想来，但被大姐拒绝了，为什么？"

高恒与慧贵妃是一母所出的亲兄妹，相依为命地长大，感情自不是她们这些异母妹妹所能比的，听闻慧贵妃病重，高恒险些连夜入宫来，却被传话太监给拒了，说贵妃娘娘只想见两个妹妹。

"还能是什么原因？"马氏笑了一声，"高家的恩宠不能断，你大姐想找个人代替自己，总不能找他这个男人……"

储秀宫很快到了，芝兰早已等在门外，见她们三人来，当即侧身一让道："二位小姐，贵妃娘娘等你们进去。"

马氏也想跟着一块儿进去，但被芝兰不动声色地给拦住了，没办法，只好叮嘱两个女儿几句，然后目送她们两个进去。

雕花木门朝两边打开，露出一张方桌，一桌美酒佳肴，以及一个绝色佳人来。

“你们来了。”慧贵妃淡淡道，头上戴着牡丹盛艳的大拉翅，耳上坠着东珠坠，手臂上缠着翡翠珠串，身上穿着五色锦缎，珠光宝气，贵气逼人，若说她往日身上有什么缺陷，就是气势过于锋芒毕露，如今略显苍白的脸色给她添了一丝惹人怜爱的柔弱感，于是完美无缺，绝世无双。

就连两个女子，也被她的美色所慑，半天才回过神来。

高宁香好奇：“大姐，你不是病重吗？怎么一点都瞧不出？”

高宁秀用力扯了她一下：“不得无礼，要叫贵妃娘娘。”

“贵妃娘娘，”高宁香立刻改了口，“整个紫禁城都在传说，您受了重伤，卧病不起，可妹妹瞧来，还是和以前一样，美艳不可方物。”

慧贵妃微微一笑，示意她坐过来，然后亲自为她斟了一杯酒。

“二位妹妹，本宫的确伤得很重。”慧贵妃又为高宁秀斟了一杯酒，“就连穿上这身衣服，都花了整整一个时辰，只略坐一坐，已是汗湿重衣，浑身颤抖。”

高宁香惊骇：“娘娘，真的那么疼吗？”

慧贵妃微笑：“本宫每次呼吸，都如钢针入骨，痛不可当，每走一步，就如走在锋刃之上，鲜血淋漓。”

高宁秀忧虑地说：“咱们都是一家人，娘娘不必着急宴请，有什么话以后再说。”

慧贵妃：“本宫时日无多，不能浪费了。二位妹妹一定好奇，本宫为何要请你们入宫。”

高宁香：“娘说你是……”

高宁秀扯住她：“住口！”

高宁香心直口快：“本来就是嘛，娘说了，高家的恩宠不能断，既然姐姐现在身子不成了，就得挑选新人代替！”

高宁秀瞪了她一眼，心中恨铁不成钢，花花轿子要人抬，就算事情真是如此，嘴上也不该这样说，慧贵妃多嚣张跋扈一个人，惹恼了她，原本能成的事情，都要不能成了……

悄悄踩了不争气的妹妹一脚，高宁秀略带忐忑地望着慧贵妃，正想着要如何补救，却听见慧贵妃一声长叹："母亲说得是啊。本宫眼看就不成了，当然要从两个妹妹之中，选出一个最合适的，代替本宫伺候皇上，延续高家的荣光！"

第八十五章　贵妃别君

听了这话，高宁香喜形于色。高宁秀比她强些，虽然心中同样喜悦，但还能按捺得住，面上仍装出一副担心的模样：“贵妃娘娘，眼下这一切都不急，还是养好身体要紧。”

慧贵妃笑了笑，端起酒杯：“这是盛夏时节，本宫命人采摘新鲜莲花蕊，取了玉泉山水，精心酿造的莲花酒，二位妹妹尝尝看。”

两人得了她的好处，怎还敢推辞她的敬酒，都端起酒杯喝了，就连一向不擅饮酒的高宁秀也是一饮而尽，然后咳嗽两声道：“贵妃娘娘，这宫中佳酿就是清醇可口，韵味深长。”

慧贵妃瞥了她一眼：“三妹，本宫一直待你们冷漠，你不怪本宫吗？”

高宁秀说：“父亲说过，纵咱们姐妹之间有龃龉，始终是一家人，一荣俱荣，一损俱损，贵妃娘娘一时误会，造成隔阂，如今不就想明白了吗？”

慧贵妃似笑非笑：“是啊，本宫再明白不过！唐朝武后幼时，受异母兄长欺凌，待武后掌权，贬杀二兄！祁氏凌虐我们兄妹，被祖父发现逐出李家，待你们的母亲马氏进门，就成了暗中欺凌！我年久不孕，只因马氏寒冬腊月，逼我雪中祈福。兄长迎娶悍妇，仕途波折，也是马氏从中作梗！而你们俩，小小年纪，便懂诬告兄姐，争宠陷害，全都忘了吗？”

二人齐齐变色，高宁香刚要开口，却哇“的”一声吐出大片污血。

“妹妹，你怎么了？”高宁秀大吃一惊，正要伸手扶她，忽然喉头一甜，一缕鲜血自嘴角溢出来，她抬手擦了擦，再看看滚落在地的妹妹，猛地将头转向慧贵妃，“是你！你在酒里下了毒！为什么，我们可是你的亲妹妹啊！”

慧贵妃哈哈大笑，耳上明月珰随着她的笑声而摇晃着：“高斌那老匹夫，本宫早就不放在眼里！但若你二人得势，哥哥会重演武家之祸！为了保护他，保护本宫在这世上唯一的亲人，本宫放弃了复仇的机会，把最后的时间留给你们，是不是很感动啊？哈哈哈哈哈！”

高宁香饮得多，除了慧贵妃敬她那杯，后头自己又倒了几杯喝，故而发作得最为厉害，在地上痛苦地翻滚了几圈，便头一歪，瞪着双眼去了。高宁秀一手按着绞痛的肚子，一手扶桌而起。

“救……救我……娘！”高宁秀歪歪倒倒地朝门外逃了几步，没等逃出门，就哇地吐出一大口血，喷在雕花门上，如同骤然盛开的一朵红牡丹。

马氏正在外殿喝茶，忽然放下茶盏：“什么声音？”

芝兰给她上了盘点心，淡定道：“是娘娘在同两位小姐说话吧。”

许是母女连心，马氏捂了捂心口，只觉心跳得厉害，渐渐坐不住，起身道：“我去看看。”

然后不顾芝兰的阻止，径自冲到寝殿，伸手将雕花门一推，待到看清楚里头的场景之后，便是一声撕心裂肺的惨叫：“啊——”

两个刚刚还鲜活美丽的女子，如今一左一右倒在血泊中，再无半点气息，像两朵从枝头无力落下的花。

慧贵妃坐在她俩身后，慢悠悠地转着手里的酒杯，对马氏嫣然一笑。

“你居然杀了自己的亲妹妹！”马氏扑过去，“贱人，世上怎会有你这么恶毒的女人，把我的女儿还给我！”

“抓住她！”芝兰在她身后喊。

长春宫的宫人立刻冲出来，将她拖了出去，马氏一路挣扎，一路喊着狠话：“你会下十八层地狱的，老天不会放过你的！”

“娘娘……”关上门，芝兰走近慧贵妃。

慧贵妃将杯子里的酒一饮而尽：“东西准备好没有？”

芝兰捧起一只玉盘，盘中盛着一段雪色白绫。

随手将杯子朝身后一丢，慧贵妃起身望着头顶房梁，潇洒一笑，唱着戏腔：“唉，罢，罢，这一株梨树，是我杨玉环结果之处了。臣妾杨玉环，叩谢圣恩，从今再不得相见了！”

芝兰忍不住泪流满面："娘娘！"

慧贵妃拿起白绫，扬手一抛，如台上戏子抛出长长水袖，千回百转地唱道："我那圣上啊，我一命儿便死在黄泉下，一灵儿只傍着黄旗下……"

白绫飞过屋梁，慧贵妃缓缓将白绫打了个结，踩着椅子上去，细长脖子套进去，闭目笑道："花繁，秾艳想容颜。云想衣裳光璨，新妆谁似，可怜飞燕娇懒。名花国色，笑微微常得君王看。向春风解释春愁，沉香亭同倚栏杆，皇上，别了。"

脚下一蹬，椅子歪倒。

芝兰闭上双目，朝她深深拜了下去。

"皇上。"

养心殿的大门开了，李玉从外头走进来。

弘历正在提笔写字，却不是在批阅奏折，而是在为某人抄写心经。

"皇上，"李玉朝他行个礼，"慧贵妃薨逝了！"

笔尖一顿，纸上晕开一大团墨痕。弘历沉默良久，才慢慢开口："传旨，贵妃诞生望族，佐治后宫，孝敬性成，温恭素著，着晋封皇贵妃，以彰淑德。贵妃的丧礼，着礼部、工部、内务府协同办理。"

李玉："嗻！"

弘历："全都出去吧！"

所有太监都退了出去。

弘历搁下手中的毛笔，慢慢靠回到椅子里，屋子里静悄悄的，他耳边却远远飘来曼妙的唱戏声。

"花繁，秾艳想容颜。云想衣裳光璨，新妆谁似，可怜飞燕娇懒。名花国色，笑微微常得君王看。向春风解释春愁，沉香亭同倚阑干。"那歌声缠绵悱恻，似一双手从身后拥着他，温柔爱娇道，"皇上，您来了。"

第八十六章　探病（上）

慧贵妃薨了，对某些人来说是坏事，对某些人来说，却是天大的好消息。

辛者库仓库内，袁春望一边给魏璎珞喂着药，一边说："皇上命令严审，可匠人们一概咬死不知，万紫千红是为太后寿诞筹备，再加上慧贵妃薨了，两者皆见不得血腥，所以，最后只会不了了之，将他们放归民间，他们安全了……你也安全了。"

"慧贵妃居然死了？"魏璎珞没料到那飞扬跋扈的女人，竟因为一次受伤就去了，真是世事无常，她不由得皱起眉头，忧心忡忡道，"也不知道皇后娘娘怎么样了……"

袁春望一勺药堵住她的嘴："有空担心别人，不如担心自己，安心养病吧！"

魏璎珞呛了一下，没好气道："我死不了！"

"你当然死不了。"袁春望又是一勺子药，"我这个人最实际了，你吃的每一口粥，我都要回报，没报答完我之前，你可不能死！"

魏璎珞又好气又好笑："如今你已升了管事，还需要我回报吗？"

袁春望冷笑一声，搅动着调羹："辛者库大小管事八个，你以为我会止步于此吗？"

魏璎珞翻了个白眼："哥，你可真是野心勃勃。"

袁春望："那当然——你刚刚叫我什么？"

魏璎珞马上转移话题："这是什么粥，泛着苦味儿！"

袁春望盯着她，固执地要一个答案："你刚才叫我什么？"

他翻来覆去地问这个问题，一副誓不罢休的模样，魏璎珞没法子，只得叹了口气道："你冒着生命危险替我隐瞒，这一声哥哥，我叫得心甘情愿。从今以后，我就是你的义妹，咱们有福同享，有难同当！"

袁春望眯起眼，啧啧两声：“人家义结金兰要拜天地，你就这么打发我？”

魏璎珞瞪他一眼：“拜天地的是夫妻，义结金兰那叫焚香叩拜！”

袁春望笑道：“总之得先换帖，要你的生辰八字，摆上天地牌位！”

魏璎珞：“我们都沦落到这个地步了，从简，从简。”

“简什么？”袁春望屈指在她眉心敲了一下，“我这一生就收一个妹妹，不能简了，待会儿你就写庚帖！”

魏璎珞捂着眉心：“哥，那不叫庚帖，那叫金兰帖！”

袁春望若无其事地一笑，不疾不徐又给她塞一勺药：“我说庚帖就是庚帖，你吃完了就写！”

也不知他为何对这事这么上心，当天下午愣是找来笔墨纸砚，画押一样，逼着魏璎珞给他写了庚帖……不，金兰帖。魏璎珞没奈何地写了，写的时候，顺便问他皇后的近况，袁春望只说还行。

“还行”是什么意思？皇后的身子到底是好了还是不好？夜里魏璎珞翻来覆去睡不着，最后一咬牙，披衣爬起，小心翼翼出了永巷，朝长春宫方向走去。

到底是长春宫里出来的人，对里头的一切都很熟。

譬如今夜负责守夜的人，是珍珠。

“你呀，”魏璎珞自她身旁经过，无奈叹了口气，“总是不到二更就睡着了！”

避过珍珠之后，魏璎珞来到寝宫外窗户旁，翻身一跃，人虽翻过了窗户，却难下来，一只脚在空中吊了半天，还是没踩着地。

直至一双有力的手从背后伸出，如同接住天上掉下的落花，稳稳地握住她的腰，将她从空中接到地上。

魏璎珞惊讶回头：“……啊，少爷。”

傅恒的笑容在月下熠熠生辉：“你曾是皇后身边的大宫女，来看望旧主子是不忘本，完全可以堂堂正正从门走进来，为什么要爬窗这么鬼祟！”

魏璎珞犹豫不决：“我……”

一根温暖的手指贴在她的唇上，傅恒极善解人意地说：“好了，不管怎样，既然已经被我抓住，就不要再鬼鬼祟祟了，光明正大来吧！”

魏璎珞有些赌气地别过脸去：“我不来了。”

她实在不想再跟对方扯上关系，于是转身就走，刚刚爬上窗户，却又被他拖了回来，不由得又羞又怒，咬牙道：“富察傅恒，你到底要干什么！”

傅恒忽然俯身在她耳边，低声道：“以后逢明玉值守的日子，子时寝殿内无人，你可以来看望皇后。”

魏璎珞愣住。

傅恒：“记住，只有子时，好了，你爬出去吧！”

魏璎珞气急，猴儿似的爬上窗，却又后悔了，转头道：“哼，我好不容易来看望娘娘，总要看一眼才走啊！”

一只手伸在她身后，似乎早已料定她会这么说，早已料定她会回头。

魏璎珞迟疑地望着那只手。

“还要我等多久呢？”傅恒温柔道，“你不愿意去面圣，我不逼你，你愿意留在辛者库，我等你，等你能抛开恩怨，放下包袱，不管多久，哪怕用这一生，我也会等到底。”

他若不说这话，魏璎珞说不准还会握住他的手，如今听了他这番告白，魏璎珞顿觉浑身发热，视线里那只手更是滚烫滚烫，只看着就让她脸上发烧，若是握住了，岂不是要将她浑身点燃？

“……说……说什么呢，我走了。”她不自然地别过脸去，慌慌张张地翻窗逃走。

傅恒望着她的背影，摇头失笑。

珠帘晃动，明玉从帘子后走出来：“富察侍卫……”

傅恒回过身：“明玉姑娘，多谢你了！”

明玉咬咬牙：“你不用谢我，不过……贵妃一事，当真是她……”

“明玉姑娘！”傅恒忽然开口打断她，然后朝她摇了摇头。

明玉：“好好好，我不问了！她能来看望皇后，还算有良心，以后我值守的时候，会悄悄放她进来，你不必担心。”

两人又聊了几句，明玉便回屋继续照看皇后去了，而傅恒独留床边，望着魏瓔珞离去的那扇窗户，神色忧虑。

月亮自窗前落下，太阳自窗外升起，又是新的一天来临。

正如慧贵妃薨了，有人欢喜有人忧，皇后久病不愈，同样有人欢喜有人愁。

承乾宫内院，跪着一地的人，传旨太监展开手册文，念道：“奉天承运，皇帝诏曰，娴妃那拉氏，生性温婉，质赋柔嘉，今封为贵妃，以昭恩眷，钦此。”

娴妃深深伏下，唇畔带笑：“谢皇上隆恩。”

传旨太监收起手中册文，面带讨好：“娴妃娘娘，恭喜啊！”

娴贵妃轻轻点头，珍儿立刻上前看赏，几锭足银入袖，传旨太监脸上的笑容更盛：“谢娴贵妃赏赐，对了，皇上还特嘱御医署制了一味琥珀玉颜膏，听闻是用琥珀末调和朱砂、白獭的脊髓制成，每日抹上，伤口会很快愈合，还有祛疤之效，想必很快就会送来，皇上可真是关心娘娘啊。”

果然没过多久，另一队传旨太监就进了承乾宫，带来了弘历的赏赐——琥珀玉颜膏。

待送走太监后，珍儿极兴奋地与娴贵妃说：“奴才听人说，是太后亲自为您请来的位分呢。”

“是吗？”娴贵妃似笑非笑。

“嗯，而且皇上二话不说就应了！可见您在他们二位心中的地位，与别人不同！如今贵妃不在了，皇后又长眠不醒，后宫大事，可就全依您做主了，您可得多多爱惜身体才是啊。”珍儿一边说，一边拧开琥珀玉颜膏的瓶盖，“娘娘，上药吧。”

岂料娴贵妃忽然伸手夺过药瓶，随意倒入了一旁的盆栽。

珍儿惊呼：“娘娘！这琥珀玉颜膏十分珍贵，您怎能随意处理呢？万一真的留下疤痕，后悔都来不及！”

盆栽里的泥土似一张贪婪的嘴，一口一口将盆中药液吸干。娴贵妃低头看着这一幕，幽幽笑道：“本宫就是要留下疤痕，最后深深印在皇上心里，让他永远忘不了，本宫是为他受的伤！”

第八十七章　探病（下）

看见闯进长春宫内院的人，明玉忙行礼道："奴才恭请皇上圣安！"

弘历脚步不停："不必跟上来，朕想单独陪陪皇后！"

明玉吃惊："皇上！皇上！"

李玉一边为弘历关上寝宫宫门，一边埋怨道："大呼小叫什么？"

明玉焦急地望向门内，大呼小叫什么？自然是因为今夜是她当值，而她又放了某个人进去……

寝殿内，魏璎珞一边给皇后活动脉搏和关节，一边跟她说话："皇后娘娘，叶太医说了，您不能一直这样躺着，会影响到今后的走路和康复。娘娘，魏璎珞很想您，想听您的声音，哪怕是骂我也好，请您睁开眼睛吧，好不好？"

皇后平静地躺着，并没有一丝清醒的迹象，魏璎珞难过不已，就在这时，突然听见脚步声。

弘历匆匆走入寝殿，殿内空无一人，唯独皇后躺在床上。

奇怪了，是他听错了吗？他明明听见里面有人声，还以为是皇后醒了呢……

空欢喜一场，弘历叹了口气，慢慢坐到皇后身边，静静望了她一下，握住她的手："皇后，朕想寻人说说话，可偌大的紫禁城，竟找不到一个可以听朕说话的人。如果你现在醒着，该有多好啊。"

皇后神情静谧而温柔，弘历叹息："最近宫里发生了很多事，慧贵妃薨逝了，她十四岁入宝亲王府，与朕相伴十二载，朕知道，她很渴望关心和爱，可朕能给她的，只有皇贵妃的封号，她的离开，朕很伤感，但再来一次，朕还是会这样选择。"

皇后的睫毛轻轻颤动了一下，仿佛马上就要醒来。

弘历惊喜："皇后！皇后，你能听见朕说话，是吗？"

良久，皇后并无更多的回应，弘历失望："皇后，连你也觉得朕冷血无情，是不是？朕待你不好，待贵妃也不好……"

弘历说话间，突然注意到床帏抖动了一下，陡然住了口，片刻后，若无其事地说："皇后，朕还有事，明日再来陪你说话。"

弘历站起身，转身离去。

魏璎珞捂着嘴趴在床底下，直至脚步声远去，还是维持着现在的姿势，直到明玉的声音从外头传来："可以出来了。"

魏璎珞这才从床底下爬出来："讨厌鬼终于走了吗？"

她愣住。

床沿站着两个人，一个是面色尴尬的明玉，还有一个是面色铁青的弘历，他居高临下地看着她，冷冷道："你说呢？"

魏璎珞使劲瞪了明玉一眼，明玉口型："我是被逼的！"

弘历："出去！"

魏璎珞与明玉一起往外走，走到一半，弘历的声音在她身后怒道："魏璎珞，你留下！"

魏璎珞只好停下脚步。

待到明玉离开，弘历冷冷问道："为什么躲在这里？"

魏璎珞："奴才来看望皇后娘娘，听见脚步声，一时情急，就钻进了床下。"

弘历："谁准你偷跑来这儿了！"

魏璎珞低声："皇上，奴才想皇后娘娘了！"

弘历愣了一下，没想到魏璎珞如此直白，最终只是冷笑："你是该对皇后心存感激，更该深怀恐惧，因为没有皇后的庇佑，朕随时都能杀了你！"

魏璎珞一惊，突然惊呼一声："皇上，皇后娘娘的手动了一下！"

弘历惊喜，快步上前："皇后！皇后——"

他唤了半天，皇后仍是老样子，莫说是手了，连眉毛也没动一下，弘历忽然转头，只见身后空空如也，魏璎珞早已不知所终！

"这小滑头！"弘历怒气冲冲地喊了一声，却又忍不住摇头失笑。

又陪了皇后片刻，弘历走出寝殿，明玉早已跪在外头，忐忑不安道："皇上，奴才再不敢放魏璎珞进来了！"

弘历冷声："她在哪儿？"

明玉欲言又止。

弘历："还需要朕再问一遍吗？"

明玉吞吞吐吐："在后院。"

长春宫后院，魏璎珞端着药茶出来，迎面撞上弘历，心中暗骂一声，这明玉又出卖了她一次，迅速跪倒道："皇上，奴才有罪。"

弘历随意地在一边坐下："手里端的是什么？"

魏璎珞："叶大夫开的药方，奴才想为皇后娘娘做点什么，才讨了这个差事。"

弘历淡淡一笑："你对皇后，倒是忠心耿耿！"

魏璎珞："皇上，皇后对您，也是一片真心啊！"

弘历："后宫的女人，本质又有什么区别？"

魏璎珞："皇上，皇后不一样！"

弘历："朕知道，皇后想要一份真情，可她怎么不想想，人君一身，实亿兆群生所托命也！天下之主，哪儿有心思儿女情长？"

魏璎珞："皇上是嫌弃后妃，目光短浅，不懂体谅？"

弘历："朕说错了吗？如今水患肆虐，流民无数，朕倾一国之力，治理河道，可那些河道官员，层层虚报，中饱私囊！如今城外难民，不过千之一二啊！朕心焦如焚，日夜难眠，后宫又在干什么呢？"

魏璎珞："皇上，打从出生起，女子便被拘于一方天地，就算出嫁了，也不过从一个笼子换到另一个笼子。明明是养尊处优的黄鹂、画眉，如何同雄鹰一般，眼界开阔、翱翔四海。您别忘了，笼子是天下男人精心铸造的！"

弘历冷声："放肆！"

魏璎珞："奴才失言，请皇上恕罪！"

弘历要发火，却又忍下："朕真是糊涂了，竟和你一个无知宫女说这些！"

弘历要走。

魏璎珞：“静听迢迢宫漏长，斋居暂屏万机忙。那无诗句娱清景，恰有梅梢送冷香。”

弘历猛然转身：“你会背朕的诗？”

魏璎珞：“皇后娘娘教完了四书五经，就开始教皇上的诗文，奴才一直抗议，娘娘还是非教不可！娘娘教导奴才，说皇上自继位以来，宽大为怀，罢开垦、停纳税、重农桑、昭雪冤狱、救民水火，所以，他是个好皇帝！”

弘历：“皇后真这么说？”

魏璎珞点头。

弘历：“朕想做一个明君，可现实告诉朕，实在太难了。这个帝国，就像一艘巨轮，朕想好好掌舵，却屡屡受挫，偏离了航向。”

魏璎珞：“吴中曾有歌谣，乾隆宝、增寿考，乾隆钱、万万年。奴才知道，国家很大，事情很多，但皇上一件一件去办，就算结果不尽如人意，总是无愧于心，无愧于天！”

弘历定定地望着她，似惊诧、似震撼：“无愧于天……这四个字，朕会记住！”

魏璎珞见弘历脸色和缓，连忙道：“其实皇上所有的诗文，娘娘都会倒背如流！”

弘历：“为什么？”

魏璎珞：“并非因皇上才学出众，而是娘娘想了解皇上所思所想，皇上若把一切难事说与娘娘，何愁天下没有知音呢？”

弘历失笑：“你绕这么大一圈子，还是在为皇后说项，她总算没有白疼你！不对，你再说一遍！”

魏璎珞：“皇上肯向娘娘说心事，何愁没有知音呢？”

弘历：“不是这句！你说一直抗议，又说朕非诗才出众，到底什么意思？”

魏璎珞一震。

弘历：“魏璎珞，你竟敢嫌弃朕——”

魏璎珞急声：“皇后娘娘还在候着，奴才先行告退！”

魏璎珞急匆匆走了，弘历看着她的背影，思虑片刻，却是忍不住面带笑容。

“起驾，回宫！”

从长春宫出来，銮驾将弘历送回养心殿。

銮驾起伏片刻，弘历忽然睁开眼：“李玉。”

李玉：“奴才在！”

弘历犹豫一下：“朕对魏璎珞……是不是太过苛刻了？”

您才知道啊？李玉心中翻了个白眼，嘴上却道：“雷霆雨露均是君恩，无论您怎么对她，她都得受着。”

马屁拍到了马腿上，只见弘历摇摇头，道：“仔细想来，朕对魏璎珞的确是苛刻了些，皇后说得对，她并非没有可取之处。”

李玉一愣：“皇上，这……您是打算赦免她了？”

第八十八章　祸不单行

辛者库外，袁春望拦住了魏璎珞："你要去哪儿？"

魏璎珞："我去长春宫！"

袁春望："不许去！"

魏璎珞："哥！"

袁春望的神色极不耐烦："你亏欠皇后的，难道还没有还清吗？"

魏璎珞垂下头："皇后娘娘病得很重，若她一直躺在床上，将来会无法行走，甚至丧失说话的能力，我总得为她做点什么，才会心安理得！"

袁春望嗤了一声，手指点点她眼下的黑眼圈："白天在辛者库干活，晚上还要去长春宫，你不要命了？"

魏璎珞挥开他的手："皇后娘娘是主子，是恩师，更像姐姐，她多次护我，甚至不惜触怒皇上！若是没有她，世上早无魏璎珞此人！哥，你就让我去尽尽心，好不好？"

袁春望用力戳她的额头："你呀，真是个大傻瓜！"

魏璎珞看他片刻，忽然笑了："如果是你病了，我也一样，会这样照顾你！"

袁春望愣住，随后神情认真："你会吗？"

魏璎珞："就像你细心照顾我一样，我也会把药灌进你嘴里！"

袁春望不擅照顾人，先前喂她吃药的时候，都是一勺一勺硬塞进她嘴里，结果嘴里没吃几口，衣服倒先吃了个饱。

听出她话里的意思，袁春望又好气又好笑，用力扯起魏璎珞的脸颊，魏璎珞吃痛，反忍不住笑了："我要走啦！"

目送她离开，袁春望摇摇头，又回到仓库门口，却不料撞见一个不速之客，沉下脸来："刘嬷嬷，你在这儿干什么？"

刘嬷嬷："这儿是仓库，我还能干什么？不过找些从前的旧物，这就走了。"

她在仓库里东摸摸西摸摸，最后拿了个旧烛台离开，身后，袁春望抱着胳膊，若有所思地望着她的背影。

长春宫后院，魏瓔珞捧着水盆有些吃力，突然一只手伸出来，替她接过水盆。

魏瓔珞："少爷！"

傅恒竖起一根手指，示意她噤声。

魏瓔珞环顾四周，压低声音："这么晚了，你不在乾清宫值夜，跑到这儿来干什么！"

傅恒："我替皇上去军机处传旨，悄悄溜出来，你呢？你在干什么？"

魏瓔珞："明玉要为皇后擦身，我帮帮她！"

不，别来！

长春宫寝殿内，明玉面色僵硬地立在一旁，时不时往门外偷看一眼，额头上已经急出了一层汗水。

床沿，一个不速之客。

弘历望着皇后的睡眼，低声："皇后，朕预备赦免魏瓔珞，依旧让她回来伺候，你会高兴吗？"

皇后静静躺着，睫毛竟然颤动了一下。

伺候在一旁的尔晴忽道："皇上，这么好的消息，奴才想亲自告诉魏瓔珞，她一定高兴坏了！"

弘历眼中一亮："她今夜也来了？"

明玉不敢相信地看向尔晴，用眼神询问：你怎知瓔珞来了，你想做什么？

她怎知的？

尔晴心中冷笑，她又不是傻子，连宫里多了个人都看不出来。况且明玉从来就不是个能守住秘密的人，傅恒啊傅恒，找她帮忙，你可真是所托非人。

至于她想做什么，还不够明白吗？尔晴起身道："就在后院，奴才带您去。"

"不必。"弘历起身道，一副兴冲冲的模样，"朕一个人过去就行。"

望着他的背影，尔晴嘴角不自觉地向上一勾，笑容冰冷。

弘历到了后院，一眼望见傅恒捧着个水盆，魏璎珞正在帮他挽起袖口，二人站在一块儿，有说有笑，神态亲昵，犹如一对璧人。

弘历脚步顿时一停，神色骤变。

尔晴故作惊讶："这么晚了，富察侍卫怎会在此！皇上，这……这奴才也不知道……"

弘历目光冰冷地扫过他们二人，脸色变得阴沉，头也不回地转身走了。

李玉在门外迎接他，手中捧着一道明黄卷宗，小心翼翼道："皇上，这赦免魏璎珞的旨意——"

弘历一把夺过圣旨，重重丢了出去："滚！"

祸不单行。

就在弘历丢弃圣旨的第二天，刘嬷嬷气势汹汹地带着一群太监，冲进辛者库仓库，大吼一声："搜！"

魏璎珞才刚刚从长春宫里回来，衣服都没来得及脱，就遇上这样一个状况，不由得皱起眉头，盯着四处乱翻的太监们。

"给我仔细搜！"刘嬷嬷的目光阴冷地盯着她，"角落也别放过！"

不消片刻，便有太监从仓库角落回来，手里捧着一个木人，脖子上挂着一条绳索，绳索上血迹斑斑。

刘嬷嬷厉声道："魏璎珞，这是什么！"

魏璎珞一怔。

养心殿书斋。

娴贵妃听说弘历今日心情不大好，却没想到会不好到这个地步。她送来的点心放在一旁，已经没了半点热气，养心殿里静悄悄的，没人敢大声说话，甚至没人敢呼吸。

"参见皇上，参见娘娘。"珍儿忽然从外头走进来，拜过二人之后，匆匆来到娴贵妃身旁，附在她耳边说了两句，娴贵妃蹙起眉头："果有其事？"

珍儿点头。

娴贵妃："皇上，辛者库出了点事，臣妾要去处置，先行告退。"

弘历猛然抬头："辛者库会出什么事情？"

娴贵妃诧异于弘历对此感兴趣："发现一名辛者库的宫女施行厌胜之术，诅咒贵妃娘娘。"

弘历："谁？"

娴贵妃："曾是长春宫皇后娘娘身边的一等宫女——魏璎珞。"

弘历勃然色变："把所有人提来，朕要亲自审问！"

小木人很快就送到了他手上。

极粗糙的一个木人，杂木所制，上头还带了些许木刺。脖子上系着一段染血的绳子，仔细一看，竟是人发编织而成，发质柔软纤长，似女人的发丝。

弘历把玩着小木人，神色阴晴不定。

不但证物到了，证人也到了。

刘嬷嬷跪在地上，诚惶诚恐道："禀皇上，禀娘娘，前些日子，奴才收到一封密信，说有人暗地里咒杀贵妃，并有证据藏于辛者库，奴才本是不信，但事关重大，只好命人从严搜查，结果在魏璎珞暂居的库房内，发现了这尊木偶。这木偶上写着贵妃的生辰八字，后背满是血痕，脖子上还系着一根麻绳，很显然，魏璎珞一直在暗地里诅咒贵妃，贵妃才有杀身之祸啊！"

娴贵妃："魏璎珞，你怎么说？"

飞来横祸，魏璎珞怎肯承认，当即否认道："这是有人故意将木偶藏于仓库，构陷于奴才！"

"皇上，娴贵妃娘娘，"刘嬷嬷瞥她一眼，阴恻恻道，"那仓库只有魏璎珞独居，除了她以外，还有谁会埋这个木偶？"

魏璎珞断然道："奴才从未做过！"

"还有，贵妃娘娘去后，宫中众人心怀悲戚，唯有她一人，面不改色，嬉笑如常。"刘嬷嬷厉声道，"只有深恨贵妃娘娘的人，才会如此作态！魏璎珞，你摸着良心说说，你难道不是这种人吗？"

无须魏璎珞开口，弘历便知道刘嬷嬷说的是真的。

即便不为她自己，为了长春宫昏迷不醒的皇后，魏璎珞都会从骨子里恨透慧贵妃，且她与旁人不同，旁人恨就恨了，她却会以牙还牙，报复对方，譬如皇陵中的裕太妃，便是因为得罪了她，化作枯骨一具。

“哼！”

木人在空中划出一道弧轨，落在魏璎珞身前。

弘历长身而立，冷冷盯着她：“铁证如山，你还不认罪？！”

第八十九章　办法

辛者库账房。

一众小太监垂首肃立，紧张地看着对面的袁春望。

袁春望坐在书桌后，翻了翻手中的账本，指出其中几处不妥之处：“回去改改，改好给我看。”

小太监忙双手接过：“嗻！”

待到小太监们都离开，一个俏丽身影忽然闪进门来，弱柳似的倚在门上，笑道：“袁哥哥，忙什么呢？”

袁春望瞥她一眼，继续整理手头账本。

山不来就我，我便去就山，锦绣笑靥如花地走来：“袁哥哥，魏璎珞死期在即，你还不回过头来看看我吗？”

整理账册的手顿了顿，袁春望缓缓抬头，眯起眼道：“你说什么？”

锦绣索性坐到他桌上，曲线玲珑的身子半侧在他眼前，笑着说：“魏璎珞被告发咒杀慧贵妃，这一次，人赃并获，她绝对逃脱不了！哎，袁哥哥，你去哪儿，等等我呀……”

侍卫所值房。

桌上放着一杯香茗，茶香四溢。午后阳光洒在傅恒身上，他将手中兵书翻了一页，耳边忽然响起一个有些陌生的声音，清冽如泉：“富察傅恒，出来！”

他皱了皱眉，转头望去，见一个极貌美的少年太监立在门前，身旁两名侍卫正在拉扯他，厉声道：“你是什么人，居然敢擅闯侍卫所，还直呼富察大人的名字！”

“我是谁不重要，”袁春望着傅恒，冷冷道，“重要的是……魏璎珞！”

傅恒抬了抬手，两名侍卫松开手，退出门去。

“你刚刚提到魏璎珞？”傅恒未起身，靠在椅内问道，“她出什么事了？”

“有人在仓库内找到厌胜小人，指认她是咒杀慧贵妃的凶手。”袁春望道，“如今人已经被押去了养心殿，只怕马上就要处决了。”

听到这里，傅恒二话不说，起身朝门外冲去。

“你想杀了魏璎珞吗？”袁春望朝他的背影喊道。

傅恒猛然转身：“你什么意思？”

袁春望冷笑道：“堂堂御前侍卫，为一个辛者库宫女求情，若说你们没有私情，谁会相信？”

傅恒：“你！”

袁春望冷声：“现在此事本当交予慎刑司处置，缘何去了养心殿，富察侍卫应该比谁都清楚！你这一去不要紧，却会触怒天子，到那个时候，魏璎珞才真是死路一条！”

傅恒闻言，脸色一点点苍白起来。

骑马打仗是他的强项，琴棋书画也是他所长，但面对这样的尔虞我诈，傅恒却六神无主，没了主意。半晌之后，他嗓音有些干涩地问道：“你有什么办法？”

“办法在长春宫。”袁春望幽幽道，“只有一个人能救魏璎珞。”

傅恒盯了他半响，忽然转身离去。

他从未觉得去长春宫的路有这么长，长得仿佛走了一生一世。

“姐姐！”扑通一声，傅恒冲入寝殿，半跪在床沿，握住皇后的手道，“救救璎珞！”

尔晴正在为皇后喂药，被他一惊，手中的药都打翻了些许：“富察侍卫，你怎么……”

傅恒对她视而不见，握紧皇后的手，迫切道：“姐姐！姐姐，我知道你听得见我说话，叶天士说过，你的身体在逐渐复原，只是你一直在逃避现实，不愿意醒过来！你听见我说话了吗？姐姐！”

皇后一动不动地躺在床上。

傅恒其声更哀：“姐姐！额娘为了你的病，每天都在哭，现在一只眼睛都看不见了，阿玛整日长吁短叹，无心公务！还有整个长春宫，所有人都郁郁寡欢，一潭死水！你从前那么宠爱魏璎珞，她为了你去报仇，为了你去杀人，现在她濒临绝境，你就不能振作精神，去帮帮她吗？”

听见魏璎珞的名字，尔晴垂了垂眼，眼底晦暗一片，然后抬眸道：“富察侍卫，娘娘一直睡着，她什么也听不见。”

“不，她听得见！”傅恒也是没有办法了，他救不了璎珞，普天之下只有一个人能救璎珞，这个人就在他眼前，他无论如何也要唤醒她，“姐姐，你全都听得见，为什么不肯醒过来，为什么要躺着！是因为你无法面对再次失去孩子的痛苦，还是你不敢面对争夺不休的后宫？但你又能逃避多久，除非一辈子躺在床上，除非你一辈子都做个活死人！”

“富察侍卫，你别这样，无论你说多少，娘娘她都……”尔晴的声音戛然而止。

只见一滴泪珠凝在皇后眼角，与此同时，她的尾指也蜷缩了一下，似做着一场噩梦，似竭尽全力想从噩梦中挣脱出来。

“姐姐！”傅恒大喜，更加用力地握住她的手，似乎想要借此将力气传过去，助她劈开噩梦，从里面爬出来，“求你，醒过来，醒过来！只有你能帮她，只有你能救她了……”

身旁传来一声轻叹：“你想救魏璎珞？”

傅恒愣了愣，转头望过去。

“娘娘醒不过来，时间来不及了。”尔晴将药碗放到一旁，抽出一张手帕，慢条斯理地擦干净手上的药渍，大家闺秀，就连这简单的动作都透着一股优雅，她放下手帕，抬首对傅恒一笑，“你想救魏璎珞，只有一个办法……办法很简单，我来告诉你。”

养心殿内，气氛紧张。

魏璎珞尚不知傅恒与袁春望正在竭尽全力想办法救她，即便知道，也不会静静等着。她从来就不是一个坐以待毙的人，与其等人救，不如自救！

从地上捡起小木人，冷静地打量片刻，魏璎珞轻轻拨弄了一下绳结：“皇上，这是平结。”

娴贵妃："平结？"

"这种结很容易解开，只要两手握住这儿用力一扯，就会轻松打开。"魏璎珞做了一下演示，果不其然，绳子飞快松开，化作一缕躺在魏璎珞掌心。

刘嬷嬷撇撇嘴："那又怎么样？"

"不管是绣花还是干活儿，平结都容易散开，所以，我从来不用平结。你们看！"魏璎珞用手头的绳子，重又在木人脖子上打了个结，"我喜欢这样打结，若是不信，你们可以去查我所有的绣品，和我接触过的绳结，到底是什么样的。"

刘嬷嬷一声冷笑："就算打结的方法不同，也不能证明这物件儿和你无关！"

魏璎珞嗤笑一声："刘嬷嬷，木人是从何处搜出来的？"

刘嬷嬷："就在你居住的库房里！"

魏璎珞："库房何处？"

刘嬷嬷："库房……柴堆后墙壁上的小洞，专门用来放这厌胜之物！"

魏璎珞笑了："慧贵妃走了二月有余，若她真是被我生生咒杀，为何我不处置了证据，留着让你们查证！"

刘嬷嬷："这就要问你自己了，我可不知道！"

魏璎珞："好！就算我真那么蠢，专门留着证据好了，木人藏于墙壁洞内，夏季里仓库潮湿闷热，柴堆都是湿漉漉的，墙壁更是漏水发霉，这木头倒好，浸在水里，却半点儿湿气都没有！"

刘嬷嬷脸色越来越难看："这……这……"

魏璎珞盯着她："这是因为，小木人是最近才放进去的！"

弘历始终沉着脸，盯着魏璎珞，一言不发。

事有蹊跷，娴贵妃不能装作没看见，当即喝问道："刘嬷嬷，这到底是怎么回事？！"

刘嬷嬷汗如雨下："这……奴才也不知道啊！"

魏璎珞："都是因为你自己蠢，就连这点儿小事都办不好，你还能干什么！娴贵妃娘娘，此事一定有人指使，请您不要放过居心叵测之人！"

娴贵妃摇了摇头："把她拉去慎刑司，严刑审问！"

李玉："嗻！"

李玉一挥手，刘嬷嬷立刻被拉走，她惊呼一声："皇上饶命！娴贵妃饶命！奴才知罪，奴才真的知罪了！"

魏璎珞冷冷注视着刘嬷嬷被拉走。

娴贵妃："如此说来，魏璎珞是被冤枉的，皇上，是不是……"

她原以为事情到此就算结了，哪知弘历冷笑一声："咒杀贵妃的罪名，落不到你身上。那身为内廷宫女，与御前侍卫有私呢？"

魏璎珞一怔，猛然看向弘历。

娴贵妃吃惊道："皇上，这事儿涉及宫女清誉，可大可小，若是没有证据……"

弘历一字一句："是朕亲眼所见！来人，把她一并关押慎刑司！"

太监们上前，魏璎珞站起身来，毫不犹豫向外走。

弘历："站住！"

魏璎珞停住脚步。

弘历面色极阴郁，明明是他自己下的命令，如今却又隐隐一副后悔的模样："刚才还振振有词，现在怎么不为自己辩解了？"

似乎只要她解释，他就信，然后放她自由。

可魏璎珞垂首片刻，最后轻轻回道："皇上既说自己亲眼所见，奴才无话可说。"

右手握在椅子扶手上，手背暴出一根根青筋，弘历还要装作毫不在意的样子，淡淡道："好一个无话可说，带下去！"

魏璎珞叹了口气，被太监带了下去。弘历一直望着她的背影，身旁，娴贵妃低头看着他青筋直暴的手背，若有所思。

"皇上，"李玉忽然从外头小跑进来，"富察侍卫来了。"

"他来做什么？"弘历冷笑一声，"难不成是要为了那个女人求情？"

他忽觉说漏了嘴，当即闭上嘴巴不说话。娴贵妃何等聪明的人物，装作没听见的样子，也不多问，只在养心殿内坐了一会儿，便借口要处理宫中事务，带着珍儿等人离开了。

她走后，弘历方重新开口：“人呢，还在外头吗？”

李玉去而复返，回道：“还在外头跪着呢。”

弘历冷笑一声，近乎迁怒地说：“让他跪！”

李玉犹豫片刻：“皇上……他说有要紧事，要禀报皇上！”

“能有什么要紧事？”弘历冷冷道，“还不是为了那个女人。告诉他，魏璎珞秽乱宫闱，朕绝不轻饶！”

李玉：“嗻！”

李玉正要退出去，身后忽又响起一声：“等等！”

养心殿内院，傅恒跪在地上，他安静地等了许久，没能等到弘历的传召，而是等来了一双明黄色的龙靴。

“傅恒！”弘历居高临下地看着他，“傅恒，你跪什么，为谁跪？”

傅恒深吸一口气，伏在他面前：“皇上，奴才是来请婚旨的！”

“你想娶魏璎珞？”弘历也不知自己为何如此愤怒，以至于连他接下来的话都不想听完，直截了当给出答复，“告诉你，这绝不可能，朕不容许！这一回，朕要摘了魏璎珞的脑袋，以正宫闱！”

弘历转身就走，走到一半，忽然听见身后响起一声：“皇上曾为奴才赐过婚，奴才又怎能另娶他人！”

弘历停住脚步，慢慢转过身：“你说什么？”

“奴才……愿遵从圣上的旨意。”傅恒伏在地上，以掩饰痛苦的表情，“迎娶刑部尚书来保的嫡孙女喜塔腊尔晴！”

第九十章　分手

“吱呀——”

牢门开了，一名太监从外头走进来，三下两下除去魏璎珞身上的锁链：“你可以走了。”

“什么？”关在她对面的刘嬷嬷大叫，双手不断摇晃着铁栅栏，“她怎么可以出去，我呢？”

魏璎珞转了转有些酸痛发红的手腕，一言不发地出了门。

她没有多问什么，如果对方不想让她知道答案，那么问了也没用，如果对方想让她知道答案，那么她很快就会知道答案。

事实也的确如此。

魏璎珞回到永巷，发现早已有人在那儿等着她。

“富察傅恒，”魏璎珞停下脚步，望着对方，“你做了什么？”

皇帝不会无缘无故地放人，她能出来，肯定是因为有人付出了足够的代价。

“璎珞，”傅恒声音极轻地说，“我要迎娶尔晴了。”

太阳还没有落山，夕阳斜照在魏璎珞肩上，魏璎珞却觉得浑身发冷，就仿佛落在肩上的不是夕阳，而是红色的雪。

“是吗？”她忽然转身，“你要娶尔晴了。”

“璎珞！”傅恒上前一步，拉住她的手，却被她用力甩开。

傅恒眼中闪过一丝痛色，欲言又止了半晌，最后一咬牙，从怀里掏出一只香囊，道：“我是来还你这个的。”

魏璎珞慢慢转头，面无表情地看着那只香囊。

七夕之日，定情之物。

“你不要了？”魏璎珞惨笑一声，“那就丢了吧！”

她一扬手，将香囊从他手中拍飞出去，两人身旁就是水沟，香囊落进臭水沟里，鼓了两个泡，然后一沉到底。

“你从前对我说的那些甜言蜜语，听得多了，我一不小心都信了。”香囊沉到底，魏璎珞的心也沉到底，“所以，皇上问我时，我不解释，因为那是事实，即便严惩，我也愿意承担，我以为……你会跟我一样的……”

“璎珞……”傅恒神色更痛，他向前一步，似想重新抓住对方。

“你想说你有苦衷吗？”魏璎珞却开始步步后退，摇着头道，“千般万般理由，结果却只有一个——你要娶尔晴了，对不对？”

他有机会的，只要他现在说一个“不”字，魏璎珞就愿意再信他一次，再爱他一回。可是等了许久，等来的，却是他一个低沉的：“……对。”

魏璎珞深吸一口气，决然转身道：“从今天开始，不要再来找我了。”

她跑了，跑的时候一直等他追上来，可他没有。傅恒一直目送她的背影消失，才缓缓踱到水沟旁，干净的手指毫不犹豫地伸进臭水沟里，从一堆泥泞污秽中掏出香囊，然后毫不嫌弃地将之贴在心口，表情极为悲伤。

“魏璎珞呢？”同一时间，袁春望推开辛者库宫女所的门，目光在里头逡巡一圈。

里头的宫女愣住，锦绣反问道：“魏璎珞？她不是被关进慎刑司了吗？怎么，又给放出来了？”

袁春望不动声色地望了对方一眼，也不做解释，径自离开。

以他对她的了解，若是没有回宫女所，那必定只有一个地方可去了。

袁春望很快来到仓库中。

霉味、灰尘、黑暗，扑面而来，袁春望踱至仓库最里侧，朝窝在墙角的那人道：“怕被人看见你哭的样子？”

魏璎珞背对着他：“我没哭！”

袁春望也不揭穿她，将手里的清粥、烛火陆续放在地上，淡淡道：“慎刑司可不是好地方，你被关了一整天，什么都没吃吧？”

魏璎珞仍背对着他，一动也不动。

“怎么？”袁春望的声音里带上一丝嘲讽，“被富察傅恒抛弃，就迁怒于我、迁怒于你自己？魏璎珞，你就这点出息！”

魏璎珞猛然回头，眼中布满蛛网般的血丝：“你说什么？”

“不爱听？”袁春望冷声，“我还偏要说，你一次次拒绝富察傅恒，不过是故作姿态，实际上喜欢他喜欢得要死！”

“住口！”

“而富察傅恒对你呢？他是名门贵公子，从小没什么得不到，偏偏只有你，总是拒人于千里之外，所以，你越是退缩，他越是爱你！可那又如何？”袁春望嗤笑道，“最后他还不是要娶别人？所谓的真情，不过是一场笑话！”

“够了！”魏璎珞忍不住捂住耳朵，“我不听！”

袁春望却极残忍地将她的双手扯下来，嘴唇贴在她耳畔，柔声道：“魏璎珞，你从来心高气傲，自以为是，第一次在男人身上受挫，是不是很心痛、很难过？我告诉你，上天就是这样不公，不管你们如何相爱，你这样的出身，注定不能堂堂正正嫁入富察家，永远不能！”

“闭嘴！”魏璎珞挣开他的手，巴掌高高扬起。

“你要打我吗？”袁春望也不躲，只是静静地看着她，“生生拆散你们的是乾隆，主动放弃的是富察傅恒，而我呢！我一直站在你身边，处处为你着想，生怕你受到一点伤害，你却要这样待我？”

魏璎珞愣愣地看着他。

“我是你的义兄，你的保护者，天下最关心你的人。”袁春望的手抚上她的脸颊，声音极温柔，甚至带着一丝心疼，“这一巴掌，你真要打下来吗？”

这一巴掌最终却没有落下，落下的……只有她的泪水。

“好了好了。”袁春望拥她入怀，安慰道，“璎珞，不要为了抛弃你的人哭泣，这样只会让别人笑话，根本于事无补。”

“可是……”魏璎珞在他怀中哽咽道，“我难受，我真的很难受……”

“那不过是一时的。”袁春望抚着她的头发，如安慰、如告诫，“璎珞，你最大的错误，在于有了冰冷的外表，却没有同样冰冷的心。这样的你，容易惹人误会，还会伤害自己。真的太笨、太笨了……”

魏璎珞哭了许久才停下，夜色已深，屋外响起蝉鸣，屋内响起魏璎珞肚子响的声音，让她忍不住红了脸。

袁春望这一次没有取笑她，而是亲自端起清粥，一勺一勺喂给她吃，魏璎珞吃了几口，忽然道：“哥，你真好。”

“现在知道哥的好了？”袁春望笑道。

魏璎珞点点头，轻声道：“哥，我还从来没有问过你，你这样的人……怎么会入宫呢？”

袁春望怔住，良久才淡淡道：“我忘了，我很小的时候就入了宫，以前的事，都忘得差不多了。”

“是吗？”魏璎珞看了他一眼，也不知信了还是没信。

吃过饭之后，魏璎珞将脑袋往他膝上一枕，喃喃：“我想睡一会儿。”

“睡吧，”袁春望脱下上衣盖在她身上，“哥哥在。”

魏璎珞“嗯”了一声，慢慢闭上眼睛。

她在牢里不但没吃好，似乎也没睡好，提心吊胆到今日，总算能够安安心心合一次眼。

黑暗中，袁春望靠墙坐着，右手慢慢抚摸她的头发，直到小小的鼾声响起，他才轻轻道：“其实我没忘，我什么都记得……”

第九十一章　恨与狠

“爹！”七岁的袁春望哭道，“别丢下我！”

长得看不到尽头的路上，是同样长到看不见尽头的难民。有的还能走路，有的跌倒在路边，再也起不来了。

地上一片蜡黄，看不见半点绿色，连深埋在土里的草根都被人挖出来吃了，饿到最后，人就变成了畜生，几个难民摇摇晃晃地朝袁春望走来，嘴角溢出口水，就仿佛他们眼前的不是一个人，而是一头白生生的羊羔。

就在袁春望怕到极点时，一个骨瘦如柴的女人忽然从他们身后冲出来，抱起他就跑。

“娘！”袁春望抱着她的脖子哭道。

“你……你怎么又把他带回来了？”一个同样骨瘦如柴的男人叹道，“我们自己都活不了，还顾得上他吗？”

一路上，男人又偷偷丢弃他五次，但每一次都被女人重新抱了回来。好心终没好报，男人最后自己偷偷走了，女人抱着他一路跌跌撞撞来到京城，却不幸染上了疫病，临终之时，握着他的手道：“我死了以后，你去找你的亲爹。”

袁春望愣了愣：“亲爹？”

“我也不是你亲娘。”女人咳了两声，“当年雍正爷受人追杀，藏身于农家，与那户人家的女儿生了你……孩子，你不是个普通人，你是个阿哥呀！”

袁春望震惊得说不出话来。

“可怜你母亲命苦，雍正爷回去之后，没派人来寻过她，她一个女人，带个孩子如何再嫁？只好将你送给了我。”女人从怀里掏出一串檀香木佛珠手串，抖着手指，慢慢将手串套在袁春望手腕上，“戴着这个，去找你亲生父亲，让他……”

话未说完，手便垂落下去。

"娘！"袁春望推了推她，她一动不动，无论袁春望怎么哭、怎么呼喊，她都再也没睁开眼。

怕养母的尸体被饥饿到极点的难民给吃了，年幼的袁春望凭着两只小小的手，生生挖出一个土坑，将养母埋葬。

之后，他垂着一双流血的手，跨入城门。

城门好入，紫禁城的城门却难进，费尽千辛万苦，他终于找到了一个衣着光鲜的贵人，同意将他送进宫里。

却不料，那人竟是他的八叔。与雍正争位失败后，一直怀恨在心，发现他在民间遗落的庶子之后，也不知出于什么阴暗心思，竟将这年仅七岁的孩子送去了净身房，手起刀落，袁春望便从一个小阿哥，变成了一个小太监。

然后，袁春望被送去了阿哥所，伺候他的异母弟弟——八阿哥福慧。

袁春望不仅失去了自己的命根子，还失去了那串紫檀木念珠，没了这信物，他没法跟雍正道出自己的身份。话又说回来，即便他手里还有这串念珠，雍正又会认一个小太监做儿子吗？

他只能以一个下人的身份，静静伺候在一旁，满脸艳羡地看着雍正搂着福慧，手把手地教他写字。

"我不要写了！"福慧淘气地将笔一丢，"皇阿玛，我想骑马！"

说完，他从雍正膝上跳下来，跑到袁春望身前，指着他道："快蹲下，我要骑马！"

袁春望愣了一下，身后的大太监不由分说地将他按在地上："八阿哥要骑马，你没听见啊，快趴下！"

凭什么？他是皇帝的儿子，难道我不是皇帝的儿子吗？袁春望心中升出一股怒意，正要爬起来，却觉背上一沉，是福慧骑在了他背上。

福慧又笑又叫："皇阿玛，你看，儿子在骑马！驾！驾！跑快点儿，快啊！快啊！"雍正大笑出声："福慧，小心点儿，别摔了！"

袁春望咬牙在地上爬着，深深垂下了头，免得被他们瞧见自己脸上的痛苦与恨意。

身为雍正最喜欢的儿子，福慧活得自由自在，无所顾忌，他终日将袁春望当马骑，习惯了他的沉默顺从，竟以为真马也是这样的性子，结果在一次马术课上，摔了下来。

“你们都是怎么照顾八阿哥的，一群废物！”雍正在阿哥所里大发脾气，指着地上跪着的宫女太监道，“拉下去，每人重责三十！”

袁春望也在其中。

啪，啪，啪，棍子落在肉上，周围惨叫声此起彼伏，他却握紧了拳头，一言不发地受着。

到了夜里，袁春望一瘸一拐地走入福慧的房间，目光出神地盯着床上昏睡的福慧，然后，展颜一笑。

自养母死后，他再也没笑过一次。

今天是他第一次笑，艳丽夺目，犹如一条斑斓毒蛇，在紫禁城的阴谋狡诈中诞生，然后他悄无声息地走到窗户边，呼啦一声，将窗户打开，寒风刺骨，从外头窜进来，身后的福慧咳了一声。

袁春望一边笑，一边将寝殿内所有的窗户都打开……

“福慧病死以后，我跟其他伺候的人，都被罚进了辛者库。”烛火幽幽，蜡烛已经断了一半，忽明忽暗的仓库内，袁春望轻轻抚摸魏璎珞的头发，呢喃般道，“我不后悔，我只觉得恨。”

恨八叔，他在争位中失败，便将怨恨发泄到一个年仅七岁的孩子身上。

恨雍正，明明亲生儿子站在眼前，他却视而不见。

恨福慧，大家明明是兄弟，却逼迫他当牛做马。

“……我最恨的，是这个可笑的世界。”袁春望忽然失笑一声，笑声中带着挥之不去的阴郁，“我做错了什么，为什么所有的不幸都要降临在我身上！明明是至亲兄弟，身上流着同样的血，他们一个个高高在上，我却匍匐在地，沦为天下最低贱的奴仆！”

魏璎珞眼角沁出一滴泪水。

她其实中途就醒了，一直闭着眼睛，听袁春望诉说着自己不为人知的过去。

“璎珞，天道不公，世事无情，想不为人鱼肉，只能手持刀俎！”袁春望低头看着她，温柔一笑，“但是你不要怕，哥哥会保护你，因为你就是我，我就是你，这世上，只有你我一样悲惨，也只有你我才能相互取暖，彼此怜惜。”

说完，他低下头，轻轻吻去了她面上那滴泪珠。

锦绣寻至仓库，恰好撞见这一幕，顿时愣在门前，眼中涌动着难以抑制的嫉恨之情。

第九十二章　灭口

袁春望说会保护魏璎珞，不是嘴上说说。

因赈灾时的出色表现，他得到了娴贵妃的赏识，如今皇后昏迷不醒，慧贵妃又薨了，后宫大权尽由娴贵妃把持，娴贵妃要升他的职，他立刻就升了职，辛者库内，他说一是一，说二是二。

“看看你的手，都不像个女孩子了。”袁春望牵起魏璎珞的手，摇摇头，“今后别刷恭桶了，先去烧炕处帮忙吧。”

璎珞：“烧炕处？”

“烧炕处隶属惜薪司，专司各宫供暖。但入冬后紫禁城才开始供炭，眼下天气还热，他们的活计轻松些，你就趁机休息一下。”袁春望弹指在她眉心敲了敲，“千万别再这么实诚，要自己学会偷懒！”

魏璎珞摸了摸眉心，感动于他对自己的照顾，又恼他旁若无人的亲昵：“好啦好啦，我都记得了！”

目送她离开，袁春望笑着摇摇头，正要离开，身后一只手牵住他的袖子：“袁哥哥！”

是锦绣的声音。

袁春望皱皱眉，正想扯回袖子离开，却听她压低声音道：“我知道是谁杀了慧贵妃！”

袁春望脚步一顿。

锦绣嫣然一笑，顺势抱上他的手臂，饱满的胸口贴在他身上，低声道：“今夜子时，我在后院井边等你，不见不散！”

是夜，锦绣特地梳妆打扮了一番，没有首饰可戴，便悄悄从树上折了一朵茶花，小心翼翼地插在鬓角，然后对井自怜。

井中倒映着她的面容，也倒映着她身后那人的面容。

锦绣面上一喜，回身抱住对方："袁哥哥，你来了！"

袁春望任她抱着，柔声一笑："你今早说的话，是什么意思？"

见了他的笑容，锦绣心花怒放，在他胸口捶了一下："袁哥哥，好不容易单独约会，你就只有这个问题要问我吗？"

袁春望握住她的手，声音温柔，充满蛊惑："乖，说。"

锦绣被他声色所惑，乖乖回道："好，我告诉你，那天我亲眼瞧见魏璎珞和万紫千红的匠人在一块儿！"

袁春望目光一沉："哦？那又如何？"

"还能如何？"锦绣笑了起来，"杀死慧贵妃的凶手一直没找到，不是匠人，就是宫里头的人，你说说，她可疑不可疑？"

"她如此可疑，你怎么不去告发她？"袁春望刚说完，就摇摇头，"你和璎珞早有仇怨，又无凭无据，说了也没人会信你。"

锦绣笑道："是！我知道话出自我口，很难取信于人，所以迟迟按捺不发，但是转念一想，别人不信，还有高家啊！慧贵妃的亲兄长可一直在调查她的死因！"

感受到她话里的威胁之意，袁春望收敛起面上的虚情假意，冷冷注视着她："你想如何？"

锦绣抱着他，将自己凹凸有致的身体紧紧贴在他身上，笑道："袁哥哥，我知道你是魏璎珞的义兄，你一定会保护她，是不是？"

袁春望淡漠道："所以呢？"

锦绣柔媚道："只要你答应今后和我在一起，我就替她保守这个秘密！"

袁春望笑了起来，似早已料到她会说这话，又似单纯嘲笑她的不自量力：

"你是真疯还是假疯？宫规禁止宫女太监对食，违例者严惩不贷，你竟然提出这样的要求？"

"宫规是禁止，可从来禁不住啊，你去看看，多少宫女和太监暗中结成夫妻！"锦绣不以为意道，"袁哥哥，我就是喜欢你，想和你在一起，我保证，会比魏瓔珞待你更好！”

“你为什么喜欢我？”袁春望用奇异的眼神望着她，像是终于被她说动，“听瓔珞说，你从前都是追着御前侍卫跑，我和他们相比，真正是一无所有。”

袁春望从来对她不加颜色，偶尔施舍一个眼神，便足以让她回味一天，见他言辞间真有松动之意，锦绣简直心花怒放，连声音都发起抖来：“我承认！从前是贪慕虚荣，追逐浮华，整日想着攀高枝，嫁入高门！但自到了辛者库，我改了，我真的改过了！尤其第一眼看到你，我才知道什么才是喜欢！从前追逐的一切，对我都不重要了！袁哥哥，我想和你相守，就像民间的夫妻，咱们一生彼此照顾，不离不弃，好不好？”

“彼此照顾，不离不弃？”袁春望喃喃自语。

“是！”锦绣扑入他怀中，动情道，“只要你答应我，我什么都不说，谁都不告诉！我甚至可以原谅魏瓔珞做的一切，只要能拥有你，我什么都可以不在意！”

袁春望低头望着她，忽艳丽一笑：“真的这么爱我吗？”

这大约是锦绣平生所见最美的笑容了，美得足以让她飞蛾扑火，她愣愣地看了对方许久，才点了点头，回了一声：“嗯！”

下一刻，她面色一僵，慢慢垂下头来。

一柄匕首穿透了她的胸口，深深扎进她的心脏。

锦绣顺着匕首，望向匕柄，望向握着匕柄的那只手，望向袁春望的脸，他对她笑着，又温柔又美丽：“那么爱我，为我去死，可以吗？”

锦绣张了张嘴，想回他一句——可以。

但袁春望不等她开口，就伸手一推，将她推进了身后的井里。

“扑通”一声，井中的月亮碎成无数片。

袁春望站在井边，抽出一条帕子，慢条斯理地擦拭手指上的血迹。

“忘了告诉你一句，”袁春望扬唇一笑，松开手，帕子轻飘飘落进井里，盖住了水中那张沉沉浮浮的脸，“我最讨厌被人威胁了。”

次日。

“宣布一件事。”辛者库内院，袁春望对众宫女、太监道，“宫女锦绣于昨夜私逃了。”

喧哗一片，议论纷纷。

“私逃？锦绣竟然跑了？”

“这是守卫森严的紫禁城，她能跑哪儿去？”

“这丫头可真是胆大包天，她不要命了啊！”

魏璎珞没有参与众人的讨论，她皱皱眉，目光投向袁春望。

“有人知道锦绣的消息，必须立刻禀报，否则将以同罪论处！”袁春望神色自若，“好了，不要再议论此事，全都去干活吧！”

众人散去之后，魏璎珞却悄悄凑了过来：“哥，锦绣去哪儿了？”

“我怎知她去哪儿了？”袁春望对她笑道。

魏璎珞却不大信他一无所知，她盯着他道：“她若要逃跑，怎会毫无征兆？再说，紫禁城护卫重重，她又不是插了翅膀，能跑到哪儿去？”

袁春望替魏璎珞将碎发整理了一下：“今天的药吃了吗？”

“哥，别转移话题！”魏璎珞皱眉道，“我正问你话呢！”

“无关紧要的人，不必挂在心上。”袁春望笑着说，“药吃了吗？手伸出来，我看看伤势好得如何。”

天气炎热，魏璎珞却觉背上一凉，一条人命，在他心里，却还比不上她手上的一道伤疤。

第九十三章　苏醒

“不，不……不！”

从寝殿内传出的尖叫声，惊动了长春宫内的宫人。

明玉端着水盆从外头冲进来，“啊”的一声，水盆脱手而落，她惊喜得话都说不利索：“娘……娘娘醒了，来人！来人，娘娘醒了！等等，娘娘您要做什么？”

只见皇后费力地从床上爬下来，只是她在床上瘫得太久了，以至于四肢酸软无力，一下子就跌坐在地上。

“娘娘！”明玉忙冲过来扶她，“来人，快叫太医！”

皇后用力握住明玉的手，脸上充满焦急：“不，叫傅恒来，我要见傅恒！”

今日傅恒恰好在宫中当值，得了皇后苏醒的消息，马不停蹄地赶到长春宫：“姐姐！”

皇后朝屋内宫人们使了个眼色，宫人们退了出去，傅恒走到她身旁，刚要与她说些什么，她忽然扬手一个巴掌，劈在傅恒脸上。

“……姐姐？”傅恒捂着脸，迷茫地看着她。

“傅恒，你之前在本宫这里说话的时候，本宫都听得见，偏偏就是睁不开眼睛。”皇后恨铁不成钢道，“你糊涂啊！你怎么能答应尔晴的条件！你让璎珞怎么办？”

这个名字犹如一根刺，每每出现，都能扎得他伤口流血。傅恒垂下头道：“姐姐，当时的情形，只有我答应皇上的赐婚，才能救下璎珞。”

皇后摇摇头，不敢苟同：“依她的性格，宁愿与你共生死。你可知道，从点头那一刻起，璎珞就绝不会原谅你！傅恒，你真能承受与她永成陌路的结局吗？”

傅恒一下子陷入沉默。

“这一切对你、对璎珞、对尔晴，都不公平！”皇后了解自己的弟弟，他的沉默，就是无声的拒绝，“无论付出多大的代价，我都要求皇上收回成命！”

“姐姐……”傅恒抬头看着她，嘴唇咬得发白，苦笑道，“圣旨下了，尔晴早已出宫备嫁，此事再无回旋余地！您去求皇上收回成命，会让富察家名誉扫地，更会让尔晴无法面对世人，您这是逼她去死啊！尔晴是为了帮助我，才答应这桩婚事，于情于义，我都不能这样做！”

这回换成皇后沉默。

人非草木，孰能无情？璎珞是她的身边人，尔晴同样也是，那么多的日日夜夜，那么久的主仆之情，总不能让她眼睁睁看着对方去死。

良久，皇后叹了口气，极难过道：“我以为，至少你和璎珞能够幸福，没有想到……最后的结局是一样的。”

就如同她自己，一心一意爱着弘历，却不得不与无数女人分享他。若是璎珞日后还想跟傅恒在一起，就得跟她一样，与尔晴分享他。

但与她不同，富察家跟皇家的联姻是不可避免的，傅恒与尔晴的婚礼其实是可以避免的，归根结底，是这个孩子太过糊涂，才造成了如今这不可收拾的局面。

“姐姐……”傅恒有些担忧地看着她，“你还好吧？”

有时间关心我，不如多关心关心你自己，关心关心璎珞！皇后在心里想着，然后摆摆手，有些疲惫地说：“出去，我现在不想看见你。”

傅恒欲言又止了半晌，叹了口气，转身离开，走到一半，身后忽然响起皇后的声音：“傅恒啊，姐姐很害怕，你会后悔一生。”

脚步一顿，傅恒垂下头，拳头紧了又松，最后低低道：“……姐姐，每个人都要为自己的决定负起责任，请你原谅我！”

傅恒走后不久，弘历便得了消息，匆匆赶到长春宫。

“皇后，你终于醒了！”他原以为自己会看见皇后的笑脸，待床上那人缓缓转过脸来，却愣住，“你怎么了？”

多日长眠，虽有人照顾着，还有魏璎珞不断按摩她的手脚，但皇后的身子还是日渐憔悴下来，原先圆润如玉盘的脸颊消瘦下去，乌黑如漆的长发披在身上，隐隐有西子捧心之美，叫人一见生怜。

“皇上，您来了。”皇后慢慢望向他，欲言又止。

联想到刚刚在走廊上撞见的傅恒，弘历心里已经明白了些什么，喜色渐渐从他脸上褪去，他淡淡道：“皇后可是有什么话，想要对朕说？”

做了这么久的夫妻，皇后深知他的脾性，晓得他如今已经在生气，但还是毫不畏惧地将心里话说出来：“如果臣妾请求，皇上能取消傅恒与尔晴的婚事吗？”

弘历断然道：“不可能！”

虽然早已猜到会是这个答案，但真的从他嘴里听见，皇后还是觉得失望，身体仿佛一瞬间被掏空，她闭上眼睛，靠在迎枕上道：“如果不能，那臣妾无话可说。”

看着她这副爱答不理的面孔，弘历心里很不好受，甚至觉得有些委屈，他皱眉道：“皇后，朕不明白，尔晴端庄得体、秀外慧中，祖父是刑部尚书，朕还给她全家抬了旗，无论是身份还是性情，都不算辱没了傅恒。所有人都欢天喜地，为何只有你愁眉不展？”

“所有人都欢天喜地？”皇后觉得有些好笑，也真的笑了，“皇上，您是这样认为的吗？”

弘历强自镇定：“难道不是吗？”

皇后盯着他，目光似要穿透他身上这张九五之尊的皮囊，看见他深藏在底下的、一个凡俗男子的心：“您是天下之主，说出的每一句话，都是金口玉言、无人敢抗，但臣妾与您相伴数载，总能问一句，为何要拆散傅恒和他心爱的女子？”

在这样的目光注视下，弘历竟觉有些心慌，面上却仍镇定自若：“朕说过很多次，她不配！”

皇后缓缓摇头：“配与不配，傅恒都不在意，皇上何必放在心上？”

“娶妻娶贤，傅恒是朕选中的股肱之臣，将来要派大用，他的妻子绝不能心怀叵测、满腹诡计！”弘历咬牙道，“朕是在保护他，使他免受恶毒女子的蛊惑，犯下人生中最大的错误！”

皇后先是愕然，然后上上下下打量弘历片刻，忽然笑了起来，笑得前仰后合，不能自已。

“皇后，”弘历冷着一张脸道，“你笑什么？”

皇后忽然止住笑，望向他，极平静道：“皇上，您执意破坏这桩婚事，真的没有私心吗？”

与她的平静相比，弘历的心却慌得更加厉害，就仿佛有一个秘密……一个自己都不知道的秘密，就要浮出水面。

“朕能有私心？”他硬着头皮说。

“难道不是因为……”皇后盯着他的眼睛，“皇上自己看中了魏璎珞，想要将她占为己有吗？”

弘历愕然，旋即哈哈大笑起来：“皇后，你昏迷了太久，连脑子都不清醒了！朕告诉你，这是你的幻觉、妄想！”

倘若这真的是皇后的幻觉、妄想，他又何必落荒而逃？

弘历一路逃到大门口，兀自不甘心地回头喊了一声，似在说服对方，又更似在说服自己：“这是绝不可能发生的事！”

房门“砰”的一声关上，明玉手里端着一碗米粥，忧心忡忡地走过来：“娘娘……”

皇后木然坐在床上，眼角慢慢滑落一行泪水。

“皇后，您别难过……”明玉心情复杂，真不知该从何安慰。

“皇上富有四海，什么样的女人得不到，为何是璎珞？”皇后愣愣地落泪，“他就不能放过她、放过傅恒吗？”

第九十四章　婚礼

从长春宫回来，弘历仍然余怒未消。

“说朕喜欢那个女人，不，不可能！朕才不会喜欢她！”需要他处理的奏折一大堆，他却半个字也看不进去，咬牙切齿地在养心殿内来来回回地走，“朕富有海内，什么样的女人得不到？美丽如慧贵妃，贤惠如娴贵妃，才华横溢如纯妃……”

他一个个细数身边的宫妃，可一闭上眼，却全是一个人的相貌。

既不美丽，也不贤惠，更谈不上才华横溢，却让他挂念不已，一颦一笑，都牵动他的心……

“皇上，”李玉的声音打断他的思绪，“富察侍卫来了。”

弘历睁开眼，深吸一口气：“传他进来。”

傅恒入内行礼：“奴才恭请皇上圣安。”

“傅恒，”弘历坐在椅内，居高临下看他，“朕一直将你留在身边，是为了多多磨砺，如今你已能独当一面，成婚之后，你就去户部任职，任户部右侍郎。”

傅恒闻言一愣：“皇上，奴才年纪尚轻，突然担此高位，恐怕……”

弘历摆摆手，阻止了他接下来的话：“傅恒，朕对你的希望，绝不止于一个户部，朕知道，你的志向也不在于此！但你要记住，千里之行始于足下，你要建功立业，就得先证明给所有人看，朕的眼光没有错！户部，便是你的起点！”

他话已经说到这个地步，傅恒再难拒绝，拜倒在地道：“奴才叩谢皇上隆恩！”

公事罢，弘历犹豫了一下，终是忍不住过问起对方的私事：“对了，婚礼筹备得如何？”

“正在筹备。”傅恒面无表情，似在讨论别人的私事。

望着他木然的面孔，弘历淡淡道：“金榜题名、洞房花烛，都是人生乐事，可今日朕让你任了实差，又赐你美娇娘，你的脸上，为何没有丝毫喜色？”

“皇上的恩典，奴才永世不忘。”虽不忘，却也不喜，傅恒脸上仍不见半点喜色，无喜无悲如一根失了水的朽木。

弘历忽然生起气来，因为同样的表情，他还在另外一个人脸上看过，两张面孔在他眼中重合在一块，弘历忍不住重重捶了一下桌子，怒道：“滚出去！”

待到傅恒退下，弘历的心情仍然没有回复过来。

在养心殿内来来回回踱了许久，他忽然停下脚步，转头对李玉道：“摆驾，朕要出去走走！”

数九后，紫禁城天气寒冷，东西六宫的宫殿各有暖阁，地面下铺砌火道，秋季时要清理炭道，烧炕处的宫人们正为此忙忙碌碌。

李玉原以为弘历所谓的出去转转，是去御花园，去后宫嫔妃处转转，岂料他转着转着，竟转到了殿外地龙旁，烧炕处正在此作业，一名太监从地洞钻进去，手一伸，魏璎珞忙将清理用具递给对方，对方接过，继续清理沉积炭灰的地龙，灰尘滚滚，魏璎珞在灰尘中咳嗽不止。

弘历在一旁看了半晌，终于忍不住走了出来，沉声道：“烧炕处的人都死绝了吗？”

一见是他，烧炕处的太监们忙朝他跪下，还在洞里的人也都匆忙爬出来，场面一时有些乱哄哄的。

魏璎珞也跪在里头，除她之外，还另有几个辛者库宫人，盖因每年这个时节都得清理炭道，烧炕处二十五名太监忙不过来，常要辛者库拨人。

李玉顺着弘历的目光看来，见是她，心里立马明白了过来，装作惊讶道：“哎呀，怎么是你呀，辛者库好歹派个太监来干活，怎么让个姑娘家来了？”

魏璎珞垂着头不说话，差事是袁春望安排给她的，因有他的提前打点，所以活儿很轻松，只负责递递清理工具，其余时间都在歇着，比在辛者库清闲了许多，手上的伤也快要养好了。

一双明黄色靴子慢慢踱到她面前，弘历的声音自她头顶传来，淡淡道：“你在辛者库这么久，不想回长春宫？”

因在他这里吃多了苦头，魏璎珞回得小心翼翼：“奴才犯错，不敢奢望。”

她的小心翼翼却换来了弘历的不悦，他也不知自己心里在恼什么，只是冷下脸道：“你可以来求朕！”

李玉看了看他，也帮腔道：“璎珞姑娘，皇上这是给你机会。”

魏璎珞可不敢咬这个饵，怕饵里有毒。

弘历盯她半晌，视线游移在她干裂的手指头上，忽道：“皇后醒了。”

魏璎珞猛然抬头看着他。

“她久卧在床，不良于行，心情还不好，瘦了许多。”弘历淡淡道，“魏璎珞，你深受皇后大恩，就不想回去服侍？”

魏璎珞心中叹了一口气，有些饵，明知有毒，她还是要硬着头皮咬下去，将身体伏在弘历面前，她如他所愿地服软道：“请皇上开恩，准奴才回长春宫服侍皇后娘娘！”

见她终于咬饵，弘历笑了起来：“朕可以让你回去，不过，你多次顶撞，朕不能不罚！”

魏璎珞毫不犹豫道：“璎珞愿意领罚。”

弘历笑容更深：“你要先办到才行！”

璎珞抬起头，目光直视弘历：“皇上说得出，奴才一定办得到！”

飞雪连天，不知不觉，已是冬日。

白雪覆了京城，一眼望去，天地一色的白，富察府中，却是一色的红。

红色的鞭炮噼啪作响，傅恒一身大红色的喜服，坐在内院之中，盯着窗上贴着的红色喜字出神。

一只手拍在他肩上，笑道：“哥，怎么了？”

傅恒如梦初醒，回头望着自己的弟弟：“阿谦。”

傅谦年轻英俊，容貌有几分似傅恒，却显得更单薄些，透着一丝书生意气，他笑道：“哥，今夜是你新婚之喜，为什么一个人躲在这儿？”

傅恒茫然道：“我……我不知道。”

傅谦奇怪地望着他：“你是不是欢喜得傻了！快回去吧，新娘子在等着你呢！”

世上哪来世外桃源？傅恒被傅谦寻到之后，几乎是被他一路推着，回到洞房，房门在他身后关上，他脸色发白地看着眼前的一切，红色的盖头，红色的喜服，红色的新娘。

喜娘捧着一支秤杆过来，笑道：“新郎官，快揭盖头吧。”

傅恒慢慢伸手接过秤杆，他的手握过枪、拿过剑，却没料到一支小小的秤杆，比枪更沉、比剑更重，他几乎拿不住。

秤杆伸进盖头底下，慢慢将盖头挑开，露出一张含羞带怯的娇容来。

尔晴本就姿容秀丽，如今经过一番精心打扮，更是艳若桃李，无论哪个男人见了，都会想要一亲芳泽。

唯独傅恒，见了她的一瞬间，脸色更加苍白。

尔晴低着头，没见着他神色的变化，喜娘看见了，误以为他是过于紧张，也没太放在心上，用早已准备好的竹竿，将盖头撑至房檐上，喜娘高声道：“称心如意，步步高升！”

按照程序，傅恒这个时候应该坐到尔晴身边，可他半天没一点动静，木头人一样杵在原地，喜娘只好过去提醒他：“新郎官，您得坐到这儿！”

傅恒愣了一下，回过神来，颇为不情不愿地挨着尔晴坐下。

喜娘走过来，将他们两个的衣襟相搭，放上炕桌，炕桌上是子孙饽饽和长寿面，喜娘口中吉祥话不断：“祝愿二位吉祥如意、福寿双全！”

婢女们也都七嘴八舌：“是是是，早生贵子！”

“百年好合！白头到老！”

“多子多孙！百年偕老！”

一片嘈杂中，喜娘端着盘饽饽过来：“用饽饽！”

她先是拿着只饽饽，喂到尔晴唇边，尔晴轻轻咬了一口，朱唇在雪白饽饽上留下一道胭脂红印，喜娘笑着问她：“生不生？”

尔晴红着脸道：“生，生。”

众人拍手欢笑。

喜娘又拿着手里的饽饽去喂傅恒，喂到一半，傅恒忽然起身推开她，朝外面冲了出去。

“呕——”

先是饽饽，然后是之前饮下的酒水，腹中之物尽数顺着他的喉咙涌出来，好半天才吐了个干净。

等到傅恒扶着墙，重新站直，新房里已经是静悄悄一片，所有人都惊讶、困惑地望着他，不知他为何会这样痛苦。

“都下去。”傅恒用袖子擦了擦嘴角，声音沙哑，将所有人都斥退，然后慢慢坐到椅子里，望着对面坐在床沿的尔晴。

两人之间，隔着一段几乎无法逾越的距离。

良久，尔晴犹犹豫豫地试探，声音颤抖，带着一丝哭腔：“傅恒，你是不是……后悔了？”

傅恒一愣，皇后的警告自他耳边响起：“傅恒啊，姐姐很害怕，你会后悔一生。”

傅恒深吸一口气，像是在说服自己：“不，我不后悔。”

听了这话，尔晴松了口气，露出温柔笑容：“我也不后悔，哪怕明知道你爱着她，我也愿意嫁给你！傅恒，只要能成为你的妻子，我什么都愿意做，什么痛苦都能忍受。”

傅恒知道她在暗示什么，叹了口气，握住她的手，轻声道：“尔晴，从我决定娶你开始，就决心忘记她了。”

“真的？”尔晴惊喜抬头，眼角凝着一颗泪珠，痴痴看着他。

“嗯，我娶了你，便要对你负责。你才是我的妻子，要一生相守的人，今后，我会牢牢记住这一点。”傅恒郑重其事地对她说，想了想，决定还是对她实话实说，便补了一句，“但是，她还在我心里，请你给我时间，让我慢慢忘了她，现在……现在我还做不到……”

尔晴抬手按住他的唇，轻轻摇摇头，温柔道：“我明白，我什么都明白，没有关系，只要有你这一句话，我愿意等，等多久都没关系，傅恒，我愿意等！”

同样的话，他也对璎珞说过……

傅恒苦涩一笑，竭力压制着心痛，伸手将她揽入怀中：“谢谢你，尔晴，谢谢……”

第九十五章　侍寝

婚事完毕，傅恒携尔晴入宫面圣，这日飞雪连天，两人身上都裹着厚厚狐裘，却还是无法完全阻挡外面的寒气，风一吹，骨头都冷，行至乾清宫外，忽然见到一个单薄身影，跪在厚如棉絮的雪地上。

“奴才罪该万死！”那人起身走了三步，又跪下，“奴才罪该万死！”

三步一叩头，额头在雪地上砸出一个凹陷，她身后一串长长凹陷，渐渐被风雪填满。

“璎珞……”傅恒惊得睁大眼睛，“这……这是怎么回事？”

李玉回道：“皇上说了，让魏璎珞从乾清宫开始，走遍东西六宫。三步一叩，走完十二个时辰，就原谅她的过失，准她回去长春宫伺候。”

傅恒望着魏璎珞，神色阴晴不定，直至进了养心殿面圣，也依旧如此。

让尔晴先行退下，弘历只留了傅恒在屋内，推开一扇窗户，望着外头越下越大的雪，以及雪中越来越渺小的身影，冷冷道：“朕给过她选择，是她自己不识抬举。”

傅恒一愣：“皇上……”

“朕给了她两个选择。”弘历的目光定格在那渺小的身影上，声音极冷，带着一丝自己都未察觉的醋意，“第一，亲口承认从未喜欢过你，所有的一切，都因她贪慕虚荣，是她欺骗了你！第二，从乾清宫开始，三步一叩，声声认错，直到走完十二个时辰。”

弘历缓缓转过头来，对傅恒道：“……她选择了后者。”

傅恒半天说不出一句话来。

屋子里极静，只有雪声呜呜从外头吹进来，伴随着那似远似近的一声声：“奴才罪该万死！”

雪越来越大，如同白色的墨，从左到右泼来，泼满了魏璎珞的发丝、睫毛、肩膀，将她泼成一个雪人。她步履蹒跚地走在漫天大雪之中，身体冷，心更冷。

一只油纸伞忽然从旁边递来。

魏璎珞慢慢转头看去，只见袁春望举伞而立，白雪一片一片落在伞上，将伞面覆得雪白，他神色莫名道：“难过吗？”

“难过。”魏璎珞咳了两声，然后含泪一笑，“但以后不会再难过了。从今以后，我与他之间，情断义绝，相逢陌路！”

“那就好。”袁春望笑了起来，“走吧，剩下的路，我陪你走完。”

说罢，他单手扶着她起来，继续向前走。

一路上，魏璎珞被伞遮得严严实实，袁春望的半边身体却全部露在外面，很快便被雪珠子打湿了，如同两条雪地里互相取暖的蛇，如同两只各断一翼的孤鸟，两人相依相偎，静静走在长长的宫道上。

也不知过了多久，袁春望忽然道：“到了。”

养心殿就在不远处，魏璎珞哆嗦着青紫的嘴唇，推开他道：“你走吧，别让人看见，咳，是你帮了我，否则，咳……你会有麻烦。”

袁春望叹了口气，如同一片影子般朝她身后退去，身影消弭在墙后。

魏璎珞这才强撑着身体上前，没了袁春望的扶持，她每一步都走得极艰难，好不容易看见了养心殿的大门，她艰难地伸出手去，不等摸到那扇门扉，已经两眼一黑，晕倒之前，隐约见一个高大身影匆匆朝她跑来。

是谁？

魏璎珞猛然睁开眼，只觉身体发软，如处云端，仔细一看，发现身下铺着两床被褥，身旁还烧着炕，将屋子熏得温暖如春。

“璎珞姑娘，你终于醒了。”几个宫女围过来，一个手捧毛巾，一个手持热茶，魏璎珞不敢用也不敢饮，警惕地看着她们：“这里是什么地方？我为什么会在这儿？”

“这儿是养心殿围房。”宫女笑道，眼中竟带上一丝艳羡，“璎珞姑娘，你在大雪里走了四个时辰，皇上开恩，免了你的罪。”

魏璎珞一听是围房，二话不说，翻身而下，就往门外跑。

“哎，你去哪儿呀？”宫女们忙将她拦下。

“皇上不是已经免了我的罪吗？”魏璎珞忍住心头的不安与焦急道，“我要回长春宫了。”

两名宫女对视一眼，“扑哧”一声笑了。

宫女：“就算你想回长春宫，也不能这样回去呀，会吓着皇后娘娘！”

魏璎珞低头看了看自己，的确一身狼狈，身上不但有雪还有泥，如今泥还在，雪却化了，湿漉漉地挂在她衣服上。

宫女：“我们帮你擦洗换衣，重新装扮，过来！”

魏璎珞原本还有些犹豫，却被她们几个强扯去了屏风后。

梳洗罢，望着镜中身影，魏璎珞皱起眉头：“这是何意？”

她心中的不安似乎正在逐渐成真，瞧瞧她身上都是些什么，嵌金丝蝴蝶簪、珍珠耳环、百蝶穿花冬袍，这绝不是宫女该有的打扮，而是正正经经的主子打扮。

两名宫女相视一笑，异口同声：“恭喜璎珞姑娘了！”

不等魏璎珞反应过来，二人便快步离去，锁上了门。

魏璎珞冲到门边：“开门！快开门！你们这是干什么呀！”

她捶门捶了许久，连一丝门缝也没捶开，最后一咬牙，压低身子往上头狠狠一撞，却不料房门忽然从外头打开了，她猝不及防，一下子栽进一个男人怀里。

这个触感……分明是她先前晕倒时，抱住她的人。

魏璎珞缓缓抬头，怎么也没想到会是这个人：“皇上……”

弘历低头看着她，眼底闪过一丝惊艳。

魏璎珞是个美人，哪怕穿着宫女的衣裳，也能在一众宫女中脱颖而出，让人一下子就注意到她，但宫里不缺美人，弘历也不认为自己会为女色所迷，但这一天、这一刻，他脑海里全是自己先前与皇后的那番对话。

“皇上，您执意破坏这桩婚事，真的没有私心吗？”

“朕能有什么私心！”

“也许，皇上是看中了魏璎珞，想要据为己有。”

“皇上……”魏瓔珞充满疑惑的声音将他从回忆中唤醒。

弘历愣了愣，发现不知何时，自己的右手已经抚上她的脸颊，动作温柔而又留恋。

魏瓔珞似乎被他的动作吓住了，忙后退几步，抬手摘下右耳耳环：“皇上恕罪，是宫女们取错了衣服、首饰，奴才立刻换下来！”

她飞快摘下耳环、手镯、钗环，忽然觉得房间里太过安静了，小心翼翼地看向弘历，才发现他不知何时已经坐在了椅子里，单手支着下巴看她。

“怎么了？”他淡淡道，“继续啊。”

不会吧？魏瓔珞单手抓着衣襟，咽了咽口水。

珠钗、佩环已经全部拆放在桌子上，她身上剩下的，就只有这件衣裳……

弘历手指叩着桌面：“不是要换掉吗？怎么不换了？”

魏瓔珞抓住衣襟的手更紧：“奴才原来的衣裳全都湿掉了，不敢触犯圣颜。”

片刻沉默之后，弘历忽然道：“你过来。”

碍于命令，魏瓔珞只能咬咬牙，朝前挪了一小步。

弘历眉头一皱：“朕让你过来。”

魏瓔珞警惕地又走近了一步，却被弘历一下子扯到眼前。

似乎不甘心自己一个人烦恼，弘历盯她半晌，突道：“皇后说朕看上你了，你以为呢？”

魏瓔珞心头乱跳，不是被他感动的，而是被他吓的，面上赔笑道：“皇上说笑了，后宫美人如云，姹紫嫣红，奴才粗鄙无知，不过路边野花，哪敢玷污皇上的眼睛！”

弘历仔细打量她，看得魏瓔珞浑身汗毛倒竖，他突然笑了：“朕仔细想想，御花园里百花齐放才是春，乖巧柔顺的美人，朕已经看腻了，多你一个刺儿头，也很有意思啊！”

魏瓔珞震惊：“皇上！”

弘历：“怎么，你不愿意？”

魏瓔珞只觉浑身发毛，被他碰触的地方痒得如有毛毛虫在爬，竭尽全力才没将他一把推开，勉强笑道："皇上，奴才只想陪伴皇后娘娘，您又何必为了一时兴趣，伤了您和娘娘之间的情分？再说……再说您是帝王，富有四海，胸襟广阔……还有……"

弘历唇角一勾："还有什么？"

魏璎珞情急："您一道圣旨，便可招来天下绝色，环肥燕瘦，应有尽有！保证个个温柔，符合您的喜好啊。您又何必强人所难，只会失了身份！"

弘历喝道："看来你是不愿意了！"

魏璎珞果断道："家雀如何与凤鸟合群，奴才有自知之明！"

弘历沉吟片刻："思九州之博大兮，岂唯是其有女？朕是大清的皇帝，九州的主子，天下美人，皆任采撷，何必勉强一个不情不愿的女人，根本毫无趣味！"

魏璎珞正要高兴，却忽然身体一轻，被人打横抱去。

弘历冷笑道："你是不是指望朕这么说？"

弘历将她放在床榻上，单腿跪在她身侧，上身压了过去，如山峦倾覆，叫魏璎珞喘不过气来，刚刚侧过头，就感到他的唇瓣轻轻碰着她的耳垂，温热的呼吸灌进她耳里。弘历笑道："告诉你，朕第一次勉强女人，觉得特别有意思！你越是不愿意，朕越是要得到你！"

说完，他轻轻啄了一下魏璎珞的耳珠。

第九十六章　同床异梦

耳朵被人轻轻舔舐着，渐渐火辣辣地烫，魏璎珞奋力挣扎着，只是手脚都被人压着，动弹不得。

“皇上！”急中生智，魏璎珞脸上忽堆起谄媚的笑，“其实刚才奴才说的话，全都是违心之言。奴才早就想亲近皇上，可是后宫美人众多，奴才身份卑微，没有亲近的机会，只好故意挑衅，剑走偏锋！现在皇上看中奴才，奴才欢喜极了！奴才愿意伺候皇上，不过……”

舔舐她耳垂的动作一滞，弘历缓缓起身道：“你想当什么？”

“奴才……”魏璎珞舔了舔嘴唇，故意一脸贪婪道，“奴才想当贵人，不想再做宫女了！”

弘历神色一冷：“你的心气倒大，原来就在这儿等着朕呢！”

魏璎珞露出柔媚之态，刻意靠近了：“皇上，你答不答应嘛……”

弘历突然伸手，一把将魏璎珞从床上推了下来，魏璎珞“哎哟”一声，狼狈落地。

满腔欲望被她一语浇熄，弘历居高临下地望着她，一时间意兴阑珊，面色难看地道：“你这样肮脏的女人，不配上朕的榻！”

魏璎珞泫然欲泣：“皇上！”

弘历：“滚！”

魏璎珞迅速站起，战战兢兢朝外退了出去。

弘历：“站住！”

魏璎珞浑身僵住，以为弘历又变了主意，却不等她再次装出可笑的面孔，就听见他在自己身后道：“从今日起，你就是长春宫一个普通奴才，好好伺候皇后，别再心存妄想，朕绝不会要一个居心叵测的女人！”

“是。”魏璎珞状似失望地应了，待出了门，脚步匆匆，一边走一边用力擦掉脸上的脂粉，忽然脚步一顿，望着前方不远处的长春宫，望着拄着拐杖，从里面慢慢踱出的那个人。

“娘娘。”是明玉的声音，她搀扶着那人道，“何必亲自来迎她，雪这么大……”

“本宫想第一个见她。”那人笑着说，声音如春风般温暖，“想对她说一声……你回来了。”

魏璎珞眼中忽然盈满泪水，她抬手一擦，飞快朝那人冲了过去：“娘娘，我回来了！”

皇后转头看她，眼中闪过一丝喜悦，杵着两根拐杖，快步朝她走来，却因为使不惯拐杖，只走了两步就跌向雪地。

“小心！”魏璎珞忙冲过去扶住她，看看跌在地上的拐杖，难过地流下泪来，“娘娘，你的腿……”

“在床上躺太久了。”皇后轻描淡写道，“不过太医说，只要好好练习，总有一天能站起来……就算本宫站不起来，不是还有你吗？”

“是……是……”魏璎珞哽咽道，“若您站不起来，璎珞愿一辈子做您的拐杖。”

皇后愣了愣，忽然闭上眼睛，眼泪骤然落下。

明玉“哇”的一声大哭：“不要忘了我，我也要陪着娘娘！”

风雪漫天，三人拥在一起，却是说不出的温暖。

之后日升月落，时光飞逝，长春宫的茉莉花开了又落，落了又开，转眼之间，已是春天。傅恒在长春宫外立了片刻，最后终于鼓起勇气，抬脚走了进去。

“参见娘娘。”他给皇后行了礼，眼角余光却一直落在伺候在她身旁的魏璎珞身上。

魏璎珞垂首而立，不言不语，更不看他一眼。

“璎珞，你下去吧。”皇后道。

傅恒痴痴看着魏璎珞离去的背影，耳边忽然响起一声叹息：“过去的事，璎珞早已放下，你也该放下了，难道你的心胸，还不如一个女子吗？”

那日风雪中一叩一拜的身影再次浮现在脑海中，傅恒握了握拳头，最后哑声道："姐姐放心，我会对尔晴很好，不会让她受委屈。"

他没说的是，自打那日从皇宫面圣回来，他就一直宿在书房，即便不得已要与尔晴同睡，也是同床异梦，从不碰她。

抱歉，我现在还是忘不了她。傅恒在心里充满歉意道：傅恒现在所能做的，也只有在其他方面补偿你了……

衣食住行，一应奢侈，无论尔晴想要什么，傅恒都不会拒绝。

只不过……

心事重重地回到富察府，前脚刚进院子，就看见管家急匆匆跑来："少爷，您可回来了！"

傅恒叹了口气："发生了什么事？"

过于长久的等待，让尔晴的脾气越来越怪，争吵已是家常便饭，最近更是开始动起了手，不是责罚这个下人，就是打骂那个下人。

"少爷，快去书房看看吧。"管家心有余悸道，"青莲快要没命了！"

傅恒闻言一愣，然后快步朝书房走去。

人刚走到书房门口，就听见里面传来一声凄厉惨叫，然后戛然而止。

"夫人，晕过去了。"

尔晴的声音冷冷响起："泼醒她。"

水声过后："夫人，还绞吗？"

尔晴："绞，继续绞！光绞了这头发还不够，我还得毁了这张狐媚的脸，看她如何做出楚楚可怜之态！"

傅恒深吸一口气，推门而入道："住手！"

原本墨香四溢的书房，如今已成一个可怕的刑场，一名侍女被反绑在地，浑身湿透，瑟瑟发抖，满头秀发已被剪得七零八落，如同一只被人恶意捣乱的鸟巢。

尔晴立在她身旁，手上持着一把金剪，朝她脸边慢慢比画。

"住手！"傅恒心惊，忙朝她喊道。

尔晴回头看了他一眼，忽地一笑，然后毫不犹豫地将剪子朝侍女脸上戳去，一道长长的伤疤从左到右划过侍女脸颊，她惨叫一声，再次晕了过去。

“这一把青丝柔顺可人，落地实在可惜。杜鹃，”尔晴从侍女耳边捧起一缕长发，朝傅恒笑道，“给我把这些头发，全都缝进这道伤口！我要叫她面生青丝，形如鬼魅，再也无颜见人。”

傅恒是上过战场，杀过人的人，他以为自己不畏惧杀人，不畏惧死人，但此时此刻，看着面前巧笑倩兮的女子，他却忽然觉得背上发凉。

“……将青莲带下去，找大夫给她看伤。”闭了闭眼，傅恒吩咐道。

管家忙上前扶起青莲，尔晴见此，目光一冷：“我准她离开了吗？”

傅恒摆摆手，示意屋中众人退下，只留他与尔晴两个，他目光沉痛地望着尔晴：“尔晴，你还要继续闹事吗？”

“我闹事？”尔晴笑了，“富察傅恒，你这一年来都宿在书斋，从不踏入我的房间，原来都是为了她？”

傅恒皱眉：“你说什么？”

“我今天进来，亲眼看见她为你铺床叠被！富察傅恒，我们成亲不过一年，你竟辱我至此！”尔晴越说越激动，最后索性冲过来与他厮打。

傅恒没有还手，仅用手臂拦了一下，结果一支簪子从他袖中脱落，落在地上，断成两截。

尔晴更恼怒：“你还说和她无染，这就是证据！”

“……这支簪子，本是我预备送你的。”傅恒转过身，声音里充满疲惫，“但是现在看来，没这个必要了。”

他转身出了门，天地之大，却忽然不知该去哪儿、该见谁，在路上踌躇了片刻，转道去了下人房，看望无辜受难的青莲。

大夫已经请来了，正在处理她身上的伤势，看着她一圈圈被白布包裹的脸，傅恒眼中闪过一丝愧疚，女儿家的脸面，常意味着她下半生的幸福，尔晴造的孽，便由他来偿吧，若这姑娘以后嫁不出去，他愿意养她一辈子……

“……少爷。”一个轻柔的女声忽然响起。

这个声音竟极像魏璎珞，让傅恒恍惚了许久，才回过神来：“在……什么事？”

青莲躺在榻上，忽然从怀中掏出一物，颤巍巍地递向他。

一只颜色显得有些旧的香囊。

七夕之日，定情之物……最后又成了两人诀别的见证。

傅恒一愣：“……怎会在你这儿？”

“奴才帮少爷整理床铺的时候，不小心捡到了这只香囊，少夫人应是误会了，才会大发雷霆。”青莲顿了顿，道，“奴才见少爷小心将它藏在枕下，一定十分爱惜……便……便自作主张将它藏起来，免得它被少夫人丢了……”

傅恒看着她的手……尔晴不但绞了她的头发，还将她的指甲都给拔了，光秃秃的十根手指头，不住往外溢着血。

“大夫，”傅恒伸手接过香囊，然后吩咐道，“别做事做一半，替她包扎一下手指头，若是身上还有其他伤处，也一并包扎了。”

“谢……谢少爷……”青莲强撑着道谢，一句怨言也没有。

她的声音果然像极了璎珞……

傅恒又看了她一眼，转身离开，路上吩咐管家道：“等青莲伤好，让她继续打扫书房吧，至于少夫人，禁止她再入书房！”

“是！”

禁了尔晴进书房，却并不能禁了她进别的地方。

譬如两人的卧房。

尔晴嫁进来快有一年了，肚子却一点动静都没有，富察夫人想要早些抱孙，所以总逼着傅恒去房间里睡。

书房里的血还没冲洗干净，暂时不能住人，傅恒只得回了自己房里，但实在不想看见尔晴的脸，于是早早就吹灭了灯，侧卧在床内。

身后叹了口气，是尔晴充满歉意的声音：“傅恒，我知道错了。”

傅恒沉默不语。

“你我是新婚不久的夫妻，你整天忙于公务，无暇理会我的感受，我难免一时生气，就拿一个婢女出气。”尔晴朝他抱去，撒娇道，“好了好了，你若是真心喜欢她，大不了将来收房，不过，她毕竟是个低贱出身，上不得台面……”

傅恒再也忍受不了，回身盯着她：“你到现在还不明白？”

尔晴委屈道："我都低三下四来道歉了，你怎么还咄咄逼人呢？"

傅恒："只因一时误会，你就绞了她的头发，生生拔了指甲，还烙伤了人！她也是个人。在你眼里，人命就那么不值钱吗？"

尔晴理所当然："谁家会把婢女当人！"

傅恒难以置信道："我从前在长春宫见到的喜塔腊尔晴，温柔贤淑，端庄可亲，可现在呢？你整日忙着交际应酬，将来往富察府的人和消息传达给来保，又百般凌辱婢女，你当真想要好好过日子吗？"

尔晴气恼："富察傅恒，那是我祖父，根本不是外人啊！官场之上，本就需要抱成一团，你不需要他的支持吗？"

傅恒："我不需要！皇上最恨别人结党，我告诫你多少次，为何屡教不改？"

尔晴气急败坏："说得大义凛然，分明是你一心想着魏璎珞，才会处处挑衅，看我不顺眼！"

傅恒被触痛伤心处，却坚决地说："是，我还没有忘记她！但我一直在努力，我努力要对你好，努力给你想要的一切！可是现在，我一看到你，就想到那双鲜血淋漓的手！"

尔晴："傅恒，魏璎珞比我更恶毒啊！"

傅恒怒极了："魏璎珞爱憎分明，却从不伤害无辜！你呢？因一时忌妒，就能毁人一生！"

尔晴冷笑一声："你念念不忘又如何？我才是你的妻子，是你该爱的人！"

本该如此的。

这也是傅恒向皇后承诺的，他很努力想做到这点，否则也不会一年来，事事顺尔晴的意，更不会买金簪回来送她。

只可惜，随着金簪断成两截，他好不容易敞开一线的心也重新合上了，傅恒忽然坐起，拣了一件衣裳披在身上，然后翻身下床，毫不留恋地朝门外走去。

"等等！"尔晴顿时有些慌了，"你去哪儿？"

"喜塔腊尔晴，"傅恒连名带姓地喊她一句，伸手推开房门，头也不回地道，"在我心里，你永远比不上魏璎珞！你的残忍恶毒，更叫我万分恶心！"

第九十七章　生子方

自那夜傅恒离开，就再也没回来的意思，他宁可睡在冰冷冷的书桌上，也不肯再回房里睡。

尔晴日子难熬，富察家几乎人人都在猜测，她这少夫人的位置只怕是坐不稳了，尤其是她又没个所出，为了富察家后继有人，这一次连富察夫人都不站在她这边，与傅恒商量着是否要纳个妾。

日子实在难过，尔晴心中又怕又怒，最后一咬牙，决定回长春宫搬救兵。

皇后虽重新接纳了她，却一直态度淡淡，对她既不亲热，也不疏远。

这也怪不得皇后，谁叫尔晴在皇后最需要人手的时候，毫不犹豫地出宫嫁人，走得头也不回？如今她需要帮忙的时候，才重新回来，皇后又怎会特地帮她？

更何况她与傅恒的事，终究是家务事，外人实在不好插手其中。

怎么办？尔晴一边给皇后梳着头，一边心里思索着：该怎么让皇后重新信任我、依赖我呢？

“娘娘！”明玉忽然从外面冲进来，她一贯是这样风风火火的样子，“纯妃生了，六阿哥天庭饱满，眉清目秀，太后一看就欢喜极了，亲自赐名永瑢呢。”

皇后若有所思：“永瑢，佩玉行也，太后一定很喜欢这个孩子。”

明玉嘟了嘟嘴：“何止太后喜欢，皇上也高兴极了，当场下旨，册封钟粹宫主位为纯贵妃！”

皇后落寞地笑了：“本宫一直闭门养病，宫中的事，倒是一概不知了。这样大的事，若非是你提醒，都不知去庆贺。”

从镜中看见了皇后脸上的落寞，尔晴心思一动，道：“这一年来，虽然慧贵妃走了，但又有纯贵妃后来者居上，宠冠六宫，如今又生下六阿哥，更是风头无两。皇后娘娘，您还是得养好身体，早日生下嫡子才好啊！”

皇后一怔:“嫡子,这谈何容易!”

尔晴:“奴才知道,您的身体耗损严重,怀孕不易,便特意去求了一副生子方,娘娘不妨试试?”

说完,放下手中牛角梳,从怀中掏出一只藏了许久的锦盒。

“这原是为我自己准备的,只不过……傅恒……已经很久不来我房里了。”尔晴脸上闪过一丝黯然,再次不动声色地将自己的困境于皇后面前摆了摆,然后勉强一笑,“娘娘不可犹豫,中宫膝下空虚,太后口中不说,心中必定生怨,皇上也会十分失望。富察一族,人人都殷切地盼着娘娘早日生下嫡子啊!”

尔晴知道皇后不会拒绝,她在皇后身旁待了这么多年,知道皇后心里最想要什么。

果然,皇后犹豫片刻之后,终是慢慢向前伸出一只手。

眼见那只手就要碰到锦盒,明玉却一个饿虎扑食,一把将锦盒抱进怀里。

明玉斜了尔晴一眼,许是因为最近遇到的糟心事太多,竟然也学会了怀疑别人:“娘娘,这毕竟是宫外之物,奴才送去张院判那儿,查验后再行服用吧!”

尔晴却不怕她怀疑,因为这的的确确是她为自己弄来的生子方,无论是人力、物力都花费无数,只是再也用不上了,所以才拿出来:“皇后娘娘身体要紧,这是理所应当的。不过此事机密,就我们三人知晓,你也不要再声张了!”

明玉犹豫:“魏璎珞也不说吗?”

尔晴防的就是她,怎肯让这女人再来争夺恩宠?当即否决道:“魏璎珞一味担心娘娘身体,过于谨小慎微,她也不想想,若没有嫡子,娘娘将来怎么办,富察家又会如何,若告诉了她,不是坏事了吗?”

明玉:“可是……”

“好了。”皇后听了许久,终是开口了,“璎珞太担心本宫,暂且不要告诉她了。”

她既然拍了板,明玉也只有同意了。

于是数月之后,长春宫内爆出喜讯。

皇后有喜了。

长春宫上上下下,所有人都一脸喜悦,唯独魏璎珞听了这个消息,不但不喜，反而面露疑色。

“这是怎么回事？”从皇后寝殿内出来，她一把揪过明玉，质问道，“叶天士开的调理方有一味紫茄花，本身有避子之效。他说过，娘娘身体彻底调理好了，才可停药备孕。可如今，娘娘已经怀孕了，说明你们一早就停了药！”

明玉为难：“魏璎珞……”

身后传来“扑哧”一笑：“魏璎珞，长春宫的事儿，难道都要告诉你吗？未免自视过高了吧！”

魏璎珞猛然转过身：“尔晴……此事和你有关！”

尔晴：“你应该说，是托了我的福，长春宫才会有喜讯！”

魏璎珞看看尔晴，又看看明玉：“你们全都知道，却瞒着我一个人？”

明玉：“魏璎珞……对不起……我不是有心……”

魏璎珞一声冷笑，拂袖而去。

第九十八章　生产

"唉。"魏璎珞叹了口气，换了只手撑脸。

对面来回走动的人影停下来，伸手在她脸上一捏。

"哥，你干什么呀？"魏璎珞挥开他的手。

"这是你叹的第三十口气。"袁春望道，"我特意穿上你做的鞋，的确舒服又方便，可你好像都没注意到呢。"

魏璎珞叹了第三十一口气："皇后娘娘怀孕了。"

"那你叹什么气？"袁春望"扑哧"一声笑了，"这不是天大的喜事吗？"

魏璎珞瞪他一眼，没好气道："可叶天士之前说过，娘娘身体虚弱，若再怀孕生子，必定折损元寿！娘娘明明知道，却还是做出这种决定，我真不明白，到底是身体重要，还是子嗣重要！"

袁春望理所当然道："当然是子嗣重要！"

魏璎珞愣道："哥！"

袁春望眼神平淡，与魏璎珞不同，魏璎珞太过关心皇后，所以看不见旁边的东西，他却冷眼旁观，看清了这宫中大势。

"璎珞，"他沉声道，"皇后病倒这段日子，娴贵妃大权在握，纯贵妃又霸着圣宠，若皇后再这样下去，迟早后位不保！你明明知道，皇后的决定没有错，又为什么要生气？"

魏璎珞摇摇头："我不管什么权力、圣宠，只要娘娘平安无事。"

袁春望与她不同，他倒是希望皇后能够诞下嫡子。因为皇后是魏璎珞最大的靠山，皇后的位置越稳固，魏璎珞得到的好处就越多，而一个嫡子，或者一个太子，能够让皇后的地位坚不可破。

不过这些话，他只会藏在心里，不会说给魏璎珞听，免得她大发脾气。袁春望拍了拍魏璎珞的脑袋，随口道：“如今木已成舟，担心何用？好好照顾皇后，生下嫡子才要紧。”

数月后，长春宫侧殿。

魏璎珞、尔晴、明玉、长春宫大大小小的宫女、太监全聚在了一处，宫灯彻夜点着，每个人都面色焦虑，没有半点睡意。

“啊——”皇后的惨叫声从房内传出来。

弘历在门外来来回回地走，脚步越来越急。

李玉宽慰道：“皇上放心，整个太医院都在候着，皇后娘娘一定能平安生产。”弘历沉默不语。

话音刚落，门内又传出一声尖叫，长长响起，又很快没了气息。

弘历顿住脚步，飞快下令道：“快，快去看看！”

“嗻。”李玉忙不迭冲了出去。

寝殿内一片狼藉，血水一盆盆送出去，皇后苍白如纸，仿佛一夜之间流尽了全身的血，身上半点颜色也无。

产婆额头冒汗道：“婴儿两脚先下，这是连环生啊！”

魏璎珞哆嗦着嘴唇，脸色竟与床上的皇后一样苍白。

过了半天，她才哆哆嗦嗦从嘴里憋出一句：“若是救不了皇后娘娘，你们也落不了好处！实在不行，就请太医来！”

产婆道：“这种情形，太医也救不了人！唯一的办法，手伸入产道，碰碰阿哥的小脚，希望上天保佑，阿哥聪慧，自己向上抱了头，还有一线生机！”

这法子光听就是九死一生，魏璎珞阵阵眩晕，脚下一个踉跄，险些站不稳。

“璎珞姑娘，你还好吧？”产婆忧虑地问。

“我很好！”魏璎珞咬了咬舌尖，“需要我怎么做？”

“抱住娘娘的上身即可。”产婆犹豫一下，“若是撑不住，就换个人来？”

“不了。”魏璎珞几步上前，温柔而又坚定地抱住皇后，“这个时候，我绝不能离开娘娘……”

皇后强撑着睁开眼，望着她。

“娘娘，”魏璎珞柔声鼓励，“你加油，璎珞陪着你……”

皇后已经虚弱得说不出话来，但还是艰难地朝她点点头。

半个时辰之后，一声响亮的婴儿啼哭声响起，如同旭日初升，如同甘露降临，长春宫里里外外，所有人都望向啼哭声响起的方向，弘历几乎是立刻就推门而入，冲到了床沿。

屋内，孩子在哭，魏璎珞也在哭。

“怎么跟个孩子似的？”皇后笑话道，抬手擦了擦她眼角泪水，目光充满怜惜。

“旁人都在笑，怎么只有你在哭？”弘历大步走来，许是因为心情大好，也一并取笑她。

“我……”魏璎珞哽咽得说不出话来。

“你别取笑她。”皇后温柔地握住魏璎珞的手，道，“所有人都在为七阿哥的出生而高兴，只有她，一直守在我身边，为了我而流泪。”

千金易得，知音难求，皇后一语道破魏璎珞的心思，反叫她的泪流得更加凶猛，她将皇后的手贴在自己脸颊，抽泣道：“娘娘，刚才璎珞真的很害怕，我失去了娘，失去了姐姐，不想再孤身一人了，谢谢您，谢谢您还活着……”

她一贯脾性倔强，如同一颗摔不烂的石头，难得露出这样柔弱可怜的姿态，不但皇后看她的目光充满怜爱，就连弘历看她的目光都变得柔和起来。

过了好一会儿，魏璎珞才想起屋子里还有弘历这个人，虽不舍，但还是知道这个时候，应该留下些时间给他们二人单独相处，于是起身告退道：“娘娘，您劳累一夜了，奴才去为您端些补品来。”

她与众人告退之后，弘历坐到皇后身旁，吐出一口酒气，欢喜道：“皇后，是永琏回来了吗？”

皇后闻言一愣：“皇上，您喝酒了？”

“你在里头一直不好，朕只好在外面喝酒……”或许是因为喝醉了，所以弘历这个一贯傲慢自大，令人猜之不透的帝王，竟一下子变成了个普通的男人、普通的丈夫，对她絮絮叨叨道，“永琏聪明俊秀、万里挑一，他永远是朕最心爱的儿子。他走了，朕很难过，很心痛！但是朕相信，总有一天，他会重新回到咱们身边来。你看，他马上就要回来了！”

皇后痴痴看着他，她以为他已经将那个夭折的孩子忘了，但他没有……

弘历孩子气地抓住皇后的手，眼角挂着一滴泪水，因为少见，所以显得异常珍贵：“皇后，你问问永琏，从前朕忙着政务，没一天陪过他，甚至没有抱过他，他怪不怪朕，还愿意——做朕的儿子吗？”

泪水涌入眼眶，皇后痴痴地看他许久，然后慢慢点点头。

待到两人诉完情肠，已是半夜。

弘历摇摇晃晃从屋内走出，李玉几步上去扶住他：“皇上，您这醉着酒，还是先回养心殿休息吧。”

“不，朕不回去！”弘历一把将他推开，口齿不清地喊道，“朕要留下！朕要陪着皇后！”

皇后也有些不放心，道：“起风了，皇上现在回养心殿，难免酒后受寒，今夜就留在长春宫休息吧。”

一阵冷风穿门而入，皇后忍不住咳嗽两声，魏璎珞忙将一件大氅披在她肩上，皇后拢了拢肩头狐毛，吩咐道：“尔晴，请皇上在东侧殿歇息。”

“是！”尔晴应道。

房门关闭之际，她抬头朝魏璎珞看去，一个声音忽然在她耳边响起：“喜塔腊尔晴，在我心里，你永远比不上璎珞！你的残忍恶毒，更叫我万分恶心！”

那一瞬间，尔晴的目光变得极为幽冷。

夜，东侧殿。

李玉去了趟茅房，净身后就这点不好，每次如厕都费时、费力，避免洒在身上。待他回来，忽听见东侧殿里响起一声女子的惊呼，柔媚入骨，曲意奉承：“皇上！”

皱了皱眉，李玉拉过门前守着的小太监问：“刚刚是谁进去了？”

“长春宫的一个宫女，”小太监压低声音回道，“过来送醒酒汤的。”

正说着，房内传出裂帛声，小太监似没见过这阵势，刚要开门查看，被李玉一巴掌拍了回来。

“看什么看？”李玉没好气道，“皇上要宠幸谁，都是她的福气，少看少问，小心掉脑袋！”

小太监缩了缩脖子，不敢开口了。

冷哼一声，李玉将拂尘捧在手肘间，一边守在门口，一边心想：这长春宫的风气真该整整了，皇后才刚刚诞下嫡子，就有宫人迫不及待地爬上皇上的床，也不知该说她大胆，还是说她狡诈……

一夜芙蓉帐，天蒙蒙亮时，房门“吱呀”一声开了，一个面色哀戚的女子从里头走出来。

李玉回头一看，待看清对方的面容，登时一个哆嗦。

那女子面容姣好，体态婀娜，这不是重点，重点是……她是尔晴！富察傅恒之妻！

李玉只觉手脚冰冷，直至对方走远，他才拖着灌铅似的双脚，走进了东侧殿，只看了一眼，就心道完了。

只见满床凌乱，空气中仍弥漫着一股男女交合过后的旖旎气味，弘历仅披里衣，坐在榻上，脸色阴沉地望着他。

“皇上……”李玉膝盖一软，正要跪下，一只靴子便迎面丢来。

“滚！”弘历怒吼一声。

若有所觉，走在回宫路上的尔晴忽然定住脚步，回望一眼，脸上不见半点愧疚，只轻轻一笑，笑声畅快无比。

第九十九章　喜讯

火焰舔着药罐，魏璎珞坐在一旁打扇，空气中弥漫着一股浓浓药味。

“璎珞！”明玉推门而入，兴冲冲地将一则喜讯与她分享，“璎珞！你知不知道，皇上给七阿哥起了什么名字？永琮！你知道‘琮’是什么吗？”

魏璎珞聚精会神看着药罐，似没听见她进来，似没听见她说话。

“琮，宗室庙堂之器。”明玉手舞足蹈道，“可见皇上有意让七阿哥承继——”

“祸从口出。”魏璎珞将手一抬，蒲扇挡在明玉的大嘴巴前。

明玉一把夺过她手里的扇子，一边给她打扇，一边不依不饶道：“本来就是！六阿哥的‘瑢’字，乃佩玉相击之声，可咱们七阿哥，却是庙堂之器，孰轻孰重，一目了然！”

璎珞瞪了她一眼：“是啊是啊，我忙着熬药呢，你去别处炫耀吧！”

明玉是来找她分享自己的快乐的，见她这么不配合，不由得有些生气，嘟起嘴道：“你怎么一点儿都不高兴呢？”

“有什么可高兴的？”魏璎珞意兴阑珊道，“娘娘为了生七阿哥，险些血崩而亡，太医都说会有损元寿……”

明玉有些奇怪地看着她：“可身为后妃，有了子嗣才能屹立不倒！别说后宫妃嫔，天下女子亦然！”

“若没了性命，纵有泼天的权势富贵，又有什么用处？”魏璎珞沉声道。

“可……可娘娘不看重权势、地位，只得了七阿哥，便心满意足了！”明玉虽然还在嘴硬，气势却已经弱了许多。

“女人也是人，无论到了什么时候，自己的性命才最要紧。”魏璎珞笑道，“娘娘福大命大撑过去了，若撑不下来，留下一个没娘的孩子，能在紫禁城好好活下去吗？那些为了生孩子不要命的，都是傻瓜。”

明玉愣住。

“喜讯，喜讯啊！”

就在明玉向魏璎珞道着喜讯的同时，富察家也同样收到一则喜讯。

“额娘，”傅恒走进大厅，“什么事，这么急着找人叫我回来？”

因皇后久病不起的缘故，富察夫人哭瞎了一只眼，虽日日敷药，但至今也只能迷迷糊糊看见一点人影，她向对面的影子伸了伸手：“傅恒啊，一个天大的喜讯，你知道了，也一定高兴极了。”

傅恒忙上前握住她的手：“什么好消息？”

一直都是坏消息多，富察夫人已经很久没笑得这么开心过了：“你媳妇儿终于有孕啦！”

傅恒脸上的血色在瞬间褪得干干净净。

富察夫人眼睛不好，没有察觉到他脸上的异样，依旧拉着他的手道：“皇后娘娘身体痊愈，又有七阿哥深受圣眷，额娘不担心别的，就担心你，如今额娘可放心啦，尔晴可真是咱们家的大福星！你要好好照顾尔晴，万不可怠慢了她！”

“……是。”傅恒咬牙道，眼中充满深恶痛绝。

等从大厅出来，傅恒不做停留，飞快冲进尔晴卧房内，阳光正好，尔晴倚在雕花窗旁绣花，飞针走线，一朵并蒂莲在绣绷上渐渐成形，忽然一只手从旁边伸过来，一把抓住她持针的手，将她从椅子上拽起来。

映入眼帘的，是傅恒怒不可遏的面孔，他沉声道：“这个孩子是谁的？”

尔晴笑了起来，如同新婚夫妻之间做游戏的娇憨语气：“你猜。”

傅恒懒得跟她打机锋，将她的手腕握得嘎吱作响：“我再问你一遍，这孩子是谁的？”

手腕剧痛，尔晴却笑得更欢：“人人都说富察傅恒聪明绝顶、手段厉害，年纪轻轻便进了军机处，是皇上的一等心腹大臣，前途不可限量，我看全是虚妄之言，自己的妻子怀孕，都不知是何人所为呢！”

“你！”傅恒气得浑身发抖。

尔晴一把甩开他的手，满不在乎道：“你可以宠爱婢女，我就不能琵琶别抱吗？”

她忽然不说话了。

只听“铿”的一声，傅恒拔下墙上长剑，他屋子里的剑可不是装饰品，即便是装饰品，落在他这样的勇士手里，也是一件不折不扣的凶器。

尔晴警惕地看着他：“你想做什么？”

“富察家百年清誉、额娘一腔希望，不能毁在你的身上。”傅恒眼中血丝密布，将手中长剑往她面前一丢，“我不杀女人，你自己动手吧！”

长剑落地，发出清脆声响。

尔晴看了眼地上的剑，涂抹着朱丹的唇向上一勾。

“原来再宽容的男人，都不能允许妻子红杏出墙啊！可惜，你杀不了我，我更不会自杀，因为……”绣花鞋践踏过剑身，尔晴一步一步走到傅恒面前，眼神充满戏谑与得意，“这个孩子，他姓爱新觉罗！”

傅恒当场石化。

尔晴还不肯放过他，继续说：“你听清楚了，我怀的是龙种，是天子的血脉，你敢动一根手指，顷刻大祸降临！”

“不！”傅恒摇摇头，脸色雪白道，“皇上不是欺辱臣妻的人！”

“皇上不是，我是啊！”尔晴打破他最后的希望，残忍笑道，“为了寻找良机，我可费劲儿了！”

傅恒终于忍受不了，一把扼住她的喉咙，咬牙切齿道：“你为什么要设计皇上，为什么要这么对富察家！”

“咳！”尔晴咳嗽一声，毫不畏惧地望着他，大笑道，“富察傅恒，你是众人眼里的翩翩公子，天下女人最想要的好归宿，就连了不起的魏璎珞，都被你迷得神魂颠倒！可我就是要你忍屈受辱、痛苦煎熬，每一次跪倒御前，你都会想起这件事，每一次获得晋升，你都要想一想，是不是用妻子换来了顶戴花翎！你恨我，却不能杀我，你厌恶这个孩子，又要一辈子养着他！哈哈哈哈！好笑，太好笑了！这个主意，我真的想了好久，是不是特别有趣啊！”

看着笑若癫狂的尔晴，傅恒反而慢慢松开手指，后退一步，离她远了一步，满目厌恶道：“你不光恶毒，还是个疯子！”

“恶毒”二字，点燃了尔晴心底的酸楚与怒意，叫她五内俱焚，真如疯了似的扑过去：“对，我就是个疯子，被你和魏璎珞两个人逼疯的！富察傅恒，这就是你羞辱我所要付出的代价，终此一生，你都别想摆脱我喜塔腊尔晴！”

傅恒一把推开她，用极陌生的眼神盯她许久，仿佛第一次认识她，又仿佛从来不认识她。

“傅恒，你去哪儿？”尔晴重新站稳之后，朝他喊道。

房门“吱呀”一声打开，傅恒不理，头也不回地冲了出去。

“你怎么跑了，你害怕了是不是？你回来啊，回来看看我，看看你的孩子啊，哈哈哈哈哈！”尔晴在傅恒身后笑得上气不接下气，最后呜呜哭了起来。

哭了片刻，她抬手一擦泪水，既然没有人关心她，没有人爱护她，没有人为她擦拭眼泪，她为什么还要哭？

“我在宫里过着卑躬屈膝的日子，忍耐了六年，期盼了六年，以为等到温润良人、锦绣前程，最终落得孤衾寒枕、形单影只，这样的痛，凭什么我一个人来受？”尔晴望着傅恒离开的方向，冰冷的泪水干涸在脸上，她慢慢笑道，“富察傅恒，你的痛苦，不过刚刚开始！”

第一百章　除夕夜

除夕到了。

不但民间张灯结彩，宫中同样热闹。

树梢上挂上了灯笼，有红纸糊成的胖灯笼，也有画着才子佳人图样的六角宫灯，鞭炮声响起，几个宫女、太监放下手中的灯笼，齐齐捂住耳朵。

皇后怀里的永琮有样学样，也用胖胖的小手捂住自己的耳朵。皇后怜爱地看他一眼，对身旁的魏璎珞道："璎珞，今年除夕宫里的隔年饭和赏银，都分派好了吗？""是，奴才去问的时候，娴贵妃一早安排好了，宫里人人有份，因内务府今年进项多，还比往年厚了一成，大家都高兴极了。"璎珞看着她，心里也十分高兴。

她原本担心的事情没有发生，产子之后，皇后的身子并未因此虚弱下来，相反，似乎是因为有了永琮的陪伴，她的气色越来越好，最近还开始长肉，脸颊渐渐丰润起来。

比起病如西施的皇后，魏璎珞觉得还是胖些的皇后比较好看。

这一切都是托了永琮的福。魏璎珞眼神变暖，正想逗逗皇后怀里的永琮，外头忽然走来一个太监，行礼之后，道："皇后娘娘，魏家传消息来，璎珞姑娘的父亲摔马重伤，要请娘娘开恩，准她回去探视。"

魏璎珞面色一僵。

皇后点点头："璎珞，你拿了本宫手令，即刻出宫去吧。"

"不。"魏璎珞硬邦邦道，"我不去。"

皇后愣了一下："你这又是干什么？"

魏璎珞咬牙道："他为了区区内管领之位，连亲生女儿都能拿来做筹码，这样的父亲，我不需要！"

“不得胡言！孝道大于天，今日你若不去，他日必受人诟病，如何立足于宫中？”皇后摇摇头，不允许她在这件事上落下污点，当即替她拍板道，“听本宫的话，立刻出发。”

魏璎珞无奈，只好不情不愿地应了声是。

皇后这才笑了起来，柔声对她道：“去吧，本宫等你回来。”

魏璎珞一步三回头地出了宫，太监传完话以后，同样也出了宫，但没有回内务处，而是左右四顾片刻后，匆匆赶去了钟粹宫。

与其乐融融的长春宫相比，钟粹宫显得有些严肃寂静。

娴贵妃俯卧在美人榻上，香肩半露，一名刺青师傅仔仔细细观察她肩头的旧伤疤，衡量再三之后，才小心翼翼开口：“娘娘，不若刺一朵莲花。莲，出淤泥而不染，濯清涟而不妖，是天下最高洁的花儿，正符合娘娘的品性。”

“出淤泥而不染，濯清涟而不妖？”娴贵妃先是一愣，继而哈哈大笑起来，因笑得太过剧烈，故而钗钿凌乱，连遮在身上的薄纱都落了下来，“妙，真是妙极了！”

刺青师傅跪在地上，压根儿不敢抬头看她，额上汗水密布，不知道自己刚刚说错了什么话。

“起来吧。”直到珍儿在一旁提醒，“娘娘答应了，你照办吧！”

“是。”刺青师傅这才擦了擦汗起身，花了几分钟稳定了一下心绪，才止住了双手的颤抖，稳稳地拿起了针。

银针蘸了染料，轻轻落在娴贵妃肩头。

每一针下去，娴贵妃的身体就微微颤抖一下，没过多久，大片大片的汗珠就冒出来，让她像是刚刚从水里捞出来似的。

为了避免染料晕开，珍儿不断用帕子擦拭她身上的汗水，有些心疼道：“娘娘，留着这道疤痕，不是能让皇上更怜惜吗？”

“你懂什么？”娴贵妃“咝”了口气，目光冷厉道，“日子久了，怜惜愧疚就成了厌恶，就算皇上不说，本宫也得有自知之明。”

一朵青色莲花慢慢绽放在娴贵妃的肩头，她的神色越发冷酷，却在此时，外头传来敲门声，珍儿起身出去了片刻，回来以后，凑在娴贵妃耳边说：“娘娘，魏璎珞出宫了。”

“是吗？”娴贵妃慢慢睁开眼，“那还等什么？将这消息递给纯贵妃吧，为母则强，为了她的六阿哥，她知道要做什么。”

魏璎珞出宫，一时半会儿回不来，即便心里不情愿，一顿饭总要在家里吃的。

没了她的陪伴，皇后心里总觉得少了些什么，就连晚饭都吃得有些没滋没味，只略略动了几筷子就放下了，待到夜深，她早早乏了，哄睡永琮之后，便回到寝殿内，让明玉为她卸下钗环，准备上床歇息，钗环拆到一半，忽然听见殿外一声大喊：“来人啊，暖阁走水了！”

暖阁，永琮如今的居处。

皇后惊得魂飞天外，跳起身道：“永琮！”

天上无星无月，暖阁却烧成了一片火海，光焰冲天而起，将半个天空都烧成了红色。

“永琮！永琮！”皇后被几个宫女拉着，否则早已冲入火海。

几个宫女太监冲向宫门口巨大的“吉祥缸”，想要取水救火，哪想打开缸盖，缸内的水竟已全部结冰，压根儿取不出水来。

“怎会这样？”明玉看着里头的冰块，声音苦涩，忽转头对宫人们喊：“叫火班的人来救火！你们去后院，井水！井水！”

一个人冲出宫门报信，其他人赶去后院取水。

待处置完一切，明玉左顾右盼，忽然脸色一白：“娘娘呢？”

一群人只顾着寻水灭火，竟没人留下照看皇后，待回过神来，便发现皇后竟不知所终，明玉望着不知何时已经打开的暖阁大门，心胆俱裂，大叫一声：“皇后娘娘！”

她不顾一切朝大门冲去，却又被迎面而来的热浪逼了回来，呛了几声，正不知所措时，先前去报信的太监领着火班的人赶到。

“快，快救救皇后娘娘！”明玉指着被火焰烧得通红的大门，哭着对他们喊，“皇后娘娘在里面！”

众人大惊，火班的人急忙用激桶救火，只是火势太大，一时之间难以扑灭，烧至最后，琉璃瓦脊接连破裂坠下，暖阁竟有崩塌之势。

“娘娘！”明玉别无他法，只得一咬牙，从一名太监身上扯下棉袍，用水打湿了，往自己身上一罩，就要往火海里冲。

身旁的人急忙将她拦下，明玉挣扎道：“放开我，我要去救娘娘……娘娘！看，是娘娘！”

众人顺着她的目光看去，见一个踉踉跄跄的身影从暖阁内冲出，来不及高兴，明玉已经焦急地喊道：“快喊太医，快，快！”

皇后被烧得浑身是伤，伤势极为骇人，衣上、发上还燃着火。几个太监、宫女急忙冲过来，解下身上的衣裳，扑灭她身上的火星。

见她模样如此凄惨，明玉的眼泪一下子全涌出来，扑过来道：“娘娘，您还好吧……七阿哥还好吧？”

说完，她低头看向皇后怀中紧紧抱着的襁褓，忽然目光一滞。

“他很好。”皇后声音沙哑，目光呆滞，“他很好，他很好……”

襁褓被烧得发黑，里面静悄悄一片，没有哭声，也没有……半点呼吸声。

第一百〇一章　丧

只一夜工夫，雕栏玉砌的暖阁就烧成了一片废墟，些许黑气从断瓦残垣中升出，又很快被水泼灭。

昨日还张灯结彩的长春宫，今日哀声一片。

“走开！”皇后死死抱住怀中襁褓，疯狂地将枕头、被褥砸向太医、宫女等人，“不许过来，七阿哥很好，他很好！”

弘历刚要走过去，就被张院判拦了下来：“皇上，皇后伤心过度，失了神志，万不可靠近！”

一把推开张院判，弘历快步走到皇后面前，道：“皇后，永琮已经没了，你先放开他，让太医给你看看伤，好不好？”

皇后如同一头受惊的母兽，紧紧抱住襁褓，缩在墙角里，警惕地盯着他，身上的烧伤经过一夜，越发显得凄惨狰狞，创口处不断有鲜血往外溢。

这样下去不是办法，弘历一咬牙，忽然几步上去，用力抱住皇后，然后厉声道：“把阿哥带走！”

“不！”怀中襁褓被几个宫人夺走，双手双脚又被弘历给钳制着，皇后动弹不得，只能撕心裂肺地喊道，“把永琮还给我，还给我！”

宫人在弘历的示意之下，将襁褓抱出长春宫，目送他们离去，皇后眼底一片绝望，忽转头朝弘历吼道：“是你，是你夺走了永琮，你为什么要夺走我的儿子？”

弘历心中悲痛至极，却还要安慰她：“因为他死了，皇后，永琮已经死了！你振作一点，不要如此失态，更别忘了你自己是谁！”

皇后盯着他，一字字道：“我是谁？皇上，你说我是谁？”

弘历认真地说：“你是朕的妻子，是母仪天下的大清皇后！”

“是啊，我是大清皇后！自册封之日起，我侍奉太后，敬重皇上，善待妃嫔，治事小心，我怕行差踏错，被世人指责，怕不够贤德，遭皇上厌弃！不妒、不怨、不恨，我帮皇上护着妃嫔，甚至把她们的孩子当成自己的孩子，可我得到了什么？除夕之夜，合家团圆，上天却要我在这一天失去永琮！他是我用自己的性命换来的，世上最珍贵的人啊！”皇后笑了一声，布满伤痕的手死死握住弘历的手臂，凄凉地质问道，“皇上，你告诉我，富察容音从未做过一件坏事，为什么落得如此下场，上天为什么要这样残忍，为什么，为什么啊？”

弘历反握住皇后冰冷的手指，眼底隐隐有一线泪光，声音沙哑道：“皇后，你累了。”

“不，我不累。”皇后忽然推开他的手，“我要去找永琮，我要去找他。”

弘历再次伸手去拦，却见皇后目光一厉，抓起弘历的手臂，狠狠一咬，牙齿深深扎进弘历的肉里，鲜血立刻在她嘴里弥漫开来。

她向来温柔贤惠，众人从未见过她如此疯狂的模样，顿时吓呆了，唯弘历短暂地皱眉之后，大喝一声：“皇后累了，需要休息，你们还在做什么，还不快过来服侍皇后歇下？”

众人这才回过神来，七手八脚地过来帮忙，但在皇后的疯狂挣扎下，竟个个带伤，不是脸被抓破了，就是被咬伤，又因为对方是皇后，不敢太过冒犯，于是投鼠忌器之下，最后竟无一人能靠近她。

“我不要当皇后了。”皇后摇摇晃晃地站起身，身上到处都是血——她自己的血与旁人的血，嘴中喃喃道，“我就做富察容音，我就做永琮的母亲，我什么都不要，什么都不要了！把永琮还给我，把他还给我！”

弘历握着受伤的胳膊，痛苦地闭了闭眼睛，咬牙道：“取绳索来！”

明玉震惊地看他：“皇上？”

“叫你们拿绳索来！”弘历厉声道。

“是，是！”太监们连滚带爬，很快就取了一条绳索来，弘历深呼吸几下，在众人惊讶的叫声中，扑上前去，用手中绳索将皇后捆了起来。

绳索在她身上套了一圈又一圈，皇后疯狂挣扎道：“弘历，你放开我！你放开我！”

弘历也不愿将她如牛马般捆着，只是更不愿意看她伤人、伤己，忍着眼中的泪水，他哑着声音道：“富察容音，你是朕的皇后，是爱新觉罗弘历的结发妻子，你没有放肆任性的权力，更没有中途退出的可能！朕不管你是病了，还是发疯了，都要牢牢记住，你肩头的责任！”

皇后总是很擅长忍耐，往日里，只要拿“责任”二字压她，她就什么都能忍耐下来，但她是个人，人，总有忍无可忍的那一天……

“永琮！”皇后忽然崩溃地大哭道，从喉咙里、从胸膛里发出人世间最悲凉的哭声，“永琮！”

哭声回荡在长春宫里，久久无人回应。

那个会在鞭炮响时用小手捂住自己耳朵的孩子，那个会在母亲呼唤他时，咿咿呀呀回应的孩子，再也回不来了。

从寝殿内出来，弘历抬手擦了一下泪水：“明玉。”

“奴才在。”明玉的眼睛也是通红的。

“从现在开始，你要一直守着皇后，听明白了吗？”弘历嘱咐道。

“是。”明玉回道。

弘历点点头，又回头望了寝殿一眼，然后才叹了口气离开，走了没两步，忽然脚下一个踉跄，险些跌倒在地，李玉连忙伸手去搀扶，弘历却挥开他的手，慢慢挺直了脊梁，沉声道：“传旨，朕要亲自为七阿哥治丧。”

李玉震惊地望着弘历：“皇上，这不合规矩！”

弘历脸上泪痕未干，冷冷道：“朕说的话，便是规矩！”

李玉犹豫道：“那太后那儿，要不要奴才派人去禀……”

弘历摆摆手：“太后十分喜爱永琮，这个消息，只能由朕来告诉她！”

李玉：“嗻。”

“走吧。”弘历又叹了口气，一瞬间，似乎老了许多，“朕想再看眼七阿哥。”

却在此时，一名太监飞快来报：“皇上，八百里加急。川陕总督张广泗奏紧急军情，大金川土司莎罗奔攻明正土司等地，意欲吞并诸藩！”

闻声，弘历长久没有开口说话。

李玉低声斥责：“长没长眼睛，七阿哥刚去，皇上哪儿有那心情，快滚下去！”

弘历冷冷打断他："着和亲王安排永琮治丧事宜，召军机大臣去养心殿议事！"

李玉一怔，陡然明白过来："嗻！"

弘历最后看了一眼长春宫，歉意在他眼中一闪而过，他毫不犹豫地转身离去。

里外仅有一门之隔，外头的动静，其实瞒不过门内的人。

皇后身上捆着绳索，一动不动地躺在床上，眼睛直直盯着天花板，半天都没有动一下，若不是呼吸还在，竟似个死人。

"明玉。"良久，她忽然开口道，声音极冷静、极正常，不复先前的癫狂。

"娘娘！"明玉忙奔到床边。

皇后慢慢转过头，眼中一片清明，因伤势严重，故而看起来有些形容憔悴，但声音、神态已经恢复到平时的温柔："本宫饿了，想吃些东西。"

"好，好。"明玉含泪笑道，"奴才马上吩咐小厨房准备。"

皇后："你先松开绳子。"

"这……"明玉脸上流过一丝犹豫。

"怎么，你难道还要一直捆着本宫不成？"皇后对她柔声一笑，"本宫已经好了。"

明玉小心翼翼打量她片刻，见她神色如常，再无疯癫之态，于是放下心中的将信将疑，给她解了绑。

解绑之后，皇后也未发难，只是揉了揉带着绳痕的手腕，轻轻道："本宫想吃你做的江米年糕。"

"好，好。"明玉点完头，又犹豫起来，"现在去做，要好久才能完成，您一整天滴水未进，不如先让厨房准备薏仁米粥，好不好？"

皇后摇摇头："不，本宫只想吃你做的江米年糕。"

"好吧。"明玉实不忍拒绝她，只好道，"奴才立刻去做，娘娘好好休息，奴才做好了，立刻给您送来。"

望着她匆匆离去的背影，皇后忽然喊道："对了……璎珞回来了吗？"

"没有。"明玉摇摇头，心中也十分遗憾，若是有璎珞的陪伴，想必皇后娘娘会好很多。

皇后失望道："本宫知道了，你去吧。"

皇后并不是真的想吃江米年糕，故意选了这个费时许久的点心，是为了能够支开明玉。

明玉走后不久，皇后慢慢从床上下来，一步步走出寝殿。

冷风吹过空枝，茉莉花不知何时已经凋零而去，空留枯枝于风中摇曳，道不尽的萧索凄凉。

皇后的目光越过空枝，遥遥望着不远处的角楼，脸上浮现同样萧索凄凉的笑容，轻轻道："我这一生，真是步步是错。"

拔下头上珠钗，毫不在意地往地上一丢，皇后笑道："我天性不爱拘束，却嫁进了皇家，成了大清皇后。"

一只明月珰丢在地上，被她的鞋底无情碾过，她抬手摘着另外一只耳上的明月珰，笑道："若我能安安分分地当个六宫典范倒还罢了，可我却贪恋儿女情长，妄想得到皇上的爱……"

金钗步摇，耳珰玉环，一样一样从她身上脱落，就像她执着的过去、执着的责任、执着的爱情。

不知不觉，皇后身上除却一件素白衣裳，已经别无他物，她立在高高的角楼上，衣摆迎风而展。

"一错再错，我最大的错，就是生下永琏和永琮。"她痛苦地闭上眼睛，"你们两个不该投生在我这儿，我身为母亲，却无法保全你们，一切都是我的错……"

淅淅沥沥的雨水从天而降，夹着细小的雪。皇后慢慢睁眼看向天空，抬手接了一片雨雪，雪花在她掌心融化，她心中酸楚无比，似乎老天都在惩罚她，暖阁起火时，不见天空下雨，到了此刻，竟突然下起雨来。

"对不起，对不起，对不起。"她连说三声对不起，对自己的家族，对皇上，对两个夭折的孩子，最后含泪笑道，"对不起，璎珞，答应要等你回宫，可惜，我等不到了……不过，你要为我高兴，从今以后，我不再做皇后了，只做富察容音，我——只是富察容音！"

她忽然张开双臂，如同一只白色的飞鸟，自紫禁城的角楼一跃而下。

第一百〇二章　赐死

咚，咚，咚——

魏璎珞脚步一顿，望向钟声响起的方向，不知为何，心中狂跳不止。

“这是丧钟。”负责开宫门的侍卫惊讶道，“宫里面出了什么事？哪位贵人去了？”

一名侍卫从宫内冲出，面色惶恐，道：“皇后崩逝了！皇后崩逝了！”

魏璎珞愣了愣，从家里带来的年礼脱手而落，她忽然推开两人，飞快地朝长春宫方向奔去。

远远听见哭声一片，等进了殿内，便见满目白幡，魏璎珞一把抓住明玉：“发生了什么事？”

明玉哭得说不上话来，魏璎珞实在等不下去，索性松开手，急急朝寝宫方向跑去。身后，明玉终于找回了自己的声音，嘶哑哭道：“别看，娘娘她现在——”

殿门“吱呀”一声开了，魏璎珞愣愣看着床上的皇后。

一床锦被盖在她身上，从头到脚。

滴答，滴答，鲜血沿着一角被褥往下淌，在地上凝了一个血圈，魏璎珞望着那血圈，手脚冰冷，迟迟不敢上前，迟迟没有勇气揭开那一角被褥……

“长春宫突逢大火，七阿哥不幸没了，娘娘痛不欲生，竟从角楼一跃而下……临死前，她问你为什么没回来。”魏璎珞听见尔晴在她身后痛哭道，“璎珞，你为什么晚了一日？为什么没在黄昏之前回来？为什么？为什么这么晚才回来啊？”

“我为什么没早点回来……”魏璎珞喃喃自语，一遍又一遍，“我为什么没早点回来……”

她立在床沿，忘记吃、忘记睡，仿佛化作了一只殉葬用的纸扎娃娃，一直看着棺中的主人。

直至弘历的声音在她身旁响起，极平静的声调："马上为皇后换衣梳妆，朕要皇后走得体面、尊严。"

两名侍女从她身侧经过，一人手捧妆奁盒，一人手捧华服，准备为死去的皇后重新梳妆打扮，岂料魏璎珞忽然一挥手，打翻了身旁那只妆奁盒。

盒子落地，里头的珠钗、玉环叮叮当当落在地上。

众人惊得吸了一口凉气，魏璎珞却极平静地道："皇上，奴才会为娘娘清理血污，但娘娘已经选择丢掉了珠宝首饰，这些累赘的东西，就免了吧！"

弘历冷冷道："她是皇后，自不能一身素服离开！"

明玉忙扯了扯魏璎珞，魏璎珞甩开她的胳膊，盯着弘历道："皇上，娘娘若在意身外之名，就不会从高处一跃而下，请皇上开恩，准娘娘无牵无挂地走！"

弘历："明玉，去替皇后梳妆！"

魏璎珞："皇上！"

弘历盯着覆着锦被的皇后，像在对魏璎珞说，更像是在对皇后说："她永远都是朕的皇后，不会心无挂碍，更不能自由自在，这是她的命！"

明玉怕魏璎珞再次惹恼弘历，忙跪在地上，将散落于地的珠钗、玉环尽数捡回盒中，然后端着妆奁盒回到皇后身旁，正要揭开被褥为她梳妆，却被魏璎珞按住了手。

"皇上说得如此轻描淡写，是在怪娘娘自戕，犯下大错吗？"魏璎珞盯向弘历。

弘历渐渐有些发怒了，却不知是怨皇后，还是怨自己："身为皇后，如此懦弱，如此无用，朕绝不原谅！"

"皇上！"魏璎珞也怒了，"娘娘体寒如冰，骨痛难忍，却还是拼死生下七阿哥！人人道她是为了巩固皇后之位，不是！娘娘深深知道，皇上想要嫡子承继大统！因为皇上需要，所以娘娘牺牲，哪怕赔上自己的性命！结果呢？除夕之夜，丧子之痛，锥心刺骨，痛不欲生！皇上，您每天坐在养心殿，有没有听见娘娘绝望的呼告，她在等你救她啊！"

明玉赶紧拉了拉她的手臂："璎珞，不要再说了！"

可惜因为皇后的死，魏璎珞已经逐渐失去了理智，那些只能埋在心里头的话，如今全被她说出了口：“皇上，娘娘真心爱您，真心对待六宫众人，可她的真心，换来您的忽视，换来妃嫔阴谋算计！人人都笑娘娘傻，不！她一点儿都不傻，她天生聪慧，可就是不忍！她不忍伤害同陷深宫的女子，更不忍伤皇上的心啊！可是皇上，您为什么不能给她一点怜、给她一点爱，为什么那么冷酷，难道您的心是冰做的吗？！”

弘历气得脸色发青，忽然闭上眼睛道：“李玉！”

李玉：“奴才在！”

弘历：“魏璎珞屡次犯禁，大逆不道，赐自尽，为皇后殉葬。”

明玉脚下一软，“扑通”一声跪在地上，不停朝他磕头：“不要，皇上不要啊，璎珞，快求皇上饶命，快啊！快！”

魏璎珞没有跪。

为了给姐姐复仇，为了在这个吃人的紫禁城苟活下去，她跪了那么多人，跪了那么多次，如今终于可以不跪了。

她松了口气，得偿所愿般地笑道：“奴才愿意永远追随娘娘，谢皇上恩典。”

李玉一挥手，便有太监上前，将魏璎珞押走。

“璎珞，璎珞！”明玉哭着爬回弘历脚边，咚咚朝他磕头，“皇上，娘娘最喜欢璎珞，您不能这样做啊！”

弘历看也不看她，他直直立在床沿，看着床上的皇后，声音平静如一潭死水：“正因为她是皇后最心爱的婢女，朕才要送她去陪伴皇后。”

明玉愣住。

两名宫女从她身旁走过，手中各自捧着妆奁盒与华丽衣裳，明玉跪在地上发了一会儿抖，忽然冲上去，一把将盒子打翻。

众人惊讶地看着她，有魏璎珞作死在前，竟然还有人敢步她后尘。

妆奁盒落地的声音响起，弘历慢慢转过脸来，冷冷看着她。

明玉吓得脸色发白，但还是鼓足勇气，一字一句对弘历说：“娘娘才不会让璎珞殉葬，皇上，您一点儿都不了解娘娘，一点儿都不！”

“你——”弘历正要将她也一并送去殉葬，忽然目光一垂，落在地上。

一封信落在两人中央。

似乎……是随着珠宝首饰，一并从妆奁盒中掉出来的。

第一百〇三章　故人

一只托盘递到魏璎珞面前。

从左到右，分别放着匕首、白绫、鹤顶红。

“璎珞姑娘。”手捧托盘的老太监慈眉善目，对她说，“这是看在你对皇后一片忠诚的分上，才会拥有的待遇。若换了旁人，一条绳子勒死就罢了，你自己选一样吧。”

魏璎珞微微一笑，道不尽的洒脱。

她慢慢拿起白玉似的药瓶，嘴角浮现一个如释重负的笑容，似乎一个疲惫到极点的人，终于寻到了一味能让自己永眠的药。

慢慢拧开药瓶，魏璎珞闭上眼，将药瓶递到唇边。

却不等鹤顶红沾上她的唇，一只手忽然从旁边伸出，将瓶子劈落。

魏璎珞睁开眼，见李玉气喘吁吁地立在她身旁，像是一路跑过来似的，额头密布汗水，他好不容易喘匀，然后道：“魏璎珞，皇上赦免了你，你不必死了！”

魏璎珞却不领情，冷冷道：“为什么？”

那副模样，就仿佛赦免并非对她的恩典，而是一种活生生的折磨。

似乎早已料到她会是这副模样，李玉叹了口气，将弘历嘱他带来的那封信递过去，说：“这是皇后留下的遗旨。”

魏璎珞一愣，飞快地从他手中夺过信，然后迫不及待地展开，只见信中写着：

“皇上，容音一去，便成永别，唯有婢女璎珞，忠正刚烈，宁折不弯，不宜留于宫中，请皇上准其出宫，任其自由。希自珍重，富察容音谨拜。”

“娘娘……”魏璎珞热泪盈眶，急忙用手接住，免得落在纸上，晕染了娘娘最后留给她的东西。

“但死罪可免，活罪难逃。”李玉在旁边道，“璎珞姑娘，皇上嘱你立刻动身，就在圆明园长春仙馆守着皇后娘娘的供像，终生不得再回紫禁城！”

圆明园内秀山连绵，有湖光山色，也有亭台楼榭，对别的宫女、妃子来说，被发配于此，如进冷宫，但对魏璎珞来说，却是个避世的桃花源。

不必再掺和进后宫的尔虞我诈，虽然吃穿用度都简陋了些，却能够日日与皇后娘娘的供像为伴，想象着娘娘还在她身边，手把手地教她写字……

手中无笔墨，魏璎珞用扫帚在地上一撇一捺写着字。

“倒挺有闲情逸致的。”一个戏谑的声音在她身后响起。

魏璎珞吃了一惊，回头看着对方：“哥！你怎么在这儿？”

袁春望身上竟穿着与她一样朴素的宫人服，手里提着一只扫洒用的水桶，笑道：“我被调来圆明园了啊。”

“你已经掌了内务库库房，又受了娴贵妃赏识，”魏璎珞喃喃道，“大好前程就在眼前，你……你怎么这么傻？”

弹指在她眉间一叩，袁春望笑道：“无论金銮宝殿，还是人间地狱，咱们永远在一块儿，你可是亲口答应过，全都忘了吗？”

璎珞摸摸眉心：“原话不是这么说的吧？”

袁春望“哦”了一声：“少说几个字，就是有福同享，有难同当咯。”

这哪儿是少了几个字？

魏璎珞沉默半晌，道：“你是不是疯了，那么努力想爬上去，好不容易得到了机会，现在又要生生放弃！”

袁春望从水桶里舀起一勺水，洒向花丛，极淡定道：“知道就好！记住今天我为你付出的一切，千万别让我失望，否则，我一定不会饶了你。”

魏璎珞又感动又愧疚，看着他被汗水打湿的脊背，忽然走上前去，夺过他手里的水桶，道：“我地已经扫完了，帮你洒一会儿水吧，你去边上坐着！”

圆明园地方虽大，人手却不多，春去秋来，两人你帮我扫一会儿地，我帮你浇一会儿花，你喂我一口饭，我喂你一口水，酸甜苦辣一起尝，路途忐忑一起走，彼此扶持着过着，其间发生了许多事，譬如傅恒率兵出征金川，又譬如娴贵妃被册封为皇后……大事小事，都是隔了许久才传进圆明园内的。

有时候，魏璎珞觉得他们就像一群被遗忘的人。

“今年的万寿庆典要在圆明园正大光明殿举行，皇上、皇后、太后、纯贵妃都会驾临，不许你们出半点差错，你们几个，专门负责打扫皇上的勤政殿。”张管事看向魏璎珞与袁春望，“你们两个，专门负责后湖边杂草的清理。”

皇上、皇后、太后、纯贵妃……魏璎珞对这些名字全都无动于衷，等到人来，却愣了愣，贵人出行，身后总跟着浩浩荡荡的队伍，数之不尽的宫人，魏璎珞在里头看见了一个熟人。

“明玉？”魏璎珞喃喃道。

两人虽然同为长春宫大宫女，近况却完全不同，魏璎珞被罚进了圆明园，而明玉……从她所处的位置来看，她如今应当是在纯贵妃处当值了。

但怎么回事，她这个在宠妃处当值的，气色怎么比自己这个受罚的还差？

魏璎珞不动声色地做着手头的粗活，等了约莫半个时辰，终于寻到个时机，将明玉拉到避人处：“明玉，好久不见，你气色怎么这么差，纯妃娘娘待你不好？”

何止是气色不好，甚至还有些神志不清，明玉恍恍惚惚地看魏璎珞许久，才忽然白着脸说：“我……我很好。”

说完，她转身就要走，被魏璎珞一把拉住，竟发出一声惨呼。

“你受伤了？”魏璎珞一愣，迅速掀开她的袖子，可皮肤上光洁如玉，不见半块伤口。

“她没事。”一个宫女从拐角处转出，赫然是纯贵妃身旁的心腹玉壶，“明玉，娘娘正找你呢，还不快过来？”

明玉应了一声，哆哆嗦嗦地跟了过去，魏璎珞在身后皱眉看着，明玉从前可不是这样畏畏缩缩的人。

“好端端一个人，竟成惊弓之鸟，敢问纯贵妃在背后做了什么？”魏璎珞忽然朝玉壶的背影喊道，“先皇后故去不久，便凌虐长春宫旧人，于情理不通啊，莫非是有什么隐情？”

玉壶背影一僵，回头道：“说话小心些！否则性命难保！”

待她领着明玉走远，袁春望悄无声息地出现在魏璎珞身后，抱着胳膊问：

“何苦故意惹恼她？”

魏璎珞摇摇头，目光极冷道：“此话非说不可，看看他们后头会怎么做，我才能确定背后是否有隐情。”

第一百〇四章　真凶

夜深人静，两名太监撬开了房门，悄然进了璎珞的房间。

一人望风，一人向床走去，见被褥下毫无动静，便掏出匕首就刺，然后愣了愣：“不对！”

身后房门忽然朝两侧敞开，魏璎珞带着一群人立在门口，指着他们两人道：“抓刺客！”

翌日。

“听说你那儿昨夜进了刺客？”长春仙馆内，弘历负手而立，背对着魏璎珞道。

“是。”魏璎珞回道。

弘历“嗯”了一声，便没了下文，继续望着富察皇后的供像发呆。

半晌之后，他垂下目光，看着供桌上的鲜花和糕点。

弘历：“朕记得，皇后在的时候，最喜欢吃这种糕点。可这颜色怎么怪怪的……”

李玉：“皇上，每日都是新鲜的，您看，还散着热气呢！”

弘历越看越奇怪，随手取过一块糕点咬了一口，立刻吐了出来，大怒：“这什么东西？！谁做的？！”

璎珞：“回皇上的话，是奴才做的。”

弘历被气笑了：“魏璎珞，这是江米年糕还是泥团！”

璎珞：“回皇上的话，昨夜奴才梦见皇后娘娘了，这是两年来，主子第一次给奴才托梦，她说想念这道江米年糕！可惜圆明园的厨子不知道娘娘的口味，奴才就斗胆自己做了！”

弘历：“你自己做了，就做成这个鬼样子？”

璎珞委屈：“从前娘娘的小食指定了要明玉来做，奴才不过打打下手，请皇上恕罪！”

李玉呵斥："巧言令色！"

璎珞红着眼圈："皇上，奴才也是想全了娘娘的心愿啊，可惜奴才无能，委屈娘娘了！"

弘历怔住，过了一阵，忽转身问李玉："那个明玉……如今在何处？"

在皇宫里，想要调遣一名宫人，说容易也不容易，说难也不难。而有弘历开口，只半个时辰，明玉就被带到了小厨房。

这本是圆明园宫人用来做饭的地方，如今暂时被借来用，李玉指了指里头一应俱全的材料道："就在这儿，好好做点心！"

待人一走，堆放柴火处一片响动，魏璎珞忽然从柴火中翻出来，对明玉道："明玉，我骗皇上说要为娘娘做整套贡品，将你调了过来……别浪费时间，快说你伤在何处了。"

"我……我……"明玉情不自禁地抱着手肘。

魏璎珞若有所觉，冲过去提起她的袖口，仔细观察她的手肘，仍然是干净光滑……不对！魏璎珞忽然用力一挤，在明玉的痛呼声中，一根细如牛毛的长针从肘处冒了出来。

"她怎敢如此！"魏璎珞倒吸一口凉气，抓住明玉道，"走，我带你去见皇上！"

"不，不可以！"明玉忙拉住她，欲言又止，如有隐情。

她原先多跳脱一个人，像只叽叽喳喳的小鸟，如今却苍白沉默得像只断了脖子的鸟，魏璎珞心中怜惜，放缓声音道："至少，先让我帮你把身上的针都拔出来，想必不止一处吧？"

"我找大夫看过了，大夫说了，能找到的只有八根，其余都已经入了肺腑，再说了……今天拔了，明天还有新的。"明玉摇了摇头，又犹豫片刻，最后终于下定决心，拉住魏璎珞的手，极认真道，"璎珞，我可能找到杀害七阿哥的凶手了！"

仿佛一道霹雳劈在魏璎珞心头，她的眼睛立刻就红了。

七阿哥的死，直接导致了皇后的自尽，此为她心中的逆鳞，魏璎珞一把握紧明玉的手："你说什么？说说清楚！"

随着明玉娓娓道来，尘封已久的真相渐渐展开在魏璎珞面前，原来纯贵妃的心腹玉壶有个对食，是熟火处当年的管事王忠，熟火处太监疏忽，造成吉祥缸水结冰，七阿哥葬身火海，王忠因当夜不当值，反而逃过一劫，明玉机缘巧合得知此事，渐生怀疑，刚要顺着线索查下去，忽然一纸调令，将她调去了钟粹宫。

“纯贵妃拿我家人的性命威胁我，从此我只能任由她摆布。”明玉疲惫地叹了口气，“况且她是皇上身边的红人，我手里又没有够硬的证据……对不起，璎珞，我没法为娘娘、为七阿哥报仇。”

别说是报仇，如今她们两个自身都难保。纯贵妃本就心中有鬼，两人又没有靠山，只怕为了灭口，已动杀心，魏璎珞房里进的两个刺客就是证据——定是纯贵妃觉得她知道了什么，又因为难以像调遣明玉那样，将对方调来自己身边，索性就派人去杀她。

“你说得对……”魏璎珞忽抬起头，两眼熠熠生辉，“咱们两个势单力薄，想要复仇，必须找个靠山！”

“靠山？”明玉愣道，“你指谁？”

魏璎珞摇摇头，道：“你先不要管，时候不早，去做江米年糕吧，别让皇上……别让娘娘等急了。”

明玉一再追问，可魏璎珞咬紧牙关就是不说，不是她不想说，而是此事暗含风险，若是成了，两个人都能得好处，若是失败了——

就让我一个人承担后果。魏璎珞暗暗想。

魏璎珞原想找袁春望商量此事，但一来怕他不同意，二来时间不够，纯贵妃已经动了杀心，明玉余下的人生真是过一日少一日，在做江米年糕的这段日子里，她还能活着，等到万寿庆典结束，众人陆续回宫，只怕就是明玉的死期。

“袁哥哥，对不住了。”魏璎珞一咬牙道，“你为我而来，我却……不能一直陪着你。”

第一百〇五章　一无所有

几天后，万寿庆典正式开始。

圆明园后湖，碧澄澄的湖水犹如一块完美无瑕的祖母绿，湖光山色倒映其上，如同祖母绿中的花纹。弘历立于湖畔小亭中，一挥手，便有数名太监抬着两只大铁笼过来，里面都是各种各样的鸟儿，或舒翎展羽，或引吭高歌。

弘历："请太后放生。"

太后笑着走上前来，手轻轻拂过铁笼，说了一声："放。"

太监上前打开铁笼，所有鸟儿都扑棱着翅膀，一下子飞向天际，顷刻间遮天蔽日。

众人齐齐"咦"了一声。

放生仪式年年都有，但不同于往日的是，无数双翅膀从天而降，那群被放飞的鸟儿居然去而复返，重新落回铁笼里。

太后见多识广，也是第一次见到这样的奇景，扶着宫女的手走上前，绕着笼子里的鸟儿转了几圈，好奇道："饲养鸟儿的是谁？"

人群分开，魏璎珞从里头走出来，行礼道："奴才给太后、皇上、皇后、各位主子请安。这些鸟儿在放生之前，都是奴才负责饲养调教的。"

太后："你说说，这些鸟儿本该放飞天际，为何突然回转，怎么都不肯离开？"

魏璎珞有条不紊道："太后万寿之日，开放生之例，上天有好生之德，动物虽是牲畜，却也知恩图报，太后一片仁心，鸟儿心怀感激，才会盘旋再三，不忍离去。定是上天对您善心的回报，也是万寿日的祥瑞之兆。"

太后"扑哧"一声笑了，其他人也跟着笑了。无论是与不是，人人都爱听这样的吉祥话，况且太后都笑了，其他人还不跟着笑？

在这一片笑声中，纯贵妃的叹息声，便显得极为突兀。

“皇后娘娘仁慈，处处宽容别人。可这宫女为了讨赏，众目睽睽之下，编造出荒唐的理由，故意愚弄太后，分明是曲辞谄媚。”纯贵妃扶着玉壶的手走过来，叹道，“若宫里人人学她，不是要出大乱子吗？”

太后笑而不语，却看向弘历。

弘历面色一沉：“将这宫女拉下去！”

不等侍卫靠近，璎珞飞快跪下道：“请太后容奴才说完！”

太后：“他们都说你故意糊弄我，你如何解释？”

魏璎珞昂头道：“太后，奴才有办法自证！”

太后：“天降祥瑞，如何验证？”

魏璎珞：“万寿之日，百鸟齐鸣、盘旋不去，究竟是上天祥瑞之兆，还是奴才有意谄媚，只要再试一次就知道了！”

纯贵妃淡淡一笑：“你又要找训练好的动物来放生？”

魏璎珞望向她：“纯贵妃多虑了，听说圆明园金鱼池有很多锦鲤，不如借它们测一测天意，看到底是奴才撒谎，还是天意如此！”

太后看向弘历：“皇帝，万寿日还是第一次遇到如此有趣的情景，我想试一试。看到底是我的善心感动上天，还是这宫女为了骗赏，故意诓骗！”

弘历却犹豫了。

若是现在处置她，还能当她是不小心犯了错，罚得轻些，但若是接着再试，试了还不成功，就真成了为骗赏钱，故意诓骗，可不是一顿板子能解决的事了。

“魏璎珞，”弘历自己也没察觉到自己话里的担忧，“你……真有信心？”

魏璎珞眼底一片黛色，这是连续几天彻夜不眠熬出来的，她看了看弘历，看了看纯贵妃，又看了看似笑非笑的太后，事已至此，她如何能退！她若是退了，如何对得起长春仙馆中日日擦拭的那尊牌位？于是平静一笑：“璎珞愿用性命去测试天命，看看天降祥瑞，到底是真是假！”

弘历盯了她半晌，终是不情不愿地点点头，正要朝湖畔走去，却听见纯贵妃喊了一声：“慢。”

纯贵妃上下打量魏璎珞一眼，目光中充满警惕，淡淡道：“皇上若想要试验，便当逗个趣吧。不过，这锦鲤可不能由她去选，不如由臣妾带人去选，这样一来，才是公平、公正。”

她很快选来一桶锦鲤，由几名太监一同抬着，来到小亭中。

太后走到木桶边上，轻轻抚摸了一下木桶边沿，沉声道：“放！”

扑通扑通，许多条锦鲤沿着桶沿，倾入湖中，瞬间将湖水染得五颜六色。

众人围在湖畔，大气不出一口，紧盯着湖中的锦鲤。

纯贵妃忽地笑了起来：“它们都走了。”

锦鲤朝四面八方游去，五颜六色的湖水重归碧色，纯贵妃转头道：“世上竟然还有敢当众愚弄太后的人，一次不够，还来第二回，这可真是胆大妄为，皇上，魏璎珞应该重重惩治，切不可开谄媚之风！”

弘历皱紧眉头，一言不发地看着璎珞。

璎珞却盯着涟漪渐平的湖面，神色专注，充耳不闻。

纯贵妃生怕弘历又改变主意，道：“来人！”

侍卫上前，正要将魏璎珞带走，太后忽然抬起一根手指：“等等……看。”

哗啦啦的水声由远及近，只见五色彩绸从四面八方聚向小亭，仔细一看，不是五色彩绸，而是五色锦鲤。

在众人的惊叹声中，锦鲤忽然整齐地排成一列，朝着小亭的方向，不断点着头，似臣子朝太后叩拜谢恩一样。

若说百鸟朝拜属于前生未见，这千鱼叩首只怕是余生也难见了。

璎珞突然跪下，高声道：“太后万寿放生，感动上天，才会出现鸟儿回旋、鱼儿叩头的奇景，这是上天嘉奖太后的仁心，是万寿之日的吉瑞！太后得上天庇佑，必定仙寿绵长，洪福齐天！”

太后：“好，好，好！万寿之日，天降祥瑞，证明我多年向佛，功德未曾白做！你也是个好孩子，想要什么赏赐？”

璎珞：“太后恩典，感动上天，奴才厚颜，愿去伺候太后……”

弘历果断道：“不行！”

太后看向弘历：“这丫头聪明伶俐，我很喜欢，也想让她来寿康宫伺候，为什么不行？”

弘历恼怒地瞪了魏璎珞一眼，怀疑她巧设计谋，要借太后上位：“太后，这丫头油嘴滑舌，非常刁钻。”

太后瞥他一眼：“是来伺候我，又不是去伺候你，能言善道，会逗人开心正好，我还觉得日子太闷呢！”

“璎珞谢太后娘娘恩……”眼见魏璎珞就要叩拜谢恩，弘历心中焦急。

与其将这祸害放在太后身边，不如放在自己身边看着，猛地下定决心，弘历忙抢在她前头道：“太后，不是朕不愿意，而是……朕要册封她为答应！”

太后：“答应？”

弘历咬牙道：“是，她魏璎珞不过是个宫女，内务府奴才出身，朕册封一个答应，已是抬举了。”

太后看了看弘历，又看了一眼璎珞，看出些许端倪，忍笑：“这孩子在万寿节费尽心思地讨我开心，也是出自一片孝心，依我看，封个贵人正好！”

不等弘历开口，璎珞已叩头谢恩：“奴才谢太后恩典！”

弘历吃惊地看着顺坡下驴的璎珞。

太后：“魏贵人，你过来！”

璎珞走上前去，太后握住她的手，顺势将手腕的佛珠摘下给她戴上：“你是个聪明伶俐的孩子，将来会有福报的！”

璎珞：“璎珞斗胆，还有一个请求。”

弘历：“魏璎珞，你不要得寸进尺！”

璎珞不说话，反是太后看她模样忐忑小心，失笑道：“无妨，让她说说看！”

璎珞转身向纯贵妃行礼：“贵妃娘娘，奴才与明玉同在长春宫伺候，感情深厚，难以分开，请贵妃娘娘开恩，准许明玉来陪伴奴才！”

弘历生怕魏璎珞得寸进尺，赶紧开口：“不过是个宫女，她想要就给她！”

纯贵妃虽不愿，但弘历金口一开，也只能皱眉：“是。”

璎珞笑盈盈地道：“奴才……不，嫔妾谢皇上恩典。”

庆典结束，众人兴致勃勃离开，庆典上发生了这么多事，足够他们当作谈资，讨论上十天半个月，一个个急着回去与亲朋好友分享，圆明园很快就清净冷落下来。

宫人居处，明玉已被划拨给魏璎珞做侍女，自然而然留了下来，替她收拾行礼。

“璎珞，”她欲言又止道，“你是不是为了我……”

话未说完，房门忽然打开，山雨欲来，袁春望面色阴沉地立在门前，忽转头对明玉道：“出去。”

明玉看了魏璎珞一眼，魏璎珞道：“明玉，你先出去吧。”

看看她，又看看袁春望，明玉放下手里没整理完的衣裳，推门而出，又反手关上了房门。

四目相对许久，袁春望一字一句质问：“你做了什么？”

“鸟儿习惯了喂食，不难让它们回来，难的是那些鱼。”魏璎珞深吸一口气，全不瞒他，和盘道来，“我准备了四十个装满鱼虫的纱布口袋，每一只口袋都有细密的网眼，系在竹竿上，插入水面下的一排石缝，等时间长了，鱼虫就会从口袋里游出去，所有的锦鲤都会被吸引来觅食，正好成了一排，嘴一张一张地，顺着水波，便像是叩头一般……”

“谁问你这个！”袁春望蛮横打断，一只手将她推到墙上，居高临下俯视她，眼神冰冷，“我问你……你为什么要抛下我，去皇帝身边做贵人？”

魏璎珞垂下头，轻轻道：“哥，你不是一直汲汲营营想往上爬吗？从今以后，我们再也不用在圆明园吃苦受罪，回到紫禁城做人上人，不好吗？况且……我本来只想讨好太后，并未想过会做贵人。”

袁春望冷笑一声：“你骗得过天下人，却骗不过我！皇上对你误会重重，认定你心怀叵测，他会容许你去太后身边吗？但你讨得太后欢心，皇上向来重孝道，从不驳斥太后的意思，最名正言顺阻止的方法，就是把你留在身边！魏璎珞，你根本早就算计好了！”

这天底下，最了解她的，或许真的就是面前这个人。

即便是傅恒，也只是爱她，而并非真正了解她，否则他也不会做出迎娶尔晴那样的事，导致二人情意断绝，从此陌路。

“我原先，是真的打算讨好太后的……”魏璎珞喃喃道，只是再三思虑后，最终还是放弃了这个打算。太后虽然也可做个靠山，却只能保她平安，不能助她复仇，因在太后眼中，后宫女子都是皇帝的人，为他生儿育女延续江山，本质上没有任何不同，不会因为喜欢魏璎珞，就偏心于她，帮她对付皇帝的女人……尤其是一个有孩子的女人。

所以她的选择只能是皇帝，只能是弘历！

“不管你想要嫁给谁，我都不会有意见，我还会亲自为你送嫁，只有爱新觉罗弘历不可以！”袁春望握住魏璎珞的胳膊，眼圈微微发红，“只有他不可以！”

正如袁春望是这个世上最了解魏璎珞的人，魏璎珞同样是这个世界上最了解弘历的人。

“你们是同父异母的兄弟，他什么都有，你却一无所有。”魏璎珞看着他，心酸地想道，“如今连我都要舍你而去……”

若连魏璎珞都要舍他而去，袁春望在这世上，就真的一无所有了。

“跟我走吧。”袁春望眼中甚至带了一丝祈求，“每天凌晨玉泉山水车都会进圆明园，只要精心安排，我们可以远走高飞，永远离开这儿！我什么都不要了，我们一起走，好不好？”

魏璎珞心中剧烈挣扎，一会儿是皇后的音容笑貌，一会儿是他给自己喂药时的温柔，一会儿是角楼上，皇后纵身一跃的身影，一会儿是雪地里，他朝她倾斜而来的油纸伞。

“……对不起。”魏璎珞痛苦地闭上眼睛，泪水满面，“哥，对不起……”

袁春望一点一点松开了手，抛下他与养母离开的养父，将他送进净身房的八叔，对他视而不见的亲父，将他当马骑的弟弟……他的目光最终定格在魏璎珞脸上，悲伤与绝望一并从他脸上消失，残留的只有草木成灰般的寂寥，他木然道：“魏璎珞……你也背叛了我。”

第一百〇六章　视而不见

吴书来领着璎珞进门：“魏贵人，这是延禧宫，从今往后，您就住在这儿。”

魏璎珞四下打量，眼前的宫殿似很久没住过人，柱上红漆剥落，墙角蛛网密布，空气中弥漫着一片细尘，呛得她咳嗽一声。

“吴总管，多谢你了。”咳完，魏璎珞唤道，“明玉。”

明玉给吴书来封了只红包，吴书来笑着推拒：“魏贵人客气了。”

魏璎珞：“这是规矩，吴总管不必推辞。”

吴书来：“贵人今后有什么吩咐，就叫奴才一声，奴才定然尽力帮忙。”

魏璎珞：“多谢。”

送走吴书来，明玉关上房门，忧心忡忡道：“我打听过了，这延禧宫，在东西六宫中最远僻，形同冷宫，我们该怎么办？”

魏璎珞无动于衷地笑笑，拂去椅上灰尘，坐下道：“别急，且忍着。”

她能忍，明玉却忍不了。

“殿内漏风、漏雨，每日送来的饭菜都是凉的也就算了，”一个月后，明玉终于忍无可忍道，“最不可忍的是那群丫头……”

“你是说……琥珀？”魏璎珞仍坐在那张小凳上，一个月时间，她已从旁人眼中的幸运儿，变成了一只缩头乌龟，成日缩在延禧宫里，成日缩在一张小凳上。

“可不就是她！”明玉怒气冲冲道，“都是长春宫出来的人，她怎么敢这样慢待你？！”

魏璎珞笑了笑：“正因为是一起从长春宫里出来的人，她才会这样对我。”

随她一起入住延禧宫的，不止明玉一个，没两日，琥珀、珍珠……四个原先在长春宫做事的宫女被划拨进了延禧宫。

其中琥珀行为桀骜，莫说明玉，连魏璎珞这个主子都使唤不动她，最近更是变本加厉，隐隐要爬到魏璎珞头上来。

“琥珀是长春宫的旧人，曾经与我平起平坐，如今我成了贵人，她却被调来伺候我，能心甘情愿吗？”魏璎珞淡淡道，“而我……却不能惩罚她。”

明玉一愣：“为什么？”

“因为她是我旧主身边的宫女，若我动手惩治她，就要背上一个忘恩负义的罪名。”魏璎珞极平静道。前路难走，她早有预料，她上位的手段不正，注定要多受磨难，但这么多天也够了，是时候改变一下她如今的处境了。

一味地低调，只会让人误以为她软弱可欺。

“走吧。”魏璎珞忽起身道。

明玉一愣：“去哪儿？”

璎珞眯眼一笑：“若非太后的赏赐，我这个魏贵人早就饿死了，还不赶紧去谢恩？”

寿康宫。

弘历退朝之后，前往寿康宫探望太后，远远听见殿内传出唱戏声，词儿来自《红楼梦》：“这个妹妹我曾见过的……。”

调子极好，声音却有些陌生，是从宫外新请来的戏班子？弘历摆了摆手，止了太监的传唱，免得打搅了太后的雅兴，他悄无声息地走进宫门，忽然脚步一停，远远地望着对面的少年郎。

那少年郎背对着他，一人饰两角，扮作贾母状道：“可又是胡说，你又何曾见过他？”

旋即又变作贾宝玉模样，温柔多情道：“虽然未曾见过他，然我看着面善，心里就算是旧相识，今日只作远别重逢，亦未为不可！”

少年郎潇洒转了个身，头戴束发嵌宝紫金冠，齐眉勒着二龙抢珠金抹额，穿一件二色金百蝶穿花大红箭袖，活脱脱一个贾宝玉从书里头走出来，手中折扇啪地一展，才子佳人尽在扇上，朝弘历潇洒一笑：“嫔妾恭请皇上圣安。”

竟是魏璎珞。

弘历好长时间才转开目光：“什么坊间杂书，也敢拿来太后处现眼，看你这一身衣裳，像什么样子！”

太后却笑：“不要怪她，是我闲着无趣，让她来陪着说说话。光讲没意思，才扮上了，难为了她，也是为逗我开心。不过，这故事倒是有意思极了，皇上有空也听听。”

弘历怎肯承认自己看得眼也转不开，硬邦邦道：“成何体统，还不下去！”

“是。”魏璎珞顽皮地冲太后眨眨眼，才退了下去。

太后喜她娇俏可爱，她退下之后，替她向弘历说好话：“我在宫里这么久了，孝顺贤良的妃嫔见了不少，倒是第一次见到这种古灵精怪的，每天能有一百种法子讨我开心，真是有意思。”

弘历冷着脸：“太后，这丫头容易蹬鼻子上脸，还是不要太捧着她为好，免得她恃宠生娇！”

从寿康宫回来，弘历握着手中的奏折，却一直都集中不了精神。

入夜，李玉捧着绿头牌进来，弘历随意一扫，目光落在魏璎珞的牌子上。

他原以为自己已经忘记了，原以为自己已经不在乎了，可仅仅只是再见了一面，他脑子里就全是她。

晃了晃脑袋，弘历强行将那个身影抛在脑后，拿起纯贵妃的牌子。

他选择对她视而不见。

接连数日，日日如此。延禧宫内，明玉为魏璎珞拆卸首饰，欲言又止半天，终是忍不住道：“璎珞，你每日都去寿康宫，可皇上都对你视而不见……”

魏璎珞笑道：“我去了几天了？”

明玉算了算：“这……一月有余，回回撞见，可皇上就是不跟您说半句话啊！”

魏璎珞“哦”了一声：“一月有余，那明天不去了！”

明玉：“为什么？”

璎珞轻咳两声：“我受了风，有些着凉，喉咙哑了，讲不了故事，先向太后告个假吧。”

明玉虽感疑惑，但觉得魏璎珞不会无的放矢，故还是照她说的去做。

于是第二天夜里，弘历在盘子里看了半天，没看见魏璎珞的牌子。

李玉最擅察言观色，见他眉头紧蹙，半天选不出一只牌子来，又不让他走，约莫知道他在意谁了，堆起满脸笑：“魏贵人今日递了牌子，称病了。”

“病了？”弘历先是一愣，然后板着脸道，“朕问她了吗？”

李玉轻轻掌了掌嘴：“奴才多嘴！”

弘历冷哼一声，继续看书，结果上头的字全化作细小的蚊虫，嗡嗡嗡在他脑海里作响，片刻之后，他将越看越烦的书反扣在桌上，冷着脸起身：“朕出去走走！”

第一百〇七章 栀子花下

魏璎珞一口将药吐出来："好烫。"

"哐当"一声，琥珀索性将药碗搁在桌上，好大的动静、好大的威风："魏贵人，您可真是娇气，烫了，吹一吹不就好了？"

这何止是不将自己当下人，已经是将自己当成了主子。魏璎珞似笑非笑看着她："琥珀，你身为延禧宫宫人，就是这样伺候我的？"

"都是长春宫出来的下人，说这话有什么意思？"琥珀往桌子旁一坐，桌上摆着不少点心吃食，是太后听闻魏璎珞病了，遣人送过来的，她也不客气，随手拿起来吃了，嘴皮子一翻，瓜皮果壳落了一地，犹不满道，"你既然不是什么高贵人，就别嫌弃我伺候得不好。"

"从前是从前，现在是现在。"魏璎珞掩唇一咳，"现在我毕竟是贵人……"

琥珀将一片瓜子壳呸掉，不耐烦地打断她："是是是，您是高贵的主子，我是低贱的奴才，自然唯命是从！既然不想喝，那就别喝了，奴才这就去倒掉！"

在其余宫女的嬉笑声中，她端起桌上的药碗，往旁边的盆栽倒去。

"好个奴才！"

一个冷冷的声音忽然在她身后响起，琥珀吃了一惊，回头一看，惊得药碗都端不住，"砰"的一声落在地上。

"奴……奴才参见皇上！"她忙朝对方跪下。

弘历居高临下看着她，越看越觉得不顺眼，越看越觉心火旺。

"魏贵人是宫女出身，但做了朕的贵人，便容不得奴才作践！"他冷冷道，"拖下去，杖责八十，罚入辛者库。"

"皇上！皇上，奴才知错，请皇上恕罪！"琥珀忙告饶道。

床上的魏璎珞又捂着嘴，轻轻咳嗽一声，弘历眼角余光瞧见了，不知为何，鬼使神差地说了一句："……就在外头院子里打，让所有人都瞧见！"

太监立刻堵了琥珀的嘴，将人拖了下去。

不久，噼噼啪啪的声音从门外传来，伴着琥珀越来越有气无力的惨叫声。

"……你什么时候变得这么软弱，竟纵容一个奴才爬到头上来了？"弘历慢慢踱至床边。

魏璎珞放下捂嘴的手，平静道："皇上，她是先皇后身边的奴才，是嫔妾曾经的同僚。"

弘历冷冷道："从前你是个奴才，可现在，你是朕的贵人！牢牢记住这一点，别丢了朕的颜面！"

璎珞垂下头去，唇畔弯起："是。"

弘历看她低眉顺眼，越看反而越生气，丢下一声冷哼，转身离去。

旁人以为他真的在生气，于是大气也不敢出，唯独李玉知他脾性，慢一脚出去，低声对魏璎珞笑道："魏贵人，恭喜了！"

且不论其他，八十杖打完，琥珀被人拖下去，明玉指着院子里残留的血迹道："都亲眼瞧见了吗？这就是怠慢主子的下场，谁再敢以下犯上，就是下一个琥珀！"

于是延禧宫上下风气一清，至少最近这段时间，不会有人敢再作妖，以免步了琥珀的后尘。

而养心殿那边，一连几天看不见魏璎珞的绿头牌，弘历终于放下矜持，主动问起："……魏贵人还病着吗？"

李玉："是。"

弘历："让叶天士去为她诊治。"

李玉："嗻！其实……就算皇上不说，太医院也会尽力为魏贵人治病的！"

小心打量他一眼，李玉又道："若真的这么担心魏贵人，要不您过去看看她？能见到您，魏贵人心中必定喜悦，病也能好得快些。"

"要你多嘴。"弘历冷冷瞥他一眼，起身朝外走去。

"是，奴才多嘴。"李玉忙朝自己脸上拍了下。

“还站着干什么？”弘历的声音远远传来，“去延禧宫。”

李玉：“……”

弘历刚进了延禧宫，就抽了抽鼻子：“这是——栀子花的香味？”

夏日炎炎，即便在日头底下多站一会儿，身上的衣裳都会被汗水给打湿，就连宫妃身上的香薰味，都因这热浪而显得过于黏稠，闻久了便觉头晕，倒是这自然而然的花香，能够稍解暑气，令人一下子神清气爽了不少。

“参见皇上。”明玉从里头迎出来，轻声道，“贵人刚刚服了药，已在帷幄歇下了，奴才这就去叫醒她。”

“为什么不去屋里睡？”弘历望着搭建在花园中的帷幄，皱眉道，“真是胡闹，也不知爱惜自己的身体。”

他径自朝花园中走去，一路分花拂柳，来到那顶帷幄旁，轻纱软帐，里头隐隐一个女人的侧影，因若隐若现，故而显得越发诱人。

弘历脚步一轻，身后李玉与明玉对视一眼，悄然退下。

花园中只留下了弘历与魏璎珞两人。

他轻轻拨开帐子，“丁零”一声，挂在帐子一角的风铃脆声响起，声音悦耳得如同一场夏日春梦。

帐中传来一声轻吟，魏璎珞翻了个身，睡眼惺忪，衣衫半褪。许是因为天气太过炎热的缘故，她身上穿得极少，薄薄一件栀子花色的袍子，柔软如一层花瓣裹在她身上。

望着她海棠春睡般的娇颜，弘历忍不住心中一荡，伸手抚向她略带潮红的脸颊，他的手指冰凉，对方嘤咛一声，在他指头上蹭了蹭。

弘历还是第一次见她这一面。

往日她要么对他爱答不理，要么对他冷嘲热讽，偶尔有点好脸色，也是阳奉阴违，这样娇憨的亲近，实属少见，叫弘历忍不住定在原地，恨不得她一直睡不醒，一直这样下去也好。

可他的手指头很快被她蹭热了，魏璎珞呢喃一声好热，然后慢悠悠睁开眼，眨巴眨巴好几下眼，惊讶地看着他：“皇上，您怎么来了？”

弘历被她撩拨得心头发痒，不等她起来，已经伸手将她按倒在帐内。

长发如同泼墨，泼在雪白床帐上，魏璎珞枕着如云发丝，恢复成平时那副模样，既不怕他，也不恋他，既不接近他，也不远离他，仿佛一朵天边的云彩，对他似笑非笑道：“这儿可是花园……皇上，您这样可不合规矩。”

弘历伸手攥住这朵云彩，俯身吻在她脖子上，似野兽捕获猎物，在她喉头不轻不重咬了一口，口齿不清道：“闭嘴……朕就是你的规矩！”

他觉得她好时，万般都好，就连她此刻的小小挣扎，都变成了一种乐趣。就像花上的刺，人若过于喜欢那朵花，就不在乎被刺伤。

弘历闭上眼睛，轻轻吻着唇下这朵花，他还不知道自己对这花的喜欢，就算喜欢……也绝不会承认。

第一百〇八章　若即若离

山雨欲来风满楼，这已经是弘历宿在延禧宫的第三天。

弘历在女色上颇为克制，即便临幸后宫，也不曾像现在这样，连续招寝同一个人，于是难免让人坐立不安。

“娘娘，要不要……”珍儿对已成继后的娴贵妃道。

“急什么？”娴贵妃却一副好整以暇的模样，继续吃着碗里的葡萄消暑，“该着急的是纯贵妃与小嘉嫔，她们一个跟魏璎珞素有嫌隙，一个跟魏璎珞一样，都是新近得宠的妃子，现在就看她们两个谁先动手了。”

姜还是老的辣，在众人的观望中，最后还是小嘉嫔这个新人没沉住气，在宫里摔碎一只玉佩后，对身旁的宫女道：“兰儿，你去养心殿告诉李总管一声，就说我病了，病得很重，要是再见不到皇上，就要断气了！”

兰儿惊讶：“主子，这怕是不好吧！”

小嘉嫔不耐烦地摆摆手：“有什么不好的，那贱人不就是这么诓骗皇上的吗？她能干的事儿，为什么我不能？快去，否则我拿鞭子抽你！”

消息很快递进养心殿，听闻小嘉嫔也病了，弘历笑了。

“怎都学她？”弘历摇摇头，竟一副心知肚明的模样，失笑道，“她那样顽劣一个人，有什么好学的？”

李玉在一旁冷眼旁观，心想：还不是因为您喜欢？楚王好细腰，宫中多饿死。

弘历对魏璎珞的喜爱，人皆可见，小嘉嫔同样称病，他没去看望，仍然去了延禧宫过夜。时间一长，以至于太后都忍不住提醒他：“皇上，当知雨露均沾啊。”

弘历立刻出了一身冷汗，仔细一回忆，他竟在后宫荒废了这么多时日，那魏璎珞对他使了什么妖法？

“皇上！”正疑神疑鬼时，小嘉嫔从外头冲进来，哭得上气不接下气，扑在他怀里道，“嫔妾入宫这么久，从来没有受过这样的气！”

弘历见多了妃子争宠、互相诋毁的戏码，有些不耐烦：“谁惹你了？”

“自然是那位魏贵人！”小嘉嫔擦着眼泪道，“打从她得了您的喜爱，就飞扬跋扈了起来，嫔妾病了，叫兰儿去拿药，路上遇到她，居然一巴掌将嫔妾的药给掀翻了。”

弘历脸色一变，竟想起琥珀。

不同的人，一样的做派，都是以下犯上，掀人药碗。

弘历问李玉：“魏璎珞真的如此跋扈？”

李玉赔笑：“这……奴才也未曾瞧见，不知真假。”

弘历冷冷地道：“朕看她是欠教训，从前在长春宫便敢顶撞朕，如今仗着宠爱，更不得了！”

李玉：“那皇上的意思是……”

弘历：“马上撤了她的牌子！”

李玉：“嗻。”

小嘉嫔满意地走了，弘历这时候回想，却有些后悔。他不是为小嘉嫔出气，而是为自己出气，怨她让自己荒废了朝政，怨她让自己喜怒不定。

但金口已开，刚下的命令怎好立刻收回来？只好将错就错，接着几日没去魏璎珞那儿，但也没去别的妃子那儿。

这日，按着常例，叶天士过来为他诊平安脉。

弘历心情不豫，摆摆手：“朕没事，你下去吧。”

叶天士小心翼翼走上前，搭脉，弘历却又迅速抽回手：“朕没事，你下去吧！”

叶天士叹息：“讳疾忌医可要不得，魏贵人因为迟迟不肯医治，膝盖又青又紫，险些影响今后的行动，皇上还是让臣诊治吧……”

弘历一愣：“你刚刚说什么？”

叶天士诧异：“臣是说，平安脉还是要请的，不能耽搁啊。”

弘历：“你说魏贵人的腿怎么了？”

“听说是前些日子，在御花园里误撞了小嘉嫔的侍女，把给小嘉嫔的药给撞翻了。”叶天士一副闲话家常的语气，“小嘉嫔罚贵人跪了两个时辰，膝盖跪伤了，养了很久，这两日才刚刚好转……咦，皇上，您去哪儿？”

弘历人已经走到了大门口，猛然想起自己先前下的令，脚步一顿，又折了回来，来来回回在养心殿里走了许久，将叶天士的眼都绕花了，才忽然顿步道：“李玉！”

“奴才在！”

当夜，流水似的礼物被抬进了延禧宫。

珠宝字画、古董奇珍，最多的还是各种补品药材，数量之多、品质之好，连死人都能吃活转来。

李玉抱着一幅画卷走到魏璎珞面前：“魏贵人，这都是皇上的赏赐，您瞧瞧，这幅画可是赵孟頫的《鹊华秋色图》，纯贵妃当初曾向皇上讨要，皇上都没舍得给，这就眼巴巴给您送来了。”

璎珞一笑：“是吗？可惜我不通文墨，皇上送我这幅画，倒是糟蹋了，再说，这幅画实在太珍贵，我可不敢收，你还是带回去吧！”

李玉：“贵人，皇上知道冤枉了您，心里很懊恼，可又拉不下脸来，您就先服个软，往养心殿跑一趟，不就行了吗？”

璎珞“哦”了一声，不置可否。

李玉：“贵人，奴才伺候皇上这么久，还没见他对谁这么上心呢！好，哪怕您不露面，奴才让敬事房送上您的绿头签，这总行了吧？”

“怕是不行。”魏璎珞咳了一声，“前几日荡秋千的时候，不小心呛了风，喉咙又有点不舒服了，怕过给皇上，还是等我身体完全复原再说吧。”

李玉说不动她，总不能硬将人抬去养心殿吧，这差事难做，左右不是人，他胆战心惊地将消息递回养心殿，弘历果然大怒，劈手将面前的绿头牌全部掀翻。

李玉：“皇上息怒！”

弘历：“既然她不愿意，那就一辈子也别侍寝了！”

金口开，命令传达下去，弘历……又后悔了。于是接连几日看李玉不顺眼，怨他动作太快，自己话刚出口，来不及更改，他就当成圣旨发出去。

李玉更是心头叫苦，弘历今日嫌他送来的茶烫嘴，明日嫌他说话的声音太尖，左看他不顺眼，右也看他不顺眼，长久下去不是办法，太监不同于其他人，一身荣宠全系于主子，思来想去，李玉又找上了魏璎珞，暗示一番道："难得皇上改了主意，为什么不顺势下台阶算了，如今惹恼了皇上，岂非得不偿失？"

魏璎珞毫不在意："恼就恼吧！"

李玉无奈，垂头丧气回了养心殿，不料弘历却像早已猜到他的行踪，端着奏折问道："魏贵人说什么了？"

李玉愣了愣，若是实话实说，怕弘历又要迁怒在他身上，于是支支吾吾半天，硬着头皮说："魏贵人她……已经知错了。"

"是吗？"弘历立刻放下手里头的奏折，"朕去瞧瞧她怎么认错的。"

那一刻李玉恨不得自己立刻晕过去，尤其是弘历赶到延禧宫后，魏璎珞听完其来意，竟"扑哧"一声笑了起来。

怎么看，也不像是认错的样子。

弘历怒视李玉："你敢诓朕！"

李玉汗出如浆，觉得自己的小命怕要交代在这里。

魏璎珞却挥挥手，示意他出去，然后从床上翻身而下，一步步走向弘历，长发未梳，披在身后，如同一匹漆黑的缎子，上头倒映着烛火的光芒，华美不可方物。她笑："嫔妾若不认错，皇上会怎样？"

弘历一愣。

他想看她认错，可她不认错……他也不能拿她怎么样。

一旦认识到这点，弘历反而更加生气，他猛然将魏璎珞压向床榻，居高临下俯视她，眼中充满无奈与懊恼："魏璎珞，你总在惹恼朕！"

魏璎珞咯咯笑了起来，她的笑声如此动听，连他的怒气也一并抚平。

"皇上，"她抬手钩住弘历的脖颈，将他的唇拉向自己，轻轻啄了一下，顽皮得像只小猫，"嫔妾就这样的性子，就算你讨厌，嫔妾也改不了！"

弘历愣了一下，心中如被猫抓，怎忍叫她改？

她一直都这样，看得见摸不着，摸得着得不到，若即若离的像只独来独往的猫，从来都是他先去找她，却没见她来找过自己、求过自己。

宫里的女人都是他的，她当然也是他的……却又像永远不是他的。

他该如何养熟这只若即若离的猫?

一夜过后，弘历从寝殿内出来，唤:“李玉，传旨。”

李玉上前，心里却打定主意，这一次绝不那么快行动，免得皇上又后悔。

弘历:“命工部尚书哈达哈为正使、内阁学士伍龄安为副使。持节、册封贵人魏氏为令嫔。还有，让嘉嫔闭门思过一月，抄《女则》一百遍。”

令，出自《诗经·大雅》，如圭如璋，令闻令望，如玉一般美好，才能当此封号。

李玉惊讶:“嗻。”

心道:皇上原来还大发雷霆，一转脸就给了这样的封号！这魏贵人入宫还不到三个月，简直坐了登云梯，真正是可怕，只怕消息传出，后宫又要不得安宁了……

第一百〇九章　人皆有妒

“皇上！”李玉冲进门行礼，“金川大捷！富察将军亲自督师，攻下金川数座碉堡！”

弘历立刻站了起来，面露喜色：“真的吗？金川胜了，傅恒胜了！”

李玉：“是，金川土司莎罗奔上了请降表，大军即刻便会班师回朝！”

弘历：“好！朕的眼光没有错，傅恒果然是难得一见的将才！传旨，着傅恒先行回京述职！”

这场仗打了足足两年，傅恒进屋时，弘历险些认不出他，当年如一轮满月似的翩翩佳公子，如今不但黑了，也瘦了，风尘仆仆的模样，比起满月，更似大漠孤烟。

“傅恒，你没有让朕失望。”弘历满目欣慰地看着自己的内弟，“此次在金川立下大功，朕应当给你奖赏，说吧，你想要什么？”

傅恒抬起头，盯着弘历：“皇上，无论奴才想要什么，您都会给吗？”

弘历原本的喜悦之色慢慢退去，良久，也不问他究竟想要什么，慢慢下旨道：“传旨，富察傅恒封一等忠勇公，赐宝石顶、四团龙补服。”

傅恒一愣，正要开口说些什么，弘历随手举起一本奏折，遮住脸道：“好了，你先退下吧。”

“……是。”傅恒见他心意已决，只得深深叩下，“奴才叩谢皇上隆恩。”

弘历点点头，奏折后，神色阴沉。

“皇上——”不久，李玉进来，捧起绿头牌，放在最醒目位置的，赫然是魏璎珞的牌子。

弘历拿起牌子，拇指摩挲上头的令字，淡淡道：“当年在长春宫的时候，傅恒就对令嫔十分照顾，他上了战场，想必令嫔也时常牵挂，若知道他平安归来，自是放下心头大石。”

这话李玉不知该如何接，只能静静立在一旁。

弘历忽地将牌子丢下，闷声道：“去储秀宫！”

小嘉嫔被罚禁闭，如今刚好一个月，见弘历来，娉娉婷婷走来，未语泪先流，哽咽着：“皇上，嫔妾知道错了，不论您怎么罚都好，只是别不理嫔妾！”

“你知错就好。”弘历道，心道：若她能与你一样温柔顺从该多好。

小嘉嫔膝行到他身前，抓住他的衣摆，仰头望他，可怜兮兮道：“自从令嫔入了宫，皇上再也没理过旁人。嫔妾是个什么都不懂的小女人，心里只有皇上，看您整日陪令嫔，嫔妾心里多难受啊！一时想不开，才会让她罚跪！嫔妾知错了，以后再也不为难她了！”

说完，她又幽幽一叹：“皇上莫要再怪嫔妾，人皆有妒，若您肯将对令嫔的好，分给嫔妾一分，嫔妾绝不会做出这样的事。”

“人皆有妒？”弘历缓缓将这词放在舌尖咀嚼一番，“……若是有个人，从来不在意朕去谁那儿，不在意朕对谁好呢？”

“那这个人，摆明没将皇上放在心上。”小嘉嫔斩钉截铁道。

弘历闻言一愣。

之后弘历一直兴致不高，喝酒酒洒，听曲走神，眼见快到就寝时分，他却起身道：“朕记起还有几份重要的奏折没处理完，先回去了。”

“臣妾送送皇上。”小嘉嫔垂了垂眼，忽地抬眸一笑，挽着弘历出了寝殿，却故意领他走了一段远路，将手中的灯笼朝前方一举，照亮满园栀子花，“皇上，嫔妾打算在这里新建个亭子，取名叫玉京亭，您觉得如何？”

“蜀国花已尽，越桃今已开。色疑琼树倚，香似玉京来。”弘历望着满园栀子花，笑道，“不错，这片栀子花开得挺好的。”

心里觉得几分好笑，上回学魏璎珞装病，这一回又学她在园子里种栀子花，这又是何苦，学来学去，她还是她，独一无二。

“最好的栀子花可不在嫔妾这儿，而在富察府。”小嘉嫔忽笑道，“嫔妾听闻富察大人命人去各地搜罗名贵的栀子品种，想必是极爱这种花了，连他居住的园子，都改叫了玉京园。”

弘历猛然回头盯着她。

他的脸色实在太过阴沉，让小嘉嫔忍不住咽了咽口水，有些胆战心惊地问：“皇上，嫔妾说错话了吗？”

“你真当朕是傻子？”弘历冷冷道，“字里行间，全在含沙射影，污蔑令嫔！”

心思被他道破，小嘉嫔索性破罐子破摔，往他怀中一扑，哽咽道：“皇上，真心爱您的，您不稀罕，那些爱慕虚荣的，您却放在心坎上，哪怕您今天杀了嫔妾，嫔妾也要说一声，令嫔对不起您！”

弘历将她一把推在地上，头也不回，转身就走。

“娘娘，你这又是何苦呢？”珍儿过来将她扶起，“杀敌一千，自损八百啊。”

小嘉嫔冷哼一声，扶着她的手起来，狠狠一笑道：“皇上九五之尊，高高在上，最宠爱的妃嫔竟为臣子所觊，面子上能过得去吗？冒些险又如何？我要那狐狸精翻不了身！”

自此夜起，谣言如同飞鸟，遮天蔽日，飞向整个后宫，传进每个人耳里。

最后，也传到了弘历耳里。

这日继后正在吃茶，却听见外面纷乱一片的脚步声，转头一看，见弘历怒气冲冲进来，不等她起身请安，他便摆摆手道：“皇后，近日宫里谣言四起，你可曾听说过？”

“谣言？”继后一愣，“莫非是关于令嫔和富察大人……”

弘历脸色一沉：“连你都听说了，可见后宫里已经尽人皆知了，是不是？”

继后叹息：“皇上，您这些时日一直宠爱令嫔，引发六宫妒忌，招致风言风语，也是在所难免。您放心，臣妾一定会彻查此事，还令嫔一个公道。”

弘历：“这么说，你相信她是清白的？”

继后微笑：“皇上，富察大人常年出征在外，令嫔又在深宫之中，若偶然撞上，说了两句话，也不算什么过分的，毕竟令嫔曾是先皇后的心腹宫女，他们之间的情分，本就与旁人不同。”

弘历放在膝上的手指忽然握成拳：“……情分？”

继后眼角余光扫过他的拳头，不动声色道：“皇上，您误解了臣妾的意思，臣妾是说，那都是从前的事了，自从先皇后故去，令嫔深居圆明园，从未见过富察大人。如今成了皇上妃嫔，更是循规蹈矩，处处小心，又有什么好指摘呢？皇上宽宏大量，像这等小事，从前也不曾放在心上……”

只不过人心难测，有时候越不让放在心上的，越会耿耿于怀。

弘历忽抬头，一字一句道：“即日起，再有人议论此事，一律杖毙！”

“皇上……”继后因这命令而愣住，等他离开，也一直望着他的背影走神。

珍儿走过来：“娘娘，您看这件事……”

“本宫从前没见过皇上为了一个女人如此大动干戈，这个魏璎珞到底用了什么手段……”继后冷笑一声，“看样子，纯贵妃可遇上对手了！”

命令很快下达，却不见成效，宫人们表面上守口如瓶，背后还是议论纷纷。

“我已打听过了，”延禧宫里，明玉忧心忡忡，小半个时辰了，却连个头都梳不好，一把牛角梳子捏在掌心，嘎吱嘎吱作响，“近日宫里流传你和富察大人的谣言，有说你们在长春宫早已定情的，有说富察大人为了晋升，不惜把心上人献给皇上的，还有说你们至今纠缠不清的……皇上就是因为这些谣言，才一直没来延禧宫的。”

是的，弘历已经一个月没来延禧宫了。

第一百一十章　各显神通

皇帝的宠爱，直接与各宫的待遇挂钩。

自弘历不再踏足延禧宫，宫中的吃穿用度立刻困难起来，倒不至于吃不上饭，但都是些残羹冷炙，至于每日的小食、点心，更是再也没有了。再过半个月，宫里居然开始丢东西，魏璎珞几天内丢了好几个耳环、玉镯，明玉为此大发雷霆，守了几夜，终于抓到了小偷。

一个小太监被人推到魏璎珞面前，“扑通”一声跪下，磕头如捣蒜：“令嫔娘娘，奴才知错了，要打要骂，听凭发落，只求主子千万别把奴才送去慎刑司，奴才一定会没命的！”

明玉“呸”了一声：“吃里爬外的东西，如今外头人欺凌延禧宫，你竟也吃里爬外，娘娘，送他去慎刑司！”

一只蓝布包袱铺在桌上，里头放着今夜被他偷走的东西，分别是香炉、镇纸、一对镯子，还有一张丝帕，魏璎珞挑挑眉，将那张帕子捡起来一看，目光定格在上头的栀子花图案上。

“……小全子。”她将目光转回小太监身上，淡淡道，“你偷了本宫的东西，到底要卖去哪里？”

“这……”

“说！否则立刻送你去慎刑司！”

“是，是！”小全子立刻服了软，“宫里太监们偷盗财物是常事，便是乾清宫、养心殿，也少有不夹带的！只要不被主子们发现，自有渠道送出宫去，在琉璃厂找熟人变卖……很快变现！”

“你能卖，也能买回来吗？”魏璎珞却问了他一个怪问题。

“当然，令嫔想让小人买什么？”小全子忙道。

魏璎珞却诡异一笑："先不用，你且下去吧，暂时不罚你。"

小全子大喜过望，又给她磕了许多响头，说了许多好话，这才心有余悸地退下。明玉恨铁不成钢，人一走，就埋怨道："娘娘为何放人，处置得这样轻描淡写，日后如何管理下头的人？"

"我留着他还有用。"魏璎珞把玩着手中的锦帕。

"这种小泼皮能派上什么用场？难不成还能让皇上回心转意不成？"明玉狠狠道，她现在心心念念的都是这件事，愁得头发都白了几根。

"让皇上回心转意其实不难。"魏璎珞将帕子收起来，笑道，"明日纯贵妃不是又要开江南市吗？咱们一起去。"

为了争夺皇帝的宠爱，后宫妃子们个个八仙过海，各显神通，前几日纯贵妃就搞出个新鲜物事，她令人在宫道两边，仿照江南式样摆着无数个小摊子，有茶摊、点心摊、古玩玉器摊等各种摊点，宫女、太监们都仿着寻常摊主在叫卖，更有扮成寻常百姓来买东西的，热闹非凡。

太后向往这样的景致许久，只是江南太远，轻易去不得。如今足不出户，就能欣赏到江南市集之景，体味民间繁华之乐，对纯贵妃自是赞不绝口。

旁人怎能容她独占鳌头？第二天，继后伴着太后一块儿欣赏江南市，笑道："太后，纯贵妃的确聪慧，竟能悄悄准备这样的惊喜，依臣妾看，既然宫市都摆出来了，便不要光是看着，应当派上大用场！"

太后奇道："如何派上用场？"

继后一笑，竟取下手上的玉镯，随手放在了摊上："如今金川战事刚平，大清虽然获胜，却也伤亡惨重，很多伤亡将士家属得到的抚恤十分有限，孤儿弱母无处可依，臣妾建议，从宫中每一位嫔妃做起，人人捐出首饰、财物义卖，当然，既是义卖，就不能局限于大臣、宫人，而要把这些摊子都摆出宫门，换来的钱财，用于抚恤伤亡。"

太后本就热衷于行善，闻此立刻道了句阿弥陀佛，弘历同样动容："皇后，你想得非常周到，的确是个好主意，也不会浪费纯贵妃精心准备的宫市。"

被人借花献佛，纯贵妃心中十分不痛快，面上却笑道："还是皇后娘娘想得周到，臣妾只想着讨太后开心，完全没想到这么深的一层。既然如此，臣妾也尽一份心力吧！”

说完，便摘下了耳朵上的宝石坠子，放在了玉器摊上。

众妃嫔听到这话，便都摘下头上、身上的首饰，全都放在了一起。

弘历负手而立，笑看着这一幕，忽然目光一顿，凝在不远处的酒摊上。

千里莺啼绿映红，水村山郭酒旗风。一面红色酒旗迎风而展，旗下放了四口巨大的黑色酒坛、一张木头酒桌、几把椅子。

一名沽酒少女正站在酒坛前，亲自为一名老太监倒酒。

老太监喝完酒，将两枚铜板放在桌上，少女正伸手要收，对面忽然投来一道阴影，抬头一看，弘历冷着脸看她：“你怎么在这儿？”

魏璎珞布衣荆钗，嫣然一笑，从腰间抽了张帕子出来，干净利落地抹了抹桌子，一开口，地道的吴侬软语：“这位客人，要喝酒吗？桑落、新丰、菊花、竹叶青，还有女儿红，客人要哪一种？”

弘历上下打量她，宫花看多了，偶尔看见这么一朵野花，竟觉得十分新奇：“令嫔，你这什么装扮？”

“今天没有令嫔，只有沽酒女，这些可都是江南名酒，难得一尝呢！”璎珞一本正经，“您若是不买，我就要卖酒给别人了！桑落20文一壶、新丰25文、菊花酒30文、竹叶青20文、女儿红25文，快来买，快来买啊！”

弘历来了兴致，竟遂她的意思，扮成客人模样，指着一只坛子道：“这是什么酒？”

魏璎珞舀起一勺递给他：“地道的杜康酒，客官您闻闻。”

弘历勾了勾嘴角，似一个极难缠的客人，横挑鼻子竖挑眼：“桑落、竹叶青酒都出自山西，什么时候跑到苏州去了？卖酒之前，也不问问市价，谁敢来买你的酒？”

魏璎珞一怔。

脚步声在身后响起，弘历侧了侧首，见是太后等人朝这边走来，弘历略一皱眉，飞快地从魏璎珞手心里接过酒勺，随意地尝一口，然后咂巴了一下嘴道：

“这酒不好，太后，咱们去前面看看吧！”

说完，转身走向太后，将她们领去了另外一条路。

简直像胃藏饕餮的酒客，不愿意与人分享自己好不容易找到的美酒。

魏璎珞:“皇上，我的酒勺！您还没还给我——”

话音未落，弘历已经解下腰间玉佩，反手递来:“抵酒钱！”

魏璎珞一怔，抬手去接，却不想酒钱是假，调戏是真，弘历竟轻轻捏了一下她的掌心。

似热恋中的男女，背着家中长辈，偷偷在对方掌心写下一个时间、一个地点，然后偷偷约会。

“皇上驾到！”

是夜，弘历久违地再临延禧宫。

“令嫔，你这什么装扮？”弘历笑道。

迎面而来的魏璎珞竟还穿着那件沽酒女的衣裳，绿蚁新醅酒的裙色，云鬓上斜插一根木簪，倚门一笑，颇具野趣。

“花径不曾缘客扫，蓬门今始为君开。”魏璎珞转了转手中的小酒壶，笑道，“客官今晚想喝什么酒？”

“想喝……叫璎珞的酒。”弘历夺过酒壶，喝了一口，然后吻住她的唇。

芙蓉帐暖，帐中两具身体纠缠在一起，从夜晚至天明。

“你这个坏女人。”弘历长长地叹了口气，极舒坦又极苦恼，声音略显沙哑，“只知道勾引朕，可朕偏偏对你欲罢不能……”

魏璎珞笑了笑，伸手从桌上拿起小酒壶，仰头喝了一口，然后将唇递过去，一道璎珞味的酒水顺着她的唇，渡进他的喉咙，润了他的心。

第一百一十一章　赃物

魏璎珞重得圣宠的消息传遍各宫，当中最为恼怒的当数纯贵妃。

“不但皇后来借花献佛，如今连魏璎珞也来借我的东风！”纯贵妃咬了口指甲。

“娘娘息怒，当务之急，还是先做好捐赠一事。”玉壶在一旁劝慰。

“不错，以色侍人只是一时，名声才是长远的事。”纯贵妃看了眼不远处熟睡的六阿哥，目光一柔，“不为本宫，也要为六阿哥积些好名声，才能以后……”

虽然捐赠财物一事是继后提出来的，但江南市到底是纯贵妃首创的，她很快将这差事揽了过来，辛苦操劳了三个月，终于有了成效。这日雪覆京城，一顶顶油纸伞撑在贵人头上，从上往下看，如五颜六色盛开的花。

“太后，”纯贵妃搀扶着太后，笑道，“这三个月来，各宫捐赠的财物都已到位，不少福晋、命妇闻听消息，也都慷慨解囊，宫市先在紫禁城内摆一日，参与的便是大臣和宫人，待神武门外筹备好了，宫市便会移出去，对商人百姓开放，到时候募集的钱财，一律捐赠出去。”

太后笑着点头。

继后也笑：“太后，纯贵妃早早拿出了具体的章程，只待皇上看过便可施行。将来神武门外每月逢四开市，陈列百货，听凭交易，内务府库存旧物不用运去别处，在这儿直接出仓，所得货款可补贴用度，亦可全部捐赠。”

纯贵妃还不忘讨太后喜欢，道：“太后有兴致的时候，也可去宫市逛逛，全当考察商贾之情。当然，这不过是臣妾结合明市的情景，给出的一个设想，若太后觉得哪里不妥，臣妾立刻改过。”

太后拍拍她的手：“纯贵妃，这些想法很好，我非常喜欢，你费心了。”

纯贵妃嫣然一笑：“太后您瞧，前头有个古玩摊，卖宣德年间的铜器、内务府今年新制的珐琅，一起去瞧瞧吧。”

太后原本笑容满面，却在看见古玩摊时凝住了。身旁的刘姑姑上前一看，惊道：“太后，这是寿康宫丢失的东西呀！”

她上前翻拣起来，不一会儿就翻拣出好多东西：“您瞧，这枚玉扳指、这支青玉如意，还有这只花卉唾壶……不都是从前寿康宫的旧物吗？好端端的不翼而飞，整个紫禁城都查遍了，就是不见踪影，如今竟然在宫市上出现了！”

“哎呀！”人群中，明玉忽然挤出来，大呼小叫，“主子，这不是您丢失的绣花褡裢吗？”

宫人们本是看热闹，听她这样一说，也纷纷上前，结果你一个、我一个，竟也翻出了不少失物。

“什么宫市，分明是个贼窝啊！”小嘉嫔撇撇嘴，她也在摊子上寻到了一副失窃的东珠坠子，自然不会放过这么个打击情敌的机会，“咱们宫里丢的东西，全都到宫市来出售，这得到的钱还用来贴补宫里亏空，啧，这算盘打得可真精！”

这么一口黑锅扣在头上，纯贵妃汗都出来了，跪在太后面前道：“太后，一定是有人知道宫市开了，特意将这些珠宝混迹其中，借机出售，臣妾真的不知啊！”

小嘉嫔翻了个白眼：“说得轻巧，宫里的太监们手脚不干净，背后有条庞大的利益链，如何运送、怎么避开人的耳目、怎么销赃、最后又如何分成，全都是一套一套的，谁知纯贵妃是不是收了人家好处，成了其中的一环！”

纯贵妃脸色大变，忙为自己分辩道：“太后，臣妾是真的不知情，万没想到那些下作的东西敢借着宫市销赃，臣妾一定严查来源，请太后恕罪！”

太后神色淡淡：“我倦了，先回宫去吧。”

众人恭送了太后离开，继后走到纯贵妃身旁，叹道：“纯贵妃，你办事也太不当心了，好端端的宫市竟然混入了赃物，太后明察秋毫，自然知道与你无关，但事情传扬出去，人人都会说你借着宫市销赃，这名声可真是太难听了。本宫希望，你好好查一查，到底是怎么回事！”

好不容易揽来的差事，费了那么多工夫，甚至还贴进去那么多钱，岂料却换来这个结果，纯贵妃咬牙切齿，跪在地上道："……是。"

魏璎珞远远见了这一幕，不动声色地笑笑，令明玉收好延禧宫失窃之物，转身离开。待回到宫里，魏璎珞唤来某个偷儿，和颜悦色道："小全子，你办得很好！"

小全子赔笑道："那些赃物被运出去后，都在何处销售，奴才再清楚不过，刚开始奴才还好奇，主子要把那些东西买回来，到底做什么用，没想到主子一招移花接木，打得纯贵妃措手不及！"

魏璎珞微微一笑，丢了一只金锞子过去："赏你的。"

小全子大喜过望，他若不爱财，也不会做出先前那些事，当即抬手接了，千恩万谢："多谢主子恩典！"

望着他乐颠颠离开的背影，明玉撇撇嘴："至多算他将功补过，主子您不计前嫌饶他一命就够了，怎么还打赏他？"

"因为他还有用。"魏璎珞单手支着下巴，身旁摆着那堆失而复得的赃物，似笑非笑，"我还要用他。"

"混账！"

钟粹宫里，一张古琴从桌上推下来，弦断音绝，纯贵妃浑身发抖道："本来精心准备要讨太后欢心，如此一来，别说有功，不记过就万幸了！如今人人都说，太监们私下里用我筹备的宫市来销赃，说不准里头有什么猫腻，我多年的好名声，一朝都丧尽了！"

玉壶："娘娘莫急，太后和皇上还是相信您的，只是面子上过不去，等再过一阵子，风头过去也就好了！"

"魏璎珞从前就爱横冲直撞的，去圆明园待了两年，开始耍阴招了！"纯贵妃冷笑，"一开始是扮作沽酒女，穿一身不成体统的衣裳去勾引皇上，再来就是在江南市里……仔细想想，要不是明玉那一声，不会喊来那么多人。"

纯贵妃捂了捂心口，竟是气得心肝发疼。

除了疼，还有一股挥之不去的惶恐。

"此人留不得了。"纯贵妃沉下声道，"明玉一定将七阿哥的死因告诉了她，绝不能让她再得宠下去，否则这宫里再也没有本宫与六阿哥的立足之地。”

“你是打算……”玉壶道。

“过几日就是前皇后的忌日，魏璎珞一定会去长春宫悼念，想必富察傅恒也会去。”纯贵妃忽然转头看她，目光诡异，压低声音道，“东西拿到了没有？”

第一百一十二章　幽会

数日后，长春宫内院。

“奴才罪该万死，奴才罪该万死！”

傅恒低头看着自己的衣裳。

一盆祭肉连着汤水，全洒在自己胸口，如今正不住地往下淌，发出一股油腻的气味，令傅恒忍不住眉头直皱。

他是要去养心殿的，这样过去属殿前失仪，但看看跪在地上的人……不过是个十二三岁的小太监。

“富察大人，如今您这一身怎么去见皇上，不如奴才替您清洗一下，好不好？”小太监战战兢兢道。

傅恒：“我急着要去养心殿……”

“您换下衣裳给奴才，只清洗脏污的这一块，用铁熨斗熨烫，很快就会好的！”小太监急得眼泪都要下来了。

见他模样可怜，傅恒心软，便点点头，转身进了正殿，小太监接过他换下的衣裳，暗暗松了口气，心道：富察大人，对不住了。

整理好衣裳出来，傅恒正要离开，忽然脚步一定，看着对面行来的魏璎珞。

两人齐齐一愣，几乎是异口同声：“你也在这里啊……”

然后又一同沉默下来。

有关两人的流言蜚语曾传得沸沸扬扬，如今虽然偃旗息鼓，但只要他们两个站在一起，就要小心旁人的窥视与猜疑。

“等等。”傅恒见她要走，急忙叫住，“我有话要对你说，能不能……”

明玉刚想替魏璎珞拒了，魏璎珞摇摇头，对她道：“你去门口守着。”

明玉去守门口了，正殿内就只剩下魏璎珞两个，长春宫还是原来的样子，他们却不再是原来的模样。

“璎珞，”傅恒目光灼灼盯着魏璎珞，“我翻来覆去想了许久，总觉得你入宫别有目的。”

魏璎珞心头一跳，道：“你不要胡思乱想，我是在圆明园待够了，不想再做低人一等的宫女，更不愿一生为奴为婢！”

“我知道你不是这种人，能让你放下尊严，成为皇上众多嫔妃之一的，只可能是一个原因……”傅恒看了看供台上的皇后画像，喃喃道，“姐姐的死，是有人策划的吗……”

“哐当”一声，房门忽然打开，明玉脸色苍白地立在门口，弘历推开她走进来，目光直直盯着屋内二人。

“皇上，你瞧这二人。”纯贵妃随他一同走入，目光轻蔑扫来，“从前在长春宫的时候便黏黏糊糊，如今令嫔当了妃子，竟然还不死心，又搅和到一块儿了。”

明玉忙辩解道：“贵妃娘娘，请您不要胡言，今日是先皇后的忌日，令嫔曾服侍过先皇后，这是偶然撞上了！”

纯贵妃笑道：“世上哪儿有这么多偶然，还不是早有预谋？皇上，今天是先皇后的忌日，这两个人却选在这个地方幽会，非但恬不知耻，更是大不敬！”

弘历盯着璎珞：“令嫔，除了偶然，你还有什么好解释的？”

“皇上！”傅恒没料到会出这样的意外，忙替她解释道，“今日是姐姐的忌日，我特意来祭奠，因意外耽搁了时间，才会和令嫔娘娘撞上，虽说了两句话，也不过都和先皇后有关……”

“朕没问你！”弘历厉声打断他，“朕在问她！魏璎珞，给朕一个解释！”

见他气势汹汹走来，似要对魏璎珞动手，傅恒一急，竟忘了自己的身份，挡在了魏璎珞面前。这更惹恼了弘历，想也不想一掌推去，傅恒后退几步，叮当一声，一根簪子从他腰间坠落。

不等他反应过来，小嘉嫔已经飞身而来，捡起簪子，大呼小叫道：“哎呀，这不是令嫔的簪子吗？”

不但傅恒惊呆，连纯贵妃也惊呆了，她只设计这两人见面，并暗示弘历过来捉奸，却没弄这么一出，难不成他们两个真的……

小嘉嫔飞快地将簪子举到弘历面前，纯金打造的簪子，簪头一朵栀子花，分明是弘历见魏璎珞喜爱栀子花，特地让宫造处打来送她的，只此一件，别无分号。

“还说是误会。”小嘉嫔叹道，“连定情信物都有了，这才叫人赃并获，捉奸拿双！”

弘历接过那根簪子，看了许久，慢慢抬眼盯向魏璎珞，冷冷道：“魏璎珞，这就是你给朕的回答？”

明玉惊骇道：“皇上，这簪子是娘娘丢失之物，是有人故意诬陷，这是诬陷！”

傅恒这时也反应过来，自己怕是陷入了一场阴谋算计之中，以自己的身手，不可能毫无察觉地任人放一根簪子在身上，只可能是……

“是那个小太监！”傅恒猛然回过神来，对弘历道，“刚才有太监端了祭品过来，撞了我一身，所以我脱下衣服更换，才会给人可乘之机！”

那小太监很快被传唤过来，面对弘历的质问，他磕头如捣蒜：“皇上，奴才从未见过什么簪子。”

“你——”傅恒险些将剑抽出来，暗恨自己心软，结果不但害了自己，还害了魏璎珞。

弘历脸色越来越阴沉，眼看便要大发雷霆。璎珞忽然朝嘉嫔哈哈大笑起来：“嘉嫔，你这戏演得太拙劣，我都看不下去了……小全子，跪下！”

小全子一脸茫然，不知她为何会突然叫到自己，众目睽睽之下，急忙跪下。

“说吧，是谁指使你偷那件东西的？”魏璎珞淡淡道，“你若是不说……我便将你交给纯贵妃。”

众人觉得奇怪，若要处置犯错的宫人，为何不是交到慎刑司，抑或是交给皇后也成啊，交给纯贵妃是个什么道理？

只见小全子一个哆嗦，惊骇地看着她，心想：她都知道了。

魏璎珞冷冷看着他，她当然知道了，打从一开始，她就知道小全子多半是被人给收买了，否则他什么不好偷，偏偏要偷个手帕，帕子这东西卖不了几个钱，却适合用来陷害人。

所以她从来没有信任过小全子，之所以留下他，是因为他还有用处。

“你想清楚，纯贵妃不是我。”魏璎珞盯着小全子，意有所指道，“她一定……会好好惩罚你的。”

让纯贵妃知道是你买回赃物，放在她的江南市上出售，她会让你求生不得，求死不能！

小全子听出了她话里的意思，脸色一下子苍白得像个死人。直到此刻，他才知道魏璎珞为何不追究他偷窃之罪，先前还暗暗窃喜，甚至以为对方软弱好欺，如今才知是个连环计。

一咬牙，比起同时得罪纯贵妃跟魏璎珞，他宁可得罪小嘉嫔，当即大声道：“是嘉嫔！一切都是嘉嫔指使的，她要奴才去盗令嫔娘娘的簪子，奴才虽偷了簪子，但从没想过要用簪子来污蔑令嫔娘娘，皇上饶命，令嫔饶命！”

小嘉嫔：“胡说，你这是血口喷人！皇上，这小太监是延禧宫的人，他当然会帮着令嫔说话啊！”

现在不扳倒嘉嫔，日后必被她报复，小全子索性一不做二不休：“嘉嫔送给奴才的金子，全藏在奴才床下，经手人是她的大宫女兰儿，若皇上不信，只要严刑审问，一定全招了！”

兰儿是小嘉嫔从家里带来的旧人，小门小户出身，天生胆子就小，都不用严刑逼问，被眼前这场面一吓，竟很快就招了。

千般算计万般算计，没想到居然败在这么一个胆小鬼身上，小嘉嫔恼怒不已，反手就是一个巴掌，但紧接着，弘历也给了她一个巴掌。

弘历冷冷看着她：“即日起，嘉嫔幽居储秀宫，非朕命令，不得擅离！”

“皇上，不要啊！”小嘉嫔连滚带爬地抱住弘历的靴子，苦苦哀求，弘历却不理，一脚踢开她走了。

小嘉嫔朝他背影哭了片刻，忽然转头盯着魏璎珞，披头散发，厉鬼似的喊道：“你以为赢了吗？我告诉你，皇上是厌我，可他也没原谅你！你们幽会是事实，他再也不会见你了！令嫔，我完了，你也讨不了好！”

第一百一十三章　绣像

小嘉嫔一语成谶，自忌日后，弘历不再踏足延禧宫，甚至不许旁人在他面前提起魏璎珞的名字。

树倒猢狲散，延禧宫里人人自危，宫女、太监们开始自寻出路，经常大白天的寻不到一个做事的下人，形同冷宫。

“你怎么不走？”魏璎珞好奇地看着身旁的人。

患难见真情，留在她身旁的除了明玉，竟就只有那个偷儿小全子。

小全子跪下道：“奴才背叛了您，得罪了纯贵妃，又出卖了小嘉嫔，这样一个人，到哪儿都没有活路。所以，就算主子住冷宫，奴才也要奉陪到底。”

璎珞突然笑了：“你这个奴才，竟说得如此直白，真是有胆识！”

小全子：“主子夸奖，奴才愧不敢受。”

明玉却看不得他：“就算全宫奴才死绝了，主子也不会用你这种吃里爬外的东西，你自己收拾东西，马上滚！”

小全子仍乖顺地跪在地上，头也不抬道：“主子，奴才是办错了事，但紫禁城就是紫禁城，捧高踩低、背叛倾轧是常事，经此一事，奴才小辫子都握在主子手上，再也不能背叛了。所以，主子要用了奴才，就是找了一条忠心耿耿的狗啊！奴才愿意为您看家护院，誓死效忠！”

璎珞叹息：“可惜我这道门，已经不需要狗看着了。”

小全子忽地笑了，竟比她还有信心：“主子，皇上只是一时想岔了，将来想明白了，主子还有东山再起的机会，千万不要气馁啊！”

“纯贵妃娘娘驾到！”

魏璎珞忙一抬手，止了两人的话头，然后起身相迎：“嫔妾给纯贵妃请安。”

纯贵妃到椅子上坐下，闲聊几句家常，然后图穷匕见，命玉壶奉上针线和绸缎："人人都说令嫔是绣女出身，绣品惟妙惟肖，巧夺天工。那日本宫特意寻了一幅你的绣作送去寿康宫，太后十分欢喜，嘱你为她绣一幅观音大士像。"

魏璎珞看她一眼："纯贵妃，这幅绣像多久献给太后？"

纯贵妃笑道："不长不短，一个月。"

明玉："你——"

璎珞向明玉摇头，笑容如初："贵妃娘娘放心，嫔妾必定竭尽所能。"

送走纯贵妃，明玉咬牙切齿道："一个月，一个月能绣出张帕子就不错了，还想绣个观音像，她纯粹是在为难你，你何必答应她？"

"纯贵妃已经挑明，绣像是为太后而作，若我公然拒绝，便是对太后大不敬，她正等着抓我的把柄。"魏璎珞拿起桌上的针线，脸色凝重道，"将蜡烛都拿出来，今天晚上我不睡了。"

不但她睡不着，傅恒也睡不着。

一年三百六十日，风刀霜剑严相逼。想到宫中的流言蜚语，想到魏璎珞如今的处境，傅恒一夜睁眼到天明，左右也是睡不着，索性起来舞剑。

舞到一半，忽然听见身后有脚步声，眉头一皱，他早已吩咐自己练剑时需要清静，不许任何人打扰，是谁不听命令？他反手将剑一指，寒光茫茫，剑尖恰恰抵在弘历鼻尖。

李玉惊骇道："大胆！"

傅恒一愣，忙跪下道："奴才惊扰圣驾，罪该万死！"

练武场中放了许多兵器，弘历随手提起一把长剑，冷冷道："傅恒，朕也很多年没有见识过你的剑法了，不如让朕试试看，你究竟进步几何！"

语罢，一道寒光斩下。

傅恒不敢接，甚至不敢躲，于是胳膊生生受了一剑。

弘历抽回剑，冷声道："若你不战而退，就以欺君论处！"

傅恒无奈，只得提剑相迎。

双刃交锋，一面倒映着弘历的面孔，弘历随意道："从前讷亲在的时候，总是独自觐见议事，等你入了军机处，却要所有的军机大臣一同面圣，傅恒，你是不是太小心了？”

另一面倒映着傅恒的面孔，他道：“皇上，奴才从前办错了一件事，以致一步错，步步错，实在追悔莫及，私事如此，公事更如此。如今谨慎小心，是对国事负责。”

弘历：“你说的是——算了！”

他携怒气而来，到此忽然怒气一止，索然无味地比画了两下，丢下剑道：“朕乏了。李玉，回宫。”

他正要将手中的长剑丢给李玉，忽然听见傅恒在他身后道：“皇上为何不问错在何处？若当年您允了奴才请婚，如今的令嫔，该是富察傅恒的妻子！”

“铿”的一声，弘历猛地转过身来，手中利剑指着傅恒，厉声道：“富察傅恒，你放肆！”

傅恒毫不畏惧：“奴才是倾慕过魏璎珞，或许对皇上而言这是一种亵渎，但她从未应过要嫁给奴才，所有的一切，都是奴才一厢情愿！”

弘历：“够了，朕不愿听！”

傅恒：“往事不可追忆，皇上素来心胸广阔，博尔济吉特氏入宫前曾寡居，一入宫便封了多位贵人，皇上甚至不介意她嫁过人，为什么换了魏璎珞，皇上便耿耿于怀？”

弘历阴沉地道：“傅恒，你真以为朕不会杀你！”

傅恒：“因为这个女人是魏璎珞，您不愿回忆她的过去，因为您不曾参与、不曾了解！现在皇上越生气、越冷落令嫔，越证明您心存妒忌，不知所措！”

弘历：“富察傅恒，朕当初阻止你，只因为……”

傅恒：“因为皇上认定魏璎珞贪慕虚荣，攀附权贵吗？可您心里很清楚，她要真是这样的人，早已借由皇上上位了！可您还是一口咬定，为什么？”

弘历讽刺地一笑：“你怀疑，朕故意拆散你们？傅恒，你可真是发了疯，连这样荒谬的话都说得出！”

傅恒：“奴才不敢斗胆揣测圣意，您的心意如何，只有您自己心里最清楚。”

弘历一怔。

皇后的那句话猛然在他耳边响起：皇上，您执意破坏这桩婚事，真的没有私心吗？也许，皇上是看中了魏璎珞，想要据为己有！

眼前，一张与皇后极为相似的面孔看着他，平静道："皇上，您既然得到了她，就该好好珍惜，否则，奴才只会更加后悔，为何当初没有坚持到底！"

因为这句话，弘历彻夜难眠。

"皇上，"李玉捧来绿头牌，"该歇下了。"

弘历盯着那些牌子半天，忽地起身朝门外走去，李玉忙放下牌子跟上去，兜兜转转，竟又到了延禧宫。

李玉正想喊人，弘历却抬指嘘了一声，两个人做贼似的，悄无声息进到宫内，一路畅通无阻，弘历忍不住问："宫里的人呢？"

"见延禧宫没了指望，都各谋出路去了。"李玉回道。

弘历冷哼一声，忽然停下脚步，立在一扇窗前。

屋内点着一根蜡烛，为了让蜡烛能够烧久一些，故而将灯芯掐得极小、极细，魏璎珞坐在这样一根蜡烛旁刺绣，绣一会儿就要揉揉眼睛。

天气已经极冷，她身旁的炭盆里却没有炭，她搓了搓手，往手心里呵了口热气，然后继续绣着手里的绣品。

——一幅观音像。

第一百一十四章　刺

一个月后，弘历再次看见了那幅观音像。

太后将绣像捧在手里，眼中流露出毫不掩饰的喜爱："这观音大士端庄可亲，悲天悯人，肌肤又圆融干净，褶皱衣带也十分立体，绣坊这回倒是下了功夫！"

纯贵妃微微一笑："太后谬赞，这幅观音像是献给您的礼物，他们又怎敢不尽心呢？"

太后微笑着点头，转身叫人将绣像挂起来："皇上，你也来看看。"

凑近之后，弘历更加确定，眼前这幅绣像就是魏璎珞做的那幅，他瞥了一眼纯贵妃，见她只顾与太后说笑，半句也不提魏璎珞，鬼使神差之下，突然伸手摸了摸画像："观音头发如此逼真，不像是绣线，难道……这是真人的发丝？"

太后看向纯贵妃："绣娘用青丝入画了？"

纯贵妃看了一眼佛像："汉人与满人不一样，若满人断发，是大不敬，可汉人用根根青丝入绣，更显对菩萨一番虔诚之心！这是早有的做法，叫发绣。"

弘历手指划过观音眉心一点红："这一点，分明是血迹。"

纯贵妃垂了垂眼："皇上，这可能只是个巧合，绣娘的血落在绣绷上，为了不被看出来，才会化为额心一点红。"

太后感叹："这绣娘真是心思巧妙，我还真想见一见。"

纯贵妃怎肯让魏璎珞分薄恩宠？当即笑道："太后，绣像并非一人完成，而是整个绣坊最出色的绣女通力合作。您若要见，臣妾亲自去宣。"

太后捧着绣像，点头："一手好绣活的绣娘，宫里比比皆是，肯这样用心的却是极少数，是该好好赏赐。"

弘历看着满脸纯良的纯贵妃，神色复杂。

回到养心殿，他仍久久无法释怀，脑海里一会儿是菩萨眉心一点血，一会儿是魏璎珞伸进嘴里吮吸的伤指，坐立不安了半晌，竟觉得身上一片燥热，于是一脚踢上火盆："把这个送去延禧宫！"

李玉看他一眼："嗻。"

"等等！"皇上喊住他，"记住，这不是朕送去的！是……"

李玉："是内务府想弥补过失，特意送去了新炭盆。奴才明白，皇上放心！"

弘历冷哼一声。

李玉捧着火盆要出去，弘历敲了敲桌子："再送一盏琉璃宫灯去，朕不喜欢瞎子！"

李玉忍住笑："嗻。"

弘历批阅奏章，屋内没了火盆，他仍然心浮气躁，李玉一回来，便丢下笔，问："令嫔没来谢恩？"

李玉一愣，赔笑道："那些东西是内务府送去的，令嫔哪儿会知道呀？"

一支笔丢在他脸上，弘历冷冷道："下去！"

"是，是。"李玉忙躬身退下，临走之时给身旁一个小太监使了使眼色，那小太监低着头，端一碗莲子羹走上前去。

这小太监一身箭袖马褂，足蹬朝靴，身形娇小，一眼望去，极为陌生，以为是李玉新带的徒弟，弘历冷冷道："东西放下，你也出去。"

"嗻。"小太监掐着嗓子应了声，莲子羹放在书桌上，手却不规矩地抚上弘历的手指，弘历一惊，刚要发火，却忽然一愣，一把掀去他的帽子："魏璎珞！"

一根乌溜溜的大辫子从右肩垂下，魏璎珞朝他歪头一笑，说不出的娇俏。

弘历大怒："谁准你进来的？李玉！李玉！"

手指轻轻放在他的唇上，魏璎珞轻轻道："皇上，我想你了。"

如同脖子上拴上锁链的老虎、如同被线牵住的风筝，原本暴跳如雷的弘历竟一下子安静下来，双眼凝视着她。

"您呢？"魏璎珞轻轻抚摸他的嘴唇，又轻又痒，"皇上就一点儿都不想见嫔妾吗？"

弘历抓住她不安分的手指，埋怨道："李玉这狗东西，竟敢随便放你进来，还有，你这穿成什么样子，越发不成体统！”

嘴上虽埋怨，双手却不老实得很，一下子环住她的腰，将她放在自己腿上。

魏璎珞身娇体柔，坐在他腿上，像个孩子似的，手脚也如孩子似的不安分，一只小脚丫子轻轻踩着弘历的脚背，轻哼一声埋怨道：“若不是皇上胡乱吃醋，嫔妾也不至于穿成这样，才能出宫见您一面。”

“还敢怪朕！是你和傅恒——”弘历说到这里，脸色再一次阴沉下来，放在她腰上的手，竟也不知不觉地松开。

璎珞却拉住他的手，重新放在自己腰上：“皇上可真是小心眼，气了这么久，还耿耿于怀。是，先皇后的确有意，将嫔妾许给富察大人。”

弘历：“你！”

璎珞毫不避讳：“可皇上不是亲自驳回了吗？”

弘历：“那是朕怕你祸害傅恒，没有半点私心！”

“璎珞却希望您有私心，因为璎珞对您也有私心。”魏璎珞正色看他，“也许在皇上心里，璎珞微不足道，但魏璎珞已经是您的妻子了，并只有您一个主子，也只会有您一个丈夫！”

没了炭火，屋子里有些冷，但弘历的心却因为这句话而热了起来。良久之后，他轻轻握住她的手，贴在心口上：“再也不提这件事了，你不提，朕也不提，也不许宫里的人提，谁再散播类似的谣言害你……朕杀无赦！”

“皇上……”魏璎珞眼中隐隐有泪光，她轻唤一声，然后伏在他胸口，肩膀微微颤抖。

弘历叹了口气，怜爱地将她环在心口，只觉这女人就像他心头一根刺，不拔心疼，拔了心也疼，久而久之，竟长进肉里，成了他血肉当中的 部分，再不能分离。

月下酒一杯，对饮成三人。

“少爷，”青莲怀抱一件披风走进凉亭，“您喝太多了……”

富察府后院凉亭内，傅恒一个人坐在亭子里，脚下放着七八只空酒壶，他给自己倒了一杯酒，昂头喝尽，然后半醉半醒地笑了：“今天是我第一次算计皇上，值得浮一大白。”

青莲愣道：“算计皇上？”

“皇上虽然宠爱她，但心里始终有一根刺。”傅恒又斟酒一杯。

她？青莲反应过来：“少爷说的是——令嫔？”

这些话一直藏在心里，从没跟任何人说，但一杯接一杯，他已经醉了：“我曾在皇上面前请婚，更为璎珞多次顶撞皇上，这在皇上心里，留下了一根刺。当我从战场上回来，皇上必定耿耿于怀。他是个帝王，也是个男人，绝不能容忍后宫妃嫔与他人有私。更何况，这个人是他的妻弟，最信任的心腹。只要留着这根刺，令嫔就算再得宠，也是如履薄冰，岌岌可危！与其如此，还不如自己动手，拔出这根刺……”

“少爷……”

“我在。”傅恒醉眼惺忪地抬头看她，目光比月色更温柔，“璎珞，只要你需要，我便会在，不论以何种方式。”

青莲吃了一惊，他喊自己什么？璎珞……令嫔？

叮当一声，酒杯落在地上，半盏未喝完的酒水淌了满地，傅恒伏在石桌上，发出细小鼾声。

青莲望着他，将手中的披风轻轻盖在他身上，低声道：“可是少爷，这样对您实在太不公平了，皇上从您这里得到了忠，令嫔从您这里得到了爱，但您自己……一无所有。”

亭外树影斑驳，同样抱着一件披风的尔晴藏在树后，冷冷望着亭中两人。

第一百一十五章　休书

第二日，傅恒醒来，因宿醉而声音沙哑，按着太阳穴呻吟一声："青莲，水……"

"少爷，少爷您可算醒了！"管家立在一旁，急得大汗淋漓，"青莲不在这儿，少夫人说她推小少爷下金鱼池，如今已被老夫人带走了！"

傅恒顿时酒醒。

待他穿戴齐整，匆匆赶到客厅时，屋子里或坐或站，已经挤满了人，目光在人群中逡巡一圈，唯独没有青莲的身影，傅恒忙问道："额娘，青莲人呢？"

"你怎么还提她？"富察夫人脸上余怒未消，"原本我瞧那丫头样貌端丽，性子温顺，还打算抬举她，谁料她因此生了异心，竟推安儿下水！"

傅恒："额娘，青莲不是这样的人。"

正给富察夫人捶背的尔晴停下动作，道："我亲眼看见的，你还护着她！"

傅恒冷冷扫她一眼，所有人里，他最不信任的就是她。但母凭子贵，因她生了儿子，故而深得老夫人喜爱，罢，傅恒索性当没看见她，问："青莲现在人在何处？"

富察夫人："卖了！"

傅恒面色微变。尔晴连忙开口："傅恒，别听额娘说气话，额娘待下人从来温厚，就算青莲犯了错，也只是叫她家人领了回去。"

傅恒怀疑："真的？"

见他一再怀疑尔晴，富察夫人发起火来："若非尔晴为她求情，早叫人打死，怎会如此便宜了她！"

傅恒十分疑惑，尔晴竟会替人求情？

"人都是会变的。"尔晴看出他的疑惑，叹了口气，极诚恳道，"比如青莲，年纪渐长，渐渐生出旁的心思。如今我将她送出去，叫她父母另择婚配，不好吗？"

傅恒还是有些怀疑："是吗？"

"只要你没有纳她为妾的念头，我非但不为难她，还要添一副嫁妆，算是全了她对你的忠心。"尔晴信誓旦旦，"我也一样，只要你愿意好好过日子，我也可以变好，变成你喜欢的模样，我保证。"

傅恒沉默下来。他这人要求不高，只求家和万事兴，虽然厌恶尔晴，但无奈父母亲都喜欢她，若她真能从此改过自新，做个贤惠妻子，从前那些事，他可以努力忘记。想到这里，他叹了口气道："……就照你说的，为她添一份嫁妆吧。"

一顶小轿送青莲出了府，了却一桩心事，傅恒重新将心思扑在工作上。身为朝中大臣、天子心腹，应酬是难免之事，这日下朝，军机章京就力邀他喝花酒。

"不了。"傅恒笑着拒绝，"大清律在头上悬着，我们可挨不起六十棍。况且就算想喝，也寻不着地方，有皇上的严令，京城的秦楼楚馆都快绝迹了……"

刚说完，便有一名女子冲向马车，马车停之不及，骏马嘶鸣一声，前蹄扬起，踹在那女子身上，那女子尖叫一声，滚在地上没了动静。

傅恒连忙从马车上下来，见两个男子凑在女子身旁，便问："她是你们什么人？"

那两名男子一身短打，俨然一副青帮打手打扮，原本是想狮子大开口讹傅恒一顿，但见他一身官服，胆气顿时一泄，讨好道："她是我们馆子里的姑娘，相貌丑，不值几个钱，不值几个钱。"

见他们将一个活人与银两挂钩，傅恒忍不住眉头一皱。

身旁的军机章京曾是青楼常客，比他更懂其中门道，凑在他耳边道："他们嘴里的馆子，就是私底下做暗娼生意的，这姑娘估摸是买断了生死的，你给他们几个钱，事情就算了啦。"

傅恒摇摇头，解下腰间钱袋，丢向打手："一条人命，好好给她看伤。"

打手解开钱袋看了眼，大喜过望，一个劲地道谢，傅恒看不得他们这副模样，转身正要回马车，身后忽然传来极微弱的一声："少爷……"

似曾相识的声音，叫傅恒脚步一顿，他猛然回头看向地上那名奄奄一息的女子，骇然道："青莲？"

富察府客房。

大夫刚刚回去，厨房里正在煎药，傅恒叫来管家，面色阴晴不定："这是怎么回事？"

"少爷，是小人的疏忽。"管家一脸愧疚道，"小人也是刚刚才查到，少夫人只是表面上为青莲择了门好亲，花轿刚出城，转头换了小轿，送进了暗娼馆。"

傅恒面沉如水，几乎将椅子扶手给掐断，忽然耳边传来一声惊呼："少爷，少爷，不好了！青莲吞金了！"

大夫前脚刚刚出门，又被人请了回来，费尽九牛二虎之力，又动用了库里一根百年人参，才堪堪将青莲的命给吊了回来。

"小人已经尽力了。"大夫抹了抹额上的汗，"但终究只是回光返照，富察大人，有什么话，尽早跟她说吧。"

傅恒沉默半晌，才点点头。

房门在身后关上，傅恒慢慢坐在床边，看着床上的女子。曾经清丽如莲的面上，划着一道长长伤疤——这疤痕是尔晴带给她的，在她身上，还有许许多多的伤口，比这更长，比这更深，是许许多多的男人带给她的。

罪魁祸首，却还是尔晴。

"少爷，"青莲忽然转过身去，背对着他呜咽道，"别看奴才，奴才这样肮脏的人，会脏了您的眼。"

傅恒心中一痛："不，你不脏。"

"少爷……"青莲又唤了他一声，极温柔极悲伤，"每次叫您少爷，您的神情都会变得好温柔，刚开始，奴才也心存希冀……后来有一天，奴才突然明白，您想听的，只是'少爷'这两个字，是不是？"

傅恒瞪大眼睛看着她。

没人知道他为什么对青莲总是与别人不同，不是因为她的相貌静好，也不是因为她体态婀娜，仅仅只是因为她的声音。

……与魏璎珞几乎一模一样的声音。

"一直以来，大家都以为青莲是少爷的人，可他们都错了。"那个声音如今响在他耳边，带着卑微的祈求，“少爷想着一个人、念着一个人，眼里从未有过别人。现在，青莲只有一个心愿，您可不可以握住我的手，可不可以……”

可不可以，在我当了这么久的替身之后，睁眼看看我，记得我的名字，我叫青莲。

“青莲……”傅恒唤了一声，握住她苍白枯瘦的手。

直至那只手彻底失去温度，在他手中变得冰冷。

“傅恒！”房门打开了，得了下人通知的尔晴匆匆结束了今天的茶会，从外头赶了回来，目光一转，投在帐内的青莲身上，脸上立刻堆起不加掩饰的厌恶，“这个贱婢……”

“回来了。”傅恒的声音极淡、极冷，“东西写好了，就放在桌上。”

什么东西？

尔晴狐疑地走到桌子旁，只见上头躺着一封书信。

信封上白纸黑字，写着：休书。

第一百一十六章　坠马

一方故人去，一方故人来，就在富察府因休妻一事闹得天翻地覆之时，延禧宫内却欢声一片。

主子重新得宠之余，延禧宫也迎来了它的第一位大总管。

“哥！”魏璎珞快步迎向对方，跑得太快，鞋都差点脱落，“我以为你不会来了……”

袁春望弹指在她眉心一叩，亲昵得仿佛两人从未决绝过：“我不来谁来？远在圆明园都听见你闯祸的消息了，当哥的只能过来帮你善后。”

魏璎珞摸了摸眉心，内心一片温馨，因先前弘历冷落她，延禧宫宫人大多各奔前程去了，仅留了明玉与小全子两个，如今她重得宠爱，晋为令妃，却也不稀罕这些墙头草，弘历许她从宫中各处调用新人，她头一个想到了袁春望。

满心忐忑地试了试，想不到他竟真的来了。

“主子！”小全子满怀警惕地瞥了眼袁春望，争宠道，“皇上遣人送来一套骑装，说明日带着主子骑马去！”

“骑马？”魏璎珞的注意力转移到他身上。

全子与有荣焉：“是啊，将来皇上要带主子参加木兰秋狝，总得让主子先学会骑马呀！”

“骑马……骑马呀……”璎珞慢慢品味一番，忽笑道，“小全子，把皇上明日要亲自教我骑马的消息放出去！”

小全子一愣，旁边明玉忙阻止道：“这样不好吧，如今你在宫里如此受宠，宫妃们可恨透你了，再把这消息传扬出去，不是火上浇油吗？”

魏璎珞眨了眨眼：“我就喜欢看她们眼红跳脚，却又奈何不得的模样！”

马场内，绿茵一望无际，从脚下绵延至天边，马蹄嘚嘚地踏过一朵白花，魏璎珞与弘历一前一后坐在马上，她埋怨道：“这马不好，一点也不听话！往左，往左！”

马儿打了个响鼻，步子朝右。

弘历忍着笑，勒了勒缰绳，将它的步子又调了回来：“是朕最心爱的汗血马，别人都碰不得，你还嫌东嫌西，怎么不说你自己笨？”

“哎呀！哎呀！”魏璎珞在马上一阵大呼小叫。

“握紧缰绳，握紧缰绳！”弘历真是恨铁不成钢，觉得这简直是榆木脑袋，怎么教也教不会，岂料下一秒，一双手就藤萝似的搂住他的腰，魏璎珞藤缠大树般纠缠在他身上：“我要掉下去啦！”

弘历顿时心中一软，心道，罢了罢了，学什么骑马，大不了两人一骑，他来策马，她负责搂着他大呼小叫。

“皇上！”一名侍卫忽快步走来，“有军情来报！”

弘历一愣，只得翻身下马，临走前嘱咐道：“你自己先骑一会儿。李玉，给令妃寻一匹温顺的马儿来。”

“嗻。”李玉一挥手，一个小太监立刻牵来一匹矮小棕马。

魏璎珞走到马儿身旁，抬手摸了摸它的耳朵，眼角余光落在那名面容陌生的小太监身上，忽然诡异一笑，翻身上了马。

“霍占吉引水灌营，我军掘壕泄水，苦守十日，直到富察大人领援军至黑水营外，与兆惠将军内外夹击，成功歼敌五千，然兆惠将军战马深陷泥淖，不慎从马上坠落，腿部受了轻伤。富察大人领兵追击逃跑的霍占吉，目前未有确切消息传来。”马场一侧，侍卫向弘历呈递军情。

弘历皱眉听着，正要仔细询问几句，身后忽然传来一声尖叫：“令妃娘娘！”

他猛然回头，在一片尖叫声中，看见棕马长声嘶鸣，四蹄扬起，背上一道红影被它高高抛下。

“璎珞！”

延禧宫内，蜡烛从天黑烧到天亮。

太医神色紧张，倒不是因为魏璎珞有生命危险，而是弘历每隔半个时辰，就差李玉过来问他一句："令妃怎么样了？"

弘历越是关心，太医越是束手束脚，药方上一斟再斟，落针时更是慎之又慎，这时才终于松了口气，擦擦汗道："行了，你这么回皇上吧……"

李玉腿都快跑断了，如今得了确切回复，也松了口气，连忙回养心殿复命，见房门紧闭，知道里头正在谈事，就守在门口。

"说吧，"养心殿内，弘历脸色极为阴沉，"有什么发现？"

"回皇上，"地上跪着一名侍卫，刚刚从马场回来，道，"奴才检查了整个马场，发现问题出在那匹马的食槽，有人在饲料里动了手脚，使得原本十分温顺的马儿突然发狂，才会让令妃娘娘坠马。"

弘历握了握手指，嘎吱嘎吱作响，他冷冷道："上驷院从上至下，监管事务大臣连同员外郎、主事一律收押严审！"

"嗻。"

待侍卫退出，李玉进门来："皇上，令妃已经醒了。"

弘历立刻就要起身过去，但侍卫来报，军情紧急，只得再一次坐下，等忙完手里的事，已经月上柳梢头，他饭也顾不上吃，就来到延禧宫外。天色渐暗，宫人在屋檐下挂上一盏盏纸灯笼，明晃晃如一轮轮小月亮，他踏月而入，直至魏璎珞身旁。

抬手挥退宫人，他慢慢在她身旁坐下，内疚道："是朕不好，朕不该让你去骑马的。"

魏璎珞一言不发，背对着他睡在帐内。

以为她已经睡着了，弘历不忍吵醒她，将声音放得极轻："整骨一定很痛，朕都没陪着你。今晚朕不走了，一直陪着你好不好？"

"不好。"魏璎珞道。

弘历一愣，哭笑不得："你醒着啊？"

魏璎珞哼了一声，依然脸朝墙壁不理他。

"既然你不想看见朕，那朕就走咯。"弘历装模作样地起身。

魏璎珞马上在床上打了个滚，一路滚进他怀里，因为牵动了伤口，又是一阵龇牙咧嘴，疼得低低抽泣起来。

“你呀你，”弘历心疼地扶起她，“这个时候还皮。”

“皇上，”魏璎珞抱着他的腰不放，如抱着一根救命稻草，抽泣道，“有人要杀我。”

弘历一愣，安慰道：“不要胡思乱想，那只是个意外！”

她在他怀里抖得厉害，原本倔强得有些无法无天的女人，忽然在他怀里露出这样脆弱的一面，叫他感到格外怜惜，她颤抖着道：“皇上，她想我死，那个人……想让我从马上摔下来！”

她忽然扬起一张泪水涟涟的脸，极不安、极依恋地望着他，向他讨要一个承诺：“皇上，你会保护我吗？”

“会的。”弘历将她搂在怀里，轻轻拍着她的背，“朕会保护你的，朕一定会保护你的……”

哄了许久，她才在他怀中安然入睡，弘历将她轻轻放回床上，牵起被子盖在她身上，又盯着她的睡颜看了许久，正要离开，却感袖子一紧，低头一看，见她小小的指头抓着自己的袖子，睡着了也不肯放他走。

他竟也舍不得走，坐在床沿，低声道：“进来吧。”

李玉进来，看了床上的魏璎珞一眼，自觉压低声音，道：“皇上，海兰察来报，上驷院的监管事务大臣连同员外郎、主事、太监们全都审了一遍，除了‘冤枉’二字，什么都审不出来。”

弘历沉吟片刻：“将专门饲养那匹马的太监重责八十，其余人等罚俸一年，然后放了吧。”

李玉惊讶：“放了？”

弘历冷冷一笑：“对，放了。”

第一百一十七章　最后一战

令妃坠马的消息传来，纯贵妃心中极喜悦，却半点没表现在脸上。

但弘历往她脸上一扫，忽地淡淡道：“你很开心？”

纯贵妃心中一凛，忙垂首叹道：“皇上来了钟粹宫，臣妾自然欢喜，但令妃受了重伤，延禧宫太医往来不断，臣妾听说之后，也是十分揪心。若非皇上有严旨，不准任何人轻易打扰，臣妾早已去探望令妃妹妹了。”

两人面前横着一张红木棋盘，黑子白子布于盘中，轮到弘历落子了，他慢悠悠地从棋盒里捡起一枚白子，却不急着下，两指捻着，轻轻敲在棋盘旁，“啪，啪，啪……”

就如同纯贵妃现在的心跳声。

“有人在令妃骑的马上动了手脚。”“咚——”他终于子落棋盘。

“是谁如此大胆？”纯贵妃举起一枚黑棋。

“朕以为，皇后是一国之母，魏璎珞再得宠，也不会危及她的地位。至于其他妃嫔，轻易也没这样的胆子。”弘历很快又落了一子，淡淡道，“你说，到底会是谁呢？”

纯贵妃举棋不定，胸膛起伏了片刻，忽然跪下道：“皇上莫不是怀疑……臣妾从潜邸时候便伺候您，整日与琴棋做伴、与诗画为友，除了皇上的一点怜爱，臣妾什么都不求！纵您怀疑天下人，也不该怀疑臣妾啊！”

弘历居高临下看她：“令妃之前，最受宠爱的便是你，她入了宫，落差最大的，不也是你吗？”

纯贵妃盈盈带泪道：“皇上，从前臣妾得宠的时候，怜悯众位姐妹的孤清，常常劝您雨露均沾，后宫方能和睦相处。令妃千好万好，从不肯让皇上去旁人宫里，实在霸道得过了分，臣妾也曾多次劝过，偏她就是纵情任性，过分张扬，难保有人一时妒恨，才会蓄意报复。但臣妾可以对天发誓，此事真的与我无关啊！”

她流泪的样子最为动人，如同江南细雨，淅淅沥沥打在青石阶上，连身旁空气都被她的眼泪洗得清净。

正是这副遗世独立、不染尘埃的模样打动了弘历，让她一路晋为贵妃，而今弘历看着她的哭容，心里却极为平静，他嘲讽一笑，道：“昨天夜里，朕命人将上驷院犯事的太监都放了，你猜他们去了哪儿？”

纯贵妃脸色渐渐泛白，心中已有了答案。

“大多数回去睡觉了，但有一个……为令妃牵马的那个小太监，”弘历盯着她，一字一句道，“他深更半夜跑到了你的钟粹宫！”

“臣妾没见过这人！”纯贵妃白着脸道。

“那小太监十分警觉，发现有人跟踪他，立刻折了回来，朕的侍卫抓住他逼问半天，他也说从来没见过你，可没见过你，半夜来你钟粹宫做甚？”弘历往椅上一靠，有些疲惫失望地闭上眼睛，“朕也想相信你的话，朕也希望一切与你无关……”

弘历没有立刻下手，一来是没有切实的证据，二来一日夫妻百日恩，两人多年的情意还在，甚至还有一个共同养育的儿子。

但即便如此，这钟粹宫在他心里的地位也已经不复当初，存在纯贵妃心中的那份小小野心，也将无疾而终。

“额娘——”六阿哥揉着睡眼走出来，手小小的、脚小小的、步伐小小的，如同一个可爱的偶人。

“孩子——”纯贵妃伸手抱住他，在他肩上哽咽。

“额娘，你怎么哭了？”六阿哥抬手摸着她脸上的泪水。

“额娘没哭。”纯贵妃对他笑道，心想：我还没输，我不能哭。

哄睡六阿哥之后，纯贵妃轻轻擦去脸上泪水，表情变得极为冰冷，道：“玉壶，去请愉妃来。”

后宫众妃中，与魏璎珞有交情的不多，这愉妃算是与她交情最好的。

与魏璎珞和纯贵妃不同，两者都是因宠封妃，愉妃却是因为生了儿子，才苦熬上了妃位，一年三百六十五天，只在逢年过节时能见到弘历，其余时候，弘历几乎不踏足她的居处。

这样一个人，在纯贵妃这种既有儿子又有妃位的人面前，自然矮上一截。

如今她端端正正坐在椅上，身旁放着一只玉匣，里头盛着一根足年人参，根须形如手脚，民间将这样的人参叫人参娃娃或者人参精。

愉妃生活拮据，没能耐送人这样的大礼，相反，这是纯贵妃送给她的。

“听说五阿哥病了，”纯贵妃笑道，“拿这人参回去给他补补吧。”

无事献殷勤非奸即盗，愉妃紧张回道：“娘娘关怀，臣妾铭记于心，不过永琪是咳嗽，太医一直用川贝为他调理，实在不敢用大补的人参，只能辜负娘娘一片美意。”

纯贵妃：“寻常咳嗽自不可用参，但本宫早已问过太医，五阿哥是因肺气虚弱引起的咳嗽，这棵人参，是专门送给他补气的。广储司有数千斤人参，本宫挑选了最适合五阿哥的，你尽可以放心。”

愉妃看了看她，又看了看人参，忽地起身跪下道：“娘娘有什么吩咐，臣妾一定照做，只望娘娘能够放过五阿哥……”

“识时务者为俊杰。”纯贵妃朝她招招手，“你过来，本宫有件事要吩咐你。”

几日后，愉妃带着五阿哥永琪来探病：“永琪，这位是令妃娘娘。”

她身旁的小孩儿上前给魏璎珞磕头，一本正经道：“永琪给令母妃请安。”

魏璎珞好奇地看着他，这孩子八九岁的样子，生得唇红齿白，玉雪可爱，如同年画上的金童似的，动作却一板一眼，如八九十岁的朝中老臣，看着十分有趣。

愉妃：“永琪，你出生时浑身金黄，人皆以为妖物，只有你令母妃，拼死也要护着，若不是她，你可长不到这么大了。”

永琪原本已经起来了，听了这话，重新跪下去，郑重其事给魏璎珞磕了一个响头：“永琪谢令母妃救命之恩，将来永琪长大了，一定会好好孝顺您。”

魏璎珞终是被他逗乐了，招手道：“当年的小婴儿，一晃眼就这么大了。来，过来这儿。”

永琪乖乖过去，忽然咳嗽一声，忙抬起两只有些娃娃肥的小手捂住嘴，有些不好意思地看着魏璎珞。

“怎么？喉咙不舒服？”魏璎珞关切道。

“他最近有些咳嗽，太医已给他开了川贝吃着。”愉妃怜爱地看着五阿哥。

她的目光让魏璎珞有些发愣，不知不觉回忆起皇后抱着孩子时的模样。

半晌回过神来，见永琪正盯着桌上一盘芙蓉酥看，察觉到她的目光，又迅速将视线移开，摆出一副目不斜视的模样。

魏璎珞将点心推到他面前：“明明想吃点心，就在你手边，为何视而不见？”

永琪：“额娘说，不问自取，不礼貌。”

璎珞笑了，拿起一块芙蓉酥递给他：“吃吧，是我答应的。”

“谢令母妃。”永琪规规矩矩给她行了礼，才从她手里接过芙蓉酥，吃得一本正经，一点碎屑都用手接住，不让掉在地上。

魏璎珞自己都没他吃得规矩，忍不住看着他笑。

“咳，咳。”永琪忽然捂嘴咳了两声。

璎珞：“咳嗽了，就不要多吃甜食。”

永琪点头，乖乖地放下了第二块。

魏璎珞很喜欢这孩子，两人离开时，她特地让明玉包了一盒子芙蓉酥，让永琪带回去吃，这孩子脸上平静，双手却将盒子抱得很紧，显然心里十分欢喜。

见他欢喜，魏璎珞心里也有些欢喜，只不过……这份欢喜并未维持太久。

“令妃娘娘，”刚刚吃过午饭，就见李玉一脸寒霜地走了进来，“皇上请您去永和宫。”

魏璎珞望着他，有时候他就是弘历的脸面，弘历用什么样的表情待人，他就用什么样的表情待人，如今见他一脸寒霜，永和宫里等着自己的，必定不会是什么好事。

事实证明，情况比她想象的还要糟。

在永和宫等着她的，是奄奄一息躺在床上的永琪。

“令妃，永琪才多大年纪，你居然对他下此毒手！”愉妃跪在床边哭道，“皇上，您可要为我们母子两个做主呀！”

魏璎珞一愣：“下毒手？这是何意！”

“令妃，”纯贵妃立在愉妃身旁，一副为她做主的模样，“今日五阿哥是不是去了延禧宫？”

魏璎珞望向她，两人目光一碰，犹如短兵相接，彼此都心知肚明，这是背水一战，不是你死，就是我亡。

第一百一十八章 毒

“是。”否认是否认不了的，愉妃大大方方来探病，一路上不知多少宫人能为她做证，魏璎珞索性承认道，“愉妃带他来看望我，并带来了灵芝、鹿茸。”

纯贵妃直奔重点：“是否在那里吃了点心？”

璎珞：“吃了一块芙蓉酥。”

纯贵妃笑道：“这就对了，刘太医！”

一名太医早已候在宫内，一听传唤便上前道：“令妃娘娘，五阿哥近日有些咳嗽，臣以川贝为主方进行治疗。但川贝有一个特性，绝不可和乌头类中药同服，如草乌、川乌、附子等，都是大忌。”

继后：“若是同服，又会如何？”

刘太医：“回禀皇后娘娘，若是同服，极可能因药性相克而中毒，比如全身麻痹，疼痛不止，甚至丢了性命。臣刚才为五阿哥诊脉，便发现草乌中毒之兆。”

纯贵妃意有所指：“延禧宫的芙蓉酥含不含草乌，就只有令妃知道了！”

“我为什么要谋害五阿哥？这孩子当年还是我救下来的呢。”见她字字将线索往自己身上引，魏璎珞皱眉道，“况且延禧宫中，哪儿来的这种药？”

“令妃这是明知故问？”纯贵妃似乎早就料到她有此一问，立即道，“整个紫禁城，除了太医院，不就只剩下你的延禧宫有这药了吗？”

此话何解？弘历朝刘太医看去，刘太医急忙解释道：“皇上，臣听闻令妃娘娘从马上坠下，伤了右手，叶太医便为她开了一道草乌头膏，专用于脱臼疼痛、伤折恶血，这膏方须用草乌，延禧宫内……自然是有的。”

弘历眉头皱起，愉妃又抱着他的腿哭了，纯贵妃则在他耳边推波助澜：“皇上，令妃深受皇恩，不思回报，却嫉恨愉妃，毒杀五阿哥，似这等心胸狭窄、手段毒辣的女人，实在是令人发指。臣妾心知，皇上不忍处置令妃，但若人人都效仿她，紫禁城的规矩何在，后宫又会乱成什么模样？臣妾斗胆，恳求皇上重重惩治，也好给上上下下警示，叫他们知道，谋害皇嗣，罪不容赦！”

“连审都不审，就要给我定罪？”魏璎珞看向弘历，“皇上，既说是叶天士开的药，就让叶天士来一趟吧。”

“人证物证俱在，还要审问什么？”纯贵妃也同样看向弘历，“皇上，莫要听她狡辩。”

两人纷纷将自己放在天平的一端，于弘历心中左右横斜，她们静静等着，满殿的人也都等着，最后一端落下，一端举起，弘历沉声道：“唤叶天士来！”

纯贵妃面色一白。

叶天士很快被传了过来，弘历问：“叶天士，你为令妃开了草乌头膏？”

叶天士：“是。”

弘历：“草乌头膏和川贝相克？”

叶天士：“是。”

众人窃窃私语，弘历疑惑地望向魏璎珞：“璎珞，你到底想让叶天士告诉朕什么？”

魏璎珞神色极平静：“叶太医，我不懂医术，但人吃错了东西，第一件事该怎么办？”

叶天士眼角余光望向床上躺着的永琪：“吃错了东西？”

璎珞：“对，服了剂量轻微的毒药，或是吃了相克的食物。”

叶天士当即回道：“催吐。”

众人一起看向刘太医，这一位上来就喂五阿哥汤药，从头到脚也没见他催过一次吐。

“这……这……”刘太医急中生智道，“五阿哥身体虚弱，臣不敢轻易催吐，只好令他服下解毒汤剂。”

魏璎珞：“阿哥如今脱离险境了吗？”

刘太医看了一眼纯贵妃：“这……”

“看来是刘太医技艺不精。”魏璎珞当即对弘历道，“还请皇上准叶天士一试，为五阿哥诊断病情。”

刘太医一听，面色如土，纯贵妃则频频朝愉妃使眼色，愉妃赶紧上前：“皇上，永琪身子虚弱，再禁不起折腾了！若他有个三长两短，臣妾也没了活路！皇上怎能相信杀人凶手的话，令妃这贱人，分明是要害永琪啊！”

天平既已倾向了一边，又怎会轻易听她的话，更何况她跟纯贵妃那番视线往来还瞒不过弘历的眼睛？他冷冷道：“叶天士，交给你了。”

催吐过后，永琪虽然还是没醒，但脸色比刚刚好上了许多，不至于梦中不断呻吟。叶天士捧着痰盂研究了半天，得出结论：“皇上，里头没有草乌。”

刘太医插嘴道：“草乌一入胃，早就化了，所以才看不见。”

“草乌是化了，可人参还在，而且还是大量未克化的人参片，这可就稀奇了。”叶天士望向他。

“五阿哥是肺虚引起的咳症，才用人参补气。”刘太医勉强道，任谁也能听出他的心虚。

“五阿哥若要补气，参须泡茶即可，哪儿用吞这么多！”叶天士冷笑道，“人参滥用，表邪久滞，尤其五阿哥年轻，身体康健，过量食用人参，反而导致闭气，胃血逆行，身体大为受损，自然昏迷不醒！刘太医，你精通小儿方，怎么会犯这么大错？！”

继后一直袖手旁观，没有掺和到这件事里，只在此时说了一句话，一句足以置纯贵妃于死地的话，她笑道：“除非他为人指使，故意陷害令妃！”

刘太医早已不堪重负，尤其是察觉到弘历与继后都站在魏璎珞身旁后，他扑通一声跪下：“皇上饶命！臣……是愉妃执意要用参片，臣也劝过，可娘娘就是不听臣的啊！今日也是愉妃一口咬定，五阿哥服用了草乌，臣才诊错了脉！”

“皇上，臣妾也不知道多服人参会有隐患，臣妾无知，臣妾有罪！都怪臣妾不好，平白害了永琪，还误会了令妃！”愉妃恐慌道。

“你是有罪，身为亲额娘，竟为了陷害令妃，不惜伤害永琪的身体，根本不配做永琪的额娘！”弘历冷笑，“朕知你没这样的胆子，说吧，是谁借给你的胆子？”

魏璎珞：“愉妃，你若不照实交代，便成了罪魁祸首。”

出乎她意料的是，她原以为愉妃还要垂死挣扎一阵子，哪知愉妃转头就喊：“是她，是纯贵妃！一切都是纯贵妃指使！”

纯贵妃显然也没料到她会坦白得这么快，一时间连狡辩的借口都想不出，只能干巴巴道：“愉妃，我平日待你不薄，你一时妒恨，构陷令妃就罢了，如今为了脱罪，竟想拉我下水！”

“皇上，”愉妃此刻表现得极冷静，冷静得让魏璎珞感觉有些奇怪，“主意是纯贵妃出的，人参自然也是她给的，若不信，请查内务府库房，定能找到钟粹宫取参的记录。”

纯贵妃大怒，正要冲过来与之分辩，忽然听见弘历惊喜道：“永琪！”

原来纯贵妃一声尖叫，将原本正在昏睡的永琪给吵醒了，弘历快步走到他身边，将手贴在他额上：“怎么样，好些了吗？”

“皇阿玛，”永琪脸上沁着细密的汗水，情况不算坏，也算不上好，但他仍强迫自己起来，忍着咳嗽，断断续续对弘历道，“皇阿玛，咳咳，是纯贵妃……儿臣亲耳听见，她逼额娘每天用参，额娘总是哭，一直哭……咳，额娘是被迫的！”

“你——”纯贵妃看看他，又看看跪在一旁的愉妃，忽然恍然大悟，“你们母子……你们母子联合起来要害我！”

见她居然说出这样的话，弘历眼中的厌恶更盛，后宫尔虞我诈，他不信妃子，但信自己的儿子，永琪无论在学府还是下人当中的风评都很好，才华出众，正直聪慧，最重要的一点是，弘历从未见他说过一次谎。

这样一个孩子怎会构陷于她？

“来人！”弘历闭上眼睛，“将纯贵妃与愉妃囚回各自宫中，其余人等入慎刑司，今日太阳落山之前，朕要得到答案！”

纯贵妃瘫在地上，连同玉壶等人一起被太监们给押走，其中一名太监走向愉妃，不等他将对方扶起，永琪就踉跄着从床上跌下，扑到愉妃身上，小小的手臂紧紧抱着她，哭道：“不要带走我额娘，额娘！不要走，额娘！”

愉妃忍住泪，轻轻抚摸了一下他的鬓角，低声在他耳边说了一句话，永琪浑身一震，连流泪都忘了。

魏璎珞自将这一幕看在眼里，心中疑惑顿生。

与纯贵妃相比，愉妃许多地方都显得不自然，甚至前后矛盾。若说她忠于纯贵妃，她承认得太快，若说她不忠于纯贵妃，整件事她又参与得太多，思来想去，魏璎珞忽然浑身一震，想到了一个极荒谬的答案……

“不可能。”她喃喃自语，却无法说服自己。

因为联系前后，这几乎是唯一的答案……

第一百一十九章　水落石出

是夜，愉妃寝宫。

宫中空荡荡一片，魏璎珞来了半天，也不见一名宫人上茶，还是愉妃亲自给她倒的茶，一喝，隔夜凉茶。

“事情虽然不是我主使，但皇上再也不会想看见我。”愉妃倒是毫不在意，端起茶盏喝了一口，“我想我很快就会被放出宫，或守皇陵，或去庙里为祖先祈福，终身也回不来紫禁城。”

魏璎珞陪她喝了一口凉茶，品了品这份人走茶凉，然后放下茶盏道：“愉妃，你败得太快了。”

愉妃笑着看着她，亲切得如同弹奏完一曲的伯牙，听子期为她品评优劣。

“纯贵妃唆使你用过量人参，怎会让五阿哥发现？偏偏他又突然清醒，醒得那么及时，及时地给了纯贵妃致命一击。”魏璎珞望着她，笃定道，“愉妃，一切都是你设计好的。”

愉妃笑了起来，极畅快的笑，被人理解的笑。

“不错。”她坦然道，“纯贵妃拿五阿哥的命来威胁我，要我帮她对付你，我索性将计就计，埋伏在她身边，直至最后，反戈一击。”

“果然如此。”魏璎珞叹道，“跟我们这群后宫妇人不同，五阿哥天资过人，向来为皇上所重，借他的口，说出纯贵妃的罪行，皇上一定会信……只是这话，你为什么不对皇上说呢？”

“我不能说。”愉妃淡淡道，“若我告诉皇上，从前与纯贵妃交好，是为了投其所好，搜罗她的罪证，皇上一定会认为，我和你合谋陷害纯贵妃。”

弘历一定想不到，紫禁城内最了解他的女子，竟是愉妃，她知道该如何让他怀疑，也知道该如何让他相信。只可惜她既无慧贵妃的艳丽，又无纯贵妃的气质，甚至也不如魏璎珞这样狡黠，故到最后，她只是一个微不足道的愉妃。

“你这又是何苦呢？”魏璎珞喟叹一声，“虽扳倒了纯贵妃，你也落得这步田地，真真一点好处也没有……”

“我不需要好处。”愉妃轻轻一笑，明明最需要安慰的是她，她却还反过来安慰耿耿于怀的魏璎珞，“璎珞，我是一个懦弱的女人，从前眼睁睁看着最好的朋友惨死，却无法为她报仇。若非先皇后和你伸出援手，连永琪的性命，我都保不住。可是我再懦弱，也懂得滴水之恩涌泉相报的道理。既受恩于人，便应结草衔环，至死不忘。我不够聪慧，只能想到这样的办法。”

顿了顿，她忽地起身，从里屋搜出一只饼盒，双手递向魏璎珞。

“今日一别，余生难见，我心里没有别的牵挂，只有一个人……想要托付给你。”愉妃殷殷切切地望着她，揭开手中饼盒，盒里四四方方铺着芙蓉酥。

正是三天前，魏璎珞送给永琪的那盒芙蓉酥，一共七块，如今仅少了三块，永琪一天只吃一个，吃得极为珍惜。

魏璎珞双手接过饼盒，神色之郑重，如同接过愉妃的命，承诺道：“就交给我吧。”

愉妃眼中含泪，正伏身要拜，外头忽然传来李玉的声音：“令妃娘娘，皇上唤您去养心殿，事情已经水落石出了。”

魏璎珞原以为所谓的水落石出，是指纯贵妃诬陷她下毒一事，等去了养心殿之后，才发现事情没那么简单。

弘历的脸色比之前更冷，魏璎珞从没见过他如此愤怒的模样，如同蓄势待发的火山。继后立在他身旁，对跪在下首的玉壶道：“把刚才对我说的话，再向令妃禀报一遍吧。”

玉壶浑身上下都被汗水打湿了，木然道：“纯贵妃吩咐奴才去接近熟火处管事王忠，暗中收买，为我们所用。那年除夕之夜，先皇后仁慈，早早放了奴才们各自休息。贵妃收买长春宫小太监，换上易爆火花的菊花炭，又安排了王忠在吉祥缸底动了手脚，令融冰的火中途熄灭，才会让七阿哥葬身火海。”

这段话，弘历先前显然已经听过一遍，如今再听一遍，依然觉得愤怒，他右手死死抓住椅子扶手，沉声道："朕原本只是命令皇后彻查愉妃一案，没想到这一查，居然牵扯出陈年往事……想当年，若非七阿哥出事，容音也不会……"

顿了顿，弘历仍有些将信将疑地喃喃："只是，她真会做这样狠毒的事吗？"

辛苦接近弘历是为什么，费尽心思与纯贵妃作对是为什么，不惜冒生命危险从马上坠下来，只为拖纯贵妃下水是为什么——为了今天！魏璎珞怎肯放过眼前这个机会，当即跪道："皇上，臣妾有一位证人！"

明玉很快被领进养心殿内，将自己所知道的事情和盘托出。于是一场谋杀案的来龙去脉，尽数铺在弘历面前。

弘历忽地将手中茶盏掷向她，几近迁怒道："当时为何不说？"

明玉不敢避，任茶盏打在身上，滚烫的茶水浇她一身，魏璎珞忙护在她身前道："明玉隐忍日久，只因毫无证据，只凭一张嘴巴，去指证备受宠爱的纯贵妃，无异于以卵击石。皇上，宫女也有父母、亲人，纵然不吝惜自己的性命，也要为家人考虑啊。"

听见"家人"二字，跪在地上的玉壶猛然哆嗦了一下，开始不停磕头："皇上，奴才所言句句属实，奴才愿指认主子，也愿意赴死，只求皇上看在奴才将功折罪的分上，能够饶了奴才的家人！"

见她这番模样，魏璎珞恍然大悟，她先前还觉得奇怪，玉壶又不是愉妃，她跟了纯贵妃那么多年，是纯贵妃最得力的左臂右膀，怎会如此轻易地就出卖了她，想来……是某人用家人性命来威胁她了。

至于这某人是谁……魏璎珞瞥了眼慈眉善目的继后。

你道她此举是在帮魏璎珞？

不，纯贵妃仅位列皇后之下，又生育了六阿哥，她若是倒下，最大的得益者——正是眼前这位慈眉善目的皇后娘娘。

若非如此，她又怎会在此事上如此上心？

对魏璎珞的目光似有所觉，继后还她一笑，一个你我心知肚明的微笑，然后对弘历道："这玉壶招供后，臣妾提审了王忠，果然交代无误。"

弘历脸色极度阴沉，手也紧握成了拳头："那么令妃坠马一事，多半也是她指使的了？”

爱一个人的时候爱她全部，怀疑一个人的时候怀疑她所有，只有这件事不是纯贵妃做的，却也算在了她的头上。但到了这个时候，多一个罪过、少一个罪过，又有什么区别呢？

见继后点头，弘历再也按捺不住内心的怒气，一拍桌道：“好，好一个纯贵妃，竟歹毒如斯！李玉，传朕旨意！纯贵妃谋害七阿哥，罪不容赦，即日起褫夺封号，降为答应，幽居冷宫。”

这一夜发生的事情似乎耗尽了弘历的力气，命令下完，他一挥手，示意众人退下，魏璎珞落后一步，若有所思地望着继后的背影。

许多事情都水落石出了，只有一件事，她有些搞不清楚。

谋杀七阿哥一事，原本是一桩秘密，知道的人甚少，仅有魏璎珞、明玉、纯贵妃、玉壶以及一个王忠，除此之外再没别人，就算有，想必也已经早早被纯贵妃给处理掉了。

玉壶不可能平白无故吐出这么大一个秘密，她要是不说，以弘历对纯贵妃的宠爱，搞不好她日后还有翻身的机会。

除非是继后已经提前知道了这件事，并以其家人为质，逼迫她开口承认。

“可是继后……你又是怎么知道这件事的呢？”魏璎珞喃喃自语。

人在桥上看风景，旁人在桥下看你，魏璎珞只顾着眼前的继后，没能察觉到身后那道复杂目光。

养心殿的房门在她身后缓缓关上，可弘历的目光仍然透过房门，凝在她身上。

“女人是不是都有两张面孔？”空荡荡的养心殿内，回荡着他的自言自语，“纯贵妃面慈心恶，而你……你一直在刻意引导朕，要朕看清她的真面目，然后处罚她。”

弘历又不是傻子，魏璎珞的所作所为，他不可能真的一无所觉，他不怪她，皇后对她恩重如山，她会投桃报李，他一点也不奇怪，他只是在担心……

叹了口气，弘历手中的毛笔慢慢勾动，在宣纸上落了一个“恩”字。

第一百二十章　石头

冷宫是搁置不用东西的地方。

不用的旧桌、不用的旧椅、不用的旧床，以及……纯贵妃。

纯贵妃孤独地坐在旧椅上，天渐渐黑了，她的身影渐渐被黑暗吞没，直到“吱呀”一声，房门开了，一道光线穿过门缝，落在她脸上。

“我以为，今夜来这儿的人，会是魏璎珞。”她朝对方笑道，“没想到居然是你。”

让宫人守在门外，继后独自一个走了进来：“魏璎珞？”

纯贵妃叹道：“我终于想明白，魏璎珞千方百计争宠，不惜挑起后宫嫉恨，到底是为了什么。”

“当然是为了让你眼红，让你忧虑，不，更准确地说，是让你惧怕。怕她利用圣宠，揭破当年七阿哥的事。”继后将手中的六角宫灯搁在旧桌上，“魏璎珞越是嚣张，你越是恐惧，越容易出击，只要你一动手，必定露出破绽。”

“她故意放出骑马的消息，诱使我动手。其实，唯独这次，不是我下的手，可那又怎么样？皇上还是怀疑起了我。”纯贵妃自嘲一笑，“与其天天等她算计我，不如放手一搏，只可惜我失败了……只是皇后，你又在其中扮演了什么角色呢？”

“我？”继后笑了，烛火照在她身上，她的面孔半明半暗，“纯贵妃与令妃有怨，本宫这个六宫之主，自然要主持公道了。”

纯贵妃盯着她的侧脸，片刻之后，竟哈哈大笑起来：“我真傻，竟一直做了你手里的棋子，先皇后的死，真的与你无关吗？”

继后淡定一笑：“自然。”

“你说谎！”纯贵妃忽然朝她厉喝一声，“怂恿我杀人的，是你！”

弘历一直喜欢纯贵妃身上那股超然脱俗的气质，纯贵妃曾经也真的是超然脱俗，一心抚琴弄月，不像其他妃子那样热衷于争宠，直到诞下永瑢之后，当时还是娴妃的继后以此为借口，经常过来探望她，时时刻刻提醒她——永瑢聪慧，皇上很喜欢他，只可惜皇后生了个七阿哥，她争不过皇后，永瑢也别想争过七阿哥。

“当娘的总是太过贪心，想将最好的东西留给儿子。”纯贵妃盯着继后道，“后头我做了许多事，但没你暗地里的支持，我压根儿做不成，就连魏璎珞离宫时，也是你特地派人通知我，暗示我长春宫人手不够，是时候动手了。”

从前以为是自己足智多谋，如今才猛然发现背后有一只看不见的手。

玉壶勾搭上了王忠，可熟火处可不只王忠一个管事，但短短一个月时间里，另外两个管事一个病了一个调去他处了，没了他们，一切都由王忠说了算。

后收买小太监，将长春宫内的炭全换成易燃的菊花炭，事情顺利得不可思议，现在想来却无比心寒，当年皇后产子，是继后在统管六宫，调换炭火一事，在她眼皮底下发生，她却当没看见，自始至终不闻不问。

“是我杀了七阿哥，但杀人的刀，是你递给我的。”纯贵妃笑了起来，笑得不能自已，不断拍着扶手道，“不，不仅如此，七阿哥是先皇后的命根子，他一死，先皇后就完了！那拉氏，你一步一步逼死皇后，打一开始，便是要取而代之！”

继后含笑看她，那笑容令人背上发凉，如同藏在皮影戏台后的那张脸，摆动着手指，操纵着台上傀儡的喜怒哀乐、台下人的喜怒哀乐，而那张脸却在幕后暗暗发笑。

“杀七阿哥，迫先皇后自尽，诱我和魏璎珞斗得你死我活，最后借由她的手，将我彻底打入深渊。可你的手，从头到尾干干净净！哈哈哈，天啊，太好笑了！我到底在为谁争，为谁忙？”纯贵妃如今才大梦初醒，笑着笑着，泪水涌出来，“竟是大梦一场空，为他人做了嫁衣裳！继后，好手段！事到如今，我已无话可说，我只问你一句，我死后，是不是轮到魏璎珞？”

雨打芭蕉声声催，独坐窗前听风雨。

窗外风景如画，窗内凭栏远望的女子同样美如画。

“娘娘，”明玉将一件披风盖在魏璎珞肩上，“在想什么呢？”

“在想……”魏璎珞低头看着桌上放着的貂皮。

后宫刚赏下一批皮张，各宫多分的是黑虎皮白豹皮，寿康承乾分的是一等貂皮，只她分到的与别人不同。

是一张云狐皮。

她将皮子捧起一看，银光晃晃中，竟藏着几道天然长成的花纹，美丽无比，又稀罕至极。

“这云狐皮只有一匹，听说皇后想要，皇上都没给。”明玉小心打量她的神色，“可见娘娘在皇上心里……是摆在头一位的。”

明玉那点心思都写在脸上了，无非是看见大仇已报，希望她能放下过去，好好跟弘历过日子。

魏璎珞神色复杂地抚摸手中的云狐皮，她的感情是假的，他的感情却是真的，最明显的一点，从前出事的时候，他问也不问就怀疑她，现在出事，他问也不问就相信她。

心有些烫，就像一块被焐热的石头，魏璎珞摸了摸皮子：“……明玉，取我的针线盒来。”

“娘娘，你是要？”明玉眼中一亮，很快取了针线来。

魏璎珞穿针引线，雨打芭蕉叶，淅淅沥沥的雨声中，她手中的银针，轻轻落在云狐皮上。

半个月之后。

弘历放下手中奏折，看着自己的侍卫统领海兰察：“你头上是什么鬼东西？”

海兰察摸了摸眉心勒着的抹额，嘿嘿傻笑。

“心上人送的礼物？”弘历只瞥了一眼，就垂眼继续看折子，慢条斯理道，“女人就爱在这些琐事上纠缠，今天绣个荷包，明天绣条帕子，真正是浪费时间。”

海兰察有些不服气，暗暗嘀咕道：是，是，奴才的女人就这个样子，比不上令妃娘娘，令妃娘娘就从不做这样的琐事。

翻动奏折的手一顿，弘历淡淡道：“朕也不爱收什么荷包、帕子的。”

“皇上，”李玉忽地从外头进来，手里捧着一只托盘，里头盛着一顶纯白色的毛皮帽子，“延禧宫明玉送了顶帽子来，说是令妃娘娘亲手给您做的。”

弘历：“快呈上来！”

海兰察：“……”

帽子很快就送到他手里，针脚细密，绣工极好，一看就是出自她的手笔，最特别之处，还在于那尾部连着的长长貂皮，纯白无垢的皮子里，藏着一圈圈天然长成的螺旋花纹，赫然是他送去的云狐皮。

投我以桃，报之以李——不知为何，弘历心里忽然闪过这句话。

“令妃娘娘说，冬日里戴上帽子，貂皮正好在脖子上围一圈，方便又暖和。”李玉道，“如今天气热了，奴才先给皇上收起来，等寒冬再取出来。”

见海兰察偷偷看他，弘历板起脸道：“谁让她做这种没用的东西了，朕出门前呼后拥，还能冻着吗？多事！”

“皇上说得是。”李玉想替他收起帽子，岂料弘历理也不理，抬手摘下自己头上的帽子，将貂皮帽戴了起来。

李玉：“……”

把换下来的帽子放在李玉手上，弘历问：“还有什么事吗？”

没什么事的话，他就要去延禧宫了。他有些想念延禧宫里住的那块石头了，从前她一直冰冰冷冷的，如今总算是被他给焐热了。

可惜他没能如愿，因为李玉很快道：“是。外头有人求见。”

“什么人？”弘历一愣。

“忠勇夫人——喜塔腊尔晴！”

第一百二十一章　背叛

虽已是一个生育过孩子的妇人了，但尔晴仍面目姣好得似个十八岁的姑娘，可见她一直在富察家养尊处优，没受过半点亏待。

“皇上，”她跪在地上，泫然欲泣，“先前傅恒宠爱一名婢女，闹得家宅不宁！因那婢女屡进谗言，他开始怀疑安儿的身世。奴才一时不忿，将那婢女嫁了出去，他便嚷嚷着要休妻，呜呜……”

弘历被她哭得头疼，按了按太阳穴：“尔晴，你告诉朕，安儿到底是……”

他渴望她说不是，但尔晴怎会让他如愿？

尔晴轻轻向他点了点头，然后擦着泪道：“奴才是有罪，但过去的事情都过去了，奴才真心诚意要做富察家的好儿媳。皇上，奴才知道天子不干涉臣子家事，但这桩婚事是您一手促成，如今老夫人已经说服不了傅恒，只有您能说服他，让他不要休掉奴才了。”

弘历眉头一挑，竟从她话里品出一丝威胁的气味。

若不帮她，她会怎样？将此事闹得尽人皆知，让世人都知道他堂堂天子，居然染指臣妻吗？

一瞬之间，弘历心中生出一股杀意，又强行按捺了下来，淡淡道：“你先下去吧，此事朕会考虑的。”

尔晴拜谢过后，出了养心殿，略略拂了一下鬓发，挺直了腰板，笑容端淑贞静，仅从外表看，谁也看不出她是个主动给自家夫君戴绿帽子的女人。她笑道：“带路吧。”

宫女领她朝宫外走去，路过一片草地，一个形容枯槁，正在拔草的宫女忽然抬起头：“尔晴！”

尔晴一愣：“你是……”

那名宫女丢下手里的活冲过来："是我，我是琥珀啊，看在当年一块儿伺候皇后的分上，帮帮我……"

尔晴也是在宫里做过事的人，一看她现下的打扮，以及手里正在做的活，就知道她八成是被罚进了辛者库，当下端起架子道："好好做你的活，别挑三拣四的，成何体统？"

见尔晴半点旧情也不讲，琥珀眼中流过一丝怨憎，嬷嬷持着鞭子过来抽她，她一矮身躲了过去，径自朝延禧宫方向跑去。

尔晴不管她，仍往宫外走，走到一半，后头忽然追上人来，是个容貌极美的青年太监，声音清冽如泉水，道："尔晴姑娘，皇上有话要对你说。"

尔晴不疑有他，随他而去，两人一前一后，走了许久，尔晴忽然脚下一顿："这不是去养心殿的路。"

"这边请。"貌美太监摆摆手，淡淡道，"娘娘在里面等你呢。"

"娘娘，什么娘娘？你到底是什么人？"两名太监从树后走出，一左一右押解着尔晴，尔晴骇得大叫，"放手，放手！"

貌美太监掏出一块帕子塞她进嘴里，尔晴一边呜呜叫着，一边蹬着双腿，忽然听见那貌美太监道："到了。"

她抬头一看，只见巍峨宫殿前悬一方牌匾，上书——长春宫。

进了正殿，貌美太监在她背上一推，尔晴一个踉跄撞在前面的案几上，摇得桌上贡品烛台一阵乱晃。等等，供品？烛台？她缓缓抬头，只见皇后的画像悬在墙上，正从上而下盯着她。

"啊！"尔晴脸色发白，连连后退，好不容易站稳，环顾四周，然后目光定格在一个坐在椅子里的女人身上，咬牙道，"魏璎珞，你到底想做什么？"

长春宫被魏璎珞布置得犹如灵堂，她身上也穿着缟素似的衣裳，目光森冷地盯着尔晴："琥珀，你敢与她当面对质吗？"

"奴才敢。"琥珀躬身伺立在她身旁，脸上有一道鞭伤，显然是冲往延禧宫的途中，被一路追她的辛者库嬷嬷给抽打出来的，她想离开辛者库这个鬼地方，尔晴不肯帮她，她只好出卖尔晴，博令妃欢心了。

下定决心之后，琥珀再不顾两人之间多年的同僚之情，抬头盯向尔晴，一字一句：“尔晴，我亲眼所见，你是害死娘娘的凶手！”

原来皇后自尽前一天，尔晴曾见过她一面。

当时魏璎珞不在，负责端茶送水的是琥珀，她这人有听墙脚的坏毛病，皇后与尔晴在里面说话，她毛病发作，躲在门外偷听。

“呜呜，呜呜呜……”

琥珀觉得奇怪，没了孩子的是皇后，怎么哭的人是尔晴？

皇后身心俱惫，却还要勉强打起精神安慰她：“尔晴，你怎么了，是不是在家里受了什么委屈？”

“奴才刚刚见着了皇上，”尔晴道，“忍不住想起，忍不住想起那天晚上……”

“那天晚上？”皇后愣了愣。

“是您生七阿哥那天夜晚，您差奴才去给皇上送被子，奴才去了，哪知道皇上一把抓住奴才的手，非要奴才侍寝……”尔晴哭哭啼啼道，“奴才不敢反抗，怕引人进来，坏了富察家的名声，谁料后来……奴才竟怀了孕！”

“啪”的一声，皇后一巴掌抽在她脸上。

“混账！”她本就脸色发白，如今更是气得摇摇欲倒，“你们居然……”

尔晴磕头如捣蒜，眼泪流个不停，哀婉欲绝：“奴才早就想过自绝，偏额娘得知此事，以为是富察家的骨肉，实在欢喜极了！若奴才母子出了事，第一个受不住的就是额娘，所以奴才苟延性命！娘娘，只要您说一声，奴才便去死，全了富察家的颜面！”

皇后气得浑身发抖，好半晌，嘲讽一笑：“富察家还有什么颜面可言，都被你给毁了！”

尔晴：“娘娘，奴才是罪该万死，可这由头是皇上挑起的，奴才一介弱女子，怎能反抗皇权呢？”

泪水在眼眶中转动，皇后喃喃：“一个两个……全是我最亲近的人，偏偏就是你们，联起手来背叛了我！滚，马上滚，本宫这一生，都不想再见到你！”

尔晴匆匆起身：“娘娘，您可千万要保重，富察一族，全都指望着您哪。奴才这就回去，到额娘面前请罪，任由她发落！”

皇后几乎是从齿缝里蹦出的字句，痛恨道：“从今往后，这件事就烂在肚子里，不准向额娘透露半个字，也不准你再进宫来！”

尔晴含泪拜别，待出了寝宫门，略略拂了一下鬓发，挺直了腰板，笑容端淑贞静，仅从外表看，谁也看不出她是个爬上龙床，逼死自家主子的女人。她笑道：“带路吧。”

长春宫正殿，寂静得可怕。

尔晴吞咽了一下口水，对魏璎珞道：“你也听见了，我是被迫的，是皇上主动……”

“那夜皇上喝醉了酒，守门的是李玉。”魏璎珞冷冷道，“李玉是个知轻重的人，你又不是长春宫宫女，你是忠勇夫人，只要你喊一声，李玉就会进来帮你，还会尽全力掩盖此事。”

可尔晴完全没想过要逃，她甚至是特意避开李玉，趁他如厕时，偷偷摸摸进了房——她从一开始打的就是这个主意！

“娘娘痛失爱子，伤心欲绝，你千不该万不该，给了她最后一击。”魏璎珞握紧扶手，“我不明白，你出身长春宫，深受娘娘厚待，又成了富察府的少夫人，只有娘娘好，富察家才能好，你这么做，到底图什么？”

“图什么？”事已至此，尔晴索性认了，反正她如今已经贵为富察府少夫人，魏璎珞再恨她，又能拿她怎样？她哈哈一笑，“当然是为了报复傅恒了！”

曾经的心头好，如今的心头刺，扎得她鲜血横流，她也要他流一样多的血！

“他从不关心我，只关心别人，比如你，比如皇上，比如皇后娘娘！”尔晴恶狠狠道，“我那时拿你没办法，但没关系，我可以让皇上成为我的裙下之臣，给傅恒戴上一顶永远摘不掉的绿帽子。哈，你真该看看他知道这事时的脸色，啧啧，简直精彩极了！”

“就为了这个？”魏璎珞感到不可思议，“就为了图一个痛快？”

“是。”尔晴极畅快地叹了口气，“只要能看见傅恒流泪，我就觉得痛快。”

魏璎珞痛苦地闭上眼睛，人之一死，有轻于鸿毛有重于泰山，她宁可尔晴是被别人收买了，也好过现在……

“你让皇后娘娘死得像个笑话。”她睁开眼，眼里布满蛛网般的血丝，一抬手，明玉端来一只托盘，从左到右，分别是匕首、白绫、鹤顶红。

“选一样吧。”魏璎珞冷冷道，“别逼我动手。”

尔晴脸上的笑容慢慢消失，视线从盘中慢慢移到魏璎珞脸上，她不可思议地道：“魏璎珞，你疯了吗？我是朝廷命妇，是一等忠勇公夫人，你竟敢私下处刑！”

魏璎珞：“选吧。”

尔晴终于有些慌了：“魏璎珞，你不要犯傻，如今你什么都有，为什么要自毁长城？你是不是疯了？！”

“你不选，我替你选。”魏璎珞选了鹤顶红，最痛苦的死法。

她要看着她肠穿肚烂，以消心头之恨。

“不，不！”尔晴怎肯束手就擒，她一把推开魏璎珞，朝门外冲去，几个太监忙冲过来按住她。

魏璎珞重新站稳脚步，正要弯腰去捡地上的鹤顶红，岂料明玉忽地一个箭步过来，抢先夺了鹤顶红的瓶子，然后冲到尔晴身旁，一手捏住她下巴，一手将整瓶毒药尽数灌了进去。

“别脏了你的手。”明玉冷酷地道，“我来就好，我来送这个贱人下地府！”

毒药很快就发作了，尔晴滚落在地，双手抱着肚子，口鼻皆往外渗血，生不如死，却又一直不死。

“魏璎珞！”弥留之际，她如同一头濒临死亡的野兽，朝魏璎珞嘶吼道，“我背叛了皇后娘娘，你也一样！你别忘了，你曾亲口跟她承诺，绝不会跟皇上好，绝不会抢她的丈夫！”

魏璎珞一愣。

且在此时，门外响起袁春望的声音：“奴才恭请皇上圣安！”

弘历一把推开袁春望，快步闯入正殿。

一个时辰前还颜色姝丽的尔晴，如今已经成了一具冰冷的尸体，蜷躺在地，五官溢血，瞪着一双眼睛看他。

魏璎珞立在他身旁，满脸的无动于衷，甚至还朝他福了福：“皇上，您来了。”

“魏璎珞！”弘历勃然大怒道，“喜塔腊氏是朝廷命妇，一等忠勇公的夫人，你竟敢——”

“她是杀死皇后娘娘的凶手。”魏璎珞的表情十分平静，“娘娘仙逝那天，她去找了娘娘，告诉娘娘，她怀了您的孩子……”

弘历闻言一愣：“璎珞，事情不是你想的那样。”

魏璎珞不哭不笑，那副过于平静的模样，与其说是无动于衷，更像是万念俱灰，她盯着地上的尸体，轻轻道：“那皇上告诉我，真相是什么？”

“是……”弘历刚要解释，外头已经匆匆进来一人，竟是继后，一眼扫过地上的尸体，她惊得扶住身旁宫女：“令妃，你做了什么？”

不等魏璎珞开口，弘历已经沉声道：“皇后，一等忠勇公夫人来追念先皇后，竟因悲伤过度，不幸追随先主人而去。”

魏璎珞望向他，原已枯萎成灰的眼睛里重燃一丝星火，到了这个时候了，他竟还袒护她？

弘历回望她，目光极为复杂，他向来憎恨手段毒辣的女人，无论过往情分多深厚，发现了，就不会留。唯独魏璎珞，他一次次留下她，一次次原谅她，这滋味不好受，甚至让他觉得难堪。

“皇上，忠勇夫人毕竟是朝廷命妇，这件事就交给臣妾来处理吧。”皇后的声音成了他的救命稻草。

“那就交给皇后了。”弘历有些疲惫地吩咐道，又看了魏璎珞一眼，分不清是警告还是失望，然后拂袖而去。

“令妃，”继后慢慢踱到尔晴身旁，叹道，“忠勇公夫人毕竟是一等公爵之妻，你说赐死就赐死，竟不曾问过皇上的意思。”

魏璎珞淡淡道：“喜塔腊氏是皇上的情人，皇上舍得杀她吗？”

更何况这个女人，还给弘历生了一个儿子。

继后笑眯眯道：“若说杀伐果断，本宫不得不服你，只可惜，为了区区一个喜塔腊尔晴，断了皇上的恩宠，真的值得吗？”

弘历已经走了，久久不见他回头，魏璎珞缓缓收回目光，对皇后淡淡道：“这不正遂了娘娘的愿吗？”

琥珀，一个辛者库奴才，想要在未经召见的情况下，闯入延禧宫面见令妃，不是那么容易的事情，一路上的侍卫就够她喝上一壶。她能成功，只可能是掌管后宫的继后让她成功。

继后早已知道尔晴做过的事。

也知道依魏璎珞的性子，知晓前因后果之后，定会断然对尔晴下手，免得等她出了宫，从此天高任鸟飞，再也寻不到复仇的机会。

“好手段呀。”想清楚之后，魏璎珞忍不住问，“没了纯贵妃，所以现在轮到我了吗？”

继后笑而不答，如同一条无言的狼。极擅忍耐，蛰伏草中，纵冬雪覆了满身也纹丝不动，直至发现机会，才一跃而起，一口咬断猎物喉咙。

当看见这一抹笑容时，就是她露出利齿之时。

第一百二十二章　心死成灰

“皇上，”李玉来报，“皇后娘娘来了，说有要事相商。”

“宣她进来。”弘历一边说，一边忧心忡忡。

璎珞太过冲动，就算要处置尔晴，也不该用这样激烈的手段。只一样，这口鼻渗血的尸体该怎么送回富察府？就这么送回去，只怕要掀起轩然大波。

所以首要之事，便是粉饰尸体，至少表面上要像自尽而亡，而非被人毒死。

此事至少需要一名太医帮忙……

“皇上，”皇后进来了，身旁果然跟着一名太医，她欲言又止道，“臣妾奉命处理忠勇夫人一事，却不料得知一个秘密……此事关系到延禧宫令妃，臣妾思虑再三，还是决定禀了皇上，由您自己处置。”

弘历叹了口气：“可是有什么难处？”

他终究还是决定包庇魏璎珞，这位坐拥天下的帝王，在男女之情面前，却无可奈何地处在了下风。

皇后看了身旁太医一眼：“刘太医，把你查证的事儿细细说给皇上听吧。”

“是。”刘太医恭敬道，“臣奉命处理忠勇夫人的尸体，为此要用到不少药材，岂料许多药材竟不翼而飞，经查，大多被叶天士调用了去。”

弘历感觉莫名其妙，甚至还有一丝不豫，戴着祖母绿扳指的手指轻轻敲打着桌面，他淡淡道：“令妃身体不好，叶天士一直奉命为她请平安脉，皇后深夜过来，就是要告诉朕这个？”

“刘太医，”皇后道，“你还没告诉皇上，叶天士取的都是些什么药。”

“人参、枸杞，还有，还有……”刘太医头垂得更低，最后一咬牙道，“令妃娘娘一直在服用避子汤。”

“轰隆——”

一道惊雷划过窗外，照得弘历脸上一片雪白。

延禧宫。

将最后一根簪子摘下，轻轻搁进妆奁盒内，魏璎珞仅着一件白色里衣，静静看着铜镜中的自己。

镜子里的她是皇帝最宠爱的妃子，荣宠不断，几乎次次都是她来侍寝，但一直没怀上孩子，故而衣下的躯体仍如少女般玲珑，不见一丝臃肿。

但魏璎珞知道，这是有代价的。

“奴才恭请皇上圣安。”

“滚！”

身后大门忽然被人一脚踹开，弘历一脸盛怒地闯了进来：“所有人都给朕滚出去！”

没人知道他为何发这么大的脾气，魏璎珞也不知道，直到反手关上房门，他忽然冲过来，一把攥住她的手腕：“魏璎珞，你每月喝着的养身汤，到底是什么药？”

魏璎珞悚然一惊。

“是避子汤，对吗？”弘历喘道，他竟是一路跑进来的，肩头湿漉漉的，似被雨水打湿。

魏璎珞望着他的肩膀，久久说不出一个字来。

弘历又不是个傻子，只因为爱她，所以才一直蒙住眼睛过日子，如今皇后蛮横地将他的蒙眼布扯了下来，逼他将她看个清楚。他酸涩道：“你接近朕，是为了给皇后报仇，对不对？”

魏璎珞沉默许久，终于点了一次头。

果然如此。弘历心中一疼：“你每一次侍寝、每一次跟朕说话、每一次讨朕喜欢，都是为了提升自己的地位，获得与纯贵妃相争的资本，是不是？”

魏璎珞闭上眼睛：“……是。”

她似个刺客，一个“是”字，是世上最锋利的刀，在他心上捅了个口子，弘历深呼吸了两下，如同失血过多，唇色都开始泛白：“……为什么要承认？是因为纯贵妃死了，在你眼里，朕已经没了利用价值，所以才不再隐瞒，不再讨好朕了？”

“我……”魏璎珞欲言又止，“我……”

她只是觉得对不起皇后娘娘。

尔晴成了她的噩梦，只要一闭上眼，她就会看见尔晴抱着她的腿，扬着一张口鼻溢血的面孔，恶狠狠地对她笑：“魏璎珞，我背叛了皇后娘娘，你也一样！你别忘了，你曾亲口跟她承诺，绝不会跟皇上好，绝不会抢她的丈夫！”

她显得那样为难，让弘历误会了她的意思。

“……朕真是个傻子。”他哈的一声，笑得极惨，“朕还奢望什么，你瞒着朕喝避子汤，为什么？还不是因为在你心里，朕根本什么都不是，只是你利用的工具，你根本不想怀上工具的孩子。”

一瞬间，心死成灰。

“……以后不必再喝了。”弘历慢慢松开了手，背过身去，“朕以后……不会再出现在你面前了。”

外头还在下着雨，他却头也不回地闯进雨里，身后，魏璎珞慢慢瘫坐在地上。

“娘娘，”明玉忙过来扶她，见她一副失魂落魄的样子，便安慰道，“你没错，错的是皇上，天底下的女人那么多，他偏偏要宠幸尔晴，她是皇后的亲弟媳，是傅恒的发妻……”

“我没事。”魏璎珞打断她，声音疲惫至极，“我早就料到自己会是这个结局，也早盼着这个结局，借他报仇，等仇报了，就透出避子汤一事，让自己失宠，否则我怎么对得起皇后？”

“可是……”明玉担忧地看着她，“你怎么哭了？”

魏璎珞一愣，抬手摸了摸自己的脸颊，指尖微烫，是淌下的泪水。

“我怎么哭了？”她看着指尖上的泪水，自己都觉得不可思议。

明明已经大仇得报，明明已经得偿所愿，为何……她的心里却这么难受？

明玉疼惜地看着她，掏出手帕替她擦着泪水，那泪水就像窗外的雨水，雨下不尽，泪止不住，她叹了口气，索性伸手拥着魏璎珞，将她的脑袋放在自己肩上，柔声道："想哭就哭吧，我陪着你，就算以后皇上再也不来了，就算延禧宫成了冷宫，至少有我一直陪着你。"

"说什么傻话？"魏璎珞伏在她肩上，哽咽道，"你还要嫁人呢。"

"不嫁了。"明玉果决道。

"那你前几天送给海兰察的抹额，不就白送了？"

"就当便宜他了！"

仇恨给人以无穷力量，可以让人做到许多原先做不到的事情，但当大仇得报，人就失去了目标，心里空荡荡的，除却爱人的骨灰、仇人的骨灰，什么都没剩下。

有些人熬不过这一夜，寻了短见。

多亏有明玉的陪伴，魏璎珞熬过去了。

天亮之后，她召集了延禧宫的宫人，趁着自己失宠的消息还没传开，利用手里残留的那点权力，将这群人调去了别处就职，大多数人都听凭调遣，只有明玉跟小全子说什么都不肯走。

无奈将这两人留下，魏璎珞回头看向袁春望："哥，你陪我去一个地方吧。"

第一百二十三章　当年约

魏璎珞竟带着袁春望，来了继后所在的承乾宫。

承乾宫庄严肃穆，不似别处宫殿总燃着好闻的熏香，倒是瓜果香味多些，继后命人放了许多时令果实在盆中，既能充当熏香之用，又能满足口腹之欲，这种务实又不铺张浪费的举措，让弘历大为赞扬。

许是因为果实的清香，继后心情愉悦，故她气色显得极好："令妃，怎么一日不见，神色憔悴了不少？"

相比之下，魏璎珞的气色便惨淡了许多，如同被风雨吹打而落地的花，渐渐枯萎，她苍白一笑："娘娘，明人面前不说暗话，一切都在您的掌握之中，不是吗？"

"令妃真是糊涂了，竟说出这样奇怪的话。"继后笑眯眯地道，"本宫教唆你服用避子汤了？"

魏璎珞："没有。"

"本宫让你跟纯贵妃争斗了？"

魏璎珞："没有。"

"本宫命你杀了喜塔腊氏？"

"没有。"魏璎珞看着她，眼底除了厌恶，竟还有一丝佩服，"所有的一切都是臣妾自愿而为，从头到尾，娘娘没多说半句话，手上没沾一滴血。轻轻松松，除掉了死敌纯贵妃，然后——给予我致命一击！"

继后用茶盖划拉了一下杯沿，动作极优雅得体，就像她的为人，一举一动，一颦一笑，旁人挑不出半点错来。

"令妃，你不是病了，得了癔症？"她不紧不慢地划拉杯沿，道，"瞧你说的这些话，本宫是越来越糊涂了。"

魏璎珞忽地抬手一指："他！"

继后顺着她的手指望去，笑道："他不是你身边最信任的总管吗？"

"不。"魏璎珞冷笑道，"从今天起，他会是皇后娘娘身边最忠诚的狗！"

袁春望惊道："令妃娘娘，你在说什么？"

魏璎珞看着他，最熟悉的人，也是最陌生的人。

"我早该想到的。"她缓缓道，"仅凭尔晴的死，还无法撼动我的地位，该如何让皇上彻底厌弃我？唯有揭发我一直在服用避子汤一事，但此事是我最大机密，皇后娘娘是怎么知道的呢？除非我身边，有一个她的内应。"

"璎珞，你该不会是在怀疑我吧？"袁春望看起来有些受伤。

"知道我服用避子汤的人，除了叶天士，只有你。连明玉我都没告诉她，怕她性情急躁，一不留神说漏了嘴。"魏璎珞顿了顿，握在袖底的拳头微微发抖，"……我放心把一切交给了你，为何你要如此对我？"

袁春望看着她，唇角向两边慢慢翘起，蛇一样艳丽慑人的笑容。

"你很愤怒吗？当日我听说你要入宫为妃时，也是一样的愤怒。"他脸上不见半点内疚，笑吟吟道，"咱们当年怎么发誓的？有福同享，有难同当，你说好了要在圆明园与我为伴，却背叛了我，我自然也要背叛你一次，才能不负当初誓言。"

你不知道，我已准备好了要与你一同回圆明园的……魏璎珞在心里暗暗叹道，嘴上问："……你从什么时候成了皇后的人？"

没见她歇斯底里，当场发作，袁春望似乎有些失望与不满足。

他的右手还残留旧伤疤，有牙印，也有撞伤。在她入宫为妃的日日夜夜里，他总是恨得睡不着，有时捶打墙面，有时用牙狠狠咬着自己的手，把心里的剧痛，化作身体上的剧痛。

伤口永远都在，他的愤怒也永远都在。

"从我决定回紫禁城的第一天，便秘密拜见了皇后娘娘。"袁春望试图激怒魏璎珞，最好让她跟自己一样，痛彻心扉，然后冲过来与自己厮打在一起，彼此的血溅出来，浇在对方身上。

“我把你当成亲兄长，你却反手给我一刀！”魏璎珞果然发怒了，“很好，很像你的为人。”

袁春望期待地看着她：“彼此彼此！”

魏璎珞极其失望地看了他一眼，目光转向继后：“皇后娘娘，您到底给了他什么好处？”

袁春望将一切错误归到她身上，但若说一点私心也没有，她是不信的。两人都心知肚明，他是个野心勃勃的人，血液里流淌着向上爬的欲望，如同一条总是仰望着树梢上果实的蛇。

继后兴致勃勃地欣赏了这一出兄妹相残的好戏，再加上如今魏璎珞对自己已没了威胁，便大发慈悲地给了她一个痛快，告诉她：“令妃，你身边这位管事，本宫很是欣赏，从今日起，他就替了吴书来的班了！”

魏璎珞一愣，然后嘲讽一笑：“吴总管入宫三十年，才爬到今天的地位，就凭袁春望，资历远远不够！”

“袁春望在广储司和圆明园的差事都办得极漂亮，再说令妃怎么忘了？”直至此刻，继后才终于在人前展现出她的掌控欲，她端庄贤淑后的另一面，“有本宫的扶持，他就是最佳人选！”

培植亲信，铲除异己，不留痕迹地将整个后宫，甚至将弘历都掌控在她手里，这才是真正的她。

看清楚她的真面目之后，魏璎珞忍不住哈哈大笑：“可怜我费尽心思，不过为皇后娘娘扫清障碍。可怜吴书来巴结效忠，却让娘娘借机除去，安插心腹！这一招连消带打，环环相扣，厉害，真是厉害！”

继后轻轻一笑：“令妃，你该回去休息了。”

不用她说，魏璎珞自己也会走，继续留下来干吗？跪地求饶，还是让她欣赏自己的穷途末路？

“不论娘娘如何打算，臣妾总算是报了仇，求仁得仁，没有遗憾了。”在继后惊讶的目光下，魏璎珞朝她行了一礼，“从今往后，祝愿皇后娘娘顺心如意，福寿康宁。”

礼罢，她重新直起腰背，转身离开。

继后眼中流露出一丝惋惜、一丝欣赏，朝她的背影笑道：“魏璎珞，你是本宫平生所见最有风度的输家！”

“您也是我所见过最有耐心的猎人。”魏璎珞头也不回，大笑出门，那笑声如此洒脱，直让人想起一首诗——仰天大笑出门去，我辈岂是蓬蒿人！

“怎么了？”继后转头笑道，“后悔了？”

袁春望收回复杂难言的目光，一转身，朝皇后行了一个大礼，额头磕在地上：“奴才愿为皇后娘娘誓死效忠！”

第一百二十四章　看清

一夕之间，风云变幻。

先是尔晴暴毙，尸体被送回富察家，不等丧事办完，便闻令妃失了宠，偌大一个延禧宫连个伺候的人都没有，终日只有鸟雀光顾。

再后来，太后与皇帝闹了矛盾，两人虽为母子，但太后除了儿子，还有父母兄弟，她最小的一个弟弟涉嫌受贿，被弘历毫不留情地处置了，太后一气之下搬去了圆明园。

临行之前，她居然带上了魏璎珞。

如今延禧宫的日子越发惨淡，魏璎珞自己还好，明玉跟小全子居然好几次领不到膳食，三个人就一只碗吃饭，每个人都吃得半饥半饱。

跟着太后，好歹能让大伙吃饱。

马车轻轻摇晃，尘土飞扬。

“令妃娘娘，”马车内，刘姑姑笑着问，“可知太后为何要带你一起离开？”

魏璎珞摇头。

太后一直在闭目养神，到此时，才睁开眼笑道：“令妃，你很聪明，但手段还是太嫩了些。你把皇上得罪得不轻，越在他面前晃悠，越会引他厌烦，你得让他想着你、念着你，又见不到你。”

魏璎珞张了张嘴，想解释自己并不想重夺圣眷，想想还是闭上了嘴。

就让太后继续误会吧，这对她又没什么坏处。

刘姑姑趁机道：“令妃娘娘，还不谢谢太后，这是她在帮你呢！”

魏璎珞从座位上起来，郑重朝太后一拜：“臣妾谢过太后娘娘。”

雪中送炭，胜过锦上添花，虽不知太后为何肯在这样的逆境中拉扯她一把，但仅凭这一拉，便值得魏璎珞大礼一拜。

“紫禁城里就数你最会讨人欢心，我带着你去圆明园，也是想有个伴儿，况且……”太后笑容淡了些，“吴书来当年是我提拔上来的，皇后迫不及待把人给换了，事前事后，都没给我一个说法。”

魏璎珞恍然大悟，归根结底，还是权势之争。

太后同样是个失败者，不是她想走，而是被排挤走了，可见其弟弟受贿受罚一事，也没表面上那样简单，搞不好背后又有继后的影子。

真是个可怕的对手。魏璎珞心想：反正我也不会回紫禁城了，让其他人苦恼去吧。

春来观花，夏天采荷，秋天迎枫，冬天赏雪，与紫禁城相比，圆明园的日子逍遥又快活，魏璎珞每日练字葬花，不问世事。

只在每个月月末的时候，被太后逼着给弘历写一封信，家书一封封，挽回他的心。

一开始魏璎珞不乐意写，弘历也不乐意回，三四个月后，才看在太后的面上，勉强回了一两个字，比如“阅”，比如“知了”。

魏璎珞仍孜孜不倦，写圆明园开了一朵极好看的牡丹，写太后最近总是犯困，写得细细碎碎、啰啰唆唆，不知不觉就把家书写了长长几页。

他依然回信，起初一个字两个字，后来字数逐渐多了起来，每多一个字，魏璎珞就会开心很久，回过神来，又觉得自己可笑又可悲，发誓再也不做这种蠢事，结果又铺开了信纸。

云中谁寄锦书来，雁字回时，月满西楼。

“此情无计可消除，才下眉头，却上心头。”看着自己不知不觉间落在信上的词，魏璎珞叹了口气，将信纸揉碎。

姜还是老的辣，她自己都没能看清楚自己的心，太后却看清楚了，所以才以命令为借口，让她给弘历写信。

但也就是这样了，弘历不可能原谅她，她也不可能原谅自己，他俩此生唯一的交集，便寄托在这封封家书里吧。

太后却不让她如愿。

月末还没到，太后忽然将她唤了去，闭着眼睛躺在摇椅里，刘姑姑跪在一旁给她捶着腿，她忽道："令妃，皇上有多久没给你回信了？"

魏璎珞一愣。

太后："明玉，你说。"

明玉是个老实人，于是老老实实回道："三个月前，令妃娘娘命人送了一封家书入宫，之后再也没有收到过回信。"

"令妃，你的日子过得太快活了。"太后意有所指道，"你得好好想一想，皇上为什么不再给你回信了。"

从太后寝殿回来的路上，明玉安慰道："别担心，一定是因为皇上最近太忙了……"

"我担心什么？"魏璎珞轻轻道，"早料到的事，他不会一直等我，一定有比我更加年轻、更加好看的姑娘，填补我的位置……"

说是这样说，心中却有些酸楚。

回了自己居处，雪白信纸铺在桌上，直至蜡炬成灰，夜至天明，魏璎珞搁下墨已干涸的毛笔道："走吧。"

陪了她一整晚的明玉问："去哪儿？"

"去向太后辞行。"顿了顿，魏璎珞回过身来，神色复杂地望着明玉，"你会不会怪我？我答应过皇后娘娘，不会成为他的妃子的……"

明玉摇摇头，握住她的手，柔声道："我相信你，如果娘娘还活着，你无论如何都不会成为皇上的妃子的。"

魏璎珞低下头，眼泪垂了下来。

太后年纪大了，反而起得很早，魏璎珞来向她请早安时，她正在吃早饭，桌上摆着燕窝挂炉鸭子、槽春笋肥鸡、徽州豆腐一品、红豆粥一罐，等等，香色俱全，只可惜太后今儿似乎胃口不大好，大多未动，只拣了个橘子慢慢吃着，听了魏璎珞的来意之后，她淡淡道："你早该来了，还好，现在提出来还不算太晚，没让我太过失望。"

魏璎珞闻言一愣。

“令妃，你的确有点本事，能让皇上对你牵肠挂肚，念念不忘。”太后一双洞彻是非的眼睛看着她，“但从今天开始，你要做好准备，你再也不算最特别的了！三个月来，皇上从没一天想起过你这个人！或许圆明园的日子太安逸，麻痹了你的敏锐，又或许你太自信了，自信到完全忘了一句话，人外有人，天外有天！”

魏璎珞心中一凛，沉声问道：“敢问太后，那这位人外人，天外天，到底是谁？”

“和卓氏伊帕尔罕。”太后淡淡道，“皇上亲自给她起了汉名，沉璧。”

第一百二十五章　沉璧

“令妃娘娘，”小太监道，“皇后娘娘在御花园里设了宴，替您接风洗尘。”

魏璎珞一愣。

她才刚刚回到延禧宫，风尘仆仆，手中行李都还没停放好，就得了继后的召见。送走小太监后，明玉忧心忡忡回来：“娘娘，来者不善啊。”

“无妨。”魏璎珞淡定道，“兵来将挡，水来土掩。明玉，为我更衣。”

御花园凉亭内，昔日仇敌今又聚首。

魏璎珞扫了眼石桌，芙蓉酥、玫瑰饼、葡萄酿以及新鲜的时令水果，都是她爱吃的东西，皇后怎会知道？魏璎珞看了看她身后立着的袁春望，有此人在，皇后当然对她了如指掌。

继后微笑：“本宫一听说你要回宫，立刻就派人去打点了，只是不知道你喜不喜欢，若有其他的需要，直接吩咐袁总管便是。”

魏璎珞用奇怪的目光看着继后。

她原以为自己走后，延禧宫人去楼空，很快就会荒废下来，岂料回来一看，屋中不见半点尘埃，院中不见半根杂草，显是有人专门打扫过的，但为什么？

“怎么了？”继后笑着问，“可是对本宫的安排不满意？”

魏璎珞摇摇头，道：“不，臣妾只是在想，皇后身为六宫之主，乾隆十七年生下十二阿哥，今年又添了十三阿哥，整个后宫都在您的掌控之中，到底是怎样一个女人，才入宫三月，就让皇后娘娘坐不住了。”

继后先是愕然，旋即失笑，端起一杯葡萄酿喝了口，然后别有深意地道：“如果你见到她，也会和本宫一样心怀忌惮。不，不是忌惮，是恐惧。”

这话让魏璎珞略感吃惊，继后是她见过的最可怕的猎人，连她都感到恐惧的对手，该是什么样子？魏璎珞忍不住问：“世上竟有这样的美人，比当年的慧贵妃如何？”

慧贵妃倾国倾城，有牡丹国色之称，无论是她死前还是死后，魏璎珞都没见过第二个能在姿色上与之相提并论者。但继后只是轻轻一笑，似全不将对方放在眼里：“真正的美丽不在于皮相，皇上阅美无数，又怎会被一张脸迷惑呢？在本宫看来，十个慧贵妃，也比不上一个容贵人。”

魏璎珞轻皱眉头：“皇后娘娘，就算容贵人是绝世美人，又深受皇上宠爱，也威胁不到你的地位，臣妾还是不明白，到底有什么理由，让您纡尊降贵，向臣妾示好。”

一直沉默不语的袁春望忽然开了口：“令妃娘娘，如今容贵人已晋了容嫔了。”

璎珞愣住。

继后站起身，亭子外繁花似锦，一丛丛、一片片开着，如同满后宫的佳人，尤其是一棵紫藤，藤花无次第，万朵一时开，继后抬手折了一朵紫藤花，在指尖转了转，慢条斯理道：“她是回部台吉和扎麦的女儿，兄长图尔都在平叛中立下大功，为表永久修好，特意将亲妹妹伊帕尔罕送入宫中，皇上亲自赐名——沉璧，宠爱至深，远胜于当初的你！”

她忽地转过身来，将手中紫藤花递向魏璎珞，郑重道：“所以，我们需要联手抗敌！”

魏璎珞看着她递来的花，半晌之后，摇了摇头：“皇后娘娘的好意，臣妾已经领教过了，这一次的合作，还是免了吧。”

与继后合作，无异于与虎谋皮，就算魏璎珞想要与沉璧相争，也不会借她之手。桌上果品一样未动，魏璎珞道了声别，刚刚转身要走，就听见继后在她身后高喊一声：“她入宫的时候，已经二十七岁了！”

魏璎珞脚步一顿。

“大清女子十五及笄，二十七岁的女人，早已儿女成群，这样一位高龄美人，成了大清最得圣宠的女人，魏璎珞，你当真不忧虑吗？”继后替她答道，“若你不惧，就不会回紫禁城！在紫禁城里生活，只有永恒的利益，没有永远的敌人，只有你我合作，才能对付容嫔。否则，你最终还是要回圆明园！好好想想吧，本宫等你答复！”

见说了这么多，魏璎珞最终还是走了，皇后皱了皱眉，将手中的紫藤花掷在地上，声音冷淡：“袁春望，令妃真会答应与本宫合作吗？”

身为紫禁城内最有耐心的猎人，她话音里竟显出一丝心浮气躁，可见对手之恐怖，远胜魏璎珞想象。

“会的。”袁春望平静地望着魏璎珞离开的方向，“耳听为虚，眼见为实，只要她看那沉璧一眼，就会乖乖来求您了。”

回延禧宫的路上，魏璎珞心事重重，明玉几次看她，欲言又止。两人一言不发地走了一段路，魏璎珞忽然脚步一顿，嗬了一声：“还是着了他的道。”

袁春望不是请她来赴宴的，是请她来看某个人一眼的。

所以接风宴办在御花园里，弘历与某个人也在御花园内。

只见前方不远处，一群宫女、太监围在一棵大树前，弘历昂头朝树上喊道：“马上下来！”

树枝晃动了一下，下面所有人都举起了双手，那副场面何其搞笑、何其庄严，似万千人迎着一位天女降世。

忽闻一阵清脆铃声，眨眼之间，一名脚踝上系着银铃的白衣女子从天而降，缥缈兮如云中月，空灵兮似天山雪。

更似从天而降的仙女，稳稳落进弘历怀中。

弘历接稳她，然后沉声道：“怎么回事？”

旁边一名宫女忐忑不安地解释：“回皇上的话，容嫔娘娘经过的时候，发现一只雏鸟从树上坠落，便想把鸟儿放回鸟窝去。”

弘历：“沉璧！”

“皇上，您别生气，”沉璧开口了，极为悦耳的声音，吐出的每个字都像是唱歌一样，“是嫔妾的错。您早就说过很多次，不准嫔妾随心所欲。下次遇到这种事，一定吩咐他们去办，再不让您担心了，好不好？”

传闻西方有妙音鸟，名为迦陵频伽，以歌声侍佛，她的声音就如一只迦陵频伽，连佛祖都能取悦的声音，同样也取悦了弘历。弘历叹了口气，掏出帕子，亲自替她擦拭脸上的尘土。

沉璧轻轻笑了起来，笑到一半，忽然转头望向魏璎珞所在的方向，眼睛里闪动着天真与好奇。

魏璎珞浑身一僵，在看见她容貌的一瞬间，任何一个形容她相貌的词也找不出来，只感到深深的自惭形秽。

“怎么了？”弘历顺着她的目光看去，空空如也，前方不见任何人。

“刚刚那儿站了个人。”沉璧笑道，“一直看着我们，你一回头，就把她吓走了。”

弘历扫向李玉，李玉提醒：“皇上，是令妃娘娘。”

听见这个名字，弘历立刻沉下了脸，拉着沉璧朝另一个方向走去：“走吧，朕带你去角楼上看日落。”

紫禁城的日落恢宏而又大气，如同一条绚丽的织锦，从天边铺向大地，只是魏璎珞却无心欣赏。

明玉：“璎珞，你真要和皇后合作？”

魏璎珞：“为什么不？”

明玉：“可我不明白，你本来都拒绝了，只看了容嫔一眼，立刻改变了主意，她真有那么特别吗？”

两人已经回到了延禧宫，夕阳从窗外照进来，染红了魏璎珞眼前的镜面，她指着镜子里的自己：“你看这张脸。”

明玉顺着璎珞的视线望去，好奇道：“有什么问题？”

魏璎珞慢条斯理道：“这张脸，一点儿都不可爱，好像眼睛眨一眨，坏主意就来了。”

明玉“扑哧”一声笑了：“天啊，哪儿有人会这么说自己，那容嫔的脸，又有什么不同？”

魏璎珞：“容嫔的脸，就是我最想要的，纯洁无瑕，温柔可亲，叫人心生怜爱。”

明玉忍不住又笑：“这就是你决定和皇后合作的原因，为了一张脸？”

魏璎珞夺过梳子：“不仅仅因为长相，还有那番做派。”

明玉茫然。

魏璎珞："天真到不染尘埃的女人最可怕，因为她最容易赢得男人的心，尤其是皇上这样复杂的男人。如果我长了一张容嫔的脸，该有多好！"

明玉斩钉截铁："对，那样勾起皇上来，事半功倍！"

魏璎珞白她一眼："错！拥有那样一张脸，干起坏事来，该有多方便啊！"

明玉："可皇上现在就喜欢容妃那样的，要不，你学学容妃？"

"我学不来，也不想学。"魏璎珞沉默半晌，终笑道，"魏璎珞就是魏璎珞，为什么要变成别人？我若是想要得到一个人，也只会用我自己的法子。好了，劳你再跑一趟，替我向皇后传个信，就说……"

第一百二十六章　昔敌今友

次日，弘历来承乾宫看望永璟。

永璟生得虎头虎脑，眉眼之间极像弘历，于襁褓中咿咿呀呀，朝弘历不停伸着小胖手。弘历十分爱他，亲自将他抱过来，手持一只拨浪鼓逗他开心，等永璟玩累了，开始打瞌睡，才小心翼翼将他放回到摇篮里。

永璟翻了个身，抱着一只做工精致的布老虎睡了。

“这只布老虎是令妃送给永璟的端午节礼。”继后的声音在他耳边响起，“别人都送些金银锭子、手镯锁片，她倒是更妥帖些。”

弘历瞥她一眼，只当没听见。

继后也不甚在意，径自吩咐身旁的张院判：“张院判，待会儿你去一趟延禧宫，为令妃请平安脉，她一直在圆明园照顾太后，自己病了都不在意，既是夜不得寐，食少不香，少不得请太医好好调理。”

弘历仍听而不闻。

张院判照着继后的吩咐，出承乾殿后，立刻去了延禧宫，替令妃诊断完，又留了份医嘱，刚出宫门没两步，忽然被人一把抓住。

什么人？这么没规没矩！张院判正想呵斥对方一句，一转头，脸色一白：“皇……皇上？”

“令妃情形如何？”弘历冷着脸道。

张院判忙回道：“皇上，令妃娘娘除了夜不能寐，还有肝胃欠和之症。臣开了香苏和胃汤，替娘娘慢慢调理。”

弘历皱眉：“肝胃欠和？”

“娘娘饮食无常，才会胃脘作痛……”张院判欲言又止片刻，“还有，臣听闻令妃娘娘要以血来抄《华严经》，即便去了圆明园，也是一日不停，日积月累，血气亏损，患了伤食之症，才会胃失所养……”

弘历脸色一变，转头就朝延禧宫走去。

门口太监本要通报，但被他抬手止住了，一路行至寝殿内，然后屏息看着床上那人。

像是几年不见，又像是昨天才见。分别许久并没有增加两人之间的隔阂，相反，那些他刻意遗忘的过往，如同涨潮的海水，一下一下拍打在他的心头。

“明玉？”明明是大白天，魏璎珞看起来却十分疲惫，她闭着眼睛，歪在榻上，左手支着太阳穴，吩咐道，“把二十卷整理一下，派人送去圆明园。”

久久无人应答。

魏璎珞这才缓缓睁开眼睛，瞧见弘历，惊而坐起：“皇上怎么来了？！”

弘历的目光却凝在她的左腕上。

她用左腕支着脑袋，袖子自然滑落半截，手腕上缠绕一截白布，鲜血渗出，将白布染得半白半红。

弘历想要装作不在意，但终是按捺不住，将她的手抓过去：“这是怎么回事？”

魏璎珞忙将手抽回来，放下袖子，若无其事道：“不碍事，只是放血的伤痕。”

弘历恼火：“你是不是不要命了？！朕命令你，不准再写了！”

魏璎珞：“皇上，请恕臣妾不能遵命。”

弘历火起：“你——”

魏璎珞：“既然答应了太后要完成八十一卷，就不能半途而废，请皇上恕罪。”

弘历哑然，良久忍下，坐在一边：“朕本想任你自生自灭，看在你精心服侍太后的分上，才会提醒你，若你执意不听，朕也无可奈何，但所有的结果，都得你自己承担。若将来太后怪罪，与他人无碍。”

魏璎珞：“臣妾明白。”

弘历越看她越生气，站起来便往外走。

“皇上可还记得对臣妾的承诺？”魏璎珞忽然在他身后喊。

弘历脚步一顿。

“皇上说过，不会让臣妾受人欺凌。”魏璎珞叹了口气，“今夜皇上来延禧宫，后宫人人都看见了，若您拔腿就走，臣妾如何立足后宫？只怕这个紫禁城，臣妾一天都待不下去。”

弘历：“今夜朕留宿延禧宫，当全了你的颜面，至于其他，你不要妄想！”

说完，他便吩咐李玉收拾偏殿，宁可独自睡在偏殿，也不愿意与魏璎珞同床。李玉办事利落，很快就将偏殿收拾干净，服侍弘历歇下后，独自守着门口。

夜里，弘历翻来覆去睡不着，不是不习惯独寝，而是一闭上眼，就看见魏璎珞手腕上的伤口。

又翻了个身，他忽然睁开眼，屋子里没有点烛，伸手不见五指，更看不清眼前人的容颜，但他还是认出了她，认出她的呼吸，认出她肌肤的温度，认出她发上的香气。

弘历冷冷道：“出去。”

不知何时卧到他身旁的魏璎珞摇摇头，楚楚可怜道：“皇上，我的寝殿里有老鼠，我害怕。”

这真是个可笑的理由，弘历重复一句：“出去！”

“皇上，我过来的时候忘记穿鞋。”她又寻了另外一个借口，“地上好冷，我走不回去了。”

弘历仍不接受这个理由，厉喝一声：“出去！”

沉默半晌，魏璎珞忽然叹了口气，轻轻道：“皇上，我吃避子药，因为我害怕！”

“出去”两个字已经到了弘历嘴边，最后脱口而出的却是：“……你怕什么？”

“怕失去你。”魏璎珞苦笑道，“怀孕以后，我就会变成一个大胖子，越来越不好看，身上还会散发异味，你很快就会讨厌我，去别的女人身边。”

弘历认真听完：“……朕不是这样的人。”

“还有，我很怕死。”魏璎珞将额头贴在他的心口，有些心有余悸道，“皇后娘娘难产的时候，我一直在她身边陪着她，生孩子犹如过鬼门关，我没有她那样的勇气，对不起，对不起……”

听她一声一声说着对不起，弘历沉默良久，轻轻道：“别说了，朕不怪你。”

“真的？”魏璎珞抬手抚上他的脸颊，湿漉漉的眼睛望着他。

弘历的身体僵硬了一下，但最终没有推开她，没有厉声对她喊出去。

他的默许，让魏璎珞得寸进尺，她小心翼翼将脸凑过去，试探性地在他唇上啄了一下，如同偷吃谷物的小鸟，一啄即退，等了片刻，见没人阻止她，便又啄了一下，又一下……

弘历的大手忽然按在她后脑勺上，加重了这个吻。

芙蓉帐暖度春宵，半透明的帐子内，两具身体纠缠在一起，直至魏璎珞累得昏过去，一双有力的胳膊从身后搂着她，她听见弘历在她耳边轻轻道："你应该早跟朕说……只要你不愿，朕不会逼你。"

魏璎珞唇角刚要上扬，眼角却先流下泪来。

夜尽天明，人去枕空。

暖帐内，魏璎珞幽幽醒来，伸手一摸，身旁空荡荡的，被褥早已冰凉。

"娘娘，你醒了。"明玉端着水盆进来，准备为她擦洗身体。

"终究还是不一样了。"魏璎珞望着天花板，喃喃道，"从前他都会等我醒来，然后一块儿起床、一同吃饭……现在他同谁在一起吃饭？"

明玉拧毛巾的手一顿，许久才回："皇上……去了宝月楼，同容嫔娘娘一块儿用早膳。"

"……是吗？"魏璎珞心中生出一股空落落的感觉，不再说话，只是呆呆看着天花板。

明玉见她这副模样，心中一酸，险些开口劝她放弃，可转念一想，放弃之后，又该回哪儿呢？璎珞如今正是花开正艳的年纪，难不成让她跟太后一样，去圆明园养老？最后只能将劝慰的话又吞回肚里，上前为她擦拭身体，换上新衣。

衣服刚刚穿好，小全子就噔噔噔跑进来："娘娘，皇上让您去宝月楼侍膳。"

宝月楼临水而建，遥遥望去，如月中广寒，楼对面还建了回回营与清真寺，容嫔在楼上见了，就仿佛见到了家乡景色。

等进楼一看，才发现弘历对容嫔的荣宠不仅如此，楼中金碧辉煌，伺候的宫人也都做回族人打扮，甚至连桌上布的菜也全是手抓饭、葱爆羊肉等回族菜，膻味极重，完全不符合弘历一贯的口味，他却吃得极开心。

……又或者说，只要容嫔开心，他就觉得开心。

魏璎珞在一旁站了许久，他才注意到她，笑道："你来了？"

容嫔转头看向她，眼睛里充满好奇："她就是令妃吗？"

"嗯。"弘历用手帕擦掉她脸上的油渍，宠溺道，"你不是说教规矩的嬷嬷很严厉，不喜欢吗？新人入宫，规矩大多都是从高位妃嫔那儿学的，比如令妃，她当年便是跟着先皇后学规矩，朕想把你送去延禧宫，跟着令妃学，你愿意吗？"

容嫔歪头打量魏璎珞，然后天真无邪地笑了："好啊，我喜欢她。"

魏璎珞却无法喜欢上她。

弘历命她坐下，叫人给她上了一份菜，他明知道她的肠胃不好，只能吃清粥小菜，却还是将一锅子羊肉汤摆在她面前，羊肉汤很好，但她食不下咽。

热气在锅上升腾，她隔着一层雾气看着对面的两人，心里不明白，若说他不在乎她，昨晚的甜言蜜语犹在耳边；若说在乎她，又为何要这样折磨她？跟别的女人卿卿我我也就算了，还特地叫她在一旁看着。

从前他的心里只有我，如今他的心已经分成了两半……我只占了小的那半。魏璎珞心想，然后再也待不下去，用手帕擦了擦嘴道："皇上，臣妾吃饱了，先行告退。"

弘历无所谓地摆摆手，似完全不在意她是走还是留。等她走到一半，听见沉璧在她身后说了句："令妃娘娘真的不爱吃羊肉汤吗？其实吃一口就知道，很好吃的。"

弘历当即下令："李玉，把这锅羊肉汤给令妃送回去，盯着她喝完。"

魏璎珞心中更不是滋味，眼眶一阵阵发酸，怕自己在容嫔面前出丑，忙加快脚步出了宝月楼，回到延禧宫内，发现永琪竟在等她，抬头见她回来，匆匆跑过来："令母妃，求你救救六弟吧！"

第一百二十七章　朋友

随着年纪渐长，永瑢的样貌越发像他的母亲纯贵妃，钟灵毓秀，如江南的小桥流水，虽美却过于羸弱，以至于被他的兄弟吊在树上，毫无还手之力。

“谁给你的胆子，居然敢在背后指责我的不是？”永珹说完，马鞭抽在他身上，一鞭又一鞭下去，见永瑢的哭声越来越大，永珹便对身旁伴读道：“堵住他的嘴！”

两名伴读只得上去堵住永瑢的嘴巴，其中一个犹豫片刻，道：“四阿哥，事情还是别闹大了，万一被人知道……”

永珹不耐烦地打断他：“他额娘纯贵妃可是罪妇，皇阿玛连看都不看他一眼，你怕什么！”

说罢，鞭子雨点般落下，全不顾两人身上流着同样的血，简直将对方当成牛马般抽。

永瑢再不受宠，也是个皇子，养尊处优地长大，哪里受得了这个，又一鞭下去，他竟晕了。

“这么欺负人，可不行哟！”

永珹正想叫伴读提水将人浇醒，冷不丁身后响起这么一声，可把他吓了一跳，等回头见了来人，更是脸色一变。

竟是容嫔！

永珹心中懊恼，怎么偏偏被这个女人瞧见了？生怕她去弘历面前告状，永珹放下手中的鞭子，笑道：“容嫔，我只是和六弟开个玩笑。”

沉璧朝他走了过来，一路上腰链脚铃叮当作响：“你们俩是亲兄弟，应当互相友爱，不可以这样做，赶紧把人放下来吧！”

两名伴读一起看向永珹，永珹喝道：“没听见容嫔的话吗？放人！”

两人这才手忙脚乱地将永瑢放了下来。永珹不欲多待，如今宫里谁不知道容嫔受宠，弘历简直一刻都离不开她，多待下去，搞不好弘历后脚就过来了，便道：“容嫔娘娘，今天不过是我们兄弟间切磋玩闹，您不必放在心上。既然没事，我就不打扰您赏风景，先告辞了。”

他转身要走，岂料刚刚走了几步，后头“嗖”地飞来一物，如蛇一样在他脚上一缠，永珹“啊”的一声惨叫，上下颠倒，倒吊着上了树。

望着始作俑者，永珹震惊道：“你……你干什么？！”

沉璧拍了拍手：“平日里套羊崽儿习惯了，总是随身携带绳套，没想到还有用上的一天啊！”

永珹：“你快放我下来！放我下来！容嫔，我是皇后的儿子，你敢这样对待我，还不放开我！”

沉璧天真的表情瞬间变得阴沉：“住口！”

永珹一呆。

永远是一副天真表情，纯净美好犹如天女的沉璧，此刻看起来有些阴森森的：“你已经十六岁了，在我们族里，这个年纪的少年早已上了战场，拿着武器和敌人拼杀，可你却像个顽童，只懂欺凌亲兄弟，还在我面前装模作样！你今天的所作所为，被皇上知道了，会发生什么事，你知道吗？”

永珹壮胆：“我……我是皇后……”

沉璧“嗬”了一声：“连我这个入宫不久的人都知道，皇后有了十二阿哥、十三阿哥，你这个养子，早就没用了，可你还在白日做梦！”

永珹：“你骗人，你是在离间我们母子感情！”

沉璧：“可爱的四阿哥，你怎么光长个子不长脑，你那位慈祥的皇额娘，巴不得你赶紧犯错，错得越多越好！大阿哥不得圣宠，你又接连闯祸，皇位才会落到她的亲生儿子头上！”

永珹震惊：“不，这不可能……不可能……”

沉璧围着他转圈，每说一句，就推他一下，晃得他头晕目眩：“看你这被人遗弃的小表情，啧，真可怜啊！你皇额娘是不是说，我们永珹不爱读书没关系，满人以骑射治天下！伴读们不听话没关系，额娘再给你选聪明伶俐的！师傅们讨厌你没关系，是他们没眼光！要什么给什么，从来不怪你，关心呵护，处处周到。傻子，她是很宠你，往死里宠你，直到把你宠成蠢猪啊！”

永珹深受打击，听得泪流满面：“不……不是这样……你骗我，皇额娘不是这样的人……”

沉璧：“六阿哥没有亲额娘，的确很可怜，可你有个心如蛇蝎、身居高位的养母，处境比他惨百倍、千倍，竟还不知收敛！”

永珹一边挣扎，一边大喊大叫：“我要去问皇额娘！”

沉璧咯咯笑了起来：“去啊！今天我说的话，你透露给她半句，那位皇额娘会神不知鬼不觉让你病逝，懂了吗！”

永珹恐惧得说不出话来。

沉璧温柔地抚了抚他的脸：“马上回阿哥所，把你自己埋起来，下次再敢欺凌弱小，我就在你的舌头上刺个洞，再把你吊上去，听清楚了吧！”

永珹发着抖点头。

“真可爱，乖孩子。”沉璧赞了他一声，然后松开了绳索，永珹咚的一声落在地上，摔个七荤八素，还不敢有任何怨言，又看了她一眼，便见了鬼似的跑了。

沉璧没再为难他，她回到昏迷的永瑢身边，怜爱地望着他，半晌，才把他轻轻推醒了。

永瑢一醒，就像只被人逮进笼子里的小兽，惊慌失措地抱紧自己，一双惊恐的眼睛四下张望。

“别怕，”沉璧柔声道，“我把你四哥赶走了。”

永瑢这才发现她在身旁，等听了她的话，文弱的脸蛋立刻涨得通红，结结巴巴道：“容嫔娘娘，对不起，我给你惹麻烦了。”

“六阿哥，做错事的不是你，不用说抱歉。”沉璧坐在他身旁，清风吹拂她的长发，她头发上系的铃铛轻轻唱着歌，“野狼追逐羊群，是草原上的常景，没有一个人会感到奇怪，但草原上的孩子，从来不因强弱不同而互相欺凌，他们彼此依靠，共同抗敌。所以永瑢，你没有错。”

从没人对他说过这些话，永瑢又感动又羞愧，他低头看着自己——如果他只是晕过去了还好，但他居然被永瑊吓得尿了裤子，为什么偏偏是现在，偏偏在她面前？

沉璧仿佛没看见他裤裆上的湿漉，只是一笑：“今天发生的事，我会为你保密，但你也要答应我一件事，好不好？”

永瑢抬起头看着沉璧，这一刻无论她要他做什么，估计他都会答应的。

沉璧：“我知道满洲的阿哥们上午念书，下午骑射，你要答应我，好好练功夫，早日变得强大。他给你一拳，你就给他两拳。”

永瑢一愣：“他会带人一起打我。”

沉璧淡淡道：“不管多少人打你，你就打他一个，打到他怕你为止。”

永瑢愕然。

“四阿哥欺负你，因为你和他强弱悬殊，等你成长到与他比肩，不，比他更强大的时候，你就能战胜自己的恐惧。不要害怕。”沉璧忽然调皮地眨眨眼，“再说了，如果真的打不过，大不了你就把伤口给你皇阿玛看，他再不喜欢你，也不会容许兄弟相残的事情发生。”

永瑢脸更红了，连连点头，跑出去很远，还回头：“谢谢你！”

目送永瑢离去，沉璧露出笑容，正要转身离开。

魏璎珞从藏身处走了出来，身后的明玉目瞪口呆。

“哎呀，一不小心暴露本性了呢！”容嫔顽皮地一笑，然后叹了口气，“你会告诉皇上吗？”

魏璎珞：“什么？”

沉璧眨了眨眼睛：“告诉他，我是个会变脸的双面人？”

魏璎珞笑了。

她是应了永琪的祈求，过来帮永瑢的，哪里知道会看见这么一出好戏？

沉璧又叹了口气，过来拉住魏璎珞的手：“我想请求你别这样做，他很可能会把我送回部落去，虽然哥哥做了首领，但他是个骄傲狂妄的家伙，一定会嘲笑我，是个被退回的礼物，那我的日子就不好过了！你会告诉他吗？”

魏璎珞低头看着两人相握的手：“你说呢？”

沉璧垂头丧气，突然一仰头，自暴自弃似的往草地上一躺：“我不喜欢紫禁城，一点儿都不喜欢。你想告诉皇上就去吧，让他早点把我送回去，还能赶上部落大庆典。”

魏璎珞：“你们的庆典什么样?

沉璧一下子从草地上坐了起来，兴致勃勃的模样如同孩童：“我们会在帐篷前烤全羊，烤得又焦又脆，香飘万里，小孩子们欢快地跑来跑去，就像你们过年一样兴奋！过路的旅人经常会停下来，胆大的还想买一点烤羊肉！那时候我就会大声告诉他们——买不到，给再多的银子也不卖！”

说到这儿，她得意地哈哈大笑起来，那副旁若无人的模样，让魏璎珞又惊讶，又有些……羡慕。

沉璧：“他们被勾得饥肠辘辘的时候，我就送他们一只烤羊腿，看他们目瞪口呆的傻样子，我可以笑一年！远方来的客人怎能空手而归呢？我们有很多的肉，专程为他们准备的呀！”

魏璎珞：“紫禁城的庆典，也有烤羊肉。”

“不一样，完全不一样！”得意渐渐从沉璧脸上消失，她有些落寞地说，“就像紫禁城的日落，美则美矣，却不是一个味道——”

魏璎珞看着她，像看一阵被牢笼锁住的风。

“令妃，你和那些妃嫔也不一样。”沉璧忽然抬头看着她，“我喜欢你。”

魏璎珞愣了一下，不知她的话题为何跳得这样快，但很快失笑道：“我和你同为皇上的妃嫔，彼此可不是互相欣赏的关系。”

沉璧疑惑道：“为什么？我阿爸有很多的妻子，她们都能和平共处。”

魏璎珞：“和平共处？”

沉璧：“对啊，阿爸对所有人都一视同仁，给我阿妈买的金镯子，给每一位阿帕都买了！轮流去她们的帐篷过夜，从未厚此薄彼，阿帕们的关系都很要好呢！”

魏璎珞不置可否地听着，好与不好，旁人可看不出来，后宫的妃子们表面上也能其乐融融，但背地里却是另外一套。

沉璧：“我来了紫禁城，可除了皇上，没有人喜欢我，我在这儿就是个异类。

现在我遇上了你，她们也都不喜欢你，是不是？”

不等魏璎珞回答，沉璧握住她的手：“你帮我保守秘密，我做你的朋友，好不好？”

魏璎珞：“我不需要朋友。”

沉璧却笑了起来，有些狡黠又有些洞彻人心的笑容，她抬手捏住魏璎珞的脸，声音娇憨又可爱：“你的脸，明明写着我很寂寞，需要沉璧做朋友！”

第一百二十八章　不想改变

弦鼓一声双袖举，回雪飘飘转蓬舞，弘历歪在榻上，看着舞池中翩翩起舞的沉璧。宫里的事情瞒不过他，最近有个传言，说沉璧想要与令妃做朋友，于是天天往她面前凑。

身旁，李玉禀报道："皇上，内务府得了令妃娘娘的吩咐，正在打扫寿康宫。"

听见令妃的名字，沉璧旋转的脚尖踩错了一个拍。

……看来传言并非空穴来风，弘历问："太后要归来？"

李玉："奴才问了，令妃娘娘只说今天是五月初十，把这话告诉皇上，您会明白的。"

"五月初十？"弘历默念一遍，忽然恍然大悟，"难怪……"

李玉："皇上？"

弘历："一切按令妃的吩咐去办吧，务必要在太后归来之前，布置得妥妥当当。"

李玉："嗻。"

待李玉一走，沉璧脚尖立在地上，整个人空中飞舞一个回旋，带着漫天铃声，跃入弘历怀中，伏在他膝上，仰头望他："皇上，五月初十，有什么特别吗？"

弘历："每年农历五月十五，是和安的忌日，前两年都在圆明园办了法事，今年看来是要回紫禁城了。"

沉璧："和安？"

弘历抚摸她的头发，温和地道："朕的亲妹妹，太后唯一的掌珠。"

想到太后一贯不喜欢烟视媚行、太过出格的女子，所以弘历不厌其烦，告诉她在太后面前要如何如何。

沉璧听到一半就不愿听了："好了，好了，我知道了，我要去找璎珞了，今天还要跟她学走路呢。"

在为妃之道上，沉璧如同稚子，连走路都要从头开始学。但弘历却知道她不是个爱守规矩的人，摇摇头道：“今天打算送她什么？”

沉璧眼中一亮，悄兮兮掏出一只匣子，展出里头盛着的珍珠项链，珠子大而滚圆，流淌着莹润的光泽：“这是我要送她的礼物，你说她会喜欢吗？”

“朕猜不会。”弘历笑道。

情敌送来的礼物，无论多么贵重美好，想必魏璎珞都不会喜欢的。

沉璧失望地放下匣子：“那她喜欢什么？只要我有，我都送她。”

弘历沉默片刻，道：“那就送锅羊汤吧。”

沉璧歪了一下头，疑惑地看着他：“可璎珞说她不爱吃这个。”

“但羊汤对她身体好。”弘历脱口而出，说完才觉失言。

他不是不在乎她的口味，而是比起口味，更在乎她的胃，所以上回魏璎珞来宝月楼的时候，他才逼她带了一整罐羊汤回去。

魏璎珞失落的目光历历在目，他有些懊恼，又有些欢喜。他只是……想多看看她吃醋的模样，就像他总在吃傅恒的醋一样。

“皇上，你对璎珞不一样，跟所有人都不一样。”沉璧望着他，冷不丁来了这样一句，然后不等弘历反应过来，她便笑眯眯道，“好啊，羊汤养胃，我这就给她送一罐子去。”

魏璎珞此时不在延禧宫内，她在寿康宫。

太监、宫女们进进出出，不断清扫着宫殿，继后挽着她的手道：“太后亲自指了你来办祭典，实在是辛苦你了，本宫刚刚瞧过，真是事事妥当，亏得有你熟知太后心意，才能办得这样好。”

魏璎珞：“皇后娘娘谬赞，臣妾只是尽力筹办，不知太后是否满意。娘娘既看了，不如指点一二？”

“其他倒真没什么不妥。”继后的目光往供桌上一扫，“只差小佛花一座，在供桌前焚化，太后会更加高兴。”

魏璎珞：“小佛花？”

继后点头：“每年岁暮忌日，方用上小佛花，太后亲眼瞧见皇上对和安公主的祭辰如此重视，母子必能和好如初。”

魏璎珞：“多谢皇后娘娘提醒，璎珞记住了。”

继后别有深意地一笑：“太后还未见过容嫔，到了那一日，还要请令妃亲自引荐。”

魏璎珞一怔，下意识地看向继后，却见对方脸上笑意更深，不由得心头一凛。

又打点一二，便到了用晚膳的时候，魏璎珞先行告退，一出寿康宫，面色立刻一沉，身旁明玉见了，忍不住问：“璎珞，怎么了？”

魏璎珞：“皇后要动手了。”

明玉：“动手？”

魏璎珞点头：“容嫔——要大难临头了。”

人多眼杂，明玉不好多问，本想回了延禧宫之后再详细地问上一二，哪知前脚刚进延禧宫大门，便听见叮当叮当一阵脚铃声，不用猜也知道来者是谁。

魏璎珞脚步一顿：“……你怎么又来了？”

“你总算回来了！”沉璧笑嘻嘻地过来拉住她，“我带了羊汤来，羊汤对你的胃很有好处，不过已经凉了，我让厨房给你热一热！”

桌子上不但放了羊汤，还放了一匣子珍珠，每一颗都足以在江南换来一座院子。类似的宝物，延禧宫还有许多，都是这段时间她送的。可魏璎珞一点不觉高兴，因为那些奇珍异宝都是弘历赐给她的，每一件都在提醒着魏璎珞，弘历对她有多么的宠爱。

“我不想喝。”魏璎珞摇摇头，“以后别再往我这里送东西了，让别人看见了会说什么？”

沉璧毫不在意：“别人说什么，与我有何相干？我送礼物给好朋友，是天经地义的事。”

魏璎珞：“你我不是朋友。”

沉璧信誓旦旦：“以后一定是。”

这人就像块牛皮糖，魏璎珞实在是拗不过她，只好勉为其难地与她一同喝了那罐羊汤，一开始觉得滋味难闻，入口膻腥，等羊汤入肚，渐渐生出一股暖意，总是隐隐作痛的胃竟因此舒服了许多。

沉璧一边给她夹菜，一边给她盛汤，忙得不亦乐乎，一不留神，系在手腕上的一枚玉牌就坠了下来，“扑通”一声进了盛羊汤的罐子里，沉璧一抬手，玉牌顺着手腕上的红绳升了起来，滴答滴答掉着汤水。

“明玉，拿块干净帕子来。”魏璎珞让明玉取了帕子来，将玉佩擦拭干净，眼角余光扫到玉牌上的字，忽然愣住。

静影沉璧。

“怎么了？”沉璧注意到她的目光，解下红绳，把玉牌递给她，“这是皇上给我的，可我不大懂汉人的诗词，上头写的，我都看不懂。”

魏璎珞心中酸涩，神色冷淡：“皇上是在夸你，若水中玉璧，完美无瑕。”

口中的羊汤顿时变得淡而无味，魏璎珞将玉牌推了回去：“我累了，今天就不教你规矩了。明玉，送客。”

沉璧一愣：“璎珞，为什么突然生气，因为这块玉牌？如果你不喜欢，我再也不戴了！”

她的声音让魏璎珞心烦意乱，等明玉将她送走，也无心再用膳，拖着仿佛被抽干力气的身体，跌跌撞撞回到寝殿，然后倒在床上愣神。

明玉送完沉璧，回到她身旁，欲言又止。

“明玉，”魏璎珞望着天花板，喃喃道，“你知道宝月楼是什么地方吗？”

明玉摇摇头，坐在她身旁，握着她冰冷的手，一副侧耳倾听状，做她最忠诚的倾听者。

“雍正朝的时候，当今太后还是熹妃，生下了十一格格，偏偏公主自小体弱多病，当时的萨满太太挑中了宝月楼，说这里风水好，熹妃为了自己的女儿，就千方百计劝说先帝重修宝月楼，想带着女儿住进去！工程就要动工了，谁料孝敬宪皇后断然否决，说大清朝从未有过这样的先例。”魏璎珞叹了口气，“结果小格格刚过了周岁便夭折了，这么多年来，太后一直耿耿于怀。”

明玉恍然大悟：“这么说，皇后是想利用太后？可太后跟她一贯不对……”

“她既然能找我合作，为什么不能找太后合作？这个后宫，只有永远的利益，没有永远的朋友。”一提“朋友”二字，眼前又浮现出沉璧的脸，魏璎珞烦躁地坐起身，冷冷道，“皇上是男人，在这方面粗心大意，太后也许先前不在意，但有皇后在，她很快就会觉得……容嫔住进宝月楼，等于鸠占鹊巢！”

明玉沉默片刻，忽然轻轻道：“……这样不是很好吗？皇后的计划若能成功施行，等于为你除掉了眼中钉，依我看，你就当什么都不知道，好不好？”

魏璎珞闻言一愣。

正如明玉所言，她只需要闭上眼睛，装作什么也没看见，坐视一切发生，便可渔翁得利。皇后若是成，她就少个眼中钉；不成，她也没什么损失。

只不过……她真要这么做吗？

日子如同秋天落叶，一片一片掉落下来，沉璧依旧日日来找她玩耍，每次都不是空手前来，或者一匣宝石，或者一片脉络别致的落叶，或者一串充满异域风情的腰铃，沉璧送上自己的一切取悦她。

礼物每件都不一样，雷打不动的，只有每日一罐的羊汤。

看着她天真无邪的笑脸，魏璎珞愈加沉默寡言。

直至五月十五这天。

沉璧难得地换下了她的舞裙，一身极正式的旗装，歪歪扭扭地踩着一双花盆底，推开侍女，自己走了几步，好不容易才找准平衡，顿时开心地笑了：“璎珞，我能自己走路了。”

她的侍女扫了魏璎珞一眼，轻哼道：“您花盆底都走不好，万一摔一跤，岂不是很丢脸？令妃娘娘，您看，您教了这么久，我们家主子连个路都不会走。”

听出她话里的讽刺，不等魏璎珞开口，沉璧已经先行呵斥道：“不关令妃的事，都是我自己不习惯！以后，不准你再说她坏话！退下！”

侍女委屈地闭上了嘴，沉璧又歪歪扭扭走了一会儿，脚一崴，险些栽倒在地上，魏璎珞忙伸手扶住，见她大汗淋漓的模样，忍不住道：“旗袍不用换，但鞋子还是换你惯穿的吧。”

沉璧不听侍女的话，但她的话却愿意听，甜甜一笑：“好呀。”

她换上自己惯穿的鞋子，轻快地走了几步，轻盈得如同一只水边跳跃的小鹿。

“娘娘，我们该走了。”侍女提醒道，“太后第一次召您去寿康宫，您可不能迟到。”

沉璧点点头，回头对魏璎珞道：“我先走一步，回头再来找你玩，你要等我，别吃太饱，我带羊汤过来，我们一起吃。”

她笑着离开，却不知自己或许永远回不来，永远吃不上最后一口羊汤。

“璎珞……”明玉担忧地望着魏璎珞。

“明玉，对不起。”魏璎珞抬起手，摸了摸自己脸颊上的泪水，“我……不想变成自己最讨厌的人。”

沉璧已经走到寿康宫门口。

刚要进去，身后忽然传来急匆匆的脚步声。

一只手猛地从她背后伸来，拉住她就走。

“璎珞？”沉璧被拉得一路踉跄，惊讶地看着来人，“你干什么？”

魏璎珞沉声道：“救你的命！”

第一百二十九章 妖邪

五月十五，和安公主忌日。

祭桌前，萨满太太献酒，擎神刀叩头祝祷三次。

寿康宫中一片肃穆，众人随太后一起念着往生咒："南无阿弥多婆夜哆他伽多夜，哆地夜他阿弥利都婆毗。"

萨满鼓敲起，萨满太太口中诵着神歌，随鼓声起舞，腰间系着的成串铃铛，随之叮当作响。

太后正在念经，这时沉璧走了过来，行礼过后，规规矩矩捧起一册经文："嫔妾恭祝太后圣安，这是为公主抄的《地藏本愿经》，愿公主往生西方极乐净土。"

太后淡淡点头。

沉璧走向祭桌，正要放下手里的佛经，忽然听见"啪嗒"一声，抬头一看，只见祭台上的小佛花竟无火自燃，顷刻之间，火势蔓延，如一条贪婪的舌头，从佛花一路舔上画像。

画像上是一个憨态可掬的女童，虽年岁尚小，但生得眉眼周正，活脱脱一个美人坯子，最特别处，在于她下巴处两颗小痣。

"和安！和安！"太后面色大变，竟不顾一切往那画像扑去，继后忙拦住她，大声喊道："来人，救火！"

偏偏屋中只有女眷在，一个个只顾着尖叫逃离，哪儿顾得上什么画像，外头的侍卫一时半会儿也过不来，最后是魏璎珞几步上前，将画像抢了下来，为此烧了半截袖子，脸上也黑了一块。

"太后。"她将画像递过去。

太后忙伸手接过，抱孩子似的抱在怀里，眼圈通红："和安！和安啊！"

这时袁春望姗姗来迟，指挥一干太监侍卫扑灭了祭台上的火。

看着一片狼藉的祭台，太后皱了皱眉，向肃立一旁的萨满抬头道："萨满太太，祭典出了事，会不会影响到和安？"

萨满太太抬了抬眼皮子："公主幼年夭折，是前阴已谢，后阴未至，原本无福西去。太后为让公主往生极乐，一生行善，广做功德，再过两年，便可大功告成，可惜多年的努力，今日都被一妖邪毁了！"

众人大惊。

继后："什么妖邪？"

萨满太太混浊的眼睛盯着沉璧，抬手一指："她一出现，佛花自燃、供品全毁，她一定就是妖邪！太后，杀了她，用她的鲜血祭奠，才能平息神灵的愤怒！"

沉璧："什么妖邪，你胡说八道，我什么都没有做过！"

继后："容嫔，不可对萨满无礼。萨满太太，您说的都是真话吗？"

萨满太太冷笑："你们竟敢怀疑我？"

就算心里不信，众嫔妃嘴上也信了，你一言我一语数落起来。

"皇后娘娘，臣妾知道您向来仁慈，可容嫔生得过于美丽，又有魅惑君王之举，保不齐就是妖邪之物！"

"可不是，萨满太太是人与鬼神沟通的使者，在三界之间传递消息，怎能怀疑她的话呢？"

"太后，三十年的功德啊，全在今日丧尽了，公主被这妖邪带累，往生极乐已成泡影！若您再纵着她，不知还会连累多少人！"

其他时候太后还可容情，但此事涉及她最疼爱的亡女，再加上众口铄金，终于沉下了脸道："将容嫔拿下！"

袁春望等她这话许久，当即一挥手，太监们便扑上去要拿沉璧。

沉璧迅速扑倒在太后脚下，紧紧抓住她的裙摆，凄声道："太后，这是有人诬陷嫔妾，嫔妾不知道发生了什么事啊！"

太后居高临下道："诬陷你？"

沉璧："是诬陷，一定有人收买了萨满太太，那祭台也动了手脚！如今烧成灰烬，嫔妾拿不出证据，可只要审问萨满太太，便能知道真相！"

"放肆！"继后道，"萨满太太是什么人，太后都礼遇三分，哪容得你诋毁！"

继后叹息："还不把人带下去！"

沉璧死抓着太后的裙摆不放，如抓一根救命稻草："太后，请您仔细看看沉璧，我有血有肉，是个活生生的人啊！"

太后原本一心放在祭台上，没拿正眼瞧过她，如今听她喊得凄凉，方拿眼瞧了瞧她，岂料这一瞧，目光立刻就凝固了，反手扣住了沉璧的下巴，声音都有些发抖："你——"

虽不清楚发生了什么事，但瞧太后的模样，恐怕事情有变，继后皱了皱眉，开口道："带走！"

沉璧索性往太后怀里扑，如一个受惊的孩子："不要，太后，不要！"

太后竟也护孩子似的，一只手放在她背上："住手！"

众人皆惊，无数目光放在太后护着她的那条胳膊上。

太后深吸一口气，盯着沉璧，一字一句道："你，跟我过来。"

说完，竟丢下屋中众人，转身去了里屋，沉璧回头看了魏璎珞一眼，起身追了上去。

继后的注意力一直放在沉璧身上，自然没错过她的目光，于是慢慢转过头，目光同样定格在魏璎珞脸上，冷冷一笑。

魏璎珞低头不语，心里却知道，从此以后，继后与她再不是一路。

里屋。

太后斥退了左右，只留了刘姑姑与沉璧在屋内。

沉璧跪在太后面前，太后抬起她的下巴，仔细看了许久，目光越来越古怪，忽道："生辰是什么时候？"

沉璧一怔。

太后："回答我。"

"九月十五子时。"沉璧忙回道，然后小心翼翼看着她，"太后，您为什么要问这个？"

太后默念："九月十五子时……"

良久，太后挥了挥手："带下去。"

沉璧张了张嘴，还要解释，刘姑姑已开口止了她的话头："容嫔，您的委屈太后知道了，先随奴才来吧。"

沉璧只得跟在她后头，两人出去不久，房门重新打开了，魏璎珞跨过门槛："太后，您找我？"

太后坐在椅中，膝上横着和安公主的画像，她慢慢抚摸着画像上的女童，神色复杂，半晌才缓缓道："我知道，皇后要借刀杀人，可必须有人为毁掉的忌辰、为我的和安负责！萨满太太是神使，她说的话，便是神灵的旨意。所以，我打定了主意，要惩罚容嫔！可我没想到……"

魏璎珞："怎么了？"

太后欲言又止半晌，终道："你还记得我说过，和安病重的那年，我求遍了所有的寺庙，到处给佛祖叩头焚香，祈愿折寿十年，换和安一命吗？"

魏璎珞点头。

"那时候，有位高僧告诉我，在公主的身上留下印记，纵然今生留不住，来生也有机会重聚。我狠狠心，在和安的下巴上轻轻刺穿了两个小眼儿，喏，就在这儿。"太后指了指自己唇下，"刚才容嫔扑上来的瞬间，我亲眼看见她也有……"

魏璎珞："太后，转世之说，实在荒谬，您不该相信这些。"

太后激动地道："可她也是九月十五子时出生，同样的时辰、同样的记号，不是太巧了吗？"

魏璎珞："您是过于思念公主，可容嫔来自霍兰部落，怎么会是公主的转世呢？"

太后："既有转世灵童在先，民间也有很多婴儿天生带着古怪的印记，人人都说，这是前世父母留下的缘分！"

魏璎珞："太后！"

太后："也许你说得对，但是万一呢？万一她真的是——"

可怜天下父母心，只要有一个可能，都紧紧抓在手里，太后不再言语，只低头看着膝上的画像，看着女童下巴处那两颗小小的痣。

忽然之间，房门被打开，弘历的声音打破了屋内平静，他带些气喘道："儿子恭请太后圣安！"

魏璎珞回身朝他行礼："臣妾恭请皇上圣安。"

弘历看都不看她一眼："太后，容嫔在哪儿？"

见太后不答，他急了起来："太后，萨满太太的话不可信，沉璧绝不会是妖邪之物！"

太后这才慢慢抬起头："皇上给了萨满太太尊崇，却又不让我相信她的话，不是自相矛盾吗？"

弘历冷笑一声："太后，朕给予萨满太太地位与尊崇，让她在朝夕二祭上发挥作用，是要沿袭老祖宗的旧俗，敦促大清上下不要忘记这江山得来不易，并不是让她主宰您的思想，左右您的决定。请您相信朕，沉璧是个寻常的美人，绝不是什么妖邪！"

"皇上！"

弘历猛然回头，见刘姑姑推门而入，沉璧毫发无损地立在她身后，当即面色一喜，伸手道："沉璧，过来！"

为了不看见他们交握的手，魏璎珞迅速低下了头，却看见他们两个的脚，并肩从她眼前走过。

"等等！"太后忽然喊。

弘历猛然握紧了沉璧的手："太后，您还有什么吩咐？"

太后一笑："不必紧张，我不会伤害你心爱的人。只是对容嫔一见如故，若她今后愿意，可以常常来寿康宫，陪我说说话。"

弘历一愣。

回了养心殿后，他的眉头仍旧没松开，斥退左右，将沉璧拉到自己身旁坐下："说吧，到底怎么回事？"

沉璧老老实实回道："今天，嫔妾参加公主祭辰，本希望讨太后欢心，谁料祭品突然燃烧，萨满太太指我是妖邪，非要逼着太后处置！"

她绘声绘色地将今天发生过的事情诉说了一遍，说到惊险之处，连弘历都为她擦了一把汗，心中的疑惑却更深：“你是如何逃过这一劫的？”

沉璧转了转眼珠子：“嫔妾也不知道，太后本要杀人，突然就改变了主意。”

弘历抓住她的下巴，逼她直视自己，沉声道：“沉璧，朕要听实话。”

若是魏璎珞见到他此刻的目光，便会知道弘历并不爱沉璧，因为爱情是一剂毒药，使人愚蠢、偏袒、轻信，而非他现在这样，眼神冷静得可怕，几乎利剑一样刺入人心里。

仅仅与他对视了一眼，沉璧就低下了头，叹了口气：“令妃救了我。”

第一百三十章　转世

弘历松开手，往身后椅内一躺，笑着叹息："果然如此。"

沉璧歪头打量他的神色："皇上猜到了？"

"璎珞一直陪在太后身边，对太后的一切异常熟悉，若她想要离间，你的这颗脑袋——"弘历用一根指头点了点她的脑袋，笑道，"早就不在脖子上了！"

沉璧生起气来，却不是为了自己："那您还对她视而不见？"

弘历沉默片刻："朕高兴。"

"不，皇上不高兴！璎珞也不高兴！"沉璧又打量他片刻，忽然笑了起来，"我懂了，您是故意拿我气她！"

弘历："胡说八道！"

他的装腔作势连自己都骗不过，哪儿还能骗得过沉璧？

"皇上，我有眼睛，有心，自己会看，会分辨。皇上待我是很好很好，可在您的心里，早就住进了另一个女人。"沉璧忽然伏在他膝上，虔诚地看着他，如迦陵频伽看着自己侍奉的佛，"皇上，沉璧愿意帮助您，去试探璎珞的心意！"

弘历愣住。

沉璧："在皇上的心里，后宫妃嫔互相嫉妒倾轧，是再正常不过的事儿，可在霍兰一族，妻子们是可以和睦相处的。"

弘历："沉璧，你……"

沉璧握住弘历的手，真诚道："皇上，您千方百计地刺激璎珞，就是想要知道，她是不是重视您！只要沉璧好好配合，您一定能试出她的心意，我向您保证！"

弘历失笑："朕利用了你，你真的不生气？"

沉璧："您给予我的更多，您尊重我的生活习惯，体恤我的思乡之情，这样的您，值得我倾尽一切去爱。"

弘历："沉璧，朕绝对想不到，你会说出这样的话。"

沉璧轻轻将面颊贴上弘历的手背上温柔道："皇上，沉璧愿将世上最好的一切送给您。"

两人含情脉脉时，明玉正在延禧宫内唉声叹气。

"你这是图个啥？"她简直恨铁不成钢，"送她个大好前程，搞得自己在皇后那儿左右不是人！"

"你真当皇后是自己人？"魏璎珞此时也想清楚了，笑了笑，"她惯用借刀杀人之计，这次怕也一样，若太后因一时之怒杀了容嫔，必会挑起皇上震怒。皇上事母至孝，当然不能因为一个女人怪罪太后，他会迁怒于谁？皇后？舒妃？嘉妃？不，他第一个要迁怒的就是我，因为我陪在太后身边，既是太后心腹……"

顿了顿，她轻轻一声："也最有可能挑拨离间。"

若她被视为害死容嫔的真凶，最后得利的是谁？还不是继后？

明玉盯她许久，叹道："说那样多做什么？左右你就是不忍心下手。"

魏璎珞一愣，无奈苦笑："是啊，我与容嫔虽是情敌，但……她罪不至死啊。"

此事过后，容嫔又开始她无忧无虑的生活，每日骑马射箭，抑或在宝月楼中翩翩起舞，日子过得好生快活。而魏璎珞却不敢掉以轻心，她心里清楚，皇后绝不会就此放过容嫔，相反，容嫔越是受宠，皇后就越要对她下手。

魏璎珞静静等待，直至七天之后，等到了太后的召见。

"臣妾恭请太后圣安。"她跪下行礼，眼角余光打量着太后。

太后看起来有些心神不宁，手里的茶握了半天也没喝，"璎珞，广济大师说，转世重逢，千万人不过一二，我翻来覆去想了很久，越想越不对劲，你老实告诉我，容嫔脸上的印记，是不是与你有关？"

魏璎珞一听，顿时明白了过来。

前些日子，继后不但遣人手为佛祖重塑金身，更施舍米粮银两，帮助万寿寺抚慰流民，她做得这样多、这样好，那位万寿寺的广济大师纵是位不为五斗米折腰的高僧，此刻也要替她说一句"公道话"的。

心思急转，魏璎珞嘴上为自己辩解道："皇上那么宠爱容嫔，臣妾纵然不怪容嫔，也不会为了帮助她，特意蒙骗太后啊。”

太后却没有被她一句话说服：“璎珞，你陪伴在我身边三年，我比谁都了解你。你这丫头满身是刺，心眼却多得很，难保不会为了救容嫔而说谎。”

魏璎珞还要争辩，刘姑姑忽道：“太后，容嫔来了。”

太后点点头：“既然你不说实话，我只好让你和容嫔当面对质了！让她进来吧！”

沉璧从外头走了进来，身上又换上了一身旗装，她生得美丽，于是穿什么都好看，普普通通一身旗装在她身上，也立刻美得如同彩云织成的无缝天衣。

“嫔妾恭请太后圣安。”她规规矩矩向太后行礼，眼珠子却不停往魏璎珞身上瞧，让魏璎珞眼角直跳，恨不得立刻与她撇清关系。

见她如此，太后心中更加生疑，冷下脸道：“容嫔，你上回说的，都是真话吗？”

沉璧又看了魏璎珞一眼。见她如此不上道，魏璎珞脑门上都急出汗来，心道：“这小祖宗怎么这么拎不清，不晓得此时要装作与我不认识……不，最好装成与我有仇的模样吗？”

更叫魏璎珞五内俱焚的是，沉璧犹豫一下，忽然朝太后跪下去：“请太后恕罪，沉璧没有说实话。”

众人皆惊。

魏璎珞刚要开口，太后狠狠瞪了她一眼，将她要说的话瞪回肚中，然后沉声道：“容嫔，你说清楚，若有人教唆你撒谎，我绝不轻饶！”

沉璧又犹豫了一下，最后一咬牙：“太后，沉璧是骗了您。他们说得对，我的确是个妖邪。”

太后原先怒不可遏，只待她将事情说明白，就狠狠责罚她与魏璎珞，此时却有些蒙了：“你到底在说什么？”

“沉璧刚出生的时候很正常，到了三岁却不断生病，一个劲儿地说自己住在一间水晶屋子里，还天天嚷着要温嬷，要会跳舞的小人儿，把所有人都吓坏了。”沉璧闭上眼睛，豁出去似的，“后来游方的喇嘛经过，为我施了法，才算恢复正常，他说这叫夺胎，幸好发现得早，否则保不住我的命！”

她没睁开眼，所以看不见屋中人的眼神，刘姑姑是惊骇，太后是惊喜，至于魏璎珞……则是狐疑。

絮絮叨叨将自己的身世说了一遍，沉璧将脑袋往地上一磕：“太后，我知道隐瞒等于欺骗，您若要惩罚，就惩罚我吧！”

“当”的一声，竟是茶盏落地的声音，太后已有些失态，推开刘姑姑伸过来的手，亲自走到沉璧身旁，将她扶了起来，强压着心中的喜悦，以至于声音都有些颤抖：“好孩子，你有这样的际遇，是上天给予的恩赐，我又怎么会怪你呢？没事了，别害怕，啊？”

沉璧慢慢抬头看向她，脸上的笑容温和柔顺，是太后最喜欢的那种笑容，但是……但是与她平日里天真无邪的模样差太多。

魏璎珞心中一凛。

等到从寿康宫里出来，两人都松了口气，无论如何，总算是过了这一关。

“刚才那番话，连我都不知道，谁教你的？”魏璎珞明知故问道。

沉璧是不是和安公主的转世，她心里最为清楚，但她充其量只能在对方唇下扎两个小痣，骗过太后一时，但刚刚那番说辞，搞不好能骗过太后一世……

果然，沉璧毫无戒心地回道：“皇上呀！”

魏璎珞心中一沉，心道，果然如此……

“皇上怕露馅儿，特意告诉我的！”似没看出魏璎珞的失落，沉璧学着弘历的模样，一本正经道，“沉璧啊，你记住，和安小时候一吃药便号啕大哭，太后命人在房间里放了很多精致的琉璃物件儿，用清脆的敲击声转移注意力，就像水晶屋。她很依赖乳娘温嬷，一到黄昏便开始寻她，谁都哄不住。对了，太后还特意做了一只牵线小木偶，专门哄她开心……”

魏璎珞面无表情道：“皇上待你真好。”

“你也对我很好。”沉璧忽然转头看着她，眼神真挚而又虔诚，如同佛前信女，“你为我撒了弥天大谎，我当然不能露馅！你保护我，我也要保护你啊。你放心，我一定好好演，一定会报答你！”

魏璎珞敷衍地“嗯”了几声，全没将她的话放在心上，更没想到，日后她竟会用那样的方式来报答她……

第一百三十一章 麝香丸

承乾殿里来了一位不速之客。

继后轻轻倚在椅背上，目光里充满忌惮："容嫔，这么急着要见本宫，到底有什么事？"

不知是不是她的错觉，今日的沉璧更美了。

旁的女子，都是年岁越大越显老，不是白了头发，就是皱了眼角，就连继后自己，也因后宫之中要打理的事情太多，生生熬白了几根头发。偏眼前这女子，已经年近三十，却没有一丝老态，反而一日比一日美丽，一日比一日鲜艳，只消多看她一眼，继后心中就多一丝恐惧与嫉妒。

沉璧行了一礼："给皇后娘娘请安，今日贸然到访，是为了解开误会。"

继后回过神来，失笑道："本宫与你之间素无往来，又何谈误会？"

沉璧摇摇头："不，有误会，皇后娘娘误会沉璧想要争宠，误会我会威胁到您的地位。"

这算什么误会？继后略带嘲讽道："容嫔，你入宫一天，皇上便力排众议，修建宝月楼。入宫三月，享尽了天子独宠，整个后宫怨声载道。如今你站在这里，竟然对本宫说，这一切都是误会。哈，这可真是本宫听到过最好笑的笑话了。"

沉璧："皇后娘娘，我一直想不通，您为何要纡尊降贵，与我为难，可直到最近，我慢慢了解紫禁城的过去，才懂得其中的奥妙！您是怕我独享皇上宠爱，将来生下皇子，会重演当年太宗文皇帝之祸！"

继后挑眉："本宫听不懂你在说什么！"

"太宗文皇帝独爱博尔济吉特・海兰珠，因八阿哥出生大赦天下，引发朝野动荡。顺治帝眷恋董鄂妃，视四阿哥如嫡子，更三次有立储之念。到了先帝，因对年妃宠爱过甚，那样杀伐果断的皇帝，竟待阿哥福慧如珠如宝！若非这些受尽宠爱的孩子夭折了，还未知后事如何！”沉璧叹了口气，“如今，皇上对我之宠，沉胜当年令妃，您担心将来我有子嗣，会挡了两位尊贵阿哥的登天之路！”

继后嗤笑一声：“听听，皇上都把你宠成什么样了，连这种大逆不道的话都敢说！”

沉璧微微一笑：“皇后娘娘对付我，就是为了子嗣，若我能解除娘娘的后患，您是否会就此罢手，再不为难我和令妃？”

继后：“如何解除？”

沉璧取出一瓶药：“都说麝草有绝子之效。这一瓶，是麝香丸，娘娘，您仔细看好了！”

继后原本好整以暇，无论沉璧说什么做什么，主动权都掌握在她手中，直至此刻，见了她手中药瓶，方面色一变，双手握住扶手，朝离沉璧最近的袁春望喊道：“快，阻止她！”

沉璧却已经以迅雷不及掩耳之势，将瓶子里的药丸尽数倒进掌心，然后一昂头，一把药丸全闷了下去。

袁春望姗姗来迟，如今只能扣住沉璧的咽喉，强迫她将服下的药丸吐出来，因此与沉璧起了冲突，而比力气，这位后宫大总管，却不是马背上长大的沉璧的对手。

将他推开后，沉璧擦了擦嘴角，对皇后笑眯眯道：“皇后娘娘，若我再也不能生育，你可以放过我们了吗？”

一个美人不可怕，可怕的是对自己都狠的美人。

继后简直肝胆俱寒，这女人哪儿不能服药，偏偏要赶到承乾宫来，这摆明是要全京城的人都知道，皇后嫉妒她受宠，硬生生将她逼上绝路。皇上会如何想？太后会如何想？

只怕日后但凡她有个头疼脑热，旁人就会第一个怀疑到继后身上。

好心机，好胆量！

“太医……”继后恨得咬牙切齿，一字字从牙缝里蹦出，但没等她说完一句完整的话，门外就涌进来一群人，有沉璧的侍女遗珠，有李玉，有……弘历。

一瞬间，继后心中闪过两个字——完了。

弘历心中震怒，却知现在不是发脾气的时候，狠狠瞪了继后一眼，便打横将沉璧抱起，许是吃了太多药的缘故，她身体有些发软，脸上也布着一层细细密密的汗。

“宣叶天士来！”弘历吩咐一声，将人带回了宝月楼中。

叶天士匆匆赶来，又是诊脉，又是喂药，从早上忙到傍晚，沉璧呕了一次又一次，几乎将胃部完全掏空。

弘历不忍见她痛苦的样子，避出门外，顺道给遗珠使了个眼神。

遗珠跟了上去，两人一前一后出了门，弘历转身问她：“麝草从何而来？”

遗珠：“主子诓太医院要配太真红玉膏，一定要用到麝草，等了一个月，才凑齐药量。”

弘历：“太真红玉膏？怪不得她一直在研究香谱，你说，这本书哪儿来的！”

遗珠忐忑：“主子从御花园养性斋带回来的。”

弘历冷笑：“拖下去。”

李玉：“嗻！”

李玉一挥手，两名太监匆匆入内，眼看便要将遗珠拖下。

遗珠惊慌：“不，不要！皇上，是延禧宫，香谱是从延禧宫带回来的！”

弘历面色微变：“延禧宫？”

遗珠叩头如捣蒜：“皇上，令妃娘娘在教主子制香，这本香谱便送给了主子。只是奴才也不知道，主子竟起了这样的心思！主子生怕连累令妃，叮嘱了奴才不可说，奴才绝非有心欺君啊！”

弘历目光停在桌边的香谱上，迟迟不开口。

李玉：“皇上……”

璎珞，究竟是沉璧起了这样的心思，还是你起了这样的心思？弘历闭了闭眼，忽然将手中香谱丢给李玉：“烧了！”

李玉：“嗻！”

香谱被烧了，唯一一件指向延禧宫的证据烟消云散，可怀疑的火星却飘进了弘历的心底，他不知该怀疑沉璧，还是该怀疑魏璎珞，所幸此时侍卫来报，说有重要军情，倒是解了他的围。

弘历前脚离开，魏璎珞后脚就来了。

她得到消息不算迟，但也不算早，故而此刻才匆匆赶到，见沉璧羸弱地躺在床上的模样，不由得叹气："沉璧，你这是何苦？"

沉璧昂起布满汗水的脸，俏皮一笑："一个不能生育的妃嫔，皇后不会再找我的麻烦，也不会再连累你！"

魏璎珞："你太莽撞了！麝香丸治风湿外侵，身体疼痛，谁说能绝子了！"

沉璧吞吞吐吐："不止麝香，我还在药丸里加了些水银。"

魏璎珞："你——"

"草原上曾有常年佩戴麝草，导致终身不孕的女人，所以我才会想到这法子。"沉璧的笑容有些狡黠，"好了好了，别这种脸色，不管麝香丸功效如何，只要大家都相信，是皇后逼我服用，就已经足够了！"

魏璎珞盯了她许久："你……为何要这么做？"

这手段杀敌一千，自损八百，若仅仅只是为了对付继后，也未免太过耸人听闻了吧？魏璎珞自问自己做不到，也想不通她为什么敢这么做。

"璎珞，你为了我，不惜跟皇后为敌。"沉璧温柔地看着她，"我不会让你后悔帮我的，从今往后，她为了自己的名声，也会投鼠忌器……你，可以安心了。"

正如她所言，在很长一段时间内，继后都必须谨言慎行，有"逼迫"宠妃服食麝香丸的例子在前，她要么什么都不做，做了，人们就会用最大的恶意揣测她的行为。

这就是沉璧的目的吗？束缚住继后的手脚，从此放其他人自由？倒像是她的作风，就如同那天她先兵后礼，用套羊的绳子把永珹拴上树，然后才跟他讲道理一样。

沉默良久，魏璎珞轻轻问："可是……万一真的再也不能生孩子呢？"

沉璧无所谓道："那就不生啊！"

魏璎珞又好气又好笑："孩子气！"

“生孩子太痛，我不想再痛了。”沉璧呓语一声。

魏璎珞一愣：“你说什么？”

“我说了什么吗？”沉璧又笑了起来，天真无邪，就仿佛刚刚的呓语只不过是魏璎珞的幻觉，她亲热地抱住魏璎珞的胳膊，“我累了，你陪我一块儿睡吧。”

魏璎珞被她缠得没办法，又念及她是为了自己才落得这步田地，推诿了一阵子，也就点头应了，两人你挨着我，我挨着你睡下，外人瞧见，准以为是一对亲密无间的姐妹。

夜至三更，沉璧猛地睁开眼，许是因为异族血统，她的眼睛在黑夜里幽幽闪动着一丝绿光。

外头隐约传来对话声，两个人都刻意压低了音量，只能识出是明玉跟叶天士，沉璧侧耳片刻，忽解下踝上的脚铃，然后翻身下了床。

她擅舞蹈，也就擅长控制自己的身体，能让浑身上下的铃铛随自己的步伐而歌唱，也能让自己的脚步如猫一样寂静无声。

赤足无声地接近门外两人，两人却毫无察觉。

明玉：“……我真的治不好了吗？如果是缺了什么药……”

叶天士：“无药可救。”

“怎么办，我该怎么跟璎珞说？”明玉喃喃，声音渐渐带上哭腔，“她知我家境贫寒，亲自为我筹备了嫁妆，连嫁衣都是她亲手为我缝的，说要让我风风光光出嫁，可我……可我……”

沉璧静静听着，眼睛亮晶晶的，如同一个听见有趣故事的孩子。

第一百三十二章　更多的报答

能让魏璎珞上心的事情不多，明玉的婚事算是其中之一。

这姑娘跟了她很多年了，两人名为主仆，实为姐妹，魏璎珞自己日子过得不如意，便希望明玉别步自己的后尘，重重考察之后，终于为她选定了一个对象。

“主子，明玉姑娘她……”小全子在门前欲言又止。

魏璎珞愣了一下，推门而入，只见屋中一片狼藉，聘礼散了满地，明玉背对着她坐着，冷冷道：“出去！”

“明玉！”魏璎珞皱眉，“你怎么了？”

聘礼是侍卫统领海兰察送来的，此人如今深受弘历器重，更难能可贵的是，他品行端正，家中长辈都只娶一个妻子，无人纳妾，在这样的家庭里长大，海兰察极有可能也只娶一人。

能够一世一双人，那么就算他家境贫寒一些也无甚，反正魏璎珞已经准备好了一份丰厚的嫁妆，足以补贴这两人的家用。

明玉回过头来，见是她，冷淡道：“我不嫁人。”

倘若她一开始就反对，魏璎珞自不会逼她，但如今庚帖都换过了，她说这话是什么意思？魏璎珞皱眉：“明玉，你与海兰察情投意合，如今聘礼都送来了，为何突然说不嫁了？”

明玉：“我不管，总之我不能嫁给他，我不能！”

魏璎珞：“你不嫁，总得给我个合情合理的缘由吧。”

明玉眼圈渐渐泛红，她总不能告诉魏璎珞实情吧？

纯贵妃早年间为了折磨她，在她身体里扎了许多根针，有些被拔出来了，有些却埋在肺腑里，经年累月终成了一个个催命符，叶天士说了……无药可救。

这样一具身子，怎好去祸害别人？明玉推开魏璎珞，朝门外冲去：“我就是不嫁人，绝不嫁！”

“明玉！”魏璎珞忙追了上去。

两人闹出的动静这样大，可瞒不过身旁伺候的人。

无论明玉嫁或不嫁，总不能让屋里的聘礼就这么被丢在地上，小全子领了几个宫女进来收拾，收拾完，差不多已是用午饭的时候，其中两个寻了个阴凉处用膳，还有一个避开两人，悄悄去了宝月楼。

宝月楼内，太后褪下手上一串碧玉珠，套在沉璧的手腕上，珠子绿如春水，更衬得沉璧一截手臂白生生如莲藕。

太后抚着沉璧的头发，慈眉善目地笑道：“越是和你相处，越让我觉得亲切，这只是一份礼物，收下吧。”

沉璧伏在她膝上，如孩童承欢膝下，温情脉脉看她：“太后，沉璧不远万里来到京城，您并不是第一个给予我关心的人，却是第一个让我觉得像阿妈一样温暖的人。”

再没比这更贴心的话了，太后瞬间动容，握着她的手道：“如果你愿意，今后就把我当成你的阿妈。”

“嫔妾不敢。”沉璧咬咬唇，有些期期艾艾地看着她，“若太后真心疼爱沉璧，能不能容沉璧提一个请求？”

“你想要什么？”若能听她喊一声阿妈，便是天上的月亮，太后都会为她摘下来的。

沉璧：“太后，令妃一直精心教导嫔妾规矩礼仪，嫔妾对她充满了感激！看她为了抄血经，几乎是伤痕累累，心中实在不忍，恳请太后仁慈，免了这桩苦差吧。”

太后面色微变：“她向你诉苦了？”

沉璧看起来有些慌乱，连连摆手道：“不不，令妃什么都没有说过，您千万不要误会！”

太后心下一沉，只是为了让她安心，故而笑道：“你说得对，刺血伤身，违了佛家本意，那就免了吧。”

"嫔妾替令妃谢太后恩典！"沉璧极欢喜道。

两人一块儿用了午膳，太后年纪大了，用完膳后，便回寿康宫午睡去了，送罢太后，遗珠过来通报："主子，延禧宫的消息。"

"哦？"沉璧笑道，"有什么好消息？"

遗珠将明玉拒婚的事情说与她听，然后撇撇嘴，有些想不通道："主子，也没见令妃对您多好，您何苦一次次帮她？还特地求太后免她苦差……"

"你懂什么？"沉璧摸着耳垂上的红宝石坠子，似笑非笑，"还不够，远远不够……我还要继续报答她。"

她忽然将耳朵上的坠子摘下来，找了个锦盒装着，让遗珠送去延禧宫。因她总是往延禧宫里送东西，故而魏璎珞并不觉得意外，礼尚往来，也让明玉送了盒补品过来。

"明玉，"沉璧随手将补品放在一边，拉着明玉道，"听说你快要成亲了？"

明玉愣了一下，以为是魏璎珞告诉她的，只得闷闷地"嗯"了一声。

"你的身体撑得住吗？"沉璧"啊"了一声，有些不好意思地看着她，"其实那天夜里，我听见你跟叶天士的对话了……"

"你……你知道了吗？"明玉有些慌乱。

"可怜的明玉。"沉璧抬手抚了抚她的脸，"你一直没告诉璎珞，对吗？闷在心里很难受吧？"

明玉死死咬着自己的嘴唇，唇瓣被她咬得发红，似乎有血珠渗出来。

"无药可救，你一定会死的。"沉璧温柔道，"但可怕的不是死亡，而是死亡的过程，一天，一个月，一年……你不知道自己什么时候会发作，但到了那一天，你的丈夫会怨你，你的婆婆会恨你，还会一并恨上璎珞，他们会说：哎呀，令妃娘娘，你怎么把一个快死的人嫁进我们索伦家呀！"

"住口！"明玉大喊一声，然后祈求似的，"别说了，别说了……"

"你也可以选择不嫁，那难过的人就只有一个——璎珞。"沉璧叹了口气，"她那么喜欢你、那么信任你，把你当成自己的妹妹看，亲自为你挑选婆家，亲手为你缝嫁衣，最后……亲眼看着你暴毙而亡。"

“不，不！”明玉抬手捂住自己的脸，泪水从她指缝间溢出来，“我不想这样，我不想这样……”

“可你只能这样。”沉璧将自己的下巴搁在她的肩上，鲜红的嘴唇贴着她的耳朵，如蛊似惑，“明玉，记住我的话，只要你还活着，就得上花轿……”

数日后，延禧宫。

一只素手拨开珠帘，珠串碰撞在一起，声音之清脆如大珠小珠落玉盘。

明玉自帘后钻出，虹裳霞帔步摇冠，钿璎累累佩珊珊。

如同看着自家即将出嫁的闺女，魏璎珞上上下下将她打量，笑容直达眼底：“转个圈。”

明玉不情不愿地转了一个圈，裙摆随之旋转，在空中铺开一片红艳。

“好，好，好！”如天下所有的傻父母，魏璎珞此刻只知说一个好字。

明玉忽然拉住她的手，明媚的脸上尽是惶恐：“璎珞……我舍不得，真舍不得，我不想嫁，求求你，不要让我出嫁！”

她的恐惧源自生死，却被魏璎珞误会为恐嫁。

“明玉，你就像我的妹妹。”魏璎珞拉住她的手，柔声安抚道，“从前我姐姐对我说，若我出嫁，她一定亲手替我做嫁衣，可惜，这么美丽的衣裳，我这一生都无缘穿上了，但——我希望你能穿。”

明玉愣住。

“如果皇后还在，看到你出嫁，也一定会高兴。”魏璎珞抚摸她的脸颊，有些怅然，又有些欣慰，“我们的愿望都落空了，所以明玉，你要幸福，请你一定要幸福！”

明玉闭上眼睛，眼泪不断往下淌。

这时小全子来报，说是容嫔来宫里学规矩了。

“她身体还没大好，学什么规矩？”魏璎珞摇摇头，“明玉，我过去陪陪她，你留下吧。”

明玉一身嫁衣，实在不好见外人。目送魏璎珞离开，明玉将视线慢慢转到菱花镜上，镜面倒映着嫁衣，一片通红，如同未干的血。

砰砰砰，几声敲门声：“明玉姑娘，是我，遗珠。”

明玉回过神来，给对方开了门：“遗珠，你怎么来了？”

遗珠手里捧着一只匣子，看起来又是来送礼，但送礼的对象却不是魏璎珞，她笑吟吟将匣子搁在菱花镜旁：“我家主子说了，上回瞧姑娘的用具都旧了，特意打了一套纯金的，权为姑娘添妆。”

她留下匣子就走了，明玉沉默片刻，伸手掀开匣子。

匣子里仿佛放了颗小太阳，金光骤然间射出来，明玉眯了眯眼，过了一会儿才看清楚里头的东西，竟是纯金打造的金镊子、金耳勺、金镜以及一柄……金剪子。

视线定在金剪子上头，恍惚之间，明玉耳畔又响起了那个如蛊似惑的声音：“明玉啊，木已成舟，你记住我的话，只要你活着，就得上花轿。”

第一百三十三章　金剪

“尔容嫔和卓氏，端谨持躬，柔嘉表则，秉小心而有恪，久勤服事于慈闱，供内职以无违，夙协箴规于女史，兹奉皇太后慈谕，册封尔为容妃，钦此。”

宝月楼中，李玉宣读着圣旨。

沉璧与一干宫人跪在前头：“谢皇上隆恩。”

李玉可不敢让这位圣眷正浓的贵人久跪，忙一挥手，太监们鱼贯而入，手里捧着妃嫔的朝服、项圈等物。

李玉赔笑：“容嫔娘娘，皇上已命大学士尹继善、内阁学士迈拉逊为正副使，待娘娘痊愈，正式行册封礼，请您安心静养。”

“好。”沉璧漫不经心地应了，甚至没多看那些朝服项圈一眼，便让宫人将之收起来了。

“这女人真是不得了。”李玉冷眼旁观，心想，“旁人做梦都想要的东西，她全不放在心上……”

李玉自问阅人无数，却没见过这种人，人皆有欲，皆有所求，容妃求的是什么？想要什么？他看不透。

目送李玉离开，沉璧望了眼窗外：“遗珠，他到哪儿了？”

甬道上，傅恒停下脚步。

从这个位置瞭望远方，可以看见长春宫的一角飞檐，一只飞鸟盘旋其上，忽然一收翅膀落了下来，细细脚趾立在檐上。

长春宫的一切都让他感到怀念，无论是姐姐，还是璎珞……

寂静的甬道上忽然响起清脆铃声，他一转头，又迅速低下头。

一双系着脚铃的玉足从他眼前经过，不经意间，落下一条帕子，帕子上一对蜻蜓相依相偎，格外别致。

沉璧弯腰捡起帕子，忽转头道：“哎呀，富察大人！”

“容妃娘娘。”身为外臣，傅恒此刻的举止无可挑剔，既不失礼貌，又透着一股距离感。

“你千里迢迢送我到京城，还救过我的命，我一直都没好好对你说声谢谢呢。”沉璧满眼天真。

“不必客气，这都是微臣该做的。”傅恒回道。

“多亏了你，我如今过得很好，皇上跟令妃都很照顾我。”沉璧将手中帕子递给他瞧，“看，这是令妃教我绣的，她那儿有一块一样的帕子，我可喜欢了，可怎么跟她讨都讨不过来，只好自己绣了一块。”

见傅恒的目光久久盯在帕子上，她头一歪：“怎么了？这绣样……有什么特别吗？”

“是《韩希孟绣宋元名迹册》的第七幅。女子多绣些花草，这图案实在别致，我才留意了些。”傅恒慢慢收回目光，面无表情道，“时候不早，我要出宫了，告辞。”

直至他的背影消失在甬道尽头，沉璧才低下头，似笑非笑地瞅了眼手中的帕子，然后将帕子重新收好，朝延禧宫方向走去。

今天是明玉年满出宫的日子。

沉璧一来，就见桌上放满大大小小的匣子，她随意掀开一只，只见里头盛着十二式偏方，或用翡翠，或用美玉，或用沉香，或玳瑁镶宝珠，用来梳旗头，偏方隐发中，玉润金辉也就一并发中藏。

再开一只匣子，是长短十二根簪子，长的是银镀金点翠嵌宝石耳挖簪，短的是珊瑚枝嵌红豆一簇，长长短短，或花或鱼，各呈其妍。

沉璧一只只匣子看过去，满眼惊叹：“全是送明玉的？”

魏璎珞笑着点头。

“真是好大手笔。”沉璧拿起一根梅花簪子，别在脸前笑，“你要把索伦家吓坏了。”

魏璎珞：“明玉家世不显，我得给她撑腰。”

沉璧定睛望着璎珞："你待她可真好。"

"她待我也好。"魏璎珞左右看看，"今天是她出宫的日子，怎么还不出来？"

一名宫女忙回道："明玉姐姐说，她要好好梳妆打扮，才好上路呢。"

魏璎珞失笑："你再去催催。"

宫女："是。"

沉璧却放下手里头的簪子，对魏璎珞道："坐着等待多无趣，咱们一块儿去找她。"

想着时候不早了，除了桌上的嫁妆，魏璎珞还有不少嘱咐要给明玉，便不再等了，起身朝明玉的房内走去。

一路上，沉璧喜鹊似的叽叽喳喳："我最喜欢嫁衣上折枝花的图案，有趣又漂亮，你为明玉的婚事，真是尽心尽力。"

嫁衣虽美，但在魏璎珞心目中，最美的还是穿着嫁衣的新娘子，她颇自豪地说："到了出嫁那日，我们明玉一定是最漂亮的新娘子。"

两人来到明玉房门口，魏璎珞抬手敲了敲门："明玉。"

久久无人回应。

魏璎珞又敲了一会儿门，脸上笑容渐渐消失："明玉，你在里面吗？明玉！"

"璎珞……"沉璧有些担忧地望向魏璎珞。

魏璎珞心里头比她还要担忧，一咬牙，下令道："来人，把门撞开！"

小全子带人过来，"一、二、三"，齐用力，将房门撞开了。

推开小全子，魏璎珞几步抢入，然后生生定在原地。

只见明玉仰面躺在床上，头发梳得齐齐整整，鬓角还涂抹了些茉莉油，越发显得发黑如云。脖子上套着一只璎珞圈，手腕上套着一只水润的玉镯，身上则是一件折枝花的嫁衣，一花一叶，一针一线，都是魏璎珞心血所成。

"明玉……"魏璎珞踉踉跄跄走上前。

明玉是如此体贴，许是为了偿魏璎珞一个心愿，故她即便心中不愿，却还是穿上了嫁衣，抹上了发油，将自己打扮成一个新嫁娘，只为了让魏璎珞看一眼……最后一眼……

“明玉……”魏璎珞脚下一软，跪倒在床边，眼泪大滴大滴落下来，“为什么……”

明玉的胸口，插着一柄金剪子。

鲜血漫出来，将嫁衣染成妖异的红。魏璎珞不敢去试明玉的鼻息，甚至不敢去摸一摸她的脉搏，她颤声大叫道：“太医……快喊太医，快！快啊！”

太医与侍卫奔赴延禧宫，两者得出一个相同的结论——没有刺客，明玉是自杀的。

这则消息传到宝月楼时，沉璧正在跳舞，折腰一曲占尽翘楚，笑容如蛊似惑又无辜。

“娘娘，”遗珠来到她身旁，小心翼翼道，“令妃失踪了。”

舞步一停，沉璧转过头来：“她去哪儿了？”

“不知道。”遗珠摇摇头，“令妃把自己关了一整天，第二天就不见了，现在延禧宫上上下下都在找她。”

沉璧嗬了一声：“我知道了……把我的鞋子拿来。”

脚铃声声，如奏一曲异族小调，调子从宝月楼一路蔓延至宫门前，沉璧等了一会儿，忽然笑着喊：“富察大人！”

傅恒正要出宫，见又是她，眉头忍不住皱了一下。

沉璧迎了上来，声音有些焦急：“璎珞失踪了！”

之后，她匆匆将延禧宫里发生的惨案与他说了一遍，然后叹道：“明玉的死，她十分自责，我真怕她会出事。”

傅恒沉默片刻，仍然充满距离感地说：“容妃，我只是个外臣，不能干涉宫事，抱歉。”

行了个礼，他举步前行，眼看就要走出宫门，忽转头一看。

身后空空如也，沉璧不知何时已经离开了。

傅恒犹豫片刻，忽然一咬牙，转身朝后宫方向走去。

没了女主人的长春宫，总是落木萧萧，无比寂寞。久而久之，除了鸟雀，无人光顾。

今儿却奇了，空荡荡的宫殿内竟传来扫地的声音，一下又一下。

“你果然在这儿。”

扫帚停了一停，又扫动起来。

傅恒从门外走进来，朝对面那人道：“你已不是当年长春宫的小宫女，你是令妃，让人知道你在这儿打扫，他们会怎么想？”

说罢，他劈手夺过她手中的扫帚，丢开了。

魏璎珞木然看他一眼，不争不怒，忽地往地上一跪，身旁一只水桶，桶沿搭着一块抹布，她麻利地将抹布打湿拧干，然后开始擦地，就如同她还是长春宫的一个小宫女。

傅恒严厉地道：“魏璎珞！先皇后走了，明玉走了，从前在一起的人，就剩下你一个，可那又如何，你是魏璎珞，没有她们，你也可以自己站起来！”

魏璎珞起不来，她仍跪在地上，一刻不停地擦着地板。

“你够了！”傅恒单膝跪在她面前，双手按住她的肩膀，试图摇醒她，“这不是你的错，就算她没有自尽，也活不了多久，太医不是已经说过了吗？针入肺腑，无药可救！”

“不……是我的错。”魏璎珞闭上眼睛，垂泪道，“因为我的私心……”

傅恒：“什么私心？”

“皇后娘娘曾说过，将来要为我送嫁，可惜她没有看到。”魏璎珞泪眼蒙眬，“我想让明玉出嫁，披上那身鲜红的嫁衣，实现我永远做不到的梦……”

傅恒呆呆看着她。

口口声声要她不要留在过去，但他自己能做到吗？

倘若他能做到，他就不会留着旧友寄的书信、乳母织的旧袍、同学送的旧书，以及璎珞送他的那只旧香囊。

傅恒恰恰就是这个世界上最念旧的人。

“现在你明白了？”她抬起一双泪眼望着他，喃喃道，“是我的错，不该将自己实现不了的梦，强加于明玉身上。”

这不仅是你的梦，也是我的梦……傅恒痴痴看着她，几乎以为自己只不过做了一场噩梦，他没有娶尔晴，她也没有嫁给弘历，他们仍然青春年少，一个是长春宫的小宫女，一个是她的少爷……

可惜这不是梦。

魏璎珞哭了许久，终于平静了一些，扫了眼仍放在她肩头的手，不着痕迹地推开他："抱歉，富察大人，我失态了。"

傅恒："璎珞……"

魏璎珞站起身，虽然身上还穿着宫女的衣裳，但神态已经恢复成宫妃的模样："富察大人，您这样称呼，不合规矩。"

傅恒强忍悲伤："令妃娘娘，请你多保重。"

魏璎珞头也不回地往外走，走到一半，忽然停下脚步："……富察大人，是谁告诉你我在这儿的？"

傅恒："我在路上遇到容妃，她说你失踪了，我一猜，你便是在这儿。"

容妃？魏璎珞一愣，继而若有所思："容妃，容妃……等等，难不成……"

第一百三十四章　疑心

李玉小心翼翼打量弘历的神色。

知道魏璎珞失踪后，弘历简直坐立不安，后宝月楼宫人传来消息，说见到魏璎珞进了长春宫，弘历便马不停蹄地赶了过去。

哪知道会见着那一幕……

宫妃与外臣竟在后宫私会，弘历没有当场走出去，已是天大的恩典，否则他们两个没一个能活过今天。

一个小太监忽从外头进来，通报道："皇上，容妃娘娘在殿外求见。"

弘历抬了抬眼皮子，几乎溢于言表的愤怒，竟在顷刻之间潜入眼底，他平静道："让她进来。"

沉璧满面欢喜地走入，献宝似的将一件绣屏献到他面前。

弘历低头看了看："这是什么？"

沉璧："我向璎珞学了刺绣，又请绣坊的师傅指点，才绣成这道插屏，皇上瞧瞧，喜欢吗？"

弘历只一眼就看出了来路："扁豆蜻蜓图。"

沉璧："我想了很久，不知绣什么送给皇上，璎珞有一方这样的帕子，我看着有趣，便依样画葫芦学来了。"

一再听见这个名字，弘历的脸色渐渐产生变化，他有些不耐烦道："是吗？"

沉璧仿佛没察觉："我很喜欢这图案，跟璎珞求了很久，可她就是不肯送我！呀，对了！"

她忽然一拍手，天真笑道："富察大人也有一个类似的东西。"

弘历眼皮子一跳："……你什么时候见过他？"

"皇上不知道？我来京城的途中，险些坠入断崖，多亏富察大人救我一命。"

沉璧歪着头，似在回忆过去，“那时我看见他腰间配了一个香囊，上头也绣着一样的图案……嘻嘻，想不到富察大人一个男人，喜欢的东西居然跟女人一样……”

“好了！”弘历再也按捺不住怒火，低喝一声，“沉璧，朕还有公务，你先回去吧。”

一个人若起了疑心，原本被他遗忘掉的一切，就如同雾散后的山峦，一点一点变得清晰。

魏璎珞回到明玉房内，宫人已将里头的血迹清洗干净，原本要将明玉用过的东西也一并收拾掉的，免得让贵人沾染到晦气，但被魏璎珞阻止了。

如今明玉用过的梳子，惯用的胭脂，以及她平素爱戴的簪子，都静静躺在梳妆台上，魏璎珞将手放在台上，一寸寸拂过，最终盯着那套陌生金器，冷冷道：“这是哪儿来的？”

小全子上前：“回主子的话，明玉姑娘出宫前一日，容妃身旁的大宫女遗珠来找明玉姑娘，当时奴才瞧见，她手里捧着一只雕花匣子。”

璎珞：“是这只吗？”

小全子：“是。”

璎珞拿起金镯子把玩。

“……主子？”小全子小心翼翼看她。

金镯子已经深深嵌入魏璎珞掌心，她死死捏着金镯子，像捏着仇人的脖子，冷冷道：“容妃如今在何处？”

沉璧从养心殿出来后，径自回了宝月楼。

楼外楼，山外山，尽被大雨覆盖。

沉璧踩着雨点声起舞，她且舞且歌，隐约是一首童谣。

她的舞姿很美，可遗珠看她的目光却有些恐惧。

因为她分明跳着一支双人舞。

就仿佛眼前有一个看不见的人，将手搭在沉璧掌心里，她进“它”就退，她退“它”就进，她旋转“它”也跟着旋转。

沉璧笑得十分迷离，似乎沉浸在一场只有她自己能看见的美梦之中，直至一不留神瞥向铜镜，看见镜子里一身旗装，独自起舞的自己，她的歌声戛然而止，仿佛一个人从梦里惊醒般，眼神茫然了许久，忽然扑向镜子，不停捶打着镜面。

“主……主子……”遗珠战战兢兢地喊道。

沉璧仿佛没听见她说话，仍捶打着镜面，仿佛镜子里藏着个生死大敌。

“主子，”门外忽然传来宫女的声音，“令妃娘娘到访。”

沉璧凶狠地吼叫：“闭嘴！”

外面再也没了声音。

沉璧极缓极缓地转过头，吃吃笑着：“亲爱的璎珞，等一等，我马上就来。”

她一边哈哈大笑，一边向门外走去，经过遗珠时，遗珠反射性地后退几步，看着她的背影，如看妖魔。

一出门，沉璧脸上就浮现出往日的天真，毫无心机地笑着：“璎珞，我正想去找你呢。”

魏璎珞慢慢转过头，用一种审视的目光打量着沉璧：“找我？”

沉璧点头，快步走到她面前：“回来以后我想了很久，明玉的死，我有责任。”

魏璎珞：“哦，你有什么责任？”

沉璧：“明玉先前曾将生病的事告诉过我，可她求我保密，我生怕你伤心，一直拖着不敢说，没想到，她竟然想不开，寻了短见！”

魏璎珞突然笑了。

沉璧：“璎珞，你怎么了？”

她们之间横着一张桌子，魏璎珞伸手一推，将一只匣子推到她面前：“这是你送她的？”

匣子已经打开了，里头的金器一应俱全，就连原先插在明玉心头的那一柄金剪子，也已经洗干净放了进去。

沉璧的目光从金剪子上扫过，叹道：“我看明玉的用具全都旧了，才会送了一套金器，却没想到……”

“若不是我今日问起，你是不是压根儿就不打算告诉我，”魏璎珞嘲讽一笑，“这东西……居然是你送的？”

“……我不能说！”沉璧忽然抬头看着她，“我好不容易才赢得你的信任，若是说了，你就会疏远我！可是璎珞，明玉做了傻事，我也隐瞒了你，但我们的初衷，都是要保护你呀！”

魏璎珞猛然站起：“说，你刻意接近我，到底是何用意？”

沉璧：“我想和你成为最好的朋友。”

魏璎珞：“最好的朋友，就是处处隐瞒？”

沉璧：“我没有！”

魏璎珞猛然拔出匣内的金剪子，用力刺入桌面，厉声道：“那你为什么要逼死明玉？”

屋子里的人都被她的举动吓了一跳，胆子小些的宫女已经惊叫出声，反倒是沉璧神色如常，甚至还将手覆在她握着剪柄的手上，对她笑：“璎珞，明玉已是无药可救，可你要好好活着，长痛不如短痛，就算留下她，你又能留多久？一天，两天，一个月？”

什么长痛不如短痛？魏璎珞恼怒于她的用词，狠狠道：“明玉如何，我如何，用不着你来多管闲事！”

“你能接受她，索伦家不行呀。”沉璧温柔道，“他们会怨她，明知道自己命不久矣，还要嫁进他们索伦家，祸害他们家的独子。然后他们会一块儿恨你，因为是你出的主意……璎珞，我不想让你被人怨，尤其是被你最喜欢的明玉怨，我是在帮你呀，你怎么能怪我呢？”

魏璎珞用看疯子的眼神看着她：“你疯了……”

沉璧歪头朝她一笑，笑容说不出的诡异。

又是一阵惊呼，在众人或惊或恐的目光中，沉璧忽然拔出桌上的金剪子。

魏璎珞大吃一惊，刚刚后退一步，就见沉璧伸手将金剪子递来。

剪柄递向魏璎珞，剪尖对准她自己。

“璎珞，”沉璧的声音如蛊似惑，“明玉活得很痛苦，死亡对她而言，其实是一种解脱。你是人，不是神，不能担负所有人的喜怒哀乐，送走了明玉……你就能自由！”

第一百三十五章　禁闭

魏璎珞原先怒不可遏，此刻渐渐冷静下来。

她终于发现了——眼前的女子，异常危险。

天真无邪，热情大方，似乎总是站在你这边，替你说话，为你着想，但事后仔细回想一下……她真的是在为你着想吗？

因她的所作所为得到好处的，真的是你自己吗？

“璎珞，”沉璧一步步凑了过来，笑着将金剪子塞进魏璎珞手里，“你若是不肯原谅我，就用这把剪子刺我。”

一种难以形容的危机感袭来，魏璎珞用力挣扎道：“松手！你们还愣着干什么，阻止她啊！”

宫女们这才回过神来，纷纷围上来，七手八脚地想要夺下剪子。

沉璧凉凉地扫了她们一眼，直接抓住魏璎珞的右手，连同金剪子一起，往自己右肩上一戳……

“啊！”

宫门一开，一片杂乱的脚步声。

显是听见了沉璧的惨叫声，太后扶着刘姑姑的手，连伞都来不及打，便急匆匆进了宝月楼，待见了里头的状况，太后脸色骤变，竟松开刘姑姑的手，扑到沉璧身旁，用手捂住她的伤处：“快去请太医！”

又是一阵忙乱声。

太后将沉璧护在怀中，如同一只护犊子的母牛，谁也不许靠近。

“沉璧，你告诉我。”太后警惕地环顾四周，“发生了什么事？是谁这样大的胆子，竟敢伤你！”

在无数目光注视下，沉璧幽幽抬头，一双含泪的眼眸在人群中逡巡一圈，最终定格在魏璎珞脸上，泫然欲泣道：“璎珞，为什么要这样对我？”

魏璎珞脸色一点点泛白。

“还等什么？”太后震怒道，“把令妃拿下！”

待弘历得了消息，匆匆赶到，第一眼见着的，就是太后余怒未消的脸。

“太后，”给她行了礼之后，弘历忙问，“容妃怎么样了？”

“太医刚走，皇后正在里头陪着她呢。”见弘历立刻就要往寝殿走，太后开口叫住他，“你先别走……说！”

地上跪着大宫女遗珠，被她厉声一喝，忙不迭地开口道：“是，是！今日令妃娘娘气势汹汹地赶来，指责容妃与明玉姑娘的死有关。天知道，明玉病入膏肓，无药可医，容妃可怜明玉，替她隐瞒了病情，便被大大迁怒了！令妃说得太激动，一时失手，刺伤了容妃！”

弘历眉头一皱，沉声道：“太后，审问过其他人吗？”

太后斜他一眼：“除了遗珠，只剩下宫女珍珠，我命人将她送去了慎刑司。至于令妃，就交给皇上处置吧！”

听出她话里的暗示，弘历沉默片刻：“太后，朕以为您一直是喜爱璎珞的……”

不等他说完，太后便怒声道：“可我不能容忍她伤害和安！”

弘历：“太后，容嫔不是和安。”

“她是！”太后一口咬定，“皇上，无论误伤，还是有意，令妃此举，过于狂妄，她也该受到教训了！”

外头的动静这样大，自然瞒不过继后。

她在床边坐下，笑道：“好厉害。”

沉璧胳膊上包扎着一圈白布，脸上却看不出半点痛楚，仍然笑得那样天真美好：“您在说什么？”

继后眼中半是欣赏半是忌惮：“令妃侍候太后，鞠躬尽瘁，圆明园三年，积累下常人难及的情谊。紫禁城里，太后就是她最大的靠山！可你，果断踩着魏璎珞上位，不及三个月，就让太后视你如亲，千方百计呵护着，叫人刮目相看啊！”

沉璧笑而不语：“您过誉了。”

继后：“令妃颇有心计，难以对付，你就趁她痛失臂膀，心神紊乱的时候下手！沉璧啊，你可不是一般厉害。”

沉璧：“皇后娘娘，愿不愿与我合作？”

继后：“我和你可是死敌，怎么能合作？”

沉璧：“面对同样的敌人，你我就能变成朋友。”

继后慢慢弯起嘴角，轻轻凑近了：“容妃，本宫真是越来越喜欢你了。”

沉璧竖起一根指头，贴着自己的嘴唇，嘘了一声：“皇上来了。”

二人相视一笑，一切尽在不言中。

脚步声由远及近，弘历心事重重地走了进来，随意抬了抬手，免去了继后的礼数，然后坐到沉璧身旁，关切道：“沉璧，太医说了，你旧伤未愈，又添新伤，切不可再任性，一定要卧床静养。”

沉璧含笑点头。

“太后要求严惩令妃，你又一向与她交好，朕想问你，应当如何处置？”弘历注视着她，目光仿佛别有深意。

这个问题可不好回答。

就算要回答，也不能由她来回答，于是沉璧故作思考，眼角余光却瞥向继后，继后收到她的目光，当即道：“皇上，令妃失去挚友忠仆，又受人挑唆，其情可悯，但她情绪激动，失手伤人，其罪难容。依臣妾看，定要重惩在背后嚼舌根的奴才，至于令妃……让她闭门思过吧。”

这个处置虽然不算好，但也不算坏，弘历总算露出一丝笑容：“沉璧，你以为呢？”

沉璧柔柔笑了，一副一心一意为魏璎珞着想的模样：“臣妾相信令妃一定不是故意伤人，请皇上从轻发落。”

弘历松了口气：“那就让她好好闭门思过，你安心养伤，别想太多了。”

对魏璎珞的处置下来了，但具体的事情可不归弘历管，就算想管，也管不了，他的一举一动都被所有人注视着，若是他过于关照魏璎珞，太后会如何想？只怕更加不会饶过她。

负责处置魏璎珞一事的，是继后。

以宫人唆使魏璎珞行凶为借口，她一次性将延禧宫的宫人全部调换了，如小全子之类的老人，一夜之间没了踪影，剩下的都是些新面孔，与其说是来伺候魏璎珞，倒不如说是来监视她。

一个眼生的小宫女将食盒放在桌上："请令妃娘娘用膳。"

魏璎珞重重咳嗽几声："放下吧。"

小宫女将一双筷子递给她，魏璎珞伸手去拿，结果眼前瞬间重影，半晌才抓住筷子。

"娘娘，您还好吧？"小宫女担忧道，"是不是感染了风寒？奴才去……"

她的声音戛然而止。

因为袁春望站在了她身后。

如一条吐着芯子的蛇，他吩咐道："你先出去吧。"

将小宫女赶出门外，他顺手关上房门，极自然地往魏璎珞面前一坐，伸手夺了她手里的筷子："皇后已经跟容妃联手了。"

魏璎珞直直看着他。

继后倒没短了她的膳食，虽没往日那样丰盛，但三荤两素还是有的，袁春望夹了一只狮子头塞进自己嘴里，边吃边道："皇上的宠爱、太后的信任、挚友的陪伴、人身的自由，一样一样，你全都失去了，我若是你，就该好好想想，自己为何会落到这个下场。"

魏璎珞依旧一言不发。

似被她的模样激怒，袁春望忽然将筷子拍在桌上，起身俯视她，冷冷道："因为明玉——为了一个奴才，你居然跑去跟容妃对峙，才会中了圈套。"

"明玉是我最好的朋友。"魏璎珞终于开了口，"不，不仅是朋友，也是我在紫禁城里仅有的亲人……"

"亲人？"袁春望一把捏住她的下巴，迫她昂头看着自己的脸，那张脸又美丽又扭曲，令人爱慕又令人恐惧，"妹妹，你唯一的亲人不是我吗？"

魏璎珞挣扎道："放手！"

“明玉算什么？她为你做的，有我做的多吗？”袁春望却不肯放过她，手指头如同铁钳一样钳着她的脸，咄咄逼人道，“我像亲哥哥一样呵护你，为你一次又一次放弃往上爬的机会，甚至舍下一切去圆明园陪你，可你是怎么对我的呢？璎珞……回答我！”

魏璎珞更加用力地挣扎起来，两人推搡间，不慎打翻了食盒，盛菜的碟子碎成几瓣，其中一瓣割到袁春望的手。

他低头看了看自己的手，鲜血淋漓。

“我对不起你。”魏璎珞的声音将他的注意力吸了过去，他眼中的光芒刚刚亮起，便听她冷冷道，“但你也对不起我，如今我们形容陌路，什么哥哥妹妹的，以后不要再提了。”

“是吗？”袁春望眼中光芒一黯，他笑了起来。

一边笑，一边举起剩下的盘子，一盘接一盘，将里头的菜全部倒在地上。

“从今天开始，”袁春望倒完最后一盘菜，笑着宣布道，“延禧宫除了你，不会再有别人，好好享受吧。希望你无一粒水米，也能坚持不求我……”

第一百三十六章　后悔

将长春宫内服侍的宫女、太监们召到一处，袁春望吩咐道："从今天起，不必再给令妃送膳！"

目光在人群中逡巡一圈，最后他抬手一指："延禧宫的一切，就交给你来办！"

"是！"小全子低眉顺眼地应了。

挥退其他人后，袁春望单独留了他说话。

袁春望："从前你处处和我作对，知道为何要给你机会吗？"

小全子："奴才背叛了令妃，她若好好活着，以后绝没有奴才的好。"

袁春望拍了拍他的肩，语重心长："我不想听见半句流言蜚语。"

在他眼里，在众人眼中，小全子又一次背叛了旧主。

此人一贯如此，不断背叛旧主，不断投靠新主，不过正因为如此，袁春望才敢用他，至少在更好的主人出现之前，他就是一条最好用的狗。

虽然用他，却没有完全信他，袁春望偶尔会来偷看他做事，譬如今天，他就暗暗躲在门口，门内小全子"啪"的一声，放下一碗清可照人的稀粥。

魏璎珞惊道："是你？"

小全子无动于衷："吃饭了。"

低头看了眼稀粥，魏璎珞冷冷道："这就是我的膳食？这是清粥，还是清水？"

小全子抬手挖了挖耳朵，不耐烦道："现在除了我，还有谁愿来这鬼地方！给脸不要，不喝粥，那就饿着吧！"

门外，袁春望将这场景收进眼底，冷冷一笑，放心离去。

延禧宫内他一手遮天，外人不知宫里内情，只道魏璎珞只是闭门思过，除此之外，衣食住行，一如既往。

傅恒原本也是这样认为的。

下朝之后，他正要出宫，一个小太监忽然凑过来："富察大人！索伦大人整日与酒为伴，请大人设法相劝！"

傅恒不知道他是谁派来的，却知道他说的极有可能是真的。海兰察与明玉早就认识，起初只是点头之交，但这么多年相处下来，竟生出了相濡以沫的感情，故而魏璎珞只稍微提了提，他就果断地下了聘，属一桩水到渠成的感情。暗地里，傅恒对他羡慕不已。

等到明玉出事，这份羡慕，也就顺理成章地化作了怜悯。

未曾多想，傅恒便匆匆赶到侍卫所，推开房门："海兰察！"

"海兰察"身上穿着一件明显不合身的侍卫服，像小孩子偷穿大人的衣裳，手脚都显得短，听见傅恒的声音，"他"转过身来，抬手摘下头上的帽子，如瀑黑发倾下肩头。

竟是沉璧。

傅恒一愣，转身就走。

沉璧："富察大人请留步。"

傅恒却不肯留，或者说不敢留："容妃，你公然设套引外臣来此，就不怕被人得知，身败名裂吗？"

沉璧一笑，只一句话就止住了他的脚步，她轻轻道："你若想坐视令妃遭遇不测，就走吧。"

房门重新关上，扮作小太监的遗珠守在门口。

"说吧，"傅恒带着一丝警惕道，"到底什么事？"

沉璧却掏出一幅帕子慢慢把玩，帕子上一双相依相偎的蜻蜓，她柔声道："你的香囊，璎珞的帕子，原来是一对的。"

傅恒皱起眉头。

"富察大人，"沉璧好奇地看着他，"璎珞是属于你的，眼睁睁看着她被别人夺走，如今又被弃之如敝屣，你一点儿也不难过吗？"

傅恒心中警惕更甚，他深知后宫倾轧，不下于朝堂争斗，当即拂袖而去道："微臣不知你在说什么，告辞！"

沉璧在他身后喊道："现在的魏璎珞，不过硬撑着一口气罢了！"

傅恒脚步一顿。

"她得罪的人太多了。"沉璧好整以暇道，"到了落魄之时，自有算账之人。隔绝消息，日供清水，又能支撑多久呢？"

傅恒难掩怒容："这都是拜你所赐！"

沉璧："不，这是因为你呀！"

傅恒一愣，因为他？

"你与璎珞本有婚盟，最后劳燕分飞，是谁先背叛了谁？"沉璧质问他。

傅恒哑口无言。

"若不是被人厌弃，以她如今的年岁，早该是几个孩子的母亲了吧？"沉璧认真看着他，"相夫教子，举案齐眉，这才是她原本该有的人生，现在……却什么都没有了，你觉得是因为谁？"

傅恒指握成拳，指头发出噼里啪啦的脆响。

"看，"沉璧看了眼他的手，咯咯笑起来，"你明明很生气，可碍于礼教与尊卑，仍不敢打我一拳。"

她慢慢将视线移到他脸上，那种略带轻视与怜悯的目光，无论是谁也受不了。

"就像你碍于礼教与尊卑，只能眼睁睁看着他将最爱的女人夺走，却不好好珍惜。"沉璧柔声道，"最后你还要对他顶礼膜拜，俯首帖耳。富察大人，你太可悲了。"

"够了！"傅恒再也忍受不下去，生硬地道，"微臣还有事，先走了！"

"你又要逃跑了吗？"沉璧冷不丁在他背后道。

"呼"的一声，一只拳头猛地朝她砸来，带起呼啸风声，沉璧不闪不避，眼看拳头就要砸在她脸上，却在最后偏移了一下轨迹，重重砸在她身旁的墙壁上，鲜血立刻绽放如花，傅恒死死咬着下唇，身体因为愤怒而微微发抖。

看着险些失控的傅恒，沉璧的唇角慢慢向上勾起，绽放出慑人的笑容。

花开两头，各表一枝，就在两人剑拔弩张之际，延禧宫中，魏璎珞虚弱地躺在床上，挣扎了半天，才从干裂的嘴唇里吐出一个字："水……"

小全子走进来，手里一只茶盏，却不是递给她，而是递给屋内坐着的袁春望。

袁春望喝了一口茶，淡淡一笑："每日一杯清水，不是用完了吗？"

魏璎珞本就生着病，不但得不到治疗，反而被克扣了膳食，一碗稀饭、一杯清水，常常不到夜晚，就饿得两眼发晕，只能躺在床上睡觉，一来减少消耗，二来……睡着了，就不觉得饿了。

"……皇上只命将我软禁，我若死了，你能逃过吗？"她好不容易才挤出一句完整的话。

"你想吃饭，或者想喝水，都很简单，一句话而已。"袁春望暗示道，"你知道我想听什么，为什么不说呢？"

"求你？"魏璎珞嘲讽一笑，"我宁可饿死。"

头皮忽然生疼，在魏璎珞的惨叫声中，袁春望抓住她的头发，将她一路从床上拖行至铜镜前。

"看看现在的你，"袁春望将她的脸往铜镜上一按，笑道，"还是那个风光无限的令妃吗？"

蓬头垢面、骨瘦如柴，与其说是宠妃，倒不如说是冷宫里的废妃，骨肉被一寸寸蹉跎成灰，只余一双眼睛还在发光，犹如灰烬中的火焰。

袁春望："求我。"

魏璎珞："不。"

"……叫我哥哥。"袁春望似乎退了一步。

魏璎珞却还是一样的答复："不。"

"……我的忍耐是有限度的。"袁春望忽地笑了起来，斑斓美艳，却又刻骨残酷的笑容，"给你最后一次机会吧，告诉我，你后悔离开我吗？"

魏璎珞看着镜子里的他，他的目光十分复杂，情愫与怨恨混杂在一起，犹如风雪席卷海水。

他真的只需要一句话，哪怕是假话，哪怕只是骗骗他……可那么长时间的等待，等来的却是她轻轻一句："我不后悔。"

"啊……是吗？"袁春望的心一下子空落落的，过了很长一段时间，他才将魏璎珞打横抱起，放在床上，像最后一次尽哥哥的义务，然后抓住她的手放在自己脸上，迫使她一寸寸抚过自己的下巴、嘴唇、鼻子、眼睛……

“记住这张脸。”他嘱咐道，“牢牢记住，下辈子再来找我算账。”

然后，他终于松了手。

丢下咳嗽不止的魏璎珞，袁春望头也不回地出了房间，对小全子道：“今天起，那碗清粥也省了。”

小全子倒抽一口冷气：“这可不行啊，万一真出了人命——”

袁春望一笑：“令妃性情刚烈，经此打击，一蹶不振，抑郁成疾，明白了吗？”

小全子打了个冷战，深深埋下头去：“嗻！”

既然这辈子做不成兄妹，那就送她一程，下辈子再见。袁春望是这样想的，也是这样做的，此事说难不难，在后宫之中，想要让一个失宠的妃子“病死”，实在是太简单不过的事。

唯有一事可虑，那就是此事能够瞒过弘历，却瞒不过继后。

思索片刻之后，袁春望回了承乾殿，二话不说，跪在继后面前：“请皇后娘娘恕罪。”

架子上一只翠色鹦鹉，正在啄食继后手中的谷粒，继后背对着他道：“本宫什么都没说，你就知道错哪儿了？”

袁春望心中一跳，他知道自己的所作所为瞒不过继后，但也没想到她竟这么快就知道了。可见她对他并不完全放心，定是派人在他身旁监视着了。

他心里念头转动，脸上却诚惶诚恐：“奴才擅自做主处置令妃，非是为了自己，而是想为皇后娘娘分忧啊。”

此话是他揣摩着继后的心意说的，继后听了，轻轻一笑：“你收买太医，制假医案，让令妃病逝，本是顺理成章，可惜燕过留痕，太过心急，必然落下把柄。”

袁春望一怔：“那娘娘的意思是——”

“令妃要死，却不能死在本宫手上，马上准备两件东西，一件派人送去养心殿，另一件……”继后顿了顿，回头对他神秘一笑，“还是送去养心殿。”

第一百三十七章　真心

“这是什么？”沉璧打开眼前的香囊，取出一朵风干的栀子花。

遗珠道：“娘娘，这是延禧宫派人送去养心殿的信物，被奴才中途拦了下来，那贱人指着皇上回心转意，您不得不防啊！”

沉璧把玩着栀子花，玩味地一笑。

遗珠：“斩草若不除根，将来后患无穷，主子，早下决心吧！”

沉璧：“所有人都以为我要杀令妃，连你都这样认为？”

遗珠呆住。

“况且，这东西是不是延禧宫送过去的，还两说呢。”沉璧手中转着栀子花，目光却穿过窗棂，望向延禧宫的方向。

延禧宫的栀子花开了又落，曾经高居枝头，今日碾入尘埃。

魏璎珞已经连站起来的力气都没有，她用渴望的目光看着桌上的茶壶，强撑着起来，身体从床上跌落在地，一点一点爬了过去，好不容易攀上桌子，急不可耐地将茶壶抱在怀里。

揭开盖一看，里头却是空的。

魏璎珞自此再无力气，她趴在地上，如同死了一样，半点声息也无。

也不知过了多久，一双手扶她起来，又将一杯清水递到她唇边，魏璎珞的嘴唇早已干裂，一接触到清水，便如同久旱田地逢甘露，只一瞬间就将水吸干。

“好些了吗？”一个熟悉的声音在她耳边响起。

魏璎珞认得这个声音，她悠悠睁眼：“……你来做什么？”

蹲在她面前的竟是沉璧，这个害她落得这步田地的女人，竟还是一副天真无邪的面孔：“我是来帮你的。”

魏璎珞觉得可笑至极：“帮我？你只是来看看我过得惨不惨的吧？”

“置之死地而后生。”沉璧极认真地看着她，“若不把你逼到极点，你怎肯放弃现在的生活？”

魏璎珞狐疑地看着她。

“难道不是吗？”沉璧将她扶回床上，见她坐都坐不稳，便贴心地将迎枕靠在她身后，声音极温柔，“紫禁城有名利富贵，可那都是过眼云烟，包括皇上的宠爱。他看似很疼你，可我只是略施小计，皇上就怀疑你、厌恶你，可见在他心里，你不过是件玩物，随时可以被更好的玩物所替代。”

魏璎珞被她说得脸色发白，纵想反驳，一时之间却也找不出反驳的话来。

滴水未进，一米不沾，她受磋磨至今，却不见他来看她一眼，他的心里……真的还有她吗?

“璎珞，我所做的一切都是帮你，帮你认清紫禁城，认清大清国的皇帝。”沉璧用手帕沾了水，覆在她滚烫的额头上，“他是个虚伪、自私、无情的男人，不值得你浪费一生的时间。”

魏璎珞抓住她的手，冷冷道:“你到底想干什么？”

“我想报恩。”沉璧虔诚地望着她，如同信女向自己的佛诉说心愿，“报答你保护我的恩情，也报答富察大人的救命之恩。”

魏璎珞一愣，不知她嘴里怎会蹦出傅恒的名字来。

“我来京的路上，曾经跌落悬崖，若非富察大人，我现在已经是一具枯骨了。”沉璧道，“他是个好人，年轻英俊，温柔体贴，我一直想报答他，可不知道怎么做，直到我发现他爱你。”

魏璎珞:“那都是过去的事了！”

沉璧:“可他对你的爱，从没改变过！”

她信誓旦旦的模样，让魏璎珞怀疑她已经跟傅恒碰过面了，傅恒啊傅恒，你可知眼前是个什么样的女人，与她合作，无异于与虎谋皮。

“你还是不信我，是因为明玉的事情吗？”沉璧小心打量她的神色，叹了口气，“事到如今，我依然不后悔，我很高兴她死了，因为这样，你就少了一个包袱……璎珞，人不能总被恩义束缚，你该多想想自己。”

说完，她将一朵风干的栀子花捧到魏璎珞面前。

“有人假托你的名义，送了一株风干的栀子花去养心殿，却落到了我手里。”沉璧问，“你猜这人会是谁？”

还能是谁呢？魏璎珞斩钉截铁道：“皇后。”

“是啊，皇后。”沉璧沉声道，“她想借我的手，彻底了结你的性命，但没有我，她还能借别人的手，你若再不走，必将命丧紫禁城！”

“……就算我想走，又怎能出得去？”魏璎珞淡淡道，“一入宫门深似海呀。”

“我帮你逃出去。”沉璧决然道。

魏璎珞直直看向她，似乎要透过眼前这张美丽皮相，看清楚下头的那颗心。

“璎珞，璎珞，我被当成贡品一样送给皇上，失去了骨肉至亲，失去了人身自由，每天照镜子的时候，看着这一身旗装，痛苦得无以复加！我走不了，永远走不了，因为我身上肩负着族人和平的期望，我只能一直留在这里，直到血肉腐烂，白骨成灰。”沉璧忽然握住她的手，“可你不同，你还有机会！”

她看着魏璎珞的眼神，竟如同魏璎珞看着明玉。

将自己的梦想强加于对方身上，殷殷期盼着，期盼着你能够替我得到幸福。

魏璎珞呆呆说不出话来。

“答应我，离开吧。”沉璧抚摸她的脸颊，声音如蛊似惑，“在紫禁城这座庞大的怪物将你彻底吞没之前，离开吧……”

养心殿。

“皇上，”李玉进来禀报道，“延禧宫请太医了。”

弘历一手持书，一手负在身后，立于博古架旁，背对着他道：“朕何时让你关注延禧宫的消息？擅作主张！”

李玉：“奴才知罪。”

他在屋内立了许久，弘历手中的书一页也没翻。

“……什么病？”弘历冷不丁问。

李玉回过神来，忙回道：“令妃常年茹素，用膳误时，作下了胃疾。太医院开了药方，嘱托每天清粥养胃，慢慢调理。”

见无大碍，弘历终于将手里的书翻过一页，冷冷道：“祸害遗千年，朕就知道她死不了！”

这时外头有人来报，道是傅恒前来觐见，弘历便宣了他进来。傅恒行过礼，道：“皇上，奴才是为了霍兰部的军报而来。”

“这件事，朕已经知道了。”弘历道，“我已遣海兰察领兵，协助兆惠将军平叛，还有何事？”

傅恒：“既然皇上已安排妥当，自然无事。”弘历：“那就跪安吧。”傅恒就跪安了。

弘历望着傅恒离去的背影，若有所思，忽然问：“李玉，傅恒记忆力如何？”

李玉：“过目不忘。”

“一个过目不忘的人，却忘了昨夜已将折子呈送？”弘历抚了抚桌上奏折，最上面的那份，恰是霍兰部的军报，呈送人傅恒。略略思考片刻，弘历忽下令道：“去把海兰察叫来，朕有事要吩咐他做。”

傅恒心事重重地走在出宫的路上。

他不是来禀报军情的，而是来询问魏璎珞的消息的，只是话到嘴边，怕皇上误会他对璎珞余情未了，于是生生转了口。

“只是我昨儿已经递过折子，今日又提……唉，希望皇上不会起疑心吧。”傅恒在心里叹了口气，身后忽然一阵脚铃声。

后宫之中，行走间会发出这种声音的，几乎只有一个人。

“看来富察大人的理智还是战胜了感情。”沉璧的笑声在他身后响起，带着一丝戏谑与嘲讽，“哪怕眼睁睁看着她死，也要为自己的主子效忠呀。”

傅恒握了握拳，一转头，一只栀子花红宝石耳环在他眼前晃了晃，点点碎光融入他瞳中。

沉璧拎着耳环，冷不丁道：“她答应了。”

仅仅四个字，却如同雷鸣般响在傅恒耳边，炸得他头皮发麻，听觉视觉甚至语言能力，都在一瞬之间消失了。

将从魏璎珞处得来的右耳耳环强塞进他手里，沉璧声音一沉："富察傅恒，你辜负了她第一次，还要辜负她第二次吗？"

傅恒低头看着掌心的耳环，如同看着一颗生生从胸口掏出来的心，久久不语。

见他这副模样，沉璧开心地笑了，她提了提裙子，无声地向他道了别，然后转身离去。

"主子，"遗珠显得有些不安，追在她身旁道，"他会说出去吗？"

"名利财富，权势地位，他应有尽有，却还是不快活。"沉璧脚步轻快得如同一只小鹿，明媚阳光照在她脸上，她舒心地笑道，"那么这个世上，能让他快活的就只有一件事……一个人了。"

第一百三十八章　私奔

狂风揉花，月浮丘壑，傅恒一人独坐于书桌前，月光从窗外照进来，照在他掌心的栀子花红宝石耳环上。

宝石内潋滟流光，像极她的眼睛，幽幽无声地望着他。

他耳边回响着沉璧说的话：“下月初十，太后去药王庙进香，侍卫大半调离，宫中守卫松懈，便是唯一的机会。你若真有意同她远走高飞，就在西直门外备好马车等她……”

叹了口气，他似下定决心般，用力握紧了手中的耳环。

无独有偶，延禧宫内，魏璎珞也看着同样一片月色，最终叹了口气，缓缓合拢手指，握紧了掌心另外一只栀子花红宝石耳环。

白驹过隙，眨眼便是一个月。

丝竹悦耳，琴声如诉，宝月楼里，沉璧踏乐而舞，折腰之际，目光往弘历身上一瞟，见他单手支颊，正在走神，眼睛虽看着她，心却不知飞去了哪里。

“哎呀！”

弘历回过神来，起身朝跌倒在地的沉璧走来：“怎么这么不小心？李玉，宣太医！”

李玉嘛了一声，匆匆离去。

“怎么跳舞还心不在焉？”弘历将沉璧横抱上榻，“待会儿要陪太后去药王庙，若是弄伤了脚，你就哪里也别去了，留在宝月楼里发呆吧。”

见沉璧脸上显出焦急的样子，他忽然笑了，伸手在她鼻子上刮了刮。

“朕也会留下来，”他笑道，“陪你一块儿发呆，可好？”

沉璧愣愣地看他一会儿，忽然从榻上滚下来，跪在他面前，泪水涟涟道：“皇上，我有件事在心里藏很久，一直不敢禀报，可皇上待臣妾这么好，若我再不说实话，实在于心不忍！”

烛火在桌上烧，却带不来任何温度。

当李玉带着太医匆匆赶到时，见到的是弘历面如寒霜的面孔，以至于整个宝月楼都提前进入了冬天，每个人都被冻得瑟瑟发抖。

“李玉！”他忽然喝道。

“奴才在！”李玉忙上前。

“传旨，”弘历冷冷道，“封锁神武门。”

李玉愣道：“太后今日要去药王庙，现在封门，难免惊动太后——”

弘历：“封！”

李玉跪下：“嗻！”

一辆驴车在两名小太监的驱使下，渐渐靠近神武门，车上几只水桶，被大苫布盖着。其中一个小太监打着呵欠道：“每天三更就要去玉泉山运水，一路走到紫禁城，能把人活活累傻！宫里水井和玉泉山的水又有什么区别，不都是水吗？”

另一个小太监用胳膊肘撞了撞他，示意他谨言慎行。

小太监撇撇嘴：“是是，我知道，给皇上、太后用的水，当然是天底下最好的水！玉泉山的水又甘又甜，是水井能比的吗？”

两人唠嗑间，驴车的前轮过了大门。

“轰隆轰隆”，马蹄声由远至近，李玉骑在一匹高头大马上，远远一指驴车：“皇上口谕，封锁神武门——快！拦下那辆驴车！”

护军们就算不认识他，也认识他身上的衣裳——那必定是宫里的大公公，更何况他身后还跟了那样多的宫中侍卫。

于是原本竖立的长矛往前一交错，挡下了驴车的去路，两名小太监不知所措，战战兢兢立在驴车前。

李玉翻身下马，身旁跟着袁春望。袁春望快步走到驴车旁，狭长凤眼瞥向上头那只半人高的水桶，冷笑道：“宫中珍品被盗，怀疑就藏匿在水车里，来人，把他们全部押回去！”

驴车被一路押送至养心殿前。

弘历早已等在那里。

袁春望垂首行礼："皇上，水车全部追回。"

弘历气得手发抖，竭力平静道："李玉！"

李玉挥挥手。

袁春望嘴角泛起一丝笑，领着众人退下，在场只剩下弘历、沉璧、李玉、四名押送水车的心腹侍卫。

"皇上，"沉璧抱着他的胳膊，哀哀祈求，"璎珞素来心高气傲，哪里守得住凄冷的延禧宫？那声声的哀求，只央我救她一命！我实在于心不忍，又欠了富察大人救命之恩，才答应帮他们二人私奔。"

她就是有这样的本事，三言两语，颠倒黑白。

"我错了，璎珞也错了。"她流泪的模样纯真又美好，说出来的话，也似全心全意为他人着想，"请您看在从前的情分上，饶她一条性命，好不好？"

可听了她的话，弘历只会更加愤怒，他一把甩开沉璧，快步走到驴车前，伸手抓住苫布，却迟迟无法掀开。

李玉忐忑道："皇上？"

根根手指都在发抖，弘历深吸一口气："你来！"

李玉："嗻。"

弘历退后半步，闭上眼睛。

众目睽睽下，李玉一把掀开了苫布，正要打开水桶盖，谁料水桶摇晃两下，从车上轰然滚下。

水桶在地上滚了几圈，盖子打开，一个人从水桶里滚了出来。

"你……你……"李玉指着对方，半天说不出一句完整话来。

弘历一直闭着眼睛不忍看，直至此时，才慢慢睁开眼睛，待看清楚对方的面容，亦是一愣，脱口而出道："怎会是你？"

第一百三十九章　罪

从水桶里滚出来的不是魏璎珞，而是小全子。

小全子谄媚笑道：“皇上恕罪，奴才奉令妃娘娘之命，藏在水桶之中。”

弘历长出一口气，见李玉等人看着自己，又立刻板起脸来：“她装神弄鬼，到底想干什么？！”

小全子斜眼看沉璧：“主子说了，紫禁城里有人要害她，为了引出这个人，才让奴才藏在水车里！”

弘历：“宣令妃！”

李玉：“嗻！”

李玉花了一些时间，才在延禧宫里找到魏璎珞，为了麻痹袁春望，她与小全子互换了衣裳，然后替他躺在屋子里，称病不出，待李玉寻来，才推门而出，让李玉留了些时间给她打扮，然后一边咳嗽，一边往苍白的脸上扑打上胭脂，稍稍润了润脸色，又换上一身严装，这才从延禧宫出来。

如同一名整装罢的战士，奔赴着只属于她的战场。

弘历一见她就眼中发亮，却又迅速沉下脸：“这到底是怎么回事？！”

“容妃先是诱臣妾私奔，后又设计了一出捉奸大戏。”魏璎珞朝他福了福，唇角带上一丝戏谑，“只可惜，两样都没骗过皇上。”

“璎珞，到了此时，你还狡辩。”沉璧叹了口气，似为她的执迷不悟而感到可悲，“皇上已派人去西直门寻人了，怕是很快就能将富察大人拿回来了……”

话音未落，便有两名侍卫求见，身旁跟着傅恒。

见了他，沉璧唇角一翘，又迅速沉下去，伤感道：“皇上，你瞧，他们果然约好在西直门外碰头。”

傅恒淡淡扫她一眼，对身旁侍卫道：“你说。”

侍卫莫名其妙看了沉璧一眼，对弘历叩头道：“皇上，西直门外只有一辆空马车，奴才是回宫复命的时候，在神武门遇上大人的！”

沉璧秀丽的眉毛慢慢蹙起，视线在傅恒与魏璎珞之间来回转动。

傅恒镇定自若道：“皇上，容妃那日突然现身，教唆奴才带令妃远走高飞，奴才实难忍受，想向皇上禀报，可转念一想，手上并无证据，公然指认宠妃，实是难以取信。迫不得已，只好放长线钓大鱼，假意答应……”

不等他说完，沉璧忽然哈哈大笑起来。

“原来如此，你们两个联手设计了一场戏。”沉璧伸出一根涂抹着蔻丹的手指头，从傅恒点到魏璎珞，天真中透着一丝苦恼，“是为了让皇上怀疑我吗？”

“容妃，”魏璎珞将她先前说过的话，重新还给她，“到了此时，你还狡辩。”

“皇上，你真的觉得是我在诬陷他们吗？”沉璧抱着弘历的胳膊，纯真的目光望着他，“就算我要构陷令妃，何必牵连富察大人？他可是我的救命恩人啊！”

后妃之争，极少牵扯到朝臣。况且沉璧若是想要对付魏璎珞，有更多更好的法子，犯不着将事情闹得这样大。

弘历低头看着她，忽然笑了，那笑容如此怪异，让沉璧忍不住背上一寒。

“李玉，”弘历道，“将八百里加急送的匣子带来。”

李玉去而复返，手中捧着一只沾满尘土的木匣。

弘历：“打开。”

李玉打开了匣子，里面是一套霍兰族孩童的旧衣、一只银项圈以及木马木剑等小玩具。

明明是极稀疏平常之物，沉璧见了，却一下子变了脸色。

弘历：“傅恒，这就是容妃陷害你的理由。”

傅恒震惊：“皇上，这是——”

弘历：“朕命人到霍兰部，第一件便是去查容妃的往事。图尔都说她迟迟未嫁，只因容貌绝俗，受封霍兰圣女，常年侍奉天神，但霍兰部的圣女，年满二十便要卸任，由新选出的女子担任，而她则按照霍兰部的旧俗完婚。图尔都费心掩饰，但朕还是查到了端倪！”

他每多说一字，沉璧脸上的表情就更冷一些，等他说完，沉璧便再也不是那个天真烂漫的少女，或许这冷若冰霜、不近人情的女子，才是真正的霍兰部圣女。

沉璧冷冷道：“你什么时候开始怀疑我的？”

弘历回得斩钉截铁：“魏璎珞绝不会一时气愤，便冲动伤人。”

也就是说，打一开始，弘历就站在了魏璎珞这边，不信魏璎珞会用剪子刺伤她，不信从她嘴里说出来的一切。

偏袒至此，只可能是因为一个缘故了……

魏璎珞心下一暖，与他对视一眼，如同互相注目了一万年。

沉璧一声冷笑。

魏璎珞回过神来，看向她：“沉璧，你嫁过人？生过子？”

“是呀。”沉璧拢了拢发丝，有一种成年女性的慵懒感，“嫁过人，生过孩子，却还是被送进了宫，就为了满足你们皇上的色欲，我不得不与我的孩子骨肉分离。”

傅恒恍然大悟：“当时你坠马……”

“我是故意的。”沉璧淡淡道，摘下天真的面具，她真正的脸上透着淡淡的倦意，厌倦这个世界，厌倦世上所有人，包括她自己，“我想死，可你不让。知道我多恨你吗？恨得想让你身败名裂，最后学我一样，从悬崖上跳下去。”

“所以你才设计了这出私奔大戏？”魏璎珞不可思议地看着她，“你是为了这个，才故意接近我，与我做朋友……只为赢得我的信任，然后怂恿我私奔？我与你无冤无仇，你……”

“可他爱你。”沉璧笑了起来，“皇上也爱你，没有你，他们两个怎么自相残杀，怎么身败名裂，怎么让天下人耻笑，又怎么……让我出了这口气？”

“疯子。”魏璎珞喃喃道，同样的疯狂，她似乎只在一个人身上看过，尔晴，那同样也是一个为了出一口气，便让无数人因此枉死的女人。

“是啊，我是个疯子，可我这个疯子，总不能一个人上路吧！”沉璧扬手一拔，从发间拔出一根长簪，只见簪头寒光闪闪，竟已被她磨成了一柄凶器，她伏低身子朝弘历冲去，快得如同一根离弦的箭。

“皇上！”魏璎珞想也不想，便朝弘历冲了过去。

却有一个身影比她更快，几乎是顷刻之间，就挡在了他俩身前，宏伟的背影，犹如一张最忠诚，也最无悔的盾。

……是傅恒。

滴答，滴答，滴答，鲜血从他横着的手臂上垂落下来，一根簪子深深扎在他手臂中。

“抓住她！”弘历怒不可遏，一指沉璧，对匆匆赶来救驾的侍卫道，“关回宝月楼。李玉，李玉呢，还不快喊太医来！”

不等他喊完，忽觉肩上一沉。

“璎珞？”他一转头，愕然道，“璎珞你怎么了？”

魏璎珞本就病体难支，加之短水短食，如今又受了这样大的惊吓，竟一口气没上来，晕在了弘历肩上。

凑得这样近，弘历才发现她脸上的红晕，不过是胭脂强行扫出来的颜色，抱在怀中，更是只能摸到骨头，不由得又慌又恼，大喊大叫道：“李玉，李玉！没用的东西，太医怎么还不来？”

皇上，太医又不能飞！将这话咽回肚里，李玉现下只能道：“奴才这就去催，这就去催……”

养心殿内一片忙乱，在弘历的一次又一次催促下，半个太医署的人都聚在了殿内。

不等他们诊出个结果来，太后便扶着刘姑姑的手，匆匆走进养心殿，所说的第一句话，就是：“快把沉璧给放了！”

回头看了眼榻上人事不省的魏璎珞，弘历一咬牙，忽然一掀袍子朝太后跪下。

“太后，”怕她怪罪魏璎珞，他竟将所有责任都一肩扛了，“沉璧不是和安的转世……”

待他将事情原委娓娓道出，太后抬手指着榻上的魏璎珞，颤声道：“她竟敢，竟敢……来人！”

“太后！”弘历怎肯让她当着自己面拿人，“这事……是朕逼她做的！”

太后闻言一愣。

弘历:“一来是为了保护容妃，二来是为了哄您开心……”

“我不瞎！”太后失笑一声，打断他的话，“此事分明是她起的头，你却替她一力扛了，皇上……你便这样爱她？”

弘历沉默了许久，久得仿佛在自己叩问自己，最终缓缓得出一个答案:“是，朕爱她。”

太后不敢置信地望着他，一个皇帝，居然钟情于一个女子，这究竟是一件好事，还是一件坏事？太后脑子里一瞬间闪过无数个念头，最终面色一沉，冷冷道:“我身为太后，被人当傻子似的骗了这么久，皇上，我能原谅你的孝心，可我不能原谅她！”

“太后……”弘历一愣，突然看出她眼中深藏的恐惧。

恐他沉迷美色，惧他犯下许多君王犯过的错误，故打算找个借口，将魏璎珞斩草除根！

弘历的面色也渐渐沉了下来，淡淡道:“璎珞已经吃过许多苦了，从今天开始，朕不会让任何人伤害她的。”

两人剑拔弩张，眼看着事情就要走向不可调和的地步，一名太医被李玉领着过来:“皇上……”

“怎么样了？”弘历仍盯着太后，仅分了一分心思在他身上。

太医道:“令妃娘娘有孕了，看脉象，已满三个月了。”

“你说什么？”弘历呆了呆，然后霍然而起，冲到榻旁，小心翼翼握住魏璎珞的手，珍惜的目光，犹如帝王握着他的玉玺。

太后眼见这一幕，神色复杂地望了榻上的魏璎珞一眼，然后头也不回地离开。

“这个孩子来得正是时候。”弘历握住魏璎珞的手，轻轻道，“便是太后，也不能在这个时候伤害你。”

他忽然一笑，另一只手捏了捏魏璎珞的脸颊:“好了，你可以醒了。”

魏璎珞叹了口气，睁开双眼，神色复杂地望着他。

她早已经醒了，只是因为太后来了，才不敢睁开眼。

眼睛闭上了，耳朵却没闭上，她听见了他的每一句话，听见他将责任全揽在自己身上，听见他不顾一切护着她，听见他说：“是，朕爱她。”

“皇上……”魏璎珞张了张嘴，欲言又止。

弘历的神色突然变得很紧张。

“我……”魏璎珞缓缓道。

弘历的表情越发忐忑不安，即便隔得这样远，都能听见他心跳的声音，他在害怕，害怕魏璎珞不想要这个孩子，害怕魏璎珞张口就问他讨要一碗避子汤。

“我……做好准备了。”魏璎珞眼角忽然滑落一滴泪水，一只手慢慢抚上自己的小腹，笑着说，“准备好……一心一意地爱你，也准备好……为我所爱之人，生儿育女。”

第一百四十章　疯

自得了魏璎珞那番话，弘历简直疯了似的欢喜。

普天之下，率土之滨，只要是他有的，就想送到魏璎珞面前，讨她欢心。

就连她想要进宝月楼，见沉璧最后一面，他也只是犹豫了一会儿，便答应了下来，只是不许她一个人去，派了一大堆人跟着。

一群人浩浩荡荡行至宝月楼时，宝月楼前正一片忙碌，几乎每扇窗门前都站着几个太监，或手持木板，或高举钉锤，正在将门窗给钉死——弘历既然能为沉璧起宝月楼，自然也能为她起一座不见天日的监牢。

见魏璎珞走来，众太监忙停了下来："奴才给令妃娘娘请安。"

魏璎珞没理会他们，她望着钉死的门窗出神。

"娘娘，您可千万别同情容妃。"小全子忙凑在她身旁道，"您在关禁闭时受的苦，总得让她也尝尝！"

魏璎珞摇头笑笑，不搭他的腔。

小全子这个投机主义者，最终还是押对了宝，虽然一度投靠皇后，但最终还是在魏璎珞这边站稳了脚，还帮着她狠狠坑了沉璧一把，因此魏璎珞最后还是将他留在了身旁。

"在外面守着。"魏璎珞吩咐一声，便要踏入宝月楼。

"娘娘，别啊！"小全子大吃一惊，"听说容妃疯了，整日又哭又闹，还动不动抓伤人！"

"在外头守着！"魏璎珞拿出做主子的威风来，她决定的事，他只需照办即可。

小全子果然是个好用的奴才，见魏璎珞心意已决，他便闭上了嘴巴，如一尊木人似的守在了门口。

魏璎珞一步步上了宝月楼。

越往上，光线反而越昏暗，偶有一两道光线，从木板间的缝隙钻入，在地上画出一条条纵横的线。

她在顶楼寻到了沉璧。

广阔的一层楼，原是她跳舞的地方，如今空荡荡只余灰尘，她背对着魏璎珞坐在屋中央，歪头哼着一曲童谣。

魏璎珞转到她面前坐下，抬起她的下巴盯了好一会儿，忽笑道："装疯这条保命之道，你领会得不错。"

歌声戛然而止，歪斜的脑袋慢慢直回脖子上，沉璧拨开脸上的乱发，因为许久不见天日，故而皮肤苍白如纸："你来了。"

魏璎珞："对，我来了。"

沉璧吃吃笑："你为什么来？"

魏璎珞："我来告诉你，因为这场刺杀，你的三位兄长受到牵连，杀头的杀头，流放的流放。"

沉璧一听，猛然捂住脸，呜咽声从指缝间溢出，仿佛下一刻就要放声痛哭。

魏璎珞却道："在我面前，不必演戏了。"

"……哈……"沉璧缓缓放下手，露出的竟是一张笑脸，"哈哈哈哈哈！"

魏璎珞定定望着她："沉璧，我刚开始不明白，你要杀死皇上，多的是机会，为什么要当众行刺，你明明知道，一旦这样做了，你的兄长一定丧命！"

沉璧仍在笑，笑得纵情恣意，快活无比！

见她这副模样，一个答案终于浮上魏璎珞心头，她喃喃道："原来，你一直想要的，就是他们的命。"

许是因为心情好吧，沉璧竟笑着给了她一个确切的答复："是，我想要他们的命。"

魏璎珞沉默片刻，问："能告诉我为什么吗？"

"我已得偿所愿，没什么不能告诉你的。"沉璧仿佛被松了绑的马儿，出了笼子的小鸟，浑身上下都透着轻松，随意往地上一坐，就仿佛地上不是宝月楼的冰冷地板，而是郁郁葱葱的草原。她笑道，"图尔都日夜惦记着霍兰部的大权，帮助清军剿灭叛首之后，便在整个部落搜罗美人，要献给大清朝的皇帝！最后，他选中了我！”

魏璎珞：“这件事，我已经知道了！”

沉璧：“那你知不知道，他用酒灌醉了我，将我送上马车。我醒了以后，他们告诉我，若要儿子平安无事，便要乖乖听话。万般无奈，我答应了。”

魏璎珞：“既然你答应了，为何要兴风作浪？”

沉璧吃吃地笑：“行至中途，随行的女仆实在忍不住了，她告诉我，阿夏偷偷跑出来，想要寻找母亲，却被图尔都他们发现，连夜追捕，一时不慎，他摔入了抓捕野兽的陷阱！他摔下去了，摔得血肉模糊！”

之后的事情，再清楚不过。

沉璧原本想要随子而去，却不料被傅恒救了下来，既然他要她生不如死，那就不要怪她以其人之道，还治其人之身。

“我来紫禁城，从来不是为了得宠，而是为了报复，我想看见皇上杀了傅恒，再杀了你，最后再告诉他真相，让他一辈子活在痛苦中。”沉璧叹道，“我只差一步就成功了，这一步……咫尺天涯。”

情之一字，一往而深。

沉璧只差一步就能走进弘历心里，可就算走过去了，也只会发现，那颗并不怎么大的心里，早已经住进了一个人，住不进别人。

这才是真正的咫尺天涯，令人绝望……打一开始，沉璧的计划就注定不能成功。因为那颗傲慢而又护短的心，会拼命保护住在里头的那个人。

“好了，”魏璎珞起身道，“该说的都说完了，咱们也该散场了。”

沉璧望着她的背影，吃吃笑着：“对了，听说你怀孕了。”

魏璎珞脚步一止。

“恭喜你了。”沉璧道，到此时才带了一丝羡慕，“你的孩子有名有姓，还有一个天底下最有权势，也最为小气护短的父亲。”

“……为什么从来没听你提过丈夫？”魏璎珞回头道，“你的丈夫在哪儿？”

沉璧垂了垂眼眸，平静道：“我没有丈夫。”

魏璎珞一愣："没有丈夫，哪儿来的儿子？"

沉璧脸上露出极古怪的笑容："漂亮的脸，不一定是好事。名为部落圣女，不过是飨客的女人，哪儿来的丈夫呢？"

魏璎珞定定望着沉璧，张口欲言，却不知说什么好。

沉璧笑了："魏璎珞，你很幸运，遇到了两个爱你的男人。纵然我使出浑身解数，也没让皇上爱上我。我舌灿莲花，富察傅恒还是要保护你。我真想知道，这两个人，你到底爱谁呢？"

"沉璧——"魏璎珞唤道。

沉璧歪头看着她，似乎在等她的答案。

魏璎珞却没有如她所愿，神色复杂地看了她一会儿，魏璎珞缓缓道："疯吧，疯一辈子，你就可以活下去。"

沉璧怔住。

璎珞："保重。"

她一步步下了宝月楼，一脚跨出大门，阳光重又照在她身上，而在她身后，古怪的童谣再次响起，带着哭声与笑声，从窗门的缝隙间透出来，回荡在每个人耳里。

第一百四十一章　栀子花开

不是东风压倒西风，就是西风压倒东风。延禧宫与承乾殿谁更得势，今日终见分晓。

只见李玉带着一群人匆匆赶到承乾宫，行礼："奴才给皇后娘娘请安。"

继后强笑道："李总管怎么来了？"

李玉指着袁春望："拿下！"

太监们一拥而上，抓住了袁春望。

袁春望挣不脱，也不敢挣，只能仰头望向李玉："李公公，这是什么意思？"

李玉微微一笑："袁春望，皇上命你断绝延禧宫的膳食？"

袁春望心中一跳，面上却喊冤枉："令妃犯了胃疾，才每日供应清粥，奴才这是为了令妃着想啊！"

"什么胃疾，令妃怀了龙胎三月有余，日子与彤史相符。"李玉一甩拂尘，"要解释，到慎刑司说去吧，带走！"

他朝继后道了声告退，便领着众太监与袁春望离开，袁春望一路回头，目光从充满希望变得失望，最终垂下脑袋。

"珍儿，"继后面无表情道，"随本宫去一趟延禧宫。"

"娘娘可是要去兴师问罪？"珍儿问。

"兴师问罪？为什么，为了袁春望那个倒霉蛋？"继后似笑非笑，点明珍儿的心思，"劝你还是换一个人喜欢吧，他……本宫是救不回来了。此去延禧宫，也不是为了兴师问罪。"

珍儿忙垂下头，掩去眼底的失落。

袁春望有一副极好的皮相，与之朝夕相处，难免生出些绮丽念头，只可惜令妃这事，必须有一个人背锅，这份念想，最终只能随一捧黄纸，一并在坟头上烧给他了。

继后的仪仗到了延禧宫，魏璎珞挺着大肚子相迎，她显是已经得了承乾殿的消息，笑着问："娘娘可是来为袁春望求情？"

"不过一个奴才，本宫还不放在眼里。"继后淡淡一笑，毫不在意，"令妃妹妹身怀龙嗣，为皇家开枝散叶，这么大的好消息，本宫自然要亲自恭喜。"

她扫了眼桌子，只见上头堆满了礼物，从珠宝首饰到绫罗绸缎，显然某位妃子前脚刚离开，她后脚就来，延禧宫的宫人还没来得及将礼物收拾好。

继后却一样礼物都没带，如今整个后宫的人都在盯着她，她若是携礼物而来，必定被他们看轻，以为她要向魏璎珞低头……她怎容此事发生？

"瞧这殿内的陈设，"继后负手而立，在屋子里走了一圈，"从如意花熏，到紫檀桌椅，都是皇上的喜好，可见皇上对你是真用心。"

魏璎珞瞥她一眼，知她下一句，必定是但是……

"但是……"继后果话锋一转，敛了笑容，"用心是用心，可你到底出身包衣，本宫要提醒你一句，就算再得圣宠，我也是大清皇后，任何人无法取代！"

此话一出，魏璎珞便知她来意。

与其说是来探望，倒不如说是来划分领地的。魏璎珞一笑："知道刚刚我让小全子干什么去了？"

继后挑眉。

魏璎珞："我让他把昨天没用的羊奶山药羹送去养心殿，换一道苏造肉回来。"

继后嗤笑一声："你真做得出！"

魏璎珞理直气壮："对啊，我什么都敢做，什么都能做，这是宠妃的待遇！可要是当了皇后，凡事循规蹈矩，处处拘束，我可做不来！"

继后定定看了她一会儿，缓缓道："你是告诉本宫，自己没有野心。"

魏璎珞笑了笑："皇后娘娘不主动招惹，我自然没有野心。"

继后："万一你生出阿哥，真不为他打算？"

"皇上何等性情，容得后宫左右立嗣吗？"魏璎珞哈哈大笑，似乎放下了心中的担子，故而纵情恣意起来，"且和您说句实在话，魏璎珞从来不怕斗，越斗越精神，您要继续，我奉陪到底！可您打不倒我，我也扳不倒您，斗来斗去，全白折腾！您今天软下身段，无非是来求和，何必再三试探！我放下一句话，与其斗得你死我活，不如偃旗息鼓，各自安好！”

“你倒是痛快！”继后笑了，心道：这女人下一句话，必定是但是……

“但是，”魏璎珞果然道，“臣妾有一个条件。”

她若一个条件都不提，继后反而会怀疑她的诚意。

继后：“说吧。”

魏璎珞轻抚小腹，略显飞扬的眉眼瞬间温柔下来：“皇后娘娘必须答应臣妾，无论何时，无论何事，不可对孩子出手。”

继后敏锐地道：“你的孩子，还是别人的孩子？”

璎珞深深望着她，强调：“紫禁城里的孩子！”

继后轻蔑地道：“本宫不屑伤害稚子，你这么说，未免太小瞧本宫了！”

“好！只要娘娘说到做到，紫禁城保管风平浪静，天下太平！”魏璎珞伸出一只手，“我们，一言为定！”

继后与她击掌为誓：“一言为定！”

两手相合，自此紫禁城风平浪静。

时光荏苒，岁岁年年，延禧宫前的栀子花开了又落，后宫之中虽仍有倾轧争斗，但终于不再伤及孩童。

便是继后偶尔那么几次按捺不住，后妃们大着肚子，或者领着孩子往延禧宫前一跪，便也无奈地偃旗息鼓了。这座开满栀子花的院子，俨然成了小孩子的避风港，守着他们，护着他们平安长大。

得她好处，又知内情的宫妃不禁感叹：“有她在，先皇后那样的例子便不会再发生了。”

渐渐地，宫妃也爱将孩子往延禧宫里丢，一来知她喜爱孩子，二来……若是能够积累下情分，日后也好有个靠山。

一声声稚嫩的“令妃娘娘”，最终化成一声声清朗的“令妃娘娘”。眨眼之间，那些受她照料，与她一起放着风筝抓着蟋蟀的孩子，已经长成了俊逸少年以及妙龄少女。

幼时不知事，如今大了，方知受她多少庇护，一个个对她毕恭毕敬的，眼中充满孺慕，旁人若是见了，准以为都是魏璎珞亲生的孩子。

这些年里也发生了不少事，最大的一件——和亲王造反了。此事牵连上不少人，最后竟一路牵连至后宫，牵连到继后身上。

二十四年了，魏璎珞从未有一天忘记姐姐的死，如今得了机会，自然不会放过对方，和亲王弘昼很快就“病死”牢中，至于继后，落得与沉璧类似的下场，承乾殿成了幽禁她的监狱，魏璎珞来时，但闻声声木鱼声，走近一看，继后早已落了发，正跪在明黄蒲团上念着经。

却不知这经为谁而念，是弘昼，还是那些枉死于造反案中的人。

诵经声停了，继后缓缓转过脸来，不知何时，那张脸已经老了，皱纹一根根蔓于眼角，如树上年轮，她颇带丝羡慕道：“还记得当年我问你，为何不想当皇后……”

“我当不了。”魏璎珞仍是当年的答案，“没那操心的命。”

“我真羡慕你。”继后望着她仍然光滑柔嫩的面孔，叹道，“我头发白了，眼睛边上长皱纹了，你却还是年轻时候的样子……或许当初我不该当这六宫之主，也就不至于有后头这么多事。”

“不会的。”魏璎珞洞彻她的心思，“再让你选一次，你还是会选择成为皇后。”

继后一愣，笑了：“你果然很了解我。”

“我当然了解你。”像个老朋友，魏璎珞喟叹道，“咱们两个其实很像，都有野心，也有实现野心的能力与心机，但结果却截然不同……你太贪心了。”

“我年纪大了。”继后却不以为意地笑笑，脸上找不到半点悔意，“得为孩子打算。”

当年受魏璎珞庇护的孩子们长大了，其中不乏佼佼者，尤其是永琪，文韬武略样样拔尖，极受弘历青睐，相比之下，继后之子庸庸碌碌，放在众多阿哥之中，渺小如一粒尘埃，全没继承他母亲半点才华。

故而为了他，也为了自己，继后不得不早做打算。

但她终归没有毁约。

遭难的都是成年的阿哥们，那些没长成的孩子，被她轻飘飘放过了。

也正因为此，魏璎珞才说服了弘历，留得她一条命在，从此青灯古佛，了却余生。

木鱼声再次敲响，继后闭上眼睛，似没了与魏璎珞谈话的心情。魏璎珞立在旁边听了一会儿，便转身离去了。

“魏璎珞——”继后的声音忽然在她身后响起，“你我之间最大的区别，不是我太有野心，而是你……已经得到了这个紫禁城内最珍贵的那样东西。”

宫门朝两侧展开，一个男人等在门口。

“怎么聊这么久？”弘历不耐烦道，“午膳赶不上了，直接吃晚膳吧。”

魏璎珞定定看着他，看着这个“紫禁城内最珍贵的东西”，忽地“扑哧”一笑，上前挽住他的胳膊。

弘历原本等得满腹怒气，如今被她这样轻轻一搂，满腔怒意尽化作春水，只是他本质上仍是个害羞的男人，几十年了，也没对她再说过一次我爱你。

“对了，”他只用行动表达，“朕打算册封你为皇贵妃，暂时替朕好好管着后宫吧。”

“好，好。”魏璎珞敷衍一笑，全不将这事放在心上，反而对另外一件事更加上心，“臣妾院子里的栀子花开了，皇上，一块儿去看看吧。”

“嗯，也好。”弘历对她算是有求必应，吩咐道：“李玉，让御膳房将吃食送去延禧宫，朕与皇贵妃一边赏花一边吃。”

年年岁岁花相似，岁岁年年人相同，今日如此，明日如此，延禧宫的栀子花下，一起守尽余生吧。